I0891316

La voz de los valientes

Rafael Tarradas Bultó

La voz de los valientes

ESPASA

Obra editada en colaboración con Editorial Planeta – España

© 2023, Rafael Tarradas Bultó

Créditos de las imágenes de las guardas, de izquierda a derecha:
1 © akg-images / Album, 2 © Universal History Archive / Universal Images Group / Album, 3 © akg-images / Album, 4 © Bridgeman Images / Album, 5 © álbum del autor, 6 © akg-images / Album, 7 © Granger, NYC / Album, 8 © álbum del autor, 9 © álbum del autor, 10 © Voller Ernst / akg-images / Album, 11 © TT News Agency / Album, 12 © akg-images / Album, 13 © EFE / Album, 14 © Granger, NYC / Album, 15 © Granger , NYC / Album, 16 © Album, 17 © álbum del autor, 18 © álbum del autor, 19 © arkivi / akg-images / Album, 20 © Universal History Archive / Universal Images Group / Album, 21 © álbum del autor, 22 © álbum del autor.

© 2023, Editorial Planeta, S. A. - Barcelona, España

Derechos reservados

© 2023, Editorial Planeta Mexicana, S.A. de C.V.
Bajo el sello editorial ESPASA M.R.
Avenida Presidente Masarik núm. 111,
Piso 2, Polanco V Sección, Miguel Hidalgo
C.P. 11560, Ciudad de México
www.planetadelibros.com.mx

Primera edición impresa en España: febrero de 2023
ISBN: 978-84-670-6854-2

Primera edición impresa en México: agosto de 2023
Primera reimpresión en México: octubre de 2024
ISBN: 978-607-39-0420-9

No se permite la reproducción total o parcial de este libro ni su incorporación a un sistema informático, ni su transmisión en cualquier forma o por cualquier medio, sea este electrónico, mecánico, por fotocopia, por grabación u otros métodos, sin el permiso previo y por escrito de los titulares del *copyright.*

La infracción de los derechos mencionados puede ser constitutiva de delito contra la propiedad intelectual (Arts. 229 y siguientes de la Ley Federal del Derecho de Autor y Arts. 424 y siguientes del Código Penal Federal).

Si necesita fotocopiar o escanear algún fragmento de esta obra diríjase al CeMPro (Centro Mexicano de Protección y Fomento de los Derechos de Autor, http://www.cempro.org.mx).

Impreso en los talleres de Litográfica Ingramex, S.A. de C.V.
Centeno núm. 162-1, colonia Granjas Esmeralda, Ciudad de México
Impreso en México –*Printed in Mexico*

A mis dos Mercedes

Personajes

En España

Inés Sagnier, mujer de Pablo Bultó y prima de Hilda Sagnier.

Magda Stern, niñera judía fugada del castillo de Fallstein.

Pablo Bultó, empresario textil y marido de Inés Sagnier.

José Manuel Bultó, empresario textil, espía aliado.

Ana Argüelles, duquesa de Riosgrandes, aristócrata asturiana propietaria de mina, abuela de Inés Sagnier.

Bob Asprey, espía aliado.

En el III Reich

August Wiesner, empresario judío, refugiado checoslovaco.

Athalia Wiesner, mujer de August, refugiada checoslovaca.

Hilda Sagnier, condesa de Fallstein, mujer de Harald Fallstein, prima de Inés Sagnier.

Harald Fallstein, conde de Fallstein, aristócrata alemán nazi.

Heidi Klein, espía aliada, enlace de José Manuel Bultó en Potsdam.

Bruno Lippe, refugiado alemán, caballerizo, cómplice de Hilda.

Gustav Wagner, enviado especial de la Gestapo a la Cerdaña Francesa.

Jean Ginoux, párroco de Dorres, *passeur.*

Otros

Sofia Maekelberg, industrial alemana, organizadora de la cacería humana.

Gottfried Meyer, aristócrata participante en la cacería, comprador de Schloss Wiesner.

Otto von Strutt, colaborador aliado.

Helmut Müller, empresario alemán, cliente de los Bultó.

1

1939

Las mañanas en Schloss Wiesner siempre habían tenido un efecto balsámico en August. Aquel rincón de la región checoslovaca (sí, checoslovaca, siempre checoslovaca) de Bohemia parecía inmune a todas las inclemencias, las de la naturaleza y las del hombre. Su castillo llevaba siglos asentado allí, con su aspecto recio y sólido, tan arraigado a la tierra fértil del corazón de Europa como las montañas que se veían a lo lejos. Planta cuadrada con un torreón redondo en cada esquina, paredes de piedra y ladrillo rojizo en las que se abrían ventanas; las más viejas, pequeñas; las de tan solo un siglo, mayores. El jardín también tenía varios siglos, los suficientes para que cualquier novedad, cualquier árbol que se replantara, cualquier nuevo parterre o *follie* destacara en un entorno en el que la distinción venía dada por la historia secular de cada elemento del paisaje. El foso que rodeaba la edificación, con sus aguas quietas y verdes llenas de ranas, no retendría al enemigo esta vez.

Eran las siete de la mañana y, desde su habitación del primer piso, observaba secarse la humedad que cubría los prados mientras la niebla que causaba también desaparecía poco a poco desvelando los detalles de la propiedad. Tenían otra casa en Praga, pero su familia pertenecía a aquellas tierras. Cuatro siglos ya. Cuatro siglos de convivencia con las aldeas y villas cercanas; con el vecino Schloss Blank, que lindaba con su finca, resistiendo los embates del continente, tantas veces en guerra, con imperios que aparecían y desaparecían, coronas que cambiaban de dinastía, tierras que iban de unas manos a otras, y, sin embargo, creía que el mal que acechaba era el peor que a su castillo le había tocado soportar. El único que les iba a hacer huir.

Su mujer no había dormido en toda la noche pero seguía intentándolo, echada en su cama, con los ojos cerrados, sin poder contener las lentas lágrimas que cada poco recorrían sus mejillas. La conocía bien. Se despertaría, se erguiría y lo organizaría todo para la partida sin quejarse, pretendiendo que aquel no era uno de los días más tristes de sus vidas. Se anudó la bata y salió al pasillo que recorría la planta noble, con las habitaciones a un lado y la barandilla que los separaba del piso inferior al otro. Habían empezado a cubrir con sábanas los muebles el día anterior, y escondido la plata y objetos de valor en los sótanos. Saldrían ese mismo día, pero los preparativos para que el castillo dormitara durante su larga ausencia iban a llevar al menos dos días más. En ello estaban ya algunos de los sirvientes que vio trajinar en la planta baja. Tres enrollaban la gran alfombra del vestíbulo en aquellos momentos. Se acercó al Rubens, demasiado grande para esconderlo bien e imposible de llevar consigo. Luego miro el retrato de su familia obra de Winterhalter, que, con el mismo problema, también tendría que esperar allí. El día anterior se habían repetido los unos a los otros que lo material no importaba, que lo importante eran ellos tres, que estarían perfectamente bien y que, si alguien lograba acabar con su ancestral castillo, se harían uno más bonito y nuevo en otro lugar. Mentiras para animarse unos a otros, pues aquellas paredes formaban parte de su piel, de sus recuerdos y de su corazón.

Se llevarían lo que pudieran. Seis camiones aguardaban ya cargados para partir hacia el este. Allí, el plan era embarcarlos a Francia, a donde ellos intentarían huir. Ya era tarde, pero intentaban no atormentarse con esa certeza. Cuando Checoslovaquia fue ocupada, deberían haber huido, haberlo dejado todo atrás y escapado lejos cuando aún era fácil hacerlo. La sangre orgullosa y noble, la dignidad de una familia que jamás había huido era la culpable de que hubieran decidido aguantar, la culpable de que aquel día tuvieran que huir. Eran judíos.

Se acercó a la habitación de Saul, su único hijo. Tenía cinco años y ya entendía las cosas. Sabía que estaban haciendo las maletas y que, en aquella ocasión, la alegría de viajar no estaba presente. No era como cuando iban a Viena y se subían a la noria del Prater, o como cuando iban a Croacia y se bañaban en sus playas. August lo encontró despierto y vestido. Le acababan de dar el desayuno y jugaba tranquilo en su habitación, iluminada por los rayos dorados que se colaban entre los visillos de las ventanas.

—¿Ya nos vamos? —dijo mirándole.

—Sí, ya falta poco. Antes de comer —respondió él.

—¿Dónde comeremos?

—Renata ha hecho una cesta con muchas cosas deliciosas. Podrás comer en el coche. Quizás encontremos un prado bonito para hacer un pícnic.

Tal vez lo hicieran, pero lo importante era que llegaran a Wittingau lo antes posible. Desde allí cruzarían la frontera con un grupo y empezarían su camino hacia París.

Revolvió el pelo rubio y fino de su hijo y reía cuando su mujer apareció en el umbral de la puerta. Athalia sonreía como sonríen las personas cansadas y tristes pero aún en pie. Había adelgazado y estaba ya vestida de viaje, como hacía días, pues en su cabeza ya llevaba varios huyendo. Un abrigo largo con los puños y el cuello de piel de zorro tapaba lo que fuera que llevara debajo. Desde la invasión, siempre parecía tener frío y sus ojos verdes brillaban como si estuvieran conteniendo las lágrimas. Su nariz era pequeña y chata y sus labios carnosos, justo al contrario de lo que los nazis suponían de los judíos. Tenía el pelo casi albino, cortado a la moda *garçon*. No llevaba joyas, tan solo un reloj de pulsera de oro blanco que miró un instante. Era una mujer elegante, siempre lo había sido.

—Ya he desayunado. Me gustaría partir cuanto antes —dijo escueta—. Saúl ya está listo. Su equipaje está en el coche.

—No tardo nada —dijo August—, desayunaré rápido.

—Por favor, ya hemos esperado bastante —recordó ella.

August se dio prisa. Su maleta estaba hecha desde el día anterior. Pocas cosas, tal y como los encargados de llevarlos a lugar seguro les habían pedido. No le importaba, si todo salía bien; algunos de sus bienes serían trasladados en camiones para reencontrarse con ellos en Francia.

Tenían un piso en París que habían heredado de los padres de Athalia. Sus suegros habían muerto hacía poco y aunque la pena les sobrevino entonces, a menudo August pensaba que se habían librado de una época terrible. Mantener aquel piso en la Avenue Foch había sido una buena idea. Les gustaba París y recordaba la propiedad como un lugar acogedor, cálido, en el que siempre se había sentido a gusto. Calidez, no pedía más, ahora que todo el mundo parecía odiarse. No entendía por qué él, que tan solo había trabajado y trabajado, que había empleado a tantas personas en sus fábricas de materiales de construcción y yeso, igual que sus antepasados, era objeto de parte de ese odio. No se había metido con nadie y había intentado que su riqueza beneficiara a muchas personas. La empresa había sido confiscada hacía dos semanas y aún no había dado la noticia a su mujer. De pronto le odiaban. No solo a él, sino a todos los judíos, lo cual no era ningún consuelo. Sabía que bajo la capa de la indiferencia y el ostracismo al que los sometían, quedaba mucho del cariño que sus vecinos les habían profesado siempre, cubierto por el miedo, escondido entre gritos, apagado por la extrañeza de unos días inexplicables..., pero no podía entender que fuera tan difícil de encontrar. Se habían sentido solos incluso cuando, instalados en Schloss Wiesner, ya nadie los maltrataba.

Estaba abotonándose la camisa cuando oyó el motor de un vehículo acercarse a su castillo. Se asomó temeroso y enseguida respiró aliviado al ver el coche negro de gran tamaño.

—Otra vez los Meyer, el conde Gotffried y... ¿cómo se llamaba ella? —se dijo menos preocupado. No le gustaba que aquella pareja estuviera allí, pero por lo menos no era la Gestapo, de la que cada día que pasaba tenía noticias más escalofriantes.

Se acabó de abotonar y bajó rápidamente para recibirlos. Prefería que no entraran, que no vieran la urgencia de sus días, que le vieran tan gallardo como siempre.

Ya fuera, maldijo la visión de su coche, cargado de maletas y preparado para partir poco después, junto al Daimler de los inesperados visitantes, que, como ellos mismos, emanaba suficiencia y tranquilidad, todo aquello que los Wiesner estaban perdiendo. Se acercó a los recién llegados.

Él, cada vez más grueso; ella, cada vez más cargada de pieles y complementos que no conseguían darle ni un ápice de distinción. Alta, con el pelo color fuego, era la clase de mujer cuya belleza se desvanecía al acercarse. Habían llamado a su puerta dos veces, ambas intentando comprarle el castillo. August los había tratado con cordialidad y los había invitado a un té en el salón, pese a que sentía que aquellas personas no querían nada bueno para él y que diseccionaban el interior de su propiedad con la misma intención que un zorro en una madriguera de conejos.

—Buenos días, amigos —les dijo cordialmente.

—Buenos días —contestó Gottfried Meyer mientras su mujer, Greta, se bajaba del coche y, sin saludar, contemplaba el castillo.

—Me alegro de tenerles de nuevo en mi casa, pero lamentablemente no es un buen momento.

—Para ustedes desde luego que no lo es —oyó murmurar a la mujer.

—¿Puedo ayudarlos? —preguntó.

—En realidad sí, sí puede —dijo *herr* Meyer, apoyando el portadocumentos que llevaba bajo el brazo sobre el capó de su coche. Lo abrió y sacó un pequeño fajo de papeles—. Acérquese, por favor —le dijo.

August se extrañó. No le gustaba el tono ni la falta de cordialidad, máxime cuando aquellas personas pisaban tierra de su propiedad. Se acercó a su inesperado visitante y miró lo que le mostraba. No lo entendió bien al principio, pero Gottfried Meyer tenía la lección bien aprendida.

—Esta es la fábrica de pinturas de los Neumann —dijo mostrando un documento encabezado por la foto del complejo y cubierto de sellos con esvásticas y águilas—. La confiscaron el martes pasado.

—Conozco a los Neumann —apuntó August.

—Lo sé. Son judíos, como usted.

Pasó la página y enseñó otro documento. En él se veía un edificio de viviendas que August reconoció sin duda.

—El edificio Greenberg.

—Sí.

—También ha sido confiscado, junto con sus dos fábricas y su finca de Pilsen.

—No está lejos de aquí —dijo August algo mareado.

Meyer pasó otra página.

—Villa Stein. Esta es una de mis favoritas.

—¿Que le ha pasado?

—Amigo mío —rio—, pues lo mismo que a todas las propiedades judías. Ustedes no tendrán nada.

Le miró unos segundos. El odio se mostraba con más fuerza tras su sonrisa de que lo que hubiera hecho con una paliza.

—Nada —dijo pasando página—. Este lo reconocerá.

—Schloss Troller. Está a pocos kilómetros de aquí —dijo August.

—Le cambiarán el nombre. Puede estar seguro. Los Troller... han sido reubicados y su castillo... Bueno, esto empieza a ser repetitivo.

August se apartó un poco del vehículo.

—¿Qué es lo que quiere *herr* Meyer?

—Creo que ya lo sabe.

—Este castillo —supo August.

—Claro. Le hice varias propuestas, pero las rechazó.

—Esta es la casa de mi familia desde hace muchas generaciones, siempre he querido que pase a la siguiente. Más que un propietario, soy el custodio de estas paredes —afirmó con dignidad, convencido de lo que decía.

—Bueno. Eso suena muy bonito. En unos días no será ni una cosa ni la otra, pero dejémonos de matices. No debe demorarse más. Si quiere sacar algo de provecho, debe vendérmelo. Pronto ya no será suyo, haga lo que haga. Usted lo sabe. Hace bien en escapar —dijo mirando el coche cargado—, pero su propiedad no puede hacerlo.

—Yo...

—Tampoco tiene tiempo para pensarlo. Tengo el dinero aquí mismo. Venda y váyase. Podrá comprar algo en otro país. En uno en el que sea bienvenido, no sé qué más necesita para saber que aquí no lo es.

Aquel hombre le decía que no era bienvenido en su país. Aquel alemán le decía a un checoslovaco que no era bienvenido en Checoslovaquia, más aún, que no era bienvenido en una finca que era de su propiedad. Si no hubiera sido tan cruel, August se habría reído por lo absurdo. Se dio la vuelta y, casi tambaleándose, se dirigió hacia los muros que su familia había cuidado durante siglos. Al levantar la cabeza delante del puente de entrada, vio a su mujer. Athalia lo había oído todo. Se acercó a ella, que miraba altiva, desde la distancia, a los Meyer. Era lo contrario a ellos, pero también era realista.

—Vuelve y véndelo —le dijo a su marido.

—Pero...

—Hazlo. Sabes que es lo único que podemos hacer. Por lo menos ganaremos algo de dinero.

—Athalia, no podemos.

—Sí podemos. Tendremos que pasar por eso y cosas peores. Vende y vámonos. No está todo dicho, nada es definitivo, nada lo será hasta dentro de unos años. Hasta que acabe la guerra.

Le cogió la mano y se la apretó. Luego le dio un abrazo, se separó y, poniéndole las manos en los hombros, le giró para que volviera hacia los Meyer. Ambos vieron al alemán sonreír mientras rebuscaba entre sus papeles.

August llegó junto a él.

—De acuerdo, se lo venderé —dijo como si tuviera otra opción—. Usted hizo una oferta de...

—Ah, sí, sí, claro. Recuerdo la oferta. La tendría que haber aceptado entonces. Ha cambiado en virtud de las circunstancias, en virtud del mercado. Le he incluido la cifra en el contrato. Firme aquí. Me temo que no es negociable.

August cogió los papeles que le extendía y los leyó detenidamente. Cuatro páginas que habrían sido una vergüenza para cualquier otra persona. Un trato que nadie con un mínimo de decencia se habría atrevido proponer y nadie con un mínimo de inteligencia habría aceptado de no estar al borde del abismo. Exactamente como estaban ellos. Los Meyer comprarían el castillo, con todo su contenido (incluyendo cuadros, muebles, enseres personales, joyas y ropa), por el precio de un piso pequeño en un barrio de segunda de Praga. August hubiera matado a Gottfried Meyer en ese instante. Él captó su mirada.

—Tendría que haber vendido cuando se lo ofrecí la primera vez —le dijo seguro de que firmaría.

August se acercó al coche y con la mano pidió la pluma para firmar. Su ira vencía a su tristeza, ya de por sí enorme. Firmó cada página y entregó el contrato. Meyer le tendió un pequeño maletín. Lo abrió para ver varios fajos de marcos alemanes. Cerró enseguida sin contarlos.

—Sabe, *herr* Meyer... —le dijo sin poder contenerse—. Nunca un conde ganó su castillo de forma más ruin.

Meyer se ruborizó unos segundos. Luego se relajó rápidamente.

—Vamos a hacer muchos cambios. Aquí huele a judío —dijo recogiendo los papeles—. Tienen hasta las doce para marcharse. No saquen nada de mi castillo. La Gestapo llegará poco después de que se vayan.

A su lado, la señora Meyer miraba la fachada del castillo.

—Gotti, querido. Habrá que pintarlo. Está todo verde.

August sonrió con ironía. El musgo que crecía sobre la piedra de granito tenía más categoría de la que la condesa Meyer jamás tendría. Se lamentó por Schloss Wiesner, pero supo que su propiedad, en el fondo, también estaba lista para marcharse.

Su mujer lo estaba hacía ya algún rato. Con su hijo de la mano, anduvo lentamente hacia el coche, subió al niño en el asiento trasero y esperó a August. Seria, digna, también con la tristeza vencida por la ira y el deseo de no derrumbarse ante aquellas personas mezquinas lo bastante fuerte para ser cumplido. En quince minutos, su marido se subió al coche y partieron.

No pasarían ni el hambre ni las penurias económicas que debían suponer los Meyer. Hacía años que los Wiesner tenían cuentas en Suiza y una buena caja fuerte en un banco de Zúrich en la que guardaban oro en previsión de que alguna de las catástrofes a las que la historia había acostumbrado a los judíos volviera a suceder, como tristemente había sido. Los sentimientos no se podían comprar, ni la pena por lo perdido amainarse, pero por lo menos vivirían desahogadamente. Aunque no hasta que llegaran a Francia.

Condujeron hasta el punto acordado a las afueras de Wittingau, una granja que parecía abandonada pese a bullir de actividad. En cuanto los oyeron llegar, abrieron las puertas de un granero para que metieran el coche. En el interior, cinco hombres pertrechados con mochilas aguardaban. Uno de ellos se adelantó para saludarlos:

—Bien, han sido ustedes muy puntuales. Si hacen caso de todas mis indicaciones de la misma manera, estarán a salvo en menos de una semana. No tienen que conocerse entre ustedes. Los guías decidirán cada paso. No los discutan.

No lo hicieron durante siete días, en los que alternaron angustiosos viajes en tren en los que en más de una ocasión les pidieron sus papeles (falsos, por supuesto), con pequeños trayectos en coche. Por suerte, sus facciones eran todo lo contrario a lo que los nazis esperaban encontrar en unos judíos y su alemán, perfecto. Con todo, de ser descubiertos sin la estrella de David amarilla cosida a la solapa, obligatoria para que los judíos fueran identificados, habrían sido castigados duramente. Fusilados en el acto incluso.

La ruta describía una curva para evitar entrar en Austria y Alemania. Atravesaron Eslovaquia hasta Komarno, donde cruzaron el Danubio en barcaza para llegar a Hungría. Desde allí fueron en tren hasta Eslovenia, que bordearon hasta el norte de Italia. A su paso, cada país, cada pueblo y territorio parecía estar preparándose para la guerra, para continuarla, para ir a ella o para defenderse. El ambiente era tan tenso que no era difícil convenir que el mundo se estaba volviendo loco. Italia, que recordaban alegre y hospitalaria, parecía una réplica de la peor cara de Alemania, y el trayecto por el norte resultó aterrador. Ni siquiera el precioso paisaje alpino, con el verdor del verano y el azul de sus lagos, les consiguió distraer de la sensación de estar en permanente peligro. Los italianos también perseguían a los judíos, pero sus guías les dijeron que con menor efectividad que los nazis, así que se encomendaron a aquel pensamiento.

Por suerte, a los cinco días de su salida, cruzaron la frontera francesa y desde allí condujeron a París.

Los franceses observaban atentos a sus vecinos del norte creyendo que respetarían los acuerdos a los que habían llegado con Hitler. Checoslovaquia había sido invadida, Austria anexionada, ¿serían esas piezas suficientes para calmar la voracidad germana? Todos querían creer que sí, pero probablemente fueran pocos los que estuvieran convencidos. Con todo, pese a aquel pensamiento que algunos intentaban arrinconar en sus cabezas, muchos parisinos habían abandonado la ciudad para pasar el verano en las costas atlántica y mediterránea.

Cuando el 3 de agosto de 1939, los Wiesner giraron en la Porte Dauphine y encararon la Avenue Foch, la encontraron más vacía que de costumbre, con poco tráfico, sin los habituales jinetes a caballo que acudían al Bois de Boulogne. Al fondo, el Arco de Triunfo se veía de lado, como una ironía de lo que estaba por llegar.

Un mes después, Alemania invadía Polonia, y Francia e Inglaterra le declaraban la guerra.

1940

Estaban en el salón, desde el que al asomarse se veía toda la avenida, que revisaban a cada rato como si las noticias de las que habían tenido conocimiento fueran a cambiarla en un instante. Era mayo de 1940 y el calor había llegado de repente, de forma que la calle había cobrado vida y cada tarde salían a pasear. No hablaban de Checoslovaquia. Intentaban ni siquiera pensar en ella, aunque fuera imposible, centrándose en la vida cómoda que habían estrenado hacía casi un año en aquel piso elegante de una de las mejores calles de París. No habían cambiado nada, ni un marco de fotos, ni un cenicero, ni una tela. Nada. Aquello era lo que quedaba de su historia ahora que su castillo estaría cambiando para adaptarse a la falta de gusto de sus nuevos propietarios. Sabían que eran afortunados y, además, la guerra parecía haberse detenido. El mismo mes de la declaración, los franceses habían lanzado una ofensiva en el Sarre que había resultado fallida y, desde entonces, alemanes y franceses se miraban los unos a los otros desde las trincheras o las fortificaciones francesas de la línea Maginot sin aparentes ganas de entrar en combate. Repetían constantemente que tenían el ejército más poderoso del mundo y se tranquilizaban con aquella certeza para descansar, seguros de que Hitler no se atrevería contra ellos. En abril, Alemania había invadido Noruega, asegurándose el suministro de hierro que necesitaba, pero tampoco eso los alarmó demasiado, aun cuando las tropas aliadas eran vencidas en una operación incompetente y arrasadas por los stukas alemanes en Narvik. En Francia, la vida seguía y muchos (la mayoría) llevaban una existencia completamente normal. Decían que era la «guerra falsa», o la «guerra de broma». Pero aquel día *la broma* acabó.

Esa mañana, August había acudido al banco en la cercana plaza de Victor Hugo. Se desplazaba allí a menudo, pues en realidad no tenía mucho que hacer y, acostumbrado a su vida anterior, en la que sus negocios ocupaban la mayor parte de su tiempo, sentía que de pronto la vida se había detenido y el tedio de los días se repetía incesantemente. Había revisado sus cuentas. Tendrían para seis o siete vidas de pleno lujo, pero tener dinero solo era eso, dinero. No estaba creando nada, no estaba dejando huella alguna y no cabía sentirse orgulloso por toda aquella riqueza que no aportaba nada a la sociedad. «Quizás después de la guerra», se dijo una vez más. Luego, aburrido, se dirigió a la terraza de un café de la plaza para desayunar, deseando que el día acabara lo antes posible para volver a soñar con tiempos mejores, pero a medio camino las noticias le asaltaron.

Hitler había atacado. Luxemburgo había caído la jornada anterior, en un solo día. La guerra de broma había acabado. Volvió al banco y retiró todo su dinero. Todos, él incluido, pensaron que los alemanes tardarían por lo menos dos semanas en llegar a Sedán. Tardaron tres días. En tres días un ejército ágil, coordinado y bien equipado, con unidades blindadas, apoyo aéreo, comunicaciones en tiempo real y soldados eufóricos e incansables estaba a doscientos kilómetros de París. El pánico cundió.

A principios de junio, August tuvo claro que debían huir hacia el sur. Nada era infranqueable para Hitler: el ejército francés, la línea Maginot, el denso bosque de las Ardenas, el río Mosa.

El 10 de aquel mes, la noticia de que el Gobierno francés se dirigía a Burdeos acabó por convencer a los que aún no lo creían de que no había nada que hacer. Los franceses y August contemplaban atónitos cómo se mancillaba su orgullo, cómo su ejército daba volantazos sin estrategia alguna, desaprovechando cada ocasión, desanimándose ante las continuas derrotas. Deberían haber atacado hacía meses y, en cambio, habían dejado al enemigo armarse, organizarse y planear la más audaz de las operaciones para cogerlos completamente desprevenidos.

El 11 de junio los Wiesner emprendían la marcha hacia España. August y Athalia estaban de acuerdo en que no podían quedarse en Francia. No podían parchear de nuevo sus vidas a la espera de que lo que había pasado en todos los países invadidos por Hitler no pasara en su nuevo país. No. Huirían a España y, desde allí, intentarían llegar a América como habían hecho muchos judíos. Vivir en Europa era algo en lo que debían dejar de empeñarse.

Mientras cargaban sus maletas en la baca del coche, el París que los rodeaba era el del miedo, el de los atascos y la consternación. ¿Cómo había podido pasarle aquello a Francia? Era algo que estaba en todas las mentes que formaban la lenta procesión de carros, bicicletas, coches y hordas de personas tristes y asustadas que circulaban por la Avenue Foch con destino a una nueva vida. Una peor, más que probablemente.

August había comprado días atrás un Renault Celtaquatre negro a un vecino. También se había hecho con dos bidones de gasolina en previsión de que llegara el desabastecimiento y no pudieran repostar. Los había escondido dentro de las maletas, que se amontonaban en el techo y en el asiento trasero de forma que era imposible que nadie viajara allí. Cuando todo estaba cargado, Athalia apareció con el pequeño Saul de la mano.

—Vámonos ya —dijo repitiendo una frase que hacía poco más de un año había pronunciado al partir de su hogar en Checoslovaquia.

De manera intencionada, se había vestido pobremente, con ropa que no habría usado jamás pero que sería cómoda para viajar y, sobre todo, no les haría parecer los judíos ricos que eran. Su cara se había arrugado un poco y desde hacía días el contorno de sus ojos se había enrojecido de manera que August sabía que lloraba a menudo. Le habría gustado que su mujer se hubiese mostrado débil alguna vez, que no guardara su angustia para sí, pero también agradecía que no se quejara jamás y que frente a los problemas buscara soluciones en vez de aumentarlos con su pena. Había recogido la casa apresuradamente, cogiendo objetos aquí y allá, descartando lo que no era imprescindible, es decir, lo que no era algún recuerdo muy importante, ropa o dinero. Subió al coche y colocó al niño en su regazo. August entró en el vehículo y, como pudo, se incorporó al tráfico que, incluso en aquella avenida (una de las más anchas de París), era lento y desordenado. Cuando se paraban, la gente los adelantaba por los lados con aspecto vencido, casi sonámbulo; algunos miraban por la ventana de su vehículo buscando un hueco inexistente, otros sencillamente avanzaban con pasos pesados, como si llevaran años en una ruta que en realidad acababan de empezar.

Al pasar junto al Bois de Boulogne, el tráfico pareció mejorar un poco y pudieron avanzar durante un par de horas lentamente pero sin detenerse. Muchos franceses seguían la ruta de su Gobierno huido, primero hacia Tours y luego hacia Burdeos, pero los Wiesner decidieron no imitarlos. Por supuesto irían hacia el sur, pero no hacia donde estaba el Gobierno, sino por una ruta menos obvia para los alemanes, una que no tuviera tanta importancia y que, de pueblo en pueblo, por carreteras secundarias, fuera acercándolos a España. Sería largo pero más seguro. Refugiarse en Suiza también había pasado por su cabeza, pero temieron que la neutralidad del país se viera violada. Como país germano, muchos pensaban que Hitler posaría los ojos en él, si no lo había hecho ya. Si Suiza caía, los Wiesner quedarían atrapados en mitad del Reich y sus posibilidades de escapar serían nulas. No, España era un destino mejor. España y luego, Sudamérica.

A la altura del pueblo de Auneau, se separaron de la carretera en dirección a Fontainebleau. Avanzaban lentamente por una carretera flanqueada por anchos plataneros, con un pequeño arroyo en uno de los lados. La copa de los árboles cubría ambas veredas, pero no la carretera, y algunas personas se habían apartado para comer y descansar. El camino para todos era largo y convenía no agotar las fuerzas, pero August decidió no parar y comer mientras seguían avanzando. En ningún momento el marcador de velocidad había superado los quince kilómetros por hora, pues, incluso en aquella carretera secundaria, el tráfico de refugiados a pie o en cualquier otro vehículo era intenso. Estaban intentando adelantar a un carro con mula cargado con colchones y muebles cuando un sonido extraño empezó a oírse. Primero fue como un zumbido, un rumor, pero enseguida se volvió agudo como un silbido y ni ellos ni los refugiados que formaban la procesión parecieron entenderlo. Miraron con extrañeza hacia el cielo que se abría entre los árboles. Athalia asomó su cabeza por la ventanilla y Saul, que se había despertado, también observó.

Un avión. No muy grande, con las alas redondeadas en los extremos, panza azul celeste, cuerpo verde y grandes cruces negras pintadas en las alas. Al principio parecía un pájaro lejano, pero a los pocos segundos se hizo cada vez mayor. Recorría el cielo siguiendo a la perfección el eje recto de la carretera, como si estuviese planeando aterrizar, pero lo que quería que tocara el suelo aquel piloto no era su avión. De pronto, empezó a disparar. Les dio tiempo a ver cómo el pánico y los gritos se apoderaban de la gente y el cristal delantero de su coche estallaba en pedazos antes de que August, atrayendo a su mujer y su hijo hacia sí, los abrazara para protegerlos. Fueron tan solo unos segundos y, al poco, el sonido de aquel caza se perdía en la lejanía como si su objetivo fuera otro y lanzarse sobre ellos hubiera sido tan solo una oportunidad, un divertimento convenientemente aparecido en el trayecto. Cuando el sonido del avión desapareció y el de los lamentos de sus víctimas creció rápidamente, los Wiesner se incorporaron en sus asientos. August no había sido alcanzado, pero su hijo Saul tenía la cara cubierta de sangre y lloraba asustado. Athalia empezó a gritar.

—¡Hijo mío! ¡¡Hijo mío!! ¿Qué te han hecho, mi pequeño? ¿Dónde te han herido?

Pasaba su mano por encima de la sangre que le cubría la cara, sobre su piel fina y nueva sin hallar la herida, tan solo esparciendo el líquido. Con un fular le empezó a secar la sangre. El niño se había orinado y no hablaba, solo lloraba, pero tampoco gritaba de dolor. Nada parecido. August supo lo que pasaba.

—Athalia, no te asustes, sal del coche y tiéndete —le dijo intentando mantener la calma—. Eres tú la que estás herida. La sangre del niño no es suya, sino tuya.

Athalia se miró el hombro. Su vestido estaba empapado de sangre. De pronto el dolor le sobrevino. También el alivio de haber sido ella la que había recibido el daño. Una esquirla de la carrocería había saltado con el impacto y se le había clavado en su cuerpo, cerca del hombro. Salió del coche con el niño en brazos y después lo dejó en el asiento. Cerró la puerta para que su hijo no la viera y se tendió en la tierra caliente de aquel camino funesto. Alrededor mucha gente, más de un centenar de personas que se perdían en la lejanía del camino, gritaba ahogadamente, otros maldecían a los nazis. Los más desafortunados yacían muertos. August se arrodilló frente a su mujer.

—No me voy a morir —dijo ella—, siempre se dice que uno sabe cuándo le llega la hora. A mí no me ha llegado aún.

—Cállate. ¿Ni siquiera hoy conseguiré que te quejes? Ya sé que no te vas a morir, pero déjame verte.

Le desabrochó la pechera del vestido y con cuidado le sacó el brazo de la manga para que la herida quedara al descubierto. La visión le impactó. Un corte de importancia marcaba su cuerpo descubriendo un interior de carnes que sangraba lentamente.

—Quédate aquí —le ordenó.

Poco después volvía junto a ella con una botella de vodka y vendas.

—Siempre me gustó el vodka —dijo ella al verle.

—Hoy te va a escocer.

—Esa bebida nunca pudo conmigo. Échamela.

August derramó un poco sobre la herida. Athalia sintió cómo le quemaba, pero no emitió sonido alguno. Ni siquiera su cara mostró algún signo de dolor.

—Eres única —le dijo mientras la levantaba y la empezaba a vendar con los girones de una de sus camisas—. Vamos a tener que revisar esto a diario. Las heridas así se infectan en un santiamén.

—La mía no se infectará, querido. Estamos retrasándonos. Mira a ver si podemos ayudar a alguien y, si no es así, sigamos.

La ayudó a sentarse en el asiento del copiloto y Saul, con sumo cuidado, se sentó entre sus piernas. Seguía teniendo la cara manchada de sangre, por lo que, mientras August se acercaba a diferentes grupos de personas que también habían sido víctimas del ataque, Athalia limpió un poco a su hijo.

August poco podía hacer por los demás. Varios habían muerto en el acto y otros lo harían en breve. No tenían espacio para nadie en el coche y, de todas formas, su vehículo no habría avanzado mucho más rápido que los demás, atascados en constantes embudos humanos. Volvió al coche y se dispuso a arrancarlo, pero, al girar la llave, el motor no hizo más que un ruido parecido a un corto ataque de tos y quedó en silencio. Salió del vehículo y se agachó para revisar los bajos. Una enorme mancha de líquido espeso se mezclaba con la gasolina del depósito, que también había sido agujerado por la metralla. Abrió el capó y, pese a sus escasos conocimientos de mecánica, supo que se habían quedado sin coche. Desde el interior, tras el cristal roto, Athalia pareció comprender y sin hacer preguntas se bajó como pudo del coche con el niño, que, a su orden, se quedó de pie, quieto en su sitio.

—Ya no tenemos coche —dijo August—, tendremos que seguir andando, como todos los demás. Quizás pueda comprar otro en algún pueblo.

—Haré una maleta. No podemos viajar con todo esto a cuestas —respondió ella mirando el asiento trasero—. Nadie dijo que esto fuera a ser fácil.

—Te quiero —le dijo él espontáneo.

—Lo sé. Dentro de unos años solo habremos sacado cosas buenas de estos días horribles. Cada golpe nos hace más fuertes a los tres. Superaremos todo y nada podrá destruirnos. Valoraremos las cosas pequeñas, porque ahora, que podemos perderlas, nos damos cuenta de lo grandes que son. —Se miraron unos segundos—. En fin, querido, sigamos.

Anduvieron toda la tarde controlando los pequeños descansos para asegurarse de que llegarían al destino que August había marcado para el primer día. Aunque agotados, a las diez de la noche entraban en Château-Landon, un pequeño pueblo medieval encaramado a un promontorio rocoso. Los Wiesner parecían ser los únicos que habían llegado hasta allí. Todo estaba en silencio y sus pasos resonaban entre las paredes de sus calles estrechas y empedradas. No era demasiado tarde, pero la quietud era total, con las contraventanas cerradas y ni un alma paseando a pesar de la espléndida temperatura. El miedo y la conmoción por la inminente derrota se palpaban en la tensa quietud. Tras llamar a la puerta de una posada, el ventanuco de un lado se abrió y rápidamente les hicieron pasar, como si con ellos pudieran colarse los nazis que estaban acabando con el orgullo galo. Dentro, en el pequeño salón que hacía también de comedor de la posada, una quincena de vecinos los vio entrar. Sobre la mesa, en desorden, varias botellas vacías, migas de pan y los restos de un queso. August supuso que llevaban horas allí, comentando el desastre.

—¿París? —les dijo uno.

—Sí —respondió él—. Salimos esta mañana.

—Hemos oído que ha huido mucha gente.

—Mucha, y el Gobierno también.

—Sí. Esos cobardes —dijo el hombre, serio, antes de rematar el vaso de vino—. Pero ustedes no son franceses.

—Somos checoslovacos. Huimos cuando nuestro país fue invadido.

—No los ayudamos entonces. Supongo que merecemos lo que nos está pasando.

Athalia se abstuvo de decir lo que pensaba.

—La van a declarar ciudad abierta —apuntó otro, vestido de gendarme, dando una información que los Wiesner no conocían—. A París.

—¿Y eso qué significa? —preguntó Athalia.

—Significa que la ciudad se ha rendido. Que les entregamos las llaves de nuestra capital y les garantizamos que los recibiremos sin defendernos con tal de que no la dañen. Lo que han hecho en Róterdam y en otros lugares... no lo queremos para nuestra hermosa ciudad.

—Parece claro que no estamos dispuestos a todo para vencer a los alemanes... —dijo otro—, que *La Gioconda* y los Campos Elíseos valen más que nuestra independencia. Es algo sobre lo que deberíamos reflexionar.

—No está todo dicho —los animó August—, nunca lo está. —Miró a su mujer—. Tenemos que descansar. Nos podemos acomodar en una habitación los tres.

—Los acompañaré —dijo el posadero.

Estaba preocupado. El coche había sido importante en el inicio de su partida, pero era fundamental en el trecho que debían afrontar. Quería huir de forma discreta, por rutas secundarias, sin llamar la atención. Intentar que cualquier nueva sorpresa los cogiera lejos de los puntos calientes, pero sin su vehículo deberían utilizar el tren, que los acercaría a poblaciones más importantes, que eran fáciles de bombardear, que podría pararse en cualquier momento por orden de un enemigo que les odiaba por algo de lo que no podían (ni querían) escapar. Eran judíos y nada cambiaría eso.

Reconcomido por la inquietud, durmió intranquilo toda la noche. Con los primeros signos de claridad, se levantó para intentar hacerse con algún coche, que estaba dispuesto a pagar a precio de oro. Lamentablemente, Château-Landon no era un pueblo en el que sobrara nada y tan solo pudo acordar con un campesino que les hiciera sitio en su camión de transporte de ganado para llevarles hasta Bourges, casi en el centro de Francia, desde donde podrían coger un tren hacia el sur. El combustible escaseaba, así que desechó definitivamente hacerse con un coche.

Cuando, pasado el mediodía, entraron en Bourges, el ambiente era el que los Wiesner ya habían visto antes de abandonar París. En vez de armarse para la defensa, los franceses se preparaban para huir. Era 12 de junio, nada había podido parar a los alemanes y nadie tenía ninguna esperanza de que algo pudiera hacerlo. El grueso del ejército se hallaba aislado, rodeado y bombardeado en Bélgica, lejos de donde eran necesarios, tal y como Hitler había planeado. Abandonados por los ingleses. Solos.

Alrededor de las tres, entre empujones, gritos, cordialidad perdida y urgencia, consiguieron meterse en uno de los trenes que escapaban de la ciudad. La mayoría de la gente se comportaba como hubiera hecho para salir de una casa en llamas. A August le pareció que muchos no sabían ni siquiera a dónde iban, pero estaban dispuestos a todo con tal de alejarse de los alemanes que llamaban a su puerta. Solo en su compartimento, pensado para seis personas, se habían encajado el doble, y en los pasillos, cuartos de baño, en cualquier espacio, la gente se amontonaba. Por la noche, tras detenerse varias veces y realizar tramos a exasperante lentitud, llegaron a Clermont-Ferrand. El aire del vagón era tan denso que August no alcanzaba a comprender cómo no se habían ahogado. El olor a humanidad era insoportable y, pese a todo, lo soportaron sin queja. Athalia incluso había conseguido conciliar el sueño y

Saul, encaramado a ella como hacía de bebé, se recostaba sobre su pecho buscando la seguridad que sentía peligrar. La imagen le hizo decidirse por no apearse del tren, que seguiría su camino, quizás menos peligroso en la oscuridad, hacia el sur. Al cruzar Limoges recibieron nuevas noticias. No por esperadas dejaron de ser impactantes. Los nazis ya habían desfilado por los Campos Elíseos, a la sombra del Arco de Triunfo, el monumento a las glorias francesas que de pronto ya nadie recordaba. Era 14 de junio.

Un día después, el tren se adentró en una zona de viñedos y a primera hora de la tarde cruzó un puente sobre el río Lot para adentrarse en Cahors. No les quedaba comida y la vida en aquel vagón era sencillamente insoportable. Además, llevaban tres días sin desinfectar la herida de Athalia, a la que el calor y la falta de higiene del tren no estaban beneficiando. Ella no lo decía, pero August estaba seguro de que le dolía. Cahors era pequeño, bonito, y pensaron que lo bastante al sur para que pudieran descansar un poco. No estaba en sus previsiones, pero ¿qué podían prever en aquel mundo? Bajaron del tren contentos, y enseguida se pusieron a buscar alojamiento.

La población era una auténtica joya arquitectónica: medieval, pero con luz, pequeñas plazas con árboles y ambiente quizá más sosegado. Tal vez fuera solo su percepción o sus ganas de sonreír a una vida que se ensombrecía, pero fuera del tren los Wiesner se animaron. Recorrieron sin rumbo la Rue Joachim Murat hasta el bulevar de Léon Gambetta, el *cadurcien* que había honrado a su pueblo al convertirse en primer ministro francés. A la izquierda de esta vía ancha, la villa se volvía más laberíntica, más antigua. Penetraron en esa zona y, tras pasar por delante del ayuntamiento, encontraron una pequeña posada en la plaza Saint-Priest. No era lujosa, pero parecía limpia y agradable, y estaban tan cansados que cualquier cama en la que pudieran echarse les hubiera parecido aceptable. Si alguna vez habían sido exigentes, o *gourmets*, parecía claro que estaban preparados para bajar sus estándares.

Athalia y Saul se instalaron mientras August iba en busca de la prensa, jabón y comida. Cuando volvió a la posada, su hijo estaba en el suelo dibujando con unos lápices de colores que les habían dejado, mientras su mujer dormía plácidamente. La imagen le recordó a las que no hacía tanto veía a diario, cuando su vida transcurría en paz mientras lejos de ellos alguien planeaba estropearla. Qué lástima era haber tenido que vivir el mal presente para valorar el buen pasado. Se acercó a su mujer y se tumbó junto a ella acariciándole la cara, aquella piel delicada, pasándole las yemas de los dedos alrededor de los ojos, su nariz perfecta, su mentón fino, el vello rubio que le crecía en la nuca. Luego, al ver que tenía calor, la desvistió un poco, pues, agotada, Athalia se había recostado sin tan siquiera quitarse del bolso que llevaba cruzado al pecho. Luego le desabrochó los botones superiores de la blusa. Nunca sudaba, pero su piel estaba caliente, por lo que buscó un poco de colonia, empapó una toalla y se la pasó por el cuerpo para refrescarla. Ella tan solo ronroneó de placer, pero, al desabrocharle la blusa, la herida quedó al descubierto.

August se asustó. Lo que recordaba como un punto negro, rodeado de un morado rojizo, se había extendido casi un palmo alrededor y le cubría hasta el inicio del brazo con un color amarillento sobre el que destacaban venas y cardenales. La misma herida parecía mayor y, lejos de haber cicatrizado, supuraba. Asustado, acercó el dedo a la herida. Creyó no haberla tocado siquiera cuando su mujer gruñó de dolor aún adormilada. Le tocó la frente. No estaba acalorada, o por lo menos no solo acalorada: Athalia tenía fiebre. Sin dudarlo fue en busca de un médico.

El doctor Lefevre no fue alarmista, pero tampoco se esforzó en tranquilizarle. Tenía la actitud que muchos achacaban a los franceses, pero que August había encontrado solo en unos pocos. Era pedante. Los trataba como si estuviera haciéndoles un favor, como si aquella habitación sencilla no fuera digna de alguien como él. Con todo, parecía un buen doctor y, cuando comprobó que los checoslovacos podían pagar cuantas visitas necesitara Athalia, se comprometió a volver dos veces a la semana.

Dos veces a la semana.

Deberían quedarse en Cahors por lo menos diez días. La herida no era grave aún, pero había empeorado mucho y debían revertir la situación. El doctor Lefevre no estaba seguro de que encontraran en otro lugar los medicamentos que él suministraba y tampoco podía ofrecerles una cantidad suficiente para llevarse con ellos. Si querían que Athalia mejorara, debían quedarse, así que lo hicieron. Estaban ya muy al sur y, de precipitarse la invasión, de acelerarse, sería poco probable que los nazis tardaran en alcanzarles menos que ellos en subirse al tren y viajar hasta la frontera. Con todo, durante días, August siguió con detalle las noticias de los periódicos. Todas malas, por supuesto.

De Gaulle y el Gobierno de Burdeos habían huido a Londres. Petain, nuevo presidente tras la dimisión de Reynaud, había anunciado el armisticio. Había dicho: «Con gran pesar, les digo hoy que hay que detener el combate», dejando claro que no había nada que hacer y debían perder toda esperanza.

El 22 de junio de 1940, por orden de Hitler, se sacó el vagón de tren de la compañía Carlson Wagon Lits del Museo de Compiègne, el mismo en el que los alemanes habían firmado el armisticio que dio fin a la Primera Guerra Mundial. Se colocó exactamente en el mismo lugar que ocupó en aquel episodio que había avergonzado al joven soldado Adolf Hitler. Aquella firma había animado su venganza, había motivado su furia. Se colocó, pues, el vagón en el mismo sitio y allí los franceses vieron al Führer devolverles la humillación. Todo había acabado. Todo había empezado.

Y la herida no sanaba, por lo menos no lo rápido que August hubiera esperado. La infección había pasado al brazo derecho y la debilidad de Athalia era ya general. Su cara estaba del color de la cera, siempre tenía fiebre y su pelo albino, abundante y ordenado, de pronto escaseaba y se había escarolado. Comía poco y, aunque se esforzaba en sonreír, su cuerpo exudaba tristeza. Saul lo notaba, así que August se esforzaba en pasear con él por Cahors, en llevarlo por la orilla del río Lot y a lugares donde hubiera niños de su edad. Era una persona optimista, igual que su mujer, pero la certeza de estar alargando demasiado su estancia en un país que cada vez se parecía más al Reich le tenía sin dormir.

Pasaron agosto de la misma forma que julio, con Athalia en un estado de salud en el que cada día pasado se consideraba un triunfo. En septiembre llevaban ya más de noventa triunfos cuando Athalia se encontró con ánimo suficiente para subirse a un carro y pasear por la ciudad. A la luz del sol su piel amarillenta delataba su estado y su debilidad para todo también era elocuente. Señalaba las cosas con lentitud, hablaba poco y sus sonrisas eran apenas esbozos de una felicidad ligera. Giraba la cabeza a un lado y otro de forma que las venas de su cuello se marcaban como las de una anciana. Al llegar al Pont Valentré, bajaron del coche y anduvieron lentamente sobre los seis arcos del imponente monumento, mientras Athalia miraba impresionada las tres altas torres construidas sobre el Lot. Llevaba tres meses en Cahors y ni siquiera había podido acercarse a ver aquel lugar. Se apoyó en el borde mirando el río mientras su hijo Saul jugaba yendo y viniendo por el puente, que conocía bien, y estaba ansioso por mostrar en todos sus detalles a su madre. Ella miró a August.

—Estoy siendo un estorbo. Deberíamos estar en España, quizás más lejos aún.

—No iremos a ninguna parte si no vamos los tres.

—Lo sé, y es lo que me preocupa. Si en algún momento debes dejarme atrás, hazlo sin dudar. Saul merece una vida larga y plena. Para eso le trajimos al mundo. Pienso que todo mejorará, pero deberemos esperar.

—Siempre has sido optimista.

—Lo creo de veras. August, todo irá a mejor. Lucharemos para que así sea. Nuestra empresa no es tu fábrica, ni nuestro castillo, ni siquiera el piso de París o lo que sea que guardes en Zúrich. Nuestra empresa es nuestro hijo. Es él quien debe tener un futuro. Él es nuestro proyecto común. Nuestro legado. Nada como un hijo habla sobre sus padres, y ninguna herencia es mejor que la de poblar el mundo de buenas personas. Si todos nos esforzáramos el mal acabaría en una generación. Saul es bueno. Llegado el momento déjame atrás sin dudarlo. No podremos estar mucho más aquí, los dos lo sabemos.

—Sí. Pero estás mejorando.

—Es cierto. Me siento mejor. Pero el tonto del doctor Lefevre aún tiene miedo. Dice que todo puede cambiar.

—Cambiará. A mejor, tú misma lo has dicho —dijo August pasándole un brazo por la cintura y acercándola a él—. Tenemos aún muchas cosas que hacer tú y yo.

A final de septiembre la salud de Athalia mejoró, de forma que pudieron salir a pasear con ella tres veces más y August empezó a planear su viaje a España. También optimista, pensó en lo que vendría después. Investigaba los países sudamericanos con fruición, valorando cada detalle, y empezó a pensar seriamente en establecerse en Argentina. Comprarían una finca, una *estancia*, como las llamaban allí, y construiría una bonita casa para que vivieran los tres. Podrían dedicarse al ganado, pero siempre con un ojo puesto en la industria de la que él tenía conocimiento. La construcción en América viviría un gran desarrollo en los próximos años, estaba seguro, y él estaría allí para volver a suministrar los materiales en los que era experto. Le hizo gracia pensar en su hijo, un checoslovaco que acabaría por hablar español con acento argentino.

Entraba en la posada el 5 de octubre cuando el posadero le detuvo.

—Monsieur Wiesner, esta tarde ha estado aquí un policía.

August se extrañó.

—¿Y qué quería exactamente ese policía, amigo mío?

—Me ha dicho que era de la GMR, de los Groupes Mobiles de Réserve.

August se asustó. Los GMR eran el equivalente a la Gestapo en Francia. Tan nazis como ellos e imbuidos del mismo espíritu, perseguían a francmasones, gitanos, homosexuales... y sí, por supuesto, también a judíos.

—Me ha preguntado por ustedes —siguió el hombre—. Me ha dicho que son ustedes extranjeros, checoslovacos. Yo le he dicho que sí, claro. Todos lo saben, llevan ustedes meses entre nosotros... No hay nada malo en ello, ¿no?

—Desde luego que no.

—También ha dicho que sospechan que son judíos. Yo no le he dicho nada, aunque sepa la verdad.

—Le agradezco su discreción.

—Ayer decretaron el arresto de todos los judíos extranjeros. *Monsieur*, debe escapar ahora mismo si no quiere que le arresten. Le puedo vender mi coche, diré que desapareció, pero deben huir inmediatamente.

Otra vez. Huir y huir. ¿Cuándo acabaría aquello? August miró al hombre. Luego de manera espontánea le abrazó. El posadero parecía a punto de llorar.

—Es usted un buen hombre, *monsieur*. El mejor que ha pasado por aquí. ¿Qué importará que sea usted judío? —balbuceó emocionado el francés.

—Por desgracia, no todos piensan como usted, amigo. Iré a hacer las maletas. Le compraré su Renault al precio del Mercedes de Hitler.

—No es necesario, *monsieur*. De veras que no.

—Sí lo es. A usted no le sobra nada y me ofrece su coche. Yo le pagaré mucho y aún me sobrará mucho más. El generoso es usted, que da mucho de lo que tiene, no yo, que le pago con una mínima fracción de lo que poseo.

Tras tres meses y medio en Cahors, sin tiempo para discutirlo demasiado y sin grandes pertenencias que llevarse consigo, los Wiesner se volvieron a poner en camino. Athalia se recostó en el asiento trasero del Renault del posadero mientras el pequeño Saul lo hacía en el del copiloto. Ya estaba oscuro cuando las luces amarillas del utilitario se encendieron y cruzaron el Lot por última vez.

«Al sur —se repetía August—. Hay que seguir al sur». Aquellas palabras, repetidas como una oración, debían darle la fuerza que necesitaba en el último tramo de su huida. Una huida de varios años, vista en perspectiva.

Por suerte, la orden de arresto de los judíos era reciente y los encargados de hacerla cumplir eran los gendarmes franceses. Muchos, la mayoría, aún no habían asumido que, en última instancia, dependían de los nazis, por lo que August se aferró a la idea de que aplicarían aquella norma cruel con laxitud. En Cahors, el GMR los había buscado, pero su corazón le decía que la mayoría de los policías franceses no habrían olvidado tan rápidamente la libertad, la igualdad y la fraternidad que había sido el lema de la República hasta hacía bien poco. Hasta que esta había dejado de existir, en realidad.

Como había hecho desde su salida de París, circuló por carreteras secundarias, muchas de tierra, algunas rodeadas de viñedos listos para ser vendimiados o vendimiados ya. Viajó toda la noche parando brevemente tan solo cuando alguno de los tres lo necesitaba. Se cruzó con pocos coches, con poca gente. Todos preferían dormir que despertar de aquella pesadilla, pero él se mantuvo despierto hasta que la gasolina estuvo a punto de acabarse, más o menos donde había calculado, en la pequeña ciudad de Castelnaudary, una hermosa población situada entre Toulouse y Carcassone, ya muy cerca del Pirineo que les separaba de España.

Cuando llegó, estaba amaneciendo. Aparcó a las orillas del Grand Bassin, la gran balsa, un estanque artificial de al menos siete hectáreas, el más grande de todo el Canal du Midi que conectaba Toulouse con el Mediterráneo. Al otro lado asomaban la iglesia de la ciudad y algunos edificios que supuso administrativos en el centro. Los miró unos segundos satisfecho, desviando luego la vista al agua para contemplar los rayos del sol reflejarse poco a poco con mayor intensidad sobre ella e iluminar aves, barcos, árboles y la naturaleza que mudaba por la cercanía del otoño. Hacía un poco de frío y tanto Saul como Athalia se habían tapado con mantas. Aguardó aún una hora, adormilado él también, hasta decidir despertarlos.

Deberían hacerse con otro coche o, mejor aún, conseguir a alguien que los llevara cerca de la frontera. Ya no cabía duda de que tendrían que cruzarla ilegalmente, pues si se basaban en la nueva ley antijudía, ellos, que hasta entonces habían sido ciudadanos respetables, eran fugitivos. En otras circunstancias, August se hubiera planteado hacer el camino a pie, pero con Athalia aún tan débil era totalmente imposible. Les acarició la cara a ambos para despertarlos.

—Saul, eh, hijo, Saul..., mira qué sitio tan bonito —le dijo mientras el niño se desperezaba.

Era igual que su madre, no solo en sus facciones perfectas, sino en su fortaleza. Rara vez lloraba. A veces August pensaba que el niño entendía mejor que nadie la situación, que observaba detenidamente, sin miedo pero sabiendo que era grave. Su mirada se iluminó al ver el Grand Bassin.

—¡Son patos! ¡Seguro que conocen a los de Schloss Wiesner! Les podemos decir que los saluden de nuestra parte.

—Sí, hijo, podemos hacer eso si se acercan un poco —dijo August intentando que el nudo de nostalgia en su garganta se quedara solo en eso.

El alborozo despertó a Athalia.

—Qué sitio más bonito —se oyó desde el asiento trasero—, se respira paz.

—De eso tendremos mucho en poco tiempo. —sonrió August—. ¿Qué tal te encuentras?

Ella hizo una mueca involuntaria. La que hacía cuando se disponía a mentir.

—Mejor.

—Ya —respondió él—, déjame ver el hombro.

—Estoy mejor. Lo importante es cómo está por dentro. Por fuera... eso no importa. Como en la vida.

—Muy bonito, pero no quieras despistarme.

Athalia se desabotonó la blusa. Enseguida el color negro en el que había tornado el amarillento de la primera fase de la infección apareció. August intentó no mostrarse todo lo impresionado que estaba.

—Te tiene que ver un médico.

—No. No hasta que estemos en España. No voy a retrasaros más. Ve a buscar alguna forma de alcanzar el otro lado del Pirineo. Allí me puedes llevar al hospital.

—Athalia, no puedes...

—Sí puedo. Lo que no puedo es encerrar a mi familia en un país en el que somos fugitivos de la ley. Ve a buscar transporte, o gasolina.

La gasolina no era una opción, pues estaba racionada y escaseaba. Podría haber encontrado algo en el mercado negro, quizás hacerse con unos litros pagando un sobreprecio, pero no tenía tiempo.

Cogió a Saul de la mano y rodearon el plato de agua hasta el canal que lo llenaba, que cruzaron por un gracioso puente para llegar al centro de Castelnaudary. «Avenue des Pyrénées», leyó August. Los Pirineos. Ya quedaba poco. Eran las nueve y la ciudad estaba en pleno ajetreo matinal. La vida, mal que bien, no se había detenido del todo y los comerciantes mostraban en sus escaparates lo que tenían para ofrecer aquel día, probablemente menos que antes de la guerra y a mayor precio. August y su hijo continuaron caminando sin rumbo fijo. No convenía hacerse notar demasiado, no convenía que ningún policía los parara, les preguntara, reconociera su evidente acento extranjero y hurgara en su identidad. La opción mejor parecía ser que alguien los llevara, pero al rato, la opción del tren volvía a ganar peso. Era arriesgado, sí, pero se le acababan las alternativas. Pasearon un rato más y, como atraído sin quererlo, August enfiló hacia la estación, situada al otro lado del Grand Bassin. Estaba a punto de cruzar el canal cuando una pequeña furgoneta les hizo apartarse. En las puertas traseras leyó: «M. AURIAC, VIANDES SAUVOREUX DE LA CERDAGNE». Viandas sabrosas de la Cerdaña. La Cerdaña. Había visto aquel nombre suficientes veces en su mapa de carreteras como para no olvidarlo. El valle pirenaico compartido por España y Francia, un valle ancho, grande, con una línea fronteriza que forzosamente tenía que ser fácil de cruzar. Cogió de la mano a Saul y persiguió la furgoneta por las calles de Castelnaudary. No iba lejos, sino justo al hostal que apareció doblada la esquina. El Hôtel du Canal.

Se apoyó en un muro y vio cómo un hombre corpulento y de piel sonrosada descargaba el género, grandes trozos de carne que supuso de vaca y cerdo. Vestido de blanco, con grandes manchas de sangre, su profesión habría sido inconfundible incluso sin el género que portaba. Cuando hubo acabado, dio la mano a un hombre a la puerta del hostal e hizo ademán de volver a subirse a la furgoneta, junto a la que encontró a August.

El judío era directo. Su cara amable y sus rasgos elegantes hacían que la gente se fiara de él, así que podía permitirse asaltar con preguntas a desconocidos que se hubieran apartado de cualquier otro.

—*Bonjour, monsieur* —dijo afable.

—*Bonjour* —respondió el carnicero, sonriendo y mirándole de arriba abajo.

—Veo que es usted de la Cerdaña. Estoy buscando a alguien que nos lleve a mi hijo, a mi mujer y a mí.

—Puede coger el tren.

—Le pagaré muy bien.

—No hace falta que se gaste mucho dinero. El tren le llevará por muy poco.

—Lo sé. Pero mi mujer está muy débil y el tren está atestado de gente. Si me lleva usted a la Cerdaña, le pagaré cuatro veces el precio del billete de tren. Podemos salir en este instante, pero tenemos que recoger a mi mujer, que está a pocos minutos de aquí. —Abrió su billetera y dejó que el carnicero viera el dinero que llevaba encima, todo billetes de alto valor. El hombre cambió la mirada.

—Suban —le dijo decidido—. Michel Auriac los llevará gustoso, aunque no crea ni una palabra de lo que me acaba de decir. Son tiempos difíciles, pero no estoy yo para complicarlos más.

August no pudo evitar sonreír.

Habían pasado dos horas desde que habían dejado a Athalia y la encontraron peor que antes. Michel, que observaba cómo la mujer bajaba del coche con la debilidad de una nonagenaria, llamó a August.

—Su mujer está enferma —susurró el carnicero.

—Lo sé. Necesitamos llevarla a un hospital una vez estemos en la Cerdaña.

—En Puigcerdá hay uno —contestó Michel—, pero tendrán que cruzar la frontera.

—Eso pensamos hacer —respondió August dando por hecho que el avispado conductor ya había comprendido que estaba llevando a unos fugitivos.

—Ya. La frontera se puede cruzar de muchas maneras. Por el puente internacional... o por los caminos de montaña. Si piensa cruzar a pie, su mujer no lo conseguirá.

—Tenemos que cruzar —replicó el checoslovaco.

—Hay un sanatorio en Dorres, el Sanatorio des Escaldes. Es un pueblo muy cercano a la frontera. Es un sanatorio para mujeres, para tuberculosas, así que ningún policía husmea por allí. Está apartado. Lleve a su mujer allí.

—Pero...

—No lo conseguirá. No cruzará la frontera si no se recupera antes. El sanatorio es un lugar seguro, lleno de gente buena. No los molestarán. Si creen en algo a Michel Auriac, que en toda su vida solo mintió a su esposa, le harán caso. Quédense dos días o tres. Su mujer necesita ayuda.

August miró a Athalia, que se esforzaba por aparentar buena salud irguiéndose, alzando el mentón, como cuando recorría el jardín de su castillo o paseaba por la elegante calle Paris, en Praga. No funcionaba. Su cara era cada vez más la de una anciana, sus ojos se hundían cada día más y la infección claramente no remitía. A su mujer se le estaba marchando la vida.

Miró a Michel. El francés tenía toda la razón, pero no quería creer que tuvieran que demorar aún más su salida de Francia. Él pareció leerle el pensamiento.

—Dorres está a ocho kilómetros de la frontera, amigo. Es prácticamente España.

—Pero aún no lo es —suspiró August—. Llévenos al sanatorio, por favor.

Tardaron casi cuatro horas en recorrer la distancia entre Castelnaudary y el sanatorio. Por el camino, las señales que indicaban los kilómetros restantes a Puigcerdá, la Seo de Urgel o España se sucedían con frecuencia, de forma que se sintieron, por primera vez, realmente cerca de su objetivo. En las últimas dos horas el paisaje ya era puramente pirenaico y circulaban por el lecho de diferentes valles consecutivos, atravesando pequeños pueblos y aldeas de piedra rodeados de pastos. En el tramo final, empezaron a ascender por una carretera de curvas cerradas que escalaba la montaña. En uno de los arcenes con mejor vista, el carnicero aparcó y, recostándose sobre August, se acercó a la ventana del copiloto para señalarle el paisaje.

—Eso de allí es Llivia. Es un pueblo español rodeado completamente por tierras francesas. El campanario que ven al fondo, aquel que asoma sobre el pueblo en la colina, es el de la iglesia de Puigcerdá, plenamente español. Como ven, están ustedes muy cerca. Lo conseguirán sin duda, no se inquieten. —Realmente estaban muy cerca. August respiró aliviado—. Se lo dije, amigo mío. Pero lo primero, vayamos al sanatorio. Su mujer estará bien en pocos días, ya verá.

Enfilaron el último kilómetro hasta el sanatorio, al que se llegaba por una carretera estrecha y revirada, flanqueada por muros de piedra, un escenario rural que no encajaba en nada con el imponente edificio que empezaron a ver a distancia, enclavado en la montaña.

—Es enorme —dijo August.

—Lo es. Y muy moderno también.

Era cierto. El Sanatorio des Escaldes era un edificio moderno y no especialmente agraciado, pero imponente. Con planta en L, tenía siete alturas, poco airosas salvo por la principal, rematada por un porche con columnas que tenía que ser agradable para descansar. En realidad, el lugar parecía idóneo para el restablecimiento, pues era como si se hubiera edificado en medio de la naturaleza un hospital de ciudad, con las ventajas de los dos mundos.

—No lo imaginaba así —continuó August.

—Es un forúnculo en la cara de una venus, lo puede decir. Resulta aberrante en este lugar, pero los enfermos disfrutan del mejor aire, la mejor vista y los mejores cuidados. Los necesitan. Dicen que la altura favorece la cura de la tuberculosis.

—¿Hay muchos tuberculosos? —preguntó algo alarmado.

—Sí, pero no se asuste. Está todo organizado, todo aislado, no les contagiarán, puede estar seguro. Lo bueno de ese pensamiento suyo es que los gendarmes lo comparten..., se acercan poco aquí, así que otro punto a su favor. Además, como le dije, es un sanatorio para mujeres.

—Yo no soy una mujer —dijo August.

—Eso ya lo había visto —afirmó mientras la furgoneta rodeaba el parterre delantero del sanatorio y se paraba frente a la puerta—. Pero quizás puedan hacer una excepción. Yo les dejo en la entrada y me voy. A partir de aquí deberán apañárselas sin mí.

—Ha sido de gran ayuda —dijo August mientras abría la puerta lateral y ayudaba a Saul y Athalia a bajar del vehículo—, le estaré siempre muy agradecido.

—Así somos los de por aquí. Además, al margen del buen dinero que me ha pagado, probablemente en muy poco tiempo seamos nosotros los que necesitemos asistencia, así que no piense que somos del todo desinteresados. Pero llego tarde... ¡Adiós, amigo!

Vieron cómo la pequeña furgoneta del carnicero salía de allí ágilmente y se volvieron hacia la puerta. El personal del hospital había oído el ruido del vehículo y acababa de asomar por la puerta. Una enfermera y un hombre vestido de blanco. Ambos tenían aspecto impenetrable, pero cuando los tres se acercaron a ellos, la mujer sonrió. Tendría cuarenta años y era del tipo de persona que se olvida fácilmente, pues no tenía ningún rasgo destacable. Ni alta ni baja, ni fea ni guapa, ni gorda ni flaca. Ordenada, pulcra, con el pelo oscuro recogido en un moño tirante y la frente despejada bajo una cofia blanca.

—Soy *madame* Hubert. Entiendo que la enferma es ella —dijo aproximándose.

—La hirieron. Un avión. La herida tiene mal aspecto —dijo August.

—Sí, no me encuentro bien —confirmó Athalia quejándose por primera vez en años.

La señora Hubert apartó un poco el cuello de la blusa de Athalia.

—Sí, está infectada —se giró hacia el hombre—, lleven a *madame*...

—Wiesner —apuntó August.

—Lleven a la señora Wiesner a la habitación 432. Avisen al doctor Lacaque.

No habían ni pisado aún el vestíbulo del sanatorio cuando una camilla apareció en la misma entrada. Athalia se subió a ella con la ayuda del hombre que acompañaba a *madame* Hubert. August la vio alejarse e hizo ademán de seguirla. La mujer lo detuvo.

—No, no, *monsieur*. Este es un sanatorio solo de mujeres. No puede quedarse aquí.

—Pero...

—No, *monsieur*, lo siento. Nuestro director, *monsieur* Lelong, es estricto en este punto. No puede quedarse. Podemos cuidar de su hijo y lo llevaremos a ver a su madre durante el día, hay dos niños más en el centro, hijos de pacientes..., pero usted no puede quedarse.

—No tengo manera de irme de aquí —dijo August—, ¿quizás pudiera pagar a alguien para que me llevara a un alojamiento?

—Dé la vuelta al edificio y, en la puerta de mantenimiento, pregunte por *monsieur* Saveur. Él le dirá.

Madame Hubert hablaba de manera amable, pero supo que no tenía nada que hacer para cambiar su opinión, por lo que, obediente, salió y, rodeando el sanatorio, se dirigió a la parte de atrás.

El jardín delantero, nada especial, desaparecía abruptamente en cuanto uno doblaba la esquina de la fachada que daba a él. Por detrás, el bosque empinado de montaña empezaba de inmediato, apenas contenido por un murete que lo separaba del estrecho camino que rodeaba el edificio, pegado a su lado más feo y oscuro. August avanzó sin posibilidad de pérdida hasta la única portezuela. Estaba entreabierta, así que la golpeó dos veces y entró.

Estaba en una habitación llena de materiales de todo tipo, en el clásico caos ordenado que solo su creador es capaz de desentrañar. Este apareció enseguida, vestido con un mono verde oscuro y una gorra con aspecto de haberlo acompañado durante muchos días. Era un hombre sencillo, con barba de dos días, tez bronceada, nariz ancha, como la de un boxeador, bajo unas cejas pobladas, casi sin entrecejo, y una mirada inteligente en dos ojos pequeños y hundidos.

—Usted no es de aquí —fue lo primero que salió de su boca.

August le tendió la mano.

—Soy August Wiesner. *Madame* Hubert me ha pedido que hable con usted. Mi mujer está ingresada, pero yo...

—No se puede quedar, no. ¿Qué tiene su mujer?

—Recibió un impacto cuando abandonamos París, hace ya tres meses.

—¿Tres meses?

—Sí. —August sabía que arrastraba el problema desde hacía demasiado tiempo.

—Ha tardado usted mucho en ponerle remedio.

—Lo sé. Estamos de viaje, no ha sido nada fácil —dijo sin molestarse.

—¿Huyen?

August calló. Aquel no era el tipo de información que se debiera dar a la ligera. Saveur insistió:

—Con ese acento, está claro que no es usted de aquí, su mujer está herida desde hace tres meses y viene al sanatorio más cercano a la frontera. Amigo, no se asuste.

—Queremos ir a España —dijo August preocupado por dar una imagen tan clara.

—Si no han cruzado aún es porque no pueden hacerlo legalmente, esta claro. —August dio la callada por respuesta—. No se preocupe, cruzarán. Todo está tranquilo por aquí, más o menos.

Estamos esperando a que llegue lo que tenga que llegar. Pero si está huyendo, puede aprovechar estos días para inspeccionar los pasos fronterizos, yo le puedo mostrar los mejores en un plano. Vaya a verlos y decídase por uno. Cuando su mujer esté bien, podrán partir inmediatamente. El Tratado de los Pirineos impuso una frontera extraña que en muchos puntos nadie sabe exactamente por dónde discurre. Por ahí tiene una buena oportunidad. Y puede dormir aquí. En la planta baja se hicieron tres habitaciones para mantenimiento, pero las otras dos personas que me deberían ayudar fueron llamados a filas. La señora Hubert hará la vista gorda, pero sea discreto y váyase pronto.

—Es usted muy amable.

—Soy humano, que es algo que empieza a ser raro. Le mostraré en un plano la zona. Luego puede coger la furgoneta pequeña del centro para recorrerla. No puedo ir con usted, no puedo exponer al sanatorio, pero se las apañará.

—Lo haré —respondió el judío.

Saveur lo llevó a una habitación pequeña y oscura, con olor a cerrado y a tubería, y una pequeña ventana que daba a la parte de atrás. Luego le ofreció algo de su comida, que August le prometió pagar y reponer. Sin tiempo para sobremesas, cuando hubieron acabado, el francés apartó los platos y extendió un plano sobre la mesa.

—Todo esto es la Cerdaña. Más o menos la mitad del valle pertenece a Francia y la otra mitad a España, verá el cambio de color —dijo señalando una parte más oscura que otra—. Esto de aquí es Llivia. Es parte de España, pero está rodeada por los cuatro costados por Francia. Todo esto es la frontera. Le recomiendo que cruce por aquí... o por aquí. Son puntos poco vigilados. ¿Ve los caminos?

Había varias rutas marcadas en rojo.

—Sí.

—Los usan los pastores. Bueno, ya no. Pero, cuando no había guerra, que entre la española y la nuestra hace ya unos años, por aquí cruzábamos sin problema, sin preguntar ni escondernos. En realidad, son senderos, hay muchos, y cruzan la frontera una y otra vez.

—Parece difícil vigilar todo este trecho.

—Lo es. Y no ha habido demasiado interés nunca, ya le digo, hasta la guerra. El río hace de frontera en varias partes. Descarte esta zona de aquí, la de Bourg-Madame. Ese es el paso fronterizo normal, el legal, el que, por lo que sea, a usted no le conviene. Cerca de aquí está todo más vigilado.

Señalaba con sus dedos gordos diferentes puntos, arrastraba las yemas por un territorio que parecía conocer a la perfección. Al rato le miró a la cara.

—¿Cree que se aclarará?

—Sí, creo que sí. No parece demasiado difícil —lo decía convencido. Había recorrido media Europa sin perderse; incluso antes de la guerra, a menudo viajaba sin más ayuda que su orientación.

—Llévese el plano. Le recomiendo que vaya zona por zona. Estudie bien una, y otro día vaya a por otra. No vuelva demasiado sobre la misma, eso levantaría sospechas. En cualquier caso, encuentre la manera de irse pronto, nada cambia hasta que de repente lo hace y si algo han demostrado los alemanes es su velocidad y su capacidad para cogernos por sorpresa. Estudie primero la zona de Porta, luego la de Latour-de-Carol y luego vaya a Osseja.

Eso hizo. El primer día recorrió la región de Porta, en el extremo occidental de la Cerdaña francesa. Era más estrecha y oscura que el resto de la comarca y también más montañosa. Lindaba con España y Andorra. Se detuvo varias veces a observar el terreno. Las montañas ofrecían zonas boscosas para esconderse, pero también grandes claros desde los que hubiera sido fácil verlos. Pasar por allí era posible, no cabía duda, pero deberían hacer un camino en cuesta durante mucho tiempo. Athalia tendría que estar completamente recuperada.

El segundo día reconoció la zona de Latour-de-Carol. Le gustó mucho más. La población que daba nombre a la zona estaba muy cerca de la frontera que casi dibujaba la vía del tren, vallada por el lado español en un buen tramo. El río Carol era un obstáculo de poca importancia pues era franqueable por varios puntos. Se bajó de la furgoneta y anduvo hasta la orilla. Estaba a quinientos metros de la primera casa del pueblo, una buena casona de color anaranjado, alta, con techo de pizarra. Miró hacia el otro lado del río. Podría haberlo hecho en ese mismo momento, cruzar, correr hacia el otro lado, escalar la loma que tenía en frente y alcanzar la libertad, en España. Nadie lo miraba, pero parecía demasiado fácil. Se giró. En el jardín de la casa que había llamado su atención, alguien miraba en su dirección. Aunque parecía tranquilo, August decidió dar la vuelta y regresar a la furgoneta. Atardecía y quería ver a Athalia antes de irse a dormir.

Condujo hasta Dorres y, al llegar al sanatorio, aparcó donde Saveur le había indicado. De nuevo, no había tenido tiempo de comprar comestibles, así que cenaría lo que el buen hombre tuviera a bien ofrecerle. Del día siguiente no pasaba. Compraría todo lo que encontrara para llenar la despensa de aquel desconocido que les prestaba su ayuda. Saltó de la furgoneta y entró en el sanatorio. En recepción lo saludaron con la mano mientras corría escaleras arriba a la habitación de su mujer. Llamó suavemente a la puerta y entró sin esperar. Allí estaba ella, con el pequeño Saul sentado en un sillón junto a la cama. Más cerca, en una silla, un hombre le hablaba. Al acercarse, este se apartó un poco y August pudo ver el alzacuellos.

—Querido, este es el padre Ginoux. Es el sacerdote de Dorres y también del sanatorio. Me ha hecho compañía esta tarde —dijo Athalia. Se la veía mejor, el color de su piel era diferente y la expresión también.

—Encantado de conocerlo, señor Wiesner. He pasado un rato estupendo con su familia —dijo el sacerdote.

August era judío. Toda su familia lo era, pero, pese a las diferencias de credo, siempre había tenido aprecio por los sacerdotes. Les consideraba gente formada y dedicada. Sus reproches siempre iban dirigidos más hacia arriba... o hacia el sur, hacia el Vaticano, que se estaba mostrando tibio en un momento en que se necesitaba todo lo contrario.

El padre Ginoux parecía un hombre bueno, sencillo. Tenía la frente despejada y los ojos brillantes, altos en su faz, en la que una nariz grande y angulosa tomaba el protagonismo. Su piel estaba sonrosada por el sol de montaña. Cuando se levantó para estrecharle la mano, August comprobó que era alto.

—Su esposa me ha explicado todo lo que han tenido que pasar hasta llegar aquí —dijo directo.

Parecía que aquel secreto vital era imposible de mantener. Todos averiguaban que eran judíos fugados al poco de conocerlos. Maldito acento. Athalia adivinó su pensamiento.

—La enfermera que baña a los niños ha avisado al padre de que Saul está circundado. Ha venido a verme para preguntarme por nuestra situación.

—No se preocupe por nada, *monsieur* Wiesner. El sanatorio es un mundo aparte. Nadie se acerca aquí y tenemos el personal más caritativo y diligente que pueda imaginar. Se dejarían arrancar la piel antes de delatarlos. Su base moral es extraordinaria, pero además yo me ocupo de que no flaqueen. Lo que le están haciendo a su pueblo..., esas leyes... son inhumanas. Dios castigará. Su Hijo, igual que el de ustedes, era judío. Supongo que están esperando a que Athalia sane para cruzar a España.

August no podía creer que aquello no fuera un secreto. Calló. El padre Ginoux continuó.

—Es lógico que quieran hacerlo. Todos en su caso deben querer. Pero le pido que espere a tener un buen plan. Quizás yo pueda ayudarlos.

—No podemos esperar. Cada vez es más arriesgado —dijo él seco.

—Bueno. Usted haga sus planes y, cuando los tenga, los podemos hablar. Tal vez yo tenga uno mejor.

August no respondió, estaba seguro de que no haría lo que el padre le pedía. Ginoux debió comprenderlo porque, durante unos segundos, la tensión flotó en el ambiente.

—Bueno —dijo el sacerdote al fin—, los dejo solos. Que Dios los bendiga y a usted la cure muy pronto.

—Gracias, padre. Es usted sumamente amable.

—Todos somos hijos de Dios. Le llamemos como le llamemos. Volveré en unos días. Seguro que la encontraré restablecida —respondió él levantándose—. Un placer conocerle, señor Wiesner.

—Igualmente —dijo August de forma que quedaba claro que no compartía aquel sentimiento.

Se hizo el silencio hasta que la puerta de la habitación se cerró tras Ginoux.

—Es un hombre encantador y tú has sido muy maleducado, August. Es imperdonable.

—Ya.

—¿Ya qué?

—Ya está bien. Tenemos que irnos de aquí cuanto antes. Somos los fugitivos menos discretos de toda Europa. Nos identifican al cabo de dos minutos de conocernos, y no por nuestro aspecto, sino por nuestra lengua. Todos han sabido que somos judíos, ¡todos! Si no fuera por la suerte, estaríamos ya camino del este, o adonde quiera que lleven a los judíos que arrestan. Tendríamos que haber fingido..., haber inventado algo.

—El padre Ginoux no es colaboracionista, si eso es lo que te preocupa.

—¿Colaboracio...?

—Es como se empieza a llamar a los que están ayudando a los alemanes. A los franceses que delatan a personas como nosotros, a los que ayudan a establecer el poder de los alemanes en Francia.

—Bueno, me da igual cómo se llamen. Mañana iré a ver la zona de Osséja. Si es fácil cruzar por allí, lo haremos esta misma semana, por allí o por el lugar que he visto hoy, cerca de un pueblo llamado Latour-de-Carol. Te veo mejor.

—Lo estoy.

—En dos días podrás andar. No parece demasiado duro. ¿Has andado hoy?

Athalia caminaba lentamente desde hacía días. Los médicos decían que la infección de la herida había debilitado todo su cuerpo, que, entregado a la cura de una parte, desatendía el resto.

—Casi media hora.

—Eso está bien. —En realidad, era poquísimo, pero August estaba dispuesto a llevar a su mujer a cuestas si era necesario. Percibía que la amenaza estaba cerca.

—Mañana caminaré más, te lo prometo.

En ese momento se abrió la puerta y *madame* Hubert entró en la habitación. Caminaba de forma que parecía levitar, o que sus zapatos tuvieran suelas de lana, pues no hacía el más mínimo ruido.

—Es hora de descansar. Daremos de cenar a Saul con los otros niños. Usted debe dormir —dijo mirando a Athalia—, y usted debe irse —le dijo a August.

Cada noche era igual. Se abrazaron a la madre de familia y se despidieron. August achuchó a Saul, que rio con su padre unos segundos; luego, cada uno se retiró a sus habitaciones.

August durmió poco y mal. En los breves tramos en que consiguió conciliar el sueño, las pesadillas le atormentaron. Pesadillas que se repetían. Curas que atrapaban a su familia, nazis que los encarcelaban, gentes que los separaban para siempre, que los sumían en la oscuridad. Tras el último despertar súbito, decidió que ya había tenido suficiente y, al ver que la claridad se colaba por la ventana, se vistió y se subió a la furgoneta para revisar la última de las tres zonas por las que, en teoría, podrían cruzar a España. Nunca había tenido tantas ganas de llegar a un lugar. No podía soportar pensar que era el único que se daba cuenta del peligro que corrían.

Osséja ocupaba la parte más oriental de la frontera que los dos países compartían. Era más llana que Porta, parecida a la de Latour-de-Carol. La localidad se encaramaba en parte a la montaña, que tenía grandes manchas de abetos oscuros en bosques densos perfectos para esconderse. Había tramos con casas que no les convenían y otros que discurrían cerca de carreteras, pero que podían ser buenos para cruzar de noche. Como en otros tramos, tampoco parecía demasiado difícil pasar por allí. Tomó nota de dos puntos en el plano y algunas referencias. Cruzarían por allí. Se animó un poco y decidió volver al sanatorio en cuanto realizara una tarea que tenía pendiente.

Enfiló la carretera y atravesó varias aldeas antes de detenerse en la plaza de Sainte-Léocadie, una pequeña población en cuesta presidida por su iglesia. Había descubierto un comercio que parecía bien surtido. Una panadería. Compraría pan y harina para *monsieur* Saveur, que le tenía a plato puesto desde hacía tres días. Compraría todo lo que pudiera ayudar a aquel hombre que ayudaba a los demás.

Entró en la tienda en el momento en el que una familia hablaba con el que parecía el propietario, tras el mostrador, al que escuchaban con atención. Cuando vieron a August entrar, se callaron de repente; el que parecía el padre de familia cogió la mano del tendero entre las suyas y dio las gracias, o algo similar, antes de salir. Cinco personas, tres jóvenes y dos mayores. Tenían facciones elocuentemente sefardíes. Ellos mismos eran conscientes de ello, pues se cubrían con sombrero y bufanda y miraban al suelo, evitando una mirada que tan solo el padre devolvió a August. Una mirada temerosa, una mirada de angustia compartida que le perturbó.

Contempló al hombre mientras él y su familia abandonaban la panadería, los ojos fijos en su espalda. La voz del panadero le devolvió a la realidad.

—¿*Monsieur*, puedo ayudarle?

El panadero tenía un aspecto poco pulcro, pelo grasiento y tez sudada, entrado en carnes. Tampoco parecía especialmente amable, sin embargo, el producto que mostraban sus vitrinas tenía una presencia excelente. Cruasanes, bollos, magdalenas, bizcochos y *baguettes* que crujían con solo mirarlos.

—Celebro una fiesta —mintió August—, me llevaré todas las *baguettes*, todos los cruasanes, todas las magdalenas y... ¿tiene harina?

—*Bien sûr, monsieur* —dijo el panadero, que de pronto era amabilísimo—, tenemos una harina magnífica, ¿cuánta quiere?

—La que tenga.

—Pero, *monsieur*, tengo veinticinco kilos y es un producto caro...

—Me la llevo también.

Pagó todo ante la sorpresa del panadero y dejó una buena propina. Estaba contento. Mientras el tendero cargaba todo en la furgoneta, August se animó. Por una vez iba a ser él quien hiciera el bien a los demás en vez del que pedía asilo a cada momento. El panadero se quedó observándole mientras él se subía al vehículo y luego se alejaba. Por el retrovisor, a August le pareció que la mirada de aquel francés escondía algo. No le preocupó, probablemente no volvería a verlo en la vida.

Estaba saliendo del pueblo por una calle estrecha entre casas de piedra cuando volvió a encontrarse con la familia que estaba en la tienda. Cualquiera habría adivinado que estaban pasando un momento de penuria; para los menos avispados, la imagen de la familia en una esquina repartiéndose un bollo entre cinco personas, casi a escondidas, lo hacía evidente. Paró en seco su vehículo y salió a la calle. Al verle, el grupo se asustó y echó a correr hacia un callejón. August no entendía nada. Instintivamente corrió tras ellos, que enseguida descubrieron que su vía de escape no tenía salida. Se juntaron los unos a los otros, protegiéndose de lo que quiera que él les provocaba.

Se acercó lentamente, como se hace con un animal asustado que necesita percibir confianza y tiento. A los pocos metros se detuvo.

—Tan solo quería darles algo de pan. He comprado mucho —dijo.

—Por favor, déjenos ir —dijo el padre de familia con acento yiddish—, no le hemos hecho daño a nadie.

August no podía entender por qué le tenían miedo. Intentó explicarse.

—No quiero hacerles ningún daño. ¿Por qué habría de hacerlo?

—Usted es... alemán. Nosotros solo estamos de paso.

—Son ustedes judíos.

—Por favor, no nos haga nada, nos iremos sin molestar, no nos delate —le suplicó.

Tenían aspecto judío en cada una de sus facciones, las mismas que usaban los alemanes para sus caricaturas en carteles de propaganda. Las que tenían los supuestos villanos que robaban a los buenos ciudadanos del Reich. Cualquiera los hubiera reconocido. Que estuvieran allí resultaba una proeza, pues su acento en la lengua gala era aún más acusado que el de los Wiesner, lo que los delataba como extranjeros. Extranjeros y judíos, así que fugitivos, como él mismo. August se acercó un poco más. No lo hablaba bien y hacía mucho tiempo que no lo practicaba, pero les dijo en yiddish:

—No soy alemán. Soy checoslovaco y judío, como ustedes. Me llamo August Wiesner. He huido de París con mi mujer y un hijo. Estoy aquí por la misma razón que ustedes.

La expresión del grupo cambió. Como su propia familia, aún no se habían acostumbrado a ser discretos y, de haber sido él un agente de Vichy, habrían caído en la trampa con facilidad. El agotamiento y la conmoción por lo que les estaba sucediendo volvía a algunos más sagaces, pero también hacía de otros una presa fácil, deseosa de creer a quien no les gritara, a quien les mostrara algo de amabilidad o el mínimo respeto. Creyeron a August al instante. Él los invitó a subirse al vehículo.

—Pueden coger media barra cada uno. Cómanla y díganme adónde les puedo llevar.

Todos masticaban ya cuando el jefe de familia le contestó.

—Hemos dormido en una especie de cueva dos noches. Pero mañana cruzaremos. Tenemos un plan extraordinario. Bien trazado. Puede venir con nosotros. —August decidió escuchar. El hombre continuó.

—*Monsieur* Dupuis es *passeur*.

—No sé quién es Dupuis... ni qué es un *passeur* —replicó él.

—Dupuis es el panadero al que usted acaba de comprar. Es una persona que pasa a los fugitivos, que los ayuda a escapar. Es caro, pero también muy seguro. Nos dio su referencia un rabino que encontramos en Toulouse. Ha ayudado ya a varios grupos. Mañana nos ayudará a nosotros. Tiene una casa pegada a la frontera, en Latour-de-Carol. Nos acogerá allí y vigilará el entorno. Cuando esté despejado, nos llevará por un camino que conoce. Por lo visto, hay muchos gendarmes escondidos. No realizan vigilancias a la vista, sino agazapados en varios miradores desde donde ven la intención de cada grupo. Eso los ayuda a saber cuáles son los sitios que deben vigilar mejor, esperan a cogernos *in fraganti*. Solo los de la zona saben dónde se apostan los guardias. Solo con ellos se puede cruzar con seguridad la frontera. Es caro, pero compensa; Dupuis incluso soborna a alguno de los gendarmes...

Lo que aquel hombre le decía tenía sentido. No había visto gendarmes. La frontera le había parecido poco vigilada, demasiado fácil de cruzar y le habían observado, recordó, desde aquella casa de Latour-de-Carol cuando inspeccionaba el paso a España.

—¿Podrían cruzarnos a nosotros también? Somos tres, pagaré lo que haga falta —dijo seguro de lo que hacía.

—No lo sé... A nosotros nos ha costado convencerle. Incluso le he dado uno de mis dientes de oro... Como le he dicho, es caro.

—Pagaré el triple de lo que usted haya pagado. Dígaselo a Dupuis. Le espero aquí. No quiero hablar más con él si no acepta pasarnos de lado. No quiero que vea mi cara, que la pueda recordar.

—Lo entiendo... —dijo el otro judío—. Espéreme aquí, hablaré con él. ¿Puede darme el dinero ahora?

Sacó la billetera del bolsillo interior de la chaqueta y la abrió. El hombre alargó la mano para sacar cuatro billetes.

—Con esto bastará —dijo mirando a August—, volveré en unos minutos.

Se quedó esperando en silencio con el resto del grupo. Parecían haberlo pasado mal. Miraban al suelo como si estuvieran avergonzados, quizás atemorizados. Sus ropas estaban en mal estado y eran de baja calidad. Eran lo contrario a los judíos ricos, esos usureros que exprimían a los países en su propio beneficio que inventaba la propaganda nazi, pero tampoco estaban a salvo. También había un papel para ellos. Para Goebbels (y con él, todos los que le creían), eran los vagos, los despojos, los feos y deformes, los que debilitaban la formidable sangre aria al mezclarla con la suya. Siempre había una excusa para maltratarlos.

Al rato, el hombre del que aún no sabía el nombre (dudaba de que lo averiguara, pues, a diferencia de su familia, el grupo parecía aleccionado para ser discreto) volvió.

—Dupuis ha aceptado —dijo—, pero nos ha advertido de que no puede venir nadie más, solo ustedes tres. —August respiró aliviado—. Le espera en la cruz de término pasado mañana a las doce de la noche. Iremos a un lugar seguro en Latour-de-Carol y desde allí nos irá pasando por turnos.

—¿Por turnos? —se extrañó August.

—Eso ha dicho. Debemos confiar en él. Si no le va a hacer caso, es mejor que no venga. Comprometería toda la operación.

Le costó convencer a Athalia, que hubiera preferido esperar a que el padre Ginoux le ofreciera un plan y estaba aún débil para andar mucho rato. August le hizo prometer que no le diría nada al sacerdote. Había algo en él, no discernía qué, que le hacía desconfiar. Habían coincidido tan solo una vez y no podía desprenderse de la sensación de que el cura ocultaba algo. Era amable, sonriente, pero no había nada blando tras esa sonrisa frecuente. Sus ojos los escrutaban, los analizaban, buscaban más información, como si tuviera un plan entre manos. En aquella época, August empezó a tener muy claro que la mayoría de planes que involucraban a los judíos estaban encaminados a traerles la desgracia, así que sí, desconfiaba (mucho) del padre Ginoux.

Por suerte para su propósito, la debilidad de Athalia también provenía de la anemia y su habitual garra para oponerse a lo que no veía claro había desaparecido desde hacía días. Aceptó a regañadientes, y dos días después del encuentro de August con el otro grupo de judíos, a las once de la noche estaba lista para cruzar la frontera.

Habían hecho que Saul durmiera todo el día, así que el niño estaba despierto y preparado para aquella aventura.

Dejó una buena cantidad de francos sobre la mesa de trabajo de *monsieur* Saveur y una nota en la que decía que había tenido que llevarse la furgoneta, pero también que le informaría de dónde la había dejado para que pudieran irla a buscar. Le daba las gracias y le prometía que no olvidaría jamás a todos los buenos franceses que habían contribuido a que su familia sobreviviera.

Porque iba a hacerlo. Estaba seguro. Mientras circulaba con frío por las carreteras oscuras de la Cerdaña, se conjuró para que aquella época de incertidumbre concluyera ese día. Se había rendido a la evidencia de tener que volver a empezar, solo esperaba que le dejaran hacerlo.

Llegaron a la cruz de término de Sainte-Léocadie a la hora en punto y enseguida otra furgoneta les hizo señales con las luces. Se acercaron lentamente a ella y pararon el vehículo. En un santiamén, el panadero Dupuis se asomó por la ventanilla.

—Súbanse a mi furgoneta. Es la del pan, todos la conocen, nadie sospechará. Los panaderos trabajamos siempre de noche. No quiero que digan ni una palabra, ¿está claro?

Obedecieron. Se subieron al compartimento de carga, que quedó a oscuras en cuanto Dupuis cerró las puertas. Tuvieron tiempo de ver a la familia de judíos pobres que August había conocido dos días antes.

Permanecieron en el interior del vehículo casi media hora, sentados en el suelo metálico, resbalando contra los otros pasajeros en cada curva. Luego, la furgoneta paró y, tras oír pasos en el exterior y gente susurrando en francés, les abrieron la puerta.

Estaban frente a la entrada de una casa grande, a oscuras. Dupuis los animó con un gesto de la mano a que entraran deprisa. Cuando lo hubieron hecho, los siguió.

De pie en el vestíbulo de una casa bien amueblada, del tipo al que estaban acostumbrados los Wiesner, el panadero los guio al salón. Allí esperó a que se sentaran.

—Tienen ustedes mucha suerte. La luna está oculta esta noche, así que la vigilancia es más difícil. Esta noche cruzarán todos la frontera, pero solo si me hacen caso. Esta casa está pegada a España, a pocos metros. Primero cruzarán los hombres de la familia Amsalem. Los llevaré a donde deben esperar al siguiente grupo. En ese punto, cuando vean las señales desde la casa, hagan dos golpes de luz con la linterna. Solo dos. Más o menos de dos anularían la operación. No queremos que los gendarmes hagan señales simulando ser ustedes y nos cacen a todos si alguien corre esa suerte. Les seguirán las mujeres, todas. Por último irá el señor Wiesner. Su mujer está débil, así que, si se queda rezagada, deberá ser usted quien la ayude. Han de esperar solo media hora en el punto de encuentro. Si el siguiente grupo no ha llegado, sigan su camino, pero no se preocupen, los guardias hacen rondas. Si desde mi casa veo que se aproximan, tendremos que esperar a que pasen para mandar a otro grupo, pero los que ya han cruzado deben desaparecer. —Todos asintieron—. Voy a colocar a cada grupo en una habitación separada de la casa. Calculo que cada hora, hora y media a lo sumo, llamaré al siguiente grupo. Nunca han registrado esta casa, pero si oyen la campana de la puerta sonar al entrar alguien, escóndanse en los armarios, todos tienen doble fondo. No debería hacer falta, pero es importante que lo sepan. —Miró a Athalia—. ¿Cree que podrá hacerlo?

—Estoy segura —dijo ella irguiéndose.

—En cualquier caso, deje que su marido lleve el equipaje. Usted puede ir con el niño.

Athalia estuvo de acuerdo.

Los llevó a sus habitaciones. August abrazó a su mujer antes de dirigirse a la suya.

—Esta noche seremos libres de nuevo —le dijo al oído.

El primer grupo salió poco después. Dos hombres, uno mayor y otro joven, siguieron al panadero de Sainte-Léocadie. Cruzaron el jardín delantero de la casa y, tras mirar a ambos lados de la carretera que lo flanqueaba, Dupuis les indicó que podían avanzar. Saltaron un murete bajo e inmediatamente después cruzaron la carretera para quedarse agazapados en una suerte de zanja entre esta y la vía del tren. Allí Dupuis avanzó con cuidado unos metros hasta un pequeño túnel que pasaba por debajo de la vía, pensado para desaguar cuando llovía. Metió la cabeza e iluminó su negrura.

—Sigamos —dijo con seguridad.

Así lo hicieron durante una veintena de metros, en total oscuridad. Frente a ellos una pradera en leve cuesta acababa en un pequeño grupo de matorrales. Desde allí un bosque ascendía empinado.

Pegándose a la pared de la que acababan de emerger, Dupuis les dijo:

—Suban hasta la cresta de la colina. Donde acaba el bosque. Cuando lleguen, estarán ustedes en España. Corran al bosque. Si los guardias los ven subir, encontrarán sin dificultad el agujero por el que se escapan sus ratones.

Todos pensaron que sería fácil.

El siguiente grupo cruzó poco después. Dupuis los llevó solo hasta el linde de su casa, desde donde les indicó el camino que tenían que tomar. Luego subió al segundo piso e hizo señales luminosas desde la ventana cuando calculó que las mujeres habían atravesado el túnel. Esperaba que las hubieran visto y que, tal y como les había indicado, se hubieran ocultado en los arbustos.

Athalia llegó hasta allí con el corazón a punto de salírsele del pecho, pero se esforzó aún más para subir hasta la cima de la colina donde le habían dicho que empezaba España. Saul había tirado de ella al ver que se quedaban rezagados y estaba segura de que, gracias a su fuerza, más moral que física, había conseguido llegar a donde debían. Eran libres. Por primera vez en mucho tiempo se sentía, además, segura. Solo esperaba que August llegara a su lado. Lo haría, porque nada habría sido más fácil. Ella y su hijo se abrazaron con fuerza.

En la casa, Dupuis miró por la ventana. Luego fue a la habitación de August corriendo.

—Sígame, rápido —le dijo sin más explicación.

—¿Han cruzado ya los míos? —preguntó él.

—Lo han hecho, pero no tenemos tiempo, sígame, corra.

August obedeció, pero en vez de bajar las escaleras para ir al jardín, subieron al piso superior y de allí un piso más hasta la buhardilla.

—Hay una patrulla en el jardín. Quédese aquí. Los conozco bien, pero nunca se sabe.

—No haré ruido —dijo August acercándose a un rincón tan oscuro como el resto de la gran buhardilla. Se sentó en el suelo y se cogió las rodillas—. Le esperaré —concluyó.

Luego oyó cerrarse la puerta y nada más. Nada más en una hora, en dos horas... Nada más aquella noche, pero tampoco al cabo de muchas horas, cuando, forzosamente, ya se tenía que haber hecho de día. Tuvo que pasar un día entero hasta que, sediento y con las tripas reclamando sustento, se acercó a la puerta y puso el oído en ella antes de intentar abrirla. Estaba cerrada por fuera. A tientas, recorrió con las manos toda la pared hasta encontrar una segunda puerta. También estaba cerrada.

Pensó en gritar, en llamar la atención, pero pese a que no oía nada, quizás Dupuis estuviera con gente inconveniente en la casa. Gente que no podía saber que él estaba allí. Si gritaba, se delataría y le delataría a él. Pensó en Athalia, que estaría preocupada, y en su hijo. Mantuvo la esperanza de verlos.

Durante dos días.

Al tercero, sentía estar muriendo de sed y la oscuridad en la que vivía le hacía ver sombras donde no las había, puertas abiertas inexistentes, grifos, charcos. Estaba tirado en el suelo, con la cabeza pegada a los tablones del piso, cuando la luz se coló por debajo de la puerta. Era tan solo una raya, pero pareció iluminarlo todo. No tuvo fuerzas para levantarse, pero se giró mirando hacia el techo. Estaba en una de las partes más bajas de la estancia, pegado a una pared, con las vigas del techo a poca distancia. Instintivamente tocó la madera sobre su cabeza y luego con los dedos palpó la superficie. En su alucinación creyó oír al señor Dupuis. Gracias a

Dios. Permaneció callado sabiendo que finalmente podría cruzar la frontera, aunque, más aún que eso, deseó un vaso de agua que llevarse a la boca, tan seca que la lengua le dolía al rozar el paladar.

Se quitó el reloj y con la aguja de la hebilla grabó en la viga: «August Wiesner, *říjen* 1940». Su nombre, octubre 1940. Lo miró tan concentrado que no se dio cuenta de lo que sucedía hasta que una bota le golpeó el costado. La puerta estaba abierta y la luz lo desvelaba todo, pero la vida se cerraba. La esperanza de ver al señor Dupuis fue sustituida por la pesadilla de dos hombres con gabardinas negras que le observaban.

—¿*Monsieur* Wiesner? Police Nationale, Groupe Mobile de Réserve. Le estábamos buscando. —Sonrieron—. Parece que ha hecho usted un largo viaje.

Al fondo, en el umbral de la puerta, el señor Dupuis le miraba, inexpresivo, sin pena. August supo que el francés había hecho algo parecido a lo que un tal Judas hizo casi dos milenios antes con otro poderoso judío.

En vez de ir al sur, al cabo de una semana entraba, moribundo, en un recinto del este.

2

Enero de 1940

—Recuérdame una vez más por qué estamos aquí Pablo.

Él la miró, sentada en el asiento trasero del Mercedes negro que sorteaba las curvas de aquella noche también negra.

—Venimos a ver a tu prima. En realidad, es tu familia la que nos ha traído aquí —respondió socarrón.

—No me hace gracia, Pablo. Deja de decir eso —dijo Inés sin poder evitar sonreír un poco. Él acercó la mano para cosquillear su cintura—. Pablo, déjame, en serio —le dijo apartándose—, tengo miedo. No me gusta estar aquí. Como si no hubiéramos tenido suficiente guerra ya.

—En dos días estaremos en España. Y ya ves lo tranquilo que está todo por aquí.

Habían pasado dos días en Múnich antes de acudir a la cita que los había llevado allí, donde permanecerían cuatro días más. La prima de Inés, Hilda Sagnier, se había casado con un noble alemán y, aunque al principio a todos les había parecido un matrimonio muy conveniente, enseguida vieron cómo las nubes se cernían en torno al país que la había adoptado. Era 1940 y Alemania estaba en guerra contra el resto del mundo, así que Hilda, que había vivido la Guerra Civil española, parecía destinada a repetir aquella terrible experiencia.

Se llevaba bien con Inés y tenían edades parecidas. Ambas se habían casado en Barcelona, en Santa María del Mar, y habían sido damas de honor la una de la otra. Luego Hilda había partido a Baviera y no se habían vuelto a ver, aunque se comunicaban frecuentemente por carta.

Hilda le enviaba postales a Inés de campos verdes y bosques de abetos, de castillos encaramados a los Alpes y palacios junto a preciosos lagos, imágenes idílicas de un lugar que, desde el principio, tanto a Pablo como a ella les había erizado. La gente de Múnich y la de Baviera en general parecía contenta, pero había un espeso aroma en el ambiente que quizás los españoles, al venir de una guerra, percibían con mayor claridad.

Ambos querían volver, pero antes Pablo se reuniría con Harald, el marido de Hilda, que estaba interesado en hacer negocios con las fábricas de la familia que su hermano José Manuel dirigía. Él le había convencido de que escuchara a su pariente alemán, deseoso de conseguir clientes en una Europa en guerra que, tarde o temprano, dependería del exterior para abastecerse. Por lo visto, Harald tenía una posición importante en el gobierno, así que convenía aprovecharse de ello.

Habían salido del hotel Bayerischer Hof de Múnich a media tarde, vestidos ya para cenar. Inés cubría los hombros y el escote de su traje de Balenciaga azul con una estola de zorro, que se recolocaba constantemente de forma que, en ocasiones, parecía hundirse en ella. Quería irse, pese a que el país en guerra parecía perfectamente pacífico y todo estaba en un orden que hubiera envidiado en España. Por alguna razón, lo que había empezado como un viaje de placer, enseguida le produjo cierta inquietud, casi miedo. Quizás fuera por el idioma, se decía a veces para tranquilizarse. Pablo, de frac, no tenía miedo, pero tampoco estaba disfrutando del viaje, observante de todo lo que recordaba demasiado a las sociedades rotas que había conocido en su propio país. Malditas guerras.

Atravesaban un bosque denso y nevado por una carretera despejada de la que solo veían lo que los faros del coche iluminaban fugazmente. Conducía un chófer uniformado de verde que no había vuelto a decir nada tras el *guten abend* con el que los había recibido a la entrada del hotel. No hablaban alemán, pero estaban seguros de que tampoco lo habrían utilizado con aquel hombre serio, que debía pensar que la dignidad estaba reñida con la sonrisa.

A las ocho, sin aminorar la marcha, cruzaron la cancela de lo que supusieron era el inicio de la propiedad de Harald y Hilda, protegida por dos hombres uniformados que sostenían sendos pastores alemanes. Ni siquiera giraron la cabeza al ver pasar el coche, pese a lo cual los perros ladraron enseñando los dientes.

—A esto le llamo yo una bonita bienvenida —dijo Pablo—. Igualito que en San Antonio.

—Ojalá estuviéramos allí. Hasta que no acabe esta guerra, no saldré de España aunque mi hermana Cristina se case con un príncipe belga. Te lo prometo. Quién nos mandaría venir a este lugar en guerra teniendo nuestra bonita masía, tan amable y soleada.

—Pronto –dijo él.

—En cuatro días. Aunque tengamos que volver a pie.

Se quedaron en silencio varios minutos hasta que, oscura y grande, la gran mole a la que se dirigían apareció ante ellos.

—Ya estamos... Vaya... —dijo Pablo—. Tu abuela Sagnier estaría encantada.

Se trataba de un castillo de enormes proporciones construido sobre una gran peña que emergía en el centro de un desfiladero que se ensanchaba para darle cabida. Todo un lado del edificio sobrevolaba un acantilado profundo en cuyo fondo se escuchaba un río discurrir con fuerza; el otro se anclaba y encaramaba a una roca sobre la que crecían grandes abetos, entre cuyas ramas se vislumbraban ventanas emplomadas, tejados, torretas, balcones y arcos. La fachada era de una sillería gris que en algunos puntos se volvía casi negra por la humedad, mimetizándose con la pizarra de los tejados. Cada pocos metros, unos faroles iluminaban tenuemente la inmediatez del castillo, una gran plaza presidida por una fuente helada, rodeada de nieve.

El hielo crujió bajo los neumáticos del coche, que lentamente se detuvo frente a la puerta principal del edificio. Allí, estoico, serio y lleno de sí mismo, un mayordomo los saludó en cuanto dos lacayos les abrieron las puertas del vehículo.

Había poco color en toda la estampa, y el que descubrieron a ambos lados de la puerta les disgustó. Dos esvásticas sobre fondo rojo flanqueaban la entrada a la casa de la prima Hilda.

—Por alguna razón, pensé que Hilda no comulgaría con *herr* Hitler —dijo Inés—, siempre ha detestado a los que gritan, amenazan y prometen demasiado.

—Supongo que hay cosas que ni siquiera tu prima puede negar. Ese hombre ha levantado a su país de la ruina.

—Sí, y lo ha metido en una guerra —dijo Inés—, no olvides eso. Nuestros amigos ingleses te aseguro que no lo hacen.

Al principio, muchos de los suyos en Barcelona admiraron todo lo que había sucedido en Alemania. Les había gustado Hitler, cómo no, pues pensaban que era el único capaz de frenar al demonio comunista. Había alzado a un país que estaba de rodillas. Había vencido la crisis, había creado puestos de trabajo y Alemania volvía a ser una nación puntera. Justificaron la anexión de Checoslovaquia, el Anschluss austriaco e incluso la invasión de Polonia, como hacían con las cosas que querían querer, sin preguntarse mucho, sin entrar en contradicciones y sin ponerse en la piel de nadie que pudiera destruir sus débiles convicciones. Pero luego vino la caída de Noruega, Dinamarca, Bélgica, Holanda... Francia... Y ellos y muchos otros abrieron los ojos a una cruel realidad que ya era imposible de ignorar. Ambos tenían amigos en Inglaterra y en Francia y sí, claro, también en Alemania, y tras vivir una guerra, ver cómo la ambición insaciable de un líder carismático había llevado a todo un país a aquel delirio les parecía una tragedia.

El interior de Burg Fallstein era el resultado de una sucesión de ampliaciones de diferentes épocas y estilos, del gótico al barroco, ninguno de los cuales conseguía dar calor de hogar al enorme edificio. Desde el mismo acceso, a ambos les pareció estar moviéndose por algo parecido a una mina de infinitos pasillos, o a un hormiguero de plano indescifrable. Subían escaleras y al poco bajaban otras nuevas para hallar, cada cierto tiempo, algún vestíbulo mayor, con techos altos y abovedados de los que colgaban lámparas de bronce, estandartes y tapices.

—Esto es espantoso —no pudo evitar musitar Inés, a la que solo le gustaban las casas luminosas, blancas y alegres.

Tras unos minutos, los dejaron en su habitación, que resultó, esta vez sí, acogedora. Toda ella estaba tapizada en bermellón y el suelo de madera vieja brillaba a la luz de las llamas de una enorme chimenea encendida. En todo un lado, grandes ventanas emplomadas en arcos góticos se abrían a un paisaje que caía en picado, a muchos metros bajo sus pies, resaltado en la noche por el blanco de la nieve. La tempestad continuaba y el exterior resultaba inhóspito, pero aquel castillo parecía preparado para resistir varios apocalipsis.

Enseguida unos golpecitos sonaron en la puerta y la prima Hilda asomó sonriente. Era guapa y su mirada de color miel desprendía una fuerza que Inés había envidiado siempre. Se parecían bastante, pero Inés tenía menos estatura y el pelo más claro. Hilda tenía las piernas largas y fuertes y una cintura estrecha que acentuaba todo lo que podía con su vestuario. Llevaba su media melena castaña siempre ordenada, ahuecada y peinada hacia atrás, de forma que su nariz puntiaguda, su mandíbula cuadrada y sus labios carnosos no perdían protagonismo. Había sido educada en internados, a cuál más lejano, y hablaba perfecto alemán y buen francés. También había adoptado un aire sofisticado que a Inés su vida familiar le había negado.

—¡¡Hola, holaaaa!! —dijo de la misma forma que recordaban.

Se abrazaron y se pisaron las palabras, emocionadas de volver a verse, antes de que su anfitriona los apremiara para que la acompañasen al comedor.

—La lucha con los horarios alemanes es la guerra más importante a la que hacemos frente aquí —dijo intentando banalizar la situación real que vivían—; si fuera por Harald, cenaríamos a las seis de la tarde, así que intentemos no hacerle esperar.

La siguieron por una nueva sucesión de pasillos hasta un enorme salón barroco, con oscuros frescos pintados entre molduras doradas y muebles suntuosos. Hilda les señalaba algunas cosas, aquí y allá, añadiendo pequeños detalles del mobiliario, cuadros y esculturas con los que convivía, ya plenamente acostumbrada a la vida en aquel lugar. Pisaban las alfombras en dirección a una puerta doble que cerraba el fondo de la estancia, pero a la mitad, Hilda se detuvo en seco y, mirando hacia un lado, sonrió. Dos niños rubios de alrededor de diez años jugaban con cochecitos entre las butacas de uno de los rincones. Ambos se levantaron al verla, algo azorados, de forma que Pablo e Inés comprendieron que no estaban donde debían. Hilda les habló en alemán con severidad y ambos agacharon la cabeza. Luego, se acercaron a los invitados y los saludaron dándoles la mano. Al hacerlo, a ninguno de los españoles se les escapó que vestían el uniforme de las Juventudes Hitlerianas. Luego, Hilda los apremió dando palmaditas y ambos huyeron del lugar.

—Son los hijos de mi cuñada Agna. Los mandaron desde Hamburgo cuando empezó el lío. Aquí lo pasan bien. Las Juventudes les organizan muchas actividades, van por las montañas..., están entretenidos. Pero son incansables, tendrían que estar en su habitación ya. Si los ve mi marido, montará en cólera.

—Las Juventudes Hitlerianas —apuntó Inés.

—Sí, claro, prima. —La miró sabiendo lo que pensaba—. No digas nada, nos conocemos..., pero los niños lo pasan estupendamente, les divierten esas cosas, ya sabes.

—Supongo que sí —concluyó Inés.

Entraron en un comedor tan grande que la mesa que les habían preparado se perdía en el espacio que la rodeaba. Frente a la chimenea, de frac y con el chaleco tensándose sobre su incipiente barriga, Harald abrió los brazos y se acercó para saludarlos con alegría. Habían coincidido poco, pero habían congeniado. Harald les había dicho que los bávaros eran, en realidad, bastante mediterráneos, por extraño que pareciera, y al menos él era extremadamente afable, alegre y buen bebedor, lo que resultaba imprescindible para entenderse con su familia española. Hablaba español con fluidez y terrible acento, con palabras que parecían encallarse en su garganta antes de salir carraspeadas y maleadas por su boca. Inés intentaba sentarse alejada de él, pues escupía al comunicarse y tocaba al hablar, cosas, ambas, que ella detestaba.

Pese a todo, en aquella situación no había escapatoria posible y se sentaron uno enfrente del otro.

Evitaron el tema que llenaba las conversaciones y vaciaba las mesas de toda Europa, durante buena parte de la cena, aunque en el postre resultó imposible esquivarlo por más tiempo. Harald sabía lo que Inés y Pablo pensaban. Hilda se lo había dicho, pues, sin necesidad de preguntarles, conocía bien el carácter de ambos y suponía lo que pensaban de Hitler. Con todo, su marido esperaba que Pablo fuera pragmático y que, sin entrar en cuestiones más profundas, entendiera el negocio que podía suponer para ambos un buen acuerdo comercial.

—La guerra es un desastre —dijo Harald sin sentirlo—, una tragedia, a todos nos disgusta. Hilda me habla frecuentemente de todo lo que vivisteis en España hace... apenas nada. Pero aquí..., ya veis, está todo tranquilo.

—Eso mismo decíamos en San Antonio, nuestra finca a pocos kilómetros de Barcelona, el día antes de tener que huir de la muerte —intervino Pablo.

—Lo sé, lo sé... Pero..., bueno, aquí creemos que la guerra será rápida, el Führer la acabará pronto. Mientras, podemos hacer buenos negocios. Beneficiosos para vuestras fábricas textiles; también para la otra.

—¿La otra? —preguntó Inés.

Hacia meses que Pablo tenía puesta su ilusión en un nuevo proyecto que crecía día a día y ya era importante. Había abierto una fábrica de pistones para motores y de rodamientos, pero a los pocos meses ya habían ampliado la producción a otras piezas. La habían llamado PIROSA, un nombre que a todos les resultaba poco atractivo, por «Pistones y Rodamientos, Sociedad Anónima». Tenían más demanda de la que jamás hubieran esperado, razón por la que la empresa, que se encontraba en una de las naves de su complejo textil, ya estaba en proceso de mudanza a otro espacio mucho mayor. Inés, pese a que siempre se interesaba por lo que él hacía, olvidaba a menudo la existencia de aquel negocio y no lo distinguía de «la fábrica», en la que ella incluía todos los negocios de su marido. Le preguntaba a Pablo: «¿Qué tal la fábrica?», y él sabía que para ella su trabajo seguía exclusivamente ciñéndose a los telares. No le importaba. Para un ingeniero como él, un pistón, o cualquier pieza de acero nueva y reluciente, tenía un atractivo que comprendía que el público en general no compartiese.

—Te refieres a la fábrica de pistones, a PIROSA —concretó Pablo.

—Por supuesto. Me encantaría explorar oportunidades con eso. El Reich tiene las fundiciones más importantes del mundo..., pero hay varias piezas que podríamos comprar a España, que, al fin y al cabo, es un país amigo. A ti, que eres amigo.

—Seguro que podéis hablarlo luego —sugirió Hilda, cuyos intereses siempre parecían disiparse en cuanto el tema se volvía técnico.

Inés cerró el puño con rabia conteniéndose. Conversaciones de hombres. Conversaciones de mujeres. ¿Cuándo acabaría eso?

Terminaron de cenar y pasaron a una salita más pequeña, perfecta para los cuatro que eran, tenuemente iluminada por las velas y el calor del fuego y con un pequeño mirador semicircular en un rincón, sobre una de las almenas del castillo. En el exterior, el viento ululaba y la tormenta de nieve arreciaba. Pablo y Harald encendieron un puro y empezaron a hablar, dejando a las mujeres entretenidas en su conversación a pocos metros de ellos.

—Trabajamos sin descanso para abastecer a los sastres con telas para los uniformes de nuestros militares, pero al ritmo que avanza la guerra, probablemente escasee la materia prima que necesitan. Algunos oficiales tienen hasta ocho uniformes. —Pablo no tenía ni idea de eso. En su guerra, todo había sido menos pomposo—. También necesitaremos seda. Fabricamos paracaídas con ella, no es ningún secreto.

—Tenemos seda —confirmó Pablo.

—Lo sé. Por eso, si me permites, una delegación irá a ver vuestra fábrica, a hablar y negociar. No hay compromiso, por supuesto, pero todos saben que somos familia y eso indudablemente es una ventaja. El Reich siempre está deseoso de hacer tratos con gente de confianza en países amigos.

A Pablo le incomodó aquella fingida cercanía. Por supuesto, era de la familia y él le tenía aprecio, pero desconfiaba de un régimen que parecía funcionar bajo otros valores, a otros ritmos y sin la mesura que a él tanto le gustaba. Con todo, el alemán, que parecía leer su mente, presionó un poco más.

—Pablo, os compraremos a vosotros o a quien sea. Nuestros paracaídas, nuestros uniformes, nuestras tiendas de campaña... se harán con las telas de tus fábricas o con las de cualquier otro. No pierdas esta oportunidad.

Pablo se relajó.

—Estaremos encantados de recibir a vuestra gente. Mi hermano lo hará, él sabe mucho más de todo lo concerniente a la fábrica. Yo soy más...

—Tú eres ingeniero.

—Sí. Supongo que eso lo explica todo. Mi parte es más creativa. La suya es más numérica. —Sonrió.

—Seguro que les gustará ver también tu fábrica de pistones y rodamientos. Nunca se sabe, pero... la industria del Reich es prodigiosa, avanzada, pionera mundial. Te unirías a una maquinaria única. Formarías parte de algo extraordinario.

Sin duda, la tecnología alemana era de vanguardia, la más avanzada, probablemente. Pero desgraciadamente se dirigía, cada vez en mayor medida, a un fin mortífero del que Pablo no quería formar parte. Vender telas era una cosa. Vender piezas para armas, para cazas y tanques, otra muy distinta. De nuevo, Harald pareció comprender.

—Bueno, tus fábricas están en el mismo complejo, ¿no es así?

—Sí —replicó Pablo—, en Villanueva, en la Colonia de Bultó y Compañía.

—La recuerdo. Me encantó cuando la conocí. Supongo que pueden ver los telares y hablar con tu hermano y luego, si hay tiempo, pasar un rato por tu otra fábrica también.

—Supongo que sí —dijo él poco convencido.

La noche se alargó hasta que Harald, afectado por la hora y el alcohol, empezó a roncar en su butaca y dos lacayos lo ayudaron, sosteniéndolo por los hombros, a dirigirse a su dormitorio. Detrás, Hilda se despidió brevemente de sus primos y los emplazó para la mañana siguiente. Otro lacayo acompañó a Pablo e Inés a su habitación donde, también cansados, se metieron en la cama y se quedaron dormidos tras pocos minutos de conversación ligera.

Pablo había dormido siempre profundamente, pero tras la Guerra Civil, en la que se había acostumbrado a hacerlo bajo el sonido de la artillería y las bombas, aquel don se había reforzado. Inés bromeaba con él sobre el asunto, pues su marido era capaz de dormirse con uno de sus perros ladrando junto a él, o con el timbre de la casa sonando intensamente. Ella, que también era dormilona, necesitaba, en cambio, cierto silencio y cualquier ruido le hacía abrir el ojo, así que cuando oyó la puerta de su habitación abrirse, se incorporó enseguida en la cama, observando al inesperado invitado. Al instante reconoció la cara de Hilda recortándose a la luz dorada de la chimenea. Salió de la cama para acercarse. Habían hablado mucho y se habían puesto al día, pero a Inés le había molestado la ligereza con la que su prima hablaba de los días que vivía Europa, pasando de puntillas sobre el tema o banalizándolo frívolamente. Nadie que hubiera vivido la Guerra Civil española, como ellas, banalizaba la guerra. Todos la trataban con respeto y la recordaban vívidamente, apreciando pequeñas cosas que antes del 36 les parecían normales, valorando cada cosa que tenían y cada día de salud. Cuando se acercó a ella, la cara de Hilda era otra. Más serena, más contraída y preocupada. Se puso el dedo índice en los labios y la cogió de la mano para sacarla de la habitación.

En el pasillo, Inés se anudó la bata mientras la escuchaba con atención.

—Necesito que veas algo —le dijo escueta—, sígueme.

Se guiaba con un quinqué que a su paso iluminaba levemente las entrañas de aquel castillo severo. Bajaron uno tras otro varios tramos de escaleras, atravesaron de manera gradual las estancias más lujosas hasta las inequívocamente destinadas al servicio que mantenía la mole que habitaban. Al rato, Hilda llamó con suavidad a una puerta pequeña y entró sin esperar respuesta. En el centro de una estancia que, de no ser por una cama con colcha floreada y un par de grabados, hubiera parecido un calabozo, una mujer con la cabeza cubierta con un pañuelo y vestida de tirolesa esbozó una tímida sonrisa antes de hacer una pequeña reverencia a Hilda. Esta le pidió con la mano que se sentara en la cama e hizo lo propio a su lado, cogiéndole la mano. Inés, aún expectante y sin saber del todo si estaba soñando, se sentó en una pequeña butaca frente a ellas.

—Prima, esta es Magda Stern. Es una de las mejores doncellas del *schloss* y una persona que me es muy querida. La conocí al poco de llegar a Alemania, pues su madre regentaba una tienda de sombreros de la que yo era clienta. Su madre es una buena mujer, igual que ella, pero con el mismo defecto. Algo imperdonable en el país que Hitler está creando. —Inés suspiró algo aliviada. Así que a Hilda tampoco le gustaba Hitler—. Sé lo que piensas. Lo que has pensado de mí desde que has llegado a Burg Fallstein. Que me había idiotizado. Que me daba todo igual. Que cerraba los ojos a todo lo que está pasando. Pues no. Pero debo convivir. Inés, Harald... es un ferviente nazi. Tanto que ni siquiera he pensado jamás en discutirlo con él. Cambiaría al Führer por mí sin dudarlo. Entiéndeme: nos queremos, me quiere, claro que sí..., pero él y tantos otros han sido seducidos por un hombre que también ha hecho cosas buenas, sobre todo al principio. Luego... Si vieras las conversaciones de las que he tomado parte, las cosas que he visto..., pero estoy atrapada y cuando Harald abra los ojos, cuando se dé cuenta de adónde vamos, yo estaré a su lado para consolarle, para mostrarle otro camino. Este país..., incluso si ganamos, como parece que haremos, se despertará un día y verá que no solo había cosas buenas, sino mucho dolor.

Inés no sabía qué decir. Alargó el brazo y posó su mano sobre la de su prima.

—Podrías volver a España —dijo—. Dile a Harald que volverás cuando esto acabe.

—No lo entiendes —replicó ella—. Los bávaros, como muchos alemanes, piensan que están en el mejor momento de su historia. No temen a nada, no temen a nadie. Alemania va a florecer. Harald no entendería nunca que me fuera. Vive los días con emoción, con una alegría y orgullo, y no sospecha que no lo comparto. —Suspiró profundamente y bajó la cabeza. Luego se recompuso y volvió a mirarla—. Pero no es por eso por lo que te he traído aquí. Como te dije, Magda trabaja en el castillo desde que su madre, mi sombrerera, me lo pidió. Es una excelente trabajadora, pero nada de todo lo bueno que haga aquí le servirá llegado el momento. Es judía. Su madre se vio obligada a cerrar la tienda por las leyes que tienen a su pueblo sometido y humillado. En febrero de este año deportaron a muchos de los suyos al este, no sabemos bien para qué. Mi sombrerera y su marido fueron dos de ellos. Les hicieron abandonar sus hogares sin dejarles llevarse apenas nada, a patadas. Magda, como todos los judíos (y sus bienes) estaba registrada y la estarán buscando. Tiene que salir de Alemania. Tenéis que llevárosla vosotros. Solo así tendrán una oportunidad.

—¿Tendrán? —dijo Inés, aún intentando reflexionar sobre lo que escuchaba.

—Sí. Magda está embarazada de uno de los lacayos, de Erik, uno que fue de los primeros en ser llamados a filas y murió en las

Ardenas. Se hubieran casado, pero como judía no le está permitido hacerlo, hasta ahí alcanza la crueldad. Bueno, en realidad no le está permitido nada. No sabes con qué ilusión te acompañaría yo de vuelta a Barcelona, prima.

—Pero... entiendo que esta mujer no puede viajar, ¿no es así?

—Así es, pero lo tengo todo organizado. Harald nos acompañará al aeropuerto, nadie nos detendrá. Soy especialista en llegar tarde a los sitios, llegaremos con prisa, a punto de perder el avión. Todo será ágil, de eso se ocupará mi marido, que nos ayudará sin saberlo. Aquí aún sirve de algo ser *graf*, quiero decir, conde. A los nazis les gustan los aristócratas más que a un tonto un lápiz. Les parece que son el alma de la patria aria o algo por el estilo, no sé..., y saben de la veneración que mi marido siente por el Führer. Diremos que te has encaprichado de Magda y que ella te ha cogido cariño también, que quieres que vaya a trabajar contigo. A la vez, yo insistiré en que no la necesito, que no me avengo con ella. Le he conseguido papeles a nombre de otra persona, una tal Sonja Kohl, ya que les retiraron el pasaporte a todos. Nadie sabrá que es judía. Nadie lo sabe salvo tú y yo. No le digas nada a Pablo. No correremos ningún peligro, créeme.

—Hilda..., esos papeles... ¿de dónde los has sacado?

Hilda tembló levemente.

—Es mejor que no lo sepas, querida. Pero cuando pienses en lo que sucede aquí, recuerda que muchos no somos lo que parecemos y que no todos somos iguales, aunque Hitler quiera hacerlo creer. Leí en algún lugar que para que el mal triunfe basta con que los buenos no hagamos nada. Me niego a que, si el mal triunfa, sea por mi culpa. Me niego a no ayudar a los que sufren.

Inés recordaría siempre esa frase.

Magda, que había permanecido en silencio, pareció comprender las últimas palabras de Hilda y le acarició la espalda. Luego hablaron brevemente en alemán, sin que Inés entendiera nada, pero comprendiendo que su prima le decía a la judía que ella había aceptado sacarla del mismo infierno. No hizo falta que Inés lo dijera. Hilda la conocía lo suficiente para saber que era incapaz de dejar a Magda y al hijo que llevaba dentro a merced de sus verdugos. Miró a la mujer. Aún no se le notaba el embarazo. Sus facciones eran bondadosas y su cuerpo robusto hubiera pasado por el ideal ario que los nazis preferían. Tenía el pelo rubio y denso recogido, mofletes sonrosados y labios finos que, al sonreír, mantenían sus dientes escondidos. Su barbilla, algo prominente, le restaba feminidad, pero sus ojos azules eran atractivos. Medía casi un palmo más que Inés.

Se levantó y se quedaron en silencio unos segundos, tras los que Magda la abrazó. Mientras la apretaba contra sí, susurró al oído el agradecimiento sincero de una mujer desesperada.

—*Elohim yevarej otja.* —«Que Dios te bendiga», dijo en hebreo, y luego añadió en alemán—: *Danke, vielen Dank.*

3

Hilda había sugerido que Inés no le contara nada a Pablo hasta tener a Magda en el avión, e Inés, que convino que era lo mejor para que su marido actuara con naturalidad, amaneció la mañana siguiente pretendiendo que nada había sucedido. El brillo de un día nuboso pero sin tormenta se colaba por las ventanas y, al observar el paisaje que se abría a sus pies, ambos se reconciliaron un poco con aquel castillo que al llegar les había resultado siniestro. El paisaje se había detenido bajo la nieve y solo el curso del río cayendo por la cascada que flanqueaba la fachada rompía la quietud. Sobre un risco, Pablo vio un rebeco saltar ágilmente. Como le pasaba siempre que iba de caza, le sobrevinieron las ganas de advertirle de que se alejara.

Eso tenían planeado. Irían de caza. El castillo estaba lleno de cornamentas y trofeos de diferentes animales alpinos y Harald era un consumado tirador, por lo que el plan para aquel día había surgido casi espontáneamente. Pablo había cazado poco. Su primera pieza había sido un muflón en una montería en la sierra de Gredos, y nunca reconoció del todo que la experiencia no le había resultado demasiado grata. Le gustaban más las cacerías de perdices, la caza menor en general, ya que, por alguna razón, tirar un ave que más tarde se comería le apenaba menos. Por supuesto, aquel no era el plan de Harald, que esperaba volver al Burg Fallstein con un buen rebeco o, si el día era propicio, un íbice de grandes cuernos. Inés había cazado más y era mejor tiradora, pues sus veraneos en el Pirineo catalán habían incluido a menudo rececechos. Desde que se había casado, veraneaba en la masía de la familia de Pablo cerca de la costa, donde jugaban al tenis y se bañaban en el mar, pero rara vez sacaban rifles y escopetas. Tampoco los añoraba.

Los españoles se vistieron con pantalón bombacho, calcetines de lana, botas tobilleras y los clásicos lódenes tiroleses, todo comprado meses antes y absolutamente falto de la pátina que Inés estimaba que la ropa de caza de la gente elegante debía tener. Resultaría imposible disimular su poca experiencia en esas lides, pero por suerte estaban en familia y asumían que Harald no les prestaría demasiada atención en cuanto se adentraran en los bosques.

Tras el desayuno, se subieron a un enorme automóvil Horch con capota abatida al que habían pintado el escudo familiar en las puertas y siguieron a los otros todoterreno que llevaban a guardas y perros hasta la base de una montaña escarpada. A medida que se alejaban del castillo, el ambiente parecía relajarse y el entorno se dulcificaba, como si aquel venerable edificio ejerciera una suerte de mala sombra sobre su inmediato alrededor. La nieve se había acumulado en el valle y todo el paisaje era idóneo para cualquier postal. Penetraron en la espesura y empezaron a ascender entre abetos que, cada poco tiempo, dejaban entrever un panorama cada vez más amplio del Tirol rico y hermoso que se extendía a los pies de la cumbre. Al rato se detuvieron y un guarda guio el rececho de Inés y Harald hacia un lado y el de Hilda y Pablo hacia el opuesto, mientras un tercer todoterreno se adentraba por otro camino para organizar el almuerzo.

Pablo siguió al guarda mientras conversaba con Hilda, poniendo de manifiesto el interés de ambos en que los animales repararan en su presencia y huyeran. Tanto Harald como Inés eran mucho más aficionados a la caza que sus parejas.

—Creo que es porque no nos dejaban tirar —se justificó Hilda—. Ya sabes, en algunas monterías y cacerías pensaban que no era femenino, que no quedaba bien. Nos emparejaban con el hombre que nos pretendía y nos quedábamos al lado susurrando durante horas a un desconocido. Me aficioné al Anís del Mono en esas esperas, aún me gusta, aunque también tengo buena puntería.

Pablo rio.

—Bueno, podemos ponernos al día. Creo que no se nos pondrá nada a tiro hoy. ¿No es así?

—Si para esto tengo que callarme, no cuentes con ello. Harald no me soporta cuando vamos juntos. Pero es que para él la caza es algo importante. Ya ves cómo tiene las paredes del Burg. En esta casa se cazan más bichos de los que podemos colgar. En su momento no me gustó, pero ahora desearía que cazar fuera la principal ocupación de mi marido. Maldita guerra.

—Es normal que estés preocupada. Todos lo estamos.

—Pablo, en Alemania ahora mismo es casi traición no estar eufórico. De pronto hay una especie de mesías para el que todo es posible. Alguien en el que todos debemos creer a pies juntillas. Es una locura.

—Sí. A mí tampoco me han gustado nunca los mitos, Hit...

—No digas su nombre —le interrumpió Hilda—, nuestro acompañante no habla nuestro idioma, pero si sabe que hablamos de su líder, afinará el oído. Vivimos un tiempo en el que nadie puede hablar libremente, ni siquiera yo, ni siquiera delante de mis empleados.

El guarda los miró molesto. No le hizo falta entender español para comprender que la pareja a la que acompañaba no tenía ningún interés en cazar.

En el otro extremo de la montaña, el ambiente era diferente. Inés, Harald y el guarda que los acompañaba esperaban tendidos bocabajo sobre una manta de loden a que, en la ladera opuesta, un íbice se pusiera a tiro. La tensión podía cortarse con un cuchillo mientras se intercambiaban los prismáticos para ver cómo el animal saltaba de la nieve a la roca y desde allí avanzaba ágilmente por un terreno imposible.

Harald se giró hacia Inés y con la mirada le cedió la pieza para que la matara. Ella puso el ojo en la mirilla de su rifle y aguardó. Los días de la Guerra Civil española, que había vivido huyendo de un lugar a otro con dieciocho años, le habían hecho más dura y a veces sentía que la inocencia que Dios le había dado, el hombre se la había arrebatado. No sentía pena por el animal, pues en cuanto habían dejado de caminar, sus pensamientos volvieron a centrarse en la pobre judía que debía sacar de aquella Alemania desquiciada. Disparó certeramente y, solo cuando oyó que los cuernos de la pieza chocaban contra la roca en su caída, despertó a la realidad.

Harald la felicitó entusiasmado:

—¡Excelente! ¡Excelente! ¡Un tiro limpio! —Miró al guarda y con un gesto ordenó soltar a los perros, tres sabuesos de Baviera de pelo color fuego y mirada inteligente que salieron a la carrera para encontrar al animal—. Vayamos con los demás. Tendrás hambre. Esta tarde veremos la pieza.

—Me gustaría verla ahora —dijo ella sin saber bien por qué.

A Harald se le iluminó la mirada. Como entregado cazador, nada le gustaba más que ver exactamente por dónde había entrado el tiro que había abatido al animal, meter sus dedos en él, descubrir la calidad de la pieza y seguir a sus perros por el monte.

—Eso es fantástico. ¡Me tendría que haber casado contigo! —dijo jocoso—. ¡Hilda jamás me acompañaría a eso!

«Pero yo nunca me casaría con un nazi», barruntó Inés, que no sabía qué pensar de aquel hombre con una cara tan encantadora y otra tan condicionada a lo que su Führer opinara.

Anduvieron montaña abajo siguiendo al guarda y los perros hasta un pequeño valle del que surgía la montaña donde el íbice había caído. No tardaron en encontrarlo entre unas rocas afiladas y en una postura imposible para cualquier ser con un aliento de vida. Harald se acercó y, cogiéndole por un cuerno, le movió la cabeza. Enseguida, entre la oreja y el ojo, por encima de la mandíbula, apareció el tiro.

La miró sonriendo y le enseñó la herida al guarda, que también estaba impresionado por la pericia de la invitada española, pero Inés sintió pena y se arrepintió de haber disparado. Luego, al ver la sangre, ella, que nunca había sido aprensiva, sintió asco y ganas de vomitar. Pese a ver que sus ojos se ponían en blanco, sus acompañantes no pudieron sostenerla a tiempo de que no perdiera pie y cayera al suelo desmayada.

A los pocos segundos despertaba con las caras de Harald y el guarda a pocos centímetros de la suya, que palmeaban suavemente mientras la mojaban con una cantimplora. No entendían nada, tampoco Inés, que nunca antes se había desmayado y que, para su desgracia, había visto mucha más sangre en la Guerra Civil española que aquel día. La cogieron por los brazos ayudándola a ponerse en pie, pero al hacerlo notó un gran dolor en el tobillo.

—Diantre. Me lo he roto —dijo intentando no quejarse demasiado tras aquella muestra de debilidad femenina que odiaba haber protagonizado.

Harald se agachó y con cuidado cogió el pie y lo movió un poco. Ella no pudo evitar quejarse del dolor.

—Sí, *meine liebe*, me temo que te lo has roto. Pásame el brazo por el hombro. Bajaremos al valle. —Indicó al guarda que se pusiera al otro lado y lentamente descendieron hasta el punto de partida. Luego, el ayudante volvió a donde esperaban los coches dejando a su jefe acompañando a aquella patosa.

Tardaron poco menos de una hora en escuchar los ruidosos motores de los coches que iban a buscarlos. No se le hizo largo. La conversación de Harald era agradable y él, todo un caballero no exento de fina ironía y un sentido del humor más cercano al de los ingleses que los alemanes bombardeaban a diario que al de su supuesta raza superior. Con todo, le costaba mirarle a los ojos y tuvo que hacer verdaderos esfuerzos para no preguntarle cómo se había dejado seducir tan ciegamente por el nazismo.

Al llegar, Pablo saltó del coche y le sonrió al tiempo que negaba con la cabeza.

—Querida, ¿qué vamos a hacer contigo? —dijo riendo.

—Oh, qué incordio sois los hombres —intervino Hilda—. No te preocupes Inés, le diré a Magda que te ayude estos días. Es estupenda, ahora la conocerás. Una aria fuerte y dura capaz de subir el Matternhorn contigo a cuestas si es necesario.

Inés adivinó con qué excusa Magda los acompañaría a España. En cierto modo, su desmayo y caída habían sido una bendición. Luego pensó en qué podía haberla provocado, y haciendo cuentas, se dijo que probablemente estuviera esperando su primer hijo. Aparcó aquel pensamiento feliz para cuando pisara su país y hubieran salido al fin del que la acogía.

Tal y como habían planeado, Magda fue su sombra el resto de su estancia en Burg Fallstein. No hizo falta que Hilda le explicara lo que pretendía, y tampoco Magda disimuló demasiado la exagerada atención que le prestaba. Inés empezó a fingir una cojera intensa y pasaba el brazo por encima del hombro de la judía solicitando ayuda para hacer hasta el más mínimo movimiento. Pablo, que había pensado que aquel incidente sería leve y pasajero, empezó a insistir para que acudieran al hospital, algo a lo que ella se negó alegando tener una rotura que ya estaba enyesada y por la que poco más se podía hacer.

La última noche Hilda remató la pantomima.

Degustaban el íbice que Inés había cazado. Macerado en oporto y frutos silvestres, y con el sabor fuerte de la caza. Inés lo comió con ganas a pesar de que su nariz y paladar empezaban a estar sensibles con lo inesperado, quizás porque su mente estaba ya de lleno ocupada en el periplo al que se había comprometido.

—No me gusta que viajes así, prima. Deberías quedarte con nosotros hasta restablecerte —inició su anfitriona.

—Estaré bien, Hilda. Y debemos volver a Barcelona. Hace días que no veo a mis padres y si Pablo no vuelve a la fábrica, acabaran por no conocerle. Eres muy amable, pero no puede ser.

—No podrás ni siquiera llevar el equipaje. Pablo no puede acarrear todo él solo. Necesitará ayuda.

Los hombres comían sin hacerles demasiado caso, pese a que la conversación tenía toda la intención.

—Llévate a Magda. Ya me la devolverás cuando te restablezcas. Te ayudará —apuntó Hilda.

—Eso sería... —dijo Inés sin saber bien cómo seguir el guion.

—Perfecto, sería perfecto. Es estupenda, ya la conoces. Quédatela unos años si quieres. Sería una magnifica *nanny* o *fräulein* para tus sobrinos si aún tardan en llegar vuestros hijos. ¿No crees, Harald querido? —dijo mirando a su marido.

—¿El qué? —dijo él repentinamente atento.

—Decíamos que Inés no puede viajar sola. Que debería quedarse con Magda, al menos unos meses.

—¿Magda? —dijo Harald sin saber de quién hablaban.

—Sí, Magda, una chica del servicio. La que está ayudando a mi prima estos días.

—Ah, sí —respondió distraído—, por supuesto, llévatela. Viajar solos es una mala idea siempre, y más en tu situación. Lleváosla, claro, será un bonito recuerdo de vuestra estancia en Fallstein. —Al instante había olvidado aquel nombre.

Inés se contuvo de decir que Magda no era ningún *souvenir*.

—¿Te parece bien? —dijo mirando a Pablo.

—Me parece que habría que preguntarle a ella, ¿no crees? —dijo su marido, confuso por la actitud de Inés.

—Creo que le gustaría. Nos hemos llevado bien —dijo ella mirándole a los ojos. Al instante su marido vio el brillo que adquirían cuando Inés ocultaba algo, y comprendió que no conocía toda la historia. Dudó unos segundos antes de contestar.

—Pues háblalo con ella. Yo no tengo problema, y Dios sabe que entre tus maletas y tu cojera, toda ayuda será poca.

—Llevaros a quien queráis —intervino Harald—. Aquí tenemos a mucha más gente de la que necesitamos. No hay manera de que se vayan, tenemos al servicio de mis padres, el mío y el que incorporó Hilda. Espero que al menos los hombres se alisten pronto, es sencillamente absurdo tenerlos por aquí sin hacer nada en estos días.

—Magda será suficiente —dijo Inés intentando evitar molestarse—. Pero gracias, Harald.

—Bueno, piénsatelo. Menos a la cocinera y a Fritz, que lleva aquí más años que los montes que nos rodean, todos los que quieras son tuyos.

—Ninguno es mío —dijo ella irritada—, tampoco tuyo —continuó bajando la voz—, pero gracias.

Harald no percibió el disgusto de su cuñada. Inés miró a su prima y vio que sus ojos se humedecían. Luego, recomponiéndose en segundos, Hilda alzó la copa para proponer un brindis por sus invitados.

Acabaron de cenar y se entretuvieron tan solo una hora más en el salón de fumar, pues al día siguiente su vuelo despegaba poco después de mediodía y debían abandonar el castillo alrededor de las diez. Antes, Hilda comunicó que se reuniría con Magda para informarla de que acompañaría a los españoles a su país.

Un lacayo con un candelabro les guio a su habitación. Tras darles paso y cerrar la puerta tras ellos, Pablo se acercó a Inés.

—De acuerdo. Explícame de qué va todo esto. Sé que no nos hemos vuelto esclavistas, así que tiene que haber una razón por la que disponemos de la vida de una pobre mujer alemana y nos la llevamos a España.

—La hay —dijo Inés bajando la voz—, siéntate y escucha.

Al día siguiente, tal y como habían planeado, las dos primas se demoraron lo suficiente en salir de sus aposentos como para que el trayecto al aeropuerto de Múnich se realizara con angustia y prisa. Inés fingió haberse dejado unos pendientes en la habitación y su prima disimuló tan bien como sabía, desenvolviéndose con torpeza y despiste.

Dos chóferes esperaban. En uno de los coches irían Inés, Pablo, Hilda y Harald. En el que les sucedía, las maletas y Magda. Salieron en una rápida procesión y Harald, que sabía que de él dependía aligerar los trámites de la partida, se vistió con su uniforme de *oberst* de la Luftwaffe. Todo el mundo le conocía en Múnich, pero nunca estaba de más enfatizar su importancia y afiliación. Circularon por las carreteras como solo hacían los que se sentían dueños de ellas y, en poco más de una hora, divisaron las mangas de viento y los hangares del aeródromo de Múnich. Harald sonrió orgulloso al ver que los ojos de Pablo se iluminaban con admiración.

A su llegada a Alemania, habían aterrizado en aquella instalación de noche y lloviendo, por lo que apenas había tenido tiempo de reparar en aquel prodigio de la arquitectura civil y militar. En cambio, a la luz del mediodía, Pablo no pudo evitar impresionarse con el aeropuerto de Riem, como llamaban al aeródromo de Múnich.

Estaba construido en curva y se abría, como el de Barcelona, a un prado verde, solo que era mucho mayor que el de su ciudad y edificado tan solo dos años antes. Era considerado uno de los más modernos del mundo y los flujos del pasaje se realizaban de forma ordenada y pasando exhaustivos controles de seguridad. Al suponerlo, la mirada de Pablo se ensombreció. Miró a Inés, que sudaba levemente como solo hacía cuando estaba nerviosa.

—No llegaremos. Vais a perder el vuelo —vaticinó Hilda.

—Aquí nadie va a perder nada —respondió Harald, acercando inmediatamente después la cabeza al asiento delantero para dirigir algunas palabras al chófer mientras señalaba una alambrada situada pocos metros antes del gran edificio de la terminal.

El conductor aminoró la marcha y se acercó a la puerta, que custodiaban dos militares armados. Un suboficial se acercó a la ventanilla. Con tan solo ver la cara de Harald, saludó y lanzó una orden al guardia que le acompañaba. A los pocos segundos, abrían la puerta y el coche esquivaba el edificio para entrar directamente en la zona de despegue.

El aeropuerto se destinaba a uso civil y militar, pero la mayoría de las aeronaves que se diseminaban por el prado del que debían partir eran civiles y tan solo una decena de cazas Messerschmitt eran revisados en un lado. Todos sabían que la Luftwaffe estaba ocupada con el *blitz* en Londres, así que Pablo supuso que el grueso de los temibles bombarderos alemanes estaría en los aeródromos más cercanos a la capitán inglesa, que recibía sus bombas varias noches cada semana.

A los pocos metros de un avión al que ya accedían los pasajeros les dieron el alto y el coche se paró. A continuación, bajaron uno de los ayudas y el chófer a abrir las puertas de cada lado. Enseguida, Harald avanzó hacia el militar que aguardaba junto a ellos. El hombre pareció reconocerle y sonrió, entablando una conversación que, por sus gestos, había empezado con unas disculpas por el retraso, motivo de su tránsito privilegiado y urgente por el aeropuerto. Luego, señaló a los que serían los pasajeros y explicó quién era cada uno. Cuando apuntó a Magda, Inés se giró hacia el segundo coche y reclamó con la mirada que la judía se acercara a paso ligero y, como llevaban fingiendo varios días, le pasara el brazo por el hombro para ayudarla a andar. En cuanto Magda acercó su cuerpo al de Inés, notó que también estaba sudando y que temblaba muy levemente. Detrás, un agente revisaba por encima el equipaje antes de autorizar el embarque.

—*Die Papiere!* —oyeron decir al hombre al mando, que interrumpió la conversación afable que mantenía con Harald.

—Los papeles —tradujo Harald—. Tenéis suerte de estar conmigo, está claro que los españoles estáis reñidos con la puntualidad. De haber tenido que pasar por los demás controles, nunca hubierais llegado a tiempo.

Inés y Pablo se guardaron mucho de decir que habían llegado exactamente a la hora que pretendían, mientras tendían sus pasaportes. Magda alargó el suyo también, a nombre de Sonja Kohl. Todo el mundo había embarcado ya y las hélices del Junkers se pusieron en marcha con un sonido vibrante y continuo.

El militar revisó primero, por encima, el pasaporte de Pablo. Luego abrió el de Inés y acto seguido el de Magda, en el que se entretuvo pocos segundos más. Parecía adiestrado para asustar e Inés, que no podía aguantar más el ambiente de aquel país, sintió ganas de enfrentarse a él. No hizo falta. El hombre cerró los pasaportes y tras levantar el brazo y cederles el paso con un *heil, Hitler*, al que Harald respondió de la misma forma, Inés y Pablo procedieron a despedirse de sus familiares.

Cuando Pablo se acercó a Hilda, ella le abrazó con fuerza.

—Gracias por sacar a Magda. Ojalá pudierais llevarme con vosotros —le susurró al oído. Luego se acercó a Inés y la abrazó en silencio, queriendo permanecer ahí, junto a ella, y olvidar la realidad que la rodeaba.

—¡Estas mujeres! —rio Harald cogiendo a Hilda del brazo—. Querida, al final sois tan latinas como una *mamma* siciliana. No tardaremos en haceros una visita, no dramaticemos. La guerra no tardará en acabar... y nuestros países son buenos amigos.

Los tres españoles se guardaron mucho de decir que no se sentían así. A un lado Magda sostenía a Inés; de haberle prestado una mínima atención, cualquiera hubiera podido leer sus deseos de que aquellos instantes acabaran de una vez. Inés, que compartía su inquietud, la miró y se encaminaron, apoyadas la una en la otra, hacia la escalerilla de la aeronave. Harald y Pablo se estaban despidiendo a pocos metros entre abrazos y promesas de prontos reencuentros cuando un sonido nuevo llegó a sus oídos. Por la pista, un coche negro se les acercaba a toda velocidad repitiendo el recorrido que su propio vehículo había realizado segundos antes. Se giraron con extrañeza. A la vez, Magda e Inés dejaron de moverse y palidecieron. Hilda se agarró instintivamente al brazo de su marido, el único que estaba tranquilo.

El coche se detuvo junto al suyo y, con la misma premura con la que había circulado, de su interior saltaron cuatro hombres uniformados. A ninguno de los llegados de Burg Fallstein se le escapó el detalle de la calavera en sus gorras o la doble runa del cuello de su guerrera mientras los veían correr hacia el avión. Las caras de Magda e Inés eran delatoras y su postura, inmóvil, similar a la de los conejos paralizados de miedo ante su depredador. Inés cerró los ojos cuando los hombres se acercaron, pero en contra de lo que supuso, pasaron por delante de ellas y entraron en el avión. Abrieron los ojos y miraron a la puerta de la escalerilla. No se oyeron gritos en el interior del avión, pero, a los pocos minutos, con paso digno y lento, asomó una mujer. Casi anciana, vestía de forma elegante pero algo anticuada, con sombrero plano sobre el que asomaba su pelo cano. De corta estatura, sus facciones redondeadas mostraban una suerte de disgusto resignado. Tras ella, una mujer la observaba con el cuidado que solo se le puede suponer a un asistente devoto, y un hombre parecía aminorar el paso para evitar que los militares que le seguían se acercaran demasiado a la dama.

Inés la reconoció al instante. Hilda también lo hizo. Pablo, que rara vez recordaba las caras que no le resultaban atractivas, no supo de quién se trataba hasta que, apoyándose en el hombro de Magda, vio a su mujer realizar una pronunciada genuflexión.

—Es la infanta Paz —musitó agachando la cabeza.

—Claro que lo es, Pablo —susurró Hilda esforzándose por que su marido no la oyera—. Desde que estas bestias llegaron al poder, la tienen vigilada día y noche. No la dejan mantener correspondencia con nadie salvo el rey y, por lo que sé, tan solo tienen esa deferencia en contadas ocasiones. Supongo que quería volver a España, pero ya ves que no va a poder ser.

La infanta, hija de la reina Isabel II y tía del rey Alfonso XIII, se había casado con el príncipe Fernando de Baviera y, pese al advenimiento de la república en Alemania, seguía viviendo en Múnich, donde recibía a los españoles que la visitaban. Hilda había acudido a verla a su casa de Odeonsplatz cuando se comprometió con Harald, pero supuso que la anciana no la reconocía ya. Paz de Borbón tenía setenta y ocho años y en su rostro se reflejaban bien dos guerras, un exilio y una vida de sobresaltos, pese a lo cual agradeció con una leve sonrisa el gesto de las primas Sagnier. «Si no dejan salir ni a una infanta de España de aquí, que no harán con esta pobre judía», pensó Inés, que aún esperó un poco a ver cómo la infanta entraba en el coche que la habría de llevar de vuelta a su casa para continuar con aquella pantomima de libertad. Luego, mirando a Magda, embarcaron en el avión. En todos los asientos les pareció que solo había rostros deseosos de despegar. Inés apretó la mano de la judía mientras se elevaban. La mujer no pudo reprimir las lágrimas.

Los campos de España no eran tan verdes, ni el aeropuerto de Barcelona tan moderno, ni siquiera podían decir que su país estuviera en un buen momento tras la reciente Guerra Civil, pero a medida que dejaban atrás Alemania, sentían también que se alejaban de una sociedad que nadie sabía cómo acabaría.

4

August levantó la mirada al salir de aquel vagón de mercancías atestado de gente y de olor irrespirable. Cumplían cuatro días hacinados, obligados a hacer sus necesidades en un cubo de un rincón, sin comer y bebiendo de un barreño de agua sucia y caliente que se había acabado hacía dos días. No cabía imaginación para tanta crueldad y, sin embargo, lo peor estaba por llegar.

Había sido sometido a un interrogatorio exhaustivo toda la semana anterior. Un interrogatorio en el que se alternaban voces hipócritamente amables, que le aseguraban una salida airosa de aquel sótano oscuro y frío, con torturas de todo tipo para que hablara. Querían su dinero, que les dio rápidamente, indicando dónde estaba y facilitando que lo pudiesen extraer de los bancos. Luego quisieron sus fórmulas, proveedores, cuentas de resultados, clientes... Todo lo que incumbía al negocio que le había hecho rico en Checoslovaquia y todo el conocimiento que había heredado en la fabricación de cementos, yesos, vigas, ladrillos. También lo dio sin esfuerzo. El problema vino cuando le preguntaron por su vía de escape, por cómo había llegado hasta Francia y cómo había dado con el señor Dupuis, el colaboracionista que a la postre le había entregado. Dijo la verdad, pero solo la mitad, ya que obvió su paso por el Sanatorio des Escaldes y también su forma de salir de Checoslovaquia. También ocultó a todos los que le habían ayudado. Los GMR primero y los nazis más tarde supieron ver aquellas omisiones en sus ojos y aún cuando no estaban del todo seguros, le machacaron para que hablara sin siquiera preguntarle, sin saber qué debía contestar. Tras aplastarle todos los dedos, arrancarle las uñas, azotarle y apalearle, decidieron que aquel hombre no tenía mucho más que decir y le habían subido a un tren cuyo destino desconocía.

Nadie del vagón lo sabía, así que cuando las puertas se abrieron y los hicieron descender, ninguno supo dónde estaba exactamente aquel infierno. Tampoco importaba demasiado. Estaba pensado para ser cruel, para humillarlos más aún de lo que ya estaban. Soldados con pastores alemanes furiosos los colocaron en filas a empujones, separando a los más débiles o viejos, que llevaron a otro lugar. A él y al resto los revisó unos segundos un médico antes de volverlos a empujar hacia otro lado, desnudarlos, ducharlos con agua helada, darles un uniforme a rayas que parecía usado y destinarlos a un barracón lleno de literas de varios pisos que ya estaba completamente lleno, por lo que se tuvo que acoplar en una de las camas con tres personas más. Todos parecían cadáveres y cada uno de sus huesos estaba a la vista bajo una piel que tan solo era un fino velo de carne. Se horrorizaron al ver lo que les esperaba.

Lo que más dolió al principio era la impotencia, la incomprensión..., no saber por qué era tratado tan mal por gente que no conocía de nada. A los pocos días, aquel sentimiento desapareció. Desde entonces lo único que le alimentó la moral fue el convencimiento de que debía ser más fuerte que sus opresores. Resistir cuando ellos lo habían planeado todo para que se rindiera. Mantener la esperanza cuando el campo lo tenía todo para que la perdiera. Tener algún pensamiento alegre, cuando la alegría estaba ausente, mantener la fe, cuando cualquiera hubiera asegurado que Dios los había abandonado.

Llamaban al lugar Mauthausen y era un campo bastante nuevo que ya tenía planes de crecer. Estaba cerca de Linz, en Austria, pero los alrededores parecían desolados. Todos los presos trabajaban en la cantera de granito. Hacía falta mucho granito en el Reich, pues todas las ciudades estaban edificando monumentos a la gloria del Führer y reformándose según la estética imperialista del partido, una tarea que dirigía el arquitecto Albert Speer. Había grandes planes para Berlín, así que tenían que extraer y extraer, sin pausa, cada día. Para los que no lo hacían con diligencia, había preparados toda suerte de crueles castigos. August, al principio, creyó que eran rumores, pero luego comprobó que muchos eran aún peores de lo que se decía. Y el trabajo era extenuante, inhumano. Picaban y cargaban. Cargaban y picaban. Cargaban sobre sus espaldas bloques de granito que subían a un terreno más alto por lo que dieron en llamar «las escaleras de la muerte», una rampa empinada y resbaladiza, en la que, de vez en cuando, surgía uno de los ciento cuarenta peldaños que eran en sí mismos una forma más de tortura. A los nazis les divertía mucho. A veces, cuando llegaban arriba, alguien los empujaba hacia atrás, de forma que caían todos como un dominó. Varios murieron por aquello y muchos más cuando sus cuerpos infraalimentados y sobrexplotados no daban más de sí y caían al suelo para no levantarse nunca más. A August le dijeron que había cincuenta muertos por escalón, pero supo que era mentira: eran, seguro, muchos más.

Por la noche pensaba en Athalia y en su hermoso hijo, Saul, en el olor de los bosques que rodeaban su castillo en Bohemia, en cuando su mujer aceptó su proposición de matrimonio y se besaron a orillas del río Radbuza. Volvía sobre los buenos recuerdos con insistencia, obligándose a no creer jamás que no correspondieran a momentos reales, a ese largo periodo en el que se había sentido el hombre más afortunado del mundo. Aquello, más que la comida que le destrozaba el estómago o el agua contaminada que le daban para beber, era lo que le alimentaba, lo que le hacía seguir vivo. También pensar en su familia, que lo había logrado, que estaba en un país en paz, cálido, y esperaba que también acogedor. Los nazis no conseguirían acabar con él, pero, por si aquello no era suficiente, tampoco lo harían con su estirpe, que ya pervivía en su hijo, fuera de peligro.

Desconocía los planes que tenían sus captores para él, pero los suyos estaban claros: sobrevivir.

5

Vivían en la zona del Turó Park, en un buen piso con vista al parque del que asomaban cipreses, tilos y castaños y que, sin ser de los más antiguos de Barcelona (tampoco el más bello), probablemente sí fuera el más distinguido frente al que vivir. Por alguna razón, su uso, a diferencia de otros jardines de la ciudad, era puramente vecinal y la clase alta que vivía allí, que aún recordaba los episodios de lucha de clases de la Guerra Civil, agradecía que la concurrencia se circunscribiera a sus iguales: elegantes damas, caballeros que se descubrían galantemente cada vez que se cruzaban con algún conocido y relucientes coches de bebé que paseaban niñeras uniformadas.

Carritos de bebé.

Hacía una semana habían comprado el que pasearía a su primer hijo. Inés no se había equivocado. Su desmayo en medio de la cacería, en Baviera, se debía a la nueva vida que crecía en su interior. La noticia llenó la casa de alegría y repentinamente todo empezó a girar en torno al bebé. Quizás demasiado, pero la futura madre no fue capaz de templar el ánimo de los habitantes de aquella vivienda. Pese a todo, acostumbrada a la casa de sus padres, con su numerosa familia, sus catorce hermanos, el extenso servicio y los parientes que permanecían invitados varios meses, su piso de recién casada parecía silencioso, pues tan solo lo compartía con su marido, una cocinera, una doncella y Magda, que no era ni una cosa ni otra y rápidamente se había convertido en una amiga con la que poder contar para cualquier tarea que requiriera de una mente eficiente. Magda podía haberse ido, pues enseguida había contactado con la comunidad sefardí de Barcelona, pero había permanecido a su lado, tal vez para agradecer el gesto que los catalanes habían tenido con ella al sacarla de Múnich. El estado de gestación de la judía avanzaba al de Inés en dos meses, pero pese a su voluminoso vientre, nada reducía su actividad y la acompañaba allá donde fuera. Habían mentido respecto a su estado civil a la puritana sociedad barcelonesa, que no hubiera aprobado que no estuviera casada. Inés, tras conocer las circunstancias de la mujer, no podía censurar su vida en nada y sabía que, pese a ser bien diferentes, su amistad se cimentaba día a día con más fuerza.

Magda vivía con la preocupación de lo que pasaba en su país, de lo que sufrían los suyos, y solo recibía malas noticias en lo que a ellos respectaba. Sus amigos, que hacía años que eran desposeídos y tratados con inexplicable crueldad, desaparecían de un día para otro. Todos iban hacia el este y allí, como si hubieran caído en un gran agujero, se esfumaba toda pista de ellos.

Por su parte, Pablo cada mañana emprendía el trayecto a Villanueva, donde su hermano José Manuel dirigía las dos empresas familiares, la textil, Bultó y Compañía, de herencia familiar y PIROSA, la de piezas mecánicas, que a Pablo le interesaba mucho más, pero aún era un negocio menor. Se intentaba escapar a menudo a aquel lugar de olor ferroso y calor, pero la mayor parte del tiempo la dedicaba a la fábrica textil, que le aburría enormemente.

El único aliciente era aquel trayecto a Villanueva, que realizaba en un Alfa Romeo rojo por la carretera de las costas del Garraf, de la que conocía cada curva. Iba rápido, entretenido, adelantando de vez en cuando algún carro o coche más lento que el suyo, y deseando que el viaje no acabara tan pronto como lo hacía siempre, con el mar a la izquierda, brillante, infinito y plateado, y las rocas grises del escarpado macizo a la derecha.

Con algo de retraso, a las diez y diez minutos de la mañana, atravesó el arco que rezaba BULTÓ Y CÍA. FÁBRICA DE TEJIDOS. La visión del conjunto de edificaciones marrones, grandes, con altos ventanales de pequeños cristales, sin belleza alguna para el que no se esforzara en encontrarla, le desanimó igual que cada día. A un lado, el segundo turno de la noche salía, cansado y gris, hacia sus hogares; al otro, la edificación de la novena nave del conjunto fabril avanzaba a buen ritmo. A pie de obra, inconfundible, distinguió a su hermano José Manuel hablando con uno de los responsables de que aquella construcción estuviera acabada en pocas semanas. Saludó desde donde estaba y accedió al edificio tras lanzarle una última mirada a su vehículo. Suspiró deseando que las horas que le aguardaban hasta poder volver a subirse a él no se le hicieran demasiado largas.

Su despacho estaba frente al de su hermano, pero era algo menor, lo cual era lógico habida cuenta del uso que daban uno y otro al espacio. Pablo básicamente se encargaba de la compra de maquinaria y del estudio del mercado internacional. Buscaba oportunidades de negocio fuera de España, pero, una vez identificaba cualquier nicho en el que los productos que fabricaban pudieran venderse, todo el peso de la estrategia de contacto, venta y fidelización recaía en el equipo de José Manuel, que tenía ojos en todos los departamentos y tiempo inagotable para supervisar un volumen mucho mayor de tareas que él. Saludó a su secretaria, que también era menos voluminosa que la de su hermano, y le dio su sombrero y abrigo antes de sentarse tras su mesa, sobre la que ya esperaban diligentemente su café, periódico y agenda. Revisó sus tareas mientras soplaba el humo ardiente de la bebida. Poco que hacer nuevamente. Revisión de los telares de la sala 1 de la fábrica San Juan, estudio del catálogo de nuevos telares de Platt Brothers Ltd. de Manchester —«si no la han bombardeado aún los alemanes», se dijo—. Apartó la agenda y cogió el periódico del día, donde, nuevamente, ocupaba toda la portada la guerra que sacudía Europa. Oyó la puerta de su despacho al abrirse. Sin necesidad de girarse, supo que la única persona que entraba sin llamar se encontraba a su espalda.

—Buenos días, José Manuel —dijo volviéndose.

—Hermano, ¿cómo estás? —respondió él mirándole con una sonrisa.

Estaba bien. Lo estaban los dos, aunque tras la guerra José Manuel había adquirido rápidamente las hechuras de un hombre de más edad de la que tenía, mientras Pablo se esmeraba en mantenerse en forma. Su hermano seguía soltero.

—Estaría bien que fueras a dormir a San Antonio —le dijo.

Aquella era la sutil forma en que su hermano le mandaba. Supo que aquella noche dormiría en la masía familiar, ubicada en Cunit, un pueblo a pocos kilómetros de donde se encontraban.

—Lo haré si es lo que quieres. Pero ¿con qué motivo?

—Es por los alemanes. Los del primo de tu mujer, el tal Harald. Mañana por la mañana quieren ver la fábrica, pero antes quieren que les enseñes las naves de PIROSA. Parecían tener curiosidad por las piezas que fabricamos, vete tú a saber. Hablan español razonablemente bien por lo que he podido saber. Hoy están en Barcelona, en el Majestic, pero mañana quieren venir al alba.

—Y no les has dicho que...

—No, nunca digo a un comprador que no puede venir a esta o aquella hora. Por eso es lo de San Antonio. Ve a mediodía si quieres, así podrás pasear, ver alguna de las masoverías... Mañana tendrás que madrugar, te convendrá estar cerca.

—Eso no es problema, no te preocupes, José Manuel.

—Ya —dijo él sonriendo, sabedor de que Pablo era noctámbulo y poco madrugador—. Te agradezco que los atiendas tú. He pensado que, ya que fuiste el que primeramente habló con el primo alemán de Inés, con ese Harald, deberías seguir siendo quien mantenga la negociación.

—¿Sabes lo que quieren?

—Imagino que lo que te dijo, ¿no? Tela de diferentes tipos. Seda para los paracaídas, arpillera... Has vivido una guerra, ya sabes lo que necesitan.

—No me gusta la idea —no pudo evitar decir Pablo.

—¿La idea?

—Vender a esa gente. No me gustan los nazis. No me gusta lo que están haciendo en toda Europa, incluso hasta a los que eran sus compatriotas.

—Ya. Pero esto es una empresa. Si no les vendemos nosotros, lo harán los Soldevila, o los Mata, o los Fabra... Tienen para elegir. Aprovechemos nuestros contactos.

—Preferiría que fueran ellos los que...

—Ya, pero yo no —lo interrumpió José Manuel—. Vendamos. Es lo que hacemos. Sé encantador, lo harás bien. Cuando acabes me cuentas. ¿Qué tal Inés? —Así se zanjaba el tema. Pablo miró a su hermano y sonrió con ironía—. Dale recuerdos. Tengo que pasarme algún día por vuestra casa —dijo José Manuel devolviéndole la sonrisa.

—No traigas nazis contigo, haz el favor —replicó Pablo.

—Solo si quieren comprarla a buen precio. Ya sabes lo que me gusta hacer buenos negocios.

6

Habían viajado hasta Pilsen, en la región de Bohemia, en el oeste de la vecina Checoslovaquia, que desde hacía dos años no existía como país y había sido exitosamente anexionada al Tercer Reich del que, forzosamente o no, cada vez más europeos formaban parte. No estaba lejos de Burg Fallstein y Hilda agradeció salir de aquellas paredes que, cada vez más, sentía convertirse en una prisión. Había sugerido varias veces volver a España, pero Harald no entendía el porqué de su empeño y rápidamente cambiaba de tema. También había escrito a su madre, pero esta, que daba poca importancia a cualquier cosa que no fueran la religión, la familia y los asuntos sociales (fiestas, bodas y chismorreos), le escribía de vuelta haciendo hincapié en lo maravilloso que era que se hubiera casado con un hombre de la estirpe de su marido y la conveniencia de que se quedara embarazada pronto, haciendo caso omiso a las terribles noticias que ella le daba. Porque eran terribles. Porque su marido, como sus compatriotas, parecía cada vez más cegado por la luz de Hitler, que iluminaba tan brillantemente algunas gestas mientras oscurecía y desdibujaba las mayores crueldades.

Les invitaba una rica heredera alemana que ambos conocían y que había asistido pocos años antes a su boda en Barcelona. Sofia Maekelberg pertenecía a una familia industrial vinculada al acero y la maquinaria pesada que había reconvertido, como los Krupp o los Thyssen, todas sus fábricas para soportar el esfuerzo de guerra alemán. Tanto Hilda como Harald sospechaban que Sofia nunca había sabido bien qué era exactamente lo que fabricaba la empresa que había heredado hasta el inicio de la guerra, cuando las cartas del Führer agradeciendo las balas, bombas y torpedos que le proporcionaban se sucedieron cada cierto tiempo. Todo un orgullo, por supuesto, y probablemente también el motivo de la celebración que los había llevado al palacio que empezaban a vislumbrar al final de una avenida de tilos primorosamente podados. Pasarían allí la noche y al día siguiente celebrarían lo que quiera que Sofia quisiera celebrar.

La noche era cerrada y la única luz que escapaba a su negritud era la de aquella construcción. Lo llamaban Schloss Blank, castillo blanco, y aunque no era un castillo, sino un magnífico palacio de campo, sus paredes sí eran blancas y aquella noche se teñían del dorado de las antorchas que ardían entre ventanal y ventanal. De estilo palladiano, la planta del edificio tenía un gran cuerpo central con frontis clásico sostenido por altas columnas, a partir del cual se elevaba un techo de oscura pizarra que se confundía con el cielo estrellado. A cada lado, dos construcciones más bajas, cubiertas de hiedra, se adelantaban creando una especie de patio que se abría del lado por el que se acercaba el Mercedes que los llevaba. Sobre la puerta principal, a Hilda le decepcionó ver la omnipresente esvástica.

Llegaban muy tarde, pasadas las doce, lo que era atípico en ellos y sumamente descortés, pero el chófer se había extraviado durante horas, haciéndoles perder la paciencia y la energía. Afortunadamente, hacía media hora habían visto un Daimler de grandes dimensiones girar a la izquierda y, seguros de que solo se podía dirigir al mismo lugar que ellos, lo siguieron hasta encontrar el camino en medio de aquel laberinto rural.

Pese a la hora, les pareció que el palacio estaba completamente despierto, pues la luz de numerosas arañas de cristal atravesaba las ventanas y desde el exterior se veía a gente reír y bailar al son de una música animada y perfectamente audible. Hilda no podía creer su mala suerte, pues lo último que esperaba, y lo que menos le apetecía, era tener que festejar una noche antes de lo previsto, máxime cuando el tren de aquella fiesta parecía haber arrancado motores hacía horas.

Nadie salió a recibirlos, así que entraron en el palacio sin esperar, con su chófer cargando sus numerosas maletas como podía.

Pese a su imponente interior, con un *hall* de triple altura con cariátides sosteniendo los arcos de entrada a los diferentes salones que partían de él, lo que más impresionó al matrimonio no tuvo nada que ver con el edificio.

La fiesta se había desatado sin ningún decoro ni educación y, como si de los últimos días del Imperio romano se tratara, la gente se movía a gritos, desordenadamente, borracha, dejando a su paso un rastro de vasos caídos, botellas vacías y desorden generalizado. En los sillones al alcance de su vista, algunas parejas se magreaban, sobre las mesas, otros bailaban y, ajenos a cualquier respeto por la venerable propiedad, un grupo jugaba a los dardos con un retrato de grandes dimensiones como diana. Hilda miró a Harald.

—Cielo santo. Vámonos inmediatamente de aquí.

Por una vez, Harald pareció estar de acuerdo.

—Esto es terrible. ¿Qué tipo de educación tiene esta gente?

Se asomaron a otro salón.

—Por todos los demonios, aquel es el conde Gottfried Meyer. No puede ni andar. —El mencionado conde se apoyó en un jarrón de porcelana que cayó al suelo rompiéndose en mil pedazos.

—Vámonos, Harald. No pintamos nada aquí.

—Desde luego que no. Yo pensaba que esta era otro tipo de residencia.

En ese momento, alguien les pasó el brazo a cada uno por el hombro y se colocó entre ambos. Se giraron. Mirándolos de cerca, sonriente, algo desarreglada y con intenso olor a schnapps pero lúcida, los saludaba Sofia Maekelberg, su anfitriona.

—¡¡Queridos!! Os esperaba para cenar, es una lástima, pero pediré que os preparen algo, si es que en esta casa hay alguien que no esté ebrio... ¡ja!

—Nosotros... estamos algo cansados —intervino Harald—, pero es una gran alegría verte tan...

—Borracha. Borracha. Pero es que son buenos tiempos, querido, para qué negarlo. Tiempos para beber, reír, disfrutar. Y tú, *meine liebe* —dijo mirando a Hilda—, *meine Spanische liebe...*, ¿como estás? Pareces algo cansada, pero conociendo a los españoles, con un poco de vino enseguida podrás acompañarnos, ¿no es así?

—Estoy bien, querida, muy contenta de estar en este lugar tan... divertido —dijo Hilda intentando no mostrar demasiado desagrado.

—Es muy bonito, lo compró mi padre, pero nunca vino. O poco. O no nos lo dijo... Bueno, qué más da. A mí me gusta. Aquí hago lo que quiero.

—Eso parece, Sofia, eso parece —intervino Harald.

—Oh, no seas antiguo, querido. Un poco de alcohol, quizás un poco de alguna cosa más... En el amor, en la fiesta y en la guerra... todo vale.

—En la fiesta...

—En la fiesta también —interrumpió ella—, aunque la sorpresa más agradable vendrá mañana, así que tendréis que esperar. En fin, instalaos y uníos. Pediré que os suban algo a vuestra habitación, pero bajad pronto. No hace falta que os arregléis demasiado, yo misma iría en ropa interior si no fuera porque soy la anfitriona... En fin, otra vez será. —Miró por encima de sus espaldas—. ¡¡Dolph!! ¡¡Dolph!!

Desde el otro extremo del salón, un mayordomo con aspecto de salir de una trinchera recogía unas copas llenas de colillas de encima de una mesa. Al oír a Sofia se acercó presto.

—Dolph, lleve a los Fallstein a su habitación, la que quiera que les haya reservado. Luego llévelas algo de cenar.

—Sofia, quizás sea mejor que nos veamos... —intentó decir Hilda.

—... Ahora —interrumpió Harald mintiendo—. Nos vestiremos y bajaremos.

—Así me gusta. Bajad rápido. Quiero presentaros a mi amante. Es un fornido checo, tan joven que no me atrevo a preguntarle la edad. Es sencillamente maravilloso. Además, apenas habla alemán, oh, oh, oh, ¡qué regalo! —Miró hacia el techo sonriendo con los ojos en blanco unos segundos y los apremió—. ¡Id! ¡Id! ¡Cenad y volved! —Luego se dio la vuelta para ir en busca de otro grupo que bailaba frenéticamente.

—No pienso salir de mi habitación hasta que esta tormenta amaine —dijo Hilda.

—Yo tampoco, querida —confirmó él— Si quisiera emociones así, iría al frente.

Se acostaron con la sensación de estar rodeados por una jauría a punto de derribar las paredes que los resguardaban, rodeados por los apasionados gritos que provenían de la habitación contigua, la música que sonaba por toda la casa, los correpasillos y todos los extenuantes signos de aquella bacanal tan sorprendente como inesperada. El sol ya se colaba entre los pesados cortinajes de su habitación cuando el temporal amainó y pudieron, finalmente, descansar.

Poco antes de mediodía, Harald y Hilda descendían los peldaños de una imponente escalera de mármol hasta el piso inferior, donde un lacayo les indicó la zona en la que se serviría el desayuno. El palacio parecía otro y no había atisbo de las lujuriosas escenas que había presenciado pocas horas antes. Todo resplandecía y no solo las cómodas, suelos, lámparas y mesas, sino también los invitados mostraban un aspecto limpio y sereno.

Cualquiera habría pensado que se trataba de otras personas, distintas a las que pocas horas antes se habían mostrado impúdicas y alocadas, pues aquella mañana todos se trataban con la cordialidad y los modales contenidos en los que habían sido educados. Comentaban la noche anterior sin entrar en detalles, sin aludir a nada que los hubiera sorprendido, firmantes todos de un pacto tácito que parecía asegurar que lo que pasaba en las fiestas del Schloss Blank se quedaba entre sus paredes. Se movían entre el comedor, en el que se había instalado un opíparo bufé con embutidos, quesos, panes y todo lo que a cualquiera se le pudiera antojar, y la terraza a la que la estancia se abría, donde los invitados que habían amanecido comían apoyados en la balaustrada que los separaba del jardín o en pequeñas mesitas cara al sol. En una esquina, Sofia los reclamó con la mano desde el balancín en el que se relajaba fumando. Llevaba grandes gafas de sol y un pañuelo cubriéndole el cabello, del que se escapaban por los lados bucles rubios enmarcando su tez clara sobre la que también destacaban sus carnosos labios pintados de rojo intenso.

—¡Queridos! ¡Oh, queridos, qué bien lo pasamos anoche! ¿No es así? Estaba segura de que lo pasaríais bien —dijo evidenciando que el exceso de alcohol le había escondido muchos de los detalles de la noche—. ¿Os acostasteis muy tarde?

—No, no mucho —apuntó Harald—. Pero lo pasamos muy bien —dijo dando por hecho que ella creía que habían estado en la fiesta.

—Eso me gusta, tenéis que reservaros para esta noche. Será la noche grande. Además, hemos preparado una pequeña excursión. Gottfried Meyer ha comprado la finca de al lado. Nos la quiere enseñar. Está realmente ilusionado y a mí también me alegra que se instale en Bohemia. Deberíais comprar algo también vosotros, hay muchas oportunidades.

—Es una zona preciosa —intervino Hilda hablando por hablar.

—Lo es. Cada vez más. Es como una casa, de vez en cuando hay que despejarla de las cosas inútiles y feas que se acumulan con el tiempo para que todo vuelva a estar bonito y agradable. Eso estamos haciendo los alemanes..., limpiando y limpiando. —Miró hacia el jardín, un prado largo y verde intenso salpicado de cedros al final del cual un grupo de sauces llorones mojaba sus ramas en las aguas de un gran estanque. En la orilla opuesta, un gran bosque se perdía en el horizonte—. Hof Wiesner —continuó— está detrás del bosque, que ya pertenece a su finca, a quince kilómetros. Si os fijáis, podréis ver una de las agujas del tejado. Le cambiarán el nombre, claro, creo que Greta Meyer quiere llamarle Schloss Greta, la muy osada, pero supongo que es lo que podemos esperar de alguien así... Esa tipa es una advenediza de la que nadie sabe nada. ¿Sabes algo de ella, querido? —Y señaló a la mujer a la que se refería sin disimulo. La aludida la miró y saludó desde donde estaba, sonriendo. Sofia le devolvió la sonrisa mascullando entre dientes—: Una advenediza, queridos, se la ve a la legua.

Tras el desayuno, recuperada la compostura y vestidos para montar a caballo, la mayoría de los invitados se unió a la excursión para conocer la propiedad que los Meyer habían adquirido. A Hilda y Harald les gustaba montar, pero su castillo estaba tan encajonado entre rocas y acantilados que nunca tenían la oportunidad de disfrutar de un paseo como el que la propiedad que los acogía hacía posible. Galopando a toda velocidad, el sonido de los cascos quedaba amortiguado por la hierba fresca y mullida de aquel prado; el aire limpio, el sol, todo hacía de la experiencia algo agradable y divertido. Ellos y un grupo de quince invitados más seguían a su anfitriona, que galopaba en un caballo tordo como si estuviera cargando contra el enemigo en una batalla medieval. El conjunto ofrecía una estampa digna de verse, parecida a la que a veces se plasmaba en los grabados de la caza del zorro o de las carreras de campo, con los fulares y las melenas de las mujeres ondeando al viento, los caballeros con chaquetas de *tweed* oscuras y los perros en extenuante esfuerzo por acompañar a sus amos.

Al fondo de aquella avenida de naturaleza domesticada, en la orilla opuesta del lago al que se acercaban, empezaba la finca que querían visitar.

Al llegar al lago se pusieron al paso y acercaron a los caballos a beber de las aguas, un espejo perfecto en el que se reflejaba la naturaleza circundante y el cielo azul; todos reían tras la carrera y, de haber podido, muchos se habrían lanzado al agua para sofocar el calor.

En aquel punto, Gottfried Meyer se puso a la cabeza de la expedición para adentrarse en su propiedad. A los que tenía cerca les señalaba de vez en cuando algún elemento del paisaje y se disculpó varias veces del estado en el que advertía que encontrarían el castillo.

—Estamos en plenas obras. Cambiando muchas cosas. Calculo que en un año estará ya listo para recibirnos. Probablemente la guerra haya acabado ya, así que será una doble celebración.

Cuando llegaron, sobre las vetustas paredes de un castillo con aspecto defensivo, oscuro y fuerte, un hombre trabajaba la fachada con martillo y cincel subido a una escalera. Hilda preguntó curiosa.

—Gottfried, ¿está arreglando el friso ese hombre?

Él miró hacia arriba y sonrió.

—En realidad, está quitando algunos elementos. Pero, bueno, sí, podría decirse que lo está arreglando..., limpiándolo de lo que no interesa. En eso estamos todos, querida.

Al pasar bajo la puerta y fijarse más, Hilda pudo ver que el hombre se esforzaba en eliminar a golpes una estrella de David de la escena que presidía la fachada.

En el interior, Greta Meyer se cogió del brazo de su marido mientras este explicaba las obras que pensaban acometer. Resultaban una pareja atípica: él, algo grueso y de movimientos lentos, y ella, más alta y espigada, con el pelo teñido de rojo, las piernas largas y la camisa quizás demasiado abierta. Era la segunda mujer de Gottfried Meyer y parecía claro que el hombre había buscado en ella todo aquello de lo que su anterior mujer, una discreta duquesa prusiana, adolecía.

—La escalera va fuera —dijo señalando a un grupo de obreros que trabajaba a golpes en su demolición—. Greta se ha encaprichado con que la nueva sea igual a la del palacio de Esterhazy de Viena y yo..., qué les voy a contar, esta mujer me va a volver loco con sus ideas, pero a mí siempre me gustó esa escalera imponente. Por suerte, el castillo ha sido una ganga, eso ya se lo imaginan.

Ni Harold ni Hilda sabían por qué, tampoco la mayoría de los invitados, pero Sofia, que conocía bien la historia, la comentó jocosa.

—Eso es porque eres un zorro, querido vecino. —Miró a quienes los acompañaban—. Digamos que Gottfried supo aprovechar las circunstancias, el inicio de la buena época que se abre para todos los habitantes de nuestro hermoso Reich.

El aludido intervino.

—Había venido un par de veces a ver el castillo. Siempre nos gustó, especialmente a Greta, que se había encaprichado de él..., pero los propietarios eran unos usureros judíos de la peor calaña, que, con fingida amabilidad, reían ante mis ofertas y me enseñaban la puerta al poco de que yo renunciara a compartir el té que me ofrecían. Llevaban aquí varios siglos, así que imagínense lo que han tenido que sufrir los bohemios viendo durante años a estos intrusos copar unas tierras tan magníficas. El caso es que cuando anexionamos el país, supe que mi oportunidad había llegado, pero esperé un poco más. —En sus ojos había emoción, igual que en los de todos los que le escuchaban, menos en los de Hilda, que contenía las ganas de llorar.

—Yo te ayudé. ¡Exijo que me lo reconozcas! —intervino Sofia.

—Por supuesto. Sofia me ayudó. Desde el Schloss Blank vigilaron los movimientos de sus vecinos. Cuando comenzó la limpieza..., la deportación de los judíos al este, supe que había llegado el momento. Volví aquí, pero encontré a otras personas..., digamos que su orgullo se había disipado finalmente. Frente a la puerta estaban cargando varios coches con pesados baúles. Sabían que les quedaba poco tiempo, que sus días de abuso habían acabado. Me dijeron enseguida que aceptaban mi anterior oferta, pero les ofrecí una nueva. Mejor. Más beneficiosa para mí, nada menos que una décima parte de la cantidad anterior, e incluí en la compra todo el mobiliario. Esos bastardos tenían buen gusto. Hay buenas cómodas, vajillas, plata y lámparas, pero lo extraordinario son los cuadros. Tenían un Rubens magnífico que ahora les mostraré y un retrato de familia de sus antepasados, de Winterhalter, en el que ni siquiera parecen judíos. ¡Realmente ese sí era un magnífico artista! ¡Pienso decir que es mi propia familia, así que guárdenme el secreto!

Todos rieron, Harald incluido. Hilda se había quedado helada.

Estuvieron hasta pasado el mediodía en el castillo, recorriendo una a una las habitaciones, que estaban intactas, con las pertenencias de los anteriores dueños, infinitamente más elegantes que los Meyer.

Ya de vuelta en el Schloss Blank, tras la comida, solos en su habitación, Hilda intentó convencer a su marido para que se fueran cuanto antes.

—Harald, mi amor, dime que todo esto no te parece bien.

Harald la miró y esbozó un gesto de ternura. Luego se colocó junto a ella, que le miraba sentada en el borde de la cama, y le cogió la mano.

—Claro que no, *meine liebe*. Este es un lugar horrible y me he arrepentido de venir desde el momento que llegamos. Esta gente... No es lo que la raza aria representa. Son todos lascivos e hipócritas, faltos de toda dignidad. Cómo iba a olvidar lo que presenciamos a la llegada... Pero respecto a Sofia..., no olvides lo mucho que su empresa está contribuyendo al esfuerzo bélico del Reich. A veces hay que pasar por alto algunos detalles, algunas debilidades humanas, y recordar lo importante. Se rumorea que es amante del Führer... Tonterías, probablemente.

—¿Y qué me dices de los Meyer? —dijo tratando de que el foco de la conversación se dirigiera a ellos.

—Ah, bueno, ellos son lo peor. Tú no conociste a Angela, la anterior mujer de Gottfried. Era todo lo contrario a la de ahora. Bastante fea, pero una mujer de valores, de una de las mejores familias de Königsberg. Nada que ver con la tal Greta, que es guapa y probablemente una artista en la cama, pero un completo desastre social. Es tremendo tener que compartir espacio con gente de tan bajo nivel. La pobre Angela se estará revolviendo en su tumba al ver lo que Gottfried está haciendo con su vida... y con su fortuna. Aunque lo del castillo que han comprado, y cuya reforma probablemente marque un hito en el mal gusto europeo, parece buen negocio.

—¿Buen negocio? ¡Ese hombre ha robado el castillo familiar a esas pobres personas! —exclamó Hilda sin poder evitar desenmascararse.

—Judíos —dijo seco y frío Harald mirándola fijamente como si aquella palabra descartase toda humanidad—, eran judíos, Hilda.

—Era su casa. Me da igual de qué raza fueran —replicó ella llena de ira.

Harald se puso de pie frente a ella. La miró unos segundos intentando controlar su humor. Luego, como un resorte, acercó la mano a la cara de su mujer y la cogió por el mentón obligándola a mirarle.

—Judíos. Nada de lo que esa gente tiene fue adquirido sin robar, sin sangrar a la tierra y las gentes de los lugares que han ocupado. Tenlo muy claro y ten mucho cuidado. Hay que saber lo que uno dice antes de hablar, por muy española y por muy preciosa que una sea. No toleraré ninguna flaqueza en ese sentido. Estamos en un momento clave de nuestra historia y todos debemos empujar para conseguir la sociedad que queremos, la sociedad que merecemos. Si no estás dispuesta a esto... —Hilda deseó que dijera que se podía volver a España—. Si vas a arrugarte con este tipo de cosas, te quedarás en Burg Fallstein hasta que tengas todo más claro. No puedo ir por ahí con una mujer que cuestiona a nuestro Führer. Ahora eres alemana, este es tu país —dijo Harald como leyéndole el pensamiento—, y lo verás cambiar para mejor. Estamos creando un mundo de verdad para nuestros hijos.

Hilda no pudo evitar cerrar los ojos y, desesperada, derramó un solo lagrimón de cada uno de ellos.

La tarde transcurrió en medio de tensos silencios e infelicidad entre los Fallstein, que sentían cómo se alejaban el uno de otro sin remedio cada vez que la situación de su país en guerra se ponía sobre la mesa. Harald paseó por el jardín malhumorado, sin comprender por qué su mujer no compartía el entusiasmo del que él se había contagiado tanto como todos sus compatriotas. Hilda, al verse en el espejo demacrada por la desesperación, decidió no salir de su habitación hasta la hora de la cena.

A las ocho, sobreponiéndose a su enfado, ambos descendieron las escaleras para el ágape. Su anfitriona había creado muchas expectativas respecto a aquella noche y, aunque el comedor, iluminado por candelabros majestuosos, relucientes dorados y elaborada *mise en place* era sin duda espectacular, habituados como estaban a ese tipo de cenas, supusieron que debía tenerles algo más excepcional preparado. Los hombres llevaban frac o uniforme de gala de la Wehrmacht, las mujeres, traje largo y sus mejores alhajas. Tanto Hilda como Harald se sorprendieron del rango militar de muchos de los asistentes. Con todo, pese a la rigidez que se les adjudicaba a los nazis, Hilda notó enseguida que el espíritu festivo del grupo volvería a desatarse aquella noche y, pese a que no era ese el tipo de festejo que los atraía ni a ella ni a Harald, deseosos como estaban de olvidar su discusión, bebieron a mayor ritmo del que acostumbraban. A su alrededor, las voces, risas y ánimos se elevaban minuto a minuto, plato a plato.

Tras el postre, pasaron al salón, donde nadie pidió té sino copas, y enseguida la noche encaró el camino sin retorno hacia la bacanal. Hilda no era una bebedora habitual, pero siempre había disfrutado del champán, por lo que pidió una copa y siguió bebiendo hasta que su cabeza se concentró en la música y las risas que la rodeaban. También Harald parecía animado y reía al lado de Sofia, sentada junto a él en un canapé de terciopelo, sin duda criticando a Greta Meyer, a quien el alcohol traicionaba mostrándola como la recién llegada a aquella sociedad que realmente era.

A medianoche, todos bailaban y la escena empezaba a recordar en mucho a la que los Fallstein habían presenciado con estupefacción al llegar al Schloss Blank, solo que en aquella ocasión ellos mismos participaban de la parte más convencional de la celebración, intentando a la vez no mirar demasiado a los lugares en los que el recato se empezaba a perder. En un rincón, Hilda observó a un grupo de invitados aspirar unos polvos por la nariz; en otro, a una pareja, cuya relación desconocía, besarse apasionadamente intentando en vano ocultarse tras la cortina. Venció su momentáneo arrebato de tristeza y sus ganas de salir corriendo de allí, cerró los ojos y bailó un buen rato más, hasta que la anfitriona bajó la música y se subió a una mesa para hablarles. Estaba ebria, como todos, y contenía un ataque de risa como podía, dirigiéndose a ellos desde arriba, vestida con un traje largo de lentejuelas y estrechos tirantes que insinuaba las formas de su cuerpo alargado y anguloso. Sobre la frente, tapada a los lados por su pelo rubio y ondulado, se había colocado un collar de esmeraldas a modo de diadema. Sus ojos azules y su mirada algo maléfica se acentuaban bajo el maquillaje azulado de sus párpados y la longitud exagerada de sus pestañas negras. Cualquiera que no la conociera habría sabido al momento que aquella era una mujer mimada por la vida, caprichosa, segura de sí misma y poco piadosa que hacía siempre exactamente lo que quería. Intentó ponerse seria y, gesticulando de manera teatral con sus brazos enguantados en satén blanco, desveló la sorpresa.

—Queridos amigos. Esta noche he preparado un juego emocionante y especial. Un pequeño concurso. He hecho dos equipos, así que, por favor, colocaos con el que os haya adjudicado.

Sofia Maekelberg disfrutaba de la compañía de gente variada, pero, clasista al máximo, solo se acercaba a los que consideraba de su alcurnia. Así, en su equipo quedaron Hilda y Harald, una pareja de príncipes de Dresde, los dos oficiales alemanes de mayor rango, un trío de primos de Stuttgart y otros invitados de mayor abolengo. En el otro equipo, su pareja (aquel formidable checo que no llegaba a los veinte y apenas podía comunicarse en alemán), Greta y Gottfried Meyer y el resto de invitados que consideraba de menor nivel. Cuando los equipos se reunieron, los condujo a la terraza que daba al gran prado por el que habían cabalgado hacía unas horas. Su palacio cerraba aquella extensión por donde estaban y el estanque lo hacía en el otro extremo. A los lados, dos terraplenes empinados delimitaban eficazmente el espacio. Bajo sus pies, bajo la terraza, tras grandes portones que se abrían al prado, había dependencias que supusieron guardaban maquinaria de jardín y aperos.

La anfitriona había organizado el tablero meticulosamente. En el prado, cada cierta distancia y en línea hasta el estanque, había colocado unas antorchas que lo iluminaban en la noche oscura. Además, en la terraza, dos hombres vestidos de caza sostenían un rifle cada uno. Sofia explicó el juego.

—Por favor, que cada equipo se acerque a uno de los secretarios. Los rifles son iguales y ninguno es el mío personal, para que no haya dudas sobre la imparcialidad.

Los dos grupos se colocaron con su secretario respectivo. Nadie estaba completamente serio y, aunque su ebriedad parecía hacerlo imposible, todos prestaron atención.

—Este es un juego de caza. De puntería. Cada antorcha marca veinte metros. La última, ya en la orilla del lago, marca el kilómetro, aunque hasta allí no alcance ningún rifle... El objetivo que sea abatido a más distancia dará más puntos al equipo que haya disparado. Al que lo alcance en la primera antorcha se le otorgarán veinte puntos, que es lo mínimo. Así que el juego es sencillo. Soltaremos a los objetivos, ratas de buen tamaño —todos hicieron una mueca de asco—, para que corran en dirección al estanque y vosotros seréis, en función de la puntería de cada cual, quienes decidáis en qué punto abatirlos. Cuanto más lejos, más difícil y, por tanto, más puntos. ¿Qué os parece?

—Me parece que es imposible que consiga dar a una rata a un centenar de metros y de noche, querida. No podrías pedirle eso ni al arco de Guillermo Tell —dijo Harald.

—Bueno —rio—, estas ratas son bien grandes. Que se prepare el primer tirador del equipo de los Meyer. Yo empezaré en el mío.

Gottfried Meyer cogió el rifle. Sofia se colocó con el suyo. A un lado, un lacayo con trompeta de caza esperaba su señal. En cuanto Sofia asintió con la cabeza, el instrumento sonó estridente y todos esperaron unos segundos a que apareciera el primer objetivo, la primera rata, que habría de salir por alguno de los portones bajo sus pies. Oyeron un chasquido que pareció un fustazo y esperaron al animal. Pero en vez de ratas o jabalíes lo que vieron salir por la puerta fueron dos hombres.

En sus movimientos, en su urgencia, se percibía el pánico, y todos tuvieron que identificar el símbolo y la palabra pintados en su espalda para comprender: la estrella de David y la palabra *jude*. Sofia, que esperaba la sorpresa, gritó entre carcajadas histéricas:

—¡Son judíos! ¡Ayudemos al Reich y divirtámonos! ¡¡Más puntos para el que abata al suyo más lejos!!

Se apoyó sobre la barandilla y se concentró al apuntar. Durante unos segundos el silencio se apoderó de la terraza, pero, poco después, Gottfried Meyer se colocó también en posición y los gritos y aplausos de su mujer contagiaron su entusiasmo a los dos equipos. *Töte ihn! Töte ihn!*, gritaban ambos grupos desgañitándose mientras retomaban sus copas o bebían directamente de la botella y se asomaban a la barandilla expectantes. Hilda creyó que se desmayaría, pero Harald la cogió por la cintura y la acercó a él. Lejos de consolarla, le susurró al oído:

—Por Dios, Hilda, no te descubras ahora. No hagas un número. A mí tampoco me gusta esto, está falto de gusto, es una estupidez de niña mimada, pero somos sus invitados. Dispararás igual que haré yo. Estamos acabando con los judíos en todo el Reich, probablemente de maneras menos rápidas que aquí.

—¿De qué hablas? —dijo ella al borde de las lágrimas.

—Cielo santo, querida, ¿qué crees que hacen con ellos cuando se los llevan al este? ¿En serio eres tan inocente?

—¿Los...?

—Por supuesto, querida, a los que no valen para el trabajo los exterminan... de forma ordenada y piadosa, pero esa gente, esos judíos maliciosos, han hecho demasiado daño y estamos en una guerra de la que tiene que salir un orden nuevo, un mundo mejor. En eso está el Führer. No hay nadie con su empeño y su dedicación. Nuestro líder está en todo, puede con todo, aunque se le vaya la vida en ello. Acabará con el comunismo, con los judíos y pondrá a nuestra nación en el lugar que la historia le tiene reservado.

Hilda se deshizo del brazo de su marido y se fue a un rincón de la terraza entre arcadas. Allí vomitó sin remedio. Los que la vieron pensaron que había bebido demasiado. Harald se acercó nervioso.

—Me estás dejando en evidencia. Si ven a mi esposa con esta actitud, cualquiera de los oficiales sospechará de mí...

Se oyó un disparo, luego otro y, enseguida, los aplausos. Luego a Sofia gritar:

—¡Ciento cuarenta puntos cada uno! ¡Empate!

Todos celebraron que los dos judíos habían sido alcanzados certeramente. Los ojos de Hilda se llenaron de lágrimas, pero solo Harald se dio cuenta mientras los invitados aplaudían. Luego, sucedió lo inesperado.

Hilda se acercó adonde estaba el fusil de su equipo, lo cogió, colocó la culata del arma en su hombro y apuntó hacia el tablero de aquel juego atroz. Aún se oían los aplausos de la anterior competición cuando la trompeta volvió a sonar y dos nuevos infelices saltaron al prado, asustados, corriendo por unas vidas, las suyas, en las que tenían nula esperanza. Uno pareció mirarla. Hilda apuntó al que correspondía a su equipo, concentrada. A su alrededor, se oía de nuevo «¡mátalo, mátalo!», como un grito de guerra que retumbaba en su cerebro. «Mata a estos perros nazis, mata a tu marido, mata esta vida y vuelve a España», oía ella. A los pocos segundos, el judío del equipo contrario cayó abatido por Greta, aquella mujer sin categoría, sobre todo humana, pero ella esperó un poco. Cuando supo que el alcance del rifle no daría para mucho más, disparó certera exactamente adonde quería. Limpio, el tiro atravesó el brazo izquierdo de su objetivo. El hombre cayó al suelo, pero enseguida, cogiéndose el brazo, se levantó y siguió corriendo hasta lanzarse al agua y allí esconderse en las aguas oscuras del estanque que separaban Schloss Blank de Schloss Wiesner, o Schloss Greta, como quiera que aquella gente horrible llamase a una propiedad que jamás debería haber llegado a sus manos.

Hilda pensó que había dado una oportunidad a aquel judío, al que no le costaría alcanzar la otra orilla y huir. A la vez, había salvado la situación. Todos habían visto al judío escapar.

—Le atraparán en mi casa, no tengan duda —aseguró Gottfried Meyer. Hilda miró a los miembros de su equipo.

—Nunca he tenido buena puntería —dijo encogiéndose de hombros—. Además, he bebido demasiado. Me derrumbaré si no me retiro ya.

Sofia la miró y la creyó.

—Desde luego, querida. No te preocupes, aún quedan muchos disparos, ganaremos.

—Eso espero. Siento no haber acertado —dijo dándose la vuelta y dirigiéndose al interior del palacio. La trompeta volvió a sonar y todos la olvidaron. Cuando estaba cruzando la puerta, alguien le cogió del brazo. Era Harald.

—Te crees muy lista, pero a mí no me engañas.

—No sé de lo que hablas —dijo ella zafándose.

—Por supuesto que lo sabes. Has disparado exactamente donde querías. Siempre has tenido una puntería excelente.

Hilda le miró a los ojos desafiante. Le daba igual lo que pudiera hacer con ella.

—Supongo que te seguiré decepcionando. Ve preparándote —le dijo antes de darle la espalda y alejarse.

Subió a su habitación y se tumbó bocarriba en la cama. No lloraba, la ira era mayor que la tristeza. No tenía hijos, su marido era un asesino, la rodeaba una jauría de rabia y maldad y estaba en un país que escondía bajo hermosos castillos y exuberante naturaleza la locura y la crueldad. No tenía nada que perder salvo a sí misma, su bondad, su moral, su determinación. Decidió que no lo haría. Escuchó cada uno de los tiros, diecinueve disparos a muerte. Vengaría cada uno de ellos.

7

Pablo estaba en la masía de San Antonio, el único lugar en el que se sentía verdaderamente en casa. Aunque su madre aún acudía con frecuencia, la propiedad ya le había sido legada y, con algunas reformas, resultaba una casa agradable en la que podía disfrutar de su nueva vida de casado sin renunciar del todo al hogar materno en el que había crecido. Le había tocado la peor propiedad, una finca pedregosa en la que solo se daba bien la vid, pero a él le encantaba. Poco le importaba que sus hermanos hubieran heredado fincas más rentables, San Antonio tenía algo especial para él.

Paseaba por el jardín delantero dando vueltas a la gran copa de piedra que lo presidía, observando desde aquel punto su masía, tan grande, tan sólida y tan entrañable. El cielo se había teñido de los colores del atardecer. En la punta de la torre, que atalayaba la finca desde una de las esquinas de la edificación, observó la habitual hilera de pájaros posados sobre su cumbrera y sonrió al pensar que ellos también le observaban. Llevaba días dándole vueltas al mismo asunto, la visita de los alemanes a su empresa. Había sido cordial y se habían entendido bien, pero cada vez que la revisaba mentalmente se convencía de que algo raro había sucedido, de que el motivo real de aquella visita se le escapaba.

Aquel día habían llegado a la fábrica tres hombres vestidos con gabardina, elegante traje y sombrero. Educados y cordiales, pero con una mirada que Pablo no supo descifrar. Tenía las tarjetas de los tres, pero solo había hablado con Helmut Müller, un tipo alto de mandíbula cuadrada, ojos oscuros y nariz recta y ancha que parecía ser el que llevaba la voz cantante. Se colocó al lado de Pablo para que le explicara las diferentes partes de la producción mientras los otros dos, a la zaga, de vez en cuando apuntaban alguna información en sus pequeñas libretas, igual que hubiera hecho un reportero. Primero vieron la fábrica de PIROSA. Aún era una empresa pequeña, pero tanto Pablo como José Manuel estaban convencidos de su potencial, pues mes a mes se multiplicaban los pedidos y las piezas que realizaban, fundamentalmente para aviación y automoción, eran de contrastada fiabilidad. Tenía entonces casi cien trabajadores, pero esperaban que para el año siguiente fueran más del doble. La empresa interesó a los alemanes mucho más de lo que esperaba.

Normalmente, las visitas se entretenían unos minutos viendo aquella fábrica, casi de forma anecdótica, para pasar luego a la fábrica textil, que era realmente lo que daba prestigio a la familia, donde permanecían horas admirando el vaivén de los telares y los exquisitos productos que salían de ellos. Para todos, Bulto y Cía. era una empresa textil y nadie pensaba en PIROSA, que quedaba siempre englobada en aquel grupo pese a fabricar un producto completamente distinto. Pero aquellos hombres observaron su aún pequeña industria con interés, con una meticulosidad tan extrema que parecía que, más que visitar, estuvieran espiando. Pablo explicó cada máquina y el uso de cada pieza fabricada y Helmut Müller, que hablaba español, traducía todo a los dos que le acompañaban, que apuntaban rápidamente lo que decía. Cogían las piezas y tocaban sus formas, valoraban su peso y apuntaban. Con todo, había sido en la zona en la que fabricaban rodamientos, unas piezas que se utilizaban en maquinaria y en automoción para reducir la fricción entre el eje de las ruedas, donde aquellos hombres se detuvieron más tiempo. Comentaban entre sí y Pablo solo comprendía algunas palabras sueltas que no tenían sentido por sí mismas.

Más tarde habían dedicado un rato a la fábrica textil, donde rápidamente despacharon un pedido importante de telas. Pablo estuvo seguro de que aquellos hombres no habían venido a España a ver telas, sino a revisar las piezas que fabricaban en PIROSA.

No habló con José Manuel hasta al cabo de unos días, cuando había ido a visitarle a su casa en Pedralbes, el barrio de Barcelona que seguía creciendo armoniosamente alrededor del monasterio del mismo nombre y al que poco a poco muchos de sus conocidos se estaban trasladando.

—... Y, claro, hermano —se explicaba Pablo—, yo ahí estaba, contándoles lo que fabricamos y ellos prestándome una atención intimidatoria, y dos de los alemanes apuntando todo lo que el otro les decía en su idioma..., y yo cazando palabras sueltas, una aquí, una allá..., y ellos: «*Ja, ja, ja... Wunderbar... Vidia, vidia...*».

José Manuel había dejado la cuchara sobre el plato y levantado la mano pidiéndole que callara.

—¿Qué has dicho? —le dijo.

—¿A qué te refieres? —inquirió Pablo, que llevaba casi media hora de monólogo.

—Repite lo que has dicho. Lo que decían los alemanes.

—Pues, como te decía, no sé bien qué decían. Solo entendí palabras sueltas. Todo era maravilloso, *wunderbar*, y asentían a todo, *ja, ja, ja...*

—Has dicho algo más.

—¿*Vidia*? Repitieron eso al ver los rodamientos. Pensé que quizás debían decir algo de envidia, envidia que tendrán sus competidores o...

—No es nada de eso —interrumpió José Manuel—. Nada que ver. Y creo que a nuestros clientes alemanes les interesa PIROSA por algo que no sospechábamos. Esos hombres quieren wolframio. Esos hombres quieren acceder a la mina de la abuela de Inés.

El wolframio era una de las materias primas más buscadas del momento. Su interacción con el carbono genera carburo de wolframio o tungsteno, un metal de una gran resistencia al calor (fusiona a 3.500 °C) y de una dureza inigualables, utilizado en la fabricación de los rodamientos de la fábrica de los Bultó, que al girar alcanzaban muchísima temperatura y, de haber sido de otro material, se hubieran roto. También se utilizaba, mucho, para armamento, artillería y los carros de combate. Las puntas de los proyectiles y muchos blindajes lo llevaban. Por tanto, el wolframio era muy valioso y se encontraba en pocos lugares, pero, providencialmente, había buenas minas en el norte de España, sobre todo en Galicia. También en el Bierzo e incluso en Córdoba. Para sorpresa de todos, lo habían descubierto en una mina de La Recuesta, la finca que la abuela de Inés tenía en Asturias. Había costado muchísimo esfuerzo, pero hacía casi dos años habían llegado a un acuerdo con la anciana duquesa para explotar en exclusiva aquellas minas.

—*Vidia* o *widia*, es lo que escuchaste —continuó José Manuel—, los alemanes llaman así al carburo de wolframio porque dicen que es *wie diamant*, como el diamante. Duro como el diamante.

—No me preguntaron por el wolframio en ningún momento —apuntó Pablo.

—Ni lo harán. No querrán que nadie sepa que tenemos acceso a ese material. Que se enteren los aliados. La guerra por conseguirlo es encarnizada. Su precio está subiendo como la espuma, pues ninguno de los bandos quiere que el otro lo posea y compran preventivamente. Esos hombres saben que nosotros tenemos un suministro de ese material privilegiado, a precio infinitamente mejor, ya que lo usamos solo para nuestras piezas, que de otra forma serían mucho más caras. Les interesa eso, Pablo. Te puedo asegurar que, si meten el hocico en PIROSA, es para hacerse con la mina de la abuela de Inés.

—La duquesa jamás les venderá. Recuerda lo que costó convencerla para que nos vendiera a nosotros.

Era cierto. Ana Argüelles, duquesa de Riosgrandes, era una persona única y peculiar a la que no movía el dinero, del que detestaba hablar. Su finca en Asturias era una de las mayores de la zona y abarcaba grandes prados y algunas peñas de importancia. En una de las cuevas de aquellas peñas, hacía años habían encontrado rocas negras, pesadísimas y extrañas que, como recuerdo, se exponían en una de las mesas de la gran casona asturiana. José Manuel, que visitó la casa al final de la guerra, supo rápidamente que aquellas rocas a las que la familia de su cuñada daba nula importancia eran de wolframio y, tras explicar a su propietaria el valor que tenían, le había propuesto que explotaran las minas conjuntamente.

Se habrían hecho muy ricos, pero tras conocer una de las minas gallegas de este mineral y comprobar el destrozo que la naturaleza sufría al ser extraído, Ana empezó a mostrarse reticente. A ella le gustaban sus vacas, sus prados verdes y su entorno rural perfecto, intacto e inocente. Bastó que José Manuel le asegurara que los dos bandos contendientes en la guerra serían sus mejores clientes para que desechase totalmente extraer el valioso material que las entrañas de su finca guardaban. Entonces, había intervenido Inés, que era la que realmente conocía a su abuela, con la que había pasado el final de la Guerra Civil y compartía importantes secretos. Le aseguró que harían una explotación pequeña, respetuosa y discreta, casi secreta, y que el material solo se usaría en la nueva fábrica de Pablo, en ninguna otra. Le dijo —y era cierto— que poseer aquel material a buen precio era un factor determinante para la empresa, una ventaja enorme sobre sus competidores que les ayudaría a prosperar.

Y Ana Arguelles aceptó. Desde entonces, los rodamientos que la familia fabricaba en PIROSA eran únicos en calidad y precio, pues incorporaban carburo de wolframio, aquel material inaccesible para tantos que ellos obtenían sin problema y a bajo precio. Era un secreto que guardaban celosamente.

—Tienes que ir a Asturias. Explicarle todo esto a la abuela de Inés. Si los alemanes averiguan que es de allí de donde viene el wolframio, actuarán. Esos zorros probablemente ya estén camino de La Recuesta —dijo José Manuel.

—Aunque se planten en la puerta de la finca, no podrán hacer nada si ella no quiere vender.

—Te equivocas. España está en deuda con Alemania. Por la ayuda que nos prestaron durante la Guerra Civil. Nos reclaman alrededor de quinientos millones de marcos y ya se han hecho con varias minas en Galicia, las llaman «Las minas del Eje». El Gobierno tiene muchas maneras de presionar a la duquesa. Es mayor, casi una anciana, encontrarán la manera. Nuestra empresa depende de esa mina, al menos en gran parte, y no podemos permitir que nos la arrebaten, que se la arrebaten a ella.

—Se nota que no conoces bien a Ana. Es mayor, pero no es ninguna anciana, tiene más arrestos que muchos capitanes generales. Pero sí, iré a verla en cuanto Inés dé a luz. Seguro que le gustará ver a su primer biznieto —dijo Pablo.

—Haz lo que sea, pero no tardes. ¿Cuánto le queda a Inés? ¿Dos? ¿Tres meses?

—Sale de cuentas esta semana —dijo Pablo comprendiendo que el embarazo de su mujer no había tenido ningún interés para José Manuel hasta entonces.

—Caramba, qué pronto, eso está muy bien. Pues que tenga el bebé y os vais a Asturias. Los niños cuestan dinero, no dejes que los nazis se queden con la mina —le dijo sonriendo.

—Que se la queden ellos no te debería preocupar solo por nosotros, hermano —respondió Pablo, serio—. Esos hombres cada vez me gustan menos.

—Bueno, pues más razón aún, ve a Asturias cuanto antes.

8

En Asturias, a esa hora, Ana Argüelles, duquesa de Riosgrandes, asistía a uno de sus eventos más esperados. Clarita se había puesto de parto y ella, vestida con su inevitable husky parcheado, cárdigan, falda escocesa, botas de agua y pañuelo tapándole la cabeza, asistía al evento con emoción. Clarita era especial, la había visto nacer y prácticamente cada día se veían. Incluso la había instalado en uno de los salones de La Recuesta cuando estuvo enferma, pero su hija y sus nietos se habían quejado de la presencia de aquella fiel amiga. Decían que olía mal, como si eso fuera importante en una relación de verdadera amistad. Además, Clarita no olía mal. Olía a campo y a heno, a pelo húmedo y barro, a monte y..., bueno, también un poco a estiércol, un olor que tampoco se encontraba entre los más denostados por Ana. Lo cierto era que la duquesa raramente encontraba algún defecto a las vacas, su animal predilecto, y Clarita era la favorita de todas las que tenía.

Se encontraban en medio de uno de sus prados, alejados de la casa, a donde había llegado con una tartana tirada por una mula tan rápido como había podido tras ser avisada de que la placenta ya asomaba por el cuerpo de la vaca. El animal había buscado varios sitios para acomodarse y realizar aquella labor sola, pero, a la hora y con el parto «enfriándose», como decían por aquellos lares, José y Marcelino decidieron ayudar. Habían atado una cuerda a las patas delanteras del ternero, que ya notaba el aire asturiano, para tirar del resto del cuerpo hacia fuera, mientras Clarita avanzaba hacia delante. La técnica, pese a su rudeza, era de comprobada eficacia. Tras las patas delanteras, pegada a ellas como si quisiera tirarse de cabeza a la hierba, apareció la cabeza y más tarde el resto del ternero. Cuando quedó en el suelo, la parturienta se acercó a ver a su hijo y, lamiéndole para limpiar su pelo viscoso, pareció despertarle poco a poco. Era un ternero grande y negro que pronto tendría manchas blancas como la mayoría de los que pastaban en los prados de aquella extensa propiedad. José llevó una silla para la duquesa, a la que llevaba sirviendo toda la vida y que le trataba con afecto sincero.

—Un precioso ternero, señora.

—Sí que lo es, José. Y han ayudado ustedes mucho a que naciera. Me quedaré un rato con Clarita.

—Lo suponía, señora —dijo el hombre sonriéndole.

—Odio ser previsible, José —le dijo ella devolviéndole la sonrisa.

—Es que son muchos años, señora.

—Lo son, amigo mío. Vengan a por mí en una hora.

La dejaron allí, sentada en su silla junto a Clarita, que comía poco a poco la placenta que había quedado sobre la hierba y el cuerpo de su hijo, mientras este cabeceaba poco a poco desperezándose y movía las patas, aún sin saber bien cómo usarlas. Aquella era una de las imágenes favoritas de Ana, que asistía a muchos de los partos que tenían lugar en su finca. Una vez el trance acababa y una nueva vida descansaba sobre su tierra, la dejaban allí, sola, en la misma silla de enea que llevaban de un lado a otro, con el mismo cestillo en el que siempre colocaban una botella de vino tinto y un poco de cecina. Más tarde, cuando José volvía para recogerla, la duquesa siempre había acabado la botella y dado buena cuenta de la cecina. En ello estaba, a buen ritmo, cuando su plácida sonrisa se diluyó poco a poco y su cara se endureció mientras dirigía la mirada a Peña Negra. De pequeña había subido a su cima varias veces pese a que era muy escarpada. Sabía por dónde hacerlo, pero era una excursión extenuante, solo apta para unas piernas fuertes y jóvenes que, por desgracia, a sus setenta y cinco años, ya no tenía. Había una cruz en su cima y todo el que llegaba hasta allí grababa su nombre a navaja en la madera. Allí estaba el suyo, envejeciendo como ella, a pocos metros por encima del lugar que la atormentaba. Maldita mina. Malditas piedras negras. Malditos locos que la escalaban en ese momento, cuando las sombras de la noche harían el camino más peligroso. Los miró atenta y enfadada.

Se había dejado convencer por su nieta Inés para explotarla casi en secreto, pero muchos oriundos ya sabían de su existencia. Cómo no, si por lo menos treinta de los vecinos de los alrededores trabajaban en ella. Les había pedido discreción y, pese a que lo odiaba, los había amenazado para que callaran, pero todo había sido en vano, así que, como en tiempos de su padre, La Recuesta volvía a contar con cuatro hombres a caballo que patrullaban el linde de la finca con un fusil Winchester para proteger el terreno, y a la postre la mina, de los que venían en busca de algo del valioso wolframio que Peña Negra guardaba en su interior. Lo habría regalado, pues nada le gustaba más que relacionarse con la gente, y para todos la posguerra estaba siendo durísima, pero el secretismo de aquella mina primaba sobre lo demás. Si antes de que acabara la guerra el Gobierno o las potencias contendientes conocían su existencia, le sería muy difícil evitar que se empezara a explotar a otro ritmo y que aquella finca que cuidaba con mimo perdiera toda la belleza que la había acompañado siempre. Por supuesto, tampoco le gustaba la idea de que su mineral acabara formando parte de balas y tanques, sobre todo si estos, como era más que probable, eran nazis.

Miraba a su peña mientras oscurecía esperando a que, como pasaba siempre, sus vigilantes detectaran aquella intromisión y echaran a los ladrones tras disparar al aire una o dos veces. La sola visión de sus empleados persiguiendo a gente necesitada, que muy probablemente viviera a pocos kilómetros de La Recuesta, le horrorizaba, pero parecía que esa vez los intrusos estaban siendo más sigilosos, pues solo ella los había visto brevemente y poco después habían conseguido camuflarse entre la maleza. Los robos eran pocos y sin importancia. Restos de algunos sacos, piedras grandes a lo sumo, nada que hiciera necesario un carro para ser trasladado. Luego, como en el salvaje Oeste de las películas, los ladrones incluso pagaban en bares y comercios directamente con la piedra, negra y pesada, que todo el norte conocía bien.

No volvió a ver a los hombres y tampoco detectó luz de linternas mientras Peña Negra se oscurecía rápidamente. Sin preocuparse demasiado, supuso que habían dado la vuelta al verse sorprendidos por la noche en la que el monte se sumía antes que el resto del entorno. Miró a su vaca con la misma ternura con la que el animal cuidaba de su ternero recién nacido y se prometió —nuevamente— que, en cuanto pudiera, cerraría para siempre aquella mina que perturbaba su apacible vida.

Con los últimos compases de la tarde, la tartana de José apareció tras la loma dorada de uno de los prados. Habría sido una tarde mejor si sus pensamientos no se hubieran elevado hasta Peña Negra y, tras acariciar la cabeza de su res y sentarse junto al guardés mientras la mula enfilaba la gran casona, comentó lo sucedido. José tampoco pareció darle demasiada importancia, pero organizó una partida a la mina para el día siguiente, domingo, en el que el trabajo en la excavación cesaba.

La tarde siguiente estaba dando de comer a sus gallinas cuando el guardés acudió a ella.

—Señora, como pensó, todo hacía suponer que los ladrones que vio anoche en Peña Negra habían dado la vuelta antes de llegar a la mina, pues no ha desaparecido ni un saco, ni una sola piedra. Los vigilantes, a los que he llamado la atención por no advertir su presencia, están seguros.

—Haces bien en pedirles a esos hombres que estén más atentos, aunque sea imposible mantener la linde de La Recuesta tan firmemente sin un ejército.

—Eso pienso yo también, señora. El caso es que Secun, el vigilante más joven, ha descubierto algo que nos ha extrañado a todos, porque confirma que alguien sí estuvo ayer por la tarde en la mina.

—Entonces, ¿los hombres que vi llegaron a la mina pero no se llevaron nada? ¿Qué ha encontrado Secun?

—Pues primero vio huellas de botas. Diferentes a las que usted nos entrega a nosotros. Pero además ha recogido del suelo algo que debió caérsele a alguno de los ladrones.

José se metió la mano en el bolsillo y, aguantándolo sobre la palma áspera y callosa, le enseñó lo que habían encontrado. La duquesa cogió el objeto con sus dedos huesudos y se lo acercó a los ojos.

—Es una...

—Sí, señora, y no cabe duda de que cayó al suelo ayer, pues estaba limpia y sin polvo encima.

Se miraron. José asintió, los dos intuían lo mismo. Entre sus dedos, una pequeña moneda plateada rezaba en uno de sus lados «1 Reichspfennig». En el otro, un águila sostenía una esvástica entre sus garras.

La anciana suspiró: los problemas estaban a punto de llamar a la puerta de su pacífica propiedad.

9

1941

Ignacio, el niño pelón de Inés, de ojos azules y cuerpo regordete, estaba a punto de cumplir un año. El nacimiento había supuesto una pequeña revolución en su hogar pero, tras aquel periodo, se habían organizado. En aquellos días, Pablo, confuso y sobrepasado, pidió a su madre que le enviara a dos de las personas de mayor confianza de su servicio, personas que habían cuidado de niños y casas con destreza desde hacía años. También colmó de comodidades a madre e hijo: colchones, camas, cortinas, ropa... Nada parecía suficiente para cuidar a dos seres con los que, en realidad, no sabía qué hacer. A su alrededor, las mujeres parían y entregaban sus hijos a las *nannies*, que se los devolvían en contadas ocasiones del día, limpios, peinados y oliendo a colonia para decir buenos días, buenas noches y quizás pasear un poco, muy poco, por el parque. En cambio, Inés pasaba prácticamente todo el día con su bebé, el primero suyo, pero el segundo de la casa. Magda había tenido, dos meses antes, otro hermoso bebé, más grande y más rubio que el suyo. Igual que su madre, el niño no era nada exigente. Dormía bien, comía mejor y reía constantemente, lo que permitía que Magda fuera el gran apoyo de Inés, que se había empeñado en pagarle generosamente, aunque ella habría sido igualmente feliz de trabajar en aquella casa el resto de su vida sin recibir un céntimo a cambio. No podía olvidar que, con toda seguridad, Inés y Pablo le habían salvado la vida al sacarla de Alemania. Se esmeraba en adaptarse a la cultura española y había aprendido el idioma con la facilidad que dan las ganas, deseando que fuera el que utilizara el resto de su vida.

La situación de la familia de Magda en la Europa en guerra era confusa en extremo. Sabía por la prensa dónde estaba el frente y suponía muy vagamente dónde podían estar los suyos retenidos. La información fehaciente era tan escasa que decidió buscar más datos por su cuenta. Averiguó algunos.

A Barcelona habían llegado alrededor de tres mil judíos alemanes en 1933, cuando Hitler ascendió al poder y las leyes antisemitas se implantaron ante el terror de la comunidad judía y la indiferencia de muchos de los que consideraba sus amigos. Guardaba vivo el recuerdo de cuando se instigó el boicot a los negocios judíos y aquel hombre de uniforme pardo entró en la sombrerería de su familia. Era gordo, grande y sudaba profusamente mientras voceaba, con altanería y acento de los suburbios, dentro del pequeño establecimiento, a su madre —alta, guapa y refinada—, a la que le decía que era de una raza inferior. Al tiempo, otro hombre, también uniformado, pintaba en el escaparate la estrella de David bajo la palabra *jude*. Aquel día, asustada, ella misma había implorado a sus padres que abandonaran el país. Entonces era una adolescente y no podía achacarles que no le hicieran caso, pero ¡cuánto habrían cambiado las cosas si lo hubieran hecho! Tampoco ayudó que el negocio se resintiera poco de aquel boicot, pues muchas de las clientas más fieles siguieron acudiendo discretamente y haciendo encargos. De algún modo, la bondad de aquellas personas había animado a sus padres a quedarse en Múnich mientras otros abandonaban Alemania y se salvaban de lo que quiera que los nazis tuvieran preparado para ellos.

En 1935 ya había seis mil judíos contabilizados en Barcelona. Pero Magda y sus padres no se encontraban entre ellos.

Con todo, aunque convenía ser discreta, Barcelona parecía un lugar seguro. Mantenía su origen en secreto y también lo hacía Inés, su señora. No podían olvidar que España, pese a haberse declarado «no beligerante», era un país claramente alineado con Alemania y la esvástica se enarbolaba en algunos actos y eventos. El mismo Himmler había visitado la ciudad y el monasterio de Montserrat, atraído por la leyenda del Santo Grial. Le habían recibido en olor de multitud, con todos los honores. Aquello había pasado ya, pero la admiración por los nazis continuaba muy presente. A menudo oía a los invitados a las cenas en su casa alabar a Hitler, y a Inés explicar su desagradable experiencia en Baviera. Oía a aquellas gentes minimizar lo que ella sabía cierto, reír diciendo que eran tonterías. Oía a Inés zanjar la conversación y cambiar la voz, disgustada. Sabía que había encontrado una amiga, y fue precisamente ella la que la animó a que la acompañara a la calle San Pablo, en el barrio del Raval. Al parecer, el peletero de Inés era judío, así que quizás pudiera ayudarla.

Habían dejado a los dos niños en casa y ambas charlaban como amigas mientras descendían las Ramblas en el asiento trasero del viejo Bentley de la familia, que conducía un hombre al que llamaban Cangas, con el que nadie había tenido demasiado trato, pues pasaba la mayor parte del día en la calle esperando junto al coche. Magda notaba que el resto del servicio la aborrecía por su cercanía a Inés, que la tuteaba y la invitaba a pasear con los niños. A menudo, juntaba a Ignacio con su hijo Jakob en la cuna ante la mirada censora de las veteranas doncellas de la casa Bultó, que negaban con la cabeza y se horrorizaban de que su príncipe se mezclara con el hijo de aquella desconocida. Lo cierto era que a Magda le importaba bien poco, pero intentaba al menos mantener las formas. Hacía unos minutos había hecho el ademán de sentarse en el asiento del copiloto e Inés había insistido en que lo hiciera junto a ella en el asiento trasero, desde donde, charlando, dejaron atrás los barrios de la zona alta y cruzaron la ciudad para acabar en las Ramblas que atraviesan la vieja Barcelona. Dejaron el Liceo a la derecha y giraron poco después para embocar la calle de San Pablo, como todas las de la zona, una calle oscura y bulliciosa, con gente esquivando a otra gente con carretillas, trabajadores y señoras de aspecto humilde que dejaban paso a otras de aspecto más próspero que entraban en los comercios. Pasaron frente a muchos escaparates de tiendas de confección hasta llegar a la peletería de Inés.

—Aquí es —dijo Inés al chófer para que detuviera el coche—. Vuelva en media hora, por favor. Vamos, Magda.

Bajaron del coche y en dos pasos cruzaron la acera para entrar en el establecimiento, ciertamente lujoso. Había pocas personas y, en contraste con la calle, parecía reinar la paz y el silencio. La música sonaba suave mientras un par de clientas se probaban abrigos de visón mirándose en alguno de los numerosos espejos dorados que las rodeaban. También las paredes estaban tapizadas en una tela dorada con pequeñas coronas. En el centro, sobre el mostrador, un letrero rezaba GOLDBLUM Y CÍA. PELETEROS.

Un señor delgado, con pelo cano peinado hacia atrás y nariz aguileña, abrió sus pequeños ojos al verlas, acercándose con la mano extendida. Cogió la de Inés y la besó. Luego miró a Magda unos segundos e hizo un leve movimiento con la cabeza dejando claro quién era la importante allí.

—Señora Bultó, qué gran alegría es tenerla en este humilde establecimiento.

Inés sonrió. León Goldblum siempre se refería así a su lujosa peletería esperando que ella dijese lo que venía a continuación.

—De humilde nada, señor Goldblum, su tienda se encuentra entre las más distinguidas para todo aquel que tenga buen ojo en la ciudad. Ya sabe que yo soy una de sus más acérrimas admiradoras.

—Oh, oh —exclamó él moviendo la mano y tapándose la boca, como si el manido comentario le hiciera ruborizarse.

—Mi madre me ha hablado de unos abrigos maravillosos de chinchilla. Al parecer se está usted haciendo famoso y ya no hay mujer en Barcelona que no haya pedido uno a su marido.

El hombre abrió los ojos aún más.

—Oh oh, *madame* —Inés no soportaba que la llamaran así—, su gusto es sencillamente exquisito. —Bajó la voz—. Solo una hija de Eugenia Sagnier puede tener su estilo. Le enseñaré mi mejor prenda. La arrebatará.

—Eso es maravilloso —dijo ella dejándose conducir a un rincón de la tienda. Miró a Magda y le guiñó el ojo.

El peletero la colocó delante del espejo, la ayudó a quitarse el abrigo y se lo dio a Magda. Luego llevó un abrigo largo de piel de chinchilla.

—Verá que no solo es elegante, sino de la mejor calidad. Note su ligereza. Y el corte, ¿qué me dice del corte?

—Me gusta, me gusta —dijo ella sin entusiasmo—, realmente es usted un artista. Supongo que solo los modistos formados fuera de nuestras fronteras tienen este toque de distinción.

Goldblum se hinchó como un pavo.

—Está mal que yo lo diga, pero mi maestro fue uno de los mejores modistos berlineses. Estuve trabajando con él muchos años. Lo aprendí todo de él. Todas las casas principescas alemanas pasaron por nuestro atelier. Luego, por motivos familiares, vine a España.

—¿Cuándo fue eso? —preguntó Inés aparentando indiferencia para llevar la conversación adonde le interesaba. Para eso estaban allí.

—Oh, a principios de la década pasada. Fue una lástima... —El peletero cambió bruscamente de tema—. Comprobará el acabado de las solapas, está mal que lo diga yo, pero no encontrará otro mejor.

—Comprendo. Ese loco de Hitler no les hace la vida fácil a los suyos —dijo ella, ya sin disimulos, dando por hecho que el peletero había emigrado por el antisemitismo nazi.

El hombre se separó un poco de ella, algo alarmado, y miró alrededor.

—¡Señora, por favor! —le dijo susurrando—, no queremos problemas. Por favor, sepa que... es mejor que no diga esas cosas aquí.

—Disculpe, señor Goldblum —dijo Inés por lo bajo—. Le comprendo. Yo también me hubiera ido de Alemania si ese indeseable me hiciera la vida imposible. Los suyos saben sobrevivir. La historia les ha enseñado a hacerlo.

Él le sonrió bajando un poco la cabeza, mostrándose por primera vez como era.

—Sí, bueno. Fue duro, esa es la verdad.

—Durísimo. Sin duda. Inhumano, diría yo —dijo Inés. Magda se acercó un poco—. Magda es judía —dijo Inés tomándola del brazo—, de Múnich.

—Askenazí entonces —dijo él sonriendo—, igual que yo.

—Necesito que la ayude. Busca a sus familiares, no ha vuelto a saber de ellos desde que los deportaron al este.

Goldblum miró a la alemana. Luego acercó la mano a su cara y le acarició la mejilla y el mentón con el dorso.

—Este no es el mejor sitio para hablar. La Gestapo tiene su cuartel no lejos de aquí, en Vía Layetana, y sabemos que hay agentes en todas partes, pero claro que la ayudaré. Los judíos debemos ayudarnos entre nosotros y aquí somos más de los que parece. Solo en esta calle hay casi veinte casas de confección regentadas por los nuestros, pero precisamente por esto debemos ser cautelosos y llamar la atención lo menos posible. Debe usted hablar con la Ezrá.

—¿La Ezrá? —repitió Magda.

—Sí, eso he dicho, no repita demasiado esa palabra. Es la rama local del HICEM, la organización que ayuda a los judíos europeos a emigrar. Ellos la ayudarán. Tienen informadores en Alemania y en toda la Europa ocupada, están con la Comunidad Israelita de Barcelona, la CIB.

—Es lo que necesito. ¿Cómo puedo hablar con ellos? —dijo esperanzada y confusa entre tantas siglas.

—Ellos se pondrán en contacto con usted, déjeme una dirección. No corren buenos tiempos para nuestra comunidad. Al final de la guerra, nuestra sinagoga de la calle Provenza fue quemada y saqueada y ahora..., bueno, ya saben que el culto no católico está prohibido, así que nuestras celebraciones son privadas, en nuestras casas. No me gusta dar nombres a la ligera. Debemos ser discretos, nos tienen a todos identificados, por supuesto..., y supongo que saben bien lo que hacemos, pero hacen la vista más o menos gorda. De momento.

—Eso es indignante en cualquier caso —intervino Inés—. Como si no tuviera el país suficientes problemas como para molestarles a ustedes.

—Siempre hay tiempo para molestar a un judío, señora Bultó. Lo hacen todos, sin excepción. Comunistas, fascistas, republicanos, franquistas; todos parecen tener alguna desagradable sorpresa preparada para nuestra comunidad. Nuestra situación en Barcelona, en tales circunstancias, es de lo mejor..., aunque no le niego que la Ezrá trabaja buscando destinos mejores para los nuestros. Pero no le quiero contar más penas. —Miró a Magda—. Deje su dirección. Y por lo demás... — Se irguió un poco y cambió el tono de voz volviendo a sonreír súbitamente y retomando su actitud zalamera—. ¿Se queda el abrigo?

Pasaron dos semanas, hasta que una mañana un hombre con bombín y abrigo largo se presentó en casa Bultó. Preguntó por Magda, que rara vez recibía visitas, así que la judía supuso que era uno de los miembros de la Ezra o de la comunidad israelita que la ayudarían a buscar a su familia. Eran las cuatro de la tarde, Inés se había retirado a su habitación para dormir. Ella estaba cosiendo ropa para su bebé en la habitación de Ignacio, balanceándose en una mecedora cerca del niño, que dormía plácidamente rodeado de encajes y lazos. Pidió a una doncella que la sustituyera en la vigilancia del bebé y acompañó en silencio a aquel misterioso hombre a una pequeña salita que usaban como planchador.

El hombre no pareció sorprenderse del lugar elegido para el encuentro y cuando Magda cerró la puerta tras de sí, se presentó.

—Mi nombre es Salomon Metzeler. Soy miembro de la Comunidad Israelita de Barcelona. He venido por indicación de nuestro compañero, el señor León Goldblum.

—Lo imaginaba —respondió Magda mientras con la mano le indicaba una silla de enea en la que sentarse—. Ese buen hombre me dijo que podrían ayudarme.

—Así es. Podemos darle alguna información, aunque no creo que sea motivo de alegría. A veces la verdad duele, pero siempre me ha parecido preferible a la felicidad inconsciente.

—Pienso lo mismo. Se llevaron a mis padres, decían que los iban a reubicar en el este. No sé qué ha sido de ellos, dónde pueden estar —dijo Magda impaciente.

—No sabemos mucho, esa es la triste realidad. Le explicaré lo que conocemos hasta ahora. Esta es una información que recibimos de las revistas de refugiados judíos franceses, de nuestros infiltrados en diferentes gobiernos y de algún valioso testimonio de nuestros fugados. Si estas informaciones son ciertas y lo que explican no son casos puntuales, sino un plan generalizado, querida mía, lamento decirle que todo apunta a que lo que los nazis están haciendo a nuestro pueblo es extremadamente cruel. Su trato a los judíos tiene visos de convertirse en un hito en nuestra historia y, me atrevería a decir, que en la historia del mundo. Una época tan oscura que si la superamos, cosa que no está del todo clara, nos cambiará para siempre.

Magda observaba en silencio mientras sus facciones se endurecían. Hasta asimilar lo que le decían, se volvió de piedra y se quedó paralizada mientras su cabeza empezaba a hervir.

—Nos están exterminando, directa e indirectamente. Los judíos que van al este son internados en campos de trabajo en los que viven pobremente, a merced de enfermedades y con trabajos extenuantes hasta morir. Suponemos que a muchos se los fusila a la mínima oportunidad, aunque imagino que esto ya lo pudo ver usted en los últimos meses en su país. Son de gatillo fácil con los judíos. Desde los guetos y ciudades, los hacinan en vagones de ganado y los transportan varios días en ellos. Un testigo explicó que no pararon ni un día para salir del vagón o comer, así que, cuando llegaron al campo de trabajo, estaban cubiertos por sus heces y orines, cansados y famélicos. Así, convertidos ya casi en animales, les debe resultar más fácil a los nazis ser crueles con ellos. No está claro qué hacen con los más mayores, pero toda opción parece poco esperanzadora. A los demás, se los separa por sexos y se les pone a trabajar.

—Pero...

—No le puedo dar mucha más información. Es todo confuso. La propaganda nazi es efectiva. Y nadie sabe bien qué es lo que sucede. Todo se oscurece a medida que los nuestros van hacia el este. —Se miraron unos segundos—. Necesito que me dé los nombres de sus padres, sus oficios, la ciudad y dirección de donde fueron deportados. Con eso podemos empezar a investigar. La situación cambia mucho dependiendo de dónde estén unos y otros, quizás tenga suerte.

Magda apuntó los datos y besó el papel antes de dárselo a aquel hombre, como si aquello pudiera salvar a sus padres. Despidió a Salomon Metzeler y rezó para que su familia estuviera bien. Luego, ya sola, lloró toda la tarde a escondidas.

10

Los días anteriores a su nuevo viaje fueron intensos en Burg Fallstein.

Hilda no había conseguido desprenderse de las imágenes de la cacería de judíos, la macabra actividad que habían preparado como divertimento en su reciente visita al Schloss Blank. Tampoco de las ganas de vengar a aquellos inocentes. De vengarles y de distanciarse de aquella sociedad que era la suya, de aquellas gentes envilecidas y sin corazón, de reafirmar, con toda la fuerza de sus planes, que ella era lo contrario a esos nazis salvajes. Lo era en todo, también en su incapacidad para planificar un asesinato, que era lo que quería hacer. Quería vengar a los judíos que había visto morir tiroteados como animales por pura diversión. Lo había reflexionado durante días y en vez de atemperarse, solo había conseguido convencerse de que era eso lo que debía hacer, pero no podía preguntar a nadie cómo proceder. Estaba sola. Sola en su matrimonio, sin amistades, sin familia y previsiblemente ese sería el destino de su vida, así que no le importaba lo más mínimo arriesgarla en su misión. Más que atemorizarla, lo que planeaba la animaba y le daba fuerza.

Buscó en algunos libros de la biblioteca del castillo encaramándose a las escaleras que se pegaban a aquellas enormes estanterías de roble con tanta sabiduría desaprovechada. Consultó los tomos de medicina en busca de algún veneno rápido y fácil de conseguir, pero solo halló fórmulas químicas y palabras indescifrables para ella, que hablaba alemán con fluidez pero desconocía el vocabulario médico. Durante días se hartó de revisar textos ininteligibles, de abrir manuales polvorientos, enciclopedias de cientos de volúmenes y de darle vida a una biblioteca a la que rara vez había entrado.

Estaba a punto de perder la esperanza de hallar la información que necesitaba cuando apareció en el libro más inesperado.

Se había retirado a una pequeña salita tapizada de arriba abajo en seda verde agua y, tumbada en un canapé dorado y plagado de cojines, se relajaba leyendo y mirando por la ventana, por la que nuevamente el paisaje nevado y ventoso invitaba a quedarse entre las paredes de aquella mole medieval. Sobre la chimenea, el retrato del abuelo de Harald, vestido de húsar, con mirada severa, parecía confirmarle que, efectivamente, no estaba hecha para ese lugar. Con todo, el calor del fuego y la soledad buscada la reconfortaron mientras, relajada, se entretenía con un libro de Flaubert, una novela que Harald y su madre hubieran desaprobado, pero que ella estaba disfrutando. Pasaba las páginas sintiendo el papel rugoso y viejo, agradeciendo la capacidad de los libros de sacarla de un entorno indeseado, cuando la mismísima Madame Bovary encontró la solución que llevaba días buscando. Lo mismo que la protagonista del libro había encontrado en la botica de Homais, el boticario de la novela, podía encontrarlo ella también en Burg Fallstein.

Cerró el libro apresurada, lo dejó sobre la mesilla y, a paso ligero, abandonó la salita para descender a la zona de servicio. Incluso entonces, cuando hacía siglos que la influencia de los antaño poderosos feudos medievales había languidecido ante la modernidad y las comunicaciones, aquel castillo aún era autosuficiente en lo básico y multitud de las cosas que otros compraban en los comercios de los pueblos cercanos se cultivaba y manufacturaba en la propiedad. Así, las entrañas de Burg Fallstein eran siempre un hervidero de personas cocinando, realizando conservas, jabón, pienso, pan, muebles y reparaciones igual que siglos atrás. También había una persona que se encargaba de los pedidos, la despensa y la botica, donde guardaban remedios para diferentes dolencias y fertilizantes para el jardín. Esa persona, una anciana con la que Hilda nunca había hablado, conocía recetas de todo tipo de ungüentos para sanar, hacer crecer... y matar. Mataban alimañas que estropeaban la caza y ratas y ratones que, de no ser diezmados, habrían invadido el castillo en poco tiempo. Podría haber cogido uno de aquellos venenos sin problema, pero no sabía qué sabor tenían ni si coloreaban los alimentos sobre los que se espolvoreaban. En cambio, sí había un ingrediente que llevaban en su mayoría, que era incoloro, insípido y mortal: el arsénico. El producto con el que Madame Bovary se había suicidado. Tan solo una pequeña dosis de aquella sustancia, fácil de conseguir y habitual en muchas casas, era mortal y Hilda supo que en el pequeño frasco marcado con una calavera había encontrado su arma.

Pocos días después, el arsénico viajaba en su equipaje rumbo a una fiesta que pretendía fuera la última para una de las invitadas.

Esa vez, los reclamaban en Múnich, donde Harald le aseguró que no permanecerían más de dos noches, la primera de las cuales asistirían a la celebración del cumpleaños de Adolf Hitler. Los Richtofen, un matrimonio de la alta sociedad bávara, habían creído conveniente celebrar la fecha con el mismo entusiasmo que el resto del Reich, donde el aniversario del Führer había sido declarado fiesta nacional. Así, en plena guerra, con las ciudades engalanadas, los desfiles militares llenando las calles y las multitudes ondeando aquella funesta bandera, Hilda se disponía a celebrar el quincuagésimo segundo cumpleaños de un hombre al que detestaba. Por suerte, nadie esperaba el honor de que Hitler se presentara en casa de los Richtofen.

—Tiene que estar furioso —dijo Harald mientras el coche sorteaba las calles en dirección a la fiesta.

—¿Quién? —respondió Hilda, desinteresada, mientras contemplaba por la ventanilla cómo la fina lluvia mojaba las calles empedradas y oscuras.

—El Führer, por supuesto. Hoy es...

—Veinte de abril. No sé por qué debería estar enfadado el día de su cumpleaños. ¿Qué le han regalado esta vez? ¿Otra casa? ¿Otra máquina de guerra? —dijo ella sin importarle ya que el desprecio hacia aquel hombre se percibiera en su tono.

—Nada de eso. Hemos sufrido una derrota. Precisamente hoy. Estará furioso.

Hilda se reacomodó un poco sin poder evitar esbozar una sonrisa que, afortunadamente, la oscuridad ocultó. Cada vez era mejor actriz, cada vez su cara expresaba menos lo que sentía.

—¿Dónde hemos sido derrotados? —preguntó deseosa de que la guerra empezara a cambiar de rumbo.

—En Suiza. En Berna. Ha sido nefasto —dijo él.

—¿En Suiza? Pero Suiza... Suiza es neutral.

Harald la miró unos segundos. Luego estalló en una carcajada.

—¡Pero querida! Ja, ja, ja... ¡querida! ¡Las mujeres nunca dejaréis de sorprenderme! ¡No te hablo de la guerra! ¡Buenos estaríamos! En eso no habrá derrotas porque es sencillamente imposible... ¡Hablo de fútbol! Hoy había un partido entre nuestra selección y la suiza. Nos han ganado con dos goles.

Hilda consiguió que su decepción no se percibiera. Al poco, llegaron a su destino.

Cuatro escalones separaban la entrada a la casa de la calle y, pese a que los lacayos los protegían con paraguas y dificultaban la visión, Hilda no pudo evitar fijarse en la efigie de Hitler colgada del balcón principal, rodeada de flores.

En la entrada les recibieron los anfitriones. Ella, rubia, de melena corta peinada con bucles, voluptuosa y enfundada en un traje dorado de escote cuadrado sobre el que asomaba el brillo de los brillantes, mostraba una sonrisa blanca y perfecta en su cincuentena. Él, con monóculo, bigote a la prusiana y mirada algo estrábica, vestido de frac con condecoraciones, le recordó al káiser. Ambos eran amables en extremo y parecían sinceramente alegres de tenerlos en su casa. Hilda había compartido con ellos varios eventos y le caían bien. No eran su objetivo ni actual ni futuro. La gente no acertaba siempre, pensó, probablemente tendría que ser la historia la que abriese los ojos de aquella elegante pareja.

En el extremo del salón que se abría a la izquierda reconoció al que sería su primer objetivo. Se apoyaba en una recargada chimenea de mármol que con sus llamas doraba el color anaranjado de su vestido largo. Peinada con un moño alto, había cargado con todas las joyas que tenía aunque muchas no combinaran bien entre ellas. Reía sonoramente y gesticulaba con su habitual falta de categoría. Era la víctima perfecta, pues nadie la quería demasiado. Cuando faltara, habría pocas preguntas y pocas investigaciones, la vida simplemente continuaría, con la maldad del mundo algo aligerada. Porque era la maldad de Greta Meyer la que la había condenado. Su frialdad al disparar sin dudar al judío que corría por el prado del Schloss Blank sería castigada. Hilda estaba segura de que había disparado pensando en encajar, en formar parte de una sociedad en la que su origen humilde destacaba como una calabaza en un ramo de flores. Estaba segura de que ningún pensamiento sobre la familia del judío y el injusto desenlace de su vida había pasado por su cabeza ni un instante. A su lado, orgulloso como un pavo real por pasear a aquella mujer, Gottfried Meyer sonreía ajeno a la opinión generalizada que su esposa provocaba. Él era otro de sus objetivos, pero no aquella noche.

Harald detestaba a aquella pareja tanto como los demás, así que, al ver que su mujer iba en su dirección, rápidamente cambio la suya para saludar a otros invitados de mayor abolengo. Hilda siguió su camino. Cuando Greta Meyer la vio acercarse abrió los ojos encantada por el prestigio personal que suponía que nada menos que la *Gräffin* von Fallstein acudiera a ella.

—Hiiilda —pronunció extendiendo los brazos para abrazarla, conteniéndose después.

—Greta, qué alegría verte por aquí. Me alegré mucho cuando los Richtofen me dijeron que vendríais. Gottfried, querido —dijo dirigiéndose al marido de Greta—, ¿cómo te encuentras?

El hombre le cogió la mano y se la besó. Parecía tener calor y el cuello de la camisa, demasiado pequeño, lo estrangulaba y contribuía a empeorar el trance. Hilda no pudo evitar mirarlo de arriba abajo rápidamente. Ni vestido de frac, la prenda más elegante de cualquier armario masculino, era capaz de parecer distinguido.

—Estoy agotado, esa es la verdad, querida Hilda. Esta mujer me tiene exhausto. Lleva toda la mañana arrastrándome de una casa a otra. Parece que nos compraremos una vivienda en la ciudad, mi mujer se ha empeñado.

—Es una oportunidad, querido —intervino Greta.

—Claro que lo es, pero no puedes pretender que compre cada propiedad que los judíos dejen tras de sí —respondió él.

—Me lo agradecerás. Ya lo verás. Hilda, querida, no te figuras la maravillosa casa que hemos visto cerca del Jardín Botánico. Nada menos que diez dormitorios y tres fastuosos salones. Es una propiedad deliciosa. —Hilda disimuló el desagrado que le provocaron sus palabras—. Por supuesto, habrá que ampliar el comedor. Pero las habitaciones son bonitas y están decoradas con tanta finura... ¿Cuántas habitaciones tiene tu casa? —preguntó de pronto.

—Oh, no tengo la menor idea, querida —respondió ella sin mentir—. Jamás me he esmerado en contarlas, la vida en el campo me tiene siempre muy ocupada —dijo sin poder evitar que la mujer que tenía en frente se sonrojara un poco.

—Claro, claro... Yo tampoco tengo ni idea del número de habitaciones de mi castillo. De Schloss Greta.

—Ah, entonces ya tiene nuevo nombre —comentó Hilda disimulando nuevamente su espanto—. Quizás debamos brindar por eso. Gottfried, ¿serías tan amable? —le dijo señalando a un camarero que circulaba a pocos metros de ellos con una bandeja de copas de champán.

—Oh, sí, sí —dijo Greta contenta—, adoro el champán. De hecho, es prácticamente lo único que bebo.

Gottfried levantó la ceja ante el comentario.

—¡Querido! —insistió Greta—. ¡Champán, por favor!

Deseando hacer realidad aquella mentira, Greta Meyer solo bebió champán aquella noche. También se dedicó en exclusiva a la única persona a la que parecía agradar, Hilda, que la acompañó desde el primer momento de la velada, cuando aún podía decir algunas cosas no del todo absurdas, hasta el final de la celebración, cuando no era capaz de pronunciar una sola palabra.

La cena fue una sucesión de platos alemanes, que degustaron en una mesa de treinta y dos comensales eufóricos por los excelentes resultados de la guerra y el fabuloso gobierno de Hitler.

Luego, cuando los hombres pasaron al salón de fumadores y dejaron a las mujeres en el salón adyacente, Hilda decidió ejecutar su plan.

Se había vestido con un traje largo de seda, en tonos verdes, que combinaba con un collar de esmeraldas colombianas de buen tamaño. Sobre uno de sus hombros, un gran lazo se extendía simulando enrollarse en su brazo derecho, que quedaba oculto hasta la muñeca, donde apenas podía apreciarse una pulsera dorada de la que colgaba un guardapelo. En su interior, una foto de su padre, fallecido al inicio de la Guerra Civil, custodiaba el polvo blanco y letal del arsénico. Se parecía a la cocaína, habitual entre los miembros del ejército alemán y en algunas fiestas, pese a estar prohibida.

Tan solo hizo falta que Greta se le acercara aún más mientras le contaba la enésima sandez para que Hilda, ágilmente, colocara la muñeca sobre la copa de champán y abriera el guardapelo, dejando caer una buena cantidad de arsénico. Se disolvió enseguida y, cuando Greta se separó un poco de ella, el champán estaba exactamente igual que en cualquier otra copa. Brindó con ella por el Führer, deseando que también a él le quedaran pocas horas de vida, y vio cómo Greta daba sus últimos tragos. Luego, se alejó.

La confirmación de la muerte de Greta llegó cuando ya estaban en Burg Fallstein de nuevo y ella empezaba a impacientarse por saber si había tenido éxito. Podía haber fracasado, pues desconocía la dosis necesaria para matar a alguien, pero Harald le confirmó lo contrario durante la comida.

—Por lo visto se sintió mal después de la cena. Gottfried pensó que era por su estado. Estaba bebida, como ya viste. Esa mujer era una deslenguada, no quiero pensar en lo que te debió contar.

—Lo cierto es que no me caía mal —mintió ella.

—Bueno, eso ya da igual. El asunto es que sintió dolores y, poco después, tuvo un ataque de corazón y murió. Una mujer espantosa, ordinaria. Esperemos que Gottfried elija mejor la próxima vez. Siempre me pareció una desconsideración por su parte obligarnos a compartir el tiempo con esa tipa.

—Solo la vimos dos veces —dijo Hilda.

—Sí. Qué espanto, no sé cómo aguantamos. Es agradable pensar que no la veremos más.

—No pareces muy apenado —opinó ella.

—Ya. Bueno. Estamos en una época de fallecimientos de amigos. La guerra, ya sabes. Incluso con nuestra formidable estrategia bélica, han muerto algunos. Con gusto me desharía de mujeres como...

—Greta —le recordó Hilda.

—Sí, eso, como Greta. Si pudiera elegir, cambiaría a cien Gretas por uno solo de los valientes soldados del Reich. Terrible mujer. Me alegro por su viudo, tenía que ser realmente desagradable convivir con ella.

Hilda se levantó de la mesa. Irónicamente, le entristecía que su marido no mostrara algo de piedad hacia la mujer que ella había envenenado.

—Estoy agotada. Si me disculpas, iré a descansar a mi habitación.

—Claro, querida. Te veré a la hora de la cena.

Se dio la vuelta y dejó a Harald solo en el enorme comedor. Le estaba dejando de querer a marchas forzadas, pero quizás fuera lo mejor, pues la falta de prejuicios, la soledad, la sensación de no tener nada que perder, eran fundamentales si quería seguir matando.

11

La duquesa de Riosgrandes se había puesto manos a la obra para que nadie estropeara la belleza de su finca en aras de conseguir las riquezas de Peña Negra. Por un lado, había enviado una carta a Barcelona para reclamar la presencia de Inés y Pablo. No era tonta y toda precaución era poca. No volvería a hablar —ni a escribir— sobre el wolframio hasta que la guerra acabara o, en su defecto, hasta que el metal dejara de ser un material que compensaba todo destrozo. Sospechaba que la investigaban, que probablemente leyeran sus cartas. Alguien quería saber más sobre el destino de lo que extraían de la mina, así que convenía ser cauta. No era tan rica como alguno de sus vecinos, y mucha de la aristocracia con la que mantenía relaciones de parentesco o amistad tenía más propiedades que ella, pero contaba con sobrados recursos para llevar la vida que quería, mantener La Recuesta impecablemente cuidada y darse de vez en cuando algún capricho. Así que no, no necesitaba el dinero que le proporcionaba el wolframio, que se acumulaba en la cuenta del Banco Popular sin que ella supiera exactamente de qué cantidad se trataba. Tan solo necesitaba hacer desaparecer la mina. O mejor, agotarla.

La idea se le ocurrió mientras dormía y, durante el desayuno, que incomprensiblemente siempre tomaba en la cama pese a detestarlo, hizo llamar a José, su guardés y amigo para comentárselo. Al hombre no le gustaba ver a la duquesa en camisón y gorro, metida en una cama rodeada de puntillas y cojines mientras desayunaba, pero supuso que la urgencia lo hacía necesario. Miró al suelo tímidamente y escuchó.

—Volverán, José. Lo harán. Con algún funcionario, con alguien del Gobierno, para ampliar la mina, para quitárnosla o para obligarnos a vender a quien ellos quieran, probablemente a esos malditos nazis. Tenemos que ganar tiempo, así que he pensado algo —dijo mientras se llevaba un trozo de sobao pasiego a la boca—. He pensado —tragó— en engañarlos. Cuando lo descubran, que lo harán pese a la incompetencia del gobierno de por aquí, quizás la guerra haya acabado. O habré pensado otra cosa.

—¿Y qué es lo que ha ideado, señora?

—Oh, le va a encantar. Tengo que reconocer que, cuando quiero, soy brillante, aunque esté mal que lo diga yo. Nos disfrazaremos. Me encantan los disfraces.

—¿Disfrazarnos?

—Calle y escuche. Disfrazaremos la mina. ¿Recuerda la mina de carbón?

—Sí, señora, claro. La que se agotó en tiempos del difunto duque.

—Esa misma. O mucho me equivoco o los que vengan a hablarnos de la mina actual serán funcionarios, no geólogos, no ingenieros de minas. Primero la verán y luego llamarán a los expertos. Así que los engañaremos. Disfrazaremos la mina agotada de carbón de mina de wolframio. Dejaremos algunas rocas del mineral aquí y allá, pero el resto se verá vacío y agotado. Eso debería darnos tiempo. Mientras, taparemos el acceso a la mina verdadera. Desviaremos el camino, borraremos todo rastro de su existencia.

—Será difícil, señora.

—¿Y qué no lo es, querido José? Venimos de una guerra, por el amor de Dios. Este siglo es un apocalipsis continuo, es agotador. Estoy deseando que empiece el siguiente. Vaya a preparar el carro. En media hora iremos a ver el terreno. Decidiremos cómo proceder. Será divertido.

A media mañana, el plan ya estaba trazado meticulosamente. Por la noche habría una explosión controlada para provocar un desprendimiento en la boca de la mina. Mientras, durante todo el día, José y cuatro de los capataces de máxima confianza llevarían sacos de wolframio a la antigua mina de carbón, situada en otro punto, a menor altura, de la misma Peña Negra. A la vez, se planificó un segundo desprendimiento de rocas en uno de los cruces del camino que comunicaba la entrada a la mina con la zona de trabajo de la finca. Parecería que el cruce nunca había existido.

Lo más complicado de orquestar era el despido de los treinta mineros que trabajaban en aquella explotación, pero también elaboraron un plan, nada novedoso, pero de eficacia contrastada a lo largo de la historia. Decidieron que debían reunirse con todos, uno a uno, y comprar su silencio. Lo harían con el mismo mineral que habían extraído, que podrían vender por su cuenta. También se comprometerían a volver a contratarlos si la mina abriese de nuevo. Al día siguiente empezarían aquella negociación. Si el secreto no se desvelaba, si todos transmitían aquella mentira y se daba por cierto que la mina se había agotado, en cuatro años recibirían un segundo pago por su silencio.

Aquella noche, sentada en medio de un prado, con la silueta de Peña Negra dibujándose contra el cielo estrellado, la duquesa observó las dos explosiones. Luego oyó cómo las rocas se desprendían ocultando los dos enclaves que quería alejar de las fauces de la guerra. Sonrió satisfecha y durmió plácidamente soñando con nazis engañados y funcionarios despistados.

Al cabo de una semana, todo parecía solucionado, y cada uno de los mineros había aceptado el trato con entusiasmo, por lo que tan solo les quedó esperar. La semana siguiente, tres hombres llamaron a su puerta.

Había amanecido nuboso y frío, y los campos se mostraban escarchados y húmedos. El jardín se velaba con una bruma que desdibujaba los árboles, y la casa, sólida, grande y noble, humeaba por las chimeneas de la cocina y los salones. La Recuesta parecía decidida, como su dueña, a consumar el engaño y alejar el tiempo que fuera posible su wolframio de manos indeseadas.

No habían tocado las once en el reloj del vestíbulo cuando se oyó cómo se detenía un coche sobre la grava. Ana corrió el visillo y miró por la ventana. Luego, bajó al piso inferior. Encontró a José esperándola al final de la escalera. Con una mirada supo que aquellas personas eran las que llevaba días esperando.

—Son del Ministerio de Minas —dijo su capataz escueto.

—Estaba segura. Tienen cara de aburridos.

—Los he llevado al despacho. Está todo como lo pidió.

—Perfecto entonces. No perdamos más tiempo. Parece que lloverá —dijo sonriendo—. Ya sabe lo que hacer.

—Está hecho también —respondió José.

Entró al despacho con paso firme. En efecto, todo estaba como había pedido. Normalmente la estancia ofrecía una imagen ordenada, elegante y pulcra, articulada alrededor de un escritorio de caoba colocado ante una ventana, con las paredes cubiertas de pequeños grabados botánicos y el retrato de Zuloaga del octavo duque de Riosgrandes colgado sobre la chimenea. Pero aquel día el retrato había desaparecido y habían descolgado algunos de los grabados de manera que se apreciaban los huecos y los clavos. Sobre un pedestal, una maceta exhibía una planta seca. Todo emanaba decadencia y entonaba bien con los tres hombres que la esperaban de pie, con trajes grises de poca calidad y pelos grasos y escasos. La saludaron con cordialidad. Se presentaron, pero ella olvidó sus nombres casi de inmediato.

Ana los miró unos segundos y ellos hicieron lo mismo. Luego les tendió la mano. Dos la estrecharon. El tercero la besó. Con un gesto, les indicó dónde podían sentarse y ella lo hizo en el gran butacón que asomaba detrás del escritorio. Una de las sillas cojeaba y a las otras dos se les habían recortado las patas de forma que sus ocupantes estaban incómodos y a poca altura, teniendo que mirar hacia arriba para hablar con aquella duquesa de aspecto frugal. Porque lo tenía. Más que de costumbre.

Parecía una campesina y solo el que sabía qué observar identificaba en sus modales a alguien nacido entre algodones y miembro de la alta aristocracia. Aquel día se había esmerado en parecer descuidada.

—Excelencia, gracias por recibirnos. Nos gusta verla en forma, como siempre. Supongo que la vida campestre es beneficiosa para la salud, a su edad.

—A la suya también lo es, señor mío —respondió ella con ironía.

—Por supuesto, por supuesto. Lamentablemente, no puedo vivir en el campo, aunque estas pequeñas excursiones siempre resultan muy agradables. Mi familia es de Oviedo, de hecho, mi abuelo...

—Seguro que era una persona interesante, pero ¿le parece que nos ahorremos el prólogo? —lo interrumpió ella—. No quisiera entretenerlos más de lo necesario. Mi vida es aburrida, pero seguro que la de ustedes los tendrá ocupados.

Los tres hombres se miraron. Uno se acomodó en su silla coja antes de hablar. Ana tuvo que contener la risa al verlos a los tres mirándola casi desde el suelo.

—Nos han informado de una gratísima noticia, señora duquesa. De la suerte de haber encontrado wolframio en su finca. Debe saber que es un material valioso y estratégico.

—Lo sé —dijo ella—, por eso también ha sido una tremenda decepción.

—¿Decepción ha dicho? —replicó el hombre, extrañado.

—Sí, claro. Pensé que tendría al fin algo que saneara mis cuentas, pero ni en eso he tenido suerte, y ya ven que..., bueno..., vivo con estrecheces. La mina se ha agotado y ninguno de mis expertos ve nada que haga pensar que puedan encontrar más mineral. Está seca.

—Pero eso...

—Es un desastre, sí. Solo me queda vender algunas de mis cosas para mantenerme. Es una pena, pero por suerte no creo que me quede mucho de vida, supongo que me las apañaré. —Ana sentía que podía vivir aún un centenar de años más y su cuenta corriente estaba tan sana como ella. Tuvo que volver a contener la risa.

Se hizo el silencio. El hombre que no había hablado aún se mostró más desconfiado.

—No es eso lo que hemos oído. De hecho, nos informaron de que la mina era aún joven, que duraría muchos años.

—El que los informó debió querer darse importancia. No es así, pero ojalá fuera cierto. ¿Cuándo exactamente vio la mina? No recuerdo que nadie me solicitara permiso. —Se hizo el silencio unos segundos—. En fin —continuó—, podemos ir a verla si quieren. Me gusta pasear. Se la puedo mostrar. Nos llevará José en la tartana, pero espero que le den una buena propina. No le puedo pagar, así que cualquier ayuda es muy agradecida.

Uno de los funcionarios se llevó instintivamente la mano al bolsillo. Luego siguieron a la anciana al exterior de la casa. Chispeaba levemente y, al mirar el cielo y reconocer las nubes, Ana supo que en poco tiempo aquella mañana sería plenamente lluviosa.

—Asturias, te quiero —susurró contenta.

Feliz de que la *tierrina* los ayudara en su plan, José, que sabía lo mismo que ella, llegó con la tartana tirada por la mula. De la parte que ocuparían los tres visitantes, tal y como habían planificado, había retirado la lona.

—Súbanse detrás. Yo me acomodaré con mi capataz —indicó la duquesa.

Como preveían, a los pocos minutos un trueno retumbó en el cielo y enseguida empezó a llover con intensidad. A medio camino de la mina falsa, los visitantes ya estaban calados hasta los huesos y el tedioso paso de la mula por los caminos embarrados no auguraba más que un empeoramiento de la situación. Una hora y media bastó para que, al llegar a la boca de la excavación, la inspección fuera rápida. Un minero que parecía muy capaz les dio información pesimista. Sí, había restos de wolframio en el suelo, también algunas manchas negras en las paredes, pero aquella mina estaba totalmente agotada. Sintieron el frío en los huesos mientras inspeccionaban una galería tras otra y, al final, sintiéndose enfermos, moqueando y cansados, al no ver nada, decidieron que habían visto suficiente.

Volvieron a la casa y se despidieron rápidamente. En la entrada, triunfal, la duquesa los vio marchar. Aquello no acababa ahí, pero de momento habían ganado tiempo. Pablo e Inés debían ir a verla enseguida.

12

Salomon Metzeler, en quien Magda fundamentaba todas sus esperanzas de saber algo de sus familiares, volvió a llamar a su puerta. Con noticias.

Se reunieron nuevamente en el planchador, pues la judía prefería que, de no poder evitar llorar, la viera la menor gente posible.

Salomon respiró profundamente antes de hablar.

—Los judíos deportados de Múnich el día que me indicó están en un campo de trabajo cerca de Cracovia, en la ciudad de Oświęcim.

—En Polonia.

—Sí. Es uno de los campos de mayor tamaño, si no el mayor. Lo llaman Auschwitz. Están enviando allí a prisioneros de toda Europa. Los emplean en diferentes trabajos, también en algunas empresas que se han instalado cerca. No tenemos mucha información, pero es probable que sus padres estén allí.

—¿Vivos? —dijo ella ansiosa.

—No lo sabemos. El trabajo allí es extenuante, pero si sus padres pueden hacerlo, lo lógico es pensar que no estén muertos.

—Mi padre lleva unos años muy débil. Apenas podía cargar peso. Era mi madre la que trabajaba —replicó ella pensativa.

—Bueno, pues supongo que solo le queda tener fe. Tener esperanza. Si están en el campo, previsiblemente no saldrán de allí hasta que acabe la guerra. Pero hay otra opción.

—¿Otra opción? —dijo Magda extrañada.

—Sí. Remota, pero debo comentársela. Hay una circunstancia que los nazis han intentado silenciar, pues no quieren que su maquinaria no pase por perfecta, pero de la que hemos tenido noticias. De camino a Auschwitz, los ocupantes de uno de los vagones consiguieron retirar las tablas del portón. El vagón llegó vacío y, por lo que sabemos, esas personas continúan desaparecidas, fugadas. El tren llevaba a judíos de Múnich.

—Mis padres...

—Quizás. Era un tren de siete vagones, pero sí, cabe la posibilidad. Una entre siete, de entrada, si es que iban en ese tren.

—Es todo lo que necesito.

—No quiero que se haga ilusiones. Estamos intentando averiguar los nombres de todos los que están en Auschwitz. Dónde están todos los nuestros, en realidad, ya que hay cientos de campos. Hay funcionarios judíos que ayudan en todos los trámites, pero contactar con ellos es peligroso. Muchos se afanan en protegerse realizando su trabajo con esmero. Pero estamos intentando que alguno nos ayude.

De pronto, Magda sintió que sus padres eran parte de los fugados. Lo supo. Por alguna razón, estuvo segura.

—Mis padres se encuentran entre los fugados. Lo sé.

—No, no lo sabe. Le ruego que no se haga ilusiones —dijo Salomon con firmeza—. Lo normal es que estén en el campo. Puede que muertos. En las próximas semanas sabremos más.

—Infórmeme en seguida, señor Metzeler. Sé que no deberían, pero sus noticias me han alegrado el día.

Con ese espíritu, Magda despidió a Salomon y, esperanzada, fue a ver a su hijo, que jugaba con el de Inés.

Al verla, la señora de la casa se reunió con ella. También con novedades.

—Vamos a ir a Asturias unos días. Mi abuela tiene una casa allí, cerca de Gijón. Nos ha enviado una carta algo misteriosa reclamando nuestra presencia.

—¿Asturias?

—Sí. Haz las maletas de los niños y la tuya también. Mi abuela no es una persona cariñosa, no nos pediría que fuéramos si no es por algo realmente crucial.

De fondo se oyó la puerta de la entrada abrirse. Pablo había llegado.

—Iré a informar a Pablo —dijo Inés dejándola allí.

Fue a la entrada, donde su marido estaba colgando del perchero una gabardina clara. Le besó en la mejilla y él le acarició la cara. Enseguida supo que tenía algo que decirle.

—Necesito que leas algo, ha llegado una carta de La Recuesta.

De su bolsillo sacó un papel con membrete de la corona ducal de su abuela. Se la dio a leer.

La Recuesta,
25 de abril, 1941

Querida nieta predilecta:

Es de verdadera urgencia que acudas a mi encuentro en la Recuesta. Trae a Pablo, el asunto está negro, le concierne. Trae a tus hijos también si quieres.

Te espera a la mayor brevedad,

tu abuela

—Muy cariñosa, como siempre —dijo Pablo—. Ni siquiera sabe que solo tenemos un hijo, y eso que eres su nieta predilecta.

—Lo sé, lo sé..., pero no es eso lo que me intriga —replicó Inés.

—Bueno, claramente hay un problema con la mina. —Suspiró—. Alguien la debe haber descubierto. Cuando habla del «asunto negro», se refiere al wolframio.

Inés nuevamente se sorprendió por la rapidez mental de su marido. Ella no había reparado en aquello.

—Seguro. El caso es que debemos ir a Asturias.

—Sí, y no solo por eso. Los alemanes que vinieron a ver la fábrica estuvieron haciendo comentarios extraños. José Manuel me pidió que fuéramos a Asturias, pero con todo el lío que tienes con el niño, decidí esperar un poco. Está claro que se nos han adelantado.

A los dos días se subían al tren que, pasando por Zaragoza, Valladolid, Palencia, León y Oviedo, los dejaría en Gijón. Con su sonido poderoso, el ferrocarril se adentraba en las entrañas de una España devastada, con las heridas de la Guerra Civil aún por cicatrizar, con multitud de edificios destruidos, pueblos abandonados y gente famélica que miraba desde abajo, con rendición y sin esperanza, los relucientes vagones del tren. Ambos se horrorizaron al recordar lo que tres años de guerra entre hermanos habían provocado a su país. En Barcelona, en la suya por lo menos, la gente se había esforzado en tapar aquellas heridas, en pretender que la vida podía continuar sin más, pero en cuanto se asomaba la cabeza a los barrios más humildes, al extrarradio y, de allí, al espacio pedregoso y estéril del interior de la región, los pueblos polvorientos y abandonados les hablaban de la tragedia cercana.

Magda, que no conocía España y los acompañaba para cuidar de Ignacio y Jakob, miraba boquiabierta por la ventanilla asustada porque lo que se había hecho España a sí misma ocurriera también en su país.

Por suerte, el paisaje atenuó su dureza conforme se acercaron al Cantábrico, donde el verde de bosques y prados parecía ocultar la pobreza que también existía en aquella parte del país. Para cuando el tren aminoró poco a poco la marcha y se paró en la Estación del Norte de Gijón, la alegría del reencuentro con la abuela Ana se había superpuesto ya al resto de desagradables sensaciones. Por supuesto, al bajar del tren no la vieron —tampoco la esperaban—, pero enseguida reconocieron a José, su fiel capataz, y a un mozo joven, los dos ataviados con trajes de campo y boina, que los llamaban avanzando entre la multitud con el brazo alzado. Cuando los alcanzaron, ambos se descubrieron para saludar y mantuvieron la boina entre las manos. Inés, contenta, no pudo evitar abrazarlos.

—José, qué maravilloso es volver a verle.

—Sí, señorita..., perdón, señora —rectificó—. También nosotros la echábamos de menos. No sabe usted la alegría que tiene mi mujer desde que la señora duquesa nos informó de su viaje.

Inés había pasado el final de la guerra con su madre y hermanas en La Recuesta. Aquellos días alternaron momentos para recordar con otros para olvidar. Le mostraron la fuerza de su abuela y la habían unido a ella más que a cualquier otra persona de la familia. El vínculo que tenía con La Recuesta y su fiel servicio sería imposible de romper mientras viviera. Pablo acarreó el equipaje mientras los dos hombres que habían ido a buscarlos ayudaban a Inés con el suyo. Magda, siempre autosuficiente, llevaba sin problemas a los dos bebés, uno en cada brazo.

A la salida de la estación, una hilera de coches relucientes esperaba con sus conductores a los pasajeros de primera clase. Sin preguntar, Inés se dirigió al que, en medio de todos ellos, llevaba una bala de paja cargada sobre el cajón descubierto.

—Veo que mi abuela finalmente se hizo con un coche —le dijo a José.

—Sí, señora. Ya sabe que le gustó mucho su corta experiencia al volante del vehículo del conde de Navalviento durante la guerra. El año pasado fue a la ciudad a comprar uno y muchos le quisieron levantar la camisa con unos coches muy caros, pero ella encontró este, que dice que la lleva a todos lados y además sirve para la finca. Está aprendiendo a conducir y ya lleva tres columnas del garaje partidas, pero no pierde el ánimo.

Inés imaginó a su abuela, animada por sus amigas para que comprara algún vehículo de alta gama de los que usaba la aristocracia. La vio circunspecta, sin entender bien cuál era la ventaja de aquellos respecto al vehículo de aspecto rural que los iba a llevar a La Recuesta. Pablo la miró de reojo, al borde de la risa, mientras cargaba los baúles junto a la bala de paja.

—No te rías —le dijo ella también al borde de la carcajada—, nada le pega menos a la abuela que uno de los lustrosos Bentleys que necesitáis los recién llegados para parecer elegantes.

—Tienes razón —dijo él—, pero los nuestros nos llevan a los lugares sin impregnarnos de olor a vaca.

Con el olor que Pablo había descrito acompañándolos en todo el trayecto, al cabo de unos kilómetros por un paisaje verde y feraz, estampa viva de la primavera, cruzaron las puertas de la finca de la Recuesta y poco después apareció la casa, grande, sólida y amable, cubierta de trepadoras entre las que se asomaban grandes ventanales con contraventanas rojas. Sobre la escalinata que daba acceso a la puerta principal, una planta por encima de donde los dejaba el coche, la figura menuda y reconocible de la duquesa de Riosgrandes no pudo evitar sonreírles.

Inés alzó la vista para contemplarla: el mismo chaquetón ajado, la misma falda de *tweed*, sus inevitables botas de agua y, en la mirada, la misma inteligencia y personalidad de siempre. Mientras, Magda volvía a sostener a los dos bebés y se disponía a entrar por la puerta de servicio de la casona siguiendo a José. La imagen no pasó desapercibida a la duquesa, que siguió con la mirada a la judía con los pequeños. Parecía contenerse, tener miedo de mostrarse cariñosa por primera vez en la vida, ¿la estarían ablandando los años?

—Hola, monina —le dijo mientras Inés la abrazaba—, ¿dos niños ya? Santa María, eres más fértil que mis vacas. —No, parecía que los años no la habían ablandado.

—En realidad solo uno es mío —matizó ella dándose cuenta de que su abuela no le prestaba atención—. Abuela, tenía ganas de verte. Ha sido un viaje muy largo...

—Querida, seguro que tienes cosas más divertidas que contarme —la cortó la duquesa. Luego miró a Pablo.

—Querido, ¿cómo te encuentras? Tenemos temas importantes que tratar. Si por mantener en marcha la industria familiar catalana me quedo sin mis prados asturianos o beneficio a los inconscientes nazis, te desollaré con mis propias manos.

—Ana, qué placer es estar aquí —dijo él aplazando el tema para más tarde—, está todo precioso.

—Ni precioso ni preciosa ni cursilerías. ¡Te desollaré! —insistió ella antes de tenderle la mano para que la besara. Luego le miró a los ojos. Siempre se habían caído bien—. Pero antes os daré algo de cenar, que María ha preparado un pote de los de aúpa.

—¿Quiere ver a su biznieto? —preguntó Pablo—. Puedo pedir que lo aseen un poco y se lo traigan.

—Uy, no. No ahora. Tampoco si es muy llorón. Tiene muchos años para conocerme, a los dos nos quedan un montón. Podemos esperar a que sea un humano un poco más interesante —replicó ella—. Mi padre, el difunto duque, me conoció con tres años y siempre nos llevamos estupendamente. Conviene no arriesgar. Esos mocosos son irascibles de pequeños, esperemos a una edad en la que estemos seguros de llevarnos bien.

Pablo no pudo evitar reír; Inés, que a la espalda de su abuela lo había oído todo, puso los ojos en blanco antes de entrar en la casona.

Tal y como esperaban, la comida que María, la mujer del capataz y cocinera de La Recuesta, había preparado fue excelente, y los tres disfrutaron de ella dando una tregua de educación básica a los asuntos que no debían ser tratados en la mesa, aunque fueran motivo de la visita. Con la copa que les sirvieron en el salón, a la luz tenue de la chimenea y rodeados de tapices, alfombras y mullidos sillones de terciopelo oscuro, la duquesa dio un largo sorbo de oporto y dejó su copa sobre un velador.

—Os daré los datos rápidamente para que entendáis por qué he cerrado la mina. Por qué no os podré vender más de ese mineral hasta que la guerra acabe. —Miró a Pablo—. Tu hermano José Manuel es un zorro. El más listo de todos, y también honesto, de fiar. Pero un zorro que convencería a todas las gallinas de que se desplumaran para hacer una barbacoa en su madriguera.

Pablo quiso protestar. Pero Ana levantó la mano pidiéndole silencio.

—Entiéndeme. Es listo. Es el tipo de personas que necesitamos y sé que es bueno también, pero me convenció de algo que en realidad ni quiero ni necesito, que es explotar el wolframio cuando todo el mundo lo desea, cuando hay gente que se está volviendo loca por él, sobre todo en Galicia. Me gustan las vacas y los campos. Mis montañas. Mi Peña Negra sin agujerear, sin ser vaciada. Y sobre todo hay una cosa que no me gusta. No me gusta la avaricia, la ambición, la riqueza y la tierra ganada a codazos, como en el Salvaje Oeste. No me gusta la guerra. No me gustan los nazis. Vimos gente en la Peña. Mis vigilantes no los detectaron hasta que se hubieron ido. Esos hombres sabían exactamente a dónde iban. Y se dejaron esto.

Abrió una cajita dorada que tenía sobre la mesa y extrajo un objeto que acercó a la mano de su nieta.

—Una moneda alemana —dijo ella tras examinarla.

—Eso es. Los alemanes saben que tengo la mina y, visto el amor de nuestro Gobierno por el suyo, o la deuda que tenemos con ellos, me la quitarán y se la darán si no hago algo para evitarlo. Mi finca al garete, llena de camiones; mi Peña Negra horadada como una casa de Belchite y, lo peor, todo para ayudar a esos hijos de mala aria. Hemos tapiado la entrada de la mina, disimulado su camino y creado en la vieja mina de carbón una pantomima de mina de wolframio agotada. Vinieron a verla unos funcionarios más tontos que un pez luna y, claro, nos salimos con la nuestra. Pero tenemos que hacer algo para que la cosa esté arreglada cuando vuelvan otros más inteligentes. Que volverán.

—Sí que lo harán —dijo Pablo preocupado—. Lo harán sin duda.

—Entonces es necesario que encontremos una solución —dijo ella—. Una que no deje mi mina en manos de nazis y, a ser posible, que no destroce mi finca. En tiempos de guerra, a pocos les importa una vieja duquesa asturiana si tienen algo que ganar.

—Abuela, podrías venderles el wolframio a los ingleses —dijo Inés—. Ellos también lo quieren y pagan bien.

—Supongo que sí..., pero... Sé que es egoísta y difícil de entender en este mundo, pero ellos explotarán mi mina igual que los alemanes. Os contaré algo: tengo unos amigos ingleses estupendos, los condes de Fitzwilliam. Sus padres eran amigos de los míos y alguna vez fui a Wentworth Woodhouse, que es una mansión espectacular que tienen en el sur de Yorkshire. Pues bien, resulta que la casa, una maravilla de la arquitectura, un prodigio raras veces visto, está sobre una tierra rica en carbón. Cuando lo descubrieron debió ser una alegría, y se han hecho ricos con sus minas..., pero ahora todo el mundo sabe que su casa se cimienta en carbón, que el mismo jardín está lleno de él, que toda la finca lo está. Los Fitzwilliam llevan años evitando que se abra la mina a cielo abierto, pero ¿sabéis una cosa?, cuando acabe la guerra y falte de todo... adivinad con qué carbón se llenarán las estufas de Inglaterra..., y lo harán a cielo abierto, y por toda la finca. Será su fin. Lo será. Y lo será también para esta casa, que lleva siglos en la familia, si los ingleses o los alemanes o quien sea que no controlemos nosotros encuentran la mina. Nos la quitarán. Y se acabará mi Recuesta.

—El acuerdo que tenemos con usted es perfecto —reflexionó Pablo—, pero...

—Lo perfecto sería que los ingleses tuvieran acceso al wolframio. Pero que nosotros lo extrajéramos de forma que a la abuela no le suponga un incordio. Extraerlo con una empresa nuestra —dijo Inés—, como hasta ahora.

—Eso no cambia nada —dijo Pablo—. Si la mina es nuestra, en cualquier momento puede arrebatárnosla el Gobierno para explotarla o venderla a los alemanes. Si la mina fuera de los ingleses, no nos la quitarían. Menos aún para dársela a los alemanes, provocarían un conflicto diplomático. Además, España se ha definido como no beligerante en el conflicto.

—Entonces... ¿quizás podamos asociarnos con una empresa inglesa? —insistió Inés.

Se hizo el silencio. Pablo levantó la cabeza, como cuando tenía una buena idea.

—Eso sería perfecto —dijo en voz baja—. ¡Perfecto! —repitió—. Si encontramos un socio inglés, podemos formar una empresa angloespañola. Lo ideal sería un socio que conozca a gente en el Gobierno, que esté bien conectado. Nosotros explotamos la mina, ellos se quedan con el material. Eso evitará que nos sea expropiada y que se explote a cielo abierto destrozando La Recuesta. También evitaremos que el mineral caiga en manos de los nazis.

—Tengo un amigo naviero inglés —informó Inés.

—Si tiene buenos contactos, probablemente nos sea útil. Un naviero... Me extrañaría que no esté de lleno metido en la industria de la guerra ahora mismo. Seguro que conoce a gente —opinó Pablo.

—No quiero que hagan balas con mis piedras —señaló la duquesa.

—Mi conocido tenía muchos barcos —continuó Inés obviando a su abuela—. Eran de transporte. Lo conocí en San Remo durante la guerra. Fue buen amigo mío. Se llama Robert Asprey. Creo que tengo sus señas en Barcelona. Recuerdo que vivía en el campo... Imagino que debe ser una casa conocida en la zona...

Inés se cuidó mucho de decir que Bob Asprey había sido algo más que un amigo. Que le acompañó en numerosas tardes en el exilio de su familia en San Remo y que, a la postre, fue uno de los barcos de mercancías de su familia el que los llevó a todos a San Sebastián, de vuelta a España. Tampoco explicó que una de las noches en aquel barco se habían besado y que él le propuso matrimonio. Se guardaba esa historia para ella, pues la consideraba algo indecente, pero en aquellos momentos su amistad con el inglés podía ayudarlos.

—Me gusta que tengas golpes guardados, Inés... Odio a la gente sin secretos... —apuntó Ana, que parecía contenta—, pero no tenemos tiempo: si tienes que buscar la dirección de ese inglés en Barcelona, mejor déjame a mí. Yo tengo la dirección de los Fitzwilliam, les mandaré un telegrama. Probablemente sepan dónde está tu amigo si es de los suyos. Ya conocéis a los ingleses. Se juntan con cualquiera que tenga títulos en el Burke's o en la Bolsa. Nobles o ricos, les vale todo, a veces más lo segundo. Robert Asprey, ¿no? Anótamelo ahí —dijo señalando una libreta sobre la mesita—, mañana por la mañana enviaré ese telegrama.

Se acostaron tarde y se levantaron tarde también, cuando Magda llamó a su puerta para traerles a su hijo recién bañado, perfumado y súbitamente sonrojado por el clima del norte. Los informó de que la abuela Ana ya se había despertado. Había desayunado, dado de comer a las gallinas y se disponía a llamar a alguien en Gijón para que acudiera a mandar el telegrama a los Fitzwilliam.

Pablo no había acabado de bajar la escalera cuando la escuchó al teléfono que tenía instalado en una especie de cabina acristalada pegada al vestíbulo de entrada. La duquesa se comunicaba a gritos con alguien.

—Sí, sí, Romualdo, no sea pesado. Usted anote en español y luego ya se encarga de traducirlo y lo manda a la dirección telegráfica que le he proporcionado.

—...

—Me da igual que no sepa usted inglés. Tardará menos en traducir mis palabras que yo en ir y volver de Gijón.

—...

—Atienda y calle. Todos tenemos problemas, no me cargue con los suyos. Un abogado que no sabe inglés en estos días... Demos gracias a que no poseo nada en Inglaterra.

—...

—Bueno, pero para eso usted no me hace falta. Apunte: «Querido Billy, espero que estés bien. STOP. Yo estoy estupendamente. STOP. Odio a los nazis. STOP. Espero que ganéis. STOP. Necesito contacto Robert Asprey. STOP. Familia naviera. STOP. Amigo de mi nieta Inés Sagnier en San Remo 1938. STOP. Recuerdos a tu hijo Peter. STOP. Cuídate y bebe menos. STOP. Yo estoy en ello. STOP.», y firme Ana Argüelles, duquesa de Riosgrandes.

—...

—Eso mismo. Gracias, Romualdo.

Colgó el teléfono y Pablo la vio respirar profundamente antes de salir de la cabina. Ella le miró unos segundos, sonrió y, al ver que él también lo hacía, dijo:

—Odio el teléfono, qué quieres que te diga. Curioso aparato infernal ese, se usa para transmitir la voz, pero cada vez que lo uso me quedo sin ella durante días. Bueno, solo nos queda esperar respuesta.

13

Wentworth Woodhouse era la casa de campo con la fachada más larga de Europa, con nada menos que ciento ochenta metros de longitud, y preside un jardín de pastos y árboles colocados para parecer cuadros románticos. Era la casa ancestral de la familia Fitzwilliam, pero en 1941, como muchas otras, había quedado a disposición del Gobierno británico, que la utilizaba para albergar al Intelligence Corps.

William Fitzwilliam cruzó la pieza principal de la casa, un vestíbulo de doble altura que muchos definían como la mejor sala georgiana del país, bajo la atenta mirada de Whistlejacket, el fabuloso caballo de carreras que, en pie sobre sus patas traseras, presidía la estancia plasmado en un óleo a escala real. Parecía querer huir del trajín de la mansión, exactamente igual que él, que se entendía mejor con sus caballos que con muchas personas. No era cómodo tener a tantos desconocidos en casa, pero por lo menos ellos albergaban a adultos y no a niños por educar, como muchos de sus amigos, ni a soldados rasos, como los más desafortunados. Tenía sesenta y ocho años y una vida no exenta de escándalos tan agotadores como las guerras.

Esporádicamente, habitaban un ala de la casa, la que no ocupaba toda aquella gente que tenía que colaborar de manera decisiva para que ganaran la guerra. Eran apenas una cincuentena de habitaciones en las que se movían más modestamente que en toda su vida y, a menudo, incluso aquel reducto que se pretendía de paz quedaba invadido por los gritos, pruebas e intrusos del otro lado. Era increíble que en aquella casa, con casi cuatro millas de pasillos y más de trescientas habitaciones, frecuentemente aparecieran intrusos en su zona. Habían acabado por cansarse y se habían instalado en Londres esperando el fin de la guerra, pero, por alguna razón, Billy, como todos le llamaban a pesar de su avanzada edad, había decidido pasar la semana en Wentworth, alertado por historias de lamentables destrozos en las casas de sus amigos. El servicio, que llevaba semanas sin verle, agradeció tener finalmente algo que hacer y cuando el mayordomo apareció con una bandejita de plata con un telegrama y lo vio sentado en su antecámara, ambos sintieron un escalofrío de alegría. Una alegría imperceptible, por supuesto.

Se colocó los anteojos y lo abrió lentamente mientras el mayordomo se alejaba respetuoso. Enseguida sonrió. Ah, Ana Argüelles... Esa sí era una persona insólita. En casi todo era más que él. Más noble —aunque su casa era menor—, más graciosa —aunque la mayoría de los españoles lo eran— y más de campo —aunque él tenía mejor ganado—. Se escribían de vez en cuando y a menudo hacían planes para verse, como si su edad y una Europa en constante conflicto no fueran problema alguno para el encuentro. Le gustaban los telegramas. Decían lo justo y permitían que uno llenara sus vacíos con la imaginación. Odiaba las conversaciones fútiles. La gente decía muchas tonterías con tal de no estar callado. «Robert Asprey», leyó, pasando luego por encima del resto de las palabras y cerrando el papel en su puño. «Por supuesto que le conozco, es el hijo de los Baronets de Asprey. Navieros, claro que sí. Gente lista. Baja nobleza, gusto dispar, dinero nuevo», recordó para sí. Le gustaba ser útil y poder ayudar a su amiga. Apuntó en una nota su respuesta y le pidió a su mayordomo que la llevara a la estación de telégrafo que el ejército había instalado bajo el mismo techo. «Efectividad inglesa en su máxima expresión», se dijo contento. Su amiga Ana no tardaría en recibir la información que necesitaba.

Las señas volvieron a La Recuesta y de allí un telegrama lo suficientemente críptico para no levantar sospechas de la censura (y bastante claro para que Bob Asprey lo entendiera) fue transmitido hasta el pequeño pueblo de Barbicon, desde donde un cartero en bicicleta lo depositó en manos del servicio de Asprey Hall una semana después.

Bob lo abrió aún unos días más tarde, cuando su comandante le dio permiso para pasar dos días con su familia. Ningún mensaje, por críptico que fuera, se le resistía; no en vano llevaba desde el principio de la guerra dedicado a eso, a descifrar mensajes en Bletchley Park, uno de los centros más importantes de la inteligencia británica, pero recibir un telegrama de Inés Sagnier, la mujer de la que años atrás se había enamorado, era algo difícil de entender e insólito. Habían sido algo más que amigos y luego solo eso. Tras la guerra española, se habían escrito para felicitarse la Navidad y los cumpleaños. Luego solo la Navidad y luego... el silencio. Sabía que Inés se había casado. Sabía que estaba enamorada, así que aquel telegrama solo podía ser para algo de vital importancia relacionado con el momento que vivía Europa. Leyó el telegrama de nuevo:

> *Querido amigo. STOP. Suerte y fuerza. STOP. Yo en La Recuesta Gijón. STOP. Interesa tu presencia. STOP. Jardín de abuela tiene flores de tu agrado. STOP. Ven. STOP. Inmediatamente. STOP. Deseo. STOP. Intercambiar. STOP. Amistad. STOP.*

La primera parte era entendible. Pero a la mitad la cosa se complicaba. Cuando Inés hablaba de «flores de su agrado» se refería a algo de su interés, que no tenía necesariamente que ver con las flores. Sabía poco de Asturias, pero rebuscaría en la enciclopedia más tarde. La continuación era más extraña: «Ven inmediatamente deseo intercambiar amistad». Hubiera deseado que Inés le reclamara a su lado por razones menos relacionadas con la mente y más cercanas al corazón, pero releyó tres veces la frase y al subrayar la primera letra de las cinco últimas palabras enseguida supo que era un acróstico.

—V-I-D-I-A —dijo en voz alta.

Se puso el lápiz entre los labios y se reclinó hacia atrás. «Así que en la finca de la abuela de Inés hay wolframio...», pensó.

Se acercó al teléfono y marcó el numero de Bletchley Park. Tenía mucho trabajo, la guerra no cesaba y aquella labor escapaba de las que tenía asignadas, pero estaba seguro de que su mando hablaría con quien correspondiera y le enviaría al encuentro de Inés cuanto antes. Sonrió resignado. Él hubiera cambiado todo el wolframio de La Recuesta por una sola noche con la nieta de su propietaria.

14

—Ha muerto Albert Bohringer. Es tremendo. Parece un ataque al corazón. La vida se va cuando uno menos lo espera.

Hilda levantó la mirada de su libro y miró a su marido. Por dentro deseaba estallar en carcajadas, pero esbozó una especie de puchero con el que podría haber ganado un premio de interpretación.

—Eso es terrible. Un hombre tan agradable —«que mató a una mujer judía como a una liebre solo por divertirse», pensó—. Tienes razón, querido, hay que aprovechar la vida. Hay que vivir cada instante como si fuera el último.

Eso era exactamente lo que ella hacía. Había descubierto que creer que cada instante podía ser el último era la solución a sus miedos. Podía arriesgar cuanto quisiera, pues cada vez temía menos. Se había descubierto a sí misma y, aunque no estaba segura de ser una buena persona —más bien lo contrario—, se gustaba. Era fría y calculadora, pero su fin era justo. Demostraría que no todos los alemanes eran iguales, que había muchos que se rebelaban contra la barbarie. Quizás nunca nadie lo supiera, pero ella se iría del mundo con buen sabor de boca.

Había trasladado aquella pantomima constante a todos los aspectos de su vida y se había disfrazado por completo. Aún no odiaba a Harald, porque sabía que estaba abducido por el nazismo y que algo en su raciocinio se había bloqueado. Quería creer que su maldad no era consistente, que no era real, que un día abriría los ojos y se arrepentiría amargamente de cómo había actuado durante la guerra, pero ya no le atraía lo más mínimo. Si le quería algo todavía era como amigo y sabía que incluso aquel sentimiento se apagaría poco a poco, pues lo que había hecho no tenía perdón. No sabía cómo justificarse por no asesinarle a él también, pues, igual que los demás, había participado en la cacería de judíos y... no había víctima más fácil para ella que su marido. Intentaba olvidarlo y a menudo casi lo conseguía, pero, en cualquier caso, estaba segura de que no quería formar una familia con él. Sencillamente, no podía quedarse embarazada de un monstruo, pero no tenía ni idea de cómo evitarlo, pues nadie le había explicado los secretos de la vida marital. Así que improvisó: cuando creía que ya había pasado demasiado tiempo desde la última vez que habían hecho el amor, se ocupaba de emborrachar a Harald lo suficiente para que el torpe cuerpo de su marido se moviera sobre ella sin destreza y jamás concluyera el acto con éxito. De todas formas, parecía que la libido de su marido podía contentarse con el nazismo, que era lo que le hacía vibrar de verdad. Esa era la razón de que su vida social fuera más activa que nunca. Harald deseaba acudir a cualquier fiesta en la que pudieran hablar sobre la esplendorosa Alemania del Führer. Ella le acompañaba y mataba. Eso, por supuesto, era lo que había hecho con Albert Bohringer, y ese era el destino que tenía planeado para todos los demás. Había sido fácil.

El encuentro había tenido lugar en el jardín delantero de una villa que Kerstin y Albert Bohringer tenían a orillas del lago Tegernsee, a unos cincuenta kilómetros de Múnich, en dirección al Tirol. Después de casarse, Hilda había sido invitada por primera vez con Harald a aquel lugar. Poco acostumbrada a los lagos alemanes, aquel le había parecido enorme y, en cuanto el calor se hizo patente, no dudó en bañarse en sus aguas, tan frías, limpias y ligeras que tuvo que contenerse para no beberlas mientras se zambullía. Pero lo que mejor recordaba de aquel día era la sonrisa pícara, casi lasciva, de su anfitrión al verla. Estuvo educado y cordial, pero sus ojos tenían también algo malicioso que la incomodó. Desde entonces se habían visto poco, pero la atracción que él sentía hacia ella siguió siendo evidente. También en su último día de vida, pues esa atracción, a la postre, le había matado.

Los Bohringer les habían preparado una comida en el jardín delantero de su villa, en realidad, poco más que un gran prado verde con parterres de flores que mojaba sus pies en el Tegernsee. Hilda se había vestido con un Dirndl típicamente bávaro, de color rosado y amplio escote, y se había quitado el delantal habitual del vestido, de forma que la falda, cuando se ponía a contraluz, traslucía el contorno de sus piernas. Era el cebo perfecto para la mente calenturienta de su anfitrión, que tenía la ventaja de que su mujer, Kerstin, apenas veía debido al glaucoma. El matrimonio se llevaba mal y no lo ocultaba. El porqué permanecían juntos era un misterio, pero por suerte para Kerstin, Hilda estaba dispuesta a arreglar su viudedad.

El sol se estaba poniendo sobre los Alpes aún nevados y el lago poco a poco cambiaba su aspecto amable a otro algo más oscuro y misterioso. Habían acabado de comer hacía rato y muchos de los invitados, Harald incluido, estaban ebrios. Hilda no, pero lo simulaba riendo algo más alto que de costumbre y acercándose también algo más a los que se suponía que eran sus amigos. Algunos lo eran, pero Albert Bohringer no estaba entre ellos. Se levantó de la mesa y se descalzó para ir corriendo hasta el muelle alargado que, adentrándose en el lago, remataba el jardín. Llevaba en sus manos una botella de vino y su copa. Cuando llegó se puso a contraluz y con un gesto llamó a Harald para que la acompañara, sabiendo que su marido no lo haría y también quién lo haría en su lugar. Se sirvió una copa y, de espaldas, mientras el sol marcaba sus hermosas piernas, abrió el guardapelo de su pulsera y llenó el final de la botella con arsénico. Movió el vino para diluirlo, cosa que sucedió rápidamente, y esperó muy poco. Lo tenía todo planeado. Si Albert acudía junto a ella, se lo daría a beber. Si lo hacía cualquier otro, pretendería estar borracha y lanzaría la botella al Tegernsee.

Al minuto oyó la madera del muelle crujir y a su anfitrión avanzar hacia ella. Sonreía, nuevamente con malicia, quizás algo más excitado que de costumbre. Harald, a lo lejos, se había recostado sobre una tumbona con la corbata desanudada mientras hablaba con un grupo de amigos. Kerstin no veía más allá de unos metros. Albert debió pensar que tenía que aprovechar la oportunidad, pero fue Hilda quien lo hizo.

—¿Te gusta esto, querida amiga? —le dijo tuteándola y aproximándose lentamente.

—Mucho —dijo ella—. En España hay pocos lagos tan grandes.

—En España no había ninguno ni remotamente parecido, pero le dio rabia dar más aires de superioridad al alemán.

—Hay otras cosas. Las mujeres, por ejemplo —sonrió Albert.

Hilda se giró hacia el lago sintiendo cómo su víctima recorría su cuerpo de nuca a tobillo con la mirada. Luego se volvió hacia él pretendiendo estar ruborizada.

—Bueno. Es muy bonita esta casa. Burg Fallstein es menos agradable, no cabe duda.

—Puedes venir cuando desees. A menudo estoy solo.

—Brindemos por eso —lo interrumpió ella, que no quería alargar demasiado el momento, especialmente cuando el alemán había caído en la trampa hacía ya unos minutos. Le dio la botella y se encogió los hombros—. Lo siento, no esperaba visita.

—Podemos compartir la copa —opinó él.

—Acaba la botella. No es este lugar para compartir —bajó la mirada—, al menos no hoy.

Él sonrió al creer que su atractivo ario aún no había desaparecido del todo a sus cincuenta y un años. Se tocó el pelo y alargó el brazo para coger la botella. Luego la acabó de dos tragos largos, se secó con la manga de la camisa y la lanzó con fuerza al lago.

Se miraron y Albert se acercó a ella como el que acaba de hacer algo meritorio y aguarda por ello un premio. «Pobre infeliz», había pensado Hilda girando la cara un instante hacia la casa, ante la cual seguía la eterna sobremesa. Cuando él estuvo cerca y sus intenciones parecían evidentes, ella se excusó.

—Hoy no. Mi marido... Harald está aquí —le apartó suavemente y le miró a los ojos un instante. Luego sonrió, contuvo una pequeña carcajada, completamente auténtica, y corriendo volvió a donde estaba el resto de los invitados dejándole allí. Él la observó irse, sonriente también, seguro de poder meterla pronto en su cama. Pero a aquella cama solo acudiría la muerte.

Tres días después, había llegado la noticia a Burg Fallstein. Harald parecía sinceramente impresionado. Hilda se contuvo de decirle que aquel hombre, además de ser un asesino, había intentado seducirla. Seguramente lo segundo le hubiera molestado mucho más que lo primero. Él se sentó a su lado y le cogió de la mano.

—Por suerte no todo son malas noticias. Me han llamado a filas. En Berlín. Parece ser que el Führer finalmente se ha fijado en mí. Me han destinado al cuartel general de la Luftwaffe.

El Führer no se había fijado en un aristócrata que llevaba años encerrado en su finca bávara, porque probablemente ni supiera de su existencia, pero Hilda pretendió alegrarse.

—Estaba segura de que en algún momento lo harían. ¿A qué división vas?

—No lo sé aún. Erich vom dem Bach me ha llamado. Está con los Ejércitos B.

—Te refieres a Erich Bach-Zelewski —dijo ella, que conocía al aristócrata bávaro, pues tenía su castillo no lejos de Burg Fallstein.

—Ahora es solo Bach. Se quitó el Zelewski, me lo dijo. No le debía gustar. Me resultó curioso.

—Zelewski suena eslavo. Supongo que no le gusta por eso.

—Bueno, me da igual —dijo Harald cambiando de tema—. Es de agradecer que uno de los nuestros sea el que me asigne un puesto. Incluso en esta nueva era hay gente que aún nos ve con recelo.

—¿A quiénes? —replicó Hilda, que apenas escuchaba y ya pensaba en su libertad sin Harald controlándola.

—A la aristocracia. No sé, gente rara, resentida. Supongo que será difícil acabar con eso. Me gusta que sea uno de los nuestros y bávaro quien me guíe. Creo que preparan algo grande. No sé..., cuando ya tenemos todo el oeste..., quizás nos lancemos sobre Inglaterra.

—¿Acaso no estáis en eso ya? Por lo que sé nadie en Londres duerme tranquilo.

—Ya, bueno. La guerra, qué le vamos a hacer. Los ingleses deberían entender nuestra visión. ¡Si hasta sus reyes son alemanes!

—Sus reyes también han cambiado su apellido —replicó Hilda—. Supongo que no basta con un nombre para olvidar los orígenes, ¿no es así? Si ellos son alemanes, Erich Bach es también Erich Zelewski, un eslavo.

—Querida, eres pesadísima, me agotas. Sin duda, tú serás siempre Hilda Sagnier, no hay quien pueda contigo —dijo Harald harto de aquello—. El caso es que mañana me iré. Te quedarás un poco sola aquí, quizás prefieras ir a casa de mi madre en Potsdam, o puedes instalarte en el Adlon, en Berlín, si te divierte.

—Estaré bien. No te preocupes. Me da miedo la guerra —mintió—, aquí estaré tranquila.

—Bueno. Te escribiré y te llamaré. No olvides rezar por mí. No creo que pueda informarte mucho, pero espero que estarás orgullosa de tu marido.

—Seguro —dijo Hilda mintiendo de nuevo.

Era mayo de 1941 y Harald no sabía que su amistad con Erich vom dem Bach le llevaba directamente a la boca del gran lobo del este. Era inimaginable. Pocos días antes de iniciarse la guerra, Alemania y Rusia habían firmado el pacto Ribbentrop-Mólotov por el que se repartían Europa central y se comprometían a no agredirse ni formar parte de ninguna alianza enemiga. Rusia suministraba combustible y materiales a Alemania y, pese a que sus líderes se detestaban y Hitler consideraba a los rusos una raza inferior, la mayoría pensaba que el pacto era sólido. En pocos meses, aquella promesa nazi también probaría ser fútil.

Pero mientras Hilda veía el Mercedes de su marido alejarse desde la entrada de Burg Fallstein, el optimismo la invadió. Mientras Harald se unía a la guerra, ella planificaría la suya y lo haría meticulosamente, dedicándole el tiempo necesario y sin miedo a que Harald la descubriera. Diecinueve personas habían participado en la cacería de judíos en Schloss Blank. Ya solo quedaban diecisiete.

15

Bob Asprey llegó a Gijón bajo identidad falsa tras haber desembarcado de un submarino en la cercana playa de la Concha de Artedo. El bloqueo naval a su país era férreo y cada trayecto suponía un riesgo, pero una vez consiguieron burlar a los alemanes, su llegada a España también debía ser discreta.

Junto a él desembarcaron otros tres hombres y no se hablaron, por lo que quedó claro que todos eran espías. También tenían destinos distintos y, nada más dejar la playa, cada uno encaminó sus pasos en diferentes direcciones. Dos se fueron andando, otro se adentró en un prado y él se acercó a una curva en la que, tal y como le habían indicado, un coche le hizo señales con los faros. La noche era cerrada y la fina lluvia la hacía incómoda. A su alrededor distinguió vacas, poco afectadas por el clima o el rugir de las olas que lo llenaba todo. Pese a ser inglés, detestaba aquel tiempo y a menudo recordaba los años pasados en San Remo no hacía tanto: el sol, las palmeras, su precioso descapotable..., Inés. No podía creer que la volvería a ver.

Se subió al coche y de inmediato se pusieron en marcha.

—Debe ser más rápido —le dijeron en inglés—, nada es más peligroso que los lugares donde parece no haber peligro. La Gestapo está por todas partes, ¿acaso no se lo han dicho?

Bob no quería discutir, menos aún con aquel hombre que estaba tan lejos de la guerra y los bombardeos que sufría su país a diario, así que permaneció en silencio hasta que él volvió a hablar.

—La casa es una de las mejores de la zona. Su dueña es una duquesa muy particular, probablemente antinazi, muy respetada. La finca es muy grande y, por lo que sabemos, pertenece a la familia desde hace siglos. También sabemos que se ha extraído carbón de la montaña que tienen cerca, a la que llaman Peña Negra. Lo del wolframio... tendrá que comprobarlo usted mismo. Su aviso provocó una investigación. Parece ser que lo hubo hasta muy recientemente, pero la mina se agotó. Aquí hay un embrollo importante, pues sabemos que los alemanes no lo creen así, pero los españoles que visitaron la mina lo aseguran. Creemos que en algún momento se volverá a investigar todo, pero ahora el foco está en Galicia, donde sí sabemos a ciencia cierta que hay mineral y la lucha por su posesión es encarnizada. Mis instrucciones son organizarle la salida de España en cuanto usted me diga, aunque llevará unos días y tendrá que adaptarse al transporte que tengamos. Lo normal es que vuelva como vino. Es la forma más segura. —Le dio un papel que no pudo leer por la oscuridad—. Memorícelo al llegar y luego destrúyalo. Esa es la dirección del hotel al que debe ir cuando quiera volver a su base. Colóquese en la cola de gente que habrá alrededor de las dos del mediodía. Una vez dentro, vaya a recepción y pregunte por el señor Ceballos. Le dirán que no está, pero siéntese en la cafetería del establecimiento igualmente. Allí recibirá instrucciones. Si le dijesen que sí está, dese la vuelta y huya. ¿Lo ha entendido?

—Perfectamente.

—Bueno, ya veremos. Todos lo entienden y luego siempre dan problemas.

Circularon entre la oscuridad y la lluvia durante media hora más hasta que empezaron a dejar a la derecha una tapia cubierta de hiedra, momento en el que el coche redujo la marcha. Luego pasaron por delante de una alta verja flanqueada por dos pilares de ladrillo rematados por ciervos de piedra, y el coche se detuvo. A lo lejos un campanario tocó las doce.

—Esa es la puerta de la casa. A la izquierda encontrará la caseta de entrada, supongo que ellos avisarán de su presencia a la casa principal. Si le esperan, le recomiendo que no se cuele, los españoles acaban de pasar una guerra, son todos de gatillo fácil y buena puntería.

—Me esperan. Entraré como un buen inglés —dijo Bob.

—Entonces le matarán. Entre como un español. Los ingleses no siempre nos hemos ganado la confianza de esta gente —bromeó el conductor. Luego se puso serio de nuevo—. Váyase ya. Mucha suerte.

Bob se despidió y caminó hasta la puerta que habían pasado de largo. Luego llamó al timbre de la caseta de entrada, una pequeña construcción pegada a uno de los pilares. Enseguida, una luz se encendió y una cara rural femenina asomó.

—Pase, pase, que se va a mojar —le dijo obligándole a entrar.

Accedió a una pequeña salita poco sofisticada. Un calendario y una foto de Alfonso XIII colgados de la pared, tres sillas en torno a una pequeña mesa tocinera y varias macetas con plantas de interior que se habían enrollado a la alacena y el paragüero. De fondo sonaba una radionovela. En una esquina dormitaba una oca con el cuello metido entre las plumas.

—¿Y bien? —le dijo la mujer con los brazos en jarra—, ¿qué se le ofrece?

La oca se despertó y le miró. Bob recordó que en algunas fincas las usaban igual que a perros de vigilancia, pues eran extremadamente territoriales y, llegado el caso, agresivas. La mujer, igual que la oca, también parecía dura, y a Bob le dio la sensación que le había invitado a entrar más por no mojarse ella que por resguardarle a él.

—Vengo a ver a Inés Sagnier.

—La nieta. Sí. La señora Bultó.

—La misma —dijo él.

—Vaya horas. Un resfriado me va a provocar. ¿Y a quién debo anunciar?

—A Bob... Bob Vidia.

—¿Bob?

—Eso mismo. Bob Vidia —repitió el inglés.

—Bob será suficiente. Virgen santa, tiene usted un nombre muy raro.

—Inglés —dijo él encogiéndose de hombros.

—Eso lo explica todo. Espérese aquí —dijo ella malhumorada—, no toque nada, a Margarita le pone nerviosa que la gente que no conoce se mueva mucho.

Se dio la vuelta y salió de la estancia. Por la ventana que daba al jardín se escuchó el sonido de una moto de poca cilindrada. Él se quedó sentado, quieto, con la oca Margarita mirándole fijamente.

Al poco, el ruido se alejó y pasó casi un cuarto de hora hasta que volvió a ver a la mujer. Con un impermeable verde y más malhumorada pero forzadamente cordial, se puso frente a él.

—Todos duermen..., es que no son horas, usted me comprende..., pero le recibirán. Están yendo a buscar a José para que traiga el coche.

—Yo mismo iré a la casa, los ingleses estamos acostumbrados a la lluvia.

—Eso estará muy requetebién. Le daré un paraguas. No hace falta que corra mucho, José es cojo y lento como el caballo del malo, probablemente cuando esté llegando a la casa él estará aún poniéndose las botas de agua. Venga por aquí.

Le condujo hasta la puerta que, desde la caseta, se abría al jardín de La Recuesta y al camino que llevaba a la casa principal, que se iluminó tenuemente al pulsar un interruptor que había junto a la puerta.

—Vaya por el camino. No tiene pérdida. Le esperarán en la entrada. Todos sabían que vendría..., aunque imagino que no a estas horas. Ay ay ay los ingleses...

Bob sonrió ante la indisimulada manía que aquella mujer manifestaba a sus compatriotas y enfiló el camino que, efectivamente, no tenía pérdida. Cargaba una maleta al hombro y el paraguas le resguardaba con dificultad, pero en pocos minutos las luces de la casa aparecieron en la distancia y, acelerando el paso, enseguida llegó a la escalinata de la entrada principal, que le pareció imponente.

En la puerta le esperaban una doncella y un hombre con chubasquero que se acercó cojeando para cargar con su maleta.

—Bienvenido a La Recuesta, señor. Está todo el mundo en la cama ya salvo el señor Bultó, que le recibirá. ¿Quiere cambiarse? María le acompañará a su habitación.

Bob pensó que era descortés hacer esperar al marido de Inés.

—No se preocupe. Este buen chubasquero me ha resguardado bien. Si me lo guardan, puedo ir directamente a ver al señor Bultó. No querría hacerle esperar.

—De acuerdo, señor —dijo la doncella ayudándole a quitarse la prenda—, acompáñeme.

Atravesaron el vestíbulo de La Recuesta, acogedor, mullido y caliente, al final del cual una doble puerta dejaba ver el resplandor dorado de una gran chimenea. De pie frente a ella encontró a Pablo Bultó. Se miraron tan solo unos segundos y, como pasa muy de vez en cuando, tan solo con eso supieron que se entenderían bien. Pablo se acercó a él con la mano tendida. Llevaba ropa cómoda de sobremesa, un cardigan del que asomaba una corbata de lana, unos pantalones marrones y unos zapatos sin cordones.

—Le estábamos esperando. ¿Asprey, verdad? Yo soy Pablo Bultó. Encantado.

—He llegado muy tarde. No quisiera incomodarle.

—No me incomoda. Las Sagnier son dormilonas, pero yo soy noctámbulo. Estaba leyendo.

—Yo también soy noctámbulo —apuntó Bob.

—Entonces, siéntese. He pedido una botella de oporto. Si se queda conmigo, podré pretender que no he dado cuenta de ella yo solo.

—Si me quedo, tendrá que pedir otra —sonrió Bob.

—Sé dónde las guarda la duquesa. No hay problema. Pero... creo que es un buen momento para que hablemos usted y yo. Mi mujer tiene tantas ganas de verle que será difícil que pueda concentrarse en lo que le ha traído aquí. Quizás podamos pensar en una buena idea para lo que tenemos entre manos. Si nos ponemos de acuerdo, mañana podemos explicárselo a las mujeres de esta casa, que en realidad son la propietaria y la heredera de la tierra que pisamos.

En ese momento entró en el salón María, alma de La Recuesta, con quesos, un buen embutido y un cuenco humeante sobre una bandeja.

—Pensé que el señor Bob querría tomar algo —dijo discreta mientras apoyaba la bandeja en una mesilla cerca del invitado.

—Está usted en todo, María. ¿Podría traer también una botella más de oporto? Me temo que esta está medio vacía —aprovechó Pablo.

Hablaron hasta bien entrada la madrugada, rieron a ratos y también se pusieron serios al analizar la situación de Europa. Se hicieron amigos en una sola noche, pero, sobre todo, antes de irse a dormir ambos habían elaborado un plan para que las riquezas mineras de La Recuesta no llegaran a manos de los nazis ni arruinaran por completo la finca.

Cuando a la mañana siguiente Inés bajó a desayunar, Bob ya estaba sentado a la mesa. Le miró desde el umbral de la puerta, iba elegantemente vestido con una chaqueta de pata de gallo, chaleco colorado y corbata de cuadros. Pablo la había advertido de su presencia, pero verle allí era hipnótico. Sus modales de caballero, su porte aristocrático pero afable, su facilidad para adaptarse a todo, su cabello rubio y sus facciones galantes. No, ya no sentía nada por él, pero no podía evitar pensar que a su lado no hubiera sido infeliz, porque nadie que estuviera con Bob Asprey podía serlo. Carraspeó un poco y esperó sonriente a que Bob levantara la cabeza del plato y mirara en su dirección.

—Inés —dijo tranquilo. Luego se levantó y, dando la vuelta a la mesa, se acercó a ella. La miró de arriba abajo e hizo ademán de besarle la mano, pero ella lo abrazó.

—Querido amigo. No he sabido lo que te había echado de menos hasta este mismo momento.

Se apartaron un poco y se miraron a los ojos. No hacía tanto. Estaban iguales, quizás algo más serenos, pero cuatro años, incluso con una guerra y penurias de por medio, eran poco tiempo. Muchas cosas habían cambiado, mas su amistad perduraba.

—Llegué anoche. Estuve hasta tarde con Pablo. Elegiste bien, me ha parecido un gran tipo —dijo el inglés.

—Lo es. En muchas cosas me recuerda a ti. Sabía que os llevaríais bien. —Se hizo el silencio unos segundos—. ¿Desayunamos? Luego te puedo enseñar el jardín y... supongo que esta tarde querrás ver lo que has venido a ver.

—Sí, me encantaría. Aunque no es lo único que he venido a ver —dijo mirándola.

No había seducción en sus palabras. Bob era inteligente y, al conocer a Pablo, supo que su tren había pasado para siempre, que no recuperaría el corazón (si es que alguna vez lo había tenido) de Inés. De alguna manera, se alegraba de que su marido no fuera un mediocre. Estaba cansado de ver a conocidas acabar con parias, y Pablo no era nada ni remotamente parecido. Quería a Inés, ahora como amiga. La quería porque conseguía que se sintiera en casa. Su amistad, como todas las verdaderamente importantes, era capaz de esperar sin acusar el tiempo.

Se pusieron al día durante el desayuno y, tras pertrecharse de chaquetones impermeables, sombreros y botas de agua, salieron a pasear bajo el cielo chispeante y gris. Pablo los vio alejarse desde el vestíbulo sin saber si sentía algo de celos. Tras él, también recién acabada de vestir, la duquesa adivinó sus pensamientos.

—Todo lo que somos lo forma la gente que hemos visto. La gente que hemos tratado. Inés no sería tu Inés si antes no hubiera conocido a Bob. Deberías estarle agradecido, no celoso.

Pablo se giró hacia la anciana.

—Supongo que hay sentimientos que no se pueden controlar —respondió pensativo.

—Pocos. Muy pocos —dijo ella—. Pero tenemos toda la mañana para nosotros. Me ha dicho María que os quedasteis hasta tarde hablando. Quiero creer que, además de cotorrear sobre actrices, modelos y acabar con mi oporto, tratasteis el tema que nos preocupa.

—Sí. Pero pensaba esperar a que estuviéramos todos para...

—No esperaremos a nadie. Inés también le estará preguntando al inglés. Cuéntame tú a mí. Te acompañaré a la mesa aunque haya desayunado ya.

Se sentaron frente a la ordenada disposición del desayuno, repleto de productos asturianos, mermeladas caseras, huevos pasados por agua y tostadas de pan recién hecho que llenaban paneras de mimbre sobre la mantelería de hilo. Pablo explicó lo que habían pensado.

—Bob entendió la situación y se prestó a ayudarnos. Crearemos una sociedad angloespañola de la que él será administrador y poseedor del cuarenta y nueve por ciento de las acciones. Nosotros seremos la parte española con el cincuenta y uno restante, que es lo mínimo que por ley debe tener una sociedad como la que planteamos en nuestro país.

—Lo tendré YO —dijo la duquesa.

—Por supuesto, sí, usted. Tendrá poder para acabar con el acuerdo cuando quiera —rectificó Pablo—, y también, como propietaria de la mina, firmará una concesión a la nueva sociedad.

—Yo me firmaré una concesión conmigo. Eso sí es inaudito —dijo ella sin alterarse.

—Bob será la cara visible de la empresa.

—Tremendo embrollo. Ni yo misma sé dónde está ya mi wolframio.

—Atienda: la empresa angloespañola explotará la mina y, a la vez, hará un acuerdo de venta en exclusiva de lo extraído a PIROSA. Lo único que no quiere Bob es que el metal llegue a manos nazis. No ha pedido ninguna cantidad para él, pero almacenaré la mitad de lo que se extraiga en una nave de nuestras fábricas a expensas de que la quieran los ingleses. Si el bloqueo marítimo de las islas británicas se ablanda, o si sus colonias no pueden por cualquier razón proveerlos del metal, quizás necesiten el nuestro. En ese caso comprarían el wolframio a PIROSA. La mina la explotará esta nueva sociedad angloespañola de manera discreta, nunca a cielo abierto y poco a poco. El precio, si está de acuerdo, será el mismo que teníamos y, de vender wolframio a los ingleses, lo haríamos sin beneficio. Este plan, *a priori*, lo soluciona todo: sobre el papel, la mina queda en manos inglesas de extrema confianza, de forma que el Gobierno no la querrá expropiar, pero además toda la producción se la quedará PIROSA, por lo que el Gobierno tampoco pondrá ningún empeño en quitarle la mina, ni los nazis le presionarán para que lo haga, ya que su wolframio no llegará (en teoría) al bando aliado.

La duquesa se levantó y se quedó mirando Peña Negra por la ventana.

—Supongo que no me queda otro remedio. Si no se la doy a los británicos, me la quitará el Gobierno o me forzará a dársela a los alemanes. Y tú podrás seguir con tu empresa esa.

—Sí. Eso sería muy beneficioso para mi empresa. Creo que tiene potencial.

—No me gusta que mi mineral se use para armas..., pero si ha de hacerse, prefiero que sea para aniquilar nazis, no aliados. Tienes mi beneplácito. Organízalo rápido y sé cauto.

—Es probable que ni siquiera se use para armas aliadas, lo único que queremos es que no llegue a manos nazis. Ese es el plan.

—Lo que sea, será, Pablo. Si quieres hacer reír a Dios, cuéntale tus planes, siempre tiene otros preparados.

Mientras, en el jardín, Inés y Bob habían llegado al estanque ovalado que presidía la parte más baja del terreno. En su centro, un islote lleno de hortensias se reflejaba en sus aguas grises y verdes, llenas de recuerdos.

Se sentaron en un banco de madera enmohecida y, como viejos amigos, charlaron animadamente. Bob le contó el plan que había diseñado con Pablo para la mina, e Inés, que quería lo mejor para todos, supo que era adecuado. Confiaba en ellos y estaba dispuesta a delegar. Lo cierto era que rara vez pensaba en dinero y negocios. Su cabeza volvía constantemente a la situación de Magda y su familia judía, a lo que había visto en el castillo de su prima Hilda y a la Europa en guerra. Le preguntó a su amigo por todo esto.

—Pues la situación es muy grave porque nos hemos quedado solos —empezó él—. Nos enfrentamos a la más formidable máquina de guerra que se haya conocido. Alemania ya tiene prácticamente toda Europa bajo su yugo y, sinceramente, no sé cuánto podremos aguantar. Los ingleses somos fuertes, orgullosos, y cuando nos empeñamos en algo y nos unimos podemos ser invencibles..., pero nunca habíamos tenido una amenaza así desde quizás... vuestra armada..., y de eso hace mucho tiempo y todos sabemos que nos salvamos porque el mar y las nubes lo quisieron.

—Entiendo...

—Hasta el mes pasado, en Londres llovieron las bombas muchísimas noches, el otoño pasado casi sesenta días seguidos, pero tendrías que ver la actitud de la gente. Es algo de lo que enorgullecerse. Parecen capaces de resistir y adaptarse a todo. Hemos plantado patatas y cavado refugios en los parques, hemos enviado a los niños a casas de campo y toda la población sabe usar ya la máscara de gas. Mientras caen las bombas, en algunas estaciones de metro hay gente que juega o baila... Nos armamos de valor. Pero claro..., es durísimo. A finales de diciembre lanzaron más de diez mil bombas incendiarias en una sola noche, cuando el río estaba bajo y horas antes habían destruido nuestros depósitos de agua. Esta guerra es así. Hitler es así. Por supuesto, Buckingham, Guildhall, la catedral de Saint Paul, Westminster Palace, el Big Ben..., todos han sido bombardeados... En cualquier caso, la ciudad tiene otro aspecto, pero sigue siendo Londres.

—¿Has dicho que ha habido bombardeos hasta el mes pasado? —preguntó Inés.

—Sí. No sabemos bien qué está pasando, pero de pronto parece que hay un cambio de planes. Que Hitler está preparando otra desagradable sorpresa. Está todo el mundo intranquilo tratando de saber qué esperar.

—¿Y tu familia? ¿Cómo están ellos?

—Bien, supongo. Están en nuestra casa de campo, en Asprey Hall. Mi padre, algo malhumorado porque tiene la casa principal ocupada por un colegio de niños de Londres y se ha tenido que instalar en lo que nosotros llamamos «la casa de la viuda», porque es donde está planeado que se instale mi madre cuando él fallezca, si es que lo hace antes que ella. Los veo poco. Mi padre quería participar en la guerra, pero le han puesto al mando de una especie de batallón honorario que no entrará en batalla salvo que seamos invadidos. Se entretiene con planes para rechazar la invasión y hacerles la vida imposible a los alemanes que pisen la finca. Ha hecho cavar varias trampas, ha cambiado la dirección de los carteles para que se pierdan y ha adiestrado a muchos del personal para la batalla, hombres, mujeres y niños. A veces me pregunto si en lo más profundo de su ser no desea que los alemanes aparezcan por allí.

—¿Y tú?

—Bueno, yo hago labores de inteligencia.

—¿Eres espía?

—No, pero si lo fuera y te lo contara, sería el peor espía del mundo. No, la inteligencia abarca muchísimas cosas: descifrado de códigos, interpretación de planos, coordinación de comunicaciones... —dijo él sin concretar.

—Comprendo. Parece menos peligroso que estar en el campo de batalla.

—Lo es —convino Bob, que obvió explicar que sus tareas eran clave para que ganaran la guerra y que, de saber de su existencia, los alemanes no dudarían en capturarle.

En Bletchley Park estaban desarrollando una maquinaria única y avanzada que permitiría descifrar los códigos nazis. Poco antes de irse, a principios de mayo, los suyos habían incautado en un submarino y un barco meteorológico alemán dos máquinas de rotores, las conocidas como máquinas Enigma, que utilizaba el enemigo para codificar mensajes. Cuando volviera al trabajo, los matemáticos, físicos e ingenieros que le rodeaban habrían dado un paso de gigante.

—No creo que yo fuera buena en tu trabajo. Apenas entiendo a mucha gente de mi alrededor —bromeó Inés.

—Probablemente te sorprenderías —respondió Bob completamente en serio. El setenta y cinco por ciento de los trabajadores de Bletchley Park eran mujeres.

Volvieron a la casa a la hora de comer y, aunque se esforzaron durante unos minutos por no hablar asuntos de trabajo en la mesa, al poco rato la duquesa no pudo aguantar más.

—Si seguimos hablando de mi jardín y el tiempo de Asturias, con lo que tenemos en ciernes, me va a dar una hernia —dijo interrumpiendo un comentario de Inés sobre las clivias de los macetones de la entrada—. Hablemos de lo que tenemos que hablar, por todos los santos. Entiendo que estamos todos al corriente ya de lo que hablaron los hombres anoche. Por mi parte me parece un buen plan.

—Estamos de acuerdo —dijo Bob—, así que no perdamos tiempo. Creemos la sociedad ya. Si pueden llamar a un abogado, lo dejaremos cerrado. Yo me ocuparé del papeleo en Inglaterra.

—Los alemanes se disgustarán. Veremos cómo se los saca mi hermano José Manuel de encima cuando vuelvan a la fábrica —comentó Pablo.

—No podrán hacer nada. Ese es el sentido de esta sociedad —afirmó Bob.

—Pueden dejar de comprar nuestros materiales. Les hemos suministrado ya un buen pedido de telas.

—Así que sois proveedores de los alemanes —dijo Bob. No había reproche en su tono.

—Lo somos —reconoció Pablo—. Yo me opuse, pero mi hermano dijo que si no les servíamos nosotros, comprarían a otros fabricantes. Hay muchas empresas textiles en Barcelona, como sabrás.

—Hizo bien. Y llegado el caso... —calló.

—¿Sí? —dijo Inés.

—Nada, disculpad, nada —contestó Bob.

—Llegado el caso, siempre va bien tener amigos en el infierno —concluyó la duquesa—, eso es lo que nuestro amigo inglés quería decir.

Se hizo el silencio.

—Sí, eso es exactamente a lo que me refería —confirmó Bob.

Por la tarde, la tartana de José los dejó al pie de Peña Negra, por cuyo angosto camino ascendieron para ver la mina. Cuando llegaron al derrumbe que habían provocado en su boca para ocultarla, descansaron un poco y volvieron a la casa, sin mucha más información que la que tenían antes de la visita y con la sensación de haber perdido el tiempo.

Estaban sentados en la antecámara del comedor, una salita pequeña con un gran ventanal al jardín en el que servían el aperitivo anterior a la cena, cuando Bob se sentó intencionadamente cerca de Pablo. Tenía una idea que llevaba rumiando desde mediodía y deseaba ver si era descabellada o posible. Debía ser discreto.

—Imagino que tendrás ganas de volver a Barcelona, Pablo —dijo Bob sutil.

—Bueno, estoy bien aquí. Me gusta esta casa. Me gusta Asturias..., pero sí, claro, tengo ganas de volver un poco a la rutina, si es que alguna vez la tuve —replicó el catalán.

—¿Al trabajo? ¿Quién se ocupa de las fábricas ahora? —preguntó.

—Se ocupa mi hermano, José Manuel. Él es el empresario de la familia, tiene la cabeza bien amueblada para eso.

—Ya, comprendo. Es una suerte que no perdierais a nadie durante la guerra. Me refiero a nadie de vuestro núcleo familiar más cercano, claro.

—Sí que lo fue. Casi un milagro. Damos gracias a Dios a menudo y mi madre ha organizado procesiones desde nuestra casa al monasterio de Montserrat, que no está muy lejos... Estamos muy agradecidos.

—¿Ninguno resultó herido? —insistió Bob.

—Ambos lo fuimos. Yo en la toma de Asturias y mi hermano...

—¿Sí?

—A José Manuel lo hirieron en la batalla del Ebro casi mortalmente —dijo Pablo con la sensación de estar metiendo la pata.

—Tuvo que ser duro. ¿En qué división estaba?

José Manuel había sido espía. Pablo lo sabía porque su hermano se lo había dicho, pero nadie más tenía conocimiento de sus actividades durante la guerra. Para unas personas educadas en el honor y la moralidad, haber estado casi cuatro años engañando, fingiendo y mintiendo resultaba difícil de digerir. Muchos barceloneses de su clase también lo habían sido, pues el primer servicio de espionaje del bando franquista se había creado en Barcelona, pero pocos lo reconocían. Es más, casi ninguno lo hacía. Así que, cuando José Manuel fue herido en la batalla del Ebro, sucedió en el bando republicano, donde pretendía ser un soldado más, cuando en realidad estaba destinado allí por los nacionales para pasar información sobre el enemigo. Herido, le llevaron a la retaguardia, y en una increíble carambola del destino, lo atendieron en su propia masía, que los republicanos habían incautado y convertido en hospital de campaña.

—No lo recuerdo bien —dijo Pablo—, el caso es que tuvo mucha suerte.

Inés estaba cerca y había oído la conversación.

—Más que eso. ¿Sabes dónde le ingresaron una vez herido? No lo podrás creer. ¡En San Antonio! En su propia casa. La masía de los Bultó se había convertido en hospital rojo. Al principio de la batalla, al quedar herido le confundieron con un republicano y le llevaron allí, figúrate, ¡a su misma casa!

—Es increíble, desde luego —opinó Bob sin poder evitar mirar a Pablo de reojo. Se había sonrojado.

Bob intuyó que José Manuel debía haber sido espía. Descartado totalmente que el hermano de Pablo hubiera luchado con los republicanos, era extremadamente sospechoso que este vacilase sobre su puesto en la Guerra Civil; además, lo habían confundido con un republicano en el momento inicial de la batalla, cuando los ejércitos aún no habían entablado combate cuerpo a cuerpo. Para el inglés aquella era la mejor noticia posible.

—Mañana tengo que ir a Gijón a mediodía. ¿Es posible? —preguntó.

—Oh, por supuesto —respondió la duquesa sonriente, sumamente complacida con la petición—, tenemos un magnífico coche.

Le llevará José... o yo misma, si puedo, que también soy una excelente conductora.

Al día siguiente a mediodía, Bob salvó su vida al conseguir que fuera el fiel guardés de la duquesa de Riosgrandes y no ella misma la que le acompañara a Gijón. Allí, recordó la dirección que la persona que le había recogido en la playa le había dado y buscó el Gran Hotel Asturias. Cuando lo encontró, resolvió que aquel nombre pomposo no le hacía justicia, pues resultaba más un hostal grande que un hotel. A un lado, una fila de hombres de aspecto triste hacia cola para entrar en el establecimiento. Conforme a las indicaciones de su enlace, esperó pacientemente a entrar sin saber bien qué esperaba aquella gente y sin preguntar tampoco, pues sus movimientos debían pasar desapercibidos.

Dentro encontró la respuesta a sus preguntas. Al parecer, los dueños del hotel daban de comer a diario a los más desfavorecidos por la cruel posguerra. Gente que lo había perdido todo y aún no había hallado la forma de recuperarse para no morir de hambre. Sin querer, el espíritu del lugar provocó que, a pesar de su sencillez, viera belleza en él. El mundo habría sido diferente de contar con más gente como los propietarios del Gran Hotel Asturias. Ningún otro nombre sería más adecuado, pues.

Una vez dentro, abandonó la cola y acudió a recepción, donde de nuevo siguió instrucciones y preguntó por el señor Ceballos. El conserje abrió los ojos al escuchar el nombre, dudó recordando qué debía hacer y luego le comunicó que tal señor no estaba allí.

Bob se sentó en la cafetería y esperó. A los pocos minutos, sin que la pidiera, un camarero le dejó una copa de vino y la llave de una habitación sobre la mesa. Cogió la llave y subió dos pisos hasta la número 23, a la que entró. Una habitación sencilla pero con olor a limpio. Una cama de matrimonio con una pequeña mesilla delante. Las cortinas corridas filtraban la luz gris del norte. Sobre la silla, un hombre feo, bajito, con poco pelo peinado intentando infructuosamente tapar su calva, y vestido con un traje barato. Se levantó al verle, le dio la mano y, sin presentarse fue directo al grano. Por su acento supo que era escocés.

—Tendrá que esperar dos semanas. El punto de recogida será el mismo al que llegó. Si en la curva antes de la playa ve un coche rojo aparcado, siga camino y aléjese de allí y...

—Vengo por otra razón —lo interrumpió Bob—, creo que puedo haber encontrado un posible agente español. Un importante empresario en tratos con Alemania. Creo que antinazi. Necesito autorización para sondearle, si Inteligencia cree que puede ser de utilidad.

—No está entre sus funciones.

—Lo sé. Pero he visto la oportunidad y creo que debemos aprovecharla.

El hombre pareció dudar unos segundos.

—Cuénteme todo lo que sepa. Transmitiré la información hoy mismo.

Bob explicó todo lo que sabía de José Manuel Bultó, su origen, ocupación, su probable función durante la guerra, sus tratos comerciales, edad aproximada, estado civil... A medida que desgranaba aquellos datos, se daba cuenta de que el catalán podría, sin duda, ser de ayuda al bando aliado. Seguramente dependería de que el mando del MI6 tuviera alguna operación concreta en la que encajara. En cualquier caso, la última palabra la tenía José Manuel y quizás rechazara de plano la idea, aunque, por alguna razón, Bob pensaba que no lo haría.

Por la tarde habló con sus abogados en Inglaterra y dio todos los detalles para formar la sociedad que debía negar el wolframio de La Recuesta a los nazis. Por parte de los españoles, la duquesa también apremió a su abogado para que organizara lo necesario. Luego esperaron.

Al tercer día, el abogado de Ana Argüelles llamó a la puerta de la casona con toda la documentación bajo el brazo. Desde el primer instante, su propietaria se encargó de hacerle saber que la tardanza le parecía inadmisible.

—Bueno, bueno, me alegro de que entre la firma del tratado de Brest-Litovsk, el de Versalles, el de Utrecht y el de Tordesillas, haya encontrado tiempo para esta humilde duquesa —dijo seria.

—Señora duquesa, lamento el retraso, pero tiene que comprender que...

—Lo comprendo, lo comprendo, Romualdo, ¡cómo no! Quién soy yo para merecer su atención. Una pobre anciana con una sola grandeza de España y un título de menos de cuatro siglos. Lo comprendo, créame que lo hago. A las campesinas ya no nos hace caso nadie. Y así vamos.

Inés los encontró en plena discusión, con su abuela visiblemente irritada y el abogado persiguiéndola hasta donde se iban a reunir. Como hizo con los funcionarios que habían aparecido hacía semanas para inspeccionar la mina, se ocupó de que el letrado se sentara en la silla a la que habían cortado las patas, de forma que el apurado Romualdo tuvo que erguirse mucho y, aún así, el sobre de la mesa le quedaba justo por debajo de las axilas.

Bob, Inés y Pablo ocuparon sus asientos procurando no reír ante la sútil venganza que la dueña de la casa había previsto para aquel hombre.

Sacó el documento y lo leyó en voz alta. Como siempre que escuchaba, la duquesa entornó la mirada y adoptó una posición algo aviar. En varios momentos alzó la mano para que Romualdo se detuviera y volviera sobre algún punto. Lo que menos le gustó fue el nombre de la nueva empresa angloespañola: RESINA Limited.

—¿RESINA Limited? ¿Qué clase de nombre es ese? —preguntó.

—Es el que propuso el señor Asprey, excelencia —respondió el abogado.

—¿Resina? Me lo va a tener que explicar. No me gusta. Había pensado ponerle el nombre de un árbol, o de uno de los montes de por aquí. Algo español y asturiano. Pero Resina... La resina es pegajosa..., no me gustan las cosas pegajosas.

Bob se acercó a la duquesa y le susurró al oído:

—RESINA son las siglas de Recuesta Sin Nazis, señora duquesa.

Una amplia sonrisa apareció en la cara de Ana Argüelles.

—Rectifico. Me gusta muchísimo ese nombre. Suena empresarial y próspero. Es más, ME ENCANTA ese nombre —dijo cogiendo la pluma—. ¿Dónde hay que firmar?

Así nació Resina Ltd., empresa angloespañola dedicada a las materias primas que debería salvar La Recuesta y apoyar al bando aliado al mantener el wolframio de la mina lejos de los nazis. La duquesa de Riosgrandes, heredera de una larga estirpe de terratenientes que jamás había trabajado, se sintió de pronto empresaria y, para su sorpresa, le encantó.

A la hora de la siesta, cuando todos se habían acostado, Bob aprovechó para pasear por el jardín. Pasaba por delante de la casita de los guardeses cuando la misma mujer que le había recibido hacía días salió agitando un sobre.

—¡Eh! ¡Señor! ¡Eh! —La seguía la oca de gran tamaño que ya conocía.

Bob se detuvo.

—Eh, señor. Ha llegado esto para usted. Quería subírselo ahora, pero me ha ahorrado el viaje. Lo ha traído un señor feísimo esta mañana.

El inglés sonrió.

—¿Feo, eh? —dijo queriendo estirar la lengua a aquella particular vigilanta.

—Como un demonio. Margarita le ha querido morder en cuanto lo ha visto —dijo muy seria al tiempo que le daba el sobre—. No estamos acostumbrados a gente tan fea en esta casa. A la señora duquesa le pone nerviosa la gente así, igual que a Margarita.

—No creo que lo vuelva a ver.

—Eso espero. Hala, me vuelvo a la casa —dijo ella sin querer extenderse más. La oca se fue tras ella.

Bob abrió el sobre. El mensaje era breve pero claro: «Aprobado plan. Vaya a Barcelona. Espere enlace».

Parecía que, al fin y al cabo, su estancia en España se alargaría.

16

La llegada a Barcelona de la expedición que hacía poco más de un mes había partido hacia Asturias coincidió con la del calor a la Ciudad Condal, que ya tenía la luz especial que le daba el sol del Mediterráneo. Para todos resultó un contraste agradable, especialmente para Bob y Magda, que estaban habituados a que la mano fría de la primavera se extendiera hasta mayo y que aquella luz los iluminase en muy contadas ocasiones.

Pero, acostumbrada al clima y luchando contra la posguerra, la ciudad tenía un ojo puesto en lo que pasaba al otro lado del Pirineo y en el fragor de la guerra que libraban los vecinos europeos.

Magda, como alemana, seguía día a día las noticias, y en la casa siempre le dejaban *La Vanguardia Española* para que se informara. Aunque cualquier desenlace en una guerra le parecía indeseable, a diario rezaba porque la perdieran. Si su país tenía que reconstruirse sobre cenizas, le parecía preferible a que el horror y la barbarie que se habían apoderado de muchísimos de sus compatriotas se perpetuase en el tiempo. Cuando veía a su hijo dormir agradecía haber podido salvarlo. Pese a haber decidido vivir en España el resto de sus días, mantenía la esperanza de poder volver a su querida patria para que Jakob conociera a la poca familia que le quedaba, de la que seguía sin saber nada. Había compartido con Inés la poca información que Salomon Metzeler le había dado y ambas se aferraban a la remota posibilidad de que el vagón que había llegado vacío a Auschwitz fuera el que transportaba a sus padres. Por eso, cuando en su puerta se volvió a presentar Salomon, ambas se alegraron y lo acompañaron al salón deseosas de tener noticias.

Como hacía siempre, el judío fue al grano.

—Sabemos ya que sus padres no llegaron a Auschwitz —dijo nada más sentarse.

Inés y Magda estallaron de alegría y se abrazaron. Magda no pudo evitar emocionarse y se puso a llorar, por lo que tardó unos minutos en volver a prestar atención. Salomon Metzeler pareció incomodarse ante aquella reacción.

—Señorita, que sus padres no estén en Auschwitz no garantiza que no fueran capturados y estén en otro campo. Comprendo su esperanza, pero entienda que si están huidos, cosa complicada, las dificultades a las que se enfrentan son numerosas.

—¿Adónde pueden haber ido?

—Pues, nuevamente aquí hay alguna pequeña esperanza. Creemos saber hacia dónde intentan ir. Entre los pasajeros del vagón estaba Bertrand Moreu, un comunista que ha sido detenido en varias ocasiones y ha escapado siempre. Fue detenido (una vez más) en Múnich, donde previsiblemente preparaba una acción. El asunto es que Moreu es de un lugar formidable, al sur de Lyon, en el alto Loira, llamado Chambon-sur-Lignon o simplemente Le Chambon, como le llaman sus vecinos.

—No le entiendo —intervino Inés.

—Déjenme seguir. Bertrand Moreu probablemente esté intentando llegar a ese pueblo, pues, no solo es su lugar de nacimiento, sino que además guarda un enorme secreto. Sus habitantes, dirigidos por un pastor protestante llamado André Trocmé, están acogiendo a una gran cantidad de perseguidos por los nazis. Trocmé adivinó pronto las intenciones del nazismo y se encargó de advertir a sus feligreses sobre el mal que acechaba para evitar que se dejaran seducir por él. Además, el pueblo tiene una historia que lo propicia. Muchos de sus habitantes son descendientes de refugiados protestantes que llegaron allí huyendo de la purga a la que fueron sometidos en el siglo XVIII, así que tienen debilidad por los que son perseguidos. Todos los habitantes de Le Chambon están confabulados, nadie habla, todos guardan el secreto sin fisuras. Cuando se acerca una inspección, saben cómo esconder a los refugiados y expulsar a los agentes sin sospechas. Es algo único y extraordinario, y lo bueno de todo esto es que si Bertrand está con sus padres, como todo parece indicar, intentará llegar a Le Chambon, donde estarán más seguros que en cualquier otra parte de la Europa ocupada. Desde allí, poco a poco se está organizando una ruta de escape a través de pasos seguros. Hacia Suiza cuando es posible y sobre todo hacia el sur, a los barcos que se alejan de Europa y, por supuesto, también hacia España.

—Entonces... ¿mis padres están en ese pueblo? —preguntó Magda esperanzada.

—No, señorita. Nadie sabe dónde están sus padres, pero si se han unido a Bertrand Moreu, probablemente estén camino de Le Chambon. Que lleguen es otra cosa. Si no están con él, debemos rezar por que sea tan difícil localizarlos para nosotros como para los nazis.

—Magda, no te puedes aferrar a eso. ¿Por qué iban tus padres a seguir a un desconocido? —puntualizó Inés, que no entendía que Salomon diera esperanzas tan remotas a su amiga.

—En realidad, tendría lógica. Bertrand Moreu es un líder nato. Probablemente él mismo abriera el vagón. Es un héroe desconocido, de gran carisma. Rápido y luchador. Se preocupa por los demás. ¿Qué edad tienen sus padres? —preguntó Salomon.

—Sesenta mi madre y sesenta y tres mi padre —dijo Magda.

—Entonces muy probablemente Bertrand los habrá llevado con él. Si fueran más jóvenes..., si tuvieran más... Bertrand tiene mucha garra. No se rendirá. Los nuestros llegan cansados y derrotados tras días de viaje en condiciones infrahumanas, pero cada vez que han detenido a ese hombre le han dado más fuerzas. La realidad es que si hubiera más como él y, sobre todo, más lugares seguros como Le Chambon, todo sería más fácil. Nos es complicadísimo encontrar a gente dispuesta a arriesgarse, a integrar sus casas en una ruta de escape fija, no ocasional, por la que puedan huir los perseguidos. Tenemos gente cerca de la frontera, en el Pirineo francés, algunas granjas diseminadas..., pero en Alemania sigue siendo muy difícil encontrar un lugar seguro, discreto, grande y apartado por el que puedan pasar los que huyen. Además, implica dar de comer, muchas veces dinero para el viaje, y solo los más ricos pueden permitírselo. Tenemos a gente escondida en sótanos por toda Alemania, Polonia, Checoslovaquia... que no saben cómo llegar al sur. A diario buscamos refugios, pero resulta muy difícil. La gente tiene miedo. Es lógico... Pero como decía el irlandés Burke: «Para que el mal triunfe, basta con que los hombres buenos no hagan nada».

La frase resonó en los oídos de Inés de manera familiar. Rebuscó en su cerebro rápidamente y la encontró entre los recuerdos de una noche reveladora en Burg Fallstein. Su prima Hilda había dicho exactamente las mismas palabras. Recordó su última carta, recibida hacía apenas unos días, en la que informaba de que su marido Harald había partido a Berlín y estaba sola en su enorme castillo. Era perfecto. Hilda transmitía en cada una de sus palabras una frialdad respecto a su vida y la guerra que, en combinación con los hechos que había protagonizado, sacando a Magda de Alemania, parecía asegurar su disposición a hacer algo, a actuar en contraposición a los buenos que no hacían nada.

Magda le miraba fijamente, probablemente pensando lo mismo.

—Señor Metzeler, he tenido una idea, pero debo consultarla antes. ¿Puede venir a vernos en un mes? Creo que puedo solucionar una parte de esa ruta...

—Quiere decir que... —dijo Salomon algo confuso.

—Que vuelva en un mes. Eso quiero decir. Tengo que hacer algunas pesquisas —dijo Inés.

Salomon la miró. Por su expresión supo que Inés hablaba completamente en serio.

—Le recomiendo que extreme las precauciones. Todas las comunicaciones se revisan. Todos los gestos se controlan. Vaya con cuidado de no comprometer a nadie. Solo con preguntar, damos por hecho que el que recibe nuestro mensaje puede ser partícipe de lo que tramamos.

—Lo sé. Iré con cuidado. Vuelva en un mes.

Se levantó dando por concluida la visita, ansiosa por trazar con Magda el plan que tenía en la cabeza. Cuando lo hubieron discutido, acudió a la oficina de Correos. Allí envió un telegrama de contenido tan vago para el que lo interceptara como conciso y claro para su prima Hilda.

17

El 22 de junio de 1941 amaneció con sol y los grandes prados y montañas que se veían entre los cristales en forma de rombo de sus vitrales invitaban al paseo. Era bonito, cómo no. En Burg Fallstein, la expresión «jaula de oro» adquiría todo su sentido, pues era incuestionablemente bello. La primavera lo dulcificaba todo y se pasaba del blanco de la nieve que cubría los campos y el gris de las rocas, a un verde intenso que se llenaba de flores, pájaros y vida. Estaba sola en el castillo, con tan solo una quincena de personas a su servicio una vez los más jóvenes habían partido al destino incierto de la guerra. Podría haber escapado, pues nadie la retenía y su pasaporte se lo hubiera permitido, pero en su faceta de vengadora había encontrado un sentido a su vida y la idea de partir se había esfumado de su cabeza igual que la nieve de sus tejados.

Desayunó y acudió a las caballerizas en busca de su caballo, un frisón negro de patas peludas y largas crines que ya estaba preparado. Subida a su enormidad, Hilda sintió que su cuerpo empequeñecía. Pensó que las apariencias engañaban y que, aunque pareciera insignificante, igual que guiaba a su caballo con firmeza, había sido capaz de matar ya a dos personas y seguir durmiendo plácidamente, con más ilusión por sus próximos asesinatos que culpa por los anteriores. Con todo, hacía días que rumiaba extender su acción a otros campos. La oportunidad de matar a todos los cazadores de judíos probablemente surgiera con menos frecuencia de la que le gustaría, y no podía pasar sus días montando a caballo, paseando por el campo y cuidando sus rosas mientras Europa se iba al garete. Las aficiones que se le suponían a las *Gräffins* como ella, todas banalidades como coser, ir a la modista, tocar el piano..., siempre la habían aburrido. Concentrarse en la manufactura de una bufanda de lana y bajar sus constantes vitales al ralentí, cuando a su alrededor todo se movía con velocidad y rabia, le parecía imposible.

Por seguridad, siempre la acompañaba en sus paseos el caballerizo mayor, al que todos llamaban por su apellido, Amsel. Nunca hubo ningún peligro en la finca y, además, desde el inicio de la guerra había patrullas en las entradas; pero pese a todo, Amsel siempre la seguía a poca distancia y en silencio, barbudo y cejijunto, interviniendo solo cuando ella lo requería. Más alegres, siempre se unían a aquellos paseos los sabuesos bávaros de la casa.

Llevaban más de una hora alternando los prados soleados con la penumbra y el frescor húmedo de los bosques de abetos, sin rumbo fijo, cruzando arroyos sin que las aguas frías molestaran en nada a caballos y perros, trotando cuando se abría un camino recto y cerrando los ojos al sol cuando este los bendecía con su calor. De pronto su caballo imitó a los perros que le precedían y se detuvo en seco. Hilda miró hacia los lados. Luego se giró hacia Amsel. Como los animales, parecía que el caballerizo también había percibido algo. La miró unos segundos y con la mano le pidió que esperara allí mientras él forzaba a su caballo a adentrarse en la espesura que crecía a un lado del camino boscoso.

Hilda lo vio desaparecer seguido de los perros. Esperó un par de minutos y luego, ansiosa, lo siguió en silencio, como si el caballerizo fuera a molestarse por que ella hubiera salido tras él.

El aspecto del bosque en aquella parte era algo diferente al que tenía en el resto de la finca. Parecía como si siglos atrás hubiera habido un desprendimiento importante de la montaña y, a cada poco, grandes rocas aparecían cubiertas de musgo y helechos, sorteando árboles de raíces desordenadas y pequeños senderos. El suelo, que notaba a través de las patas del caballo, también parecía más duro. Estaba observando aquel paisaje nuevo cuando oyó a Amsel gritarle a alguien una y otra vez que se detuviera. Por la insistencia de sus gritos estaba claro que no lo estaba consiguiendo. Ella, en cambio, sí paró la marcha y esperó a ver qué sucedía. De repente, un arbusto se movió a pocos metros de ella y de él saltó un niño sucio de no más de siete años. Respirando agitado, se la quedó mirando unos segundos. Hilda le miró también, sonrió y, en silencio, le saludó con la mano. El niño le devolvió la sonrisa y se llevó el dedo a los labios pidiendo silencio. A la vez, Hilda descendió del caballo, abrió una de las pequeñas alforjas que llevaba la silla y sacó una onza de chocolate. Luego se acercó sigilosamente con ella bien visible en mano. El niño se aproximó y, sin hablar, aceptó el regalo, que se metió en la boca. Cerró los ojos para saborearlo y permitió las caricias de Hilda en su pelo. Estaban los dos tranquilos, aún en silencio, cuando uno de los tres sabuesos los encontró. Se acercó a la pareja moviendo el rabo y les lamió la cara con cariño. Hilda comprobó que al niño le gustaban los perros, así que se lo presentó.

—Este es Thor —enseguida llegaron los otros dos—, y este es Zeus y esta Circe. —Harald siempre ponía nombres de dioses de la antigüedad a sus perros.

El niño los acarició sin miedo, aplastando su cara contra el pelo fino y brillante de los canes.

Estaban los dos distraídos cuando otro niño, indudablemente gemelo del primero, se deslizó entre unos arbustos y se acercó a ellos. Como había hecho antes, Hilda intentó no mostrar su asombro, pues temía que de hacerlo los niños se asustaran y huyeran. Se acercó a su caballo de nuevo y sacó otra onza de chocolate que el segundo de los niños también engulló rápidamente. Les puso a cada uno la mano sobre la espalda, apoyada en sus ropas sucias y raídas, y preguntó:

—¿Dónde está vuestra madre?

Los gemelos se miraron buscando autorización. Luego, cómplices, decidieron no revelar una información que Hilda supuso secreta. Siguió intentándolo.

—¿Dónde vivís?

No hizo falta que ellos contestaran, pues a su espalda Amsel había llegado caminando con las riendas del caballo en la mano.

—Viven en una cueva a pocos metros de aquí. Es poco más que una osera, un sitio pequeño e insalubre.

Los niños se asustaron e hicieron ademán de huir, pero Hilda los retuvo conteniendo sus ganas de levantarse.

—Es amigo mío —les dijo dulcificando la voz— y también vuestro.

Nunca había tenido demasiada mano con los niños. Sus sobrinos, que habían pasado temporadas con ella al principio de la guerra, no se le habían acercado mucho y tampoco ella reclamaba su atención; sin embargo, aquellos dos gemelos desconocidos parecían confiar en ella. Ambos acariciaban su loden. Hilda pensó que les debía parecer fino y limpio, que quizás algún recuerdo de una vida mejor empezaba al tacto suave de su abrigo.

—Viven justo allí, detrás de los acebos —indicó Amsel—, hay restos de comida, mantas y una hoguera. No me extraña que estén sucios, viven como tejones.

—Así que vivís en el bosque —dijo Hilda mirándolos—. Es muy bonito para pasear, pero no es buen lugar para guarecerse del frío.

—No... —dijo uno de los niños mientras, como el otro, miraba al suelo algo avergonzado.

—¿Lleváis mucho tiempo viviendo aquí? —preguntó Hilda.

Ninguno de los dos contestó, pero al oír un movimiento por donde Amsel había localizado la cueva, ambos levantaron la cabeza y, sonriendo, miraron en aquella dirección. Los dos susurraron:

—Papá...

Amsel sacó el rifle de su espalda y apuntó. Luego, voceó:

—Tenemos a los niños. Venimos del castillo. Preséntese aquí.

El silencio se adueñó del entorno unos segundos y, poco después, oyeron unos pasos que se acercaban. Los niños se levantaron cuando, sorteando la vegetación, apareció un hombre de aspecto recio, vestido con *lederhosen*, calcetines altos que alguna vez habían sido blancos y zapatos de campo. Sobre la cabeza llevaba un sombrero de fieltro por el que asomaba pelo rubio. Rondaría los treinta años y su barba, también rubia, parecía el producto de días sin poder afeitarse. La dureza de su gesto quedaba algo matizada por sus ojos azules y sus facciones atractivas. Los niños corrieron hacia él y se cogieron a sus piernas.

—Estamos de paso —dijo cauteloso y serio—, lamento si mis hijos les han molestado. Les tengo dicho que no se muevan sin mí.

—No nos han molestado —dijo Hilda—. Tiene unos hijos preciosos.

—Son una calamidad —dijo él al tiempo que acariciaba sus cabezas con cada una de sus manos—. Una calamidad —repitió mirándolos.

—¿Adónde se dirigen? El camino de más abajo está fuera de todas las rutas.

El hombre pareció dudar. Amsel, que lo miraba con severidad, intervino.

—Señora, no se dirigen a ningún lugar. Este hombre está escondido en nuestro bosque. Su precario hogar no es fruto de uno o dos días, más bien de semanas.

Se hizo el silencio. Ninguno parecía saber qué decir.

—¿Es eso cierto? —dijo Hilda al fin—. ¿Por qué una persona se quedaría en este lugar tantos días?

—Señora, están aquí porque se esconden —dijo Amsel—, me parece que no hay ninguna duda.

El desconocido no lo discutió.

—Déjenos seguir. Recogeremos ahora mismo y nos iremos. No queremos problemas.

Amsel seguía apuntando al trío con su rifle.

—No. No les dejaremos ir —sentenció ella—, no hasta que nos cuenten por qué están aquí. ¿Son ustedes judíos?

—No, somos católicos. De Bamberg.

—¿Y por qué no están ustedes en Bamberg? —intervino Amsel.

—Porque no podemos. Mi mujer ha muerto.

—Lo lamento mucho —dijo ella—, pero no entiendo qué tiene que ver que su mujer haya muerto con que no puedan vivir en su ciudad. No les deseo ningún mal. Creo que ya estamos en guerra con demasiada gente como para empezarla entre nosotros.

—Señora, esta gente no puede quedarse aquí —opinó Amsel.

—Amsel —dijo ella—, no voy a hacer daño a nadie. Se me antoja que un hombre que no va a armado y tiene dos niños no puede ser un maleante.

—Si eso es lo que cree, entonces deberían venir al castillo. Me pueden ayudar en la cuadra. Tenemos sitio de sobra. Este no es lugar para los mocosos.

Tanto Hilda como aquel hombre del bosque parecieron desconcertados con las palabras de Amsel, frías en su formulación, pero cálidas en su fondo.

—Tiene toda la razón —dijo ella mirándole—, no permitiré que se queden en mi finca si no lo hacen bajo mi techo. Aquí los animales viven en el bosque y los humanos en el *burg* y sus aldeas. Así que recoja sus cosas y váyase de mi finca o venga a mi casa. —Hilda sabía que el hombre no dudaría.

No lo hizo. A la hora de comer, Bruno Lippe y sus gemelos atravesaban las puertas del recinto de Burg Fallstein. Acababa de cambiar su vida. También, aunque no lo sabía aún, la de Hilda.

La mañana siguiente llegaron alarmantes noticias. Estaba desayunando, sola, en silencio, adormilada y mirando por la ventana, ensimismada antes de que llegaran los dos diarios que cada mañana le dejaban sobre la mesa tras ser planchados. Rara vez hacía algo más que ojearlos, pues *Das Reich* y, sobre todo, el *Völkischer Beobachter* ofrecían propaganda más que verdadera información y no creía más que en el aroma de fondo de cada una de las noticias. Pero aquel día su contenido resultó ser histórico. El ejército alemán estaba invadiendo la Unión Soviética y lo hacía con una fuerza que el mundo no había conocido. Tres millones de hombres, tres mil carros blindados, dos mil aviones, todo en aras de seguir ampliando el *Lebensraum*, el «espacio vital» que, según Hitler, era imprescindible en su nuevo mundo. Su marido había sido llamado a filas para aquello, claro. Hitler había mentido a Stalin igual que a sus otros enemigos. Igual que a su pueblo.

Su corazón se apenó por su marido, pero enseguida pensó en el nuevo Harald, en el ferviente nazi, y supuso que estaría feliz de participar en aquello. Realmente ya no sabía ni lo que sentía ni lo que pensaba, pero lejos de alegrarla, aquellos dos diarios la pusieron de mal humor. Había dejado que el té se enfriara cuando un lacayo le entregó un telegrama. Su querida prima Inés desde su adorada Barcelona. Qué lejos quedaba todo.

Lo abrió expectante.

> *Querida prima. STOP. Amigos y familia de mi niñera de viaje a vernos. STOP. Podrían visitarte? STOP. Aquí buen tiempo. STOP. Niños bien. STOP. Calor, huimos del sol. STOP. Da dos besos a Harald.*

«De acuerdo, un código», pensó Hilda. Lo releyó. Parecía fácil. Los amigos y familia de la niñera de Inés eran indudablemente unos judíos, pues Magda (la niñera de su prima) lo era. Por su situación en Alemania, estaban perseguidos, es decir, más que «de viaje» aquella gente estaba huyendo y pedía si podía refugiarlos. Así que Inés estaba intentando organizar una ruta de escape de judíos, y quizás otros perseguidos por los nazis, a España. Era maravilloso. «Huimos del sol» y «da dos besos a Harald» eran más complicados de descifrar, pero pronto dio con ello. «Claro que huyen, pero no del sol... de unos sol-da-dos».

Mandaría a alguien a la oficina de Correos a poner un telegrama inmediatamente. No hacía falta código alguno, ya que tan solo telegrafiaría una palabra: «Sí».

Por la tarde había citado a Bruno Lippe; parecía claro que también él estaba huyendo, pero no había querido interrogarle delante de Amsel, que se había mostrado muy comprensivo y parecía alegrarse de que los hubieran acogido, pero cuyas motivaciones, como las de la mayoría de la gente que trabajaba en Burg Fallstein, no conocía. A la hora convenida, unos suaves golpes anunciaron su llegada y un lacayo abrió la puerta del saloncito en el que ella le esperaba. Con la mano, Hilda le indicó que se sentara y con un leve movimiento de cabeza despidió al lacayo, que cerró la puerta al salir.

—Buenas tardes, espero que estén bien acomodados. ¿Qué tal sus hijos?

—Están muy bien. Mucho mejor ahora. Amsel ha sido muy amable. Usted también.

—Siempre me ha gustado el campo. Pero no dormir al raso más que casualmente. Soy española, puede que lo haya notado por mi acento. En mi país se puede dormir al aire libre muchos meses sin pasar frío..., pero incluso allí todos prefieren hacerlo bajo techo. ¿Cómo llegó hasta aquí?

—Fui guía de montaña. También guardés de los margraves de Bayreuth durante una época.

—¿Y qué provocó exactamente que decidiera ocultarse en el bosque? Comprenderá que me debe una explicación.

—Lo sé —dijo él.

Luego se hizo el silencio. Hilda comprendió que debía decir primero quién era ella, pues estaban en una época en que cada palabra podía conllevar una condena a muerte.

—Creo que si le explico primero quién soy, le será más fácil. Soy la condesa de Fallstein. Mi marido pertenece a una de las familias más antiguas de Baviera. Ahora está en el frente ruso, pero es uno de los niños mimados del Reich..., bien conectado. Bastaría con una llamada de él, o mía, para que le apresaran. Tal como está el mundo, mi palabra en este país vale más que la suya, por eso me tomo la libertad de decirle lo que le voy a decir: creo que usted está huyendo de las autoridades. Si hago mis pesquisas, probablemente descubra con facilidad de qué está huyendo. Pero, por su manera de tratar a sus hijos, por sus gestos, por su actitud, creo que no es usted un mal hombre. Aun así, quiero que me diga la verdad, que me cuente exactamente a quién estoy alojando bajo mi techo antes de decidir que puede quedarse aquí. Se lo pondré fácil. Soy española, pero también una patriota alemana. Patriota, que no nazi. Mi marido lo es, pero yo no. He visto los horrores de la guerra en mi país y lo que está sucediendo aquí me asquea. No me gusta nada, y si pudiera acogería a todos los damnificados por este horror. Entiéndame bien: *a todos*.

Hilda había sido demasiado franca, pero, enfrentada a un momento crucial de su vida, le había mirado a los ojos y había decidido confiar. Por raro que pareciera, por peligroso que fuera, la realidad era que Hilda llevaba meses arriesgándose... y él, Bruno Lippe, huía de las autoridades. Claro que lo hacía. También decidió ser sincero. Si le hubiera querido delatar, ya lo habría hecho. A pesar de las esvásticas de la entrada y la afiliación de la aristocracia (la mayoría) al nazismo, Hilda hablaba como otro tipo de persona. Bruno respiró profundamente, bajó la mirada, entrelazó las manos y empezó a hablar:

—Ayudé a un amigo. Es sastre. Buen amigo, nos criamos juntos. El mejor cazador que haya conocido, también buena persona. Se casó con una mujer de mi barrio, amiga de mi mujer, así que las dos parejas nos veíamos mucho. Hasta hace poco su vida era normal, pero cambió cuando le diagnosticaron enanismo a su hijo. Desde muy pequeño, jugaba con los míos, pero al crecer quedó claro que sufría esa enfermedad. Su cabeza creció y su inteligencia también, pero su cuerpo no lo hizo. La gente los miraba cuando paseaban con él y algunos hombres se mofaban del cuerpo del pequeño.

—Siga —dijo ella sin saber a dónde iba aquella conversación

—Una tarde, mi amigo vino a casa preocupado porque había recibido la orden de alistamiento. Me dijo que escondiera a su hijo, pues se lo querían llevar y no sabía bien adónde. Su mujer estaba aterrada con la idea. Ya sabe que..., bueno, demasiada gente desaparece de un día para otro en estos tiempos.

—¿Quién quería llevárselo? —preguntó Hilda extrañada.

—No me quedó claro. Hablaba de la policía, las SS... La verdad es que me pareció que exageraba, que sus temores eran infundados. Aun así, escondimos a la mujer y al niño, pero alguien los debió ver. Creo que fue cuando mis hijos jugaban con él en el patio. De madrugada, ese día, las SS derribaron la puerta de mi casa para llevarse al niño. Cuando su pobre madre trató de impedirlo, le pegaron un tiro, sin culpa ni duda. Luego cogieron al niño como se coge a una bolsa de basura. El niño gritaba y lloraba y mis hijos lo hacían también. Me quedé unos segundos paralizado, pero mi mujer saltó contra ellos. Tampoco dudaron ni un segundo y dispararon a mi esposa en la frente. En ese momento enloquecí, saqué mi escopeta del armero y les disparé: maté a dos. No sabía que en la calle había otros cuatro. Entraron a por mí, pero tuve tiempo de saltar por la ventana con mis hijos y huir por la calle de atrás. Por desgracia, el hijo de mis amigos no llegó a la ventana, que estaba demasiado alta. Oí cómo le mataban. Luego se rieron. Nos escondimos en el parque y aprovechamos las noches para huir... hasta que llegamos a su finca. Mi intención es poner a salvo a mis hijos. Le pido que me deje hacerlo. Soy un buen alemán.

—No lo dudo —aseguró Hilda consternada—, aunque voy a proponerle otra cosa...

Tenía los ojos inyectados en odio y dolor y sentía ganas de vomitar, pero a la vez comprendió que Bruno Lippe, aquel hombre de aspecto recio y argumentos bondadosos, había llegado a su castillo justo cuando más necesario era.

18

Era tarde y las farolas de la pequeña plaza de Jaime II, en el barrio de Pedralbes, ya estaban encendidas. Siempre había poco tráfico, pero a esas horas los coches que giraban alrededor del jardín central de pinos y césped se habían reducido a la nada. El lugar se adormecía poco a poco y tan solo un par de hombres vestidos de servicio aprovechaban para dar el último paseo a los perros de sus empleadores. Bajo un árbol, la luz del cigarrillo encendido de Bob Asprey, que jamás había estado en aquella plaza, destacaba entre las sombras. Estaba observando fijamente una de las casas que le flanqueaban, escudriñando las ventanas, cuando un Bentley gris se detuvo lentamente ante la entrada y un chófer saltó raudo para abrir la puerta de atrás. Le pareció que el pasajero decía algo al conductor antes de entrar con decisión en la hermosa construcción de tres plantas que aparecían y desaparecían entre la vegetación que la rodeaba.

Esperó unos minutos, apagó el cigarrillo y se dirigió a la entrada. Desde el cercano monasterio sonaron diez campanadas.

Le abrió la puerta una criada vestida con uniforme oscuro, delantal, guantes y cofia y, tras preguntarle el nombre, se lo dijo, añadiendo que era amigo de Inés Sagnier. Ella le pidió que esperara en una pequeña salita que había junto a la entrada. Olía a eucalipto, madera y tapicerías, y el suelo crujía un poco al andar. Una casa, más que ninguna otra propiedad, siempre revela información de su dueño y a menudo es imposible esconder el carácter de quien la habita. La casa de José Manuel Bultó mostraba seriedad y masculinidad, gusto por las cosas buenas y orden. Le mostraba a él. Listo, serio, soltero, independiente y rico. Bob supuso que se sorprendería al verlo en su casa, pero cuando apareció en la puerta su expresión no lo mostraba, más bien al contrario. Perfecto para un espía.

Se dieron la mano.

—Robert Asprey, encantado, señor Bultó.

—Igualmente —dijo él—. ¿Se quedará a cenar? Yo ya lo he hecho

—Yo también. Horario inglés, ya nos conoce —dijo intentando resultar simpático.

—Desde luego. Pero no a usted en concreto. En ese caso, acompáñeme a mi despacho. Allí podremos hablar sin que nos molesten.

Cruzaron dos salones conectados por puertas correderas y entraron al despacho de José Manuel, rodeado de libros, diplomas y fotografías de fábricas enmarcadas. Se sentaron frente a frente, con las manos apoyadas en el escritorio con sobre de cuero, y José Manuel esperó a que el inglés tomara la palabra.

—Supongo que antes de nada debería presentarme —dijo el visitante.

—Ya lo ha hecho. Además, aunque no nos conocíamos, he oído hablar de usted. De hecho, somos socios en una mina. Ese asunto lo ha manejado (y muy bien en mi opinión) mi hermano Pablo. Ya estoy informado de su estancia en Asturias.

—Comprendo.

—Ese asunto puede traernos problemas, pero comprendo que, en estas situaciones, es difícil mantenerse al margen. Los alemanes, los ingleses... En fin, es difícil estar en medio. Creo que llegamos a un resultado satisfactorio para ambas partes. Esperemos que mi gobierno no se moleste porque les hayamos entregado la mina. Tampoco ellos saben ser neutrales de verdad.

—Es difícil serlo. Usted lo sabe mejor que nadie.

José Manuel le miró un instante intentando adivinar sus pensamientos.

—Yo acabo de vivir una guerra fraticida en mi país. Es difícil de explicar. Difícil de entender. Es diferente a luchar contra otro pueblo. Aquí... la guerra fue calle por calle —dijo serio.

—Son momentos en los que uno debe tenerlo todo muy claro. Sobre todo si tiene la oportunidad de confraternizar con el bando contrario.

José Manuel respiró profundamente. Así que Bob sabía que él había sido espía. Se incomodó y, por primera vez, perdió la milimétrica contención de sus sentimientos. Le molestó comprender que en su mirada el inglés había percibido sorpresa.

—¿Por qué no me dice a qué ha venido? —preguntó algo irritado.

—Sabemos cuáles fueron sus funciones durante la Guerra Civil. Necesitamos que nos ayude.

José Manuel se levantó lentamente, apoyando las manos en los reposabrazos del sillón, y se dio la vuelta. Bob temió que le echara de su casa o que le contestara enfadado, pero no era el estilo del catalán. Se quedó en silencio mirando la foto de su padre, fallecido hacía años, y dijo:

—Me pregunto por qué me iban a necesitar ustedes. Han de tener miles de personas que realicen esas labores mejor que yo, que hablen alemán perfectamente y que conozcan el terreno. Yo soy un empresario español, nada más. No veo cómo les podría ser de ayuda.

—Deje que le explique —dijo Bob—: sabemos que recientemente ha tenido contacto con unos alemanes. Que les ha vendido telas, que visitaron su fábrica.

—Ya les he dicho que soy empresario. Fabricar y vender, eso es lo que hago.

—No estoy diciendo que me parezca mal. El asunto es que ha tenido tratos con un grupo que nos es de sumo interés. Rara vez es el grupo investigado el que contacta con el...

—Puede decirlo. Hace años que lo asumí —lo interrumpió José Manuel, aún de espaldas.

—Con el espía. Lo que quiero decir es que, cuando es el espía quien se incorpora, quien es convocado en vez de forzar él mismo su entrada en el grupo, las sospechas sobre él se reducen mucho. Muchísimo, diría yo. Lo que le queremos pedir es algo que usted puede hacer mejor que nadie. Sería una única misión y, aunque la seguridad en la guerra es relativa, en realidad sería poco peligrosa.

José Manuel se giró y se volvió a sentar.

—No es el peligro lo que me da miedo. Lo que me preocupa es la facilidad que tienen los superiores para entregar sus mejores cartas.

—¿Para traicionar? —preguntó Bob.

—Para cambiar cromos. Para jugar con la vida de unos y otros en aras de un bien mayor. Por mi país estuve dispuesto a entrar en ese juego..., por el suyo, tengo mis dudas.

—Deje que le explique. Al principio de la guerra, hubo un grupo de empresarios alemanes que mostró sus temores sobre Hitler. Lo hicieron de manera que llamaron nuestra atención, pero no la del Führer, que los siguió invitando a los eventos del partido y considerándolos como la élite de la raza aria, ya sabe, gente exitosa, el tipo de triunfador rubio que vuelve loco a ese hombre. Nos acercamos a ellos y muchos nos pasaron algunas informaciones, que, dichas en fiestas y entre copas de champán, parecían intrascendentes, pero que a la postre fueron importantes. Uno de esos empresarios fue más allá y desde hace tiempo es un hombre de vital importancia para nuestra red en territorio enemigo. Por medio de él accedemos a los lugares privados de mayor interés, donde los jerarcas nazis beben y sueltan la lengua. Nuestro contacto no solo consigue que alguno de nuestros agentes entre en esos lugares, además tiene olfato. En más de una ocasión ha conseguido exactamente la información que necesitábamos. Hasta ahora todo había sido perfecto, pero hace un par de meses, tras una cena en Carinhall, la casa de Herman Goering a las afueras de Berlín, la comunicación se cortó. Sabemos que nuestro hombre está vivo, pero por alguna razón nuestro enlace no ha recibido más información por su parte. Tampoco ha acudido a ninguno de los encuentros que le hemos propuesto y no responde a nuestros mensajes.

—Sin duda es misterioso, pero comprenderá que no sé qué puedo hacer yo para solucionar el entuerto.

—Eso es lo mejor de todo, don José Manuel: nuestro informante es uno de los mejores amigos de Helmut Müller, el alemán que le visitó y al que le acaba de vender telas. Müller anunció hace unas semanas que daría una fiesta en honor de su mujer, por el día de su cumpleaños. Dado el interés que mostró en su fábrica, le recibirá encantado. Tan solo necesitamos que le escriba para informarle de su visita, que debería alargarse unos meses. Tenemos una buena casa en Potsdam, cerca de las de la mayoría de la élite con la que se debería relacionar. La idea es que entre en contacto con nuestro informante en dicha fiesta y hable con él durante los días que esté en Berlín para tratar de averiguar qué demonios le ha sucedido. Tememos que, si se pasa al otro bando, descubra a nuestros agentes, o que él mismo se convierta en agente doble y nos dé información falsa para llevarnos al equívoco.

—¿Quién es el informante?

Bob se dio cuenta de que José Manuel ya hablaba como si hubiera aceptado llevar a cabo la operación. Decidió apretar un poco más.

—Eso es absolutamente confidencial hasta que acepte la misión.

—Usted ya sabe que he aceptado.

A la una, Bob Asprey salía de la casa de José Manuel Bultó conteniendo su euforia, seguro de haber conseguido un valioso colaborador y también convencido de que aquella sería la primera de varias misiones. Siempre funcionaba así, al principio planteaban acciones pequeñas, pero más tarde, una vez que sus espías estaban entrenados y en el terreno, les proponían misiones más complejas. Una acción llevaba a otra y, como en una excursión, cada camino los llevaba a otro muchas veces inesperado.

A las dos semanas de aquel encuentro, José Manuel volaba a Berlín.

El viaje se le hizo corto, exactamente igual que cuando, de pequeño, le llevaban a la escuela y, adormilado en el asiento trasero del coche, en el fondo deseaba no llegar.

Miró por la ventanilla del Junkers mientras lentamente descendían hacia el aeropuerto de Rangsdorf, a unos cuarenta kilómetros de Potsdam, su destino final en los suburbios de Berlín. No parecía la capital de un país en guerra, todo lo contrario: desde el aire los edificios eran sólidos, construidos en barrios ordenados y rodeados de parques, grandes ríos y lagos. En algunos lugares distinguió acicaladas explotaciones agrícolas y, de vez en cuando, alguna gran carretera de varios carriles que comunicaba la capital con sus alrededores. Se respiraba prosperidad, no guerra, y José Manuel se preguntó por qué no se habían quedado tal como estaban en vez de arriesgarse a perderlo todo.

Aterrizó, y la buena impresión que le causó aquel aeropuerto moderno, largo y rectangular, de grandes ventanales y reluciente mantenimiento, pronto se vio nublada por los modales del personal que lo atendía. Envueltos en banderas nazis, en cada esquina, guardias con pastores alemanes daban órdenes a gritos, con aspecto sombrío cuando no abiertamente enfadado. Le pidieron la documentación y le miraron a los ojos esperando ver a un enemigo en él. Lo era, pero también alguien con más tablas que el joven guardia uniformado y orgulloso que le interrogó brevemente. Supuso que, de haber sido bajo, feo y moreno, su actitud hubiera sido aún peor, pese a que el líder al que veneraban era exactamente así, pero José Manuel era alto, razonablemente guapo y su mirada azul y vivaz acaparaba toda la atención en su cara limpia y frente despejada. Además, por una vez, a pesar de ser espía, mantendría su auténtico nombre, apellido y profesión, así que todo era más sencillo. Su indumentaria, su reloj y sus zapatos hablaban de su posición social y allanaron el camino para que, a los pocos minutos, saliera por la puerta del edificio.

Allí empezaba todo. Debía buscar un automóvil de la marca Tatra, modelo T87, de color crema, con el maletero delantero abierto y un golpe en el parachoques. Dentro estaría el enlace, la persona que lideraría la operación y le proporcionaría todo lo necesario para que ejecutara tan solo lo que Bob Asprey le había encomendado. No pudo verlo hasta que una gran berlina negra se apartó de la acera para dejar a la vista el afamado vehículo checo. Aerodinámico, con el motor en la parte trasera, era de indudable belleza. Se acercó y, sin mirar al interior, metió su equipaje. Luego, tras dar cuatro golpes en la ventanilla tal como le habían indicado, abrió la puerta del copiloto. En el interior del coche apareció lo inesperado.

Rubia, con largas pestañas oscuras, piel algo bronceada y ojos verde intenso, sus labios finos sonrieron unos segundos enseñando una dentadura blanca y perfecta bajo una nariz pequeña y puntiaguda. Ataviada con un vestido rosado, de un lateral de su sombrero de fieltro asomaba una trenza pajiza que descendía por su cuello fino para reposar sobre el hombro y la parte superior del pecho. Ella no pareció sorprenderse por la cara de José Manuel, que hubiera preferido coger el volante y llevársela a cenar que recibir instrucciones de aquella belleza.

—Heidi Klein —dijo con marcado acento alemán—. Llega usted tarde.

—Me han hecho algunas preguntas —respondió él excusándose.

—Siempre las hacen. Vayámonos.

Puso el coche en marcha y salió de allí como si alguien los estuviera persiguiendo. José Manuel hablaba bien alemán, pero su origen era inconfundible. Tampoco lo tenía que ocultar, todo el mundo sabía que era español y no había ningún problema en ello, más bien al contrario. La realidad era que, con Heidi, de momento no le hacía falta hablar demasiado, era ella la que le ordenaba, con tono severo, todo lo que tendría que hacer.

—Se alojará en la Villa Kreisler, a orillas del lago Tiefer. La alquilan por meses, sus propietarios están... —se calló unos segundos— fuera. En cualquier caso, no despertará ninguna sospecha y los pagos ya están hechos a nombre de su empresa. Cuando no esté usted, yo ocuparé la casa, todos pensarán que soy su secretaria. Antes que usted, otros importantes empresarios la han alquilado por temporadas..., gente sin casa en Berlín pero con posibles. Tiene la ventaja de estar muy cerca de la villa de nuestro informador, el señor Otto von Strutt. Es una de las mejores zonas de Potsdam, en Berliner Vorstadt; sin duda, le gustará.

—Así que ese es su nombre —dijo José Manuel al escuchar el nombre del «informador» por primera vez.

—Ese es, sí. Pero hablaremos de él más tarde. Hablaremos de él mucho en los próximos días.

—¿Cómo contactaré con usted?

—Seré yo quien lo haga. Probablemente llegaré por el lago, por el río Havel, la misma noche del evento al que haya asistido. Me informará de todo y le daré instrucciones. Pero espere a que lleguemos. Debemos sentarnos. Necesito que me escuche con mayor atención.

Atravesaban un paisaje de increíble belleza a gran velocidad, circulando por una vía rápida de cuatro carriles. El coche se había puesto a ciento sesenta kilómetros por hora con facilidad. José Manuel, al que solo llevaba su chófer o conducía él mismo, estaba inquieto.

—Va usted muy rápido. ¿Tenemos prisa? —preguntó.

—Este coche corre. Y la carretera lo permite. En las curvas se vuelve más peligroso si no acelero. Los checos saben hacer buenos coches. Además, este me encanta, dicen que está matando a más oficiales nazis que el enemigo. Hitler lo odia. Ya han muerto siete oficiales suyos conduciéndolo. Pero no se preocupe, yo conduzco mejor que ellos y la carretera es muy buena, se dice que incluso podrían despegar y aterrizar aviones en ella... Mi Tatra es rápido, pero no volaremos.

Salieron de la carretera y entraron en una menor que los llevó por una zona boscosa que parecía un enorme jardín. Al final de aquella masa verde, un palacio apareció cercano a un puente de hierro, que cruzaron.

—Este es el puente de Glienicke, sobre el río Havel. Conecta Berlín con Potsdam. Ya estamos cerca. Esto es la zona de Berliner Vorstadt, donde vivirá.

—Es muy bonito.

—Es la mejor zona. El barrio es una península rodeada por dos lagos, el Heiliger y el Tiefer. Me gustan más las villas que dan al Heiliger, pero ese es un lago cerrado, sin salida, así que su casa está a orillas del Tiefer, que conecta con el río Havel. Ya le he dicho que es probable que le visite desde el río.

—Estaré bien —dijo José Manuel mientras rebasaban, una tras otra, las enormes villas de la élite berlinesa.

—No tenga duda. —Al cabo de unos minutos, Heidi frenó—. Aquí es.

Se pararon frente a una mansión separada una treintena de metros de la calle por un hermoso jardín con grandes sauces llorones. Parecía una casa reformada recientemente y con buen gusto. No era de las mejores de Potsdam, pero sin duda era una muy buena mansión y estaba en perfecto estado, con sus paredes de estuco blancas destacando entre el verde del jardín y el azul del cielo. Tres pisos coronados por una balaustrada con esfinges, carpintería azulada y una entrada enmarcada por columnas daban al edificio aspecto elegante. Por uno de sus lados, cubierto de hiedra, se entreveía el jardín delantero que llegaba hasta el lago Tiefer. A los lados, y en toda la calle, otras grandes residencias formaban un entorno distinguido, silencioso y perfecto que nadie hubiera esperado encontrar a pocos kilómetros del cuartel general de la guerra.

—Muy mediterráneo —dijo él bromeando.

—El estilo italiano se puso de moda hace algunos años, debajo es puramente alemana... Es difícil escapar de lo que uno realmente es —dijo ella, que parecía haber olvidado el sentido del humor, si es que alguna vez lo había tenido—. Coja su maleta.

José Manuel obedeció y siguió a aquel atractivo ser. Entraron en la casa. Al oír cómo abrían, una señora mayor vestida de cocinera salió de una de las habitaciones a su encuentro. A la vez, un hombre de edad parecida asomó la cabeza por el salón y también se acercó a saludar. Le cogió el equipaje con actitud servil.

—Ellos son los Kutz. La señora Kutz se ocupa de la cocina y la limpieza. El señor Kutz le servirá, se ocupará de su ropa y le llevará a los diferentes compromisos que tenga —dijo Heidi.

—Espero no darles mucho trabajo —dijo José Manuel, cordial pero algo preocupado.

En Barcelona, para una casa de similares dimensiones, se empleaba tres veces aquel personal. Los Kutz sonrieron levemente e inclinaron un poco la cabeza, manteniendo los brazos pegados al costado de forma que a José Manuel le resultó algo cómico y asiático. Luego se dieron la vuelta y siguieron con sus tareas.

Heidi le miró unos segundos, como escrutándolo. No era la primera vez que lo hacía. Luego volvió a ordenar:

—Sígame.

Cruzaron el salón que el señor Kutz estaba desenfundando y limpiando, un espacio amplio que se abría como una tribuna al jardín trasero, al que descendieron por una escalinata jalonada de grandes búcaros con flores. Frente a ellos, una extensión de hierba recién cortada, salpicada de arces, acababa en el lago Tiefer. José Manuel siguió a Heidi hasta una pequeña casita que mojaba una de las fachadas en el agua, sin duda la casa del barquero. Entraron en ella.

—Aquí será donde nos reuniremos la mayor parte de las noches —dijo echando un vistazo al espacio, una construcción de no más de treinta metros cuadrados abierta al lago, donde flotaba, parcialmente cubierta por la techumbre, una pequeña lancha a motor.

—Lo que usted diga —afirmó José Manuel.

—Sí. Eso exactamente. Lo primero que debe saber es que no puede usted fiarse de nadie. En principio le puede parecer que no está haciendo nada malo, pues es usted quien dice ser y lo que hace no requiere más que conocer a la persona que nos ocupa, ver si ha cambiado de filiación y volver a España.

—Pero ustedes son los que me lo han pedido —dijo él, que no necesitaba aquella conversación.

—Exacto. Se lo ha pedido el bando aliado, así que usted, en estos momentos, aun sin haber hecho nada, es susceptible de ser fusilado. ¿Comprende?

—Perfectamente.

—Muy bien. Todo irá a la perfección si hace exactamente lo que le digo. He estado con muchos como usted y ninguno ha sido descubierto. Mi única inquietud hasta la fecha es por causa de Otto von Strutt.

—El informador.

—Sí. No se repita. El señor Von Strutt pertenece a una familia importante de Hamburgo, el hijo único de unos industriales mezclados con aristócratas, una combinación usual aquí. Al principio de la era nazi, su familia, como todos los grandes magnates, se acercó al nacionalsocialismo. Parecían los únicos capaces de organizar el caos en el que se hallaba sumido nuestro país. Además, económicamente, la asociación enseguida dio buenos frutos, también para los Strutt, que tras la gran guerra se hallaban por primera vez en siglos al borde de la quiebra y a punto de cerrar sus industrias químicas. Otto, a sus treinta y dos años años, es, *de facto*, quien controla la fortuna y empresa familiar, sus padres están prácticamente retirados. Hacen medicamentos, especialmente infantiles. El asunto es que, según parece, algunos de sus más reputados directivos y jefes de departamento, químicos fundamentales para la fábrica, eran judíos. Le explicaron al señor Strutt cada una de las injusticias que las leyes raciales les imponían. En ese momento, en una cena en la que se encontraba uno de los nuestros, Strutt expresó, en alto y quizás por última vez, su disgusto con el régimen. Ahora no se atrevería a hacerlo, pero eran los primeros días y la guerra aún no había empezado. Lo pusimos bajo vigilancia y, cuando su empresa tuvo de nuevo dificultades al ser deportados los judíos que aún quedaban en ella, nos decidimos a hablar con él. Optó colaborar. Al principio nos informaba de lo que casualmente llegaba a sus oídos, pero conforme la guerra avanzaba y su odio hacia el partido crecía, se involucró más, buscó la información que le pedíamos y muchas veces la encontró. Todo iba bien hasta que, hace algunos meses, le invitaron a Carinhall.

—La casa de Goering —apuntó José Manuel.

—Eso es. Lo cierto es que es algo más que una casa... Empezó como un pabellón de caza con una gran finca, con un toque quizás romántico, pues todo era un homenaje a Carin, la mujer de Goering, que murió en 1931 y da nombre al complejo, donde además tiene un mausoleo. Desde entonces lleva doce años ampliándose y parece que nunca tendrá suficiente. Recientemente, su tamaño, que ya era enorme, ha crecido al doble. Tiene todas las excentricidades que pueda imaginar. Uno no conoce el verdadero alcance de la megalomanía hasta que conoce a Goering. Su hija Edda tiene una réplica a escala del palacio de Sanssouci; además, la finca tiene una cervecería, una bolera, una piscina interior, gimnasio, un comedor para más de cuarenta comensales... Posee un servicio de autobús exclusivo para su casa..., por no hablar de que cada mes llega un vagón especial con obras de arte que selecciona de sus expolios por toda Europa. Rubens, Cranach... Más de mil cuadros, casi doscientos tapices... En fin, nunca tiene bastante. Es como sus leones.

—¿Sus leones? —la interrumpió José Manuel.

—Ah, no lo sabe... Eso es bastante conocido. Cría leones. Los tiene con él hasta que cumplen un año y luego los lleva al zoo de Berlín.

—Es sorprendente.

—Y terrible. Pero el asunto es que Carinhall es uno de los grandes centros de poder del Reich como casa del segundo hombre más importante del régimen... Y tiene algo mejor que cualquier otro lugar: Goering es un vicioso y es habitual que dé fiestas en las que todo se desmadra. Él mismo es adicto a la morfina. Celebra todo lo que puede, que en esta época es mucho, por desgracia para los demás. En cualquier caso, el acceso a Carinhall es idóneo para conseguir información, ojalá volvamos a ser invitados pronto. Mientras, esta mañana, su secretaria alemana...

—¿Mi secretaria alemana? —la interrumpió de nuevo José Manuel.

—Yo..., por favor, preste más atención. Como le decía, esta mañana, su secretaria alemana ha informado al señor Helmut Müller, su cliente, de que tal y como le informó él mismo hace unas semanas, el señor José Manuel Bultó ha llegado a Berlín. Le he enviado sus señas y no creo que tarde en telefonear o hacerle llegar una nota para invitarlo al cumpleaños de su mujer, que es este sábado. Mientras esperamos, le enseñaré algunas cosas.

Sacó una llave del bolsillo de sus bombachos y abrió un armario pegado a la pared. Del interior extrajo un revólver de pequeñas dimensiones que le entregó a José Manuel.

—¿Sabe utilizarlo?

—Sí, claro —dijo él convencido.

—Muy bien. De momento no le recomiendo que lo lleve encima, pero guárdelo en su habitación. Lo que sí debe llevar es esto otro.

Del mismo armario, sacó un pequeño dispositivo metálico de alrededor de ocho por tres centímetros y se lo dio.

—Es una cámara Minox, letona, de microfilm. Me gustaría que la llevara encima. Lo normal es que no la use, pero usted ha sido espía... Si hay una oportunidad, no debe perderla. Le recomiendo que la guarde en su ropa interior.

José Manuel sonrió, pero a Heidi no le hizo gracia.

—Si tiene algún sitio mejor, puede guardarlo ahí, pero le advierto que, si le sorprenden con esta cámara, todos sabrán lo que es usted.

—¿Acaso me van a registrar? —preguntó.

—No, por supuesto que no. Al menos no en la fiesta en casa de Müller, pero a menudo uno sabe dónde empieza la noche pero no dónde acaba. Ya se lo he dicho, desconfíe de todo el mundo.

—A veces pienso que eso es parte de mi naturaleza —dijo bajando la voz.

—Le irá bien. Mientras tanto, hasta que llegue la invitación, quédese con este libro. —Nuevamente sacó el objeto del armario y se lo entregó—. Lo puede leer en cualquier parte de la casa, no pasa nada, pero no lo deje abierto y, cuando acabe de estudiarlo, guárdelo cerca de usted. Tenga.

Le dio un libro encuadernado en cuero verde y el título *Grandes hombres* estampado en letras doradas. José Manuel lo abrió. En las páginas pares había fotografías a página completa, retratos de personas que desconocía. En las impares, una exhaustiva descripción de cada una de esas personas.

—Verá que no muchos son grandes hombres. Este libro es la biblia de la gente con la que se encontrará estos días. Seguramente no los verá a todos, pero sí a muchos. No es imprescindible que lo memorice, sin embargo, seguro que le ayudará si lo hace, al menos algunas caras. Verá que se desglosan las aficiones, los lazos familiares, las ocupaciones..., todo lo que facilita que pueda mantener una conversación impostada pero amena con alguien. Su alemán es mejor de lo que esperaba y, aunque su acento sea terrible, seguro que se desenvolverá bien. Meta el libro, la cámara y el revólver en la cartera y llévEselos a su habitación cuando volvamos.

—¿Cuándo volvamos de dónde?

Heidi le sonrió por segunda vez en el día y se acercó a la lancha de apenas cuatro metros que esperaba amarrada al muelle de la caseta.

—Ahora le enseñaré la zona, los lagos, por dónde se entra, por dónde se sale. También escondrijos seguros, aunque no le harán falta. Si se porta bien, le enseñaré también a usarla.

José Manuel sintió que lo que le apetecía con aquella mujer era que se portaran mal. Obediente, subió a la embarcación.

19

En agosto de 1941, Hilda esperaba al primer grupo de refugiados en Burg Fallstein con más ilusión que miedo y más esperanza que intriga. Había sido cauta y solo había involucrado en la operación a tres personas, deberían ser suficientes.

Hacía meses había enviado el telegrama a Inés en el que mostraba su disposición a ser una de las paradas en la ruta de los que escapaban de las fauces nazis, y había recibido un telegrama de vuelta en el que, con códigos de su infancia que solo ellas conocían, Inés le explicaba que un «hombre lápiz» precedería al primer grupo de refugiados para explicarle todo lo que necesitaban que hiciera. «El hombre lápiz». Hilda reía cada vez que recordaba el apodo que habían puesto al mayordomo de la casa de su abuela, un hombre delgado, alto y con el pelo oscuro arremolinado en la parte alta del cráneo, que caminaba erguido dignamente y sin expresión, y del que (con razón) ella y su prima pensaban que parecía un lápiz.

Aunque el margen para que llegaran los refugiados (si llegaban) era amplio, a finales de julio calculó que no tardarían mucho.

Bruno Lippe se involucró desde el principio en la operación. Para un hombre de acción, profundamente patriótico, era una manera de colaborar con sus ideas sin luchar en el bando aliado, que sentía, pese a todo, enemigo de Alemania. El Reich se había mostrado más hostil con él hasta el momento, pero las bombas que ya caían sobre algunos lugares de su patria eran aliadas. Por recomendación de Bruno, Amsel también fue incorporado al plan. Hilda había dudado al principio, pues Amsel era una persona seria, callada, que nunca se juntaba con demasiada gente del servicio y vivía aislado en su cuarto encima de las cuadras. Fue Bruno el que le dijo que podían confiar en él tras pocos días compartiendo mesa con el que se había convertido en su jefe. Hilda, que en realidad no conocía demasiado a nadie del servicio del castillo, decidió que Amsel era la mejor opción, pues ya le había visto ser piadoso con Bruno y sus hijos en un momento en que la piedad escaseaba.

Dos días antes llegó un hombre a la puerta del castillo y preguntó por Hilda, que le recibió en el pequeño salón, con vistas a la cascada, que ocupaba en cuanto anochecía. A pesar de la trascendencia del momento, casi rio al verle. Pero «El hombre lápiz» ya no movía a la risa: tenía la piel cetrina y unos ojos hundidos que hablaban de tiempos penosos. Su cabello eran apenas unos mechones, livianos como hierbas, y su indumentaria, quizás elegante en otro tiempo, se apoyaba en su cuerpo dando la sensación de que, en cualquier momento, aplastaría a su portador contra el suelo. No era un vagabundo, tampoco alguien necesitado de comida, pero las heridas de los malos tiempos recientes se apreciaban en todo su ser. En cualquier caso, al verle, Hilda supo que era la persona de la que su prima Inés le había hablado y que podía confiar en él.

La saludó cortésmente y se sentó acercando el butacón Luis XV al tresillo que ocupaba Hilda, de forma que quedaron lo bastante cerca para hablar entre susurros. No le dijo el nombre, pese a que ella le ofreció la mano. Fueron al grano. Parecía que, pese a sus esfuerzos por ser discretos, ambos querían ser claros y habían perdido algo del miedo que lleva a la cautela.

—En dos días llegarán siete personas. El guía, otro hombre, tres mujeres y dos niños. No le dirán de dónde vienen ni a dónde van, pero no les dé más de día y medio para que se restablezcan antes de que sigan su camino. No importa la meteorología, al menos en agosto. ¿Dónde los alojará?

Había pensado en eso.

—En la cabaña de cazadores. Nadie la usa ahora. Hemos dejado alimento suficiente para quien venga y estarán allí mi caballerizo mayor y un ayudante —respondió Hilda.

—Eso es perfecto, pero dado que en esta casa trabaja tanta gente... deberán ser discretos. ¿Cómo han justificado los víveres en la cocina?

—¿Disculpe?

—En la cocina. Habrán cocinado más, o habrán visto que se llevaban cosas de la despensa. ¿Han dado una explicación?

Hilda no supo qué contestar. Su expresión fue su respuesta.

—Comprendo —dijo el hombre—. No creo que haya demasiado problema la primera vez, pero debe pensar cómo actuar para las siguientes. Tenga una explicación preparada. Lamentablemente, los de nuestro lado estamos en franca minoría y dentro de su castillo, sin duda, usted lo estará también. No amplíe el grupo que actualmente trabaja en este asunto y sea estricta con los refugiados, ven la muerte de cerca y, aunque parezca increíble, muchos le pierden el miedo. No deje que enciendan la chimenea ni ninguna luz. No deje que se queden más de lo necesario. De que el tránsito de un punto a otro sea ágil dependerá el éxito de su fuga. No dé demasiada información sobre usted ni pida demasiada de los que vengan. Antes de que llegue cada grupo, recibirá una postal con una referencia de lo que debe esperar. Estableceremos un código muy sencillo. Empezaré siempre informando de si llegaron o no los refugiados anteriores. Si lee «me gustó recibir tus noticias» o «recibí tu nota», o cualquier frase que incluya el verbo «recibir», entienda que sus refugiados llegaron al siguiente punto con éxito. Si no lo lee es que no llegaron. Luego le informaré de cuántas personas debe esperar en la siguiente expedición con un número incluido en la siguiente frase de la nota, algo como «llevamos cinco semanas de sol» o «cacé un venado de siete puntas». Y lo más importante. Cada grupo lleva un guía, tenemos cinco en total, así que puede que vea cada cierto tiempo otra vez a la misma persona. Ese guía le tiene que dar la contraseña. Si no se la da, aunque reconozca su cara, expúlselos inmediatamente de sus tierras, podría tratarse de una trampa. Aunque vaya con niños, aunque le imploren piedad, expúlselos. Si le piden refugio, pretenda que no sabe de lo que le hablan.

—¿Y qué contraseña es esa?

—¿Conoce *Le chant des partisans*?

—No.

—Bien, este es. —Abrió su portafolios y sacó una nota escrita a pluma en francés que le tendió a Hilda. Ella la leyó en silencio mientras el hombre lápiz aguardaba. Su letra, explícita y decidida, era una invitación a hacer lo que ella hacía: resistir y luchar:

Amigo, ¿oyes el negro vuelo de los cuervos sobre nuestras llanuras?
Amigo, ¿oyes los gritos sordos del país al que encadenan?
Oíd, partisanos, obreros y campesinos, es la alarma.
Esta noche el enemigo conocerá el precio de la sangre y de las lágrimas.
¡Subid de la mina, bajad de las colinas, camaradas!
Sacad del pajar los fusiles, la metralla, las granadas.
¡Oíd, los asesinos, con la bala o con el cuchillo, matad rápido!
Oye, saboteador, atención a tu carga: dinamita.
Somos nosotros los que rompemos los barrotes de las prisiones por nuestros hermanos.
El odio en nuestros equipos y el hambre que nos impulsa, la miseria.
Hay países donde la gente en la profundidad de sus camas duerme y sueña,
aquí, nosotros, tú lo ves, marchamos, matamos, morimos
(nosotros marchamos, se asesina y se muere).
Sí, se muere...
Aquí cada uno sabe qué quiere, lo que hace cuando pasa.
Amigo, si tú caes, un amigo sale de la sombra en tu lugar.
Mañana la sangre negra se secará al gran sol en las carreteras,
Cantad, compañeros, en la noche la libertad nos escucha...
Cantad...
Vamos, cantad...
¡Cantad, compañeros!

Acabó de leer y miró a «El hombre lápiz» algo intrigada.

—Es una canción que se está haciendo popular en Francia. Entre la Resistencia. Un himno revolucionario. Un himno de la Francia enfadada con los alemanes y con la mansedumbre de parte de su pueblo. De la Francia que se resiste. Apréndalo y queme esa hoja. Cada guía le dirá, como contraseña, por orden de llegada, un verso par de ese himno. Si le dice un verso impar o cualquiera diferente al que corresponda, actúe como hemos hablado antes. Expúlselos. Es importante que al recibirlos no tengan un comité de bienvenida, sino una cara hostil, que finja que no los esperaba. Una vez le hayan dicho la contraseña, puede ser amable, hasta entonces, no. Piense siempre que el grupo puede ser una trampa de las SS.

—Me ha quedado claro —dijo Hilda.

—Eso espero; si la cogen, morirá mucha gente, no solo usted. Piénselo siempre. Sea cauta hasta el extremo —insistió el hombre lápiz.

—Lo seré —concluyó ella.

Sabían por dónde llegarían los refugiados, que era el camino lógico desde el este. Además, Burg Fallstein había sido construida como fortaleza para vigilar las rutas. Solo tenían que estar pendientes del horizonte para avistar al grupo que esperaban y Bruno Lippe, al que habían adjudicado aquella labor, se había entregado a ella con determinación. A los dos días de la visita de «El hombre lápiz» vio a seis personas adentrarse en el bosque por uno de los senderos menos transitados de la finca, exactamente el que habían previsto que tomara el grupo de fugitivos. Pese a que todos se habían mentalizado para no mostrar demasiado sus emociones y levantar sospechas, Bruno no pudo evitar bajar corriendo a las cuadras para avisar a Amsel. Este mandó un mensaje a Hilda en el que le decía que «su caballo ya estaba ensillado», el enésimo código que habían diseñado para que la señora del castillo iniciara la operación de rescate de aquella pobre gente.

Hilda fue a la cuadra rauda y enseguida subió a su caballo para acudir al encuentro del grupo. Salía a menudo a montar por su finca, más aún en verano, así que supusieron que nadie sospecharía; detrás, también al galope, Amsel y Bruno la seguían. No tardaron más de diez minutos en encontrarlos. Frenaron en seco frente a ellos. Tal como le habían dicho, seis personas seguían a un hombre que supuso sería el guía. Llevaban atillos a las espaldas y su aspecto rezumaba miseria y, sobre todo, cansancio. A su orden, Amsel y Bruno sacaron dos escopetas del costado de sus sillas y apuntaron.

—¡Quietos! —dijo ella intentando no parecer nerviosa—. Estáis en una finca privada. ¿Quiénes sois? Un solo movimiento y mis hombres os dispararán. No queremos maleantes por aquí y tenéis todo el aspecto de serlo. —«Esto debería bastar», pensó.

El hombre que los precedía, un tipo grande con barba oscura y aspecto poco locuaz, la miró y directamente dijo:

—Amigo, ¿oyes los gritos sordos del país al que encadenan? —Luego se la quedó mirando durante los segundos que tardó Hilda en procesar aquellas palabras, el primer verso par de *Le chant des partisans* traducido al alemán. Relajó la expresión y sonrió levemente.

—Sígannos. Estamos cerca del refugio. Nos alegramos mucho de que estén aquí —dijo. Todos sonrieron aliviados menos un hombre, que la miró fijamente.

Dieron la vuelta al paso sobre sus caballos. Detrás, todos los siguieron. Enseguida se apartaron del camino principal y cogieron otro más estrecho, apenas un sendero, que parecía hundirse en la parte más espesa y profunda del bosque. Falcada entre dos grandes árboles y resguardada por detrás por una enorme roca granítica, no había pasado media hora cuando llegaron a la cabaña de los cazadores.

Los tres anfitriones descabalgaron e invitaron al grupo a entrar. Incluso sin la bestia nazi persiguiéndolos, el lugar les habría parecido maravilloso. Constaba de una única estancia presidida por una gran chimenea, con varios tresillos, sillones y una mesa rústica de madera pegada a la cocina. En las paredes, repletas de trofeos de caza, se abrían huecos con camas. Había solo seis, pero cualquier sofá sería también cómodo para que aquella gente descansara. Hilda miró a sus invitados. Todos parecían contentos y aliviados, pues su hambre y su cansancio iban a ser saciados con buena comida y buen descanso. Todos salvo el hombre que desde el principio había cruzado su mirada con la de ella, que había cogido un trozo de pan y, como un animal desconfiado, se lo había llevado a una esquina, desde donde la volvía a mirar serio, casi asustado. Hilda no le dio demasiada importancia. Conforme a lo que «El hombre lápiz» le había recomendado, tan solo se encargó de que todo estuviera en orden y que aquella parada en la ruta de escape del grupo les diera fuerzas para llegar al final con éxito. Cuando vio que todo estaba como debía, se acercó al guía.

—Se irán pasado mañana, ¿cierto?

—Eso es. A primera hora.

—Pueden llevarse todos los víveres. Contamos con ello. Si hay algo que crean que les puede ser de utilidad..., mantas..., lo que sea, cójanlo también. Hay un tramo que pasa cerca del castillo, pero si se mueven al alba, nadie debería verlos. Les deseo muchísima suerte —dijo sintiendo que se emocionaba.

—Gracias, señora. Espero que nos volvamos a ver. Que pueda llevar a muchos más grupos por esta ruta.

Hilda pensó que con cada grupo el riesgo aumentaba. Un escalofrío recorrió su espalda.

—Que así sea —se obligó a decir.

Luego dio la mano al hombre y salió de la cabaña. La siguieron Amsel y Bruno. Todos, incluso Amsel, parecían impresionados por lo que aquellas gentes contaban, sin hablar, del sufrimiento que llevaban a cuestas, perceptible en cada centímetro de sus cuerpos.

A las nueve, tras cenar sola en su pequeño salón deseando volver a España y a la vez orgullosa de quedarse en Alemania para impartir algo de justicia, Hilda se fue a la cama con la gratificante sensación de que, aquella noche sí, Dios estaba orgulloso de ella.

Se escondió detrás del tronco de un árbol mirando cómo las luces del castillo se apagaban de una en una y solo algunas de la planta baja quedaban encendidas. Debía haber sido una fortaleza inexpugnable en su época dorada, pero estaba claro que hacía tiempo que nadie esperaba una invasión por aquellos lares. Los guardianes, con pastores alemanes que ladraban al bosque, a las montañas, a todo indistintamente y sin criterio, se habían sentado en un poyete del muro, a un centenar de metros junto a la carretera de entrada, y fumaban distraídos. Aquel debía ser el mejor destino de guerra al que un joven pudiera aspirar. Ni siquiera hacía frío. Se agachó y se acercó corriendo a una de las ventanas, rompió el cristal y, con cuidado de no cortarse, se coló por ella. Solo por el olor a cuero supo que estaba en el cuarto de botas. Salió al pasillo, poco iluminado y solitario, y cuando encontró la primera escalera, ascendió. Recorrió la siguiente planta, que parecía destinada a habitaciones menores, localizó otra escalera y continuó subiendo. Aquel piso parecía noble. Al oír una conversación que se acercaba, abrió la puerta más cercana y entró en la habitación. La luz de la luna iluminaba en blanco y negro una estancia que parecía parte de una *enfilade* de otras muchas, a las que se accedería por las puertas colocadas a cada lado. Era la habitación del billar. Cuando oyó las voces alejarse, salió de nuevo al pasillo y buscó la siguiente escalera para seguir ascendiendo. Enseguida supo que había encontrado la planta que buscaba: articulada por un pasillo alfombrado en rojo, estaba repleta de retratos y trofeos de caza al que se abrían varias puertas, cada una decorada ricamente con yeserías en pan de oro sobre las que aparecía un nombre. König Wilheim, St. Gunter, Königin Maud, Prinzessin Charlotte... Nombres de santo, de rey, de reina y de princesa. Siguió avanzando hasta asomarse sigiloso al vestíbulo de mayor importancia de la planta. En aquel punto encontró dos puertas enfrentadas, más ornamentadas y de mayor tamaño, en cuyo marco dorado se leía «Graf» y «Gräffin». Justo lo que buscaba. Ante una de ellas, una mujer uniformada dormía profundamente sentada en una silla apoyada contra la pared, dispuesta a atender a la señora de la casa incluso a aquellas horas.

Le cogerían, pero no le importaba. Su sed de venganza era mayor que su apego a la vida.

Se acercó, silencioso como un gato, con sus pasos amortiguados por la alfombra y, pasando a pocos centímetros de la sirvienta, fue capaz de abrir la puerta sin que se cortara ni por un segundo el silencio total del lugar. No tenía armas, solo una piedra que había recogido de camino, pero debería bastar. En realidad, en aquella habitación que, iluminada por la luna, se entreveía recargada de sillones, pufs, mesitas con porcelanas y cuadros, recordó una vez más que lo había perdido todo. Que no tenía nada. En el centro de todo aquel despliegue opulento, una cama con dosel ocultaba tras pesados cortinajes a su objetivo. Se acercó lentamente sin hacer el menor ruido, pero a los pocos metros no vio el escalón sobre el que descansaba el mueble y cayó de bruces de forma que su cabeza golpeó contra la cama. Se levantó rápido y se quedó quieto, expectante, temeroso de haber alertado a quien dormía. Por suerte, el colchón, las telas, la moqueta, todo mullido, había contribuido a que su caída fuera casi silenciosa.

Descorrió lentamente las cortinas y entornó los ojos para acostumbrarse a la oscuridad. Ahí estaba. Pudo ver su forma en la cama. No sería limpio, probablemente tampoco rápido. Unos cuantos golpes en la cabeza y luego podría ahogarla con la almohada. Ella gritaría, estaba casi seguro. Le cogerían, pero se habría vengado. Levantó la piedra cogiendo impulso. Pero fue él quien recibió un golpe fuerte y secó en la cabeza. Cayó sobre la cama.

Hilda siempre había tenido buen oído. Mejor que bueno quizás. Harald le decía que parecía un pastor alemán y ella siempre respondía que mejor un mastín del Pirineo. Por eso era melómana, sabía distinguir el matiz, la nota que gobernaba cada pieza, y cuando iban a la ópera en Múnich cerraba los ojos y no miraba, pues la finura de su oído era suficiente para que no le faltara nada a la representación.

Había oído la puerta al abrirse. El roce del calzado deslizándose por la moqueta le hizo pensar que la criada que aguardaba en el exterior había entrado en la habitación para comprobar algo. Luego los pasos que se acercaban sigilosos la asustaron. Cuando la persona que había entrado tropezó, ella saltó de la cama, se metió debajo y salió a gatas por el pie. Allí le vio. Era indudablemente un hombre, su silueta más negra que la oscuridad se recortaba contra el fondo tapizado de las paredes del dormitorio. Cogió una lámpara de mesa de ónix y mientras él alzaba el brazo para atacar el bulto de ropa de cama que ya no arropaba a nadie, le dio con fuerza en la cabeza y lo dejó inconsciente. Encendió las luces y dio la vuelta al cuerpo.

Corriendo salió al pasillo, donde su criada había despertado alertada por el ruido.

—Avise a Bruno Lippe, deprisa. Que suba a verme ahora mismo —le dijo con urgencia.

—Sí..., sí, señora condesa... ¿Va todo bien?

No, no todo iba bien, pero no podía decirle a nadie que aquel hombre estaba allí, pues era uno de los refugiados que había acogido en secreto. Desvelar el ataque abriría una sucesión de preguntas cuyas respuestas apuntaban a un secreto inconfesable.

—Sí, está todo bien. Es solo que he olvidado algo importante. Llame a Bruno Lippe y váyase a dormir. Estaré perfectamente.

Volvió a la habitación, cogió los cordones que recogían las cortinas de una de las ventanas, ató con fuerza las manos de su agresor a la espalda y lo amordazó. Utilizó uno más para atarle los pies. Luego, se lo quedó mirando. ¿Por qué alguien al que se había arriesgado a refugiar quería matarla?

Los pasos apresurados de Bruno no tardaron en oírse por el pasillo. Sin llamar, entró directamente en la habitación y cerró tras él. Luego, se quedó quieto intentando analizar la situación. Hilda le ayudó.

—Sí. Yo tampoco lo entiendo. ¿Por qué un refugiado querría matar a uno de los pocos alemanes que está dispuesto a acogerlo?

—Ahora lo averiguaremos —dijo Bruno con decisión.

Cogió al hombre por debajo de los brazos, lo arrastró hasta una silla y lo sentó. Luego acercó una segunda butaca y se sentó frente a él. El aturdido agresor empezaba a despertar. Bruno cogió un vaso de agua que descansaba sobre la mesilla de noche y se lo lanzó a la cara para completar la tarea. El hombre abrió los ojos como platos e hizo ademán de escapar pero, al verse inmovilizado, pareció rendirse. No había miedo en su gesto, solo hartazgo, hastío de una vida que no había hecho otra cosa que golpearlo.

—Escúcheme atentamente. Le voy a quitar la mordaza. Es inútil gritar, nadie le hará caso. Queremos saber por qué quería usted matar a la condesa Fallstein. —Se calló un instante. El hombre asintió con la cabeza—. Explíquese —añadió mientras desataba la mordaza—, ¿por qué alguien querría matar precisamente a quien lo ayuda?

El prisionero los miró a uno y a otro. En frente tenía a Bruno. A su espalda, también mirándole intrigada, a la condesa Fallstein.

—Levánteme la manga izquierda —pidió.

Bruno lo hizo. Bajo una camisa de poca calidad, raída y arrugada, un brazo enfermo asomó. En varios puntos la piel parecía seca y decolorada, oscurecida. En la parte del bíceps, se marcaba una herida redonda, de bala, claro origen de que aquel brazo mal curado hubiera perdido su utilidad. Olía a enfermedad, a suciedad y a muerte. Hilda se acercó un poco sin poder evitar una mueca de asco.

—No debería asustarse —dijo el agresor, en tono casi irónico—, al fin y al cabo, esto es obra suya.

Se hizo el silencio y Bruno miró a Hilda con extrañeza. Ella no tuvo que rebuscar demasiado en sus recuerdos. Solo había disparado a un humano una vez en su vida.

—Bruno, déjenos —le dijo a su nuevo caballerizo—, espere fuera. Este hombre merece una explicación. Le avisaré cuando acabemos.

Sin opinar, Bruno abandonó la habitación. Hilda ocupó su lugar en la silla frente al cautivo.

—Entiendo que usted estaba aquel día..., el de la cacería de judíos —dijo Hilda tranquila.

—Sí que lo estaba, perra cruel. Me da igual que me mates, descansaré tranquilo al haber intentado vengar a los míos.

—¿Cuántos de sus amigos sobrevivieron? —dijo ella.

—Ninguno. Les volaron la cabeza a todos —respondió conteniendo su furia.

—Bien —dijo Hilda levantándose y respirando profundamente—. Le contaré algo. En la planta inferior, un poco más allá del suelo que pisa, tenemos la sala de trofeos. Mucha gente opina que es de las mejores de Baviera, no en tamaño, pero sí en calidad. Tenemos las piezas más difíciles, también varios medalla de oro, trofeos de la mayor categoría, solo al alcance de experimentados cazadores. Entre ellos hay un rebeco de los Cárpatos, de casi 141,10 puntos, medalla de oro, por supuesto.

—No sé de que me habla —dijo él, que no tenía ni idea de a dónde iba esa conversación.

—Bueno, digamos que las piezas que se abaten en una cacería tienen categorías. Un trofeo con medalla de oro es la pieza de mayor categoría. El caso es que el rebeco de los Cárpatos es difícil de cazar, ya que se encuentra a alrededor de los 2.000 metros de altura. Yo lo abatí a 180 metros de distancia, en un risco nevado y ventoso. Le di en el codillo, un tiro limpio, perfecto. Cayó al instante.

—La felicito. Asesina mejor a animales que a humanos —comentó él.

—Es usted un necio. De todos los que estaban ese día en el Schloss Blank tan solo mi marido (y tengo mis dudas) tiene mejor puntería que yo. Si le di en el brazo es porque quería darle exactamente ahí. Podría haberle metido la bala por un oído si hubiera querido. Ese día, mi única manera de salvarme de que no me consideraran antinazi era disparar, pero lo hice de forma que usted pudiera escapar. ¡¿Acaso no lo entiende?! Me acaba de decir que todos los demás murieron. —El hombre se había quedado callado. La explicación resultaba convincente. Hilda continuó—. Además, le diré confidencialmente que me voy a vengar de todos los que participaron en aquello. Uno a uno.

—Yo...

—¿Cómo se llama?

—David.

—Pues ya me ha oído, David. Me vengaré de todos. Puede creerme.

David la miró. Había estado a punto de cometer una gran equivocación.

—Si eso es así...

—Lo es —lo interrumpió Hilda.

—Le pido disculpas. He podido matarla.

—No, no ha podido. Es usted muy torpe. Pero acepto sus disculpas. Le desataré. Vuelva a la cabaña y descanse. Le va a hacer falta. Mañana por la mañana le llevaré algo para limpiar y desinfectar la herida. No queremos que se gangrene.

Desató al hombre y, en silencio, David se levantó y fue hacia la puerta. Antes de salir, se giró.

—Ha dicho usted que se vengará de los cazadores de judíos de aquel día —le dijo.

—Uno a uno —repitió ella por enésima vez.

Sosteniendo el pomo, con la puerta entreabierta, la miró. La vergüenza había desaparecido y sus ojos de pronto brillaban con malicia. Una media sonrisa se dibujó en sus labios finos y su cara demacrada.

—¿Y por qué no a todos a la vez? —preguntó

Cerró la puerta tras él y la dejó allí. Sola. Despierta. Con un plan que rápidamente se empezaba a dibujar en su cabeza.

20

Inés, Pablo y toda la familia Bultó-Sagnier pasaban la segunda mitad de agosto en Puigcerdá, en el hermoso valle pirenaico de la Cerdaña, repartido entre Francia y España, a pocas horas de Barcelona. La familia de Inés había veraneado allí toda la vida, lo que les daba un estatus que solo los «de toda la vida» entendían y apreciaban. Ser, como los Sagnier, de Puigcerdá de toda la vida era para un exclusivo, reducido y endogámico grupo de veraneantes de la zona garantía de calidad y excelente carta de presentación. La posguerra (incluso la guerra) había enriquecido a algunas familias que se habían apresurado a frecuentar lugares que hasta hacía poco les habían sido vetados. El barrio del Lago había crecido bastante y muchas de las casas habían cambiado de manos, así que convenía saber quién era quién y exactamente de dónde venía. Eugenia, la madre de Inés, recababa la información y la susurraba a sus amigas, que ponían en cuarentena a todos los recién llegados, como si su probable falta de gusto fuera contagiosa y conviniera alejarla al máximo.

Por todas estas cosas a Pablo le aburría soberanamente Puigcerdá. El ambiente en su masía de San Antonio era exactamente el contrario, con excursiones a las casas vecinas, asados en las masoverías y baños en la playa, a la que llegaban en bicicleta, en traje de baño y sin que nadie los molestara. Pero Inés siempre quería pasar al menos dos semanas con sus padres y Pablo sabía que la Torre de San Fernando —como llamaban a la espléndida casa de los Sagnier en la avenida Schierbeck— era uno de los lugares favoritos de su mujer.

Inés le había informado de todo lo que había organizado con Magda, que en realidad era bien poco. Hasta entonces, básicamente había conseguido que su prima Hilda aceptara dar cobijo a los refugiados en una ruta hacia Le Chambon, el pueblo francés que valientemente los escondía, y más allá. Aparentemente no había ningún riesgo en lo que ella y Magda hacían, pero en unos días aquello cambiaría, pues habían decidido implicarse más.

Salomon Metzeler las había visitado antes de que partieran a Puigcerdá y las había informado de lo propicio de que se encontraran unos días en la Cerdaña. Magda se reunía a menudo con él no solo para saber de sus padres, sino también, en general, sobre la situación de los judíos de la Europa ocupada, de la que llegaban noticias de una crueldad que era difícil de creer. En su última reunión, Salomon les había informado de que una de las rutas de escape acababa precisamente en la Cerdaña, con una última estación en Latour-de-Carol, donde los refugiados pernoctaban en la casa de un benefactor hasta que este encontraba la forma más segura de meterlos en España. Las organizaciones judías españolas se encargaban de la mayoría de los refugiados, los alojaban en casas que tenían espacio para ellos y les preparaban la documentación para quedarse en el país o, muy a menudo, buscar suerte al otro lado del Atlántico. Eran personas de toda índole, pero Salomon les pidió ayuda para una sola.

—El señor Benjamin Moses —les había dicho—. Es un hombre mayor, de casi ochenta años, muy buscado por los nazis. Ha sufrido lo indecible y es una persona importante para nuestra causa. El señor Moses posee una de las mayores fortunas de Bélgica, conseguida exclusivamente gracias a su talento como químico. Su empresa produce fertilizantes de uso diario en Europa, además, ha desarrollado varias fórmulas eficaces para plagas de todo tipo. Tras la invasión de su país, cerró la fábrica de un día para otro, quemó el laboratorio y desapareció con las fórmulas de todo lo que producía o tenía en proyecto. Escapó por la ruta de Poitou a la Francia libre y debería llegar a Latour-de-Carol la última quincena de agosto. Necesitamos que le acojan en su casa y que, cuando vuelvan a Barcelona, lo lleven consigo. Nosotros le daremos una nueva identidad y lo llevaremos a Sudamérica en cuanto podamos. En España no está a salvo; si los nazis saben que está aquí, pedirán su extradición... y nuestro gobierno se la dará, pero jamás sospecharán que el señor Moses se encuentra en casa de una familia como la suya. Nos asusta pensar el uso que quieren dar a sus fórmulas. No puede ser nada bueno. Comprenderán la importancia de que el señor Moses no sea capturado. Incluso si quemara sus anotaciones, toda la información está en su cabeza, y esos monstruos saben bien cómo obtenerla.

Por supuesto, Magda e Inés habían aceptado la misión, que, *a priori*, tampoco parecía representar un riesgo demasiado grande, y pretendían seguir escrupulosamente las indicaciones del señor Metzeler para que fuera un éxito. La primera era un encuentro con el francés arrendatario de la casa de Latour-de-Carol en la que se refugiaría Benjamin Moses y el resto del grupo de refugiados que esperaban llegar a España los siguientes días. Cruzaron la frontera con facilidad gracias a los pases gubernamentales a los que tenían acceso, pero su pequeño Citroën fue revisado con una meticulosidad que les hizo temer que, aunque no escondieran nada, aquellos guardias malencarados lo encontrarían. Luego condujeron pocos minutos hasta su destino.

Latour-de-Carol era un pueblo sin demasiada gracia, pequeño, cercano a la frontera y a la parte en la que el valle se estrechaba y se hacía más oscuro. La Cerdaña francesa era más fea que la española y en aquellos días las diferencias se acusaban más. Por supuesto, los pueblos españoles aún sufrían la devastación de la reciente guerra y sus heridas eran bien visibles, y sí, la pobreza que el conflicto había acarreado también se percibía, pero la hostilidad de la posguerra palidecía frente a la de la guerra mundial en Francia, donde todas las caras eran de tristeza y desconfianza y las casas, con las contraventanas cerradas, parecían querer aislarse de lo que acontecía frente a ellas. Siguieron las indicaciones que les habían dado para llegar a una casa algo retirada del núcleo de la población, parcialmente escondida entre los grandes abetos de su jardín. Era la mejor casa del pueblo y ambas se preguntaron si no hubiera sido más prudente alojar a los fugitivos en una vivienda que pasara más desapercibida. Las puertas del jardín estaban abiertas, así que entraron directamente y aparcaron frente al edificio, que parecía un oasis en medio de la tristeza.

—No esta mal... —dijo Magda al bajarse del auto mirando hacia la gran casa.

La construcción, de color anaranjado y contraventanas verdes, tenía cuatro pisos y planta cuadrada, con un techo a dos aguas que llegaba hasta la segunda planta.

—Parece un chalé suizo que alguien haya estirado hacia arriba —dijo Inés—; supongo que los que han organizado todo esto sabrán lo que hacen, pero yo...

—Yo tampoco —dijo Magda, que sabía lo que Inés pensaba. Ella tampoco hubiera escogido aquel escondite.

Llamaron a la puerta y enseguida les abrió un hombre bajito y grueso, con la piel sonrosada y algo sudorosa. Su pelo cobrizo era escaso y la gomina con la que lo peinaba con raya al lado lo hacía parecer más pobre aún. Era lo contrario a la distinción. Les sonrió y les pidió que entraran; luego, las guio a un salón elegante y grande, con tres zonas de sillones que pisaban bonitas alfombras y se rodeaban de retratos que no podían ser de la familia del que les hablaba. Inés quiso confirmarlo.

—¿Entiendo que ha alquilado la casa, señor...?

—Dupuis. Gerard Dupuis —ellas no se presentaron, no querían dar sus nombres y sabían que nadie los había mencionado. Tampoco pensaban dar la dirección de su casa, donde a la postre pensaban acoger al señor Moses—. Sí, la tengo arrendada —siguió contestando el francés—. En realidad, yo soy *leocadien,* toda la vida he vivido allí, en Sainte-Léocadie, a pocos kilómetros de aquí. Pero esta casa... siempre llamó mi atención —les dijo con marcado acento francés.

—Se entiende, señor Dupuis. Es una buena casa.

—Muy buena —intervino Magda.

El hombre pareció avergonzarse un poco y bajó la cabeza. Cambió de tema.

—Dejemos de hablar de mí, hablemos un poco de ustedes: ¿qué tal están las cosas en el otro lado?

Aquella no era una pregunta casual, sino a la que debían responder con la clave que certificaría su identidad. Inés la había memorizado fácilmente.

—Aburridas. Las fiestas del lago resultaron tediosas —respondió.

Gerard Dupuis sonrió. Luego acercó un poco su butaca y se puso serio.

—Bien. ¿Qué es lo que necesitan?

—Tenemos un encargo. Sabemos que espera un grupo en los próximos días. Necesitamos contactar con una de esas personas.

—Eso es curioso. Normalmente todos van en grupo —dijo extrañado.

—Este hombre debe estar más protegido. Una vez que cruce la frontera ha de coger una habitación en el Hotel del Prado, alguien irá a buscarlo.

—¿De quién se trata? —preguntó Dupuis.

—Es un hombre mayor. Se llama Benjamin Moses.

—¿Y por qué ese hombre es tan importante, si puede saberse?

Tanto Inés como Magda pensaron que cuanto menos se supiera del señor Moses, más seguro estaría, así que callaron.

—No sabemos si es importante o solo mayor. Nosotras obedecemos. Cuando cruce el señor Moses, que acuda a esta dirección.

Le tendió un tarjetón con la dirección del hotel, que Dupuis conocía bien. Él lo cogió y lo leyó. Luego lo dejó en la mesita que tenía al lado con cierta indiferencia.

—Bueno, está bien entonces. Claro como el agua. Lamento no poder informar de la fecha exacta de la llegada del grupo. Depende de muchas variables. Algunos ni siquiera llegarán. Vienen de lejos y la vigilancia es cada vez más intensa. Hemos tenido problemas, especialmente con la ruta de Andorra... Los guías, sabedores de que a menudo los fugitivos van cargados con objetos de valor, los llevan a emboscadas, los despluman y los matan. Por suerte, parece que las estaciones de las rutas de ahora son más fiables... En cualquier caso, los que huyen ahora lo hacen de forma más desesperada, la mayoría llegan con una mano delante y otra detrás, ya me entienden. En fin... ¿Hay algo más que debamos tratar?

Inés y Magda se miraron.

—Nada más —replicó la segunda—, nos podemos ir ya.

—Muy bien, entonces las acompañaré.

Volvieron a España y, tras una nueva y meticulosa inspección de su vehículo y sus papeles, a la hora estaban de nuevo en su hogar dispuestas a esperar al empresario belga al que debían dar cobijo y protección. El plan era sencillo: una camarera del hotel hacía horas extras en su casa, de forma que informaría de cuando un señor belga, de la edad y con las facciones que les habían descrito, llegara al establecimiento. Ellas se encargarían de contactarlo y recogerlo. Pero, tras varias semanas, nadie así llegó al hotel. Y esperaron. Y siguieron esperando.

Quedaban tan solo dos días para que empezara septiembre cuando, con solo una mirada, Magda e Inés eran capaces de intercambiar la preocupación que sentían. El señor Benjamin Moses no había llegado. Se encontraban en la habitación que los dos niños compartían pese al disgusto que provocaba en la madre de Inés que su nieto y el hijo de Magda se trataran como hermanos.

—Seguro que los descubrieron antes de llegar a la frontera. Ni siquiera debieron alcanzar Latour-de-Carol —apuntó Magda, que, realista, tendía a no hacerse ilusiones con la suerte de los de su pueblo.

—Puede ser. Pero la ausencia de noticias no siempre debe significar pesimismo, querida —replicó Inés—, quizás... se habrán retrasado.

—No me gusta.

—A mí tampoco. Pero no hay nada que podamos hacer —concluyó. Luego miró a los niños—. Me habló mi prima Sandra de unas papillas que venden cerca del Casino. Estoy segura de que les gustarían a estos dos. Te daré dinero para que vayas a comprar las que creas. Te vendrá bien airearte. Esta casa puede ser un poco...

—Asfixiante... —replicó Magda espontánea.

—Iba a decir ruidosa..., pero sí, supongo que también podría decirse eso.

Ni siquiera Inés podía negarlo. La Torre de San Fernando era una casa muy grande, pero la multitud que la habitaba la hacía ruidosa y superpoblada, y nadie conseguía tener nunca un lugar para descansar del resto. Los hermanos pequeños de Inés seguían en la casa y sus hermanas casadas tampoco se perdían aquellos días de ajetreo que a los Sagnier les divertían, pero que a los no acostumbrados les resultaban extenuantes. La situación había hecho que Pablo se aficionara rápidamente al golf, al que jugaba casi a diario, esencialmente porque era la excusa perfecta para huir de allí.

En cualquier caso, Magda agradeció la oportunidad de escapar unas horas de la villa. Ascendió la avenida Schierbeck hasta el lago que daba nombre al barrio de veraneantes y desde allí lo rodeó, paseando entre las bonitas casas que lo flanqueaban hasta entrar en la parte más alta del pueblo. La guerra había causado estragos en Puigcerdá que, pese a su tamaño, había sido un centro de gran intensidad revolucionaria y anarquista. Inés le había contado cómo habían tenido que huir, pero la misma población por la que paseaba hablaba elocuentemente de los desgraciados años de la contienda. La iglesia había sido destruida piedra a piedra y en su antiguo emplazamiento solo quedaba el campanario, que parecía desubicado y extraño como un anciano en una pista de baile. Lo estaba mirando cuando un hombre cruzó frente ella. Salomon Metzeler.

Tardó unos segundos en reaccionar, pero luego, rápidamente se acercó y le tocó en la espalda. El hombre se dio la vuelta y le sonrió.

—Señorita, qué alegría verla por aquí. Tenía pendiente hablar con ustedes. Ver cómo resultó todo.

El gesto de Magda se ensombreció un poco. Miró hacia el suelo, como si no hubiera cumplido bien con la misión que le había sido encomendada, como si hubiera fallado pese a no haber tenido la oportunidad de cumplir con ninguna misión, ya que ni siquiera había podido comenzarla. Salomon pareció comprender su semblante.

—Señorita..., ¿algo no fue bien?

—Bueno —dijo ella—, ni bien ni mal. Sencillamente, no fue. Seguimos esperando la llegada del señor Moses.

Salomon se irguió. La sonrisa desapareció de su faz.

—Señorita, ¿de qué está usted hablando? Los refugiados llegaron hace diez días. Están ya todos reubicados en Barcelona y Tarragona.

—¿El señor Moses está con ellos? —preguntó Magda esperanzada. Quizás no habían entendido bien las instrucciones de lo que debían hacer.

—¡De ninguna manera! El señor Moses debería estar con ustedes. Les dije que no serían más de quince o veinte días..., por el amor de Dios. ¿Qué es lo que han hecho? —la regañó.

—No hemos hecho nada —le dijo seria—. Acabo de decirle que el señor Moses nunca llegó a nuestra casa. Nunca apareció en el Hotel del Prado.

—Pero...

—No llegó —repitió ella—, no hemos hecho nada mal. El señor Moses no llegó.

Salomon apoyó su mano en el brazo de Magda y la llevó a un banco que había cerca, donde se sentaron. El hombre parecía sorprendido y preocupado.

—No tiene ningún sentido. El señor Moses estuvo en la casa de Latour-de-Carol. Lo sabemos por los demás refugiados. Entraron por grupos, algunos escondidos entre las balas de paja de un remolque, los jóvenes atravesaron el río..., dos cruzaron con papeles falsos. De todos los que cruzaron, el de mayor importancia era el señor Moses que, como sabe, los nazis andan buscando desesperadamente. Debemos averiguar qué ha sido de él.

—Podríamos ir a ver al señor Dupuis —sugirió Magda—, quizás sepa algo, ya que fue quien los escondió en su casa.

—Háganlo y mande nota al Hotel Internacional, donde me alojo. Pensaba irme el viernes, pero esperaré. Es de vital importancia que localicemos al señor Moses. Ese hombre no puede haberse esfumado.

21

En Potsdam, José Manuel había sido visitado por Helmut Müller ya. Tal y como Heidi le había informado, aquel hombre había preparado un festejo por el cumpleaños de su mujer y, rápidamente, le había invitado al saber que José Manuel estaba allí. Era una época de sospechas y desconfianza y José Manuel, espía al fin y al cabo, estaba seguro de que lo estarían investigando minuciosamente.

—No tenga ninguna duda —le confirmó Heidi—, cualquiera que venga del extranjero es investigado, más aún si es alguien como usted, que vive en una casa como esta.

Había llegado a Villa Kreisler en barca por el lago, escondida entre las brumas de la última hora del día, y en esos momentos Heidi le aleccionaba y examinaba mientras él se cambiaba para la fiesta que tendría lugar esa noche en casa de los Müller. José Manuel había pretendido cambiarse en privado, pero Heidi no le había dejado.

—No hay nada que no haya visto antes. Dejémonos de tonterías —le dijo mientras se tumbaba en un diván del dormitorio, desde el que se veía la puerta entreabierta del cuarto de baño donde José Manuel se afeitaba.

El catalán salió del baño abotonándose la camisa con pechera de piqué de su esmoquin. La alemana hablaba y hablaba, seria, tumbada, mostrando sus hermosas piernas, finas y blancas, gesticulando con sus manos de dedos largos y moviendo los ojos cautivadora. Era demasiado guapa para que nadie pudiera obviarlo y prestar atención a lo que decía, pese a lo cual, José Manuel lo intentaba.

—No le costará hacerse amigo de Otto von Strutt. Es un hombre encantador, interesado por todo. Conoce bien España, pues su familia compró hace años una propiedad en la costa de Gerona, probablemente sea él mismo quien se acerque a usted. No hace falta que lo averigüe todo hoy, sea sutil.

—Señorita Klein, sabrá que estoy familiarizado con este tipo de trabajos —dijo José Manuel.

—Lo sé, pero prefiero decírselo. Su objetivo es saber por qué el señor Von Strutt ha desconectado. Por qué ha pasado de ser uno de nuestros mejores informadores a permanecer en silencio. Tenemos que saber si podemos contar con él ahora o en el futuro. Quizás haya cambiado de bando. Quizás haya caído bajo el embrujo nazi. Usted indague. No tenga demasiado miedo, de momento no ha hecho nada ilegal, solo hablar conmigo.

José Manuel pensó que estaba dispuesto a correr ese riesgo. A hacer mucho más que hablar con Heidi si la situación se daba. Se intentó abrochar los gemelos, a juego con la botonadura. En Barcelona le hubiera ayudado a vestirse el mayordomo; en Berlín, la mujer que tenía en frente decidió facilitarle la tarea. Se puso de pie y se acercó.

—Déjeme a mí —le dijo cogiéndole el puño de la camisa.

Olía a limón y jabón, a hierba, a juventud, a limpio. Su pelo era denso y, mientras inclinaba su cabeza sobre su muñeca, un hermoso mechón rubio platino cayó sobre su frente. A él le dieron ganas de cortárselo y guardarlo. Ella cogió la otra muñeca y colocó el segundo gemelo. Luego levantó la cara, que estaba a pocos centímetros de José Manuel, le miró a los ojos, entornó los suyos de forma que pareció advertir lo que él pensaba y se separó.

—La Villa Kreisler es perfecta. No tiene que ocultar nada de lo que tiene aquí. No ha de mentir salvo sobre mí, de quien no ha de decir nada. ¿Estudió el libro que le di? El de los personajes, ya sabe, el de las fotos, el quién es quién en su círculo de Berlín-Potsdam.

José Manuel tenía una memoria prodigiosa. Ya se había aprendido la mayoría de los nombres del libro y el carácter y aficiones de cada persona que en él aparecía.

—Lo he aprendido bien —dijo sin querer darse importancia.

Heidi miró el reloj.

—Nos quedan aún unos minutos. Vamos a ver si es verdad. —Se levantó y cogió el libro de la mesita de noche. Lo abrió al azar y le enseñó la foto de una mujer.

José Manuel sabía perfectamente quién era.

—Kristin Stormenbach. Baronesa. Casada con el baron Franz Stormenbach. Dos hijos, aunque ella no es muy maternal. Le gustan la pintura y la moda. Su padre murió ahogado en el lago Müritz, donde tienen un castillo. Desde entonces, odia el campo y ama Berlín. Domina el inglés, pues su abuela materna era de Cornualles.

Heidi procuró no parecer impresionada. Paso varias páginas y le enseñó otra foto. José Manuel dudó unos instantes y respondió.

—Julian Schneider. Empresario zapatero. Heredó la empresa de su padre, que aún vive en la misma casa que él, a pocas calles de esta. Se ha casado tres veces, aunque en realidad le gustan los hombres, su mayordomo en concreto. No tiene hijos. Muy amigo de Ernst Röhm, también homosexual, hasta su asesinato. Adicto a la cocaína.

—Y a los clubes de hombres jovencitos —apuntó Heidi.

—Sí, también, lo iba a decir.

Heidi le miró de arriba abajo. Luego cerró el libro de golpe.

—No está mal. Bajemos al salón. Le recogerá el chófer en pocos minutos. Páselo bien esta noche, pero recuerde cuál es su misión. Hoy debe hacerse amigo de Otto von Strutt.

—Lo intentaré —respondió José Manuel.

—Lo logrará —concluyó ella.

Tal y como le habían informado, la casa de la familia Müller estaba a pocas calles de la suya, en una zona aún mejor. Debía de haber sido una de las primeras del barrio en edificarse y, como tal, habían elegido una posición privilegiada, justo enfrente del Palacio de Mármol, al otro lado del lago Heiliger. La entrada se realizaba atravesando unas verjas barrocas con barrotes en forma de lanza con puntas doradas, para circular luego en procesión de lujosos automóviles por un camino empedrado que flanqueaban grandes cipreses. Desde fuera la casa parecía un gran pabellón de caza, con un tejado en tres alturas de teja amarillenta apoyado en una planta baja sólida, con entramado de madera y piedra. José Manuel pensó que aquella era la típica construcción que debía encantar a los nacionalsocialistas. Puramente alemana.

Descendió de su vehículo con la sensación de que se quedaba solo ante el peligro, quizás no asustado, pero inquieto, sin tener ni idea de lo que la noche le depararía. Entró en la casa decidido y, cuando aún estaba admirando el lujoso *hall* a dos alturas, con una palmada en el hombro, un gesto cordial y una gran sonrisa, Helmut Müller apareció ante él.

—José Manuel. Es un placer tenerle aquí. Acompáñeme —le dijo cogiéndole del brazo—, le presentaré a mi mujer.

Le llevó hasta una mujer poco atractiva y demasiado maquillada, pese a que los nazis, por lo general, no aprobaban el maquillaje excesivo. José Manuel supuso que el resultado debía compensar el riesgo y, sonriendo, besó la mano de la mujer. Ella enseguida supo quién era por su acento y, probablemente aleccionada sobre su llegada, estuvo tan amable como su marido. «¿Por qué tanto?», era algo que José Manuel no dejaba de preguntarse mientras le acompañaban al salón. Allí le presentaron a algunos de los que departían entre la lujosa estancia y la terraza que se abría al jardín y el lago. Habló con todos. Algunos le trataron con simpatía, otros con curiosidad, varios con cierta altivez, como al español de raza inferior que supusieron que era. No habían pasado diez minutos cuando estrechó la mano de un hombre alto y elegante, afeitado, con el pelo rubio peinado con la raya al lado y unos profundos ojos verdes que no conseguían robar protagonismo a su nariz huesuda, aristocrática y grande. Había cruzado el salón para presentarse.

—Otto von Strutt —le dijo—, es un placer conocerle, señor Bultó. Amo España. Mis padres hace algún tiempo compraron una propiedad en Gerona, en el pueblo de Bagur, a la orilla del mar, en una cala que llaman Aiguafreda.

—Agua fría.

—Lo sé. Viniendo de Hamburgo, a nosotros nos parece que el agua está muy caliente. —Rio—. Es un placer hablar con un español. Me tiene que dejar que le hable un poco en su idioma, aunque usted hable mejor el mío.

—No tendré inconveniente —dijo José Manuel—, llevo días sin hablarlo.

—¿Qué le trae a Berlín? —preguntó curioso.

—Tenemos algunos clientes alemanes. —Era cierto—. Tengo previsto reunirme con ellos. —Era falso—. Además, siempre me ha gustado Alemania, igual que a usted España. Supongo que quise ver con mis propios ojos lo que está sucediendo.

Otto no pudo evitar un gesto espontáneo y breve de desagrado. Enseguida rectificó.

—Bueno, es una época de cambios. Veremos qué tal resulta todo. Esperemos que bien, ojalá Europa...

No había acabado la frase cuando una mujer guapa, pelirroja y de piel muy clara le cogió del brazo interrumpiéndole.

—Querido, nos vamos a sentar —le dijo a Otto ignorando por completo a José Manuel. El alemán pareció algo molesto.

—Maria, ¿conoces al señor José Manuel Bultó? —le preguntó obligándola a prestar atención a su compañero.

La mujer se cogió al brazo de Otto con las dos manos, miró a José Manuel y sonrió brevemente en silencio. Luego se volvió hacia Von Strutt.

—Nos tenemos que sentar —dijo desdibujando su amabilidad ligeramente—, ahora mismo —ordenó.

Otto dejó que su mujer le arrastrara pese a que su mirada se ensombreció.

Ver a un hombre joven, alto y con energía de pronto convertido en un obediente marido que toleraba a su mujer la falta de cortesía que acababa de cometer, le sorprendió. Podía no significar nada, había innumerables maridos dominados por sus mujeres y viceversa, pero mientras Helmut Müller se acercaba a él, decidió tomar nota de aquel dato.

El anfitrión le invitó a pasar al comedor, donde una mesa alargada daba cabida a cuarenta comensales y pequeños carteles con letras doradas indicaban el lugar de cada uno. José Manuel encontró el suyo entre la mujer de Otto von Strutt y la de Helmut Müller, la homenajeada de aquella cena de cumpleaños. Nuevamente se preguntó el porqué de su posición de privilegio en aquella mesa, pero agradeció estar junto a la alemana que acababa de ignorarle; no finalizaría la cena sin haberle sacado cuanta información fuera posible. Le apartó la silla para ayudarla a sentarse y de nuevo ella no respondió más que con una forzada sonrisa.

—Es un placer conocerla —mintió—. Su marido me ha parecido también muy amable.

La mujer se apartó para mirar a José Manuel con descaro, valorando si era digno de su atención. A él no se le escapó que ella, más que nadie, pensaba que él era un ser inferior y no merecía sus palabras. Al otro lado de José Manuel, la anfitriona pareció entender lo que sucedía.

—Oh, Maria, ¿no es fabuloso que nos hayan colocado al caballero español al lado? El señor Bultó es uno de los más prominentes empresarios de España, además de un proveedor importante del Reich. Mi marido le visitó en su país y sigue impresionado por su fábrica textil y mecánica.

Claramente, la señora Müller había sido bien aleccionada y José Manuel agradeció el capote que le ofrecía. No se sentía tan importante, mucho menos para el Reich, y había muchas familias tan prominentes como la suya en Barcelona, aunque ninguna tuviera acceso al wolframio, lo único que podía justificar el interés de los Müller. Maria von Strutt rectificó radicalmente. Se acercó a él y, casi seductora, le dijo:

—Un caballero español. Eso sí es un privilegio. Soy Maria von Strutt, la mujer de Otto, a quien ya conoce.

—Sí, un caballero alemán —dijo él.

—Bueno, sí, supongo que sí —dijo ella levantando la mirada para observarle al otro lado de la mesa—, al menos a primera vista —remató sin que aquella falta de discreción se le hubiera escapado o pareciera importarle. Su marido cruzó una mirada con ella y, como si acabara de ser amonestado, dejó de hablar y miró su plato.

Detestó un poco más a Maria von Strutt con cada palabra que intercambió con ella, pese a lo cual la alemana parecía sentir lo contrario, y, al final de la velada, ya había compartido con él bastante información y le había invitado a comer en su casa el día siguiente. Cuando, ya tarde, Otto se les unió con una copa, José Manuel ya sabía de qué hilos tirar.

Volvió a la Villa Kreisler cuando faltaba poco para las dos de la madrugada. La casa estaba en silencio, el matrimonio que la atendía descansaba sumiéndola en una calma absoluta. Por las ventanas se observaba el lago, grande, oscuro, con la bruma blanca que lo cubría y lo rebosaba, extendiéndose también a parte del jardín. En la orilla opuesta, algunos de los muelles de las mansiones tenían luces encendidas, todo transmitía quietud y descanso. Subió a su habitación y se desvistió ordenadamente para ponerse el pijama. Se había quedado en calzones cuando, tras él, oyó la voz de Heidi.

—¿Qué tal ha ido? —le dijo sin que el momento le pareciera inoportuno.

José Manuel había cogido ya la camisa del pijama, pero, a sabiendas de que aquella mujer pretendía incomodarle, la dejó en la cama y se dirigió a ella como estaba, semidesnudo y en su habitación. Heidi pareció comprender aquel pulso pueril. Una pequeña sonrisa se le escapó.

—Ha ido bien. Mañana como en casa de los Von Strutt. Él me ha parecido un caballero, un tipo encantador, pero su mujer le domina. Cuando ella está al lado, se convierte en un cachorro sin opinión ni voluntad.

—Eso es raro —dijo ella sin poder evitar que sus ojos se deslizaran por el cuerpo desnudo de José Manuel, que a sus treinta y siete años quizás ya no era atlético, pero seguía siendo atractivo—. El señor Strutt lleva el mando de una empresa enorme. Se ha impuesto incluso a su padre, que es un carácter formidable. Además..., su mujer... Ella no proviene de su entorno, de su clase... Quizás sea absurdo, pero a menudo las de clase inferior se dejan querer, asumen su posición poco a poco y rara vez se arriesgan a volver a sus orígenes.

—Lo cierto es que al hablar con él me ha parecido un hombre fuerte, por eso me ha extrañado que ella tenga ese poder sobre él. He pensado... que Maria tiene alguna información con la que extorsionarle.

—Que le descubrió —dijo Heidi—. Exacto. Que le amenaza. No le denuncia porque sería fusilado y ella se quedaría sin su fortuna, pero puede exigirle que deje de colaborar con nosotros... y puede coaccionarle.

—Sí.

—Podríamos matarla. No sería difícil —propuso ella.

—No, no lo sería. Pero no sabemos cómo reaccionaría Otto. Puede que la tema, pero quizás aún la quiera. Se me ocurre una estrategia para hacer que deje de amenazar a nuestro amigo con revelar su secreto.

Sentada en una descalzadora, Heidi le miraba con atención. José Manuel creyó ver algo de deseo en sus ojos fríos. Tras una pausa, concluyó:

—Descubrir el suyo.

22

El verano, como un amigo con mejores planes, abandonó Baviera antes de lo esperado y recién entrado septiembre el otoño ya parecía llamar a la puerta. El entorno de Burg Fallstein empezó a cambiar lenta e inexorablemente y los colores que acompañaban a la estación entrante teñían cada vez más lugares del valle arbolado y las cumbres que el castillo dominaba. Hilda ya no podía pasear sin chaqueta, pues por la tarde refrescaba, pero se esforzaba en mantenerse en forma montando a caballo varias horas por los caminos que le pertenecían. Aunque Amsel seguía siendo el responsable de las caballerizas y, *a priori*, la persona encargada de acompañarla, reconocía abiertamente que la compañía de Bruno Lippe en aquellos paseos le era mucho más agradable.

En Amsel tan solo tenía un escolta, una persona preocupada porque no le ocurriera nada durante el paseo, que su montura respondiera bien, que no faltara nada..., pero Bruno, cuando quería, a todo aquello sumaba la compañía y la conversación.

Estaba sola y sentía que, por alguna razón, estaba destinada a ello. No le entristecía demasiado y eso le preocupaba. Parecía como si se hubiera armado de una coraza que evitaba que sus desgracias le afectaran. Las suyas. Las de los demás atravesaban aquella armadura inexistente con fuerza, como había hecho lo sucedido con los judíos en el Schloss Blank, o la llegada (y partida) de los refugiados a los que acogía en su ruta de escape. Siempre había estado sola. De pequeña, casi totalmente, por lo menos respecto a su familia, que solo veía en fechas señaladas cuando volvía del internado de Salem en Alemania. Entonces jugaba con su prima Inés y exprimía cada segundo de un tiempo que sabía demasiado efímero, pegándose a la persona más cercana que tenía por tan solo unos días. Sus padres, especialmente su madre, era fría con ella, pues la encontraba molesta y atosigante, y solo cuando se comprometió con Harald pareció estar orgullosa de su hija. Con Harald se había sentido bien, había pensado que tenía un lugar en el mundo y que podría ofrecer lo que a ella le había sido negado, pero luego llegó la guerra y aquella epidemia llamada nazismo le había contagiado a él también. Desde entonces, el amor por su marido había menguado al cariño, de ahí al respeto y rápidamente se asentaba en la pena. Harald seguía en el frente ruso, pero, incluso a su lado, se hubiera sentido sola.

Por eso la compañía de Bruno, que no la trataba como a su superior, que le respondía con franqueza e inteligencia, que la escuchaba y callaba con comprensión o respondía con buenos consejos, le agradaba. Bruno había vivido la peor de las pesadillas y, pese a todo, como ella, no se sentía desgraciado ni se quejaba. Aceptaba las cosas como venían y luchaba por mejorarlas. En eso estaban.

«El hombre lápiz» los había informado de que en aproximadamente diez días deberían esperar una nueva llegada de refugiados y ya estaban preparando nuevamente el refugio. El personal del castillo parecía no haberse percatado de nada, lo cual era fundamental, así que todo seguía en orden y según lo planificado. Se habían acercado a ver la cabaña sin tener en realidad nada que hacer, pero mientras la revisaban, Hilda no pudo evitar comentar:

—A veces pienso que debería irme con ellos.

Bruno la miró.

—Podría hacerlo.

—Sí. Supongo que sí —respondió ella.

—¿Qué se lo impide?

Hilda levantó la cabeza y sonrió, mirándolo.

—¿Qué se lo impide a usted, Bruno?

Bruno se quedó en silencio, como si no lo hubiera pensado hasta aquel momento.

—Creo que es porque no quiero huir de mi país... y porque me gusta lo que estamos haciendo aquí. Ayudo sin traicionar. Ayudo a mi país, a mis compatriotas y a refugiados de otros países sin matar a soldados alemanes, sin tirar bombas sobre nuestras casas. Yo solo quiero el fin de los nazis. Los nazis no son Alemania por más que se empeñen en hacérnoslo creer. Solo ellos merecen la muerte. Solo los que dominan, solo los que han dejado de ser humanos —dijo alterándose un poco.

—Supongo que tiene sentido. También es contradictorio, pero en estos años, todo lo es. Y estoy de acuerdo. En mi caso, no me voy por lo mismo. No me voy porque tengo una misión. No se puede huir siempre, aunque sea lo más fácil. Hay que enfrentarse a los problemas, no huir de ellos ni dejarlos allí para que no nos afecten mientras esperamos a que alguien más valiente los solucione. El mundo nunca será de los cobardes.

—Es bonito, señora. Es bonito que quiera dar la vida.

—No solo la vida —se oyó decir Hilda.

Se hizo el silencio de nuevo. Bruno quiso entender, pero no pudo. Se acercó a Hilda, que se había quedado mirando hacia el bosque en el umbral de la puerta de la cabaña.

—¿Qué quiere decir?

Hilda se giró y sintió cómo las palabras salían de sus labios sin miedo.

—Quiero hacer algo más. Quiero vengar a los que han muerto cruelmente, a los que un fanático decidió que no eran dignos de pisar este suelo. —Sus ojos enrojecieron de ira. Los cerró, respiró profundamente y volvió en sí—. Vámonos. Esto está perfecto.

Volvieron al paso hacia el castillo, ambos inmersos en sus pensamientos, en silencio, ambos sin poder obviar las palabras que Hilda había pronunciado. Bruno se preguntaba qué era exactamente lo que la española se proponía. Hilda, callada, planeaba.

Desde hacía días daba vueltas a lo que David había sugerido, a la idea de matar a todos los participantes en la cacería a la vez. De dejar de esperar a que la invitaran a sus casas para matarlos uno a uno cuando todo fuera propicio. Tenía que organizar ella el momento, plantar la trampa para ratas en vez de esperar a que estas la invitaran a su ratonera. Hacerlo y huir. Ese era el plan.

Fue aquella misma tarde cuando recibió la noticia de la muerte en el frente del hijo de los Schoenberg, una familia a la que les unían lazos de amistad e incluso de parentesco lejano. Harald también estaba en el frente, así que tendría que acudir sola al funeral en su honor, que se celebraría a la mañana siguiente en la iglesia de San Miguel. Siempre que volvía de Múnich lo hacía entristecida, preocupada y de mal humor, y ya esa misma tarde se empezó a atormentar. Sin embargo, aquel viaje iba a depararle un grato encuentro y la solución que buscaba para su plan.

Por la mañana, vestida de luto y tocada con mantilla, se subió al asiento trasero del coche para ir directamente a la iglesia, de donde esperaba volver en cuanto acabara el sepelio.

Hitler había intentado que la religiosidad de los alemanes menguara disfrazando celebraciones tradicionalmente cristianas de hitos del Reich, intentando desvestir poco a poco el calendario para que el afecto hacia él sustituyera al divino, pero sus intentos, al menos aquel día, resultaron infructuosos. La iglesia de San Miguel, uno de los templos mayores al norte de los Alpes, acogía bajo su enorme bóveda de cañón y frente a su retablo dorado y barroco a multitud de personas deseosas de acompañar a los Schoenberg. En segunda fila reconoció a varios miembros de la familia Witteslbach, que había reinado hasta el advenimiento de la República, y a la infanta Paz, que, como ellos, también tenía una tumba reservada en la cripta de aquel templo majestuoso. Le sorprendió el ánimo de todos los que estaban allí. Muchos parecían no acabar de creer que alguien, además del enemigo, pudiera ser abatido en la guerra; otros consideraban un enorme honor haber caído luchando por el Führer. Ni unos ni otros parecían entristecidos y, a la salida, cuando se acercó a los padres, él, serio y serenamente orgulloso, y ella, más empequeñecida, a Hilda le dio la sensación de que los demás asistentes los felicitaban más que darles el pésame. La madre del finado incluso sonreía tímidamente con labios resignados. Quizás hiciera falta que los cadáveres de más jóvenes se amontonasen frente a ellos para comprender la tragedia a la que estaban abocados. Decidió ser impropiamente española y, a diferencia del resto, abrazó a la madre del chico con fuerza, acariciándole la espalda y la cabeza, apretándola contra su corazón mientras le comunicaba, con palabras y gestos, que ella la comprendía, que aquello era una tragedia y que sentía de verdad que un joven con toda la vida por delante hubiera vuelto a casa con el cuerpo frío y acribillado a balazos.

Se dio la vuelta para encaminarse al coche y volver de inmediato a Burg Fallstein, pero, al quedarse mirando la fachada del templo, seria y triste, casi se dio de bruces con la infanta Paz. Como Hilda, tampoco parecía feliz. Sus ojos se cruzaron unos segundos y enseguida Hilda realizó una reverencia. La infanta sonrió levemente de forma que sus facciones redondeadas se redondearon más aún. Vestía completamente de luto, con mantilla y un bolso de mano que sostenía contra el pecho. Tenía el aspecto agotado que da una vida con demasiadas emociones, a la que no hacía ningún bien el colofón de la guerra. La última vez que la había visto, la princesa intentaba volver a su país sin éxito. Al verla, supo al instante que Hilda era española.

—Buenas tardes, querida. Es un placer ver a una compatriota española entre tantos compatriotas alemanes.

Hilda calló, sonrió levemente y se acercó un poco más. La anciana miró la fachada del edificio y luego hacia el cielo.

—¿Sabe? A las infantas españolas nos entierran en El Escorial..., pero a los Wittelsbach los entierran aquí, así que no tardaré en reposar en esta iglesia.

—Es la más bonita de la ciudad —dijo Hilda.

—Sí, supongo —afirmó la infanta desganada. Luego miró a Hilda a la cara—. Discúlpeme, es difícil distinguir la belleza de las cosas en estos días.

—Hay que apartar muchas feas para hacerlo. A mí también me cuesta, alteza. De hecho, me vuelvo al campo enseguida. Allí los árboles..., las montañas...

—Son las de siempre... Las de mi hermosa Baviera. Las que nadie podrá cambiar. —Se dio la vuelta como buscando a alguien y, al reconocer a su dama de compañía, volvió a dirigirse a Hilda—. Usted se casó con Fallstein, ¿no es así? Creo haberla visto hace no mucho... en el aeropuerto. Aquel no fue un buen día para mí —dijo algo más bajo.

—Soy Hilda Fallstein, sí..., Sagnier de soltera. Nos vimos en el aeropuerto. Su memoria es prodigiosa.

—La memoria es lo que me queda, querida. Con un presente tan terrible sería espantoso no poder aferrarse a tiempos pasados. A tiempos mejores. Me encantaría recibirla en mi casa algún día.

Podemos recordar juntas. Lamentablemente hoy tengo un almuerzo y esta tarde me visitan unos amigos. ¿Quizás otro día? —Se giró de nuevo y miró hacia la calle esperando un coche que no aparecía; volvió a mirar a su dama de compañía, que se encogió de hombros, incapaz de ofrecerle una solución. Hilda entendió aquella conversación sin palabras perfectamente. Su coche esperaba hacía unos minutos a pocos metros, junto a la puerta.

—¿Señora, puedo llevarla a casa?

La infanta dudó un instante y luego, al ver a algunos metros a un grupo que se acercaba para saludarla, respondió rauda.

—Por favor. No sé qué le puede haber pasado a mi coche.

Le tendió el bolso de mano a su anciana dama de compañía y se cogió del brazo de Hilda mientras con el otro se apoyaba ligeramente en su bastón. La dama de compañía las siguió en silencio. No tardaron en sentarse en los asientos traseros del lujoso automóvil de los Fallstein y partir en dirección a Odeonplatz, donde la depuesta familia real Bávara vivía tras abandonar (todos esperaban que temporalmente) el fastuoso palacio de Nymphenburg.

Al girar una esquina encontraron el motivo de que el coche de la infanta no hubiera llegado. Bloqueando la bocacalle que dejaron a un lado, un grupo de instrucción de las SS avanzaba por la calzada. En las aceras, muchas personas alzaban el brazo con el saludo nazi. También vieron a gente que aceleraba el paso, asustada, en dirección opuesta. Su coche hizo lo mismo.

—Esa gente. Múnich no merece esto. Baviera no lo merece. Alemania, el mundo, no lo merecen. En un país cuna de tantos pensadores, filósofos, escritores, estas bestias han olvidado que nadie tiene el monopolio de la sabiduría ni toda la razón, que hay que darse menos importancia y estar siempre preparados para escuchar y respetar otros puntos de vista. Ellos solo se escuchan a sí mismos, por eso se han convertido en lo que son. Fanáticos.

Pasaron junto a un camión que otro grupo de camisas pardas parecía estar revisando.

—Cámaras de gas móviles —dijo la infanta en voz baja.

—¿Qué quiere decir? —replicó Hilda, que realmente no entendía el significado de aquellas palabras.

—Quiero decir que eso es lo que son. Eso es para lo que estas bestias usan algunos camiones. Encierran a los prisioneros en la zona de carga, empalman el tubo de escape con el compartimento y, con el motor en marcha, esperan a que los encerrados se ahoguen con el humo de la combustión del motor. Cuando dejan de oír los golpes en las puertas de los pobres infelices, cuando los han matado, los descargan en cualquier lado. Abren una fosa, lo que sea.

—Pero eso... —Hilda no sabía qué decir.

—Se lo contó alguien al príncipe Luis Fernando, y él me lo explicó a mí... No lo cuentan y muy poca gente está enterada, como de tantas otras cosas... ¿Sabe...? Al primo hermano del príncipe, el rey Luis II de Baviera, le llamaron loco solo porque hizo construir castillos preciosos y palacios de cuento. Solo porque poseía una sensibilidad única para las artes y la música. En cambio, nadie llama locos a los que están haciendo semejantes atrocidades. Curioso, ¿no? Curioso y triste. Triste mundo el nuestro en el que el poeta es tachado de loco y el fanático de cuerdo. En fin, querida, no la quiero entristecer.

—No lo hace señora. Tan solo me indigna —dijo Hilda.

—Entonces me alegro. Me alegro mucho. Es reconfortante ver que no todos somos iguales. —Miró unos instantes por la ventana al llegar a una plaza con bonitos edificios neoclásicos.

El chófer sabía perfectamente dónde vivía su distinguida pasajera, igual que la mayoría de muniqueses, y detuvo el vehículo frente a la entrada de uno de aquellos edificios. Al hacerlo, enseguida dos lacayos salieron y abrieron la puerta del coche a la dama. Hilda se apeó para despedirla.

—Venga a verme algún día querida, me gustará charlar con usted. —Se apoyó en el brazo de uno de los lacayos para entrar en el edificio con uno, dos, tres pasos, pero, antes de cruzar el umbral, se dio la vuelta—. Hágame un favor —le dijo a Hilda en voz alta, sin girarse, quieta y de espaldas, mirando hacia el interior de su casa.

Hilda se acercó a la puerta para escucharla.

—Lo que usted pida, señora —dijo educada.

—No llore mucho, mejor siga indignada —le pidió la infanta hablándole cerca, cogiéndole la mano con la suya suavemente enguantada—. La tristeza no lleva a la acción. Es la indignación la que lo hace. Y eso es lo que necesitamos, acción.

Volvió a Burg Fallstein con la sensación de que alguien le había dicho que estaba haciendo lo correcto, aunque no fuera exactamente lo que cualquiera esperaría de una persona aleccionada sobre el bien y el mal y los castigos que conllevaba todo lo que se acercase a lo segundo.

Llegó con hambre y ganas de descansar, pero al verla, Fritz, el mayordomo, reclamó su consejo.

—Señora, creo que la caldera ha vuelto a fallar. Esta vez quizás definitivamente.

Era un problema crónico desde que vivían allí. Habían instalado un moderno sistema de calefacción de gasoil, con radiadores en todas las habitaciones, pero el castillo era tan grande y alto que la caldera a menudo se estropeaba. Aquellos días, a la espera de que el frío llamara pronto a su puerta, la habían revisado, por lo visto con malos resultados. Hilda se frotó los ojos con la palma de la mano, como hacía siempre que algo inesperado se sumaba a un día ya bastante aciago.

—Vamos a verla y me lo cuenta, Fritz.

Siguió al hombre hasta el cuarto de calderas, que estaba en el primer sótano, escavado en la roca, iluminado por una bombilla mortecina y con olor a gasoil y sonido de un goteo intermitente. Pese a que no le gustaba, había bajado más veces allí que a muchos de los cuartos de esa planta del castillo. Miro aquella amalgama de metales, tuberías y depósitos. Nada en la caldera hacía suponer que funcionara bien... o mal. Fritz se explicó.

—El asunto es que hay un escape y no sabemos dónde. No de gasoil, sino de humo. Parecía que la caldera funcionaba bien, lo cierto es que lo hace, pero al rato de encenderla han bajado unas doncellas alertando de que en el salón de armaduras un denso humo lo llenaba todo.

—En ese caso no parece tan difícil —opinó Hilda—, encuentren el escape y tápenlo. Sería mucho peor que fuera la caldera lo que no funcionara.

—Ese es el problema, señora. El humo se evacúa por un intrincado recorrido. En su momento se hizo pensando en que calentara las habitaciones adyacentes a su paso..., aunque la realidad es que nunca ha servido de mucho. El asunto es que habría que hacer una chimenea nueva y para ello habría que intervenir la pared del salón de armaduras.

—Eso es imposible, Fritz. Como sabe, ese salón está pintado con frescos muy valiosos.

—Incluso si los quitáramos... —dijo el mayordomo—. La pared es maestra, sobre ella se sustenta toda el ala este de Burg Fallstein, así que no se puede tocar sin intervenir todo el castillo.

—No es buen momento para una obra menor, Fritz, no digamos ya una de esa envergadura. ¿Se cuela el humo a más lugares?

—No parece. No, señora. Bueno, al cabo del rato pasa algo por debajo de la puerta y entra en el pasillo de acceso al salón.

—Entonces ya sé lo que haremos. Coloque burletes en la puerta y deje las ventanas abiertas. Tape las paredes con telas y cubra todos los muebles. Es una barbaridad, pero no se me ocurre nada más. Si no hay más escapes de humo, prescindiremos del salón hasta que acabe la guerra y decidamos qué hacer. No podemos dejar el castillo sin calefacción.

El mayordomo la miró asombrado. Obvió decir que aquella solución era muy española y nada alemana. Una suerte de chapuza que a él jamás se le hubiera pasado por la cabeza. Hilda entendió su expresión.

—¿Se le ocurre algo que no implique destruir seis siglos de historia? —Fritz calló—. Pues decidido entonces. El salón de armaduras será durante un tiempo el salón del gas —sin darse cuenta, repitió las palabras—: El salón del gas...

Una idea acababa de surgir sin buscarla demasiado. Miró a su mayordomo sin verle, obnubilada por aquel pensamiento. Él pareció entender que su señora ya estaba en otro lugar. Sin despedirse, Hilda se dio la vuelta y fue a su dormitorio dejando al jefe del servicio de la casa allí solo.

Ya no tenía sueño, solo tenía una idea.

23

Magda e Inés habían vuelto a Barcelona y pasaban unos días en San Antonio, la masía familiar del Penedés, tras buscar en vano a Benjamin Moses en la Cerdaña e investigar su paradero. Nadie sabía nada de aquel judío prominente. El más importante de todo el grupo, el que más convenía apartar de la zarpa nazi, era precisamente el que se había esfumado. Habían visitado la casa del señor Dupuis en Latour-de-Carol y el mismo Dupuis no pudo aclararles la situación. Benjamin Moses había llegado a la casa, se había ido a dormir y nunca más fue visto. El misterio resultaba imposible de desentrañar una vez agotadas todas las vías de investigación posibles y sin nadie más a quien preguntar.

La sensación de que su presencia en Puigcerdá no había servido para nada, ya que el único hombre al que debían proteger en su casa jamás había llegado a la Torre de San Fernando, las desanimó durante semanas.

Habían organizado una excursión a una de las masías cercanas. La propiedad, más al interior, estaba en los últimos días de la vendimia y a todos les había gustado la idea de participar en ella. Pablo fue en una nueva motocicleta que Inés llamaba «la amante» porque siempre la abandonaba por aquella máquina; los demás, en dos tartanas tiradas por mulos. Tenían invitados, así que eran quince en total, incluyendo a Magda, los niños y dos mozos.

Al llegar, Pablo bajó de su moto y se quedó mirando los trabajos en la masía de sus amigos, curioso, con los brazos en jarra, sin darse cuenta de que se le acercaban por la espalda.

—Es todo culpa de mi mujer, Pablo. ¡Todo! —le dijo en tono jocoso.

Se dio la vuelta. Allí estaba su amigo Jorge Coll, un hombre moreno, bajo, de mirada inteligente, que siempre vestía impecablemente y rara vez decía tonterías. El tipo de persona con la que a Pablo le gustaba relacionarse y que también caía bien a Inés.

—Qué alegría es verte siempre, Jorge.

—Sí que lo es, Pablo, aunque la loca de Cristina haya vuelto a poner mi pobre masía patas arriba.

—¿Qué es lo que estáis construyendo ahora? —preguntó Pablo, que odiaba las obras porque odiaba el desorden.

—Es un salón de baile. Lo que oyes. Mi mujer quiere un salón para fiestas. Pretende organizar un gran baile antes del verano. Se piensa que esto es Puigcerdá.

—Ciertamente no lo es.

—No, pero no puedo con ella. Hemos vendido la casa que heredó de sus padres en Latour-de-Carol, en la Cerdaña francesa, al lado de Puigcerdá, que es donde ella realmente lo pasaba bien, con las fiestas del lago y todos aquellos eventos sociales que a mí me aburren mortalmente.

—A mí también —rio Pablo—, ¿por qué vendisteis si le gustaba?

—Pues porque Francia está en guerra... y me niego a restaurar más casas cuando acabe. Tampoco podemos ir con facilidad ni nos apetece. Entre nosotros, ha sido una forma de librarme del veraneo social de la Cerdaña..., así que no hay mal que por bien no venga.

Estaban hablando cuando, al final del camino, aparecieron las dos tartanas avanzando lentamente hacia ellos.

El plan del día consistía en lo que los Coll definieron como «ganarse la comida», es decir, vendimiar durante dos horas para poder sentarse a la mesa que se había preparado bajo un emparrado del jardín. El tiempo apremiaba, así que tras saludarse y ponerse brevemente al día, a cada uno le dieron un cesto y unas tijeras de podar para ponerse manos a la obra.

Eso hicieron, pero vendimiar resultó para los que no lo habían hecho nunca más duro de lo esperado, y Magda e Inés al poco rato se miraban con disgusto.

A las tres, agotados, se lavaron las manos pegajosas de uva y se sentaron a la mesa. Cristina, la anfitriona, había escapado de la vendimia y estaba tan impecable como cuando los había recibido. El resto parecían haber ido corriendo desde San Antonio. La acidez de su conversación les hizo reír.

—Cielo santo, qué aspecto más horrible tenéis todos. Siento que estoy comiendo con una pandilla de vendimiadores harapientos. Qué horror. Pero si estáis todos medio quemados..., sudados. Oh, es espantoso.

Las carcajadas estallaron en la mesa. Efectivamente, su aspecto era deplorable, pero Cristina continuó.

—Es todo culpa de mi marido, del insensato de Jorge, al que solo se le ocurren malas ideas. —alzó la cabeza para mirar a su esposo en la otra cabecera de la mesa—. Sí, no disimules, es todo tu culpa. A quién se le ocurre que un trabajo que realizan los más pobres jornaleros, porque no tienen otra opción, pueda ser agradable. ¡Insensato!

—Estamos agotadas —dijo Inés mirando a los invitados que habían venido con ella; dos de ellos eran también veraneantes de Puigcerdá a quienes aquel trabajo les había cogido totalmente de improviso.

—Tú eres como yo, querida, de Puigcerdá, aunque nunca viniste a nuestra casa, que era maravillosa. Somos del veraneo de frío, que es más distinguido que estos calores y este polvo. Pero ya ves, el loco de Jorge, erre que erre, y por no oírle más hemos vendido la casa. Al estar en Francia dice que la van a bombardear o no sé qué tonterías.

—Ah, no lo sabía —dijo Inés—. Ellos también veranean en la Cerdaña —apuntó señalando a la pareja que tenía más cerca—, pensaba que vuestra casa estaba en el lado español.

—No, querida, está en el lado feo, en el francés, lo puedes decir. Pero era una casa preciosa. —Volvió a dirigirse a su marido—: ¿Eh, Jorge, era o no era bonita nuestra casa?

—Era grande —se limitó a decir el anfitrión sin poder evitar que se le escapara una sonrisa maliciosa.

—Bueno, no sé por qué le pregunto, si tiene el gusto en el zapato. Inés, créeme, era una de las casas más bonitas de la Cerdaña francesa, y sin duda la mejor de Latour-de-Carol.

El nombre de aquel pueblo le provocó un escalofrío. Se irguió un poco y miró a Cristina.

—¿Una casa grande de varios pisos, naranja con las contraventanas verdes, un poco alejada del pueblo?

Cristina se separó un poco de la mesa y la miró sorprendida.

—¡Esa! Pero yo creía que no habías estado nunca.

Inés mantuvo el secreto.

—No he estado, pero la conozco, pasé cerca muchas veces. ¿Y dices que la habéis vendido?

—Sí, Inés, y a la persona más horrible que te puedas figurar. Un francés de pueblo, de Sainte-Léocadie, bajo y de pelo graso. Se apellida Dupuis, no recuerdo el nombre.

En ese momento el hombre que flanqueaba a Inés intervino.

—El panadero. El panadero de Sainte-Léocadie. Vende un pan normal, pero hace los mejores cruasanes del valle. Nosotros vamos a menudo a su establecimiento. Tiene una panadería diminuta.

—Pues debe ser muy próspera —apuntó Cristina—, pagó sin rechistar lo que pedíamos por la casa. Nos sorprendió. A mí me entristeció mucho. Se lo ha quedado todo, muebles incluidos. Mis pobres sofás estarán deseando tener piernas para escapar de ese ser sudoroso.

Todos volvieron a reír, pero Inés se quedó pensativa. Recordaba al señor Dupuis diciendo que la casa no era suya, sino arrendada. ¿Por qué había mentido en algo de tan poca importancia? Otro pensamiento cruzó su mente justo después. Piguillem, el mejor y más próspero panadero de la Cerdaña, aún no había podido comprar un coche para el reparto y vivía humildemente en la misma panadería. En cambio, aquel francés, con una panadería menor y menos conocida, había podido comprar la gran mansión de los Coll. Era todo misterioso y difícil de entender. ¿Por qué el panadero que acogía a los refugiados era rico? Deseó que la comida acabara y poder volver a Barcelona para reunirse lo antes posible con Salomon Metzeler, que sin duda desconocía aquella información.

Durante los días que permanecieron en San Antonio, a menudo Pablo encontró a Inés meditabunda en el jardín, mirando la fachada de la masía con la vista perdida, absorta en sus pensamientos. Ni siquiera hacía demasiado caso a su hijo, Ignacio, que crecía rápidamente y no se separaba nunca de Jakob, el hijo de Magda. Pablo la observaba y la veía abrirse solamente con la alemana, claramente una buena amiga. Aquel mediodía las volvió a encontrar conversando en un banco del jardín mientras los niños se revolcaban gateando por el césped.

No le molestaba que tuvieran secretos. Él también tenía parcelas que reservaba para sí o para conversaciones con sus amigos. Nunca le había parecido que la lealtad matrimonial significara no tener secretos, que implicara despojarse de todo lo que uno tenía dentro para compartirlo, sino en confiar en que se tendrían el uno al otro cuando fuera necesario. Se respetaban como eran, con lo que enseñaban y lo que ocultaban.

Eran las doce y el sol calentaba el ambiente otoñal. Los tilos del jardín habían empezado a marronear y la luz era más dorada, menos blanca y cegadora. Hacía días que no se bañaban en el mar, pero podrían haberlo hecho. Estaba mirando su propiedad cuando el joven Capapey, hijo de los guardas, apareció en bicicleta con la prensa del día, que acudía a buscar a Cubellas, el pueblo con el kiosco más cercano. Cogió el *ABC* y *La Vanguardia* y dejó que Capapey llevara las revistas al salón. Ojeó las páginas con disgusto.

La guerra en Europa seguía su curso y el corresponsal de *La Vanguardia* en Londres informaba de que lord Moyne, el portavoz del Gobierno británico, había justificado no desembarcar aún en el continente por la falta de tanques y armamento. Desde la apertura del frente ruso, las fuerzas alemanas se concentraban sobre todo en el este, y en el palacio de Westminster muchos reclamaban desde hacía semanas que se invadiera el continente por el lugar que en aquellos momentos parecía más desprotegido.

Desde el jardín delantero, situado a un nivel inferior que la explanada frontal de la casa, vio ascender a su mujer y a Magda, cada una con su hijo en brazos, por la escalinata que conectaba el jardín con la casa. Inés parecía nuevamente de mal humor y al verle dio al pequeño Ignacio a la niñera y se acercó a él. Le besó la mejilla y se sentó en la silla que tenía en frente. Se miraron.

—¿Todo bien? —le dijo él.

—Todo bien —mintió ella.

Hubiera hecho falta que le arrancaran los ojos para que Inés se hubiera quejado por algo y Pablo lo sabía. La vio coger el periódico y ojearlo sin demasiado interés, con sus pensamientos en otra parte. La miró unos segundos por encima del suyo y volvió a leer. De pronto, oyó cómo la silla rozaba bruscamente el suelo al apartarse de la mesa y vio a su mujer ponerse en pie. Algo parecía haberla sorprendido. Miraba fijamente la página de sucesos y susurraba.

—No puede ser... No puede ser... No puede ser...

—¿Qué ha pasado? —preguntó Pablo preocupado.

—Es... un amigo..., no puedo creerlo, aquí dicen que ha sido asesinado. Tenemos que volver a Barcelona.

—¿Asesinado? Inés, por el amor de Dios, ¿qué estás diciendo? —preguntó Pablo, ya de pie. La miró. Parecía más asustada que triste.

—Salomon Metzeler, un amigo. Fue asesinado hace un par de días en el portal de su casa... Es inconcebible. No lo comprendo.

—No conozco a ese hombre. Pero si dices que es amigo tuyo, iremos rápidamente a Barcelona. —Se acercó y la abrazó—. Salomon Metzeler—repitió—. Lo siento mucho... La vida a veces es terrible. Ese pobre hombre... Nunca me hablaste de él.

—Lo sé... —dijo ella apartándose—. Debo avisar a Magda. Por favor..., ¿organizas los coches?

Pablo nunca había visto a su mujer hacer las maletas tan rápido y, como resultado, en menos de una hora dejaban atrás la masía de San Antonio ante la extrañeza del servicio, que apenas había tenido tiempo de despedirse.

Al día siguiente, ya en Barcelona, Inés y Magda fueron al piso de la calle Balmes donde se iba a celebrar el funeral de Salomon. Magda había averiguado la dirección, que no aparecía en ningún periódico —tampoco se había publicado esquela— a través de León Goldblum.

Desde que llamaron al timbre y les contestaron con preguntas en la misma portería, antes de abrirles, todo les pareció revestido de clandestinidad, secreto y miedo. Luego, al entrar en el que había sido el hogar de Salomon, tan solo el crujir del parqué y el rumor de las oraciones les dieron la bienvenida. Era un piso grande y noble, en una buena zona, pero también austero y frío. Todas las cortinas estaban corridas y la escasa luz de los candelabros de siete brazos encendidos acentuaba su relevancia. Nadie las conocía, así que las cincuenta personas que acudían a aquella ceremonia discreta y forzadamente silenciosa las miraron con suspicacia preguntándose quiénes eran y qué hacían allí. En un rincón, Inés vio al señor Goldblum y se acercaron a él.

La ceremonia ante un ataúd cerrado de madera, sin ninguna decoración, duró pocos minutos. Al acabar, en la otra punta del salón vieron a un hombre reclamar con la mirada al peletero. Este le susurró a Magda que le siguieran y discretamente Inés y ella obedecieron. Fueron por un pasillo largo, también oscuro, hasta una suerte de despacho que asomaba al patio de manzana. Antes de que se sentaran, el hombre que las reclamó se apresuró a correr las cortinas y acabó con la claridad. Con la mano les pidió que se sentaran mientras León Goldblum se marchaba.

Escrutó sus caras unos segundos antes de hablar. Su semblante era serio, su cuerpo menudo, de poca estatura, sin nada que destacara. Ojos oscuros, pelo ni castaño ni negro peinado hacia atrás, gafas pequeñas de concha y boca de labios finos y dientes amarillentos. Nada guapo, tampoco especialmente feo. El tipo de persona del que nadie se acordaría.

—Salomon Metzeler me habló de ustedes. También de su reciente fracaso —dijo sin presentarse.

—No tuvimos la ocasión de fracasar, ya que nuestra misión ni siquiera empezó —replicó Inés molesta.

—No empezó porque fracasó —insistió el hombre—, pero también debo reconocer que su otra misión se cumple con éxito y nos está ayudando mucho.

—¿Otra misión? —intervino Magda sin saber de lo que el hombre hablaba.

—Sí. Pueden estar orgullosas. La ruta de escape por el castillo de Fallstein funciona a la perfección. Veinte personas han pasado ya por ella, y Dios sabe que es el último lugar del que ningún nazi sospecharía. La condesa lo está organizando todo bien.

—Es mi prima —dijo Inés con orgullo.

—Lo sé, pero en el futuro evite dar datos de su relación con nadie que pueda estar mínimamente relacionado con nuestras labores. La vanidad ha acabado con más redes de espionaje que los tanques.

Dos minutos y a Inés ya le caía tremendamente mal aquel hombre. Como solía pasar, más aún porque tenía toda la razón. El hombre percibió su disgusto, le pasaba con frecuencia.

—No pretendo ser simpático —dijo mirándola—, el mundo no lo es y la simpatía a menudo conlleva riesgo. La frialdad salva muchas vidas en este terreno. Les explicaré la situación: Salomon Metzeler fue asesinado porque averiguó algo. Porque estaba a punto de revelar el resultado de una investigación, creemos que la identidad de un traidor. Tenemos dos rutas de las que está desapareciendo gente. Lo confuso es que, también por esas rutas, muchos, la mayoría, llegan a destino sanos y salvos. Pero otros desaparecen. El importante empresario que debían ocultar ustedes es una de esas personas. No sabemos cómo fue capturado ni exactamente dónde. Ese empresario fue deportado a Fünfbrunnen, en Luxemburgo, donde fue visto por última vez. Ese campo es la última parada antes de los campos de concentración del este. El asunto es que Salomon llevaba meses investigando el fallo, presumiblemente un traidor que delata a los evadidos de mayor importancia y como coartada deja pasar a los de menor. Le dispararon ayer en la puerta de este mismo edificio, no sabemos quién. Quizás un agente de la Gestapo, quizás alguien relacionado con el traidor.

El hombre pudo ver el miedo en la cara de las mujeres.

–Sí. Este es un mundo peligroso. Especialmente para nuestra comunidad..., pero también para cualquiera que se acerque demasiado a ella. Es importante que lo tengan bien claro si pretenden seguir ayudándonos.

—Lo tenemos —intervino Inés súbitamente—, precisamente por eso les queremos ayudar. Yo estoy bien conectada y sé pasar inadvertida. Mi marido es el que se lleva todo el protagonismo en mi casa. Brillante empresario, locuaz, deportista... Yo sé ser invisible, y en nuestra guerra aprendí también a ser fuerte. Cuente con Magda y conmigo, nadie podría sospechar menos de nosotras.

—Podrán actuar discretamente, pero con muchísimo peligro. Ténganlo claro. ¿Están seguras de que quieren meterse en esto?

—Completamente —respondió Magda por las dos—; además, hemos hecho algunas averiguaciones sobre su hombre en Latour-de-Carol —dijo mostrando que ya estaban metidas de lleno en esas labores. El hombre pareció sorprenderse, pero controló la mirada y con ella le pidió a Magda que continuara. Le explicó con detalle lo que sabían de Dupuis. Cuando acabó se hizo de nuevo el silencio, pero la cara de su interlocutor estaba más ensombrecida aún.

—Ciertamente es raro. Aunque podría haber alguna explicación: hay gente que hereda de parientes lejanos y de pronto se enriquece de forma inesperada pero lícita. Eso es lo primero que debemos averiguar. Es probable que haya una explicación plausible.

—Puede ser —dijo Inés.

—Un humilde panadero que compra la casa más cara de la zona sin rechistar, que acoge a huidos que desaparecen..., que miente respecto a la propiedad de la casa... es sospechoso, pero... —Calló un instante—. Si el señor Dupuis está encamado con el enemigo, habrá que seguirlo. Lo esencial es que averigüen más sobre él.

—¿Nosotras? —preguntó Inés. No había miedo en su tono, más bien excitación.

—Ustedes han sido las primeras en levantar sospechas sobre él.

—De acuerdo. Pero necesitaremos poder contactar con usted. ¿Cómo lo haremos?

—Cada martes a las seis meriendo en el Café Canaletas, en la Rambla de las Flores. Si llegan y estoy con otra persona ni siquiera me saluden. Yo las habré visto y me pondré en contacto con ustedes. Si algo fuera extremadamente urgente, hagan como hoy, pregunten a León Goldblum, él me mandará aviso.

—No sabemos su nombre —apuntó Inés.

—Me pueden llamar Mario, Mario Pérez.

—No es su nombre verdadero —dijo Inés en voz alta sin darse cuenta.

—Por supuesto que no —confirmó él—. Ustedes no han mostrado más que algo de disposición a ayudar, cosa que les agradezco. Pero no son espías, no son más que, y disculpen si sueno brusco, dos amas de casa. Averigüen más respecto al señor Dupuis y vuelvan a mí. Empezaremos con eso, y puede que sea demasiado. Les diré dónde pueden enviarme cartas y telegramas.

Ambas se sintieron algo decepcionadas. Además, Inés se ofendió por el barniz de desconfianza y de incompetencia que aquel hombre, que no se llamaba Mario, le había adjudicado. Él se dio cuenta.

—Señoras, ya les he dicho que mi labor no es ser simpático, sino sobrevivir. Además, creo que les puedo alegrar el día a pesar de todo.

—No le entiendo —dijo Magda.

—Digamos que las personas que estaba buscando, las que dejó atrás, llegaron a Le Chambon.

—Mis...

—Sí. Ha tenido suerte. Como suponíamos, Bertrand Moreu estaba con ellos. Sus padres han sido muy listos. Se pegaron a él. No le quepa duda de que ese comunista fugado, y ya casi legendario, ha salvado a su familia. Al menos de momento.

Magda notó cómo se le erizaba el vello. Podía correr hacia la familia por la que rezaba a diario, los tenía ahí mismo, al alcance de la mano, aunque Le Chambon estuviera a más de medio millar de kilómetros. Espontánea, no pudo evitar decir:

—Deben llegar hasta aquí. Ya solo les queda eso.

Mario puso su mano sobre la de Magda en un gesto que ninguna esperaba.

—Lo estamos organizando. Pero de momento no diga nada. Esta información no puede salir de aquí, no lo comente con nadie, nunca. La ciudad tiene oídos en todos lados y la Gestapo está más cerca de todos nosotros de lo que usted supone. Ocúpense de averiguar si Dupuis... Sus padres y muchos otros corren peligro si no hallamos al traidor.

Magda levantó la cabeza y le miró. Sus ojos estaban llenos de emoción y esperanza, pero, extrañamente, también de furia y de fuerza.

—No dude de que lo haremos —dijo de forma que el hombre abandonó toda duda.

El tal Bertrand Moreu había llevado a sus padres hasta Le Chambon. Ella se aseguraría de que llegaran hasta España.

24

José Manuel Bultó se había adaptado a la vida de la élite berlinesa en Potsdam sin dificultad. Todos eran extremadamente amables con él y la mayoría pasaba sus días paseando y divirtiéndose entre comidas y cenas sin que la guerra cambiara nada más que sus conversaciones, que monopolizaba casi por completo. Había hecho algún negocio y puesto en contacto a varios empresarios alemanes con otros españoles, así que su tapadera funcionaba a la perfección y le favorecía para completar su misión. Tras pocos encuentros se había hecho amigo de Otto von Strutt, el hombre y la razón por la que estaba en Alemania.

Había descubierto que Otto, como él, jugaba bien al tenis y que en su casa tenía una excelente pista de hierba. Así que jugaban dos o tres veces a la semana y luego comían juntos en la casa del alemán, sin su mujer, que parecía estar poco allí y, cuando estaba, a menudo se limitaba a saludar con desinterés a José Manuel y dejarles solos. Nunca comió con ellos, algo que el español, habida cuenta de la antipatía que le producía Maria, siempre agradecía.

Aquel día habían acabado el cuarto set cuando ambos, agotados, dejaron las raquetas en el suelo y decidieron declarar el empate para comer y descansar. Se ducharon y vistieron apropiadamente para sentarse a la mesa. Como siempre, serían solo dos en el comedor redondo, con vistas al jardín y al lago, que compartían a menudo. A los pies de Otto, apoyando su cabeza en el suelo y pegado a él, se colocó su setter irlandés color fuego. José Manuel lo miró y sonrió; Otto captó su mirada acariciando la cabeza del animal:

—Siempre me gustaron los perros. En muchas cosas me parecen mejores que las personas. Son fieles, son leales. Roth me es muy querido.

—Lo son —dijo José Manuel.

—¿Tiene usted perro?

—Tengo dos pastores alemanes, pero mentiría si le dijera que les hago mucho caso.

—Son una buena raza, pero... En fin —suspiró Otto. José Manuel le miró en silencio obligándole a seguir con lo que quería decir—. Se les debería educar en la fidelidad, en la compañía, en la defensa incluso..., pero no en la agresividad. Estoy agotado de ver cómo los humanos retorcemos las cosas bonitas de la naturaleza. Los pastores alemanes siempre están furiosos últimamente.

—El Führer tiene uno, según creo. —José Manuel había visto una foto de Hitler en su casa de Obersalzberg con uno.

—Sí. Siempre tiene pastores alemanes, cuando son machos los llama Wolf, cuando son hembras, Blondi. Ahora tiene una perra, siempre está con ella. Se la regaló Bormann... Hitler tiene muchas cosas. Y no todas las usa como debería —dijo entre dientes. Se quedó mirando unos segundos el plato y respiró profundamente, para luego levantar la cabeza recompuesto.

—A usted no le gusta...

—Me gusta muchísimo —le interrumpió Otto molesto—. Hitler es un gran hombre. Yo no soy un traidor.

—Desde luego que no lo es. Por supuesto. Yo no trabaría amistad con nadie que lo fuera —replicó José Manuel. Otto sonrió algo más relajado.

—Me alegra mucho nuestra amistad, don José Manuel. Es usted un soplo de aire fresco en Potsdam. Aquí siempre estamos los mismos... y habrá notado que el tema también siempre es igual. La guerra, la guerra y la guerra. Es agotador. Ilusionante, por supuesto, pero agotador. En ocasiones desearía que Roth pudiera hablar para cambiar de tema. Uno se encuentra solo. Nadie tan fiel, tan poco traicionero y leal como mi perro.

—¿Y Maria? —se aventuró a preguntar José Manuel—. Debe de ser una buena compañía.

—Bueno, Maria está a sus cosas, aunque no me dejaría por nada del mundo. Creo que me quiere... a su manera —acabó murmurando, sin poder evitar hacer una mueca de desagrado. Se pasó la mano por el pelo rubio colocándoselo de lado—. Pero hablemos de cosas más banales, ¿le parece? Podemos seguir el partido mañana, ¡me resisto a que me gane en mi propia casa!

Se despidieron tras la sobremesa y José Manuel volvió a Villa Kreisler convencido de que Otto y Maria eran un matrimonio atípico y forzado. Convencido de que su amigo —porque Otto *era* su amigo— no podía abandonar a aquella mujer por algún motivo que él aún desconocía. No tenían hijos, era relativamente joven, guapo y rico, y los alemanes aceptaban el divorcio con ligereza. La mismísima mujer de Goebbels era una divorciada y se la consideraba casi como la primera dama del Reich, así que si los Von Strutt seguían juntos era por algo que debía averiguar. La clave estaba en Maria y fue a ella a quien empezó a seguir discretamente en su día a día.

Pronto detectó algo extraño en una de sus rutinas. Algo que pareció un hilo del que tirar. Potsdam estaba rodeado de parques palaciegos, lagos inmensos y jardines perfectos, pero aquella mujer se hacía llevar muy a menudo a Kreutzberg, un barrio que no tenía por qué visitar, y acudía sola al Viktoriapark, donde se sentaba en el mismo banco, a los pies de la colina que presidía el parque, y con mirada aparentemente perdida observaba a los paseantes y a los niños.

Era la cuarta vez que José Manuel la seguía a aquel lugar, donde ella volvía a estar sentada contemplando el parque. «Está observando a los niños», se corrigió, sentado en un banco desde donde veía la espalda del abrigo de visón de la mujer. «A *un* niño», pensó corrigiéndose de nuevo, pues, en realidad, Maria Strutt miraba al único niño que jugaba cerca. Un muchacho de unos cuatro o cinco años, pelirrojo, vestido con un abrigo del que asomaban sus piernas robustas e infantiles.

Maria von Strutt observó quieta en el banco durante casi dos horas, sin que la que parecía la madre de la criatura lo percibiera. A las seis, cuando la desconocida, una mujer menuda y de escaso desarrollo, cogió la mano del niño y enfiló la salida del parque, la señora Von Strutt se levantó y los siguió a poca distancia. José Manuel hizo lo mismo con ella.

Salieron del parque y lo rodearon hasta entrar por una de las bocacalles que daban al recinto. En ese punto, Maria se detuvo para ver cómo se alejaban y luego fue en dirección contraria, probablemente hacia su coche, que esperaba donde la había dejado. José Manuel aguardó a quedar fuera de la vista de su investigada y se adentró en la calle tras la misteriosa pareja. Las casas allí eran de clase media, nada que ver con las de Potsdam, y sus cinco pisos revestían poca elegancia, pintados de un color rojizo, casi berenjena, que a aquella hora parecía negro. En el número diez de Monumentstrasse, la mujer sacó una llave y entró en el edificio. José Manuel esperó unos minutos observando la fachada. Al poco, se encendió la luz del cuarto piso. Se acercó a los buzones y comprobó que solo había una vivienda por planta; luego, apuntó mentalmente el nombre que figuraba en el del cuarto: «Z. Ludlow». Bien. Ahora solo tenía que averiguar quién demonios era y por qué era importante para Maria von Strutt. Probablemente no averiguara nada de interés, pero, tras semanas de observación, era lo único vagamente sospechoso de la mujer que controlaba a su informador.

Llegó a Villa Kreisler cuando ya era tarde y encontró la mesa preparada en el comedor, donde se había acostumbrado a cenar solo, leyendo la prensa y la correspondencia que llegaba desde Barcelona. Su país de pronto parecía un oasis, un remanso de paz a pesar de las dificultades de la posguerra. La sociedad de Potsdam cada vez le resultaba más similar a los asistentes a un lujoso baile en un barco que esquivaba torpedos y minas... Nadie parecía darse cuenta de la gravedad ni de los días decisivos que la guerra atravesaba. Si Alemania se encallaba en el frente ruso, la victoria aliada sería mucho más factible. Berlín había recibido escasos bombardeos aún, y la propaganda se encargaba de desinformar, de hacer creer a los alemanes que nada ni nadie podría con ellos, el pueblo elegido para conducir el destino del planeta; quizás hiciera falta que sus vecinos vieran la guerra más de cerca para comprenderla bien.

Entre las cartas, uno de los sobres no tenía nada en su interior, lo que significaba que aquella noche, alrededor de las doce, debía ir a la casita del embarcadero para recibir a Heidi, que llegaría en su barca. A la hora convenida paseó por el jardín húmedo y oscuro hasta la casa de los botes, donde a los pocos minutos escuchó un motor acercarse y vio la proa de la barca entrar lentamente en la caseta, con las luces apagadas y el motor al ralentí. Iba tan pegada al agua que José Manuel no entendía cómo la más pequeña onda en el lago no penetraba en la cabina mojándola. Su enlace llevaba un pañuelo oscuro tapándole el pelo y un abrigo impermeable del que asomaba un cuello alto. Con la locuacidad a la que le tenía acostumbrado, le ordenó:

—Súbase.

José Manuel lamentó no haber llevado algo de abrigo, pero evitó decirlo y obedeció sentándose a su lado y provocando que aquella barca minúscula se hundiera un poco más en el agua. Sintió el cuerpo de Heidi pegado a su costado y la miró de reojo para admirar la fría belleza de aquella mujer hermética. Lentamente, el motor se revolucionó un poco, salieron de la casa de botes y empezaron a navegar por el lago.

—Le van a invitar a Carinhall —dijo ella de golpe.

—A...

—A la casa de Goering, a una fiesta en honor del Führer, que obviamente no asistirá. No tiene sentido que a usted le inviten. No lo tiene —repitió secamente.

—Es una buena noticia, ¿no? —dijo José Manuel.

—Es extraño. Por supuesto, Goering no tiene ni idea de quién es usted, y probablemente apenas crucen unas palabras, quizás le estreche la mano. Son los Müller quienes han conseguido que lo inviten a través de un alto mando. Han incluido su nombre para que los acompañe a la siguiente fiesta. Será en una semana.

Desde su llegada a Berlín, había compartido varias cenas con los Müller, que le trataban como a un viejo amigo y no cesaban de agasajarle. El cortejo se alargaba y José Manuel solo podía pensar que en algún momento hablarían del wolframio, que sabía era el principal atractivo que podía tener para los alemanes.

—Saben que usted es espía, de eso no cabe duda —dijo ella.

—¡¿Cómo?!

—Quiero decir que saben que *era* espía, no que lo sea ahora. No que trabaje para los aliados, insensato. Pero a la Gestapo no le habrá costado obtener información de su gobierno. Saben que usted fue espía, pero desconocen que lo es ahora. Además, los nazis suponen que todos los que apoyaron a Franco les apoyan a ellos..., y un espía..., un espía a menudo se encuentra entre los más convencidos de cada bando.

—Yo no soy espía —matizó él.

—Bueno, quizás no del todo, tiene razón. Pero usted mismo sabe que una vez uno empieza a informar... Tal vez no sea un espía importante, tan solo un amigo de los aliados. Alguien con oídos y ojos.

—Un espía busca información, no espera a que llegue por casualidad a sus oídos. Heidi, yo... No sé a dónde quiere ir a parar. Imagino que en algún momento me pedirán acceso a la mina de wolframio.

—Puede ser, pero, además, quizás intenten captarle. Quizás quieran que investigue algo en España o en alguno de los países aliados. El asunto es que no podemos desperdiciar la oportunidad. Si le encargan una misión, usted aceptará.

—Eso debería decidirlo yo, ¿no cree? —dijo él algo molesto por el habitual tono imperativo de Heidi.

—Lo hará. Ambos lo sabemos, así que no alarguemos esto. Mientras tanto, debemos pensar en Carinhall. En la fiesta. Puede que no saquemos nada de ello, pero sin duda es una buena oportunidad para que pueda averiguar algo.

—Heidi, usted sabe que no vine más que por lo de Von Strutt. —Las cosas de pronto se estaban complicando y no le gustaba.

—¿Y ha averiguado algo? —le dijo ella retándole.

Navegaban por un lago envuelto en sombras de tanto en tanto rotas por las luces de las casas que dejaban a los lados; cortaban las aguas sedosas en silencio, con la humedad y el frío en la piel. Hubiera podido ser romántico, pero Heidi le recriminaba veladamente que aún no hubiera averiguado nada. José Manuel nunca revelaba suposiciones, sino certezas, pero en aquella ocasión decidió responder a las palabras de su compañera de asiento.

—Hay algo. Un hilo del que tirar.

—¿Y bien? —dijo ella evitando mostrar demasiado interés.

—Maria von Strutt vigila a una madre y un niño de Kreuzberg. Va a menudo a verlos al parque. Sé dónde vive esa mujer. Se apellida Ludlow.

—Quizás sean parientes. No veo qué importancia puede tener —opinó Heidi.

—Nunca se saludan. Maria evita ser vista. Los sigue a distancia. Los observa de forma casi hipnótica y cuando abandonan el parque, lo hace ella también.

—Eso es raro.

—Eso pienso yo... Y hay algo más... —Algo en lo que José Manuel acababa de reparar—. Esa mujer, la señora Ludlow, es joven. Mucho. Puede que demasiado para ser madre.

—¿Cómo de joven?

—Parece tener dieciséis, tal vez menos.

—Puede tener un hijo sin problema.

—¿Uno de tres o cuatro años? Además, ese niño es pelirrojo. Igual que Maria.

—De acuerdo —suspiró Heidi—. Está usted diciendo que Maria von Strutt puede ser la madre de ese niño, ¿es eso? —José Manuel asintió en la oscuridad—. Me parece muy aventurado. Tal vez sea la madre de la mujer, es decir, la abuela del niño, o no tengan nada que ver, que es lo más probable. Lo investigaré. Si podemos darle armas a Otto para que responda al chantaje del que suponemos que es víctima con otro chantaje..., quizás vuelva a colaborar con nosotros, o por lo menos tendrá controlada a su mujer para que no hable, que es el principal peligro. Ahora déjelo en mis manos. Yo tomaré el relevo. No siga de nuevo a la señora Von Strutt hasta que sepamos más. Eso ha pasado a ser secundario, además, siempre nos queda la última opción.

—No quiero que mate a nadie aún. Deme tiempo.

—Dar tiempo es un error por el que se han perdido numerosas guerras y por el que empezó esta, pero no se inquiete, no haré nada hasta que no quede otra opción. De todas formas, espero que usted no le haya cogido cariño a esa gente. No sería profesional.

José Manuel evitó decir que sí, que le había cogido cierto aprecio a Otto von Strutt. Ella le miró unos segundos y volvió la vista a la proa de la embarcación, que seguía surcando las aguas de los lagos de Potsdam hacia un rumbo desconocido.

—Nos centraremos en su visita a Carinhall. Olvídese de los Strutt de momento, aunque probablemente estén en la fiesta también. Los Müller suelen hacer un pequeño encuentro en su casa con otros de los invitados a Carinhall antes de ir. Evidentemente, ellos y los demás son invitados de segunda y, por tanto, acuden a las fiestas en casa de Goering cuando los invitados de primera, altos mandos del Reich y empresarios más relevantes del régimen, han acabado de cenar. Pero eso es interesante. Llegará cuando estén ya ebrios. Hablarán más, tendrán menos cuidado.

—Aún no me ha dicho qué es lo que debo buscar en esa fiesta.

—Amigo mío —dijo ella sonriéndole—, me temo que será a usted a quien busquen. Solo espere. En una semana sabremos por qué de pronto alguien se ha interesado por usted. No lleve el revólver, pero coja la cámara, va a entrar usted en la boca del lobo y quiero saber cómo es cada uno de sus dientes.

25

Más al sur, abriéndose paso entre las montañas de un angosto valle bávaro, el castillo de Fallstein se empezaba a vestir de invierno. Las chimeneas se encendían cada día y muchas se mantenían con fuego las veinticuatro horas al cuidado de un ejército de sirvientes que, como en una cadena de montaje, trabajaba sincronizado en cargar, colocar, reponer leña y vigilar el fuego. Durante todo el año se limpiaban los bosques y se cortaba madera, así que la leñera, situada en uno de los extremos del patio de caballos, en un gran edificio destinado a aquel propósito, siempre estaba bien surtida. Además, la moderna calefacción de gasoil, a pesar de sus fallos, contribuía a que en la zona noble del castillo nunca hiciera frío. Al menos en lo que a grados Celsius se refiere.

Porque el frío había llegado al ambiente en cuanto Harald Fallstein volvió de permiso. Para Hilda había sido una sorpresa desagradable. Se había acostumbrado a hacer y deshacer, y a planificar su venganza tranquilamente. Se había implicado a fondo en la ruta de escape que pasaba por su propiedad y había encontrado en Bruno Lippe a un buen amigo con el que conversar y tramar. Ahora todo tendría forzosamente que cambiar. Tendría que ser más discreta. Tendría que actuar como en una obra de teatro.

Actuar. Eso había hecho más tiempo del que recordaba y eso volvía a hacer entonces. Harald tenía la sensibilidad de una piedra y no había percibido ni por un segundo la sensación que su vuelta provocaba en ella. Fue unos días atrás, mientras Hilda estaba en el salón verde acabando de merendar, dispuesta a seguir planificando cómo salvar a unos y matar a otros, cuando la puerta se abrió de golpe y él apareció en el umbral sonriendo con los brazos abiertos, esperando que ella se lanzara sobre él. Se había quedado unos segundos fría, sin poder reaccionar, súbitamente alcanzada por la tremenda pereza de volver a ver a su marido cuando ya apenas pensaba en él. Harald no se había dado cuenta y, cuando al fin su mujer se mostró jubilosa y lo abrazó, sintió que nada había cambiado más que él mismo, que había pasado de ser un indolente aristócrata bávaro a un valiente militar del frente ruso. Más o menos.

Lo cierto era que Harald no había entrado en combate. Tan solo había seguido al ejército en la retaguardia. Habían encontrado para él un trabajo sumamente agradable y adecuado a su formación y origen. Llegaba cuando la batalla había acabado para revisar las ciudades abatidas y entrar en las casas más elegantes en busca de todo lo que fuera necesario salvar y llevar a Alemania. Cuadros, muebles, cosas de valor en las manos equivocadas. Se había sorprendido del refinamiento de algunos eslavos, pero aquello no le había hecho cambiar de opinión sobre su inferioridad, tampoco sobre la de los judíos, que a menudo colgaban de sus paredes lo mejor de lo mejor. «No se hicieron las margaritas para los cerdos», pensaba a menudo, antes de llevarse todos aquellos bienes desubicados hacia lugares dignos de acogerlos. La fortuna y la perfecta organización del Reich había determinado que uno de aquellos lugares de depósito fuera el castillo de Neuschwanstein, la más famosa de las construcciones del rey Luis II, un castillo tan excéntrico como su constructor, pero que estaba convenientemente cerca del suyo. Harald solo tuvo que supervisar que los bienes requisados fueran trasladados a aquella fabulosa construcción, pasear por salones repletos de obras de grandes maestros y volver a Burg Fallstein, su casa, donde su devota esposa estaría, seguro, ansiosa por verle aparecer. De su estancia en el este traía consigo algo que tampoco era digno de aquellas gentes, pero aquel era un regalo de tal importancia que había decidido esperar al momento adecuado para ofrecerlo.

Por su parte, Hilda agradeció a la providencia que no hubiera ningún grupo de refugiados previsto para el próximo mes, así no tendría que disimular más de lo necesario. Paseó con Harald por el jardín, salieron a montar por la finca y se rindió a su cuerpo la primera noche, cuando su marido consiguió que el alcohol no le afectara demasiado.

—Tengo que partir a Berlín —dijo mientras cenaban entre silencios en el enorme comedor del castillo.

Hilda intentó no sonreír.

—¿Qué te lleva allí, querido? Pensaba que estaríamos aún unos días juntos. Esto puede ser muy solitario —mintió.

—Oh, cosas importantes, supongo. Alfred Rosenberg me ha pedido que vaya.

Rosenberg era el director de la Einsatzstab Reichsleiter Rosenberg, que todos conocían como la ERR, la organización gubernamental encargada del requisado (el expolio) de las obras de arte en los países del Reich. La agencia a la que tan agradablemente dedicaba sus días de guerra Harald.

Hilda escuchó.

—Imagino que le interesa saber mi opinión sobre cómo se están haciendo las cosas en Neuschwanstein, sobre lo que vi en el castillo. Es lógico que no se fíe de todo el mundo. La gente normal no ha convivido con ese tipo de objetos, no tiene nuestra sensibilidad, no sabe cómo tratarlos... Supongo que mi opinión es más fiable.

—Por supuesto —dijo ella evitando la confrontación.

—En cualquier caso, vendrás conmigo, así que no te inquietes. Hay una cena en casa de los Müller. Hace tiempo que no veo a ese canalla...

—Nunca me ha gustado mucho Helmut... y su esposa me aburre. Tampoco yo les intereso lo más mínimo. Ve tú, lo pasaréis mejor sin mí —intentó excusarse Hilda.

—Vendrás, claro que lo harás. He pedido una *suite* en el Adlon, estaremos razonablemente cómodos. No puedes vivir en el campo el resto de la vida. Además, aunque no congenies con los Müller, están preparando una cena grande y me adelantan que con grandes sorpresas. Han invitado a los Von Strutt, a Iván Gamst, a Sofia Maeckelberg y a más gente que conoces bien.

Aquello lo cambiaba todo. Desde el momento en el que había decidido vengar a los judíos asesinados en la fiesta del Schloss Blank, había sido imposible volver a coincidir con la principal culpable de aquellos hechos, su anfitriona. Sofia Maeckelberg era el objetivo prioritario de su plan de ejecuciones.

—Tienes razón —convino— no puedo vivir siempre aquí. Te acompañaré a Berlín; además, tengo muchas ganas de volver a encontrarme con Sofia —dijo absolutamente en serio.

—Sabía que entrarías en razón. Por eso, y porque te quiero, te he traído algo que te gustará.

—Llevas tres días en casa. ¿Por qué has esperado hasta hoy?

—Ahora lo entenderás —respondió él levantándose; se acercó y la cogió de la mano—, acompáñame.

Salieron del comedor y, atravesando el gran salón, llegaron al vestíbulo del que partía la escalera principal que llevaba a sus habitaciones. Hilda seguía a Harald con desgana, pues desgana, cuando no odio, era lo que su marido le provocaba cada vez más a menudo. Ascendieron al piso superior, que hacía años que Hilda no visitaba. Era donde se localizaban las habitaciones para invitados menores y la decoración, aunque rica, cambiaba óleos por grabados, arañas de cristal por opalinas y suelos de roble por moqueta. Harald se detuvo ante una de las puertas. Hilda pudo ver cierta emoción en su cara. Una emoción que no supo calibrar.

—Hay algunas cosas bonitas en el este. Más de las que nos dicen, lo que hace la situación más injusta, más..., no sé, más terrible. Pensar en cosas bonitas rodeadas de judíos, gitanos y comunistas... Hace tiempo que tendríamos que haber actuado. Yo te he traído solo una de esas bellezas, espero que te guste —dijo él cogiéndole de la mano.

—Seguro que me gustará —dijo ella sin ningún convencimiento.

Harald abrió la puerta lentamente procurando no hacer ruido. Hilda entornó los ojos en la penumbra. Conocía la habitación, empapelada con rayas crema, colchas y cortinas de cretona, que permanecía en una oscuridad solo rota por una pequeña lamparilla que, sobre una mesita, iluminaba débilmente el entorno más inmediato. Vio acercarse a una mujer del servicio, que, a primera vista, no le resultó familiar. Harald le indicó con la cabeza que se fuera y la mujer, sonriendo, salió casi de puntillas de la estancia. Luego, aún de la mano de Hilda, la acercó a la luz. A los pocos segundos ella ya había conseguido vislumbrar el elemento nuevo y extraño al que su marido la guiaba.

Una cuna.

Paralizada, tuvo que ser él quien, colocándose a su espalda, la cogiera por los hombros y le hiciera asomarse a aquel mueble nuevo. Hilda agradeció que su marido no pudiera ver su cara de terror.

En el interior, un niño de poco más de un año, rubio, de piel sonrosada y labios infantiles montados uno sobre el otro dormía plácidamente.

—Es el más guapo de todos los que vi —dijo él—. ¿Te gusta?

Hilda no entendía absolutamente nada.

—Es precioso —balbuceó.

—Igual que tú, querida. Por eso es tuyo. Nuestro.

Hilda se dio la vuelta para mirar a Harald.

—No entiendo lo que dices, querido. ¿De quién es este niño?

—¡Nuestro! —repitió él—. ¿No es maravilloso?

Hilda cerró los ojos tratando de comprender, desechando la idea terrible que de pronto había cruzado su cabeza. Nerviosa, respiró profundamente antes de hablar.

—Harald, este niño no es mío. ¿Me quieres decir quién es la personita que duerme en esta habitación?

—Te lo diré, por supuesto, perdóname. Estamos trayendo a unos cuantos niños del este. Pobres criaturas de excelente calidad con padres y patrias equivocadas que han dejado de existir. Los están colocando en buenas familias del Reich, pero yo no quise ninguno hasta que vi a este. Proviene de un polaco fuerte, alto, rubio y de mandíbula cuadrada, y de una mujer que no parecía tener ni una gota de sangre eslava. Estaba en una habitación que olía a ganado, en una granja en la que instalaron nuestro campamento durante una semana. Días antes de nuestra partida, ya había decidido quedármelo, así que me ocupé de que la mujer que lo tenía lo trajera hasta aquí y lo cuidara bien.

—Su madre.

—No. Debes olvidar que esa mujer existió. Por el bien de nuestro hijo. Dios lo ha bendecido con una familia de verdad, de buenos arios. Lo ha sacado de las fauces de una raza inferior y una sociedad podrida para traerlo a nuestra hermosa casa en Baviera.

—¿Esa mujer está aquí? —preguntó Hilda ya temblando levemente.

—¡¡Oh, no, no, no!! No te preocupes. Me he ocupado de todo. Esa mujer ha sido deportada. Me he ocupado de todo.

—¿Está muerta?

—No, que yo sepa. Ya sabes..., esto es una guerra. A los prisioneros se los lleva a campos de trabajo. En cualquier caso, no la volveremos a ver. Pero no hablemos del pasado. ¿Qué opinas?

Hilda miró al niño de nuevo. Luego, sintiendo que se le nublaba la vista, un cosquilleo le subió por el estómago e, incapaz de procesar lo que estaba ocurriendo, se desvaneció.

Despertó en su cama al día siguiente, aturdida, con la luz de la mañana entrando por el ventanal. Durante algunos minutos quiso creer que todo había sido una pesadilla, pero al rato se rindió al nuevo giro que una realidad monstruosa le había reservado. Harald había robado un niño a una pareja del este.

Intentó serenarse y ver las cosas con la mayor frialdad. Llevaba meses actuando, pretendiendo que estaba conforme con el dibujo que los nazis hacían del mundo, viviendo de cara a la galería, a sus sirvientes, a sus amigos, como si nada le hiciera levantar la ceja, como si todo estuviera en perfecto orden mientras se vengaba y planeaba, mientras escondía y ayudaba. Costaría, pero la función debía seguir. Debía aparentar alegría, hasta emoción, y abrazar a un niño extraño como al hijo que Harald pretendía que tuvieran. Una vez más, su silencio y su sonrisa serían la fachada que ocultaría sus verdaderos sentimientos. Y cuando acabara la guerra, devolvería al niño a su familia, aunque le costara años encontrarla.

Con todo, aquello supuso un cambió total y colocó definitivamente a Harald en un terreno yermo de amor y de simpatía, falto de toda consideración a los buenos años que habían compartido. Se convenció de que su marido era exactamente igual, si no peor, que los que habían disparado a los judíos para divertirse en la fiesta de Sofia Maeckelberg. Se convenció de que merecía su mismo destino, segura de que su corazón ya no se ablandaría. Aquel día Harald pasó a engrosar la lista de objetivos que había conseguido esquivar con su marcha.

Su marido entró en la habitación unos minutos más tarde. La miró desde la puerta y esbozó la sonrisa con la que la había seducido al conocerle, aquella sonrisa que ya no significaba nada. Tras él, la mujer que había visto la noche anterior cogía de la mano al niño robado que, vestido de azul, era tan guapo como inexpresivo.

—Pensé que te alegraría el despertar, querida —dijo acercándose—. Frau Selma, deje al niño con la condesa —ordenó.

Hilda se incorporó levemente en la cama fingiendo una sonrisa.

—Desde que me he despertado, solo pensaba en este momento —dijo asombrada de su cinismo.

La niñera se acercó a la cama, se agachó para coger al niño y lo sentó en el lecho. Hilda lo tomó por los hombros y lo giró hacia sí. Luego, le acarició la cara, como había hecho infinidad de veces cuando quería generar confianza en sus perros y caballos. «No soy tu madre —quiso decirle—, pero soy tu amiga».

El niño le miró la mano y luego la cara. Hilda volvió a acariciarle. Se miraron como si no hubiera nadie más en el mundo y ella repitió mentalmente: «No soy tu madre, pero soy tu amiga». Entonces él sonrió.

—Es la primera vez que le veo sonreír desde que llegó —dijo la *nanny*.

—Es por el idioma —opinó Harald.

—Seguro —mintió Hilda.

—Le ha gustado usted —intervino la *nanny*.

—Él también me ha gustado —susurró Hilda.

Harald se acercó a la cama y, sentándose junto a ellos, acarició el pelo de su mujer.

—Vamos a ser muy felices. Disfruta de nuestro hijo hoy todo lo que puedas. Recuerda que mañana nos vamos a Berlín.

Hilda lo miró sonriendo, sin comprender cómo sus verdaderos sentimientos hacia Harald eran tan opacos.

—Por supuesto, la cena de los Müller. Me apetece mucho.

—Sí, querida. Lo pasaremos bien. Y es necesario que de vez en cuando hagas algo.

Hilda suspiró y abrió los ojos mirándole.

—No podría estar más de acuerdo, querido, tengo que hacer algo.

26

Inés había aprovechado la cercanía de la Navidad para instalarse en Puigcerdá con Magda, con el falso pretexto de preparar la casa para las fiestas que se avecinaban. Pablo se había resistido con uñas y dientes a comprar una casa en la zona, razón por la que siempre que iban al Pirineo se alojaban en la casa de invitados de la Torre de San Fernando, la propiedad de sus suegros. Por suerte, no todos los Sagnier tenían la devoción de Inés por Puigcerdá, así que rara vez faltaba espacio para su aún pequeña familia.

Pablo, que supo que Inés tenía algo entre manos, estaba tan atareado en la fábrica que tan solo le hizo prometer que no correría peligro, algo que su mujer le aseguró sin estar segura de no mentirle.

Querían averiguar cuál era el fallo en la ruta de escape, dónde exactamente desaparecían los refugiados que ya estaban tan cerca de la libertad. Dónde eran descubiertos... o delatados. Quién los traicionaba, si era o no Dupuis.

Por precaución, decidieron que todas las pesquisas que realizaran en suelo francés las haría solo Inés, lo cual no estaba exento de riesgo. La frontera estaba cerrada y, aunque probablemente hubiera conseguido otro salvoconducto más a través de sus numerosos contactos en el Gobierno español, su presencia frecuente en el otro lado habría despertado sospechas, así que llevaría el pasaporte español encima, pero cruzaría la frontera por la montaña, por alguno de los numerosos pasos que conocía bien. Era española, de clase alta y familia declaradamente franquista, así que, en principio, poco sospechosa. En cualquier caso, su presencia en el país vecino era menos arriesgada que la de Magda. La Francia de Vichy, que desde el principio había sido colaboracionista de los nazis, cada vez era más difícil de diferenciar del resto del Reich, lo que equivalía a que cada vez era más peligrosa para Magda. Como judía extranjera, de ser encontrada dentro de sus fronteras, habría sido deportada inmediatamente.

Así, la judía se limitó a investigar en suelo español, mientras Inés planificaba contadas incursiones en Francia por los caminos secundarios que conocía desde niña.

Su disfraz era perfecto. En un hombro cargaba un maletín de pintura con soportes que se desplegaban para formar un caballete; en el otro, un par de lienzos colgados. También llevaba su anillo de casada y un buen collar de perlas, amén de un traje de campo nuevo y caro. Si la paraban, fingiría ser lo que los hombres verían en ella: una española ociosa de clase alta sin la más remota idea ni preocupación por lo que sucedía. «Un tonto no ve el mismo árbol que un hombre sabio», se repitió.

Por suerte, la casa objetivo de su investigación estaba muy cerca de la frontera y desde una loma podía verla con prismáticos, algo apartada de Latour-de-Carol. Varios días la observó desde aquella colina española, quieta como la misma casa, pretendiendo estar pintando el paisaje para que nadie, en ninguno de los lados de la frontera, sospechara de ella. A la semana se sabía de memoria las dos fachadas de la casa, pero nada había ocurrido, así que decidió cruzar el río Carol por uno de sus vados y entrar en Francia para investigar el otro lado de la propiedad. Pese a que no había avanzado en su investigación y ni una de las preguntas con las que había acudido a Puigcerdá se había contestado, no tenía la sensación de estar perdiendo el tiempo. Tampoco le prestó atención al riesgo que corría. Estaba a cincuenta metros de la propiedad objetivo de sus pesquisas.

Montó el caballete, puso uno de los lienzos y distraídamente empezó a pintar ataviada con una pamela y gafas de sol. La casa le resultó nuevamente tan magnífica en el pueblo como imprevista para un humilde panadero. Parecía en calma, con las contraventanas cerradas y el paisaje durmiente alrededor. Hacía un día frío pero soleado y la hierba parduzca a aquellas horas del mediodía había absorbido ya toda la escarcha de la noche y estaba empapada. A la izquierda, algunas estribaciones montañosas y el río que acababa de atravesar separaban la localidad de España. No parecía un lugar difícil para cruzar la frontera y, sin embargo, estaba poco vigilado, lo cual le pareció extraño. La frontera estaba llena de patrullas y en aquel punto sensible lo lógico era que lo hubiera sido con más intensidad, pues cualquiera podría haberse acercado al río, de apenas una quincena de metros poco profundos, y cruzarlo a cualquier hora de la mañana.

Las vacas pastaban en el lado español, el pueblo parecía tranquilo, el sol calentaba sus manos y, aun así, algo de lo que rodeaba la casa del señor Dupuis despertaba cierto desasosiego, cierta inquietud. La observó con más detenimiento aun mientras daba un par de brochazos abstractos. Al rato, algo en lo que no había reparado en su primera visita al lugar llamó su atención. En la parte de atrás, aquella que tienen todas las casas y que constituye su fachada menos atractiva, a la que suele dar la cocina, el lavadero, los hilos de tender y la fontanería, descubrió una puerta ligera, abierta, que el viento golpeaba levemente contra la pared. Entrecerró los ojos para enfocar y luego, tras comprobar que nadie a su alrededor la vigilaba, se acercó andando con desinterés, como hubiera hecho una persona curiosa en cualquier otra parte. Solo cuando estuvo más cerca aceleró el paso para acabar corriendo hacia la puerta que le intrigaba. Sin dudarlo, al llegar la empujó y entró.

No era una entrada al uso, ni siquiera el típico zaguán de servicio que uno habría esperado en una casa elegante como aquella. En su lugar, una escalera empinada arrancaba nada más acceder a la vivienda. Sin un cuadrito, un perchero o un felpudo que aliviara la severidad del espacio. Empezó a subir. La escalera llegaba cada dieciocho escalones a un descansillo, pero las puertas que la comunicaban con el resto del piso habían sido tapiadas rudamente con ladrillo, así que solo había un camino sin desvíos hasta la buhardilla, que encontraría tras una puerta con un gran pestillo. Qué raro era cerrar una habitación por fuera, pensó mientras lo corría para entrar.

La puerta crujió levemente al abrirse. Inés maldijo aquel ruido delatador, pero enseguida se asomó a la habitación. Era una buhardilla grande, a varias aguas, con un techo empinado sostenido por vigas y pilares de madera, y estaba en penumbra, pues los ventanucos estaban también tapiados. Recorrió el espacio vacío hasta la otra punta, donde al intentar abrir la puerta supo que también estaba cerrada por el exterior. Luego, con los ojos ya adaptados a la oscuridad, en una esquina descubrió un orinal y, a su lado, un colchón viejo y raído.

Parecía claro que allí habían encerrado a alguien. Cerró los ojos tratando de buscarle sentido. Su madre había encerrado a alguno de sus primos menores alguna vez, cuando no se portaban bien, pero no en una buhardilla baja y húmeda con las ventanas condenadas. No en un lugar sin luz en el que apenas uno se podía abrir paso entre las sombras. No en un sitio como aquel, que parecía una mazmorra. Alargó el brazo para palpar las vigas que tenía a poca distancia, vigas de madera vieja, un poco grasa, oscura. Vigas que al tacto, en algunos lugares, parecían grabadas. Retrocedió hasta la puerta para abrirla por completo y que entrara algo de luz. Regresó y escudriñó la viga. Y leyó: «Bertha Sachs, 52 yahre - März 1941. Yvette Levy, 40 yahre - Januar 1941. Adam Cohem, 45 yahre - April 1941. Daniel Zuckerberg, 60 yahre - Juni 1941. Oliver Marchand, âge 34 - Janvier 1941».

Y más y más nombres. Por lo menos, una treintena, grabados en la madera toscamente, como único recuerdo de unos desconocidos que habían pasado por allí hacía poco. Muchos nombres tenían estrellas de David junto a ellos. Otros parecían no judíos. Buscando entre aquella maraña, una línea llamó su atención: «Benjamin Moses, yahre 53 - September 1941».

Así que el señor Moses sí había llegado allí. Como le pasaba cuando las ideas asaltaban en avalancha su cabeza, Inés decidió que debía volver a casa lo antes posible, sentarse, beber algo y serenarse para poder pensar con claridad. De pronto el lugar donde se encontraba le parecía la antesala del infierno. Probablemente lo fuera.

Sigilosa pero rápida, bajó la escalera y con cautela salió del jardín de la casa del señor Dupuis y avanzó por el prado al final del cual le esperaba su caballete. Escondida tras su coartada y con el pincel rápidamente en la mano de nuevo, vio que un coche oscuro tomaba la curva y, rebasando la casa, se acercaba por el camino hacia ella. Trató de no ponerse demasiado nerviosa al ver a dos hombres con uniforme bajarse del vehículo e ir hacia ella.

Probablemente rebasaran en poco la veintena pero, pese a su cara aniñada, ya inferían miedo con su mirada, exactamente igual que su uniforme, rígido, imponente, oscuro, y esas botas negras y relucientes que pisaban aquel entorno rural. El uniforme de la Police Nationale, la policía de Vichy, abiertamente colaboracionista y cada vez más nazificada.

Uno se le puso en frente tapándole la vista. El otro se colocó a su espalda, como queriendo ver la acuarela. No podía estar en una posición más incómoda, pues era imposible mirarlos a la vez. Quiso volverse, pero el que tenía a la espalda se lo impidió con suavidad.

—*Non, non*... —dijo casi susurrando, como hubiera hecho con una niña traviesa.

Sin que hiciera falta que se lo pidieran, Inés cogió su bolso y sacó el pasaporte español, que tendió al hombre que tenía frente a ella. Él la miró, esbozó una leve sonrisa y se giró dándole la espalda. Durante los segundos en los que ojeó el documento, pareció que hasta los pájaros habían dejado de piar y la brisa se había helado. Luego volvió a girarse y en francés ordenó:

—Acompáñeme.

—¿Por qué? —respondió ella—. Tan solo estoy pintando. Soy española.

—Estoy seguro de que su país tiene bonitos paisajes. Quizá los pueda pintar pronto. La frontera está cerrada. No puede estar aquí.

Era el tipo de frase pronunciada para asustar. Igual que los uniformes, igual que sus caras, igual que su tono. Decidió que no la achantarían.

—Ni yo misma sé bien dónde está la frontera, puede que me haya despistado, paso largas estancias en el valle desde niña, siempre hemos ido de un lado para otro. Igual que los franceses.

—Eso se acabó. Nadie puede salir del país sin autorización.

—Pues es una lástima, pero yo soy española, así que si me deja y me dice dónde empieza, volveré a mi país.

—No. Vendrá con nosotros.

—¿A dónde?

—Eso ya lo verá. No se inquiete, seguro que no tiene usted nada que esconder.

—No estoy inquieta.

—Entonces vaya al coche.

Inés hizo ademán de recoger ordenadamente sus cosas, pero el policía echó de cualquier modo pinceles y pinturas directamente dentro del maletín e intentó cerrarlo.

—No cierra si no está ordenado —apuntó ella.

—Me da igual. Coja sus cosas o déjelas aquí, pero suba de inmediato al coche.

Hizo lo que pudo, pero en el camino al coche sintió que su dignidad había quedado tocada: llevaba sus bártulos a duras penas, las cosas se le caían y su andar se volvía apresurado y patoso como el de alguien al que empujan. En el coche intentó contener el miedo. Luego le sobrevino rápidamente al ver que entraban en Latour-de-Carol, pasaban por debajo de la elevación sobre la que se asentaba la iglesia y se acercaban a la comisaría, un edificio en el que debería haber reparado mucho antes.

Al llegar a la puerta, el coche frenó en seco y, de malas formas, el hombre con el que había hablado minutos antes la cogió del brazo y, pese a sus quejas, la llevó dentro. Allí, la condujo a una sala en la que había varios agentes trabajando, una decena quizás, y la sentó en un banco de madera que recorría una de las paredes de principio a fin. Sin encadenar, pues sabían bien que el miedo era más fuerte que las cadenas. Con la mano le indicó que esperara. Inés asintió.

Aguardó sentada, rehuyendo la mirada de los que la observaban, intentando no parecer nerviosa, aunque fuera imposible. Nadie que conociera a la Police Nationale estaba cómodo cerca de ellos. No dudaban. A la mínima sospecha, sobrevenía la tragedia. Al cabo de una hora, desde la otra punta de la habitación, una pareja de guardias la señaló. Se notaba que tenían ganas de interrogarla, de hecho, parecía que estuvieran debatiendo quién lo haría. El más alto pareció imponerse y se acercó.

—Soy el agente Rivière. Sígame —le dijo algo más amable.

Inés obedeció, hacía algunos años que no obedecía tanto. Siguió al hombre por un pasillo largo al que daban varios despachos, algunos de los cuales estaban ocupados por agentes. Ninguno parecía acoger un interrogatorio, lo cual la animó un poco. Si aquellos hombres hubieran pensado que ella era alguien peligroso, la hubieran interrogado en otro lugar y condiciones.

Entraron en un despacho al fondo del pasillo, mayor que los otros, presidido por un retrato del mariscal Pétain y un plano del valle de la Cerdaña. Lo miró fugazmente y, al localizar Puigcerdá, rezó en silencio por poder volver pronto. El hombre que la acompañaba pareció entenderlo. Volvió a dirigirse a ella en francés.

—Sí, no debería estar en Francia. Pero ahora no puede irse. No se irá hasta que todo esté muy claro. ¿Qué hacía exactamente en ese prado?

Inés respiró profundamente y levantó la cara. Quiso parecer triste y cansada, no enfadada y desafiante, que era su estado de ánimo real.

—Pinto. Acuarelas. En muchos lugares del valle, que, como le dije a su compañero, conozco desde niña. Tenemos una casa en Puigcerdá, en el barrio del Lago, quizás lo conozca.

—No lo conozco, no —dijo él. «Como lo vas a conocer, maldito idiota sin educación», pensó ella.

—Es una bonita zona. Mucha gente de Barcelona tiene villas allí. Las recuperamos acabada la guerra. Mi familia escapó de Puigcerdá durante la guerra. Los republicanos nos perseguían —dijo aprovechando una verdad. Aquello pareció ablandar al hombre.

—Malditos. Entonces usted es...

—Nacional, por supuesto. Mucho. —Estaba dispuesta a decir que era la amante de Franco si eso la salvaba—. Puede comprobar mi dirección. Nadie en el barrio del Lago es republicano, nos hicieron demasiado daño.

El hombre se mantuvo pensativo unos segundos. Inés supo que no tenía ni idea de por dónde seguir el interrogatorio. Entonces pareció recomponerse.

—No puedo dejarla ir. Se quedará aquí esta noche. Averiguaremos cosas. ¿Por qué observaba usted la casa naranja?

«Aja», pensó Inés. Así que ese era el problema. Una española observando una casa en la que capturan a las presas más importantes a costa de dejar pasar a las menores. No quiso sonreír, pero se alegró de que el agente fuera tan indiscreto. En cualquier caso, la situación se estaba complicando.

—¿La casa naranja? ¿La grande? Esa casa está delante del pueblo. Estaba pintando el pueblo. Para pintarlo sin esa casa tendría que hacerlo *desde* la casa, lo cual no haría porque no soy la propietaria. Óigame. Soy una española con afición a la pintura, una habitual de la zona y hoy me he aventurado pensando que no tenía importancia. He aprendido la lección, no volverá a pasar. Lo juro.

En ese momento se abrió la puerta y el agente Rivière se puso de pie como un resorte.

—¡*Heil* Hitler!

—*Heil* Hitler —respondió con voz fría una persona a espaldas de Inés.

Mantuvieron una corta conversación y el agente salió de la habitación. Inés solo se había girado un poco, así que cuando el hombre ocupó el lugar al otro lado de la mesa del despacho, mirándola tan de frente como el retrato de Petáin detrás de él, lo vio por primera vez. Rondaría los treinta y cinco años, quizás los cuarenta, y su piel clara estaba sonrosada por el sol, al que no debía de estar acostumbrado. Su pelo era tan rubio que algunos mechones parecían casi blancos y sus ojos negros brillaban con intensidad. Su nariz recta parecía cambiar un poco de ángulo antes de llegar a la punta, lo que la volvía un poco respingona y femenina. Le sonrió con una dentadura perfecta e Inés pensó que en otra situación se estaría sintiendo seducida. El hombre bajó la mirada y revisó un papel con anotaciones a máquina que el agente Rivière había dejado sobre la mesa. Lo leyó rápidamente asintiendo de vez en cuando. Luego volvió a mirar a Inés.

—Soy el sargento Wagner —le dijo mostrando su placa—, enviado especial de la Gestapo para ayudar a nuestros amigos franceses. Ha hecho usted una tontería —dijo en francés perfecto y con tono serio. Ya no sonreía—. Estamos en guerra, señorita. Y aunque desprecie a mi país, como hacen muchos de los que no lo conocen, nuestra fuerza es incomparable y nuestra seguridad esencial. Deberá pasar la noche aquí. Mañana será interrogada por uno de nuestros oficiales. No puede cruzar la frontera como si tal cosa... y es a todas luces sospechoso que lo haga, salvo que sea usted muy estúpida.

Inés se irguió un poco en la silla. Estaba realmente asustada y pensaba si en realidad no había sido tremendamente estúpida, como indicaba el hombre que tenía frente a ella. Nunca había tolerado los insultos y, cuando intuía la más mínima falta de respeto, solía responder muy airada, pero se contuvo.

—No soy estúpida, quizás solo distraída. Tampoco pensé que alguien repararía en mí, ni que pudiera despertar la más mínima sospecha... —De pronto, una idea pasó por su cabeza—. Además, no odio su país. Todo lo contrario. El año pasado estuve en Baviera, pues mi familia tiene una casa allí.

—Yo soy bávaro —dijo el hombre acercándose un poco a la mesa, algo sorprendido—, de Lindau, a orillas del lago Constanza. ¿Dónde tiene su familia la casa?

—Mi prima Hilda Sagnier es la *Gräffin* Von Fallstein, y vive en...

—Burg Fallstein. Lo conozco perfectamente. Es más, una vez fui invitado a una cacería en la finca.

—También nosotros fuimos de caza.

La sonrisa volvió a la faz del alemán.

—¡Eso es extraordinario! ¡Dos cazadores bávaros en el Pirineo! ¿Caza usted por aquí?

—En la sierra del Cadí, sí. Rebecos —respondió ella sorprendida y aliviada.

—Me tiene que invitar algún día. Entonces, su prima se casó con... —Levantó la mirada intentando recordar el nombre.

—Con el *Graf* Harald Fallstein —interrumpió Inés—. Sí. Vive allí. Está muy contenta. Algo inquieta, pero contenta, como estamos todos.

El comentario dejaba caer que Inés era proalemana, por si ser prima de una condesa bávara no fuera suficiente. Luego bajó los ojos de forma seductora y volvió a mirar directamente a los del hombre cuya pose amenazante desaparecía rápidamente.

—Harald, desde luego —repitió el alemán—. Un hombre encantador. Una familia muy prominente la de su primo político. Puramente alemana. La felicito. Mis padres conocían a los difuntos *Grafs* de Fallstein. No puedo decir que fueran íntimos, pero sí conocidos próximos —alardeó un poco.

—No nos hemos presentado —dijo ella alargando la mano—. Me llamo Inés Sagnier.

—Oh, oh, disculpe de veras —respondió él, ya rendido—. Gustav Wagner, sargento de la Gestapo Gustav Wagner, bueno, eso ya lo he dicho antes. —Se levantó, le cogió la mano y se la besó. Luego la miró unos segundos de arriba abajo. Ciertamente aquella mujer irradiaba distinción y belleza—. La llevaré a su casa. Pero debe prometerme dos cosas.

—Usted dirá —dijo ella aliviada.

—No volverá a cruzar la frontera sin permiso. Si quiere hacerlo, para lo que sea, dejaré nota en el puente internacional de Bourg Madame, el paso a España, y le daré un salvoconducto para que no se vuelva a meter en problemas. Es usted un poco despistada.

—Lo soy —mintió Inés.

—Y hay un segundo favor —dijo mirándola seductor. Había recuperado el control de la conversación tras unos minutos algo ofuscado por las coincidencias y por la veneración que muchos nazis tenían por su aristocracia—. La semana que viene me llevará a cazar. —Le cogió la mano para besársela por segunda vez—. Estoy seguro de que hay mucha caza por aquí.

A la mañana siguiente, Magda acudió a la iglesia. Inés se quedó en casa con los niños, descansando tras las emociones y la tensión del día anterior, en el que había vuelto a la Torre de San Fernando acompañada por un sargento de la Gestapo que, a pesar de su apostura, a Magda le erizó el vello nada más verle. Inés se lo contó todo sin poder evitar en algún momento estallar en lágrimas al recordar el miedo que había pasado. Magda creía que su trance había valido la pena. De principio a fin.

Como temían, la casa Dupuis de Latour-de-Carol era una ratonera. Magda tuvo deseos de ir en busca del señor Dupuis para matarlo pero al meditarlo se dio cuenta de que él era solo un engranaje de una maquinaria con más piezas. Era imposible que el panadero supiera quiénes eran los fugados sin que nadie se lo hubiera indicado antes. Salomon Metzeler, que supervisaba toda la operación, les había dicho que Benjamin Moses, el judío desaparecido, estaba en un campo de concentración, así que no había duda de que los nazis eran los que daban cuerda a la maquinaria.

Mandó un telegrama a Mario Pérez: «La casa de su interés es muy cara. STOP. Descártela totalmente. STOP. No es adecuada para ninguno de sus invitados. STOP.». «Suficientemente claro para alguien más acostumbrado a los códigos que yo», pensó antes de seguir su camino.

Inés no entendía bien por qué Magda quería ir a la iglesia, pero la judía sabía bien lo que hacía. La Iglesia formaba una comunidad global en toda Europa y era una excelente red para obtener información. Los nazis habían respetado el credo católico pese a intentar que su influencia se redujera, y los curas podían transmitir información de unos a otros discretamente. También se movían con mayor facilidad por el territorio que el resto. A los soldados no les era fácil disparar a una sotana.

Entró en el templo y enseguida el ruido de la calle quedó atrás y el frío húmedo, el olor a incienso y los susurros de algunas oraciones llenaron sus sentidos. El convento debía haber sido bonito, pero ahora solo quedaban sus recios huesos, una sola nave bastante grande de arcos apuntados, un altar desnudo y pequeñas capillas a los lados. En una de las esquinas localizó el confesionario. Arrodillada a un lado, nuevamente interpretando a alguien que no era, se apresuró a orar.

—Ave María purísima.

—Sin pecado concebida —contestó una voz desde el interior.

—En el nombre del Padre, del Hijo y del Espíritu Santo —invocó solemne.

—El Señor esté en tu corazón para que te puedas arrepentir y confesar humildemente tus pecados —siguió el sacerdote.

—Padre, vengo en su busca para recibir consejo.

—Sigue, hija.

—Siento que el Señor me ha abandonado y no sé cómo recuperar la fe en Él.

—Hija, el Señor no te ha abandonado. Nunca lo hace.

—No soy española.

—Lo he notado por tu acento.

—Soy alemana. Mi familia está en medio de una guerra. Perseguida y en peligro, y no tengo manera de hablar con ellos.

—Puedes rezar por ellos. Dios proveerá.

—Necesito que sus hijos me muestren el camino. Padre, mi familia va a intentar llegar a España. A la Cerdaña.

Se hizo el silencio. El sacerdote empezó a entender que lo místico estaba dejando paso a lo humano. Magda prosiguió.

—La Iglesia de Dios en la tierra ayuda a sus ovejas. Estoy segura de que usted sabe cómo puedo ayudar a los míos.

El silencio continuó.

—Mis padres son mayores, débiles y son perseguidos por causa de la justicia, como dicen las bienaventuranzas. —Había ensayado cada palabra para parecer muy devota—. Si usted, en su sabiduría, con sus contactos con otros sacerdotes al otro lado de la frontera, tuviera alguna idea para ayudarlos a entrar de forma segura en nuestro país, me lo diría, ¿no es así?

Silencio otra vez. Silencio prolongado. Magda se asomó. El sacerdote había abandonado el confesionario y se dirigía a paso ligero hacia la sacristía. ¿Acaso la iba a delatar? Sin pensarlo, la judía se levantó y tomó el camino opuesto, en dirección a la salida. Allí, tras mirar hacia los lados, enfiló la vuelta a casa.

Estaba acostumbrada a los rabinos, hombres implicados al máximo en cada detalle de sus comunidades, personas sabias a las que pedir consejo, pero parecía claro que el sacerdote al que había acudido no estaba dispuesto a prestarle la ayuda que necesitaba. Sabía de la unión de la Iglesia española con el régimen franquista, pero se resistía a creer que esa filiación la despojara de caridad y voluntad de ayuda, indistintamente de las ideas y creencias religiosas de los necesitados. «Quizás me equivoco», pensó decepcionada.

Anduvo lentamente por las calles, entretenida en sus pensamientos, hasta el lago y lo bordeó en dirección a la avenida Schierbeck, donde estaba la Torre de San Fernando. A lo lejos, en un puesto de almendras garrapiñadas que podía oler, le pareció ver a un hombre con alzacuellos. «Menos comer y más ayudar», se dijo. Pasaba por delante del puesto, pocos minutos después, cuando el vendedor, que voceaba anunciando su mercancía sin descanso, cambió el discurso para reclamar su atención.

—¡Almendras para la señora! ¡Regalo de la casa! —dijo acercándose a ella.

Magda le miró con incredulidad. En aquel país empobrecido y en plena posguerra nadie regalaba nada, menos aún comida. Miró al hombre unos segundos sin entender. Él cambió la cara, le cogió la mano, le puso una bolsita con almendras en la palma y la cerró.

—Parece que Dios la acompaña hoy, señorita —dijo, luego volvió a colocarse en su puesto y siguió voceando—. ¡Almendras garrapiñadas! ¡Almendras de Tarragona!

Con el puño cerrado, Magda avanzó un poco. Luego, sin pararse, abrió la mano. Una bolsa estrecha de almendras recubiertas de caramelo seco, listas para ser comidas. Un papel atado con un cordel la envolvía. Lo desató y leyó: «Los bienaventurados deberían hablar con aquel que los puede bautizar en las aguas calientes de la montaña».

Leyó y releyó la nota. Sabía que era para ella y también de dónde venía, pero no consiguió descifrarla hasta llegar a casa con la ayuda de Inés.

—Se nota que no eres de Puigcerdá —le dijo sonriendo—, cualquiera de los veraneantes del lago sabría a dónde acudir. Mañana me acercaré. —Miró la cara confusa de Magda y con la mano le acarició de la mejilla al mentón—. Y alégrate, presiento que acabamos de dar con otra ruta de escape.

27

Cuando a las siete de la tarde José Manuel llegó a casa de Helmut Müller, se percató de que aquella velada no era extraordinaria solo para él. Eran un grupo de alrededor de veinte personas, la mayoría matrimonios, que difícilmente podían disimular la emoción que les producía la segunda parte de la noche, aquella en la que se les abrirían las puertas de Carinhall, la casa de Goering a más de cien kilómetros de Potsdam. Poco importaba que en aquella celebración fueran invitados de segunda categoría, aquellos que acudirían a la casa una vez los invitados de categoría superior hubieran acabado de cenar. El tedioso viaje en coche que tenían previsto realizar alrededor de las ocho y media valía sobradamente la pena.

Goering era excesivo, y todos los que lo sabían se habían vestido en consecuencia para agradarle. Las mujeres habían sacado la artillería pesada y se coronaban con imponentes tiaras, rodeaban sus muñecas de ricos brazaletes y no había escote en el que no brillaran las más espléndidas joyas. Los hombres que las poseían adornaban sus fracs con condecoraciones y bandas, tanto que José Manuel ofrecía un aspecto poco destacado entre los invitados. Justo lo que quería.

Había estudiado la casa de Goering al detalle, también a la gente de la que se rodeaba y a todos los que sabía que acudirían a la velada. Se había aplicado tanto que incluso Heidi, que era, sin lugar a dudas, la persona más fría y exigente que había conocido, le felicitó por su trabajo. En un bolsillo interior de su chaleco portaba la minúscula cámara con la que debía documentar su estancia en la casa.

—Solo si no ve peligro, no me cause problemas, nadie le puede descubrir —le había ordenado Heidi.

Lo cierto es que los pocos gramos de peso de aquel artilugio parecían toneladas y en ningún momento había conseguido olvidar que lo llevaba encima.

Los Müller habían preparado un cóctel, por lo que todos alternaban unos con otros, paseando por los salones de su magnífica villa con vistas al lago. El gran salón, decorado exprofeso para la velada, tenía un aspecto inmejorable, con las dos chimeneas a pleno rendimiento, los candelabros encendidos y grandes centros florales. En un rincón, un cuarteto de cuerda añadía música a una escena de ilusión compartida. La guerra aquella noche no existía excepto en las conversaciones victoriosas y los planes de futuro de un grupo que creía que lo mejor estaba por llegar.

Como siempre, Helmut Müller le recibió con los brazos abiertos, derrochando amabilidad. José Manuel estaba deseando averiguar qué interés justificaba aquella actitud. Por alguna razón, intuyó que aquella noche se desvelaría el misterio.

El anfitrión le cogió del brazo y le acompañó de grupo en grupo presentándole a quienes no conocía, que cada vez eran menos. Saludó a Otto von Strutt, al que solo le faltaba que su mujer lo atara del cuello con una correa para reducirlo aún más. José Manuel sabía que Heidi estaba investigando a la pareja, que no había desistido de recuperar a su antiguo informante, pero aún no había averiguado lo bastante para comprender cuál era el poder de la señora Von Strutt sobre su marido. Junto a ellos, en el salón de la villa, hablando y riendo en corrillos, había la habitual mezcla de aristócratas e industriales, a muchos de los cuales ya conocía y fue saludando. El último grupo al que se acercó lo formaban dos hombres y una mujer vestida en seda verde, con el pelo castaño y la espalda descubierta decorada por un collar de grandes perlas rematado por una esmeralda de buen tamaño que bajaba por su dorso como la misma columna vertebral.

Al interrumpirlos, la mujer se dio la vuelta y, como él, tardó unos segundos en identificarle: Hilda Sagnier.

—¡Hilda! —le dijo impresionado—. ¡Claro, claro! Me contó mi hermano Pablo que estuvo contigo en Múnich. Que vives allí.

José Manuel era mucho menos social que la familia de su cuñada, que no se perdía ni uno de los eventos de la burguesía catalana, pero aún así recordaba a la prima de Inés del día de la boda con su hermano Pablo. Igual que aquel día, era la más guapa entre toda la concurrencia femenina. También era simpática. Ella le miró de arriba abajo unos segundos con la sonrisa instalada en sus labios pintados de carmín rojo intenso antes de lanzarse a sus brazos.

—¡José Manuel! —En Barcelona se hubieran saludado más formalmente, pues no eran amigos sino conocidos, pero Hilda no pudo evitar el contacto. Estaba realmente contenta de ver una cara española entre tanto alemán.

Le abrazó unos segundos más de lo que la educación española recomendaba y, sin duda, muchos más de lo que la alemana establecía, pero no le importó. Por un momento sintió deseos de que aquel hombre la sacara de allí, de aquella fiesta, de aquel país desquiciado.

Se separó lentamente de José Manuel y se miraron a los ojos creyendo ambos leer secretos en ellos. Enseguida, una mano se interpuso entre sus cuerpos, lista para estrechar la del español y acabar con aquel contacto inadecuado.

—Harald Fallstein, encantado. Creo que no nos conocemos, pero por la... intensidad con que mi mujer se ha lanzado a sus brazos supongo que es un buen amigo de España. —Había cierto deje de reproche en sus palabras. Un reproche cobarde que lanzaba indirectamente a su mujer.

José Manuel había oído hablar del conde Fallstein. Cómo no, toda Barcelona había comentado lo apropiado de que la hija de una de las familias más eminentes de la ciudad se casara con un aristócrata alemán. «¡Aristócrata y alemán! ¡Esa Hilda Sagnier sí es afortunada!», decían. Viéndola en aquel espacio, rodeada de personas tan parecidas a ella en algunas cosas, pero tan abismalmente lejanas en otras, le pareció que había mucho más en el matrimonio Fallstein que lo que suponía la sociedad barcelonesa. El abrazo que Hilda le había dado parecía más fruto de una llamada desesperada que de una alegría espontánea. La española se separó un poco de José Manuel para dejar que los demás se presentaran. Cuando lo hubieron hecho, se acercó de nuevo hablándole por lo bajo y en español.

—¿Me acompañas hacia el camarero? Nos tenemos que poner al día.

Ponerse al día hubiera representado hablar durante días, pues lo cierto era que no se conocían bien, pero él la acompañó encantado.

—Supongo que te habrán contado la sorpresa de la noche —dijo ella.

—¿La sorpresa?

—Bueno, al menos lo ha sido para mí. Harald no me explicó la segunda parte de esta velada hasta que llegué a Potsdam.

—La visita a Carinhall.

—Exacto. Yo he estado una vez. Es espantoso, pero claro, es un gran honor ser invitado. Una vez invitamos a Goering a casa, pero se excusó en el último momento. No es una persona educada, supongo que nadie le pide que lo sea mientras sea efectivo..., y lo es.

—Sin duda.

—En fin, no creo que tú y yo tengamos mucho que hacer en su casa, pero será interesante. Es algo a lo que no estoy acostumbrada. Y tú..., ¿qué haces en el epicentro de la guerra? ¿Acaso no tuviste suficiente con la nuestra?

—He venido por negocios. Los Müller nos compraron muchas telas, bueno, en realidad nos proporcionaron los contactos en el ejército. Vendemos directamente a los que trabajan para ellos.

—Os estaréis haciendo ricos. Me alegro de que no solo los alemanes se beneficien de esta situación.

—Bueno, no exactamente ricos, pero siempre está bien abrir nuevos mercados.

Hilda le puso la mano sobre el brazo y se apoyó para hablarle un poco más bajo.

—No le hables a mi prima de esta noche. Ya sabes cómo es con los nazis. Se quedó... impresionada cuando estuvo por aquí. Tu hermano imagino que también.

—Alguien tiene que pasar por encima de todo eso. Los negocios son los negocios —mintió José Manuel.

Siguieron charlando mano a mano y alternando con algunos grupos antes de volver a reunirse en un aparte, como dos buenos amigos con mucho que contarse. Fingieron, pretendieron ser convencidos admiradores de Hitler y, cuando les pareció que exageraban sus mentiras, volvieron a las banalidades. Ambos tenían una misión. La de José Manuel, una vez estuviera en casa de Goering. La de Hilda, en cuanto llegara Sofia Maeckelberg. Seguía sorprendiéndole que alguien pudiera odiar tanto, pero ella misma odiaba sin límite a Sofia y, especialmente para ella, había rellenado el guardapelo que pendía de su brazalete con una buena cantidad de arsénico.

Al rato, la vio entrar en la casa. Intencionadamente tarde, riendo, algo ebria, indolente, sofisticada, siempre transmitiendo la sensación de que nada importaba, de que su vida era maravillosa y divertida, que todo lo demás siempre era inferior y más vulgar. Llevaba un traje dorado con pronunciado escote en pico por el que asomaba su delgadez y que marcaba sus pechos pequeños y firmes. Sobre la frente se había colocado, justo encima de sus cejas finas, una tiara *bandeau* con grandes rubíes. Entregó su estola de zorro con desinterés a un criado y se acercó a Helmut Müller para saludarle y presentarle a la última de sus conquistas, un hombre que parecía desubicado y mucho más joven que ella. Luego, Hilda pudo ver cómo Sofia rastreaba con la mirada el salón en busca de una copa. Dejó a José Manuel con uno de los grupos y se adelantó, acercándose a la barra para que le sirvieran dos copas de champán. Sofia solo tomaba champán, a todas horas, así que, cuando el camarero fue en busca de más botellas, Hilda se giró un poco para dar la espalda a la fiesta y arrinconarse para espolvorear el arsénico en la copa de tulipa. Luego, tranquila, dándole vueltas para que el veneno se diluyera, movió el líquido, tan dorado y letal como la persona a la que iba destinado.

Miró la copa unos segundos y no pudo evitar sonreír. Luego notó que alguien se ponía a su lado.

—¿Puedo robártela? —le dijo cortés José Manuel. ¿La habría visto?

—No. No puedes —se oyó decir alarmada tocándose instintivamente el guardapelo.

—¿Qué es lo que...?

Sofia se unió a ellos.

—Querida, ¿no me vas a presentar a tu amigo? —los interrumpió—. Por favor, dime que es tu amante.

Hilda odiaba ese tipo de comentarios. Nunca había entendido por qué para algunas personas mostrarse modernas o graciosas implicaba siempre provocar, acudir a la broma picante, nunca a la inteligente, como si las mujeres fueran todas puritanas y se escandalizaran por aquellas tonterías. En cualquier caso, le preocupaba que José Manuel hubiera visto cómo echaba el veneno.

—No es mi amante, es mi amigo José Manuel Bultó. Cuñado de mi prima Inés.

—Oh, cuñado de mi primo de mi amigo de mi... Qué más da, querida. Un español. Y llamado José... Eso sí es exótico. Una vez tuve un novio negro. —Se giró hacia José Manuel y le tendió la mano acercándose tanto que él tuvo que encoger el brazo para besársela—. Entonces me ha dicho que es usted soltero, ¿no es así?

—No lo he dicho, no —dijo él—, pero lo soy.

—Oh, sí lo ha dicho, querido. Todos lo dicen en cuanto me ven. ¿Quizás una copa de champán? Solo bebo champán.

—Eso debe ser aburrido —dijo él.

—Todo lo contrario. Las burbujas son excitantes y, además, me hacen mucha falta tras hablar con los Strutt.

—Toma, Sofia —interrumpió Hilda acercándole la copa que le había preparado—. Brindemos.

José Manuel la miró extrañado. Luego se giró y pidió otra copa para él a un camarero más dispuesto que su amiga.

—¿No le divierten los Strutt? —preguntó—. Otto es encantador.

—Oh, sí, sí, desde luego que lo es, y muy guapo. Nunca he entendido por qué está con la tonta de Maria. Esa chica... con esa actitud... —comentó Sofia.

—Sin duda, es más seria que su marido —apuntó José Manuel.

—Ah, amigo, la seriedad. Esa mujer... El pasado no puede quedar atrás nunca, especialmente para los que la conocemos desde hace años. Maria von Strutt es tan seria ahora como desvergonzada antes. Esa es la Maria que conocí yo.

—¿Desvergonzada? —preguntó Hilda.

—Sí..., sé lo que pensáis..., puede que yo lo sea también un poco..., pero siempre he sido así. Es un problema que achaco a mis padres, a los que aburrí mucho, lo suficiente como para decidir no tener más hijos y dejarme al cuidado de las *fraüleins*. Me estropearon, esa es la verdad, y me hicieron como soy. Caprichosa y sí, lo reconozco, algo desvergonzada. Pero Maria Strutt también tuvo sus momentos de gloria. No había hombre en los congresos de Núremberg por quien no se dejara magrear. Igual que muchas, por supuesto..., pero os aseguro que ninguna pretende moralizar como ella. Bah, es detestable... y aburrida. —Sorbió un poco de su copa—. Pobre Otto.

—Parece un matrimonio estable —dijo José Manuel tirándole de la lengua.

—Estable, ¡ja! Maria se fue unos meses de viaje, casi un año, si no recuerdo mal, con su madre, que es toda una señora. Ella la debió convencer para que sentara la cabeza y Maria aprovechó lo que sabía hacer con los hombres..., su... experiencia, para seducir al pobre Otto, al que conocía pero jamás había mirado. En un mes estaban comprometidos. Es ambiciosa. La fortuna de los Von Strutt es importante, por supuesto, pero la de su familia, que tampoco es nada desdeñable, no debía ser suficiente para ella. Una pena —añadió antes de beber otro sorbo—; en fin, dejemos de hablar de esa tonta. —Bebió lo que quedaba en su copa—. Y pedidme otro champán, queridos.

José Manuel apuntó todo en su cabeza. Estuvieron cenando y charlando hasta las nueve, cuando los coches se pusieron en marcha y una hilera de diligentes chóferes se colocó delante de la entrada de la casa para emprender el camino a Carinhall. José Manuel se subió al vehículo de los Müller.

—Le gustará Carinhall, amigo —le dijo Helmut—, y me encantará presentarle a algunos amigos con los que debe alternar.

«Finalmente», pensó José Manuel. Aquella noche prometía. Contuvo el impulso de llevarse la mano al pecho para palpar la cámara.

—Me encantará conocer a sus amigos.

—Hará más que eso, José Manuel. Esta noche será invitado a participar en la historia del Reich de los mil años. Debe estar contento. Y orgulloso.

La conversación que hubiera deseado se volvió a postergar y durante el camino hablaron de las mismas banalidades de siempre, de los éxitos de la guerra —que José Manuel sabía que estaban perdiendo velocidad— y de los proyectos de gloria para una vez acabara. Como muchos alemanes, Helmut Müller seguía convencido de una rápida victoria.

A las diez de la noche llegaron al primer control de acceso a la propiedad de Goering, custodiada por su guardia personal, parte de una división militar de la Luftwaffe que llevaba su nombre. Les pidieron la documentación, revisaron un listado y les alumbraron la cara con una linterna que solo molestó a José Manuel. Luego los dejaron pasar. Otros coches fueron obligados a ponerse a un lado para ser revisados. Ni el de Hilda ni el de Sofia Maeckelberg se encontraban entre ellos. Parecía claro que, por lo menos, entre los invitados de segunda clase ellos eran considerados los más importantes.

La finca era tan boscosa que la carretera por la que avanzaban resultaba siniestra y oscura, y daba la sensación de que estaban, como Heidi había comentado hacía días, metiéndose en la misma boca del lobo. Al rato se detuvieron en un segundo anillo de seguridad. Tras el tercero, una larga recta los llevó finalmente a la mansión.

Si alguna vez la propiedad había sido una pequeña cabaña de inspiración escandinava, nada quedaba de aquello. En su lugar, una imponente mansión en forma de U era el centro de una finca en medio de una reserva de casi sesenta mil hectáreas en las que se introducían especies extrañas, se podaba el bosque para que fuera perfecto y se planificaban nuevas ampliaciones y pabellones. A medida que se acercaban a la casa, se entreveían a través de los pinos estatuas de bronce de diferentes animales a escala real y guardias patrullando con perros. No era una bienvenida alegre ni festiva. Era imponente e intimidante.

—Impresionante, ¿verdad? —le comentó Helmut—, así hacemos las cosas aquí.

—Sin duda —contestó José Manuel.

La fachada de la casa era oscura, de piedra gris iluminada con antorchas. Un frontis triangular, muy empinado, decorado con un gran escudo y columnas adosadas, enmarcaba la puerta de entrada al edificio de dos pisos; el inferior con dos grandes ventanales y el superior con aberturas de menor tamaño. A cada lado, dos alas se adelantaban perpendiculares formando un patio grande. Carinhall no le pareció ni bonito ni arquitectónicamente relevante, ni meritorio en nada, pese a la impresión opuesta que causaba a la mayoría de los alemanes que ahí acudían. Una vez más corroboró que era más fácil construir cosas grandes que bonitas, igual que hacer mucho ruido era mas fácil que componer una melodía.

De todos los coches que habían salido de la Casa Müller en Potsdam, tan solo tres llegaron a la vez que ellos. Hilda y Harald Fallstein, Otto von Strutt y su mujer, y Sofia Maeckelberg y su nuevo amante. El resto seguían atravesando con su mejor cara los tres controles necesarios para superar los tres anillos con los que se aseguraba la propiedad. No esperaron a nadie ni ningún protocolo de bienvenida; simplemente atravesaron las puertas y entraron en la fiesta que se celebraba nada más cruzar.

Dentro, los únicos que parecían estar en su lugar eran los criados, vestidos con librea verde ribeteada en oro, que recogieron sus abrigos; el resto de los invitados, por lo menos un centenar, en su mayoría de uniforme, charlaba animadamente entre sí. Nadie bailaba y las presencias femeninas hasta el momento eran pocas y de dudoso aspecto, con trajes baratos que mostraban más de lo que ocultaban, mientras se insinuaban rozándose con los oficiales. La sala, de por lo menos veinte metros de largo por otros doce de ancho, se revestía de una vulgaridad pretendidamente barroca que no encajaba ni con la mansión ni con los que acababan de llegar. A cada lado de la pieza se abría otro salón.

—Quédese por aquí. Tome algo. Iré en busca de algunos amigos que quiero que conozca —le dijo Helmut Müller.

—Yo me quedo con él —oyó decir a Hilda a su espalda—. Harald ya me ha abandonado.

Harald había acudido a uno de los rincones a saludar a un grupo, acompañado de Sofia Maeckelberg, a la que el arsénico había hecho nulo efecto hasta ese momento.

—Horrible, ¿no te parece? —le dijo Hilda al oído—, es increíble que el buen gusto alemán se deje impresionar por este lugar. Me habían contado que era feo, pero cuando vine por primera vez comprobé que es una aberración.

—Los cuadros son magníficos.

—Lo sé. Harald, mi marido, está en el departamento encargado de requisarlos. La mitad de los óleos con valor del territorio conquistado están entre estas paredes. Pero incluso para decorar con lo mejor hace falta tener gusto. En fin. No pasa nada. Es la segunda vez que estoy aquí y aún no me he acostumbrado del todo. Aquello del fondo es el salón de oro y el que ves en el otro extremo lo llaman el salón de plata. Todo muy sencillo, como era de esperar.

—Pero tú...

—Yo soy nazi, por supuesto. Una fiel esposa del Reich. Aristócrata además, que les encanta, pero sé distinguir lo bello de lo vulgar tanto como los buenos líderes de los malos.

Lo dijo con un tono en el que José Manuel creyó apreciar sarcasmo. Hubiera asegurado que Hilda escondía algo, pero no le dio tiempo a darle más vueltas, pues Helmut Müller volvía en su busca.

—Amigo mío, acompáñeme, por favor.

José Manuel le siguió entre los invitados, primero atravesando el enorme *hall* de entrada y luego cruzando el salón de oro, un espacio también faraónico y repleto de personas que bebían a buen ritmo. A continuación, pasaron por una galería alargada con ventanas hasta el suelo en un lado y paredes repletas de tapices y cuadros en el opuesto, que alternaba los suelos de mármol con alfombras. Tras cruzar el pasillo, Helmut se detuvo ante una puerta que vigilaban dos guardias, miró a José Manuel con emoción y llamó. Luego esperaron. Se escuchaba cierto jolgorio en el interior de la sala, pero pareció amainar un poco al oírles al otro lado.

Un guardia abrió la puerta de una gran biblioteca amueblada con sofás chester de cuero y lámparas de bronce pavonado en el techo. A un lado, seis personas conversaban sentadas, entre risas, todas vestidas de oficiales. Mirando por la ventana, de espaldas, un hombre de silueta inconfundible aguardaba separado del resto. Helmut miró en aquella dirección, pidiendo a José Manuel con la mano que esperara.

Un guardia a su espalda anunció a voz en grito con el protocolo impregnado de la vulgaridad de aquella mansión:

—*Herr* Helmut Müller y *herr* José Manuel Bultó.

También era vulgar el hombre que, girándose, esperó a que ellos avanzaran hacia él. Cincuenta años, 1,78 de altura y sobrepeso. Su uniforme blanco cuajado de medallas parecía estar a punto de estallar. Su cara sonrosada y mofletuda denotaba excesos de todo tipo. Peinado con la raya al lado, su aspecto era lo contrario a la distinción. Tampoco era discreto pero, tras ver su casa, nadie hubiera esperado que lo fuera.

Goering.

Se acercaron a él y Helmut realizó el saludo nazi. Luego presentó a José Manuel.

—Mi Reichsmarschall, este es *herr* Bultó. Es el español del que informé. Es un buen amigo mío y del Reich. Un combatiente heroico con Franco y un empresario de éxito con el que ya estamos haciendo negocios.

Goering le miró a los ojos, que quedaban algo por encima de los suyos. Sonrió. A José Manuel le dio la sensación de que el hombre sentía que le estaba honrando. Permanecieron en silencio. Lentamente, el mariscal le extendió la mano y José Manuel se la estrechó. Era gorda y sudorosa, y tuvo que contenerse para no pasarse un pañuelo por la palma inmediatamente después de mojarla en la de él. Luego su anfitrión se dirigió a Helmut, que no podía contener la alegría que le provocaba estar allí.

—Si han venido a hablar, hablen —dijo secamente. Echó un rápido vistazo a José Manuel—. Mis ayudantes me informarán. *Heil* Hitler —concluyó antes de pasar entre ambos y salir por la puerta que habían utilizado para entrar.

Helmut observó cómo Goering abandonaba la biblioteca y luego miró a José Manuel. El español estaba impresionado. Müller, a punto de estallar de emoción y orgullo.

—Una buena sorpresa, ¿verdad, amigo mío? —le dijo cómplice.

—Sin duda, Helmut. Una que no olvidaré —contestó convencido de cada una de sus palabras.

—Le he traído aquí para que conozca a otras personas además de a nuestro Reichsmarschall. Sentémonos con ellos.

Se acercaron al grupo de sillones ocupados por oficiales, que callaron al verlos llegar y les ofrecieron un asiento. Helmut repitió la misma presentación de José Manuel a los allí presentes. Ninguno se levantó, simplemente asintieron con la cabeza. Alguno esbozó una sonrisa más cordial. En general, frialdad.

Helmut dijo sus nombres tan rápido que a José Manuel le resultó imposible memorizarlos. Luego, el que parecía mayor, habló. A José Manuel le dio la sensación de que lo hacía porque alguien de graduación mayor se lo había indicado y también de que se esforzaba en ser amable aunque probablemente no lo fuera.

—El señor Müller ha insistido mucho en su relación de amistad personal. En la afinidad existente entre ustedes. Así que permítame que le trate con la confianza que nuestro amigo común nos facilita.

—Por supuesto —dijo José Manuel.

—Sabemos de su industria y estamos dispuestos a seguir siendo buenos clientes de sus fábricas. Tiene un producto de calidad y el Reich se esfuerza en ayudar a sus amigos, algo que llevaba mucho tiempo descuidando, enriqueciendo a gentes viles y hombres inferiores. Mañana mismo le visitará uno de los generales encargados del suministro de telas. Creo que le podrá ofrecer un trato de sumo interés.

—Le estaré muy agradecido—respondió el español sabiendo que la excusa de aquella invitación no tardaría en revelarse.

—El asunto es que estamos embarcados en un proyecto emocionante, dirigido en última instancia por el mariscal Goering. Las guerras a menudo son una fuente e incentivo de nuevos ingenios, nuevos desarrollos y avances tecnológicos. La industria armamentística, naval, aérea, terrestre... ha servido de motor para grandes avances humanos y nuestra guerra no es diferente. Tan solo mejor aún. La idea es que la guerra sirva a la ciencia y la ciencia sirva a la guerra, seguro que me comprende. La ciencia florece gracias al impulso de nuestro Führer. —Todos aplaudieron. Dos no pudieron evitar lanzar vítores a Hitler. El hombre siguió hablando—. El asunto es que sabemos que tiene acceso a un metal del que necesitamos un importante suministro. Importante y privado.

—El wolframio —apunto José Manuel, que no veía ningún sentido en hacerse el interesante.

—Exactamente.

—Ustedes tienen muchas minas en Galicia. ¿Por qué debería interesarles la de la duquesa de Riosgrandes en Asturias? Sin duda, será de menor importancia que las de Fontao y toda aquella zona.

El hombre miró al oficial que tenía a la derecha. Este movió la cabeza asintiendo. Podía hablar.

—Las minas gallegas son, efectivamente, de mayor importancia. Pero la suya no la conoce nadie. O pocos. Nuestra idea es que nadie sepa del wolframio que se extrae allí. Que se suba a un barco en un lugar poco concurrido y que viaje de manera independiente y secreta hasta el punto donde se necesita. Los puertos gallegos están vigilados, precisamente porque el enemigo también quiere ese material. Todos ven cómo se carga y se lleva. Incluso cuando no consiguen interceptar nuestros barcos, el rastro que dejan es sondeable. Lo que nosotros haremos será establecer un suministro único para que el metal salga de una mina secreta, se embarque en un transporte secreto y llegue a un lugar igualmente desconocido.

José Manuel pensó rápido. Tendría que convencer a la duquesa, pero debía hacerlo. La posibilidad de averiguar qué era lo que los alemanes tramaban y descubrir su plan secreto sin duda valía el esfuerzo y, si el wolframio que transportaban era el suyo, contaría con un hilo del que tirar. Sabría cuánta cantidad habían comprado, qué barco o tren o submarino lo transportaría, el día del flete... Tendría todas las pistas para descubrir un plan por el que llevaban agasajándole desde su llegada a Potsdam. Un plan tan importante como para que Goering le invitara a su casa y le saludara. No, no podía perder la oportunidad.

Todo lo que producía la mina se estaba llevando a su fábrica de componentes mecánicos, donde la mitad se almacenaba a la espera de que los aliados lo reclamaran, cosa que aún no habían hecho, pero aquello tendría que cambiar.

—Supongo que saben que la mina no es mía —advirtió.

—Lo sabemos. Sabemos de quién es. Pero la abuela de su cuñada, la duquesa, tiene la potestad de cambiar de socios. De hacerlo de modo que parezca que no quiere extraer más metal. Usted ya ha conseguido que le venda toda la producción. Lo único que tiene que hacer es permitir que nosotros explotemos la mina, que nos asociemos con ella en una nueva empresa... y, por supuesto, mantener el secreto. Poca gente sabe de la mina. Ni siquiera los ingleses la recordarán. El foco apunta en otra dirección.

Le sorprendió el comentario. Sabían más de él y de sus allegados que él mismo.

—La duquesa podría no querer asociarse con ustedes, pero quizás le puedan comprar a ella igual que hago yo —opinó.

—La producción actual no es suficiente. Necesitamos producir más, pero probablemente le compremos también el wolframio que tiene almacenado en su fábrica. Ha sido usted inteligente en hacer acopio, el precio no ha dejado de subir.

José Manuel compraba el wolframio de la mina de la duquesa a un precio muy inferior al del mercado. Parecía que por lo menos eso los nazis no lo habían averiguado aún. Tampoco que el metal que estaba almacenado en realidad era, secretamente, de los aliados.

—¿Y por qué me hacen el encargo a mí? Hilda Fallstein es prima de mi cuñada Inés, la nieta de la duquesa de Riosgrandes, y tiene buena relación con ella. Sin duda podría convencer a su prima para que hiciera lo propio con su abuela.

Los hombres se volvieron a mirar. De nuevo, el que lideraba dio permiso.

—El conde de Fallstein prefiere que su mujer no viaje a España de momento. Las mujeres son dramáticas, asustadizas. Su sitio está junto a su marido, en Baviera, o cerca de él. Además, las mujeres son malas negociando.

—La duquesa de Riosgrandes no lo es, de hecho, es todo lo contrario.

—Entonces usted deberá ser más astuto... No tengo duda de que la convencerá. Le puede decir que el Reich la hará muy rica.

Se hizo el silencio. José Manuel evitó decir que ser rica era la última de las aspiraciones de Ana Argüelles. La imaginó en su finca de La Recuesta conversando con los pastores, vestida con ropa ajada y botas de agua. Aquella mujer odiaba la mina. Pero sí, la convencería.

—Amigo mío, ¿podemos contar con usted? —preguntó Helmut Müller.

José Manuel supo que estaba metiéndose en un lío. También que todas las grandes cosas de su vida habían comenzado con situaciones inciertas. Su crecimiento se había fundamentado siempre en correr riesgos. Y quería seguir creciendo.

—Pueden contar conmigo —respondió.

Hilda seguía en la fiesta deseando hacer saltar todo y a todos por los aires con una bomba. De haberla tenido, solo la presencia de José Manuel y tantas obras maestras en aquella mansión le hubieran hecho dudar. Había aprendido a no pensar demasiado en el futuro y a no hacer suposiciones, a vivir la vida lo mejor posible sin profundizar. Si lo hacía, si recapacitaba, si volvía a ser la niña que sus padres habían educado, habría descartado el plan que llevaba meses ejecutando. Era una asesina en serie. Elegante, amable, buena en apariencia, disfrazada de nazi, y nadie sospechaba de ella. Su padre le había dicho que la maldad, igual que la bondad, era contagiosa, y estaba en lo cierto. Cuanto más tiempo pasaba con aquella gente, más malvada se volvía. No sentía el menor remordimiento por sus actos. Más bien lo contrario.

Fue hacia donde se encontraba Sofia, que estaba ebria, pero aún no mostraba ningún síntoma de los que provocaba el arsénico. Las ratas se acostumbraban al veneno, pero era imposible que aquella mujer sobreviviera a la noche. Sofia estaba apoyada en un sillón junto a Harald y rodeada de otros hombres que la piropeaban y reían con las bromas libidinosas que Hilda no podía soportar. A un lado, su última conquista, un hombre joven, alto y rubio, observaba tranquilo y sin participar, con toda seguridad acostumbrado a la actitud de su amante. Se acercó a Harald, que le sonrió al verla llegar. Sofia, que la apreciaba sin saber la sensación contraria que provocaba en Hilda, también la miró sonriendo. Luego, como si el veneno hubiera esperado a su llegada para actuar, cambió súbitamente de expresión y, de golpe, cuando parecía que iba a hablar, vomitó con fuerza. Horrorizada, se apretó el vientre con las manos e, inclinándose hacia delante, volvió a vomitar.

A su alrededor, todos se separaron mirando a la mujer con idéntico asombro y asco. Con el tercer vómito, Harald le pasó un brazo por la cintura. Enseguida, Hilda hizo lo mismo. Sofia se apoyó en sus hombros y, prácticamente en volandas, se dejó llevar al cuarto de baño. En el trayecto oyeron voces que reclamaban un médico. La dejaron con cuidado frente al retrete, al que ella acercó la cabeza. Hilda se la sostuvo mientras vomitaba por cuarta vez.

—Sacadme de aquí —balbuceó—, no quiero que nadie me vea así.

Harald miró a Hilda.

—Pediré el coche. —Luego, se dirigió a Sofia—: Ya viene el médico.

—Sácame de aquí, Harald —insistió ella—, sácame ahora, ya veré a mi médico.

—Ahora mismo —respondió él con urgencia.

Se fue corriendo dejando a su mujer al cuidado de Sofia Maeckelberg, que vomitó de nuevo antes de empezar a perder la consciencia. Cada vez hablaba más bajo y con menos sentido. Hilda le sostenía la cabeza desde atrás, agarrándole la frente con las manos, sujetando su cráneo sobre el interior del retrete. Acercó sus labios al oído de su víctima. No pudo evitar aclarar la situación.

—Vas a encontrarte con muchos judíos en el otro lado —le susurró—, muchos que se han ido antes de hora, como tú. Recuérdalos ahora. Pide perdón, aunque sea tarde.

Sofia casi había perdido la consciencia, pero Hilda aún sentía la sangre bombear por sus venas hinchadas.

—Pide perdón —repitió—, pídelo, no por mí ni por los que mataste porque te gustó cazarlos igual que a conejos, pídelo por ti —volvió a susurrar.

De pronto, el cuerpo de Sofia se tensó e intentó girarse hacia ella. Hilda lo impidió agarrando con fuerza su cabeza.

—Tú... —oyó decir—. Tú me has...

—Sí —confirmó Hilda—. Yo.

Oyó abrir la puerta del cuarto de baño. Hilda tiro de la cadena del retrete para hacer desaparecer las pistas del envenenamiento, por lo menos algunas. Luego, antes de que nadie la viera, empujó la cabeza de Sofia con fuerza dándole un golpe contra la porcelana. Su víctima quedó inconsciente.

—Siempre va borracha en las fiestas. No es la primera vez que le pasa —escuchó decir al reciente amante de Sofia tras ella.

—Nunca así —intervino Harald.

—Dejen sitio —ordenó un tercero.

Un hombre se agachó junto a las dos mujeres.

—Sin querer se ha dado un golpe contra el inodoro. Pobrecita. No me ha dado tiempo a sujetarle bien la cabeza —dijo Hilda.

—Es normal. —Puso los dedos en el cuello para tomarle el pulso sin demasiado interés—. Soy médico. La señora Maeckelberg es muy delgada. El exceso de alcohol le afecta más. Imagino que tampoco habrá cenado mucho.

—Nada —mintió Hilda—, he estado con ella gran parte de la noche, no ha cenado nada.

—Entonces todo es perfectamente explicable. Podemos trasladarla a una habitación si quieren. Mañana la llevarán a Berlín —propuso el médico.

—No. Nos la llevaremos ahora. Querrá despertarse en casa. Ya he llamado al coche. Estará esperando fuera —intervino Harald.

—Como quiera —dijo el médico levantándose—. Les dejo con su amiga. Que no se preocupe demasiado. Cada noche tenemos bastantes casos parecidos. Estas fiestas son a menudo un poco excesivas. Es todo razonablemente normal. Es una época de celebraciones.

Les dejó allí. Harald y el amante de Sofia la cogieron en volandas para llevarla al coche. Una vez acomodada en el asiento trasero, Hilda y su marido la vieron partir. Hilda supo que no la vería más. El mundo sería un mejor lugar sin ella. El médico tenía razón, quizás fuera una época de celebraciones.

Contuvo la excitación que aquel tercer asesinato le provocaba y se esforzó, nuevamente, en que su faz reflejara lo contrario de lo que sentía. Miró a su marido con falsa pena. Harald estaba afectado, ruborizado solo de pensar en el ridículo con que acababa de cubrirse una de sus mejores amigas. Hablaría con ella al día siguiente, la aristocracia siempre había sido el faro de Alemania, debían esforzarse en que siguiera siendo digna de respeto y admiración, y episodios como aquel no ayudaban, solo los igualaban por abajo con los que aprovechaban el poder para dar rienda suelta a su lascivia y falta de decoro. No. No podía ser. Se irguió, comprobó su ropa para estar seguro de que nada de lo que Sofia acababa de expulsar hubiese acabado en su frac y le ofreció el brazo a su mujer. Luego volvieron a entrar en la fiesta, donde todo seguía como si nada hubiera pasado, acostumbrados como estaban los invitados a Carinhall a ver todo tipo de escenas que la ebriedad extrema provocaba entre sus paredes.

El único que parecía afectado era el otro invitado español, que había asistido al espectáculo desde un rincón del salón de oro. Se acercó a ellos.

—Espero que vuestra amiga se recupere —dijo cordial.

—Lo hará. Algo le tiene que haber sentado mal. Nunca la había visto en este estado —justificó Harald.

—No comió nada en casa de los Müller —añadió Hilda—, es normal que el alcohol le haya afectado. Además, creo que mezcló varios licores. Eso siempre trae penosas consecuencias, pero... sí, mañana estará estupendamente.

—Eso es extraño. Sofia solo bebe champán. Siempre toma lo mismo. A todas horas. Taittinger y más Taittinger. A veces algo de Moët. Quizás algo de Bollinger..., pero siempre champán. Solo champán, en grandes cantidades. Por eso me ha extrañado verla así —dijo Harald.

—Pues parece claro que esta noche ha hecho una excepción —apuntó Hilda—, pero dejémoslo, querido. Veo a Otto al fondo, parece aburrido, deberíamos acercarnos.

José Manuel creyó intuir algo huidizo en la mirada de Hilda. También en su deseo de cambiar de tema, pero como hacía su cerebro de espía, almacenó la información sin saber con seguridad si le sería útil más tarde.

Alargaron la noche hasta que la mayoría de los invitados estaba totalmente ebria y Helmut Müller decidió que el honor de estar en la villa de Goering había derivado rápidamente en el sonrojo de relacionarse con gente a la que consideraba inferior a él en todo. José Manuel había planeado sacar la cámara entonces, aunque, incluso a aquellas horas, resultaba peligroso, pero Helmut le insistió en que se marcharan y a la hora y media le dejaban en la puerta de Villa Kreisler. Eran las tres de la madrugada y, seguro de encontrarla allí, fue al encuentro de Heidi en la casita del embarcadero. Efectivamente, allí estaba, tumbada en el suelo de madera y tapada con una manta. Los segundos que transcurrieron hasta que reparó en su presencia le mostraron a una mujer dulcificada, desconocida para él, sonriente, con la cara relajada por el descanso, casi vulnerable, por tan solo eso, unos segundos. Ella reparó en que la había sorprendido y, algo avergonzada por no haber estado más alerta, retomó el trabajo que había ido a hacer.

—¿Cómo ha ido? —dijo directa.

—Bien, creo que bien. De hecho, ha surgido una buena oportunidad. Una excelente, creo.

—Le escucho.

José Manuel le relató la conversación que había tenido con los oficiales. Cómo le habían pedido el wolframio. Cómo le habían revelado que el motivo de elegir una mina secundaria, alejada de los puertos más vigilados de Galicia, era conseguir que el suministro del metal al destino donde se estaba desarrollando un proyecto tecnológico secreto fuera también absolutamente secreto.

—Tiene todo el sentido —opinó Heidi—, una de las vías por las que hallamos las bases secretas es por los suministros. Los puertos gallegos están vigilados por los aliados. Si el wolframio sale de otra mina y se embarca en otro lugar..., puede que nadie sepa nunca nada de él. Ni de su destino. Ni de la cantidad embarcada. Debe decir que sí. Debe darles ese metal. Si lo hace, tendremos mucha información. Nada es más conveniente que bombardear una base nazi justo antes de que pueda suponer un peligro para los aliados. Si están poniendo tanto empeño en que no sepamos nada sobre ese lugar, es que es importante.

—Eso he pensado.

—Ha pensado bien. Debe volver a España —decidió Heidi.

José Manuel sabía que se había metido en una nueva misión sin haber resuelto la que le habían encomendado.

—¿Qué hay de Otto von Strutt? ¿No cree que nos estamos desviando de la misión inicial? —preguntó—. ¿Ya no quiere saber por qué su informador ya no informa?

—Sí, quiero saberlo. Pero otro puede investigar eso. Usted debe centrarse en la misión que ha surgido esta noche.

—¿Y si no quiero?

—Si no quiere hacerlo, puede volver a Barcelona y a sus fábricas. No puedo obligarle, pero cuando los nazis ganen la guerra, recuerde que pudo haber hecho algo por evitarlo y no lo hizo. Fue usted quien decidió ayudar. Ahora puede hacerlo de verdad. —José

Manuel la miró—. ¿Sabe? —continuó ella—. Es agotador convencerle y esta no es la primera conversación que tenemos en ese sentido. Usted quiere ayudar, yo quiero que lo haga, pero decida de una vez por todas. La guerra ya es suficientemente complicada. Si no comprende que ayudándonos se ayuda a sí mismo, déjelo de una vez. Pero decídase, porque no puedo añadir a todos mis miedos, a todo mi sufrimiento y a todas mis incertezas el temor a que un agente abandone.

Era la primera vez que Heidi mostraba una emoción. José Manuel sintió haberle hecho dudar de él.

—Tiene razón. Siento haberle creado inseguridad, no volverá a suceder. —Ella esbozó una sonrisa leve que revelaba el precipitado fin del enfado—. Además, Sofia Maeckelberg estuvo comentando algunas cosas sobre la mujer de Otto antes de caer bajo las consecuencias del alcohol. —Heidi levantó la ceja—. Sofia se emborrachó. Vomitó en medio de la fiesta. Se encontraba realmente mal y se la llevaron a casa.

—Esa mujer es espantosa.

—E indiscreta. Comentó que Maria von Strutt había tenido días de desenfreno en los congresos de Núremberg. Que se dejaba seducir por muchos hombres. Parece que no siempre tuvo la actitud altiva y respetable que conocemos —añadió José Manuel.

—Muchas jóvenes se desmadraron en esos congresos. Eran jóvenes y fanáticas, miembros de la Liga de las Chicas Alemanas, la sección femenina de las Juventudes Hitlerianas. Las adiestran en la idea de que ser madres es el mayor de los servicios al Reich, en que deben cuidar sus cuerpos para la maternidad y, por supuesto, colocan sus campamentos pegados a los de los chicos. Según nuestros datos, alrededor de un millar de adolescentes volvieron embarazadas del Congreso de 1936. El Reich quiere sangre aria pura y los embarazos le convienen, así que lucha contra el estigma social de las madres solteras.

—Pero en la aristocracia...

—No, claro, sería escandaloso que una adolescente de buena familia quedara embarazada antes del matrimonio —interrumpió Heidi—, pero todos los jóvenes se apuntan a las Juventudes, así que no es improbable. Las hormonas de los adolescentes no conocen de títulos y ni de fortunas.

—Pues puede que sea eso —apuntó José Manuel.

—¿El qué? —dijo ella.

—Puede que el niño que Maria von Strutt observa en el parque sea su hijo y yo no estuviera tan desencaminado. Un hijo ilegítimo al que esconde. Quedó en estado en uno de los congresos de Núremberg, joven y soltera..., y entregó al bebé en adopción. Sofia ha comentado que se fue de viaje casi un año. Todo cuadra.

—Sí que lo hace. —A Heidi se le había iluminado la cara—. Pero déjeme a mí. Lo confirmaré. No será difícil. Otto recibirá la información..., o le haremos saber a Maria lo que tenemos y que podemos sacarlo a la luz si no deja a Otto en paz.

—Me alegraría por Otto. Es una buena persona.

—Eso ya lo veremos. Piense lo que piense, somos lo que hacemos. Otto y todos. Los buenos pensamientos no son nada sin buenos actos. Déjeme a mí. Usted vuelva a España. Tiene una mina que negociar.

28

Pasado los Pirineos, en uno de los valles de montaña más anchos de Europa, los planes que Inés tenía para el día se habían visto súbitamente truncados. En casa solo estaban ella, Magda, los niños, una cocinera y una doncella y, acostumbrada como estaba a que la Torre de San Fernando fuera un lugar ajetreado y ruidoso, la diferencia le resultaba sumamente agradable. Utilizaba una mínima parte de la casa, los salones más pequeños, y comía en el *office*, con Magda y los niños, algo que tampoco hacía nunca en Barcelona.

Quería ir a Dorres, el pueblo francés que habían visitado tantas veces y donde no tenía ninguna duda de que encontraría a miembros de la Iglesia dispuestos a ayudar a los refugiados a cruzar la frontera. El cura de Puigcerdá le había dado la pista a Magda: «Los bienaventurados deberían hablar con aquel que los puede bautizar en las aguas calientes de la montaña», había dicho. Dorres tenía manantiales de aguas sulfurosas, calientes, con un característico olor, y brotaban en plena montaña, donde llenaban varias bañeras romanas de piedra en las que se había metido en infinidad de ocasiones, incluso en invierno, cuando fuera de ellas solo les rodeaba la nieve. Era una excursión típica del valle y también las únicas aguas calientes de montaña de la zona. Quien podía bautizar era el cura del pueblo. Claro como el agua.

Así que, aprovechando por primera vez el salvoconducto que el sargento de la Gestapo le había proporcionado, se disponía a cruzar la frontera en busca del sacerdote. Gustav Wagner había sido amable con ella, no podía negarlo, pero deseó no verlo nunca más. No olvidaría ese nombre. Tampoco su cara, con esos ojos negros, ese pelo rubio platino y esa nariz orgullosa y recta. Esa apostura intimidante.

Estaban acabando de desayunar cuando llamaron a la puerta y una doncella fue a abrir. Luego anunció la visita.

—Señora, hay un hombre extranjero que pregunta por usted —dijo dudando.

Inés se levantó y fue a la entrada. Más tarde deseó que su sorpresa y disgusto no se hubieran reflejado demasiado en su faz. Ahí estaba el alemán. Solo. Su mirada fría y sus facciones angulosas hablaban elocuentemente de su interior cruel. Le sonrió con sus dientes perfectos y blancos.

—Espero no molestarla —dijo—, me prometió que me llevaría a cazar, pero...

—No le esperaba.

—¿Puedo? —preguntó invitándose a entrar.

—Sí, por supuesto —respondió Inés a pesar de que Gustav Wagner no era digno de pisar ni el felpudo de la entrada—. Acompáñeme.

Le condujo al salón desde el que se veía el jardín. La luz del sol entraba en diagonal iluminando los muebles, las cretonas, el suelo de roble gastado y todos los objetos de aquel lugar feliz. Antes de sentarse, Magda se asomó.

—Magda, haz el favor de coger el abrigo al sargento Wagner —dijo Inés advirtiéndole de la presencia del hombre.

La alemana sintió ganas de clavarle un cuchillo, pero hizo lo que Inés le pedía. Una doncella entró con una bandeja con una cafetera y pastas. No lo habían pedido, pero estaba ya hecho y era una excusa perfecta para saber quién era aquel hombre.

—Quería verla —dijo el sargento—, no es habitual encontrar alguien con amigos comunes por esta zona. Ya sabe, españoles con familiares alemanes.

—Le agradezco mucho la visita, pero lo cierto es que estoy bastante atareada hoy —dijo ella intentando evadirse.

—Déjelo todo. Seguro que puede.

—No puedo ir a cazar ahora, si es lo que pretende. Necesito preparación, organizar al secretario, mi guía... y mis rifles.

—Lo sé, lo sé. Pero recordé que me dijo que conocía bien el valle.

—Siempre he pasado las vacaciones aquí —respondió ella sin saber si se estaba metiendo en un lío.

—Lo imaginaba. Me gustaría que me enseñara los caminos cercanos a la frontera, los que cruzan y los que transcurren cercanos a ella.

—Ah.

—Sí. Me gustaría conocerlos. Le prometo dejarla en su casa a la hora de comer. Tendrá toda la tarde para usted. —La miró fijamente—. Me lo debe.

No le debía nada a Gustav Wagner, sino a la providencia, a la desgracia de que su prima se hubiera casado con un aristócrata nazi conocido por el sargento. Gracias a aquella casualidad, había salido airosa del cuartel de la Police Nationale de Latour-de-Carol. Él le había hecho prometer que lo llevaría a cazar, pero Inés sabía que lo que quería en realidad era poner trampas para otro tipo de caza: los que escapaban del horror. Reflexionó. En la situación en la que estaba, en el plan en el que poco a poco ahondaba y con el que se implicaba cada vez más, tener amigos cerca era importante, pero tener a los enemigos más cerca aún era crucial. Si sabía lo que tramaba Wagner, podría ofrecer más seguridad a los que huían de personas como él.

—De acuerdo. Deje que me vista adecuadamente. Prepárese para andar.

Debía llevarle a los sitios obvios y a algún camino secreto también. Memorizar todos los pasos fronterizos que le revelaría y mantener el secreto sobre los que utilizaría para que los refugiados llegaran a España. Odiaba la idea de pasar tiempo con el sargento, pero aquel era un golpe de suerte que debía aprovechar sabiamente. Su único temor era que alguien estuviera usando los pasos que ella iba a exponer, pero debía correr el riesgo. Informaría a todos los implicados. Ellos pasarían la voz.

Se subieron al coche y ella le indicó el camino. Bajaron de Puigcerdá y, ya en el llano de la Cerdaña, pasaron junto al Mas Florensa y los campos que lo rodeaban; luego cruzaron la pequeña aldea de Aja para seguir hasta Vilallobent, uno de los pueblos más cercanos a la frontera. Aparcaron allí, en la plaza mayor. No había ni rastro de los veraneantes que habían colonizado la cumbre de Puigcerdá. Una iglesia pequeña, calles sin empedrar, cuatro gallinas que picoteaban a la entrada de una granja y el olor a vaca que lo impregnaba todo. Al salir del coche, Wagner pisó uno de los «recuerdos» que el ganado había dejado indiscriminadamente en su salida a los prados. Miró la suela de sus botas con disgusto.

—No se preocupe por eso —comentó Inés—, no será la última que pise ni la última vez que ensucie sus botas. Vamos a caminar por la montaña.

—Nunca he entendido por qué la gente no es más limpia.

—Seguro que los campesinos alemanes recogen todo lo que sus vacas ensucian —respondió ella en un tono del que inmediatamente se arrepintió.

—Los campesinos alemanes son igual de sucios. En eso no hay diferencias —dijo él sin atisbo de molestia.

Inés miró hacia las montañas que empezaban a uno de los lados del pueblo, cubiertas de coníferas de un verde oscuro y denso.

—Este camino es muy bonito, le gustará. Va pegado a la frontera y sube hasta el refugio de montaña, en el que alguna vez dormí cuando era más joven. No es muy conocido.

—Entonces me encantará que me lo enseñe —replicó él.

«Ya lo sé», pensó Inés. Sacrificaría aquel camino, aquella ruta de entrada a España, mientras reservaba otras más desconocidas y convenientes para que los refugiados entraran. Si sabía dónde vigilaba Wagner, sabría también dónde no lo hacía.

Empezaron a caminar cuesta arriba sin cansarse demasiado, pues la pendiente era moderada y alternaba repechos con tramos casi planos. Enseguida el bosque los rodeó y el silencio de la naturaleza tomó todo el protagonismo. Inés no podía creer que estuviera allí con aquel hombre y se esforzó en mantenerse alerta para que la cordialidad con la que le trataba no fuera excesiva. Al rato, llegaron a un claro desde el que se veía buena parte del valle de la Cerdaña, con Puigcerdá presidiéndolo, las montañas nevadas al fondo y el pueblo de Aja en primer término.

—Es bonito esto —dijo Wagner.

—Mucho. He pasado buenos momentos aquí. Toda mi vida. Es una lástima que... —Nuevamente se estaba extralimitando. Se maldijo por no poder permanecer callada.

—Puede decirlo. A nadie le gusta la guerra, pero a menudo hay que quemar los campos para que la hierba vuelva a brotar verde —justificó él.

«Quemar». Inés no podía entender que alguien pensara así. Los nazis estaban quemando Europa y solo veían una especie de purificación en ello. Decidió no responder con lo que pensaba aunque le costara. No podía traerle nada bueno.

—Imagino que el otro día, en la comisaría..., no lo pasó bien.

—Lo pasé francamente mal —repuso Inés.

—Lo lamento. A veces es difícil distinguir a los amigos de los enemigos, y a usted la confundieron.

—Tan solo estaba pintando.

—No tenía que estar allí, había cruzado la frontera ilegalmente, debe comprenderlo.

—Poco importa que yo lo comprenda. Tan solo soy una mujer española con una caja de pinturas. Ustedes son los que mandan. Eso sí lo tengo claro. —Decidió aventurarse un poco más—: Vi la casa naranja, delante de Latour, y me pareció una bonita estampa, nada más. Por eso decidí pintarla.

—Pues se equivocó. Pero no le demos más vueltas. He traído algo de comer. Quizá le gustaría probarlo. Es de una panadería de Sainte-Léocadie.

—La panadería Dupuis —dijo ella.

Él hizo un gesto extraño tan solo un segundo. De sorpresa, tal vez incluso de sospecha. Luego se volvió a relajar. Aquella mujer no tenía por qué saber que Dupuis era un colaboracionista.

—Esa misma. Tienen unos cruasanes excelentes. Les he pedido algunos con *viande des Grisons* y otros con queso. También he traído vino —le dijo mientras se sentaba sobre la hierba y abría su mochila. Inés se quedó de pie, mirándolo—. Vamos, siéntese. Ustedes comen muy tarde, pero ya es la una y los alemanes llevamos tiempo en pie. Estoy hambriento. Le dije que la dejaría a la hora de comer en su casa. Me refería a la hora española.

—Los españoles también nos despertamos pronto —dijo ella.

—Siéntese. Vamos a comer —ordenó él con una sonrisa.

Obedeció y se sentó junto al alemán sabiendo que para el sargento aquel era el plan de día perfecto. Ella le estaba descubriendo las rutas de entrada en España que, a partir de entonces él vigilaría, mientras le acompañaba en un paseo por la montaña. Wagner podría haberse hecho guiar por uno de los pastores trashumantes de la zona, que dormían pegados a sus ovejas y durante semanas no hablaban con nadie, pero Inés, con su cintura estrecha y sus bonitas piernas resultaba una compañía muchísimo más agradable.

—Nací en Baviera. Siempre me gustaron las montañas. Mis padres tienen un bonito *chalet* cerca de Trostberg. Al principio era una casa de campo con vacas, pero mi padre la arregló y la hizo muy cómoda. Supongo que estarán allí ahora. Está cerca del Chiemsee, que es un bonito lago. También muy cerca de la frontera con Austria. Esos caminos cruzan la frontera sin que uno se dé cuenta.

—Como los de aquí.

—Sí. Por eso lamento que la trataran con tanta rigidez el otro día. Son cosas que pasan. Como le he dicho, llegó a un mal lugar. Pero..., olvídelo. Estamos pasando un gran día. ¿Tiene frío?

—No —dijo ella.

—Bueno, si en un rato lo tiene, solo dígamelo. He traído un abrigo.

—Estaré bien —insistió ella.

—Debería enseñarle el *chalet* de mis padres, quizás cuando vaya a visitar a su prima Fallstein.

—A Hilda.

—Exacto. Podríamos encontrarnos los cuatro. Ya sabe, los condes, usted y yo.

Inés decidió aclarar las cosas. No tenía sentido esconder nada. Si Wagner estaba interesado en ella (como parecía), sin duda podría hacer todas las averiguaciones sobre su vida sin ninguna dificultad.

—Sargento, soy una mujer casada. Me gustaría que, de vernos más a menudo, conociera a mi marido. Se llama...

—Pablo. Pablo Bultó. —Ella abrió los ojos con sorpresa—. No se extrañe. Tenemos buenas vías de información... Usted fue arrestada, así que, como mera rutina, tuvimos que preguntar más, hacer averiguaciones. Mera rutina, como le digo. Casada, con un hijo, lo sé todo. Pero eso no tiene por qué ser impedimento para que seamos amigos, ¿no es así?

—No, supongo que no.

—Entonces seámoslo —ordenó de nuevo—, me gustan estos paseos.

Siguieron el camino hasta el refugio de montaña, que el sargento Wagner estudió detenidamente. Luego, cuando la nieve apareció a sus pies y la capota de coníferas desapareció, descendieron y, caminando pegados a la frontera, poco a poco volvieron a Vilallobent. Allí, el sargento dio un rápido paseo por la aldea y, sin más, contento, abrió la puerta del coche a Inés y se dispuso a llevarla a la Torre de San Fernando.

Frente a la casa, la ayudó a bajar.

—Me gustaría repetir este día. Lo hemos pasado muy bien —dijo opinando por los dos.

—Sí, lo hemos hecho —mintió ella.

—Entonces repetiremos, no se hable más. Pero podemos buscar otro camino. Quizás por la zona de Guils. Creo que es muy bonito.

«Sí, y pegado a la frontera», quiso responder Inés.

—Le han informado mal. Es una aldea como cualquier otra. Pero podemos ir si es lo que quiere.

—Sí, es lo que quiero —dijo él afable, como si no estuviera imponiéndose de nuevo—, lo pasaremos bien. Yo llevaré la comida. La recogeré el jueves a la misma hora. Seguro que no tiene problema en acompañarme.

—Ningún problema. No se preocupe —confirmó ella sintiendo que se le agrietaba el estómago. Por lo menos sabía cuándo volvería el sargento.

Al día siguiente, para cumplir con el plan que había aplazado, condujo hasta Dorres. Cruzó la frontera con relativa facilidad gracias al salvoconducto que el sargento Wagner le había proporcionado. No había querido utilizarlo antes, pues resultaba sospechoso que una española cruzara demasiado la frontera, máxime cuando cualquiera que hubiera sido interrogado por la Police Nationale tan solo pensaría en alejarse al máximo de sus comisarías. Pero necesitaba el coche para llegar al pueblo, así que se contentó con volver a disfrazarse de pintora aficionada y rezó por que las cosas no se complicaran esa vez.

Magda, que se quedó al cuidado de los niños, volvió a lamentarse por no poder acompañarla, deseosa como estaba de ayudar en una causa que consideraba más suya que de Inés.

En cuanto llegó al pueblo francés entró en la iglesia de San Juan Evangelista, un templo pequeño de estilo románico con un ábside semicircular y hermoso retablo. Una Virgen negra presidía el altar. Hacía tanto frío dentro como fuera, pero el olor a incienso y a cera parecían atenuarlo un poco. El silencio era total y, al acercarse al altar, solo sus pasos discretos sobre las losas del suelo rompieron la quietud. Alertado por su presencia, un sacerdote con sotana negra se asomó por la puerta de la sacristía. Era alto y corpulento, pero no gordo, con ojos pequeños y mirada amable bajo una frente despejada y una nariz grande y angulosa. Primero entornó los ojos para enfocar la mirada, luego, como si la reconociera, levantó las cejas y esbozó una pequeña sonrisa mientras se acercaba.

—*Madame* —le dijo en francés—, no es usted de aquí.

—No —repuso ella—, no lo soy. Me llamo Inés Sagnier. —Su acento no daba lugar a dudas.

—Ah, *madame*, es bonito recibir visitas de nuestros amigos españoles. Yo soy el padre Ginoux, encantado. Pero... no es este un buen momento para cruzar la frontera. Supongo que tendrá motivos para hacerlo.

—Los tengo. Pero preferiría que lo habláramos en privado.

El sacerdote se extrañó. Estaban solos en el templo, pero eran tiempos de extrañezas y secretos y su iglesia se estaba acostumbrando a ello.

—¿Quizás en el confesionario?

—Sería perfecto... —opinó Inés, pensando que el mero hecho de estar en el confesionario lo obligaba al secreto. Insistió en ello—. Me gustaría confesarme.

Fueron a uno de los laterales del templo y ocuparon sus lugares respectivos. Inés no sabía las oraciones en francés, por lo que fue más directa de lo que la prudencia habría aconsejado.

—Soy una fiel hija de la Iglesia. Feligresa del padre Domènech, en Puigcerdá.

—Está lejos de su parroquia, hija mía.

—Lo estoy, pero es precisamente alguien de la misma quien me ha traído aquí. Estoy buscando ayuda.

—La Iglesia siempre está presta para ayudar.

—Se trata de algo... ilegal.

—...

—Padre, espero que el secreto de confesión me acoja.

—Lo hace, hija. Hable sin miedo —confirmó el padre Ginoux.

—Estoy ayudando a algunas personas a cruzar la frontera. Pero necesito a alguien en este lado que acoja a los refugiados, a los perseguidos.

—...

—En la iglesia de Puigcerdá me recomendaron que hablara con ustedes —concluyó.

El silencio se prolongó unos segundos que parecieron horas, aunque el padre Ginoux seguía al otro lado. Inés le oía respirar.

—Hija, me temo que no puedo ayudarla. Lo que usted propone es peligroso y, en cualquier caso, nadie ha llamado a la puerta de este sacerdote para nada parecido. Le recomiendo que vaya con mucho cuidado con lo que hace, con lo que dice. Vuelva a Puigcerdá. Olvide lo que el padre Domènech o cualesquiera de sus colaboradores le dijera. Aquí no la podemos ayudar.

—Pero el padre...

—El padre Domènech no ha podido decir tal cosa —cambió el tono, que se hizo más severo—, y, lamentablemente, esto no es una confesión, por lo que deberíamos dejarlo aquí. Esta conversación no lleva a nada. Si no quiere nada más, debo marcharme. Usted puede quedarse cuanto quiera, aunque me temo que no encontrará lo que busca entre estas paredes.

Escuchó al padre levantarse y salir en dirección al altar. Al asomarse, le vio desaparecer por la puerta de la sacristía.

Así que no era aquel el hombre que buscaba. Apartó el pensamiento de que el padre Ginoux, como tantos otros franceses, fuera colaboracionista. No quiso ni pensar en que la denunciara. Salió a la calle decepcionada. Dorres tenía otro templo menor, una ermita encaramada a un monte pelado entre pastos, pero dependía de la parroquia. Paseó un rato por las calles esperando a que la solución al entuerto apareciera por sí misma, pero lo único que se le ocurrió fue coger el coche para acercarse a los baños romanos, pegados al manantial de agua sulfurosa que había dado cierta fama al pueblo. En tan solo unos minutos estaba allí. Como el pueblo, las piscinas romanas estaban vacías de gente y solo el vapor de su agua a más de cuarenta grados, derramándose de un vaso al otro, daba excepcionalidad al lugar. Se acercó, tocó el agua y notó cómo su piel se suavizaba. Olía mal, a huevo podrido, como huele el azufre, pero era el olor familiar del lugar. Cerró los ojos y le pareció que podía volver al recuerdo de las veces que las excursiones habían acabado en tertulias y baños entre sus aguas.

Subió al coche y decidió volver a España, molesta y decepcionada por no haber podido tirar del hilo que tan claro tenía en su cabeza. Avanzaba por la carretera secundaria que salía del pueblo en dirección a los baños cuando un hombre con un rifle apareció en medio del camino. La apuntaba. A cada lado de la vía, otros dos parecían también prestos a disparar. Iban vestidos humildemente, con pantalones de tirantes y gorra, mal afeitados. Su actitud era sombría y amenazante. Inés paró el coche.

—Bájese —le dijeron en francés.

Obedeció. No sabía qué decir. No sabía quiénes eran esos hombres ni lo que querían de ella. Brusco, uno le cogió los brazos por la espalda y le ató las muñecas. Luego le tapó los ojos con una venda. Inés empezó a temblar.

—Yo... no tengo dinero —dijo—, pero pueden llevarse mi reloj. Y mi coche.

Escuchó el motor ponerse en marcha. Luego el coche se alejó.

—¿Qué es lo que quieren de mí? —balbuceó.

—Cállese y camine —le dijo el único que hablaba—. Y no grite o morirá en el acto. Tiene un rifle apuntándole a la nuca. —Apoyó el cañón en la nuca para confirmar que era cierto.

—Tengo un hijo. No me haga daño —fue lo único que pudo decir.

—No hable. Camine.

La cogieron por las manos atadas y la condujeron por una ruta agreste. Se cayó varias veces al no ver los obstáculos. Empalmaban caminos de montaña con pequeños senderos pedregosos. La advertían de los obstáculos, pero hubiera sido imposible evitar que tropezara. A la hora, sudada y aterrorizada, percibió que entraba en algún lugar y la temperatura se volvía más agradable. Se detuvieron y le quitaron la venda.

Ya había oscurecido, estaban dentro de una pequeña cabaña de piedra, redonda y de techo bajo. En un lado crepitaba el fuego, la única fuente de luz. Sentados en el suelo, a los tres hombres que la habían apresado se había unido un cuarto de similar aspecto. Todos la miraban.

—Siéntese —le ordenó el que llevaba la voz cantante.

Ella obedeció. Antes intentó recomponerse para no resultar patética. No quería llorar ni suplicar. No había hecho nada malo.

—Ha estado haciendo preguntas que no debía.

—No sé de qué me habla —mintió ella.

—Lo sabe. Nos va a explicar qué es lo que busca. Y diga la verdad. Está usted en el medio del Pirineo, en el extranjero, en plena guerra. Que usted desaparezca no es nada difícil.

—¿Me van a matar? —preguntó directa.

—No, si usted no quiere.

—No quiero.

—Entonces hable. Y diga toda la verdad.

Eran de la Resistencia, qué duda podía haber. Su acento, su aspecto y sus modales lo declaraban sin disimulo. Los nazis la hubieran interrogado en el cuartel de la Police Nationale y ya la estarían torturando. Decidió ser sincera, pero no contarlo todo.

—Me llamo Inés Sagnier y soy española. Una amiga tiene a su familia en Francia. Estoy intentando que crucen a España, que se puedan reunir con ella. Pensé que en la Iglesia encontraría consejo, que los curas, que conocen a tanta gente, podrían indicarme alguien que me ayudara.

—Y fue usted precisamente a Dorres.

—Sí. Está cerca de Llivia, pero un poco más alejado de la frontera más vigilada. Pensé que sería más fácil que cruzaran por aquí.

Llivia era un pueblo que, en virtud del Tratado de los Pirineos, había seguido perteneciendo a España a pesar de estar completamente rodeado por territorio francés. Lo unía una carretera con España, una por la que se podía circular libremente. Y sí, estaba a apenas un kilómetro de Dorres. Tenía sentido.

—Usted es una nazi. —Inés no podía creer hacia donde estaba derivando la conversación—. Ha sido vista con el sargento de la Gestapo Gustav Wagner en actitud cordial, paseando por el bosque, la recogió en su casa.

Inés respiró profundamente antes de hablar.

—Quizás sepa también que el mismo sargento me llevó a la comisaria y me interrogó —dijo Inés.

—No sabemos lo que hizo ahí dentro, sí que salió acompañada de Wagner.

—Wagner me dejó salir y me ha acompañado porque conoce a mi prima, casada con un conde bávaro. Él es bávaro también. No hay más. Nunca pensaría que detesto a los nazis.

—En eso estamos de acuerdo. Es difícil de creer. Demasiado para correr el riesgo.

—¿Qué riesgo? —Empezaba a estar realmente asustada.

—El de dejarla volver a casa —dijo él. Los hombres se miraron. En ninguna cara había pena o piedad. La matarían, claro que sí.

Inés cerró los ojos. Si ahí acababa todo, lo haría con dignidad. No suplicaría, no gimotearía, no pediría clemencia. No. Le dio rabia pensar que no había conseguido nada. Que se había involucrado en una operación que había fracasado antes de empezar. Antes de morir, probó una última cosa.

—Mátenme si quieren, pero nos podríamos haber ayudado. En cualquier caso, no vayan a la casa de Latour-de-Carol. No se escondan nunca más allí, es una trampa y Dupuis, un colaboracionista.

Ahí quedaba dicho. Si había caído en una trampa nazi, la matarían. Si, por el contrario, estaba con la Resistencia, quizás pudieran reconsiderar perdonarla.

Se hizo el silencio. Luego, la manta que hacía las veces de puerta y separaba la cabaña del exterior se abrió y entró un hombre.

—Creo que ya hemos oído suficiente —dijo colocándose frente a Inés—, ayudaremos a pasar a su gente y usted nos ayudará también.

Inés lo miró con los ojos aún llorosos. El padre Ginoux le sonreía.

29

Había despertado de la siesta y estaba preparando las maletas para su regreso a España cuando la señora Kutz entró con una nota que alguien acababa de llevar. A José Manuel no le gustaba hacer el equipaje y tener a alguien que se ocupara de ello era siempre una de las cosas que agradecía de su posición. Lamentablemente, en Villa Kreisler, los Kutz ya estaban desbordados por sus tareas y añadir aquella resultaba imposible. Había hablado poco con ellos pese a que llevaba ya cinco meses en Potsdam. Volvería pronto, pero antes tendrían tiempo de descansar. No se echarían de menos. La señora Kutz cocinaba sin gracia y el señor Kutz planchaba los cuellos de sus camisas de forma que resultaba imposible ponerse la corbata recta. Con la severidad a la que acostumbraba, entregó el sobre sin apenas mirarle a los ojos, sin una sonrisa ni nada que le hiciera parecer mínimamente humana. En el remite José Manuel leyó: «Müller, Potsdam»; dentro, lo inesperado:

> *Querido José Manuel:*
>
> *Anoche murió Sofia Maeckelberg. La han encontrado en su habitación esta mañana. La Gestapo ha iniciado una investigación. Creen que ha podido ser envenenada. Probablemente le visiten, van a interrogar a todos los invitados que estuvieron en mi casa. Supongo que harán lo propio con los que ya estaban en Carinhall. Lamento las molestias.*
>
> *Atentamente,*
>
> *Helmut*

Se sentó en la cama. Releyó la carta. Ciertamente, Sofia Maeckelberg había tenido un episodio de indisimulable malestar. Todos lo habían achacado a su ebriedad, pero la verdad era que, visto en perspectiva, parecía más que eso. Había pasado de un estado de alegre coqueteo a uno en el que no podía ni andar. ¿Envenenada? Todo era posible. Quizás una repentina alergia mortal habría sido más plausible. En Casa Müller, Sofia se encontraba entre amigos, incluso en Carinhall su alegre presencia no era la más relevante. Nadie tenía por qué querer envenenarla y, sin embargo, José Manuel sintió que pasaba algo por alto. Rebuscó en su cabeza y repasó la noche desgranándola minuto a minuto. Como ocurría siempre, los hechos más relevantes difuminaban los de menor importancia, y el saludo a Goering y la posterior reunión con sus oficiales copaban la mayor parte de sus recuerdos. Con todo, quizás estuviera olvidando algo vital.

Tendría que aplazar su viaje a Asturias por lo menos tres o cuatro días, por lo que aparcó la aburrida tarea que le había ocupado y bajó a la cocina a avisar del cambio de planes. Encontró a la señora Kutz sentada a la mesa del *office* tomando té. Se levantó rápidamente al verle, como si estuviera haciendo algo malo. Intentando ser amable, José Manuel se acercó y agarró la tetera para servirse en una de las tazas. De inmediato ella se la cogió.

—Oh, no, señor. Está sucia. La acaba de usar el señor Kutz. Le serviré té en otra —dijo apurada.

Y entonces recordó. Hilda había hecho algo muy parecido en casa de los Müller, cuando él quiso coger la copa de champán extra que ella se acababa de servir. Hilda se la había quitado con decisión de las manos y, despreocupada, se la había ofrecido a Sofia.

No podía creerlo. ¿Hilda había envenenado a Sofia? Dejó la taza antes de dar el primer sorbo y, apresuradamente, pidió el coche para ir al hotel Adlon, donde los Fallstein estaban alojados.

Cruzó un Berlín en el que, si uno se fijaba, las señales de la guerra empezaban, al fin, a estar presentes con algunos muros de sacos protegiendo monumentos y más presencia militar pero, en general, comprobó que la ciudad mantenía su optimismo. Un optimismo probablemente cada vez menos entusiasta, pero aún cargado de fe en la victoria. Goering había alardeado de que, si algún avión aliado bombardeaba el Reich, su apellido pasaría a ser Meyer, razón por la que, recogiendo el guante con ironía, entre los soldados se le empezaba a llamar Hermann Meyer. El frente ruso estaba dando más problemas de los esperados pero, por supuesto, nadie hablaba de ello y la hábil propaganda de Goebbels estaba haciendo un excelente trabajo de desinformación. Tardó cuarenta minutos en llegar al Adlon.

Se lo consideraba el hotel más elegante de Berlín, idealmente localizado frente a la Puerta de Brandenburgo, en Unter den Linden, en pleno distrito gubernamental. José Manuel sabía que los jerarcas nazis frecuentaban más el Kaiserhof, que estaba pegado a la cancillería del Reich, pero lo cierto es que las botas militares pisaban los suelos de mármol de ambos hoteles con tanta frecuencia como los de sus casas. El exterior y el entorno eran la viva imagen de lo que gustaba a los nazis y la monumentalidad de la zona, pulcramente cuidada, no se había resentido aún de los bombardeos que, muy de vez en cuando, se producían en la ciudad. La avenida era enorme, mayor que cualquiera que José Manuel hubiera visto en Europa, y el hotel, palaciego. Se había inaugurado en 1907 bajo el auspicio del káiser y la iniciativa de Lorenz Adlon, a semejanza de los grandes hoteles de otras capitales del continente y ocultaba, tras un exterior sobrio de piedra blanca y techo de cobre, un interior opulento revestido de los mejores materiales. Por supuesto, en su fachada ondeaban grandes banderas y estandartes nazis.

Estaba saliendo de su coche cuando, a los pocos metros, vio a Harald Fallstein salir del hotel, entrar en el suyo y arrancar a toda prisa. Vestía de luto, con banda negra al brazo y, aunque brevemente, pudo ver su cara consternada. «Mejor que no esté», pensó.

Entró al hotel, un derroche de bóvedas que se cruzaban, columnas de mármol, suelos de mosaico y arañas de cristal estilo años veinte. Todo destilaba el máximo lujo. De fondo se oía un piano y la concurrencia, una mezcla de uniformes, risas, perlas y pieles, daba al lugar toda la sofisticación de la que Berlín se jactaba. Hombres y mujeres, sentados en sillones de cuero oscuro, disfrutaban de cócteles y aperitivos tras los grandes ventanales con vistas a la calle. En recepción, pidió que anunciaran a la condesa de Fallstein su presencia. Luego, esperó en un sillón desde el que se veía la escalera, tan monumental, barroca y opulenta como el resto del entorno. Tuvo que esperar casi media hora hasta ver a la prima de

Inés descender. No había llegado al último escalón cuando le localizó, le saludó con la mano y él acudió a su encuentro.

—Qué agradable sorpresa, José Manuel. Has hecho muy bien en venir. Y me encanta que no hayas avisado, los alemanes son tan organizados que los días rara vez ofrecen más de lo que una espera.

—¿Nos sentamos? —le dijo él.

—Sí, pero no aquí. ¿Conoces el jardín de invierno? Es más tranquilo. Aquí todo el mundo grita. Es una época ruidosa en el país, todo suena fuerte, la música, la gente, la risa, el llanto... Lo detesto. El Grosse Hall de este hotel es peor que el salón de la casa de Puigcerdá de mis tíos. La de Inés. Cómo gritan todos... En fin. Divertido y ruidoso, pero quiero que estemos tranquilos. Es por aquí.

Pasaron por delante de una enorme chimenea encastrada en una pared de elaboradas *boiseries*. Sobre la repisa, un busto observaba su paso.

—Es el káiser. Ahora vive en Holanda. Harald aún cree que volverá algún día, pero Hitler es más poderoso, más fuerte. A mí me extrañaría que volviera. Nostálgicos, ya sabes. Igual que los españoles. No creo que vuelva el rey y es una pena, porque me caía muy simpático.

—A mí también. Pero Franco...

—No querrá. Así que solo nos queda eso, la nostalgia. Pero no hay que detenerse demasiado en ella. Mira a Lorenz Adlon, el dueño del hotel. Era tan monárquico que jamás pensó que nadie salvo el emperador pudiera pasar por debajo de la Puerta de Brandenburgo, pues con esa idea se construyó, así que siempre se negó a mirar para cruzarla. Murió atropellado. A veces nos emperramos en imposibles.

Habían llegado a un salón con bóveda acristalada, más tranquilo y luminoso, decorado con kentias y muebles de jardín. El tono de las conversaciones permitía oír el rumor de una fuente. Se sentaron en unas butacas de madera en torno a un velador. Había pocas personas.

Hilda seguía comentando anécdotas y banalidades, como una persona a la que nadie escucha nunca y tiene todo, lo importante y lo irrelevante, por contar. José Manuel supo que estaba muy sola, pero nada justificaba que aún no hubiera mencionado la muerte de Sofia y, en cambio, se hubiera detenido en la del dueño del hotel, acaecida muchos años antes. Decidió no aplazarlo más.

—Sofia Maeckelberg ha muerto.

Hilda cambió radicalmente de expresión. Desvió la mirada a la escultura de bronce que remataba la fuente.

—Lo sé. Son malos tiempos. Harald se ha puesto muy triste.

—Tú no pareces triste.

Ella le miró unos segundos. Luego desvió la mirada.

—Nunca juzgues el dolor, José Manuel. Menos aún el mío. No me conoces. Muchos llevamos dentro una carga de la que los demás no saben nada, sé considerado.

—Disculpa.

—No tienes que pedir disculpas. Solo ser más considerado. Sofia era una amiga de Harald de toda la vida. Yo también la traté a menudo. Éramos muy diferentes, pero le tenía aprecio.

Desde que José Manuel había sacado el tema, Hilda se había tocado varias veces la pulsera con un tic que no le recordaba. Cuando le miró la muñeca, ella escondió la mano debajo de la mesa. Estaba nerviosa y eso la delataba. Decidió arriesgarse.

—Te vi hacerlo —dijo. Luego se la quedó mirando. Ella de nuevo no pudo aguantarle la mirada. El silencio de tan solo unos segundos pareció una confesión.

—Tú no viste nada. —Alzó el mentón, amenazante—. ¿Qué es lo que viste?

—Tú la envenenaste. La copa que quise coger de tu mano, lo recuerdo como si fuera ahora mismo, me la negaste, se la diste a Sofia.

—Sofia es una señora, por el amor de Dios. Siempre vamos delante.

José Manuel la miró.

—No te voy a delatar, si eso es lo que te preocupa. Pero me lo tienes que explicar, quiero entenderlo.

Hilda cambió de postura. También de gesto. Había tomado una decisión.

—Aquí no. Estas paredes tienen oídos. Iré a mi habitación. Es la 304. Ven dentro de diez minutos. Sube por la escalera, Harald dice que los chicos del ascensor son informadores.

Él asintió y la vio partir. A los diez minutos siguió su camino. Golpeó levemente la puerta, que se abrió con el impulso. Hilda ocupaba una lujosa *suite* de varias estancias con vistas a Unter den Linden. Le esperaba en el salón, enmoquetado y acogedor, con un tresillo y dos butacas tapizadas en dorado. Había preparado unas bebidas. Con la mano pidió a José Manuel que se sentara.

—Lo que te voy a contar es un secreto que saben muy pocos.

—Lo imagino.

—No soy nazi. De hecho, los odio. Maté a Sofia porque lo merecía. Atiende y compréndeme. Me explicaré, aunque hace tiempo que entendí que solo le debo una explicación a dos personas: a la niña que fui y a la anciana que puede que sea. Que ambas estén satisfechas con lo que haga de mi vida es lo único que me importa. Estoy sola, pero eso no me ha hecho egoísta, no es una contradicción. Sigo sufriendo con las desgracias de los demás y sigo intentando que el mal tarde un poco más en extenderse. Estoy en una roca rodeada por un mar de lava, pero cada persona a la que consigo subir a mi roca es un triunfo.

Le explicó el suceso acaecido en la finca de Sofia. Detalló cómo los judíos corrían como conejos mientras los invitados a la fiesta reían a carcajadas al dispararlos. Explicó todo lo que había sentido y cómo aquello la había cambiado. Intencionadamente, se mostró afligida, cuando en realidad estaba furiosa por haber sido descubierta y contenta por haber matado a Sofia. No explicó que era su tercera víctima, pero reconoció que esperaba que no fuera la última.

José Manuel escuchó en silencio. Luego reflexionó y dijo:

—Yo tampoco soy nazi. Tan solo un empresario que pretende hacer negocios. No puedo censurar lo que has hecho, no puedo evitar pensar que, si lo que cuentas es cierto...

—Cada palabra —interrumpió Hilda.

—... si lo que cuentas es cierto, Sofia merecía morir. Pero la Gestapo va a preguntar. Te interrogarán.

—No me sacarán nada.

—No, si no aprietan. Pero lo mejor es que te prepares. Son expertos en sacar información, en obtener confesiones. Debes deshacerte del veneno que tengas. ¿Qué usaste?

—Arsénico.

—Bueno, eso está bien. Es común, fácil de conseguir. Esperemos que Sofia no tenga signos visibles. Edemas faciales, por ejemplo. Por la rapidez con la que ha muerto, le diste una dosis importante.

—Lo hice —afirmó sin inmutarse.

—Pues quizás te salves. Por suerte no has cometido más asesinatos. Si así fuera, podrían establecer relación entre ellos. Y a la vez contigo. En cualquier caso, te recomiendo que abandones tus planes y no vuelvas a actuar así.

Hilda se asustó un poco, pero enseguida recapacitó: «¿Por qué no? ¿Acaso no estamos en guerra? Yo mato, yo lucho, exactamente igual que todos los buenos europeos». Se levantó y fue a la ventana.

—¿Sabes? Este es un país hermoso, lleno de gente buena. Pero están asustados. Por supuesto, hay muchos que se han envilecido, pero también hay otros que solo ignoran lo que pasa. Yo no tengo miedo. Yo veo lo bueno de Alemania y me niego a que quede cubierto por el lodo de la maldad. No. Todos los que no estemos asustados debemos luchar. También fuera de Alemania. —Por primera vez le miró con odio—. José Manuel, ¿qué es eso de hacer negocios con los nazis? ¿No tenéis suficiente dinero ya? Deberías avergonzarte, mucho más que yo, que no he hecho nada malo. Cada vez que te compres algo, obsérvalo bien y odialo, porque el dinero con el que lo has adquirido viene del mal.

Como le pasaba a menudo y, tristemente, ya se había acostumbrado, José Manuel tuvo que tragarse sus argumentos, asumir que le increparan y seguir ocultando la verdad. Odiaba ser espía, pero lo hacía muy bien.

—Te voy a pedir una cosa —dijo él más sereno—. Las cosas se pueden complicar, pero tengo maneras de ayudarte. Si en algún momento tienes problemas, si crees que vas a ser apresada, llama al número que te voy a apuntar. —Anotó un número largo, en el que se escondía el de Villa Kreisler—. Debes marcar los números de derecha a izquierda y obviando los múltiplos de tres. Atenderá la llamada una mujer, deja recado a nombre de cualquier calle de Barcelona con nombre masculino y deja tus señas. Me ocuparé de que te recojan y te escondan allá donde estés, en Berlín o en Baviera. Si es una trampa, deja recado a tu nombre. ¿Entendido?

Hilda lo miró y decidió devolverle el favor.

—Si a ti te sucede lo mismo, si tu estancia en Alemania se complica, ven al castillo de Fallstein, en Baviera, no lejos de Múnich. Quizás sea yo la que pueda salvarte a ti entonces. No serías el primero al que ayudo a huir de los nazis.

Se quedaron en silencio, guardándose ambos una información que esperaban no tener que utilizar nunca. Hilda comprendió que José Manuel no la delataría. Él la miró y esbozó una media sonrisa. Cogió una de las copas que ella había preparado y la alzó para un brindis por aquella nueva complicidad. Ella no cogió la suya.

—Deja la copa donde estaba, José Manuel. He decidido no matarte —dijo muy seria.

Mientras, Harald Fallstein había llegado a la casa de la finada. Igual que las que tenía en otras partes del Reich, la casa de Sofia Maeckelberg en el barrio de Grunewald era espléndida. Prácticamente todas las casas de la zona lo eran, y el barrio en general, pese a estar a pocos kilómetros del centro, era especialmente agradable gracias al gran bosque que le daba nombre. La de los Maeckelberg era una residencia enorme y poco práctica para Sofia, que vivía sola con sus amantes y el extenso servicio que jamás se había acabado de acostumbrar a su disoluta vida. Para un aristócrata, la vida sin descendencia, la sensación de cerrar una larga saga, de ser el último de la estirpe, resultaba inasumible, lo que ahondó la tristeza de Harald. Su amiga, que tan solo había sido una heredera caprichosa, cerraba una saga industrial de seis generaciones; con ella se irían todas las cosas bonitas que los Maeckelberg habían dejado a su paso, la industria, su castillo checoslovaco, su magnífica colección de arte... y aquella casa que contemplaba compungido pensando en que no tardarían en subastar los muebles y en cerrar las contraventanas rosadas, en cómo el jardín se secaría y las trepadoras que cubrían los muros ocre con grandes hortensias dejarían de crecer. Luego, tras la guerra, algún nuevo rico la vería, despreciaría la mansión pero valoraría el solar y la compraría, para que el recuerdo de aquella familia quedara en el polvo y sobre él se edificara algo de estilo Bauhaus o similar. Algo sin gusto. «Terrible», pensó y suspiró.

Entró en el *hall* y dejó que un mayordomo, al que le quedaban escasos meses de trabajo, le recogiera el sombrero y el abrigo. Luego fue al salón. Allá, flanqueada por su estandarte familiar amarillo y negro y la esvástica, reposaba Sofia en un ataúd abierto. A su alrededor habían colocado muchas sillas en las que varios militares de alto rango y personas de aire distinguido conversaban como si ella no estuviera allí, como si solo la curiosidad y no el amor los hubiera llevado a aquel salón espléndido. Le miró la cara, excesivamente maquillada para disimular su piel encerada, con los labios rojos. Pensó que, incluso muerta, su expresión tenía una chispa de picardía. Sonrió, oh, la iba a echar de menos. Sofia había sido la mejor de las amigas, su compañera desde la infancia, la primera en tantas cosas... Sí, en aquello también. Le había pedido matrimonio, pero ella le había rechazado. Quería vivir, le había dicho, pero allí estaba, muerta. El médico que había acudido a la llamada del servicio cuando la descubrieron por la mañana había dicho que no se podía descartar un envenenamiento. Harald pensaba usar toda su influencia para que la Gestapo, a la que ya había avisado, hiciera averiguaciones. En una esquina, mirándole, el comandante al que había llamado le saludó con la mano. Dio un beso en la frente a su amiga y fue hacia él.

—Lamento mucho la muerte de su amiga, *Graf* Fallstein —le dijo—, la hemos inspeccionado antes de que la amortajaran. Esta tarde se le hará la autopsia, pero queríamos que se despidieran de ella cuando aún...

—Cuando aún no la han despedazado. Han hecho bien.

—Podemos ahorrarle el trance, *herr* Fallstein. Nada parece indicar que sea una muerte por envenenamiento. Al hablar con el médico que ha certificado la muerte, ha confirmado que tan solo dijo que era una posibilidad remota. El servicio, como siempre, ha exagerado. Estas cosas pasan.

—Pasan demasiado, comandante. En la guerra, en el frente, por supuesto. Pero no tanto en la retaguardia. Es la segunda... —Había olvidado a Greta Meyer, la espantosa mujer del conde Gottfried—, qué digo, ¡la tercera persona que muere en circunstancias similares en mi entorno!

—¿Su entorno es muy amplio?

—Todo lo contrario —respondió Harald orgulloso—, no me relaciono con mucha gente. Mi círculo es pequeño y selecto. Salvo por esa mujer..., esa..., la mujer del *Graf* Meyer, a quien conocí a través de él, que enloqueció por... aún no sé qué. También murió tras una fiesta.

El comandante se quedó pensativo. Debía ayudar a aquel importante aristócrata. No encontrarían nada, pero desde la perspectiva del conde Fallstein podía comprender que resultara sospechoso.

—Hay un hombre que seguro resolvería el entuerto. Me habló de él Reinhard Heydrich.

—¿El Obbergrupenführer Heydrich? —preguntó Harald, asombrado con tan solo oír el nombre de uno de los altos mandos más venerados por Hitler.

Heydrich no solo era el director de la Oficina General de Seguridad del Reich, también había sido nombrado Protector de Bohemia y Moravia, lo que básicamente significaba que tenía el poder absoluto en aquellas extensas zonas que un día habían formado parte de Checoslovaquia.

—Sí, sí, claro, ¿quién si no? —respondió el comandante—. Heydrich fue quien le descubrió y estoy seguro de que podría encargarle la investigación. Le llaman por su apellido, Bergen, mayor Bergen, y es de los más valorados en el Servicio de Seguridad, la SD. Es muy suspicaz. Si hay algo que averiguar, él lo hará. Y le informaré sobre la autopsia, aunque me temo que hagamos una carnicería para no encontrar nada.

Se miraron a los ojos y, tras hacer el saludo nazi, el comandante de la Gestapo se despidió de Harald. El conde, de camino a la puerta, se cruzó con Maria von Strutt. Harald la vio acercarse vestida de riguroso luto. Le ofreció la mano para que se la besara mientras con la otra se levantaba el velo oscuro con el que se cubría.

—Oh, Harald querido, es terrible.

—Terrible, Maria. Una persona tan llena de vida.

—Una buena amiga. Son tiempos gloriosos, pero no cabe duda de que en el camino a la gloria tendremos que pasar por penurias como esta. Esperemos que no sean muchas.

—Ya son tres personas en circunstancias similares, Maria.

—¿Tres?

—Sí, tres personas que mueren tras una cena de nuestro entorno. En casas de amigos. Albert Bohringer, ahora Sofia Maeckelberg y aquella mujer..., la segunda esposa de Gottfried Meyer.

—La...

—Sí, sí..., esa..., jamás recuerdo su nombre.

—Yo tampoco. Lo cierto es que no era especialmente digna de ser recordada. Pero estás en lo cierto. Tres. Imagino que el comandante de la Gestapo con el que me he cruzado iba a hacer pesquisas, ¿no es así?

—Sin duda las hará. Es todo muy extraño, aunque a él no se lo ha parecido tanto.

—Bueno. Otto vendrá esta tarde, estaba muy triste también. Dime si podemos ayudar en algo...

—Rezad por Sofia. Era una bella persona.

—Sí que lo era —confirmó Maria antes de volver a ponerse el velo y acercarse al ataúd. Luego se sentó en una de las sillas que lo rodeaban inspeccionando a la gente. Llevaba apenas diez minutos cuando un camarero le trajo una nota.

—Acaban de dejarla para usted, *meine dame*.

—¿Para mí? —dijo ella mirando al sirviente, casi molesta.

—Sí, *meine dame*. Para usted. La acaba de dejar una mujer en la puerta.

Era realmente extraño que recibiera una nota en una casa a la que había asistido en contadas ocasiones. Se asustó. Quien supiera que estaba allí la había seguido. Tenía cosas que ocultar, por lo que todo lo que se apartaba de la normalidad le causaba intranquilidad. Abrió la nota mecanografiada:

> Frau Strutt,
> su hijo ha sufrido un accidente. Nos vemos en Kreutzberg a las dos. Yo la encontraré.
> Z. Ludlow

30

A finales de diciembre Pablo y José Manuel se reunieron en San Antonio con su madre y familia cercana para celebrar la Navidad. Siempre habían sido unas fechas importantes, pero tras la guerra habían adquirido más valor aún, pues todos sabían lo que era pasarlas solos y rodeados de penurias. Con todo, para dos de los asistentes resultaron un paréntesis que solo consiguió inquietarlos y que desearan que pasaran pronto, pues ambos consideraban que tenían cosas más importantes que hacer y que la guerra en Europa no esperaba.

Dos semanas antes, un hecho infame había multiplicado las fuerzas del bando aliado. Una tragedia de la que, sin embargo, podía surgir la victoria. El 7 de diciembre los japoneses habían atacado, por completa sorpresa, la base naval de Pearl Harbor, en Hawái. Más de trescientos cazas, bombarderos y torpederos habían pretendido inutilizar la flota estadounidense del Pacífico y se habían llevado por delante la vida de 2.403 personas. El ataque había provocado la inmediata entrada en la guerra de la mayor potencia del globo.

Todos en la mesa lo comentaban pese a que habían intentado evitar el tema por unas horas. Inés y José Manuel también intervenían, pero tenían más aún que ocultar, pues estaban involucrados en misiones que podían fracasar si hablaban más de la cuenta.

Inés no quería que Pablo se preocupara, por lo que justificó su secreto con el bienestar y la tranquilidad de su marido. Había sido interrogada por la Police Nationale y por la Resistencia, había corrido grave peligro y, pese a todo, aquello tan solo había conseguido que se involucrara más. Tras la Navidad, había previsto volver a Puigcerdá para retomar su doble tarea: por un lado, dar información falsa al sargento de la gestapo Gustav Wagner sobre pasos fronterizos y caminos, y por el otro, ayudar a la red formada por la Resistencia y los sacerdotes del valle de la Cerdaña. A finales de enero de 1942, esperaban la llegada de un grupo de aviadores británicos que habían sido abatidos y necesitaban cruzar la frontera para volver a su país.

José Manuel, que había llegado esa misma tarde al Penedés, estaba en una situación parecida. Había empezado, igual que Inés, ayudando en una misión sencilla y había acabado liderando una de mucha mayor importancia. Igual que ella, la ambición por ser realmente útil había pesado más que el miedo por jugar a dos bandas y traicionar al Reich, que confiaba en él. Pasada la Navidad, iría a Asturias para involucrar en la misión a la duquesa de Riosgrandes, que debía conocer el plan completo para aceptar que su mina de wolframio abasteciera a los nazis.

Las fiestas navideñas en la masía familiar seguían una serie de rituales, inventados por ellos mismos, que se perpetuaban desde antes de la guerra. El día de Nochebuena («Noche de paz», la llamaban) la familia y todos los que vivían en la finca asistían a la misa del gallo en la pequeña capilla de la planta baja, decorada con ramas de pino y acebo. Luego se daba una copa en la sala de billar, donde la mesa se cubría con el nacimiento, siempre grande y montado por los niños de la propiedad. Cada año, la madre de Pablo y José Manuel aportaba figuras nuevas y supervisaba que todos participaran explicando la historia y el significado de la Navidad a los más pequeños. Más tarde se repartían los regalos. A las mujeres se les daba siempre un paquete con telas del negocio familiar, a los hombres, una botella de vino y una de aceite, y a los niños, balones o muñecas. Era un día feliz. Ya de madrugada, la familia empezaba a cenar, cosa que Inés asimilaba con educación, pero era incapaz de comprender.

Su suegra era extremadamente buena y discreta y había dejado que el resto del año Inés organizara la masía de San Antonio a su antojo, pero ese día volvía a mandar ella y las arraigadas tradiciones de los Bultó se imponían por incómodas que fueran. Inés, que era dormilona, salvaba la situación adelantando el descanso con una buena siesta para evitar dormirse sobre el plato. Aquella cena de madrugada nunca contaba con su locuacidad y ese año, menos aún.

Eran ocho personas, incluidas su suegra y tres amigas sin familia, su cuñada Adela, su cuñado José Manuel, Pablo y ella, cruzando conversaciones de poca intensidad. Solo José Manuel supo captar su interés.

—Estuve con tu prima Hilda en Berlín. Fue una agradable coincidencia en medio de tanto germano.

Inés levantó la mirada, sonriente.

—Pues sí, es una coincidencia... Hilda apenas sale de Burg Fallstein por lo que me cuenta.

—No sabía que hablarais —intervino Pablo, sentado frente a ella.

—Nos carteamos. Está preocupada por lo que pasa en su país. Me explica cómo van las cosas allí. A Magda también le interesa, como es lógico.

—¿Magda? —preguntó José Manuel.

—Es nuestra niñera. Estaba al servicio de mi prima, la trajimos de Alemania.

José Manuel recordó la historia que Pablo le había contado.

—Es cierto, la judía. Hicisteis muy bien trayéndola. Ya habría sido deportada al este. Por lo que sé, los internan en campos de trabajo terribles.

—Así es. Por eso es importante que ayudemos a escapar a los que podamos —dijo Inés esperando no haber hablado demasiado—. ¿Y dónde exactamente encontraste a Hilda? —preguntó cambiando de tema.

—Oh, en Berlín, en una noche que sin duda recordaré. Fuimos a una fiesta. En casa de Goering.

—¡¿El mariscal?! —preguntó Pablo impresionado.

—El mismo. No me ha dado tiempo de contaros gran cosa. Fue bastante extraordinario. Nos tenemos que sentar luego. Tengo muchas novedades. Te implican, Inés. Y a tu abuela.

A Inés se le quitó el sueño y tuvo muchas ganas de levantarse de la mesa y saberlo todo sobre la estancia de José Manuel en Alemania.

—Hilda en casa de Goering. Debió de asquearla.

—Calla —dijo José Manuel—. Tu prima está en tierras pantanosas. Nadie puede saber nada sobre su opinión.

—Pero...

—Inés, las paredes tienen oídos —dijo José Manuel molesto—. Cállate. La que se arriesga no eres tú, en tu masía, en Puigcerdá, en Barcelona. La que puede peligrar si no somos discretos es tu prima Hilda.

Le dio rabia que le hablara así y, por primera vez, supo lo que era la impotencia de tener que actuar en secreto, de no poder decir que ella también estaba arriesgándose y ayudando. Pablo le cogió la mano y le sonrió levemente. José Manuel tenía toda la razón, pero a Pablo no le gustaba que Inés sufriera. En su mente, ella seguía necesitando de su apoyo constante para moverse por la vida.

Tras la cena, los tres se reunieron en la biblioteca, que, aún calentada por las pequeñas brasas que resistían en la chimenea, había quedado en silencio, con regalos abiertos sobre la mesa y copas usadas a la espera de ser recogidas. José Manuel explicó todo lo que implicaba la nueva misión que le habían encomendado. Odiaba desvelar sus objetivos pero, para conseguirlos, tenía que deshacer lo que Pablo, Bob, Inés y Ana Argüelles habían trazado para proteger la mina de Peña Negra de los alemanes. Él casi no conocía a la duquesa, así que necesitaba a Pablo o a Inés para convencerla de que en aquel momento convenía todo lo contrario. Que los alemanes se quedaran con el metal para que los aliados pudieran seguirlo desde la finca de La Recuesta hasta el lugar ultrasecreto a donde llegaría. Al acabar la explicación, Pablo intervino.

—¿Y por qué los aliados no siguen los otros envíos? Desde Galicia salen cargamentos todas las semanas.

—Los tienen vigilados también. Pero van a puertos dispares y desde allí se reparten a otros y a todos los centros de producción, que son unos cuantos. En cambio, los nazis se están complicando mucho la vida con este cargamento. Su idea es recogerlo de una mina desconocida y embarcarlo en un puerto secundario o en una playa oculta..., todo porque va directo a un punto del máximo secreto. Creemos que se están tomando estas molestias para que el riesgo de ser descubiertos sea prácticamente inexistente. El proyecto para el que necesitan el metal ha de ser decisivo, es perentorio que se facilite toda la ayuda necesaria para descubrir de qué se trata.

Pablo reflexionó unos segundos.

—Has hecho muy bien aceptando la misión, hermano. Debemos ayudar en lo que podamos. Inés seguro que podrá convencer a su abuela.

—Yo no puedo ir a Asturias —dijo ella al instante—, me voy a Puigcerdá.

Los dos hermanos Bultó se quedaron mirándola.

—Inés, esto es más importante que pasear por el barrio del Lago —opinó Pablo algo decepcionado.

—Ve tú. Mi abuela te adora. Sabes más de estas cosas —propuso ella—. Yo tengo que ir a Puigcerdá. Mi madre...

—Tu madre no va nunca en estas fechas.

—Por eso mismo. Debo ir, revisar cómo está la casa y todo...

—Hace tan solo unas semanas que estuv...

—Pablo, voy a ir a Puigcerdá —le interrumpió—. A tu hijo le sienta bien. Al de Magda también. No insistas.

«No insistas» eran dos palabras definitivas en boca de Inés. Eran sinónimo de «no aceptaré nunca». Rara vez las pronunciaba pero, cuando lo hacía, era en serio.

—Bueno, hermano, te acompañaré yo —dijo Pablo. Luego miró a Inés—. Yo... a veces no te comprendo.

—No tienes que hacerlo siempre, Pablo —le respondió ella. No había rencor ni impertinencia en sus palabras. Sonrió levemente y ladeó la cabeza al mirarlo—. Además, estoy un poco cansada. Estas costumbres son muy bonitas, pero cenar de madrugada es algo que *sí es* del todo incomprensible. Voy a ver si los niños duermen. Hasta mañana, queridos.

Besó a Pablo en la frente y le rozó el hombro con cariño a José Manuel antes de subir al piso superior, en una de cuyas habitaciones dormía Magda vigilando al hijo de Inés y al suyo propio. Intentó entrar sin despertarla, pero la niñera tenía el oído de un pastor alemán. Inés siempre pensó que aquella era una de las cualidades que la habían salvado.

Estaba sentada en una mecedora. Al oírla se levantó.

—Descansa, Magda. Échate, no hace falta que pases la noche en vela. A nuestros hijos no hay quien los despierte.

Cada uno tenía su cama, pero a menudo dormían juntos. Aquel día era uno de ellos. Inés se acercó a verlos.

—Cuando pienso en cómo va el mundo, contemplar a estos niños me da esperanza. No saben lo afortunados que son. No se dan cuenta del sufrimiento que hay.

—No, no lo saben. Pero lo habrán de saber... —dijo Magda—. No se puede obviar lo malo. No se debe ignorar. Se tiene que luchar contra lo feo, no cerrar los ojos para no verlo. Por eso me gusta tanto lo que estamos haciendo.

—Sí. Pero me cuesta ocultarlo. Mi marido no comprende mi actitud. No entiende que quiera volver a Puigcerdá.

—No puede saberlo, señora. No si queremos que nuestra labor dé sus frutos. Hay mucha gente arriesgando su vida para pasar la frontera.

—Pablo nunca diría nada.

—Pablo no la dejaría hacerlo.

—No me tiene que dejar. No manda en mí.

—No, pero puede convencerla. Puede intentar protegerla y, con sus movimientos, delatarla. Puede... coaccionarla.

—Magda, no conoces a mi marido, no coacciona.

—No de la forma que usted piensa, pero puede hacerlo de forma inconsciente. Si el señor sufre pensando en los riesgos que corre, usted flaqueará.

—Bueno, da lo mismo... Y, por supuesto, corremos riesgos, pero piensa en mi prima Hilda, acogiendo a fugitivos en medio de la boca del lobo, con un marido nazi. Ella sí está dándolo todo. Nosotras...

La puerta crujió al abrirse y la luz de la habitación iluminó una figura en la sombra. Sorprendidas, ambas miraron. José Manuel estaba allí. Lo había escuchado todo. Tenía la expresión inteligente y seria que adoptaba cuando no estaba ni triste ni alegre ni enfadado ni sorprendido ni vencido. La que adoptaba cuando sabía que aquel tren ya estaba en marcha y él solo podía asegurarse de que no descarrilara.

—Tenemos que hablar. Tenéis que aprender a callar. Os cogerán en dos días si seguís así. Os enseñaré.

Dos semanas después, Inés meditaba mientras el tren enfilaba los primeros túneles del Prepirineo. Frente a ella, Magda dormitaba con las cabezas de su hijo y el de Inés apoyadas en las rodillas. Ocupaban un compartimento para ellos solos, pues Pablo se había empeñado en comprar los dos asientos que sobraban para hacerles el viaje más cómodo. Se lo agradeció, pero venía de una familia numerosa y había pasado una guerra, por lo que no era el jarrón de porcelana que su marido creía. Habían sido unas Navidades atípicas, y la prueba más elocuente de ello era la pistola que llevaba escondida en el bolso, un arma pequeña, casi coqueta, que cabía en la palma de la mano, pero que le pesaba en el corazón como una losa de granito. Se la había dado José Manuel. La pistola y muchas otras cosas. A ella y a Magda. Habían pasado cada tarde entre Navidad y el día de Reyes en su casa de Pedralbes aprendiendo a ser espías, dándose cuenta de los errores y peligros innecesarios que su inexperiencia les podría haber hecho pasar. Habían sido muy osadas, sobre todo ella, que era la que, al fin y al cabo, estaba relacionándose con los nazis y la Resistencia, pero su valentía también era un motivo de orgullo. Incluso José Manuel, siempre tan medido, tan frío, tan introvertido, se lo había dicho. Quizás no con palabras, pero sí con la mirada, con unos ojos que, por una vez, la habían observado como a una igual, no como a una niña de casa «bien» sin nervio ni inteligencia.

Llegaron a Puigcerdá a media tarde, cuando las tiendas apuraban las últimas ventas del día y las fruterías ya solo mostraban en sus escaparates restos y productos de segunda. En la casa, habían desenfundado el mobiliario de las habitaciones y el salón, pero aún se estaba ordenando el resto de las estancias. Sobre la mesa del vestíbulo de entrada, encontró un sobre de la iglesia con la hoja parroquial dentro, el pequeño diario que publicaba la diócesis. La abrió y, al fijarse en un artículo sobre la Epifanía, encontró subrayadas varias letras. Al apuntarlas una al lado de la otra ,leyó: «Olopte Mar 3» . Hizo una bola con el papel donde había apuntado la cita y lo tiró a la chimenea junto a la hoja parroquial.

El martes, a las tres, Magda y ella se llevaron a los niños a pasear por el pequeño pueblo de Olopte. Era uno de los más bonitos de la Cerdaña pues, en vez de edificarse en el lecho del valle, lo hacía en una suerte de cresta entre dos grandes laderas, en alto, de forma que desde sus casas de piedra se tenía una vista impresionante de ambos lados del pueblo. Vivían alrededor de cien almas dedicadas en su totalidad a la ganadería. El pueblo olía a vaca en cada esquina y cuando uno cerraba los ojos, los sonidos de cencerros, de gallinas y del río que corría no lejos de allí superaban a cualquier otro. No había comercios estables, pero varias furgonetas llevaban lo que se necesitaba y lo vendían en la plaza. La gente vivía tranquila, de manera sencilla pero feliz. En la plaza, junto a la pequeña fuente de piedra, un sacerdote leía al sol. Al acercarse Inés, alzó la mirada y se puso de pie.

—Paseemos —dijo sin presentarse.

Magda los siguió algo rezagada, con los niños.

—Como sabe, el padre Ginoux está esperando la llegada de un grupo de pilotos británicos. Fueron abatidos cerca de Angulema. Han hecho un largo viaje hasta el sur.

—¿Cuándo llegarán? —preguntó ella.

—Creemos que esta misma semana, quizás el sábado. Tenemos la ruta preparada para que crucen, pero uno de ellos tiene la pierna rota. Se la rompió al llegar al suelo en paracaídas. Es un milagro que consiga llegar hasta aquí. Le atendieron miembros de la Resistencia, que le vendaron, pero no puede andar.

—Comprendo.

—Hemos pensado que cruce usted con él.

—Pero... eso es imposible. Me registran cada vez que paso —dijo ella asustada.

—Lo sabemos. El asunto es que no es un aviador cualquiera. Es el hijo de lord Sandsbury, prominente miembro de la Cámara de los Lores, primo tercero del rey y gran amigo del mismo. Su hijo no puede caer en manos enemigas.

—Comprendo, un soldado de buena familia —replicó ella levemente molesta.

—No es solo eso. Ese hombre ha estado cerca del poder, conoce sus entresijos, quién es quién...; tiene más información que un soldado cualquiera. Es valioso por lo que sabe, además de por quien es.

—Lo suficientemente valioso para que una barcelonesa que jamás ha oído hablar de él arriesgue su vida.

—Hemos trazado un plan. Adaptaremos los asientos traseros de su coche quitándoles el relleno para hacer un hueco para él. Luego usted cruzará la frontera, pero creemos que la mejor manera de que lo haga sin problemas es que no vaya sola.

—No le entiendo.

—Queremos que vaya con el sargento Wagner. Si van juntos, nadie los parará. Esconderemos a nuestro aviador en el Sanatorio des Escaldes hasta que usted haya encontrado la manera de quedar con Gustav Wagner y recogerle en su coche. El día señalado cruzará la frontera hasta el sanatorio, recogerá al mayor Sandsbury y lo esconderá en su coche. Luego recogerá a Wagner para cruzar la frontera.

A Inés le sobrevino el miedo.

—No lo haré. Tengo un hijo, un marido. Si me cogen, me matarán.

—Tiene razón.

—No me pueden pedir esto. No puedo hacerlo. No puedo —repitió angustiada.

—No podemos obligarla. Pero usted quiso ayudar y el plan es perfecto. Nadie la parará en la frontera. Las vallas se abrirán directamente sin que un perro se acerque a su coche. Lo sabe. Desde allí, diríjase a su casa. Cuando esté sola, sáquelo. Si lo piensa, el plan es perfecto. Si le hubiera propuesto cruzar la frontera sin llevar en su coche a Wagner..., le habría dado menos miedo, pero llevar a un sargento de la Gestapo con usted le va a dar seguridad. Y en su casa... nadie tendría por qué sospechar, ¿no es así?

—No, en mi casa no habrá problema. Es una casa grande, puedo esconderle en la habitación del chófer, sobre la cochera.

—Es un plan perfecto. Las posibilidades de éxito son reales, muy numerosas.

El sacerdote tenía razón, pero su miedo también era real.

—Tengo que pensarlo —dijo de pronto, cuando lo que quería era negarse.

—Necesito saber algo hoy. Tenemos que preparar su coche o, de no poder contar con usted, buscar otra oportunidad. Usted también tendrá que organizarse.

—No sé cómo convencer al sargento de que venga conmigo. No tiene mucho sentido.

—Si va a buscarle usted, probablemente lo tenga. No tienen muchos coches en el cuartel. Suelen repartírselos. Déjele que conduzca, eso le gustará. Puede simular un pinchazo, o una merienda... Invítele a cenar a su casa.

—Padre, soy una mujer casada.

—Eso no es importante ahora, estamos hablando de la vida de una persona.

—Lo sé. —Calló unos instantes y miró al suelo mientras seguía paseando. El cura supo que estaba a punto de aceptar. Ella le miró sabiendo que estaba a punto de arriesgarlo todo, pero imbuida de una repentina valentía—. De acuerdo, dejen que les diga algo esta tarde y empiecen a rezar por que no me pase nada.

—Irá protegida por oraciones en francés, en inglés y en español. Y seguro que el padre Domènech también rezará por usted en catalán, señora.

Inés miró hacia atrás en busca de los ojos de Magda. Ella, que la conocía bien, supo que debía tomar una decisión importante.

Volvieron a casa en silencio, incluso los niños, que estaban agotados tras el paseo. A Inés, por primera vez en años, quizás en toda su vida, la conversación con un sacerdote, en vez de reconfortarla, la había dejado más intranquila. Ya en la casa, le explicó el plan a Magda. Ella le cogió las manos.

—Señora, ¿qué esperaba? Esto es una guerra y no hay medias tintas. Uno no puede ayudar a la clandestinidad solo un poco. Esta misión cambiará su vida. Si decide hacerla, vendrán otras similares, tal vez más arriesgadas incluso..., ya no podrá retroceder. Puede dejarlo, por supuesto, usted ya ha pasado una guerra, tal vez esto... le venga grande.

Maldita Magda. Sabía qué teclas tocar para molestarla. «Le viene grande» era una de ellas. La tecla que la arrinconaba a la zona de las inútiles. La que decía que podía hacer pequeñas cosas, pero nunca grandes. La que la devolvía al salón de té de su madre, del Polo de Barcelona o del Golf del Prat; la que la convertía en lo que todos esperaban de ella, que era bien poco. Tener hijos, asistir a fiestas y llevar bien su casa. La miró.

—Tienes razón, tal vez esto me venga grande —dijo enfadada—, pero solo hay una forma de saberlo. —Respiró profundamente, resignada pero valiente—. Ve a la iglesia y diles que hay que preparar mi coche para la carga.

Dejaron la puerta de la cochera abierta y por la mañana una hoja parroquial puesta en el parabrisas les indicó que el apaño del asiento trasero ya se había realizado. Lo miró y lo tocó, descubriendo satisfecha que parecía exactamente igual que siempre. Al levantarlo, tal y como le habían dicho, vio que habían quitado parte de la espuma, la habían sustituido por tablones y se había hecho un hueco para que alguien, muy encogido, pudiera caber. El hijo de lord Sandsbury viajaría como polizón. En la hoja parroquial le habían indicado el día y la hora. Aquel sábado, 25 de enero de 1942, arriesgaría su vida para salvar a alguien a quien no conocía.

Pasó la semana en tensión, tramando cómo convencer al sargento Gustav Wagner para que la acompañara. Debía recogerle en la comisaría, ya que debían utilizar su coche, no el del alemán. Al final, tras pensar con Magda, llegaron a una buena conclusión. Una idea absurda que podía funcionar.

Eran las siete de la mañana cuando cruzó la frontera por el puente internacional. La saludaron amablemente mientras registraban por encima su coche. Era fácil de recordar. Una mujer guapa que había acompañado al sargento de la Gestapo y que tenía un salvoconducto para atravesar la frontera directamente expedido por la comisaría. Además, apenas había una quincena de coches en Puigcerdá. Cuando acabaron el registro, Inés devolvió el saludo con su mejor sonrisa y se dirigió a Dorres. El padre Ginoux, cabecilla de toda la red de *passeurs* de aquella zona, tenía dos escondites. Uno era el Sanatorio des Escaldes, donde utilizaba las habitaciones reservadas para él; el otro era la iglesia del pueblo, donde, en el techo de la sacristía, una trampilla daba acceso a una suerte de desván bajo la bóveda del templo.

Inés rara vez sudaba, pero aquel día notó en varias ocasiones una gota de sudor frío recorrer su espalda lentamente como una oruga. Tenía miedo, pero por suerte era muy capaz de ocultarlo tras su carácter, del que Pablo afirmaba que se enfriaba como el de su madre. Esperaba ser impasible como una estatua de mármol si eso servía para ocultar su angustia.

Llegó al Sanatorio des Escaldes y aparcó en un lateral, algo escondida, cerca de la esquina del edificio por la que se accedía a la fachada trasera. Por ahí tenían que traer al fugitivo. No debía hacer ninguna señal, solo estar puntual en aquel lugar a la hora señalada, las siete y media de la mañana. Tendrían que haberla visto llegar, y a los pocos minutos comprobó que así había sido. El mismo padre Ginoux ayudaba a un hombre joven a caminar hasta su coche. Joven era inexacto. El hombre parecía un niño y, apoyado en el sacerdote, que era alto y corpulento, parecía más pequeño aún. Imberbe, rubio, con nariz respingona y labio superior algo adelantado, la miró con sus ojos verdosos un segundo y tan solo eso bastó como agradecimiento. La cogió de las manos y la volvió a mirar sin decir nada, apoyándose con el cuerpo en el coche. Ginoux levantó el asiento para descubrir el espacio donde el joven debía viajar. Él se mantuvo en silencio y, como pudo, arrastrando su pierna enyesada, que le restaba flexibilidad, se metió en el compartimento en posición fetal. La cara estaba tan pegada a la pared del hueco que era imposible que la girara ni un poco, y los brazos, doblados sobre el pecho como para rezar, se apretaban tanto al resto de su cuerpo que vieron las venas de sus antebrazos hincharse. Ginoux se inclinó y le puso en un costado una botella con agua y una pajita que le acercó a la boca. Al apartarse de él captó la mirada de Inés.

—Que no le impresione la imagen. No la utilice para hacer nada más rápido de lo que debería. La urgencia delata inseguridad, ilegalidad, levanta sospechas. No corra, no acorte nada que se alargue. El mayor puede permanecer aquí más tiempo del que usted cree. Donde no queremos que acabe es en un ataúd. No hable en ningún momento al mayor. En ningún momento. Debe olvidar que está allí y él no puede pensar que puede hablar con usted. Cuando llegue a su casa no lo saque de inmediato. Espere. Mire alrededor y cierre la puerta de la cochera. Cuando esté segura de que nadie la observa, le puede abrir. Se quedará en su casa solo una noche, quizás dos, pero no ha de abandonar su habitación. Le irán a buscar, usted no tiene que intervenir más, solo déjele agua y algo de comer.

—De acuerdo —dijo ella. Luego se acercó al mayor, que intentó mirarla por el rabillo del ojo.

—*I'm fine. Thank you, madam* —dijo como pudo.

—Le ha dicho que... —quiso traducir Ginoux.

—Sé lo que ha dicho. Empecemos.

El padre la bendijo con la señal de la cruz y la abrazó.

—Inés, está usted haciendo algo muy importante. Su vida, usted misma será otra después de esto. Siempre he pensado que es preferible sufrir dolor siendo valiente que tristeza por ser cobarde.

—Rece por mí, padre.

—Lo haré. Lo hago desde hace días. Todo saldrá bien.

Se miraron unos segundos. Ginoux le daba seguridad, le daba fuerza. Subió al coche y miró el asiento trasero. Sobre él colocó su caja de acuarelas y sus lienzos. El aspecto del coche era el mismo de siempre. Respiró profundamente y lo puso en marcha. «Empieza la función», pensó mientras abandonaba el lugar.

Conducía pensando en lo burdo de su plan. No se le había ocurrido nada mejor, pero era de una sandez que la avergonzaba. Por estupideces como aquella la gente acababa en los campos de trabajo o fusilada. Trató de darle más vueltas. Tardaría veinte minutos en llegar a Latour-de-Carol. En una entrada de camino entre árboles, dos kilómetros antes, sacó un clavo y pinchó una rueda delantera. Luego continuó el camino hasta la plaza donde estaba la comisaría de la Police Nationale, a la que llegó con la dirección del vehículo acusando la falta de presión de uno de los neumáticos. Aparcó y salió. Dio una vuelta al coche y luego se agachó para tocar la rueda lamentándose. No tardaron en llegar dos guardias. Ambos sabían que era amiga del sargento Wagner.

—Ha pinchado usted —le dijeron.

—Lo sé. Ha sido a pocos kilómetros de aquí. Lo he notado rápidamente.

—Le pondremos la rueda de repuesto, no se preocupe —le dijo el más joven.

—¿Está el sargento Wagner en la comisaría? Aprovecharé para saludarle. —Inés sabía que Wagner siempre estaba a aquella hora.

—Acaban de dejarle. Está en su despacho. La llevaré, seguro que se alegrará de verla.

Siguió al guardia por la comisaría que tenía la desgracia de conocer hacia el mismo despacho en el que había sido interrogada meses antes. El recuerdo de aquel día la escalofrió, pero el ambiente con el que se la recibía ahora era completamente opuesto. En una esquina vio a dos hombres y una mujer sentados con cara compungida. Desvió la mirada hacia la puerta que se abría frente a ella. Al verla, el sargento Wagner se puso en pie.

—¡Esta sí es una agradable sorpresa! —dijo abriendo los brazos—. ¡Mi amiga española me viene a visitar!

Inés sonrió sin esfuerzo.

—Lo cierto es que he echado mano una vez más del salvoconducto que me facilitó.

—Ah, lo usa muy poco. Hacía tiempo que no cruzaba la frontera.

«Así que le informan de cada vez que cruzo», apuntó Inés, que ya lo suponía y recibía la confirmación.

—Sí. Quería pintar algo por este lado..., pero a poca distancia de aquí, he pinchado. No me avergüenzo de decirle que solo le conozco a usted a este lado de la Cerdaña.

—Ah, me decepciona. Solo me visita por interés entonces —dijo él irónico.

«Ni te lo imaginas», pensó ella.

—Me gusta verle. Lo pasamos bien en nuestros paseos. Desde antes de Navidad no hacemos ninguno, si no me equivoco —replicó Inés avergonzándose de cada palabra.

—Así es. Usted se fue a Barcelona, con su familia. Seguro que su Navidad ha sido más alegre que la nuestra. Tan solo brindamos un poco el día de Fin de Año. En fin, vendrán tiempos mejores... y mejores celebraciones.

—Eso me entristece —mintió Inés—, pero tiene solución; además, me servirá de agradecimiento. He traído buena comida de Barcelona. Si le apetece, le puedo invitar a comer hoy mismo, en mi casa, y nos ponemos al día de esa vida triste que lleva usted aquí.

Al sargento se le iluminó la cara. Luego miró de lado a lado su mesa, repleta de papeles, y pareció dudar unos segundos. Inés sabía que podría haber seducido a aquel hombre sin problema. A los nazis les daba igual que una estuviera casada, se habían acostumbrado a coger lo que querían sin pedir permiso. La miró.

—¿Sabe qué?, al demonio todo, me iré con usted. Ahora mismo pido el coche.

—No pida nada, vayamos en el mío. No ha sido nada, pero el reventón me ha asustado, ahora no me apetece conducir. Le puedo traer de vuelta más tarde, después de comer.

—No hará falta. Pediré que un coche me recoja en su casa a las... ¿cinco?

Iba a pasar todo el día con un sargento de la Gestapo, pero el sacrificio valdría la pena si conseguía cruzar sin riesgo de que registraran su vehículo.

—Eso sería perfecto —dijo mirándole a los ojos.

Salieron de la comisaría justo en el momento en el que un guardia con un pastor alemán se acercaba al coche de Inés. Aquellos perros siempre tiraban de sus correas, siempre parecían estar dispuestos a encontrar algo. A menudo lo hacían. Inés se paró en seco casi instintivamente al verlo. El sargento captó el gesto y ordenó al guardia.

—Aparte al perro. No queremos asustar a nuestra amiga.

Ella se giró sonriendo.

—Me gustan los perros..., pero de pequeña me mordió un pastor alemán. Desde entonces les tengo miedo.

—Deberemos hacer algo para que se le quite. Los alemanes solo mordemos al enemigo y usted no es nada remotamente parecido a eso. Acepte mis disculpas de parte de toda la raza canina —dijo bromeando. Luego miró el coche y preguntó al guardia que estaba arrodillado frente a la rueda—. ¿Está listo el neumático ya? —El hombre se puso rápidamente de pie.

—Casi, mi sargento.

—Acabe el trabajo. Deje la rueda pinchada aquí y arréglela. Se la devolveremos a *frau* Sagnier en cuanto esté reparada.

—Sí, mi sargento —confirmó el guardia.

—¿Sabe? —le dijo a Inés mientras esperaban que el coche estuviera listo—. La guerra marcha bien. Creo que no tardará demasiado en acabar. Tendremos tiempo de disfrutar en tiempos de paz usted y yo. Podrá venir a Baviera, visitar a su prima la condesa Fallstein... y a mí. Tenemos una bonita amistad usted y yo.

—Me gustó Baviera. Hace tiempo que no veo a mi prima Hilda —dijo ella midiendo sus palabras para no parecer demasiado dispuesta.

—Es un bonito lugar. Allí han empezado muchas cosas buenas. El Reich en sí mismo.

—Sí, eso dicen.

—Así es. El Führer nació no lejos de Baviera.

—Es austriaco, ¿no es así?

—Sí. Germano al fin y al cabo. Alemán. Es bonito pensar en la unión de tantos pueblos bajo su mano.

«Bajo su puño», quiso decir Inés conteniéndose de nuevo. Por suerte, el hombre que estaba cambiando la rueda acabó con su labor y se acercó.

—Rueda cambiada, mi sargento.

—Bien, bien... —dijo Wagner—. Pues vayamos entonces. —Miró a Inés—. ¿Las llaves?

Ella se las dio con una sonrisa. Qué ganas tenía de que acabara la guerra para poder volver a ser antipática cuando quisiera. El alemán subió al coche e instintivamente se quitó el sombrero dejándolo sobre el asiento trasero. El solo gesto de que tocara la tapicería hizo que el corazón de Inés latiera con fuerza. A tan solo unos centímetros de su mano, el mayor Sandsbury rezaba.

Salieron del pueblo hacia la frontera. El sargento conducía rápido, invadiendo el carril izquierdo, atravesando las zonas pobladas sin atisbo de preocupación por la gente que cruzaba la carretera, que se apartaba rápidamente y no osaba quejarse. Esa era la Europa que le gustaba a Gustav Wagner, la que era suya, la que se arrodillaba ante él y los suyos. La que detestaba Inés. No pudo controlarse.

—¿Sabe, sargento? Un primo mío chocó contra una vaca. Salen sin avisar y a menudo no reconocen sonidos extraños, no digamos el de un coche. Me encantaría llegar a mi casa sana y salva.

Wagner entendió la indirecta. Al principio, pareció molestarse un poco, pero luego comentó:

—Me gusta su forma de dirigirse a mí, *frau* Sagnier —la miró—, pero nunca olvide con quién está. Somos amigos. Pero también somos otras cosas.

A Inés se le hizo un nudo en la garganta. No pudo evitar mirar el asiento trasero de reojo.

—¿Todo bien? —dijo él.

—Oh, sí. Mis acuarelas. A menudo se caen.

—Se cuelan entre el sillón, imagino. No se preocupe. Aminoraré la marcha. Y tengo el brazo largo.

—¿El brazo? —replicó ella sin comprender.

—Para meterlo por debajo del sillón si algo cae allí. No se preocupe.

Una gota de sudor recorrió la espalda de la española. La ventaja de que aquel alemán se sintiera atraído por Inés era que no sospechaba demasiado de sus verdaderas intenciones. Además, su ego, su seguridad en sí mismo, apuntalaban la percepción de la vida que deseaba, donde nadie osaría traicionarle y todos lucharían por su presencia. Cómo no lo iban a hacer: era guapo, joven y miembro de la Gestapo. De la nación que lo iba a cambiar todo. Del Reich de los mil años.

Llegaron al puente internacional y, tal y como esperaba Inés, las vallas sencillamente se abrieron a su paso. Nadie osó pararles; es más, los guardias fronterizos se limitaron a saludar con el brazo en alto.

Ya estaban en España pero, por supuesto, el peligro no había pasado. Si la descubrían tendría graves problemas. Gustav era poderoso y un par de llamadas bastarían para que Inés acabara en la cárcel, o peor aún, extraditada al Reich, donde su suerte acabaría en cualquiera de los terribles sitios que los nazis tenían reservados a sus enemigos.

Enseguida enfilaron la avenida Schierbeck y entraron en la Torre de San Fernando directos a la cochera.

—Tiene una bonita casa —dijo Gustav apagando el contacto y colocando el freno de mano.

—Lo cierto es que es de mis padres —replicó ella—, pero gracias. En cualquier caso, no es la primera vez que está usted aquí.

—No, no lo es, pero nunca me canso de las cosas bonitas —dijo mirándola—; de hecho, siempre quiero más.

Inés obvió el comentario y bajó del coche. Gustav no lo hizo. En cambio, se giró hacia el asiento trasero. Cogió el sombrero que había dejado hacía un rato y, después, se quedó mirando el asiento. Ella sintió que se iba a desvanecer como aquel alemán no desviara la vista de una vez. Antes de hacerlo, con el puño dio unos golpes sobre el asiento que, apoyado en tablas de madera en lugar de espuma, sonó seco.

—Cielos, espero que no lleve nunca a nadie sentado ahí. Su auto es de los más incómodos que he conocido. El próximo, que sea alemán.

—Soy la única mujer con coche de Puigcerdá. La única que conduce de todas mis amigas. Supongo que me tendré que conformar.

—Nunca lo haga. No se conforme jamás. Nunca está todo dicho —le dijo él—. El coche, las casas..., la vida. Todo cambia cuando uno menos lo espera.

Inés sonrió. Lo que seguro que aquel hombre no esperaba era haber facilitado la huida de un importante piloto aliado. Odiaba que entrara en su casa, pero aquella comida le iba a sentar muy bien.

31

La reacción de la duquesa de Riosgrandes al nuevo plan para su wolframio fue del todo inesperada. Habían llegado cuando ya era de noche, en medio de una intensa tormenta, un día después de que Ana respondiera al telegrama que le habían enviado para anunciarle su visita con un ilusionante «de acuerdo». Pablo y José Manuel imaginaron las nulas ganas que tenía de escuchar una nueva propuesta que rompiera su tranquilidad.

Habían acudido a ella con temor de que los echara de su casa a gritos, algo que sabían por Inés que había hecho alguna vez. Ana Argüelles era todo lo de pueblo que cabía ser, pero también todo lo duquesa cuando era necesario. Odiaba que la mangonearan y pensaban que, tras haberla convencido para formar una empresa con los ingleses precisamente para proteger La Recuesta de la posibilidad de que su mineral cayera en manos nazis, convencerla de lo opuesto la bloquearía.

Pasó todo lo contrario.

—Os sorprende mi reacción porque creéis que me conocéis bien —les dijo, copa de oporto en mano, después de que le presentaran la propuesta y ella rápidamente aceptara—. Odio ser previsible, tal vez por eso nunca lo haya sido. Mi mina será el cascabel del gato y me sentiré orgullosa de eso.

—¿El cascabel del gato? —preguntó Pablo.

—Sí. El que indica dónde está el enemigo a los ratones. Mi wolframio llevará a los aliados al lugar más secreto de esos nazis horribles. Eso es perfecto. Pero os voy a proponer algo más.

José Manuel no daba crédito a la personalidad de la septuagenaria abuela de Inés. Pablo le había hablado de ella y habían coincidido alguna vez, pero su genialidad parecía crecer con los años. En vez de debilitarse con la vejez, Ana Argüelles se fortalecía. Sentada en su salón plagado de grabados, porcelanas, tapicerías y mesitas, mientras la lluvia racheada golpeaba las ventanas de su ancestral casona, parecía capaz de aguantar tan sólidamente el paso del tiempo como aquellas piedras. Se notaba que tenía aprecio a Pablo, pero a él aún no le tuteaba, como si estuviera esperando a que se ganase su confianza con sus actos. Se quedó mirándola con atención y se prepararó para escuchar lo que tenía que decir.

—No hay un buen lugar para alojar a esos hombres en Gijón. Me refiero a los que informarán de cuánto wolframio extraemos, de cuánto se deberá enviar a sus superiores, a Alemania o dondequiera que sea. Además, si queremos extraer el mineral discretamente, si no quieren que los aliados les presten demasiada atención, tampoco querrán estar yendo y viniendo de La Recuesta a Gijon y de Gijón a La Recuesta. Lo ideal es que se queden a vivir aquí. Dependiendo del rango, incluso podemos alojarlos en esta casa, pero si no, podemos habilitar la casa del jardinero y las cuadras. En el patio podemos almacenar el mineral y en la casa del jardinero, que está pegada y es maravillosa, pueden vivir los que dirijan toda la operación. Será fácil para vosotros instalar micrófonos, averiguar cada paso que quieran dar esos hombres, pero yo os ayudaré también. Todos confían en la viejecita duquesa franquista, tardarán tiempo en darse cuenta de que ni tan vieja ni tan franquista..., pero muy duquesa, porque pienso revalidar mi título ayudando a que esas hienas pierdan la guerra.

—Eso sería extraordinario —dijo José Manuel.

—Lo sé. Por eso lo he planteado.

—Sabe que no está exento de peligro, ¿verdad?

—¿Y qué lo está hoy en día, amigo mío? Nunca subestime los peligros de la vida diaria. Mi prima Amelia murió atragantada por una avellana sentada en la silla que usted ocupa.

José Manuel no pudo evitar revolverse un poco en su asiento. Ella captó su mirada.

—Señor Bultó, cuando esta casa se edificó, los suyos aún estaban decidiendo cómo apellidarse. Ha muerto alguien en todas sus estancias y diría que en todas sus camas. No se inquiete, la muerte no es contagiosa, solo la enfermedad y la tontería, y aquí estamos todo sanos.

José Manuel era aprensivo con la muerte. Cambió de tema.

—Si le parece bien, mañana podemos ir a ver las cuadras y la vivienda del jardinero. Luego telegrafiaremos a Bob Asprey, el inglés que usted conoció y que seguirá siendo nuestro enlace con los aliados, para que venga. Probablemente eso suceda cuando yo haya regresado a Alemania para comunicar que usted ha aceptado la propuesta de los nazis, pero estoy seguro de que se entenderán.

—No veo por qué no íbamos a hacerlo —dijo ella—, ya estuvo aquí; un buen hombre, me cayó bien, guapo, amable, aunque Pablo se puso celoso.

—No es cierto —dijo Pablo sonrojado—, es amigo de Inés y yo lo acepto.

—No te queda otra, querido. Los celos no surgen por lo que uno ve, surgen por lo que uno imagina..., y tú tienes mucha imaginación... —dijo ella alargando el brazo para darle unas palmaditas en la mano—. El caso es que el señor Asprey puede venir cuando quiera. Será él quien deba organizar a la gente de aquí, dar explicaciones de por qué el mineral que era para los aliados, de pronto será para los alemanes..., no sé, inventar algo, aunque también le digo que a muchos de esos hombres les da lo mismo picar para unos que para otros.

—Hará todo eso y colocará los micrófonos para las escuchas en las habitaciones de los alemanes —dijo José Manuel.

—Perfecto, entonces id a dormir y mañana seguimos. Yo me quiero quedar aquí un rato.

«Me quiero quedar sola» fue lo que los catalanes entendieron sin problema. Obedientes, se levantaron y se fueron a sus habitaciones sin sueño. Mientras subían la escalera de roble con los pasos amortiguados por la alfombra que la cubría, José Manuel miró a Pablo.

—Presiento que la abuela de Inés nos va a dar grandes éxitos —susurró.

—No tengas ninguna duda —respondió su hermano.

Al día siguiente, tras el desayuno, se acercaron a los edificios que la duquesa pensaba poner a disposición de los alemanes. Estaban a doscientos metros de la parte de atrás de la casa principal y, pese a que seguía lloviendo con intensidad, anduvieron hasta allí. Se trataba de una zona de cuadras en torno a un patio, con un abrevadero central. En el exterior, el espacio parecía barroco, con escudos labrados en piedra y arcos ciegos adosados a las paredes de piedra arenisca, pero el interior era puramente rural. Tenían solo dos caballos, pues montaban poco, pero varias mulas, que usaban para trabajar los campos. En un lado, una escalera subía hasta una puerta pintada de verde.

—Hay varias cuadras vacías, y dentro del patio pueden depositar el metal que vayan extrayendo. Eso de ahí —dijo Ana señalando la escalera— es la casita del jardinero. Mona, ¿verdad?

Fueron a verla. Era una vivienda de tres habitaciones que daba a las cuadras por un lado y al jardín por el otro. Luminosa, alegre y cuidada. Los muebles estaban enfundados.

—José vive ahora en la casa grande, así que esta monada está vacía desde después de la guerra. La chimenea funciona impecablemente y las camas son cómodas. Creo que se me nota que me gusta el jardín, porque cuido a los jardineros más que a mis hijos, que cuidé... así asá.

—Estarán encantados aquí —apuntó Pablo—, cualquiera lo estaría.

—La viuda del jardinero fue amante de mi padre. En esa época se reformó mucho esta vivienda. A mi madre le gustaba mucho que mi padre estuviera cómodo aquí, así tenía la casona para ella sola. Fue un matrimonio *muy bonito* el de mis padres, esa es la verdad.... —Tocó la pared, empapelada con un diseño de pequeños puntos oscuros combinados con rayas azulonas—. Bueno, a lo nuestro... Aquí podrían hacer un agujero. La pared contigua es la del pajar, la parte de arriba; nadie está por ahí nunca, y tiene dos puertas, así que si entran por una, pueden escapar por la otra. —Luego miró la lámpara—. Y si quieren poner micrófonos..., no sé que tamaño tienen..., pero entre el techo de esta habitación y el tejado hay un espacio para eso. También se accede desde el granero. —Pensó unos segundos—. Es una pena que mi madre no fuera curiosa, podría haberse divertido mucho espiando a mi padre y a su amante... Realmente esta casita parece hecha para ser espiado.

Los hermanos Bultó se miraron. La empresa en la que se embarcaban era crucial y peligrosa, pero su compañera de viaje era cómica y costaba no estallar en carcajadas.

—Hoy mismo iré a telegrafiar a Bob Asprey. Luego organizaré mi viaje a Alemania —comentó José Manuel—. Los nazis estarán encantados con usted. Quizás la condecoren —dijo en broma.

—Viniendo de según quién, los halagos pueden parecer insultos —respondió ella—, además, esos hombres son de los que solo acarician a los caballos para montarlos. Me alegro mucho de estar metida en esto. De darles su merecido. Es emocionante.

—Lo hará bien —dijo José Manuel.

—No, lo haré mejor que bien. Esté usted seguro. Espero que ustedes no la fastidien.

—Lo intentaremos —dijo Pablo, de nuevo a punto de reír.

Por la tarde, tras telegrafiar a Bob Asprey, José Manuel se puso en camino a Barcelona. Decidieron que Pablo se quedara, pues el inglés no tardaría demasiado en llegar y pensaron que sería más fácil la organización de todo si él estaba allí. Los dos hermanos Bultó coincidían en que el entusiasmo de la duquesa era una buena noticia, pero debía atenuarse un poco, pues Ana Argüelles de pronto parecía decidida a convertirse en una nueva Mata Hari y sus ocurrencias podían llevarles al error. Pablo se ocuparía también de aquello.

El mes de febrero entraba con frío y, al cubrirse de nieve y hielo el camino que conducía a Peña Negra, los trabajos en la mina cesaron. Algunos desprendimientos en el acceso acabaron por decidir la conveniencia de que los mineros volvieran a sus casas por un periodo. Tenían mineral acumulado para varios meses, en cantidad más que suficiente para las fábricas de los Bultó, y los británicos seguían sin reclamar su parte, pues tenían un imperio con minas suficientes para proveerlos.

La semana pasó con tranquilidad. Pablo convivió con la abuela de su mujer solo a ratos y en las comidas; dormía hasta tarde y aprovechaba las tardes para dibujar piezas mecánicas, motores, devanarse los sesos en busca de mejoras en el diseño de lo que fabricaba a ochocientos kilómetros de donde se encontraba.

El martes estuvo ayudando a poner la casa del jardinero en orden. Llevaba años sin usarse y, aún así, solo hizo falta ordenar un poco, limpiar bastante y colocar las cosas que faltaban, detalles que diferenciaban a una casa de un hotel. Colocaron los muebles con intención. Así, los conjuntos que fomentaban la reunión, la conversación, se situaron cerca de las paredes que daban al granero, mientras que las camas, los sillones y todo lo que era de uso más individual se colocaron hacia el jardín y el patio. Aquello facilitaría que, desde las habitaciones contiguas, pudieran espiar y escuchar sin problema. En un marco, bajo la imagen de santa Catalina, leyó: «Recuerda que Dios te hizo jardinero para arrancar los vicios y sembrar la virtud»; arrancar el mal y procurar el bien, entendió. Eso intentarían, aunque de momento arrancar el mal del mundo estaba resultando muy complicado.

Cada mañana recibían puntualmente el *Abc* que, sin disimulo, como *La Vanguardia* en Barcelona, apoyaba a las potencias del Eje. Ambos periódicos las admiraban, y cada maniobra exitosa, cada batalla ganada era explicada con detalle mientras las derrotas se silenciaban. Con todo, al ver en la portada las imágenes del frente ruso, con las tropas alemanas cubiertas de nieve, Pablo pensó que quizás todo no fuera tan bonito como lo querían hacer parecer. Las «impresionantes fotografías del frente antibolchevique» que el *Abc* mostraba, en las que los soldados «semejan estatuas de mármol», eran más elocuentes de lo que el diario quería mostrar. Los alemanes estaban encallados en el frente ruso, igual que lo había estado Napoleón. El invierno eslavo era, de nuevo, la muralla más difícil de franquear. En páginas interiores, la dulcificación del régimen nazi continuaba: «Noruega vuelve a ser un país casi independiente bajo la protección del ejército alemán»; luego, añadía: «También Dinamarca está protegida militarmente, sin que ello reste ninguna independencia a su política interior». Hitler desplegaba sus gobiernos títere por Europa, y en aquel periódico no veían nada malo en ello. Mientras, las deportaciones continuaban, los bombardeos seguían y la gente sufría. El diario informaba del despliegue del Eje por todo el mundo, un panorama difícil de digerir. Lo cerró con disgusto cuando la duquesa entró en el salón. Ana lo vio en sus ojos.

—Yo también lo he leído. Es todo horrible. Todos peleándose por el furor de unos líderes que no pasarán el frío de los soldados en los campos rusos, ni serán acribillados a balazos, ni sufrirán sed ni miedo. Los humanos somos sin duda la especie con más afán en autoextinguirse. A veces pienso que es una maldición para el planeta que no lo hayamos hecho aún. ¿Cómo la misma especie capaz de pintar *Las meninas* o edificar San Pedro puede a la vez hacer tantas barbaridades? ¿Cómo podemos ser convencidos, una y otra vez, por gente que debería estar internada en un psiquiátrico? Los animales se dejan dominar por los más inteligentes, que son los que buscan el bien de la manada; en cambio, a los humanos nos atraen los locos, los que nos llevan al abismo.

—Es incomprensible que después de la Gran Guerra estemos de nuevo así.

—Los alemanes piensan que es la misma guerra. No otra. Que la anterior nunca acabó. Solo estaban recuperándose, exhaustos, para una nueva batalla. Hitler luchó en la Primera Guerra. En fin. Creo que pinta al óleo, o acuarelas, no sé, por lo visto no lo hace mal.

—Debería haberse dedicado a eso.

—Sin duda. Qué tremendo, qué garrafal es cuando lo bueno que tenemos dentro muere aplastado por lo malo. En fin. Hemos recibido un telegrama. El inglés llegará mañana.

—¿Bob Asprey?

—No, María Estuardo —le miró a la cara—. Pues claro, Pablo, quién va a ser. Me cae bien el inglés.

—Es muy amable.

—Sí que lo es, y esta vez mi nieta Inés no está aquí, así que no habrá razón para que te enceles.

—Preferiría que estuviera. No sé qué demonios hace en Puigcerdá.

—Ya —dijo la duquesa—, tu mujer trama algo, no tengas ninguna duda. Pero el buen matrimonio no esta hecho de barrotes, está hecho de alas. Inés, igual que tú, tiene derecho a tener parcelas solo para ella.

—Yo no tengo ninguna.

—Tú tienes un montón. Muchas más. Tu fábrica, tu coche, tu club..., tu masía. ¿Crees que mi nieta prefiere San Antonio a su casa de Puigcerdá, eh? —le miró fijamente—. Te enamoraste de una mujer formidable, fuerte, valiente. No pretendas cambiarla, pues cuando lo hagas perderás todo apego a ella. Te dirás: «Esta no es la mujer de la que me enamoré». Acéptala como es, porque es como, en el fondo, te gusta.

—Ya.

—Ya —repitió ella.

A la mañana siguiente, cuando bajó a desayunar, Pablo encontró al inglés sentado a la mesa. Se le hizo extraña la familiaridad con la que se desenvolvía en la casa y no pudo evitar pensar que invadía su terreno. Al entrar en el comedor, descubrió a la duquesa en la cabecera. Jamás desayunaba allí, sino en su habitación, lo cual contribuyó a que sus sentimientos, absurdos pero inevitables, se amplificasen.

—Amigo Pablo —dijo Bob levantándose al verle—, es fantástico que estés aquí.

—No le he contado nada aún —intervino la duquesa—, para que luego no digáis que me precipito.

—Estoy ansioso por saber. José Manuel me dio pocos datos en su telegrama. Pero antes, ¿cómo está Inés? ¿Y vuestro hijo?

—Inés está muy bien —dijo Pablo esforzándose por ser cordial. Tampoco quería explicar que desde hacía algunos meses él trabajaba tanto y ella tenía tantas cosas que hacer que se habían descuidado un poco el uno al otro—. Está en Puigcerdá.

—Ah, eso es fantástico. Dale recuerdos cuando la veas. Es una buena amiga.

—Lo sé —respondió Pablo—, ella te tiene mucho aprecio también. Pero entremos en materia, porque tenemos mucho que hacer.

—Seguro. Cuéntame, por favor.

Pablo se levantó y cerró las puertas del comedor. Al verle, la duquesa le imitó asomándose a la cocina.

—María, tenemos algunos asuntos que hablar con tranquilidad. Por favor, que nadie entre hasta que hayamos salido.

—Muy bien, señora duquesa —se escuchó desde los fogones.

Se volvieron a sentar. Bob había adoptado la expresión de un retriever esperando la caída de un pato. Escuchó atentamente a Pablo. Al acabar el catalán la explicación, reflexionó.

—En primer lugar, deberemos simular que ustedes engañan a los aliados —dijo Bob—, que nos han dicho que la mina se ha agotado, para que los alemanes estén seguros de que su enemigo no husmeará por aquí, que perderá todo interés. Los nazis sabrán que están ustedes engañando a los ingleses, que aún queda mineral. Se ganarán su confianza.

—Tiene sentido —dijo Pablo.

—Sabemos de un espía alemán en la zona. Interceptará un mensaje de radio en el que yo hablaré con otro agente diciéndole que ustedes me han comunicado que la mina se ha agotado, por lo que ya no hay peligro de que los nazis dispongan de su wolframio. Daré por finalizada la operación.

—¿Le creerá? —preguntó la duquesa.

—Sí, lo hará. Sin duda. Sé cómo hacerlo.

—A la vez, prepararemos los micrófonos en la casa del jardinero. Yo puedo hacerlo, no es difícil. El sonido se cableará hasta el granero, donde tenemos que colocar un equipo de grabación. Habrá que construir un habitáculo o buscar un lugar discreto.

—Hay un espacio bajo el granero. Una cisterna enorme —dijo Ana—. Se usaba para almacenar el agua de lluvia y beberla luego. Era muy ingenioso. Recogíamos el agua que caía por el techo a través de canalones que acababan en el depósito, una idea buena, pero a la postre, una guarrada. —Aquella palabra en boca de la duquesa sorprendió a todos—. Yo inutilicé el sistema cuando descubrí que había caído un ratón o una rata dentro y nos intoxicamos todos. Yo no sufrí mucho, pero casi morí de asco al pensarlo. El caso es que se vació y nunca más se llenó, pero sigue allí, enterrada. Estoy segura de que encontraría la trampilla de acceso. Es muy discreta. Incluso si los nazis dieran con ella, jamás sospecharían por su tamaño, es absurdamente grande y se ensancha en la base. Fácilmente medirá cuatro metros en cada lado.

—Pues es perfecta —dijo Bob—, allí se grabarán todas las conversaciones, pues. Una vez a la semana yo mismo vendré a llevarme las grabaciones.

—Entonces... ¿te quedas por aquí? —intervino Pablo.

—Sí, tendremos que ver con qué excusa.

—Podemos decir que usted es jardinero —dijo la duquesa—, sordomudo, para que nadie tenga la tentación de hablarle. Deberá encontrar papeles, probablemente los pidan los alemanes.

—Eso no será problema.

—Deje que sea Pablo el que recoja las grabaciones y las lleve. Él tiene la excusa perfecta para entrar y salir de La Recuesta. No tendría sentido que usted lo hiciera habitualmente.

—¿Sabrás hacerlo? —pregunto Bob mirándole.

Pablo no hubiera querido entrar en aquel trabajo, pero la pregunta de Bob le sonó a reto.

—Por supuesto. Te recuerdo que nosotros ya ganamos una guerra hace no tanto... —dijo de forma que sonó poco cordial. Rectificó enseguida—. Quiero decir que tengo toda la disposición a hacerlo. Seguro que podré ayudar.

—Muy bien —dijo Bob pasando por alto el arranque de orgullo—, buscaré un lugar cercano y seguro. Allí llevarás las grabaciones. Se analizarán pocas horas después. Así sabremos de inmediato qué traman, cuándo esperan la recogida del wolframio, dónde se efectuará la carga, etcétera. Nos adelantaremos a ellos.

—No tardarán en llegar —apuntó la duquesa—, no han tardado en llegar a ningún lado en esta guerra.

—Se equivoca —dijo Bob—, están tardando en llegar a Moscú.

32

Era cierto. En cuanto Heidi recogió a José Manuel en el aeropuerto de Berlín, este percibió su alegría. Rara vez la había visto alegre, en realidad, rara vez la había visto sencillamente expresiva. Era tan germana en tantas cosas que a menudo se preguntaba cómo no era nazi. No todos los alemanes lo eran, se esforzó en recordar. No le gustaba meter a todos en el mismo saco, pero parecía acorde a la naturaleza humana. Todos lo hacían. Lo habían hecho con él mil veces. Le metían en el saco de los burgueses, de los ricos, de los solteros, de los serios...

Pero Heidi, al volante de su veloz Tatra, estaba contenta, y había una explicación sencilla.

—No lo dicen, pero puede que Hitler se haya metido en un buen lío en el este. Pensaba que la Operación Barbarroja sería tan rápida como la Operación Fall Gelb, que Rusia caería tan rápido como Francia y todos los demás..., pero está atascado. Sus tanques no pueden avanzar entre la nieve y el barro helado, sus tropas se congelan y se mueren de frío, sin que los rusos tengan que hacer nada más que esperar a que su horrible clima acabe con el enemigo. Quizás el empujón definitivo a los aliados va a venir del arma más potente que cualquiera haya imaginado, un arma que solo Dios puede crear: ese bendito frío.

—No parecen preocupados. Al menos, no es ese el mensaje que se está lanzando.

—Propaganda. Pero es evidente, y nuestros informadores lo reportan a diario: están preocupados. Pensaban que la campaña iba a durar tres meses, así que no se prepararon para el invierno, que está siendo brutal. En octubre cayeron grandes lluvias y el ejército empezó a retrasar su avance, pues se quedaban encallados en el barro. Desde noviembre el frío es insoportable. Están a menos treinta grados centígrados algunos días, los tanques se estropean, la artillería se atasca, las baterías se congelan. Nada está decidido aún, por supuesto, y la euforia aquí continúa, pero... puede que tengamos una oportunidad.

—Tenemos que quedar con Helmut Müller cuanto antes para explicarle que he tenido éxito. Entiendo que Bob Asprey ya la ha informado del plan, incluida la idea de la duquesa de que el personal encargado de la dirección del proyecto se aloje en la finca para poder espiarlos.

—Müller estará encantado. Desde el inicio de la guerra intenta que los mandos nazis no le vean como un empresario más. Esto será lo que le encumbre.

—¿Deberíamos alegrarnos? —preguntó José Manuel.

—Sin duda. Helmut Müller se acercará aún más a usted. Ha demostrado que es un auténtico filonazi. Le confiará secretos. Debe quedarse en Potsdam, organizarlo todo. Yo me ocuparé de informar a Asprey. Además, le tengo que contar algún avance con Maria von Strutt... Tenía usted razón.

—La escucho.

—Al día siguiente de la muerte de Sofia Maeckelberg, supe que Maria iría a la casa a ver a la difunta antes de que fuera enterrada. Fue un evento social de primer orden. No fallaron ni siquiera los aristócratas que habían arrugado más la nariz por la vida disoluta de *frau* Maeckelberg..., por supuesto varios altos jerarcas nazis también asistieron. Sabía que Maria no perdería la oportunidad. Le mandé una nota diciendo que su hijo había tenido un grave accidente y que nos encontraríamos en el parque de Kreutzberg a las dos, y firmé como Z. Ludlow, la mujer a la que usted siguió porque Maria la vigilaba a ella y a un niño. Tal y como usted sospechaba, Maria es la madre de ese crío. Apareció en el parque puntual, alarmada. Recorrió el recinto de un lado a otro. Esperó varios minutos, nerviosa como solo hubiera estado una madre. No me habría hecho falta más confirmación, pero el plan salió tal y como quise, punto por punto. Cuando la vi salir del parque, la seguí. Fue directa a la casa de la *frau* Ludlow. En su puerta la encontré. Llamaba al timbre con insistencia, pero yo sabía que no había nadie en casa. Cuando me vio se asustó, me preguntó quién era y qué le había hecho a su hijo. Me había disfrazado: peluca, grandes gafas oscuras y largo abrigo que me hacía parecer más gruesa. Me acerqué y le susurré al oído...

—¿Qué le dijo?

—Oh, una frase bastó: «Se lo diré a su marido y a todos si sigue presionando a Otto».

—¿Y?

—Ella enseguida comprendió que su hijo estaba perfectamente bien. Se quedó quieta donde estaba. Me di la vuelta y me alejé. A los pocos metros, la oí decir: «Trato hecho».

—Entonces, Otto puede estar tranquilo —opinó José Manuel.

—Sí. Un enlace le ha informado ya de que tenemos información sensible de su mujer. No le hemos dicho cuál, pero llegado el momento podemos dársela. No creemos que vuelva a arriesgarse por nosotros de momento, pero quizás, si las cosas se ponen peor, los acontecimientos le empujen a implicarse de nuevo. Ahora, podrá estar tranquilo. Además, hizo bien en convencerme para no usar métodos más expeditivos.

—Se refiere a no matarlo. Eso insinuó varias veces, por si se había cambiado de bando.

—No lo niego. Esto es una guerra y protejo a los míos. De cualquier manera, Otto pensará que los aliados nos ocupamos de él, que no le vamos a dejar expuesto. Eso es bueno. El asunto es que la disposición de Maria, su rendición instantánea, me animó a investigar más. Creí que podía haber algo importante tras esto. Los días siguientes la seguí. Estaba nerviosa, mucho. Al tercero quedó en el parque de Sanssouci. Paseó con un Standartenführer de las SS mucho tiempo. Discutieron. Seguí al coronel de las SS. Rebusqué en su pasado. Supe que había estado en Núremberg a la vez que Maria, así que posiblemente sea el padre del niño. Un buen embrollo. Si esta información llega a Otto, o a la sociedad, ambos quedarán manchados. Él ya estaba casado entonces y ella era una niña. Una niña que se encama con un hombre quince años mayor que ella, casado. En esta sociedad...

—Sí, hundiría su prestigio, sin duda. Ella sería una golfa, él poco menos que un pederasta, amén de un adúltero.

—Sí —dijo Heidi—, así que tenemos una buena arma. Otto puede estar tranquilo y nosotros nos la guardaremos para usarla cuando sea conveniente.

No aminoró la marcha hasta que cruzaron el primero de los puentes de Potsdam y todo empezó a pasar más lentamente a través de sus ventanillas. También la tensión de José Manuel pareció bajar un poco y se permitió soltar el brazo de la agarradera de la puerta. Heidi conducía bien, pero probablemente el riesgo mayor de su guerra era subirse al Tatra. En enero, Berlín estaba nevado y las calles llenas de hielo, más aún en Potsdam, que no se beneficiaba del tráfico del centro de la urbe, que enseguida aplastaba y derretía la resbaladiza superficie. Con todo, ni siquiera el clima parecía capaz de desviar a Heidi. Al rato aparcaba frente a Villa Kreisler. No bajaron del coche aún.

—Todos saben que usted ya está de vuelta, me encargué de hacerle llegar nota a Otto von Strutt y a los Müller. Ellos habrán hablado con el resto. Pero hay un personaje del que le debo hablar; probablemente no tenga demasiada importancia para nuestros movimientos, pero al fin y al cabo son dos ojos más.

—¿Otro espía?

—No..., pero bueno, casi. Es un mayor de la SD, del servicio de inteligencia de las SS. Nuestros contactos informan de que preocupa una serie de asesinatos por envenenamiento. Se cree que Sofia Maeckelberg, la mujer que fue con ustedes a Carinhall y que todos pensaron que estaba ebria cuando se fue, la que murió, fue envenenada. —José Manuel miró al frente y se tomó un instante para tomar una decisión: quizás era el momento de contarle a Heidi que era Hilda Fallstein a quien buscaban. Heidi continuó—: Se ha iniciado una investigación. Goering no ha hecho mucho caso del asunto, pues es realmente una nimiedad comparado con lo que tiene entre manos, pero todos creen que nadie de los que se encontraban en su casa cuando llegaron los invitados pudo haberlo hecho. Toman estupefacientes, cocaína y morfina..., pero nadie le ofreció a Sofia y, en cualquier caso, los síntomas no son los de una sobredosis. Se ha relacionado este envenenamiento con el de otros dos amigos de Sofia. La mujer del conde Gottfried Meyer, Greta, y otro hombre, Albert Bohringer, que murió inesperadamente tras pasar la noche vomitando en su casa a orillas del Tegernsee. No debería afectarnos en nada, pero lo cierto es que, aunque es poco probable, quizás coincida con este hombre, se llama Bergen. Mayor Bergen, de la SD. Es refinado, relamido, algo apocado, pero muy inteligente. Tiene un historial sangriento como cazador de fugitivos, no conoce la piedad. El hombre que esté detrás de esos asesinatos debería estar asustado.

—Asustada —dijo él.

Heidi le miró a la cara. No podía creer que José Manuel estuviera implicado en aquello.

—Hable —le dijo cambiando de humor, preocupada y enfadada a la vez.

—Sé a quién están buscando.

Se lo explicó todo. Todo lo que sabía por boca de la mismísima asesina. Su móvil, su trayectoria, sus ideas. Cómo se había embarcado en una misión suicida para vengar a todos los judíos que habían sido asesinados como divertimento de un fin de fiesta.

—Su amiga está completamente loca. Pero todo el país lo está, así que no la culpo. No llegará viva al final de la guerra, puede estar seguro de ello. Probablemente ella lo sepa también, por lo que me cuenta le da bastante igual. No puedo decir que no admire lo que está haciendo, pero en la vida casi todo requiere preparación y reflexión para realizarse bien, y la condesa Fallstein actúa por impulso. Morirá fusilada, probablemente torturada. Esperemos que antes le haya dado tiempo a acabar con más asesinos. Bergen no tardará en ponerse sobre su pista, su amiga debería prepararse. Me preocupa que se sospeche de ella, si es descubierta el foco se extenderá a todos los que están cerca. Su familia directa e indirecta. Su prima Inés es la cuñada de usted. Si descubren a la condesa de Fallstein, tampoco usted estará libre de sospecha, al menos no tanto como ahora... —Le miró a la cara—. Ustedes son realmente formidables... Por el amor de Dios, ¡si acaban de salir de su guerra!

Entraron en Villa Kreisler y enseguida el señor Kutz, que seguía sin tener ni un atisbo de simpatía, pero también continuaba igual de diligente, le tendió la correspondencia, que revisó junto a la chimenea. La casa estaba en perfecto orden, caliente, las lámparas encendidas, y un leve aroma a estofado auguraba una buena comida. Eran las dos y media y el cielo blanco se reflejaba en las aguas del lago, que parecían una continuidad del jardín nevado y adormecido. «Muy bonito», pensó José Manuel. Heidi se sentó frente a él para revisar las cartas que él le pasaba una vez las había leído. Poca cosa. Tres invitaciones antiguas, varias felicitaciones de Navidad de aroma nacionalsocialista, dos facturas, dos envíos publicitarios y una nota de Helmut Müller, lo único de interés. Le esperaba para cenar al día siguiente.

—Perfecto. Usted no tendrá que organizar ninguna cita. Müller querrá saber cómo han ido las gestiones en España, en la mina. Estará seguro de que la habrá conseguido para ellos porque le considera muy afín, pero le gustarán las novedades, las facilidades y el entusiasmo de la duquesa de Riosgrandes. —Volvió a mirar a José Manuel y él percibió que había algo en su mirada diferente, no supo el qué—. Me quedaré esta tarde aquí. Le explicaré todo lo que debe saber, todas las cosas a las que debe estar atento. Después de su visita a los Müller, por la noche, le estaré esperando.

—En la casita del embarcadero.

—Sí.

—Se morirá usted de frío.

—Eso no importa. Es donde podemos hablar.

—Ahora estamos hablando —dijo él.

—Estamos repasando la correspondencia, secretaria y jefe, a varias habitaciones de dos criados viejos y sordos.

—Por la noche dormirán... y fuera se helará.

—No importa, ya se lo he dicho.

Estaba sentada frente a él, al otro lado de la chimenea. José Manuel la miró de nuevo, esta vez como un hombre mira a una mujer, no como un espía mira a su enlace. Era realmente guapa y probablemente la esperanza de que podían ganar la guerra la había desvestido un poco de su talante serio y la conversación estricta a la que le había acostumbrado. También había sonreído unas cuantas veces y cada vez que su dentadura asomaba por entre la curvatura de sus labios rojos, José Manuel tenía que desviar la mirada, nervioso. En aquel momento decidió no hacerlo más. Durante unos segundos ella le aguantó la mirada, retándole. ¿Quizás atrayéndole?

—Heidi, a mí sí me importa que se congele. Espéreme dentro, no iré a la casa de botes. Me da igual que no lo comprenda ¿Hay alguien que a usted le importe?

—Eso no es relevante.

—Sí lo es. Al final, todos luchamos por alguien. Luchamos por hacer del mundo un lugar mejor, para compartirlo con alguien. No sé nada de usted. ¿Está casada? ¿Tiene novio? ¿Familia? Yo no tengo mujer, pero tengo dos hermanos, una...

—Lo sé todo de usted. No hace falta que lo explique.

—Pues más razón aún. Explíqueme quién es usted.

—Eso carece de importancia —dijo ella sin poder evitar hacer una mueca, casi un puchero.

—No lo creo. Hable. Siempre hablo yo.

Heidi se levantó y se acercó a la ventana dando la espalda a José Manuel. Aquel hombre tenía su mismo tesón, no la dejaría hasta que hablara. Hacía tiempo que no lo hacía, que guardaba en su interior recuerdos dolorosos pensando que, si no los pronunciaba, quizás los digiriera al fin.

—Nací en Hamburgo. Mi abuelo tenía una colchonería, decían que era la mejor de la ciudad. Vendía a todos los hoteles, incluso al Vier Jahreszeiten, el mejor de la ciudad, justo delante del Binnenalster. La heredó mi padre, así que, de pequeña, durante unos años, fuimos ricos. En dinero, probablemente, pero sobre todo en lo demás. Mi madre era guapa y buena, y también tenía un hermano, que no jugaba conmigo, pero al que yo admiraba. Fuimos una familia feliz.

—¿Qué pasó? —preguntó él sabiendo que aquello tenía toda la pinta de haberse estropeado.

—Después de la Gran Guerra, mi padre tuvo problemas. Parte del material de los colchones venía de las colonias alemanas y, al perderlas junto con las rutas comerciales, todo se complicó. Intentó varias maneras de sortear las dificultades, pero la empresa empezó a sufrir. A los diez años cambiamos de casa a una menor, aún en un buen barrio, y redujimos el servicio. Por supuesto, nada en el país acompañaba, pero, a pesar de la crisis, aún vivíamos bien, aunque la empresa fuera cada vez peor. Es curioso cómo nada de lo material nos hacía perder la sonrisa al salir por la puerta. Es lo que tiene que ver con el corazón lo que acaba por afectarle a uno. No hay nadie verdaderamente loco de amor que se lamente por perder un coche, o un cuadro, o un mueble, porque el amor ilumina cada hueco que deja lo que desaparece... Al menos, eso nos pasaba a nosotros. Pese a todo, mi padre buscó una solución asociándose con un hombre. Era judío. Compró dos tercios de la empresa, pero al cabo de un tiempo no pudo reflotarla y cerró. Mi padre tenía la cuenta llena, pero el resentimiento por perder la empresa familiar le hizo culpar al judío. Ya en aquella época todo el mundo empezaba a odiarlos y los nazis encontraron en mi padre tierra abonada para sus ideas. Enseguida se volvió adepto al partido, cada día más, y arrastró a mi hermano. A todos les gustaban, e incluso yo, que no sabía nada, me sentí en algún momento seducida. Pero a mi madre no le gustaron nunca. —Se giró para mirar a José Manuel a los ojos antes de volver la vista al jardín y repitió—. Nunca. Empezaron a discutir. Cada vez lo hacían con más frecuencia y a mí me horrorizaba. Un día, de vuelta de una reunión de camisas pardas, él se puso violento. Le pegó mucho. Mi hermano trató de intervenir, pero entonces le pegó a él también, y cuando yo lo intenté tuve la misma suerte. Ya era una mujer, tenía diecinueve años y no salía con nadie, pues me daba miedo abandonar una casa en la que hacía falta. Una noche la discusión fue a mayores y mi madre decidió que no podía más y...

—Mató a su padre.

—Sí —dijo ella—, con un cuchillo. Luego nos llevó a casa de mis abuelos y se entregó. Fue condenada a muerte. Entonces comprendí lo que el nazismo hacía a las personas. Que el odio irracional no es estanco, que se derrama y salta las paredes y llega a todos. Mi padre era una buena persona, pero resultó manipulable. Los nazis saben dónde atacar. Han sabido cómo llenar a muchos alemanes de orgullo y buscar cabezas de turco. Explicarles que nada es culpa de ellos, sino de otros, y unirlos en el objetivo de acabar con estos. Detesto el odio. Acepto la venganza, porque a menudo es más racional. Pero el odio en sí..., siempre se vuelve contra uno, nunca se sacia. Cuando el cuerpo se acostumbra a odiar, nunca para. Nadie odia solo una vez. No me costó encontrar a opositores a los nazis. Cuando fueron eliminados, los aliados posaron la vista en mí. Supongo que clamaba acción y ellos supieron verlo. Desde entonces estoy..., bueno, ya sabe en qué. —Volvió al sofá y cogió entre las manos una taza grande en la que se diluía una infusión. Miró a sus aguas doradas unos segundos, con el sonido de las llamas de fondo y el tictac del reloj del salón resonando entre aquellas paredes. Luego levantó la mirada y sonrió levemente, como rendida—. Ya ve, en el fondo, solo soy una amargada.

—No. A mí me parece que usted es realista y que está triste.

—No lo estaré siempre, no se preocupe por mí —dijo ella recomponiéndose un poco.

—Estar triste es un proceso. No se puede evitar. No existe la alegría en la desgracia. Quizás haga falta conocer la tristeza para valorar la alegría —dijo José Manuel levantándose para sentarse en una butaca más cerca de ella. Le cogió la mano, al principio ella quiso retirarla, pero luego cedió. Él le acaricio el dorso, suave, con las suyas, más ásperas y masculinas. La miró. Ella continuó hablando.

—En este país todo el mundo está de borrachera. Luego llegará la resaca, no tenga duda. El duro despertar a la realidad, el fin del baile, el dolor de cabeza, la recogida de los platos rotos, si es que queda algún plato. Alemania se prepara para la gloria, pero me parece que el desastre cada día está más cerca. En parte es triste tener que ayudar a los aliados, tal vez sea una traidora, pero cuando uno tiene un perro rabioso, lo debe matar aunque lo quiera mucho.

—¿Qué hará usted?

—Yo habré muerto. Estoy convencida. No me importa, tampoco nadie me espera. En eso me parezco mucho a la condesa Fallstein, tenemos poco que perder, aunque ella por lo menos tiene familia en España —suspiró.

—Usted podría ir también. Le gustaría. Yo la podría ayudar a instalarse.

Ella le miró otra vez. Por unos segundos, José Manuel sintió que una chispa de esperanza pasaba por sus ojos. Luego bajó la mirada.

—¿Tiene miedo? —preguntó él.

—¿De qué sirve decirlo? —preguntó ella—. Ustedes, los latinos, siempre dicen lo que sienten. Pero decir que uno tiene miedo a alguien que ya lo tiene no sirve más que para aumentárselo; decir que uno está nervioso al que ya manifiesta nerviosismo solo sirve para ponerlo más nervioso aún. Alguien tiene que guardarse sus sentimientos si quiere que las cosas funcionen. Manifestándolos solo los magnifica.

—Eso no siempre es malo.

—Siempre lo es.

—No es así. Cuando uno ama, si lo manifiesta, también ese sentimiento crece.

—No hablamos de amor. Eso aquí no existe.

—Desde luego que sí. Aquí luchamos por lo que amamos. Arriesgamos cada minuto del día por ese sentimiento. Por nuestros valores, nuestros principios, nuestra gente. Cuando uno ama... debe decirlo.

Heidi levantó la cabeza mirándole tan solo unos segundos. Luego su expresión cambió.

—No diga tonterías. Dejemos de perder el tiempo. Mañana es un día importante.

Había cerrado la puerta de su interior y volvía a ser la misma espía gélida de siempre. Ella le ayudaría a realizar la misión con éxito. Él debía ayudarla a encontrarle sentido a la vida.

33

Más al sur, un problema había derivado en una inesperada alegría. El castillo de Fallstein volvía a estar, como cada invierno, sumido entre nieves y hielos, el angosto valle que ocupaba parecía más angosto aún y la peña sobre la que se alzaba más picuda también. El entorno era un cuadro en blanco y negro solo roto por el rojo de las esvásticas que pendían a los lados de la entrada y el amarillo del estandarte familiar, que ondeaba lentamente sobre la más alta de sus torres. Las quince chimeneas que se encendían a diario y la calefacción proporcionaban confort suficiente para que el interior fuera agradable. Aunque no para todos.

Los criados nuevos tardaban en acostumbrarse a recorrer pasillos interminables, subir y bajar escaleras y orientarse por una construcción laberíntica llena de atajos, y en saber a quién pedir cada cosa y encontrar lo necesario sin dar demasiadas vueltas. Tampoco era fácil integrarse en el mundo ya establecido del servicio, que en su mayoría llevaba décadas trabajando allí, donde muchos habían nacido y en el que se relacionaban como una sociedad cerrada y aparte. Todo había hecho que la vida de *frau* Selma, la niñera del niño con el que Harald había obsequiado a Hilda, se tornara insoportable. Tanto, que hacía dos semanas había decidido no aguantar más y se había despedido de aquel lugar apartado del mundo. El mayordomo había acudido con la noticia a Hilda, que le había dicho que buscara otra persona en Múnich. A los tres días, tras constatar la falta de personal que la guerra provocaba, la señora del castillo supo que tendría que ser ella la que se ocupara del niño.

Tenía dos años ya y era guapo, lo que facilitó que el nulo sentido maternal que la condesa Fallstein había tenido hasta entonces se activara un poco. La doncella lo llevaba con ella de un lugar a otro y se ocupaba de cambiarlo cuando era necesario. Lo habían llamado Ernst, aunque sabían que su nombre era otro que quizás nunca conocería, puesto que aquel era un niño robado a unos padres deportados al este. Una crueldad mayúscula que Hilda intentaba compensar procurándole al crío los mejores cuidados.

La segunda tarde lo cogió de la mano y lo puso junto a ella, en el sofá, para leerle el cuento *Los músicos de Bremen*. El pequeño apenas sabía algunas palabras que *frau* Selma le había enseñado, así que Hilda leyó el cuento enfatizando cada personaje, mostrando con el dedo cada dibujo y pronunciando su nombre lentamente. El burro, el gallo, el gato, el perro. El pequeño Ernst disfrutaba con el cuento y aún más con la cercanía de Hilda, que le acariciaba el pelo mientras le enseñaba los dibujos. Ella, por primera vez en meses, tal vez en años, sintió verdadera paz. Así que repitió. Una tarde, otra mañana, todo el día. El niño jamás lloraba, pero solo con ella reía. La veía al fondo del salón, la oía hablar y abría los brazos y corría hacia la española. En una semana eran inseparables, tanto que Hilda pidió que se acondicionara la salita contigua a su habitación, a la que tenía acceso directo, como dormitorio del niño. En la buhardilla encontraron algunos juguetes viejos y un formidable caballo de cartón en balancín, también un teatro de marionetas y muchos cuentos que leían a cada rato. Todo sumó felicidad a la criatura, que, finalmente atendida, mostraba su personalidad, sus gustos y crecía cada día como persona. Cada una de las noches saltaba de la cuna y conseguía alcanzar el pomo de la habitación de su madre adoptiva para colarse en ella y acurrucarse en su cama. Hilda dejó de tener pesadillas y empezó a soñar con los veranos de Puigcerdá, los paseos en coche por Barcelona y la vida alejada del fuego que había conocido de joven.

Con el cariño, su determinación de devolver al niño a su familia solo creció. Jamás se hizo llamar mamá, sino Hilda, y el niño no tardó en saber pronunciar su nombre. Pidió a Bruno Lippe que la ayudara a averiguar cómo era el proceso de secuestro de niños como aquel, cómo se producían, si había algún registro, alguna forma de volver hacia atrás, de rebobinar la vida del pequeño Ernst para saber de dónde provenía y planificar su vuelta a donde pertenecía. Ni ella ni el mismo Bruno eran en absoluto optimistas y sus averiguaciones rara vez rebasaron los muros de Fallstein. Las deducciones que extraían de los periódicos falseados por la propaganda y las anécdotas que oían de otros casos resultaron inútiles. Ernst no era el único niño robado, todo lo contrario, era tan solo uno más de los miles que llegaban desde el este de la misma manera que otras riquezas expoliadas, otros bienes que los invasores estimaban indignos de los invadidos. Al cabo de un tiempo decidió que, por lo menos, debía alejarlo de los nazis, de aquel monstruo que engullía y aleccionaba a niños como él. La solución evidente era mandarlo a España, pero Harald lo hubiese localizado y la habría castigado duramente.

Así que ella también debía huir. Cambiar de vida, quizás escapar a Sudamérica. Su familia española le haría la vida fácil y ella podría usar su tiempo para encontrar a los parientes de Ernst. Sería difícil, imposible si la guerra seguía dando victorias a los nazis, o, peor aún, si acababan ocupando el continente y el codiciado Lebensraumm por el que estaban luchando.

Pero aquella desgracia para el niño no lo era tanto para ella, que, de pronto, tenía algo. Su marido y sus amigos se habían transformado en extraños, su familia no la entendía y solo su prima Inés y el bueno de Bruno Lippe conocían su estado de ánimo. Estaba dispuesta a considerar a Amsel, el caballerizo mayor, como un amigo, aunque apenas había hablado con él, lo cual era triste. Aquel niño era su salvavidas, una repentina razón por la que esforzarse en acabar aquellos años aciagos con vida. Ordenó su cabeza: «Matar a los nazis de la cacería; ayudar a los fugitivos; escapar a España con el pequeño Ernst»... Iban a ser meses muy ocupados.

Pero Harald le había preparado otra sorpresa. Una muy desagradable que recibió por carta, pues su marido volvía a estar en el este, en aquella retaguardia que ocupaba viajando de palacio en palacio y museo en museo, decidiendo qué obras de arte debía rapiñar para el Führer. Se la habían entregado por la mañana y aquel dolor de estómago y aquella angustia habían vuelto de golpe.

Hilda, Gräffin von Fallstein
Burg Fallstein
Bayern

Querida esposa mía:

Tras insistir y mover nuestros contactos, conseguí que nuestro amigo Reinhard Heydrich me ayudara para que finalmente se prestara atención a la muerte de nuestra querida amiga Sofia Maeckelberg. El asunto es grave, ahora se cree que Sofia murió envenenada. El brillante mayor Bergen de la SD cree que Greta Meyer y Albert Bohringer fueron envenenados también, lo que resulta preocupante, pues son todas personas de nuestro entorno y murieron después de cenas a las que asistimos. Te pido por ello que evites eventos sociales hasta que el culpable, que está entre nosotros, sea descubierto. Mientras, dado que dos de los crímenes se produjeron en Baviera, he invitado al mayor a quedarse en Fallstein, donde te ruego le atiendas con la hospitalidad que nos distingue. Llegará en los próximos días.

Yo intentaré volver pronto. Abraza a nuestro hijo de parte de su padre. Explícale el bonito fin con el que estoy colaborando.

Tuyo,

Harald

Arrugó el papel y lo tiró a la chimenea. Luego pidió a la doncella que se llevara a Ernst, que conocía su lado más dulce y no quería que viera el diametralmente opuesto, e hizo llamar a Bruno Lippe. En pocos minutos su mano derecha en la ayuda a los fugados entraba en la salita. Como siempre, el hombre esperó a que le ofreciera asiento y, aún entonces, se sentó de forma que se notaba que estaba incómodo en aquel entorno. Hilda le explicó lo que iba a suceder. Bruno se mostró tan preocupado como ella. La SD era un cuerpo que provocaba escalofríos con solo nombrarlo en muchos alemanes. Si el mayor Bergen era un recomendado de Heydrich, que era la cabeza del servicio de inteligencia, cabía esperar lo peor.

—El siguiente grupo de refugiados llega a finales de marzo, así que, de momento, no nos debería preocupar. Pero tener a un mayor de la SD entre nosotros no será bueno. No cabe duda de que su marido tiene buenos contactos; si Reynard Heydrich ha metido el hocico en todo esto, el mayor Bergen se esforzará en no defraudarle. No conviene desilusionar al carnicero de Praga, como le llaman no lejos de aquí... Ojalá Bergen encuentre al asesino pronto y se vaya de Burg Fallstein.

—Ojalá no lo haga, Bruno. Ojalá no lo encuentre. No, si me tiene algo de estima.

—Pero... —Bruno no entendió lo que Hilda quería decirle.

—La asesina soy yo. Yo envenené a esas personas. Tengo un motivo, déjeme que le explique.

Se lo explicó todo y, desnuda de secretos, también le confesó cuál era su plan de vida, cómo esperaba huir de allí con Ernst en cuanto la misión que cargaba sobre sus hombros, la que ella misma se había cargado, concluyera. Bruno estaba impresionado. Boquiabierto.

—Señora, usted...

—No hace falta que lo diga, ya sé que estoy loca. Pero si hubiera más locos como yo quizás no estaríamos en esta situación.

—Iba a decir que es extraordinaria. Que cuente con mi ayuda.

—Sabía que diría eso, Bruno. Gracias. Hay que pensar qué hacer con ese maldito hombre. La SD es eficiente. Me pueden descubrir.

—No lo harán, señora. Pero debemos estar preparados. Preparados para adelantarnos si es necesario. Deberíamos desviar el foco hacia otra persona, que sospechen de otro. Quizás otro de los invitados de la fiesta de *frau* Maeckelberg. Alguno de los que disparó. Si le condenan, se habrá librado de uno más.

—Sería extraordinario.

—Sí, además debemos vigilar al mayor. Seguro que en el castillo hay alguna habitación desde la que sea fácil hacerlo.

Hilda calló unos segundos antes de recordar algo.

—El difunto conde alojaba a las mujeres solteras en una habitación que tenía una mirilla escondida en la lámpara. Es obsceno, igual que, por lo visto, lo era él, cosa que tuve la suerte de no comprobar pues murió antes de que yo conociera a mi marido. A Harald la anécdota le hace gracia y lo cuenta a sus íntimos, pero es lamentable, no comprendo cómo nadie en este castillo puede desnudarse con tranquilidad desde entonces. En cualquier caso, es perfecto para lo que propone.

Dos días después, un Mercedes negro enfilaba el último tramo de carretera hasta Burg Fallstein. En el asiento trasero, Ulrich Bergen se quitó los guantes de cuero lentamente y abrió el portadocumentos que llevaba sobre las rodillas para sacar un dosier. Lo había leído varias veces, pero nunca estaba de más volver a hacerlo. En un primer bloque, se ocupaba de Harald Fallstein: «Aristócrata, aficionado a la caza, rentista, afiliado al partido desde 1938. Activo nacionalsocialista desde 1940. Miembro de la ERR, actualmente en Moldavia». Cada dato había sido meticulosamente corroborado y actualizado. Dejó el dossier a un lado y extrajo un segundo. Era más voluminoso, pues hablaba de una persona extranjera. Solo por eso resultaba más sospechosa y, por tanto, se necesitaban más verificaciones: «Hilda Sagnier. Aristócrata no titulada española, de Barcelona. Veinticinco años. Aficionada a la caza. Padre muerto..., sin hermanos... Mantiene correspondencia con su prima Inés, que visitó Baviera con su marido, Pablo Bultó... Monárquica, visitó a la *prinzessin* María Paz von Bayern. Un hijo adoptado del este. Amigas del entorno de los Fallstein...». Era extenso, no especialmente sospechoso, pero Bergen sabía que en el terreno era donde se descubría a las personas y si Hilda Sagnier tenía algo que ocultar, lo averiguaría enseguida. Mientras, el castillo era perfecto para instalarse y conocer qué era lo que había pasado con Sofia Maeckelberg, Greta Meyer y Albert Bohringer. Por supuesto, interrogaría a la condesa Fallstein, quizás ella hubiera visto algo sospechoso. De cada detalle se extraía algo.

Le gustaban lugares como aquel, aislados. Siempre había alguien que hacía lo que no debía, los ratones se portaban mal cuando el gato no miraba..., y hacía tiempo que ningún gato pasaba por allí. Revisaría aquel rincón, recabaría información sobre el asesino de Sofia Maeckelberg y los demás... y seguiría su camino.

Miró su reflejo en la ventanilla. Nunca había tenido arrugas, su piel se mantenía tersa sin esfuerzo por su parte y sus labios carnosos hubieran sido perfectos para una mujer. Sus ojos eran del color de un día gris, del cielo horas antes de una buena tormenta. Era gracioso: él había provocado buenas tormentas. Su pelo, lacio, castaño, no era abundante, pero cubría su cabeza de forma que parecía que estuviese pintado. Su nariz fina se sonrosaba por el sol en el puente. No era alto ni corpulento, y sus modales eran casi femeninos, especialmente su voz, atildada, lenta y segura. Observaba las cosas con detalle y sensibilidad. Era relamido, pulido, afectado. Todo él provocaba malestar y desconfianza y caía mal desde pequeño a todos, que enseguida sabían que era él quien se escondía detrás de cada conflicto, el que sembraba la cizaña, el que se chivaba a unos y otros, quien hacia daño solo por gusto. Lo tenía todo, pero envidiaba todo lo de los demás. Aquellos defectos eran virtudes en la posición que ocupaba. Era inmune a la piedad porque, esencialmente, era una mala persona.

Atravesó los dos pilares de piedra que marcaban la entrada a la explanada helada del castillo y el coche se detuvo frente a la fachada principal. Esperó a que el mayordomo abriera la puerta del vehículo y asomó al exterior sonriendo al ver a la condesa de Fallstein. «Muy guapa —pensó, y luego, inmediatamente, la envidió—, más que yo».

La condesa le saludó amablemente, vestida muy moderna, con un traje azul petróleo ribeteado en el cuello y las mangas con visón. Luego le acompañó a su habitación explicándole pequeñas anécdotas del castillo, tan imponente como falto de gusto y sofisticación. «Uno más», pensó mientras recordaba los innumerables pasillos y salones prácticamente idénticos que había visto en otros castillos alemanes. «Es más grande que mi casa —se dijo—, pero eso es porque lo han heredado», se justificó. Le alojaron en una habitación espaciosa, con vistas al valle nevado, que se ensanchaba a partir del desfiladero en el que se encontraba el castillo. Una cama enorme, paredes tapizadas de amarillo, casi doradas, y muebles recargados iluminados por una gran araña de cristal. Todo muy lujoso, tal y como esperaba. Se echó en la cama, bocarriba, mirando al techo durante casi una hora. De pronto, sonrió: había estado repasando cada detalle y parecía que su interés por Hilda era correspondido. Luego llamaron a la puerta para anunciarle que el almuerzo estaba listo.

Hilda vio entrar a su invitado por la puerta. Parecía llegar intencionadamente tarde, así que ella había decidido no esperar. Mostrar debilidad de primeras nunca había sido una buena estrategia, y esperar a aquel maleducado, que ni era amigo ni familia, ni ninguna personalidad que lo mereciera, era algo que no estaba dispuesta a hacer. Bergen sonrió con sus labios finos. Había captado el mensaje, otra cosa era que lo aceptara.

—Lamento haber empezado, la sopa fría solo me interesa en verano. Si usted es de la misma opinión, le calentarán el plato —dijo ella—. Cenamos siempre a esta hora, son tradiciones que se establecieron antes de que yo supiera de la existencia del castillo, hará bien en recordarlo. —Sonrió—. Espero que haya encontrado la habitación aceptable.

—Desde luego —respondió él—, muy completa. También me han gustado los pasillos, tienen ustedes trofeos magníficos. He visto un rebeco espléndido cazado hace un par de años. Por las iniciales de la placa, ¿entiendo que lo abatió usted?

—Sí, mi marido se puso muy contento.

—Son difíciles de alcanzar.

—Lo son. Ese estaba a gran distancia. Pero vi el disparo claro.

—Sí, aún se aprecia. Un tiro perfecto, la felicito, condesa. —Suspiró—. Aunque, como sabe, estoy aquí por motivos profesionales. Estamos investigando la muerte de tres amigos suyos. Sabemos que Sofia Maeckelberg fue envenenada. Creemos que Greta Meyer y Albert Bohringer lo fueron también.

—Es terrible —dijo Hilda pensando a la vez que ese hombre no se entretenía en conversaciones cordiales.

—La primera en morir fue Greta Meyer. ¿La conocía usted?

«Bueno, por lo menos nos ahorraremos el interrogatorio posterior a la cena», se dijo Hilda.

—Poco, la verdad. Era la segunda esposa del conde Gottfried, conocido de mi marido. La vi una o dos veces, no recuerdo bien.

—¿Dónde la conoció?

—Creo que la vi por primera vez en el Schloss Blank, la propiedad de Sofia Maeckelberg, cerca de Pilsen. Había organizado una fiesta, invitó a muchos amigos. Fue divertido.

—¿Hubo algo de especial? ¿Qué hicieron?

—Bueno, hubo varias cenas, baile, montamos a caballo y visitamos el castillo de al lado, que los Meyer habían comprado y estaban reformando. Lo pasamos bien —mintió.

—¿Y la señora Meyer?

—Supongo que también lo hizo. Pero era nueva en el grupo, así que nadie le hacía demasiado caso.

—¿Quizás no les gustara?

—A mí me era indiferente. No conocí a la anterior mujer de Gottfried, pero sus amigos de toda la vida..., en fin, ya sabe cómo son estas sociedades.

—No, no lo sé, dígamelo usted —dijo Bergen, que por supuesto sabía a lo que se refería. Cuanto más hablaban sus interrogados, más fácil era que se descubrieran.

—Greta era joven y... parecía poco habituada a ese ambiente —dijo ella diplomática.

—Ya. ¿Diría que era una advenediza? ¿Alguien con poca clase?

—No me gusta juzgar a los demás. Como le he dicho, la conocía poco.

—Ya. Comprendo —respuso Bergen con una media sonrisa que molestó a Hilda—. Ha dicho que hicieron muchas actividades.

—Sí, eso he dicho.

—No ha mencionado que cazaron judíos. ¿Es algo que haga habitualmente? Parece una actividad difícil de olvidar.

—Lo organizó Sofia. —La cara de Hilda mostró su desagrado.

—Es una actividad..., como diría..., algo particular.

—Lo es.

—¿Le gustó?

Hilda sintió que entraba en terreno peligroso. Debía decidir entre la verdad, que la haría más sospechosa, pues mostraba cierta piedad por una raza que el Reich abiertamente rechazaba, o mentir intentando que no se notara demasiado lo que sentía. Le vio chuparse los dedos, uno a uno, tras pasar el pan por el plato vacío de sopa.

—Me dio igual —se oyó decir—, he cazado muchas veces, como sabe, nunca a seres humanos, por supuesto, pero bueno, si Sofia los tenía allí, debían de merecerlo. No lo disfruté, pero tampoco sentí más pena que con cualquier otro trofeo —dijo odiando cada una de sus palabras y deseando que no se le notara.

—Solo escapó uno —apuntó Bergen.

—¿Uno? —pregunto Hilda confusa.

—Un judío. Solo escapó uno. Eran fáciles de abatir.

—Ah, sí, el mío. Le alcancé, pero no lo maté.

—Y, sin embargo, es capaz de matar un rebeco en plena montaña, a muchos más metros de distancia y desde una posición peor —dijo él. Luego la miró. Hilda sintió que sus ojos la atravesaban y descubrían sus mentiras.

—Ese día yo...

—Da igual —la interrumpió él—, mañana iré a ver a la viuda de Albert Bohringer, le daré recuerdos de su parte. Supongo que ella sí le cae bien.

—Me cae estupendamente, sí —respondió ella con la sensación de que cada palabra que dijera podía delatarla.

—Es lógico. Es una mujer rica, de buena familia. Está muy claro —concluyó él.

La cena fue la más desagradable que Hilda recordara. Más incluso que las que Harald había celebrado con jerarcas nazis, en las que se llenaban la boca de barbaridades y veía al hombre del que un día se había enamorado desvanecerse rápidamente entre las sombras de una ideología incomprensible para ella. En aquellas, todo eran golpes en el pecho, alardes de gloria e ideales trasnochados, casi fantásticos, que nunca creyó factibles. Bergen, en cambio, era meticuloso y cada pregunta que hacía, cada comentario que provocaba, estaba destinado a hacer daño o a armarse para herir más tarde. Lo hubiera echado ese mismo día, pero habría sido peor. Tenía al enemigo bajo su techo, así que, por lo menos, lo vigilaría.

Alargaron media hora la sobremesa hasta que él, que ya dominaba la situación, se levantó abruptamente y se despidió. Hilda esperó un poco y fue a la habitación situada inmediatamente encima de la de aquel invitado poco deseado, la que tenía la mirilla que su suegro había colocado para saciar su lascivia. La abrió y vio a Bergen encender una a una todas las luces. Luego, se colocó frente al armario y, abriendo una de las puertas, se miró al espejo de cuerpo entero que estaba adosado a ella. Empezó a desvestirse lentamente. Tenía un cuerpo menudo, delgado, de piel blanca sin vello, con algunos lunares. El pecho, algo contraído, parecía exento de músculo y sus pezones, grandes y sonrosados, eran lo único de él que no parecía infantil, aunque tampoco masculino. Se desnudó también de cintura para abajo y mostró el mismo cuerpo lampiño. Hilda pensó que encajaba perfectamente con el personaje. Él se miró al espejo y se tocó. Luego se tocó un poco más, como hubiera hecho un amante, si es que aquel hombre podía ser amado. Acariciándose, fue a la cama donde, excitado, se masturbó.

Hilda creyó que vomitaría allí mismo. Antes de dormir, acudió al patio y llamó a la puerta de Bruno Lippe. Él la estaba esperando.

—¿Tan malo es? —preguntó nada más verla.

—Peor —replicó ella.

34

Una semana antes, un mensaje con información equívoca y en clave se transmitió por radio desde las afueras de Gijón a un puesto en el sur de Francia. Los aliados habían sido informados de que el wolframio de La Recuesta era escaso y difícil de extraer. No valía la pena seguir con la explotación. Abandonarían la zona para focalizar sus recursos en la cuenca gallega.

El enemigo interceptó el mensaje y lo descifró. Luego se pasó a quien correspondía. Y los nazis llegaron a La Recuesta.

El día había amanecido espléndido, soleado, tras una noche de tormenta que había limpiado el aire y enlucido la vegetación, que se mostraba jugosa y saturada de color, a pesar de no haber empezado la primavera aún. El jardín se había retocado, adelantando labores que normalmente se dilataban más en el tiempo, y la casa entera se había limpiado aún más intensamente, colocando las mejores colchas, centros de hortensias y peonías sobre cada mesa y recortando las trepadoras de la fachada para que enmarcaran cada ventana ordenadamente. Los muebles estaban encerados, el parqué brillaba y la misma duquesa había decidido vestirse como una aristócrata y no como una campesina, que era como realmente se sentía. Pañuelo al cuello, collar de perlas, chaqueta de *tweed* y falda de pata de gallo. Lo más molesto era no calzar botas de agua, cuando el campo clamaba por ellas.

A las once, la campana de la casa de los guardeses sonó al abrirse la verja y en la casona supieron que la visita que esperaban finalmente llegaba a La Recuesta. Tenían que haber llamado forzosamente la atención con sus cuatro coches negros, brillantes, uno detrás de otro, avanzando elegantemente por aquella zona. Quizás pensaran que, finalmente, algún invitado distinguido llegaba a la finca. A Ana Argüelles le importaba bien poco.

—Míralos, Pablo. Tan elegantes, tan distinguidos. Es fácil disfrazarse, pero no lo es tanto engañar. A mí no me engañan. La nobleza no es un traje, no es un buen coche ni una piel perfumada. Ni siquiera son unos buenos modales. Se puede tener buenos modales y ser mala persona, pero la educación y la nobleza..., eso es otra cosa. José, con su mula y su tartana, podría enseñar mucho sobre ambas a esta gente. Ellos, tan brillantes por fuera, son oscuros por dentro. Negros como mi wolframio. En esta casa estamos acostumbrados a la gente que brilla por dentro. Eso es la nobleza. Eso es la educación. Todo nace de la consideración a los demás, y estos señores carecen de ella. —Se interrumpió a sí misma y respiró profundamente—. En fin, sonríe, que empieza la función y quiero que el público se ponga en pie cuando acabemos.

—Vamos a ello —se limitó a decir Pablo antes de ofrecer su brazo y descender la escalera con la duquesa mientras los coches se acercaban.

Se detuvieron uno a uno delante de ellos y, casi en marcha, rápidamente salieron de cada uno las personas con las que habrían de convivir. Las dos primeras saludaron estrechándoles la mano insistentemente al tiempo que farfullaban algo de español, «gracias, encantado», nada que propiciara una conversación. Amabilidad y cordialidad, incluso alegría. Los otros cuatro parecían de menor graduación y, aunque se esforzaron en repetir el agradecimiento de sus compañeros y señalar con la mano el entorno o llevársela al pecho para indicar que les gustaba, enseguida quedó claro que no sabían español. Hubiera resultado cómico en otra situación. José, como capataz de la finca, acompañó a los hombres a la casa del jardinero. Uno, que parecía el jefe de todos y portaba un maletín de cuero, se quedó con la duquesa y Pablo.

—Soy el sargento Heiderscheidel de la Abwehr, encantado. Muchas gracias por su inestimable ayuda al Reich. Puede estar segura de que será recompensada —dijo en español con cerrado acento alemán.

Ni Pablo ni la duquesa se atrevieron a repetir su impronunciable nombre. Mentalmente apuntaron «el alemán» para referirse a él. El duro oído de la dama olvidó su nombre casi instantáneamente.

—Los favores de verdad son los que una hace sin esperar nada a cambio, querido amigo —dijo ella—. ¿Usted dirigirá la operación?

—Sí, yo mismo. Me encargaré de que no la molesten demasiado. Sabemos que estima mucho estos campos. Yo soy de un pequeño pueblo del norte de Alemania, también amo estos paisajes, no se preocupe, el daño será mínimo.

—Eso me tranquiliza mucho.

—¿Se instalará usted en la casa grande o con sus compañeros? —preguntó Pablo.

—Oh, no quiero molestarlos, la casa del jardinero es perfecta para todos. Estamos trabajando, no de vacaciones.

—No nos molestará aquí tampoco —intervino la duquesa. Tanto ella como Pablo querían tener a aquel hombre bajo su mismo techo, cerca, controlado.

—No los invadiré más aún. Estaré con los demás —dijo él.

—Entonces debe venir a cenar cada noche —se aventuró Pablo.

—Eso sí se lo acepto. Me encantará estar con ustedes —dijo el alemán, sonriente—. Ahora, si podemos tomar asiento, les explicaré un poco el plan. Creo que deben saberlo para estar tranquilos. Intentaremos ser rápidos y discretos y, como ya he dicho, molestarles lo mínimo.

—Acompáñenos —sugirió la duquesa cogiéndose de nuevo del brazo de Pablo—, nos podemos sentar allí mismo —dijo señalando una mesa cubierta de liquen en el jardín, a tan solo una veintena de metros bajo un gran cedro.

Se sentaron en torno a ella. El alemán giró la cabeza observando el entorno. Luego apoyó las manos en los reposabrazos y sonrió antes de hablar. A unos metros, uno de los jardineros rastrillaba las hojas bajo un tilo.

—La idea es estar en su propiedad menos de cuatro meses, pero dependerá un poco de agentes externos, del transporte del wolframio, etcétera. Trabajaremos la mina fundamentalmente de noche y durante el día nos ocuparemos de otras tareas en la casa del jardinero y el patio. Nos verán poco, y les pediría que actuaran como si no estuviéramos aquí. Eso los ayudará a ser discretos. Yo cenaré con ustedes en su casa cuando me inviten y les explicaré como van las tareas. Obvio decir que la misión es secreta, como tantas cosas en tiempo de guerra.

—No somos muy de hablar —dijo ella.

—Ni de meternos en asuntos que no nos incumben —mintió Pablo.

—Lo sé. Además, son ambos devotos franquistas, así que hermanos nuestros en la lucha contra el judaísmo y el bolchevismo.

—Lo somos —dijo ella pensando que odiaba a los bolcheviques, pero sentía por los judíos lo mismo que por cualquier otra persona.

—En todo caso, necesitaré que me den los nombres de las personas que trabajan y viven en la finca al completo. Los que vayan a cruzarse con nosotros.

—Por supuesto, no hay problema. Apunte —le dijo señalando el maletín con el que el alemán había llegado a La Recuesta y del que no se había separado.

—¿Ahora? —respondió sorprendido el invitado—. Oh, muy bien. Me gusta.

Sacó una pequeña libreta y una pluma y apuntó uno a uno los nombres del personal de la finca. El capataz y su mujer, que hacía las veces de cocinera, dos doncellas, una pinche, un camarero... Ana fue nombrando a cada uno, explicando su origen y algún detalle. Cuando habló de los jardineros, solo Pablo percibió el detalle.

—Y luego están los jardineros. Tres. Juan, Pelayo y Miguel. Miguel es sordo y mudo, así que si le hablan, no se extrañen de que no les conteste. Tampoco lee bien los labios. No es bueno con nada salvo con las plantas —dijo la duquesa.

—Necesitamos que expliquen a todos que no deseamos ser molestados, así que es preferible que no se acerquen al patio —pidió el alemán educadamente.

—Oh, pero eso no es posible, amigo. Todos los aperos están en ese edificio, debajo de donde van a estar ustedes y en los graneros adyacentes. Los jardineros tendrán que ir, además, a menudo.

—Eso es un problema —meditó su invitado.

—Le diré lo que podemos hacer. Solo Miguel se acercará. Él puede ir y venir con todo. Como le dije, es sordomudo, así que será como si no estuviera allí.

El alemán sonrió.

—Eso tiene sentido. Sería muy conveniente... —Pensó unos segundos—. Hagámoslo así. Que solo se acerque Miguel, por favor. Compréndanlo, toda precaución es poca.

—Desde luego —dijo la duquesa.

—Desde luego —repitió Pablo.

Hablaron una hora más y el alemán desplegó toda la simpatía de la que fue capaz, amén de unos modales exquisitos y todo tipo de halagos hacia la casa, la familia, el clima, la zona..., todo. Luego se retiró a la casa del jardinero, donde debía controlar la instalación.

Por la noche, Bob ya sabía que podía pasear por la casa sin problema y que debía empezar a simular ser sordomudo. Era una solución perfecta para que pudiera ir al granero y fue lo que hizo alrededor de las nueve. Los alemanes habían estado todo el día metiendo materiales, archivos, mesas y un equipo de radio. También traían armas que esperaban no tener que usar y explosivos para la excavación. La zona exterior de la casa del jardinero y los graneros estaba desierta y tan solo desde el interior del patio se percibía alguna actividad, un par de ventanas iluminadas por las que cada cierto tiempo cruzaba un alemán. Estaban cenando muy tarde para su costumbre y Bob supuso que habían acabado de trabajar hacía bien poco. Paseó entre las sombras a sabiendas de que no era visto, pero sin pretender esconderse, hasta la zona del pajar. Luego entró sigilosamente y a tientas fue a la pared del final, en la que había un pesebre. Dejó que su mano le guiara deslizándola sobre la madera hasta una esquina y allí se agachó para abrir la trampilla, encendió la linterna y bajó una escala hasta el subterráneo. Lo había acondicionado bien, con tierra en el suelo para secarlo e impermeabilizante en las paredes para que la humedad también fuera menor. Había sido un depósito de agua de lluvia, pero desde hacía unos días era un estudio de escuchas, uno perfecto, escondido e insonorizado. Se sentó a la mesa y encendió todo. Luego se puso los auriculares.

El Servicio de Operaciones Especiales (SOE) le había enviado toda aquella última tecnología en pocos días y le había adiestrado para su instalación. Cuatro micrófonos escondidos bajo el papel pintado, uno en cada una de las estancias de la casa que ocupaban los nazis. Habían probado el sistema con Pablo días antes y funcionaba a la perfección. Solo restaba que los alemanes hicieran su trabajo, es decir, que hablaran.

El ambiente en la casa del jardinero era distendido y todos comentaban banalidades tras el día de trabajo. Hablaban de sus mujeres y novias y se reían de la de uno de los miembros de la expedición, que los demás consideraban de virtud relajada. Luego comentaron un rato la opinión que les habían merecido la duquesa y Pablo, y Bob se alegró de que los definieran como «amigos de Alemania», pues confirmaba que gozaban de su total confianza. El oficial al mando habló también del jardinero sordomudo que podrían encontrarse merodeando por la zona, es decir, él. Les advertía de su presencia y les pedía que informaran si veían algo sospechoso, pero insistía en la idea de que aquel rincón de la cornisa cantábrica parecía suficientemente discreto para que efectuaran su trabajo sin miedo a ser descubiertos. Hablaron de los mineros, diez trabajadores forzosos que había proporcionado el Gobierno español. Mineros profesionales que empezarían en pocos días, siempre de noche. Extraerían el mineral y lo cargarían en carros para trasladarlo al patio que Bob tenía sobre su cabeza. Vivirían dentro de la mina y solo podrían salir por la noche. El alemán informaba de que serían bien alimentados y vestidos, como si aquello matizara la crueldad del trabajo. Más tarde hablaron de cosas de mayor importancia. Probablemente tuvieran que realizar tres envíos de wolframio, pero intentarían que fueran solo dos y dieron un plazo enigmático: «Salida después de la luna española».

Apuntó aquello. Debía hacerse con un calendario lunar. Reflexionó. Aquel dato parecía importante, pero... las fases lunares eran iguales en todo el mundo. Es decir, la «luna española» era la luna mundial. Era extraño. Decidió volver sobre el entuerto más adelante. Continuó escuchando hasta que los alemanes volvieron a las banalidades y más tarde se despidieron para dormir. Sacó las grabaciones de aquella noche y las metió dentro del zurrón que formaba parte de su disfraz de jardinero. Luego, igual de sigiloso, salió por donde había entrado y fue a ver a Pablo, quien las llevaría al día siguiente a Gijón.

35

En Potsdam llevaban unos días tranquilos, sin eventos sociales ni reuniones, cuando Otto von Strutt volvió a invitar a José Manuel a jugar al tenis. Al español le gustaba aquel tipo y, al margen del interés aliado en el que había sido un excelente informador, se alegraba de haber descubierto el secreto de su mujer. José Manuel podría haberla destruido con tan solo unos minutos de conversación y un par de fotos.

La que le recibió era una Maria completamente distinta, amable con él y encantadora, incluso cariñosa con su marido. José Manuel supuso que Otto, que no conocía en concreto la información sensible que había cambiado tan radicalmente a su mujer, se contentaba con no preguntar y aceptar aquella buena época como venía, quizás con miedo de que fuera un fugaz espejismo.

Él también había cambiado. Jugaron casi dos horas y, al acabar, se sentaron en una pérgola junto a la pista. Hacía frío y ambos sentían el aire gélido subir por su nariz. Tras el ejercicio, se destemplaron, pero por alguna razón se quedaron allí, hablando, a la espera de que alguien anunciara la comida. Otto comentó la situación de la guerra, un secreto que nadie se atrevía del todo a pronunciar. Él volvía a atreverse.

—En estos días, todo ha cambiado mucho, amigo mío. La guerra... Ya nada parece tan claro. La campaña del este, de Rusia... Algo está saliendo mal. Y los americanos en guerra... Los japoneses nos han metido en un buen lío. Espero que no repita mis palabras fuera de aquí, pero no sé cómo acabará todo esto.

—No es la primera persona que me lo dice —apuntó José Manuel.

—Pues dígale a quien se lo haya dicho que vaya con cuidado. Cualquier comentario puede ser considerado traición. Yo... Ya sabe que le aprecio. Pero espero que sea digno de mi confianza.

—Lo soy. No tema.

—Tengo ganas de que esto acabe. No fui a la guerra por mi empresa, porque debo dirigirla, y aun así..., desearía que no se alargara mucho más, ayudar a un buen desenlace. La gente sufrirá si esto sale mal.

—La gente siempre sufre en las guerras.

—Quizás acabe viviendo en España. En la costa de Gerona. Ojalá pueda volver algún día.

—Lo hará —dijo José Manuel.

—Prometámonos algo —dijo Otto—: acabe como acabe esto, siempre seremos amigos. Siempre nos ayudaremos. Tal vez me tenga que ayudar alguna vez usted, sobre todo si...

—Si pierden la guerra —interrumpió José Manuel.

—No la perderemos. Están desarrollando una tecnología revolucionaria. —Su voz no era de esperanza, era más bien de tristeza y su cara mutó ostensiblemente al desagrado. José Manuel apuntó aquel comentario y la reacción de Otto. Parecía que él mismo estuviera implicado en aquello.

—¿Armas?

—Sí. Eso..., eso dicen. Pero no sé nada. Yo solo... —Calló unos segundos—. Supongo que lo oí en algún lugar —dijo muy bajo. Luego desvió la mirada sintiendo que había hablado de más.

—Hay muchos buenos científicos alemanes. Quizás sea cierto.

—Sí. Quizás sí. —Se hizo el silencio unos segundos.

—Siempre podrá contar conmigo... —dijo José Manuel completamente en serio. Luego pensó que había llegado el momento—. Su mujer no le amenazará más.

Otto se giró para mirarle directamente a los ojos. Había miedo, extrañeza, también odio en su mirada. Se levantó de golpe.

—¿Quién es usted? —dijo susurrando en alto.

—Tranquilícese. Soy un amigo. Alguien que, igual que usted, no es exactamente lo que parece. Sabemos lo que hizo su mujer. El chantaje. Eso se ha acabado.

—Váyase. —Cerró los ojos—. Váyase inmediatamente. No vuelva jamás.

José Manuel estaba impresionado pero tranquilo.

—Me voy. Pero mantengo mi promesa. Me tendrá siempre que me necesite. Puede que tenga que recurrir a mí.

—Le despediré de mi mujer. Váyase —repitió Otto una vez más.

—Su mujer tiene secretos. Por eso ha dejado de amenazarle. Está usted a salvo. Me atrevería a decir que, en unos meses, probablemente más a salvo que la mayoría de sus compatriotas. Debe saber que no abandono a mis iguales. Ni a mis amigos. Téngalo presente. Si alguna vez necesita algo, hágamelo saber.

—Fuera —pidió una vez más el alemán—, no vuelva nunca.

Le dejó allí, mirando cómo se alejaba por la ladera de hierba que llegaba hasta la casa. Se volverían a ver. Cuando pasara el miedo y aumentara la indignación. Cuando Otto decidiera actuar otra vez. Había dicho que quería ayudar a que hubiera un «buen desenlace». Los dos sabían qué desenlace era ese. Y Otto sabía que José Manuel era espía, como él.

De vuelta en Villa Kreisler, el señor Kutz le indicó que Heidi estaba trabajando en la biblioteca. El viejo mayordomo había visto historias de todos los colores en las diferentes casas de Berlín en las que había trabajado y estaba acostumbrado a no preguntar ni pensar demasiado. Si aquella mujer decía ser la secretaria del señor Bultó, él no tenía por qué dudarlo, aunque su ojo experto le dijera lo contrario. No se metía ni en esas cosas ni en muchas otras, pero sabía reconocer la alegría que aquella visita provocaba en el señor, igual que, desde hacía unos días, reconocía la chispa de algo diferente en los ojos de Heidi.

José Manuel la encontró reclinada sobre la mesa ante un atlas abierto. Un plano de Europa era el objeto de su interés. Levantó la mirada al oír la puerta abrirse.

—¿Geografía? —le dijo él con sorna.

—Política, más bien..., o historia. Este atlas no es tan antiguo y ya todas las fronteras son diferentes. Imperios que ya no existen, países que tampoco, coronas que cayeron... Me hace pensar. Europa... Llevamos siglos peleando, a veces cuesta entender que haya algo en pie en todo el continente.

—He estado con Otto. No ha ido bien.

—¿Le ha dicho algo inconveniente?

—Solo la verdad.

Heidi cerró el atlas lentamente, lo dejó en el estante del que lo había sacado y se volvió para mirarle.

—Eso es inconveniente, no cabe duda. Imagino que no le ha dicho que su mujer tiene un hijo con otro hombre.

—No, eso no. Solo le he dejado caer que sé que fue informador, que yo lo soy también y que estoy de su lado. Que puede contar conmigo y que su mujer no le chantajeará más.

—Otto no dirá nada. Se descubriría, y usted le cae bien.

—Lo sé, puede contar conmigo. A mí también me cae bien.

—No debe arriesgarse por sus sentimientos. Eso no es profesional, ya lo sabe.

—Lo sé, pero sentir es a veces inevitable.

Se aguantaron la mirada unos segundos sabiendo exactamente qué estaba sucediendo. Ella se recompuso y volvió a apartarse de aquella línea peligrosa.

—Otto está en una posición perfecta para obtener información, es una pena que se aparte de nosotros. Pero las cosas cambian de un día para otro. No descartemos que vuelva a colaborar.

—Ha dicho algo interesante —recordó José Manuel.

—Le escucho.

—Ha hablado de una tecnología revolucionaria. Nuevas armas. Parecía seguro de que ganarán la guerra gracias a ellas, entiendo que cuando estén listas.

—Si Otto von Strutt ha dicho eso es porque lo sabe.

—Parecía muy contrariado con la idea de esas nuevas armas...; es más, parecía que él mismo estuviera implicado en la fabricación de alguna manera.

—Eso es interesante... y no es imposible, Otto tiene una importante industria farmacéutica.

—¿Armas químicas?

—No exactamente. Hace algunos meses que creemos que están incorporando la tecnología química, los gases, para la creación de nuevos combustibles, lo cual es crítico para el Reich. No sabemos dónde ni estamos seguros de que lo estén haciendo. Es solo una teoría que cobra fuerza. En cualquier caso, tenemos que averiguar qué es lo que están planeando.

José Manuel le devolvió la sonrisa, más amplia, más latina, y de pronto volvieron a entrar en la antesala de la tensión sexual.

El fuego crepitaba en la chimenea y, por la ventana, las brumas matizaban los rosados del atardecer creando una luz sedosa que se filtraba entre los árboles del jardín y las aguas del lago. Heidi dirigió la mirada hacia fuera.

—Aún estamos a tiempo de salir en la barca. Coja algo de abrigo, hay algo que quiero enseñarle.

José Manuel obedeció y a los pocos minutos estaba caminando hacia la casa de botes, pisando la hierba mullida y mojada que se preparaba para escarchar al final del día. La encontró subida en la minúscula barca, que ya estaba en marcha. Se había cubierto la cabeza con una capota rematada en piel, un tipo de prenda que él solo había visto en niñas pequeñas y que enmarcaba su rostro acentuando su belleza germana, sus rasgos afilados y su piel rosada. De nuevo, su mirada tenía algo de la inocencia que la dureza ocultaba. José Manuel sentía que la coraza que la envolvía se agrietaba y no sabía cuáles podían ser las consecuencias.

Salieron de la casa de botes y tomaron una ruta diferente a la habitual, en dirección contraria. A su paso, algunos grupos de aves elevaban lentamente el vuelo y las aguas quietas del río Havel se abrían sin hacer ruido, como dejándoles atravesar. Sortearon la isla de la Amistad y siguieron navegando un buen rato. Cuando el sol estaba poniéndose, ella paró el motor.

—Quiero que vea esto. A veces vengo aquí.

Frente a ellos se extendía un extremo del lago Templiner y unos quinientos metros a cada lado los separaban de las orillas boscosas. A lo lejos, sobre una colina, se adivinaba un castillo, pero por lo demás el paisaje era solitario y salvaje.

—Si un día tuviera que escapar, haga esta misma ruta y, en el siguiente cruce de agua, vaya a la izquierda: hay un canal pequeño que conecta con el Schwielowsee. Es un lago grande rodeado de bosque en el que le debería ser fácil esconderse.

—Es muy bonito.

—Por eso le he traído. Pronto volverá a su país, supongo. No quiero que olvide que esto también... —Se detuvo unos segundos—. Esto, *sobre todo*, es Alemania. No los gritos ni las peleas ni el odio. Cuando todo eso acabe, esto permanecerá y esto es lo que me gustaría que recordara de mi país. La tierra alemana es buena, es la gente la que se ha vuelto mala.

—No toda.

—No. No toda, sin duda. También recuerde eso. Recuerde que algunos morimos por negarnos a ser igual que los nazis.

—Usted no va a morir. No diga eso.

El sol se ponía y en aquella lanchita de apenas tres metros el contacto físico era inevitable. Estaban sentados mirando a proa, hombro con hombro, de forma que cuando se giraban hacia el otro estaban tan cerca que cualquiera podría haber pensado que estaban a punto de besarse. José Manuel se giró para mirarla y ella hizo lo mismo. Los ojos de ella contenían la emoción y por primera vez ninguno de los dos volvió la mirada al frente para evitar la tensión, no: en aquel lago que se oscurecía rápidamente, ambos parecieron acordar un paréntesis en la relación meramente profesional que los unía.

—Sí que moriré. Lo sé, prefiero saberlo. La vida es como el sol. Uno solo se da cuenta de lo rápido que pasa cuando está cerca de ponerse, y mi vida se pondrá pronto. Lo presiento. Por eso le digo esto. Por eso quiero que recuerde la verdad de mi país.

—Usted no morirá —le dijo él firme. Luego acercó un poco más su cara de forma que sus intenciones fueron claras.

—No lo haga —dijo ella cerrando los ojos al tiempo que dos lágrimas solitarias caían de sus ojos—, no lo haga.

—Por supuesto que lo haré —respondió él susurrando, al tiempo que le pasaba el brazo por el hombro y acercaba sus labios a los de ella—; además, si usted tiene razón, nadie debería irse de este mundo con besos pendientes de dar.

Se besaron. Al principio sus labios estaban gélidos, pero luego, al juntarse, se calentaron, se acoplaron de forma que todo a su alrededor desapareció. En medio de una Europa en guerra y un país irreconocible para muchos de sus habitantes, aquel beso resultó un refugio, un hogar al que volver, un alivio y una medicina. Cuando se separaron, eran otros.

—Esto ha sido un error —dijo ella apoyando su frente en la de él, mirando hacia abajo con timidez—, pero es lo más bonito que me ha pasado en mucho tiempo.

—Entonces no es un error —aseguró José Manuel.

Volvieron a Villa Kreisler cuando ya solo las luces de las casas iluminaban las aguas. Podrían haberse sentido extraños, era lo habitual cuando sucedía lo inesperado, cuando las cosas cambiaban tan rápidamente. Quizás lo normal hubiera sido un incómodo silencio y una despedida tensa, pero ninguno de los dos tenía la intención de despedirse. José Manuel, que conocía bien a las mujeres, nunca había sentido una atracción similar y ella, que se había dejado conquistar por muy pocos, sabía que aquel hombre era diferente. Dejó que le pasara el brazo por la cintura acercándola a él mientras ella conducía la barca. La besó en el cuello, con más amor que pasión, durante varios momentos del trayecto y, al amarrar la embarcación bajo el techo de la casa de botes, volvieron a juntar sus labios, sin urgencia, sin prisa, disfrutando de aquel paréntesis que la vida les brindaba.

—Esta situación pone en peligro la operación, ya lo sabes —dijo Heidi.

—Lo sé —respondió él.

—Solo una noche. Solo hoy. ¿De acuerdo? —propuso ella sabiendo que sería imposible concluir en aquel instante lo que habían empezado horas antes.

—De acuerdo. No será fácil, pero nada lo es. —Salió de la barca y, de pie, le ofreció la mano—. Ven.

—Solo una noche —repitió ella—. Prométemelo.

—Prometo intentarlo.

—José Manuel, ya he perdido muchas cosas. No quiero perder ni una más. No puedo coger cariño a alguien a quien estaría dispuesta a sacrificar por la operación. Eso es lo que hacemos. Priorizar. Lo único importante ahora debe ser nuestra misión.

—No tener nada que perder es siempre triste. Significa no tener nada —opinó él.

—Es triste pero práctico —le dijo ella dándole la mano—. Solo una noche, ¿entendido?

—Solo una —dijo él convencido de que aquella promesa sería imposible de cumplir.

36

Hilda había acabado de dar de desayunar al pequeño Ernst en su habitación cuando Bruno Lippe acudió a su llamada. Aquel hombre se había convertido en su único apoyo verdadero y bendecía cada uno de los días que habían pasado desde que lo encontrara con sus gemelos escondido en el bosque. Era sólido como una roca, desde luego físicamente, pero sobre todo por dentro, en sus principios, en su valentía y en su fidelidad inquebrantable. Se conocían desde hacía poco pero sabía que no se podía fiar de nadie como de Bruno. Le saludó con una sonrisa y le ofreció asiento mientras ella llamaba a una doncella para que se llevara al niño. Cuando estuvieron solos habló.

—¿Sabe conducir?

—Sí, señora. Hace tiempo que no lo hago, pero sí sé.

—Lo imaginaba. Quiero que haga de chófer. El odioso mayor Bergen necesita un coche. Mandó a su conductor de vuelta al cuartel y decidió que nosotros nos ocupáramos de todos sus trayectos. Supongo que mi marido se lo ofreció. El caso es que hay que llevarle de un lugar a otro, pero eso nos beneficia. Tenemos que tenerlo controlado. Hoy quiere ir a casa de los Bohringer a orillas del Tegernsee. Quiere hablar con la viuda de Albert, Kerstin.

—El hombre que usted...

—Ese, sí. No me preocupa Kerstin. Está prácticamente ciega y no se llevaba bien con su marido. No pudo ver nada. Estuve con su marido en el muelle de su casa, en el lago, allí puse el veneno en su copa. Es gracioso, tres copas de champán han disfrazado mis asesinatos. Diría que tengo un método propio —dijo irónica. A Bruno no le hizo gracia. Nunca se lo hacía la gente que se deshumanizaba. Hilda lo notó—. Baje al cuarto de uniformes y pida uno de chófer. Luego coja el coche y espérele en la puerta. No creo que Bergen tarde en salir. —Se inclinó hacia una mesilla con cajones y abrió el de más abajo—. Quiero que lleve esto consigo —le dijo sacando una pequeña pistola. Bruno la miró inexpresivo—. Es un mal hombre, Bruno. Debemos intentar no matarle, pues tras él vendrían más, pero si ve que, por cualquier razón, las cosas se ponen feas, no dude.

—¿Se refiere a si veo que usted va a ser descubierta?

—No. Va a salir del castillo por primera vez desde que se escondió en el bosque. No creo que ese hombre sepa nada de usted, ni siquiera que le estén buscando, pero si ve que corre peligro, mátelo. Ya pensaremos qué hacer luego. No quiero que se arriesgue por mí más de lo necesario. Observe bien lo que Bergen haga, lo que hable, pero usted no hable mucho. Probablemente no se dirija a usted, salvo que sospeche o crea que puede sacar información.

—Entendido —dijo él.

—Vaya con mucho cuidado. Va a viajar con un león en el asiento trasero. Si presiente que va a morder, haga lo que hacen los leones.

—¿Señora?

—Muerda usted antes.

Armado de valor para aquella nueva tarea, Bruno bajó hasta una de las plantas inferiores del castillo, aquella donde el ir y venir de criados nunca se detenía del todo para mantener el edificio a pleno rendimiento. Fue al cuarto de uniformes, que siempre olía a jabón y que a la vez era la sala de costura donde se arreglaban todas las prendas, y pidió lo que necesitaba. Gorra, botas, pantalones bombachos y chaqueta cerrada de doble botonadura. Lo cogió todo y salió. Distraído, se dio de bruces con Bergen, el indeseado invitado al que debía vigilar. Él le apartó poniéndole las manos sobre el pecho, lentamente, antes de mirarlo. No parecía disgustado, de hecho, esbozó una sonrisa maliciosa.

—Busco la botica —dijo directo—, lléveme a ella, señor...

—Es por aquí —le dijo Bruno indicándole el camino con la mano—, le puedo acompañar.

—No me ha dicho su nombre —advirtió Bergen.

Bruno sintió una gota de sudor formarse en su frente. No, no se lo había dicho porque era una persona buscada. No le había dicho su nombre porque no se lo podía decir.

—Soy Bruno. Bruno Schmidt. Soy el tercer chófer, la condesa me ha comunicado que debo ponerme a su disposición.

—Eso sería muy agradable —replicó Bergen mirándolo de arriba abajo—, ¿qué ha pasado con el primero y el segundo chóferes?

—El primero está con el conde en el frente. El segundo solo lleva a la condesa —le informó Bruno.

—Enséñeme la botica —cortó él.

Le acompañó sabiendo exactamente lo que el mayor de la SD quería comprobar. Le mostró la puerta, que él abrió sigiloso, dándose la vuelta luego para cerrarla mirándole. A los pocos minutos salía. Bruno no se había movido de allí.

—¿Necesita algo? —le dijo Bergen.

—No, no —respondió Bruno entendiendo la extrañeza del hombre al verle allí—, pensé que quizás necesitara que le indicara el camino de vuelta.

—No lo necesito. Pero le seguiré. Ya he encontrado lo que buscaba.

—¿Tal vez un medicamento? Puedo proporcionarle lo que necesite si no lo ha hallado aquí.

—No me haga preguntas —le dijo el mayor poniéndose muy serio—, si necesito algo sé lo que debo hacer. Estaré en la entrada en quince minutos. Espere allí con el coche.

Bruno se puso el uniforme en su habitación y, puntual, esperó aún quince minutos más a que Bergen acudiera a la cita que él mismo había concertado. El oficial se subió al asiento trasero y le indicó adónde ir, exactamente donde Hilda le había advertido que irían. Notaba la mirada de aquel hombre clavársele en la nuca, oía su respiración, incluso creyó percibir su olor a crema hidratante. Cada vez que miraba por el retrovisor, sus ojos se encontraban con los de él, que le observaba fijamente y sin pestañear. Bergen no hubiera tenido que explicar la clase de persona que era, rezumaba maldad.

Desde atrás, el mayor estudiaba a Bruno. Podía atravesar sus pensamientos y percibir el miedo en la mirada que, cada cierto tiempo, se reflejaba en el retrovisor. Eso era lo que más le gustaba de su trabajo. Infundía temor hasta en los más acérrimos nazis, que rebuscaban en su pasado esos fallos en su conducta que él podía descubrir. Cuando le conocían, en todos crecía la inseguridad y la debilidad. El modo en que el mayor Bergen hacía que los demás se sintieran respecto a sí mismos decía mucho de él. Nada bueno. Sabía mostrarse indulgente y apuntar (que no guardar) los secretos con los que, poco a poco, se hacía fuerte, para usarlos cuando fuera conveniente. Por supuesto, descubría a la mayoría y se jactaba de haber llenado varios barracones de Auschwitz, Dachau y otros campos él solo. Quizás aquel chófer guapo escondiera algo, tendría que rebuscar.

Se giró hacia la ventana cuando empezaron a flanquear la orilla del Tegernsee. El día era inusualmente soleado y su piel se calentó a través del cristal. Cerró los ojos un instante y volvió a mirar al espejo retrovisor, donde su mirada volvió a fijarse en la de Bruno.

—Ya estamos llegando —dijo el chófer intentando romper la tensión.

—Lo sé —respondió él, que lo sabía casi todo.

Se acercaron lentamente a la casa y el coche se detuvo. Bruno le abrió la puerta y él le miró una vez más a los ojos, le sonrió y, acercando la mano a su cara, se la rozó.

—Sonría. Es un bonito día.

Luego fue a la puerta, tras la que ya esperaba un criado. Su uniforme era la mejor presentación, el «abrepuertas» definitivo, y, tras quitarse la gorra, le pasaron al salón, donde, cerca de la chimenea, sentada en un sillón de terciopelo, le esperaba Kerstin Bohringer.

Sabía que era casi ciega, pero a veces aquella gente tenía un sexto sentido para las cosas. Se presentó, explicó qué era lo que le llevaba allí y, nuevamente molesto, comprobó cómo aquella carga para el Reich desplegaba nula simpatía hacia él.

—Albert murió en la cama. Se quejó de dolor. No hubo nada que hacer. Podría haber sido por cualquier cosa de su vida disoluta. El alcohol, las drogas... Mi marido era un hombre con muchos vicios y pocas virtudes.

—Se diría que no le echa de menos —dijo él.

—No lo hago y, dado que usted está acostumbrado a detectar las mentiras, no mentiré. La relación con mi marido era mala. Mi fortuna le sedujo al principio, pero luego me quedé casi ciega y perdí interés en muchas cosas, fundamentalmente en el cuidado de mi cuerpo, que ha envejecido. La vejez no le gustaba a Albert y la debilidad tampoco, así que no es de extrañar que me rechazara.

—Estuvo en Schloss Blank.

—No. No estuve. Albert fue solo. No se va a las fiestas con una mujer ciega que a uno no le interesa. Y me alegro. Todo fue de pésimo gusto, muy al estilo de Sofia Maeckelberg.

—Mataron judíos.

—Lo sé. El idiota de mi marido se jactó de ello a su regreso. Fantaseó en hacer algo parecido. Pero yo tengo mejor gusto. Me dan igual los judíos, pero la muerte no es un deporte ni una diversión.

—Eliminar a los enemigos del Reich es una necesidad.

—Estoy de acuerdo, aunque quizás no compartamos la misma lista de enemigos.

—Está usted entrando en un terreno peligroso, *frau* Bohringer.

—¿Me va a arrestar?

—No, si no es necesario.

—Yo no maté a Albert. Ni siquiera estoy segura de que alguien lo hiciera, pero no le diré que le eche de menos. Mi vida es igual de aburrida sin él, pero más barata. Mi difunto marido gastó un tercio de mi fortuna en vicios de toda índole. Ahora mi dinero está más tranquilo. Siempre creyó que veía menos de lo que en realidad hago. Sé detectar con mi olfato, mi oído, mi gusto y mi tacto mucho de lo que mi vista me niega. Se acercaba a las mujeres delante de mí, supongo que le excitaba..., le causaba morbo, como dicen los ordinarios. Lo hizo hasta el último día de su vida.

—El día de la comida en esta casa.

—Sí, eso es. Se alejó del grupo en cuanto lo hizo Hilda Fallstein.

Bergen abrió los ojos.

—La escucho.

—No hay nada que escuchar. Lo hacía siempre. Hilda es una mujer encantadora y muy guapa, todos se acercan a ella. Ella se apartó del grupo unos minutos y él la siguió al rato. Supongo que la intentaría seducir, pero me extrañaría que lo consiguiera. Las españolas tienen una moral más firme, imagino que por la influencia de la Iglesia católica. Allí aún la respetan. —El mayor esquivó la velada crítica al anticlericalismo nazi.

—¿Estuvieron mucho rato juntos?

—Lo suficiente para beber un par de copas, quizás tres. Champán, siempre champán. Bollinger. Mi marido decía que le gustaba porque se parecía a su apellido. A mí me parece que le gustaba porque era de los más caros y yo lo pagaba. En fin. Albert lo estará pasando mal en el infierno. Y yo estaba mejor antes de que usted me hiciera recordarlo.

—No he venido a alegrarle el día —dijo él harto de impertinencias.

—Supongo que no. Usted no es de los que hacen eso. Pero está buscando a un asesino que probablemente no exista.

—Sofia Maeckelberg fue envenenada, de eso no hay duda. La autopsia lo confirmó.

—Sofia era otra viciosa, aunque por lo menos era ella la que pagaba sus vicios. Yo no maté a mi marido, así que ha perdido el tiempo viniendo aquí.

Bergen rara vez perdía el tiempo. Cada minuto de aquella conversación tenía interés.

—No lo he hecho, pero daré una vuelta por la casa y me iré.

—Supongo que no tengo que darle permiso para husmear entre mis cosas.

—No, lo cierto es que no lo necesito —dijo él levantándose.

—No es necesario que se despida. Podemos hacerlo ahora mismo —propuso ella.

—De acuerdo entonces. Buenas tardes, señora Bohringer, ha sido usted muy clara, pero le recomiendo que vaya con cuidado. Mi paciencia tiene un límite y hoy ha rebasado mi aguante al desafecto en varias ocasiones. La próxima vez no lo permitiré.

Kerstin Bohringer tragó unos segundos.

—Entendido —dijo intentando no mostrar miedo.

—Eso espero —respondió Bergen levantándose para salir al jardín delantero por una de las puertas que se abrían a él.

—Hilda Fallstein es una buena persona —lanzó ella antes de que él se alejara, sin saber bien por qué.

Él la escucho. Luego retuvo aquel pensamiento en su cabeza un rato mientras se acercaba a la orilla del lago, aquella desde la que un muelle de madera se adentraba en las aguas. «Hilda Fallstein es una buena persona». Aquella era la mejor pista del día.

Volvió a Burg Fallstein tras haber registrado la casa de aquella ciega impertinente que le había dado buenas pistas y pidió el coche para el día siguiente por la mañana. Bruno informó a Hilda del viaje y de todo lo que había visto en Villa Bohringer, que era poco. Ella, igual que Bruno, notó que algo iba mal. Ambos decidieron aguzar los sentidos para averiguar qué era lo que pasaba. Aquella noche la condesa de Fallstein volvió a abrir la mirilla con la que vigilaba la habitación de Bergen, que nuevamente ofreció un espectáculo desagradable, desnudo, mirándose al espejo con lascivia y consumiendo uno de los vinos de la excelente bodega a grandes sorbos, en un vaso que rellenaba sin contención, dejando que el caldo se derramara encima de las tapicerías, manchando todo lo que ella cuidaba con esmero. Cuando media botella estuvo dentro de él y la otra media ya había dejado su marca en sillones, alfombras y colchas, dio algunas caladas a un cigarrillo con una boquilla alargada, igual que una cabaretera que se pretendiera elegante, y, aún desnudo, bailando mientras tarareaba, lo apagó en la cortina, que se agujereó. Luego se echó sobre la cama y, con todas las luces encendidas, cerró los ojos. De nuevo, la vigilancia solo había aportado asco a la condesa.

A la mañana siguiente, el coche que Bruno conducía se encaminó hacía Bohemia, adonde llegaron pasadas las tres de la tarde. Igual que el día anterior, cada minuto del viaje resultó intimidante y cuando cruzaron las verjas doradas que se abrían a un camino boscoso el fugitivo agradeció estar llegando a destino. Se dirigían a un lugar que él desconocía llamado Schloss Greta. Hilda le había informado sobre aquel castillo, cuya finca lindaba con el Schloss Blank de Sofia Maeckelberg; también, que había sido arrebatado a una familia judía por una pareja de alemanes. Ella, Greta Meyer, había sido la primera víctima de la española. Él, Gottfried, también estaba en su lista, pues, como su mujer, había participado en la cacería de judíos en la propiedad vecina.

El castillo resultaba extraño ya que, sobre una base antigua, se habían colocado elementos más modernos y de estilo recargado que contrastaban con la sobriedad que aún se apreciaba entre dorados y volutas. La planta cuadrada y las cuatro torres de la fortaleza se habían revestido de elementos caprichosos de escaso gusto, y toda la pátina de la historia había desaparecido. Hilda le había hablado a Bruno de la personalidad de la difunta Greta Meyer, una advenediza falta de toda categoría. Por desgracia, a aquella mujer le había dado tiempo de dejar su impronta en el edificio antes de morir.

Bruno Lippe dejó al mayor Bergen en la puerta y este entró en el castillo sin esperar a ser invitado. Dentro, el mal gusto continuaba en cada rincón, e incluso los uniformes del servicio que lo recibió resultaron disfraces más que prendas destinadas a elevar la categoría de aquella gente. Le acompañaron al despacho de la planta principal, donde, entre papeles y desorden, el conde Gottfried Meyer le saludó. Se extendieron en banalidades pocos minutos, hablaron de la finca y el conde se jactó de su astucia para conseguirla a precio de saldo. Les trajeron té y unas pastas cubiertas de almíbar pegajoso. El conde tenía tan poca distinción como todo lo que le rodeaba y, a pesar del reciente fallecimiento de su mujer, no parecía en absoluto triste.

—Hace casi un año —dijo justificándose—, y mi Greta lo pasó muy bien, tuvo una vida agradable. Me entristece pensar que no vio su proyecto terminado.

—¿Su proyecto? —preguntó Bergen.

—Sí, claro. Este castillo. Schloss Greta. El estilo de este lugar habla de ella sin necesidad de que ella lo haga. Era su sueño.

Bergen había averiguado algunas cosas sobre la difunta, pero estaba de acuerdo con su anfitrión en que nada hablaba más elocuentemente de ella que el espantoso gusto del castillo que le recibía. Miró alrededor y vio a una mujer que cruzaba el pasillo; no era una criada.

—¿Se ha casado de nuevo?

—Oh, no, no aún. Pero lo haré pronto. Es lo que mi Greta hubiera querido, nunca le gustó que estuviera solo. Era muy cariñosa. A ella tampoco le gustaba estar sola. La vida nos unió.

—Hábleme de la noche de su muerte —ordenó Bergen.

—Fuimos a celebrar el cumpleaños del Führer a casa de los Richtofen, en Múnich. Greta estaba espectacular.

—He oído hablar de los Richtofen. Son una antigua familia, muy distinguidos. ¿Cómo se sentía su mujer en entornos como aquel?

El gesto de Gottfried se ensombreció.

—¿Qué quiere decir?

—Quiero decir que su mujer provenía de los bajos fondos de Berlín, que usted la encontró en el cabaret Residenz Club y la sacó de allí. Nunca subestime la información de la SD. Lo sabemos todo, de todos. Ahora dígame, ¿cómo trataban los demás a su mujer? El mal gusto y los orígenes humildes rara vez son fáciles de ocultar.

Gottfried enrojeció de vergüenza al principio y enseguida se molestó. Habría echado a cualquiera que hubiera dicho aquella impertinencia, pero el uniforme del mayor le decía que no podía enfrentarse a él. La SD no aceptaba la mínima falta de colaboración o respeto. Empezó a sudar.

—Mi Greta no tenía mal gusto..., pero... alguna gente no la trató bien. Sofia Maeckelberg, los Von Strutt, bueno..., ya sabe cómo son.

—¿Diría que la odiaban?

—Oh, no, no, no tanto como eso, no. Quizás esperaran que me casara con alguien más afín a ellos. Más afín a lo que creían que yo necesitaba. Mi primera mujer era muy diferente a Greta. La quise, pero no me hizo feliz. Murió hace años.

—¿Quién podría querer a su mujer muerta? —dijo él previendo la respuesta.

—A Greta no la odiaba nadie, era amorosa.

—Pero todos la ninguneaban.

—No. Todos no. Hubo gente que la trató bien. Gente que la supo descubrir. Harald Fallstein nunca le dio una oportunidad, pero su mujer..., la española...

—Hilda Fallstein —interrumpió Bergen pronunciando cada sílaba de forma engolada y lenta.

—Sí. Hilda siempre fue amable con ella. Y los hombres también solían hacerle caso. Era muy bella.

—¿Estuvo la condesa Fallstein en la fiesta de cumpleaños del Führer? Me refiero a la noche en Casa Richtofen.

—Oh, por supuesto. De hecho, estuvo toda la noche con Greta. Ya le digo que se llevaban muy bien. Bebieron mucho. Champán, sobre todo. A mi Greta le encantaba. Era de origen humilde, pero de gustos refinados, como ve —dijo moviendo las manos para señalar el entorno.

Bergen sintió que había encontrado a la asesina. También que no la atraparía aún. Todo incriminaba a Hilda. Había estado en los encuentros, tenía veneno en su castillo y cada uno de los asesinados había pasado buena parte del tiempo con ella antes de morir. Era española, no había matado intencionadamente a su judío en la cacería... Eran demasiadas casualidades.

—Fue envenenada. Lo dije, pero hasta que Sofia Maeckelberg murió en las mismas circunstancias nadie me hizo caso. Espero que encuentre a quien lo hizo y lo destripe. Ese hombre merece que todo el peso de la justicia y la venganza caigan sobre él.

—Lo harán, no tenga duda —respondió, al tiempo que se decía «pero no es ningún hombre».

Como había hecho en la villa de los Bohringer, el mayor Bergen aprovechó para pasear por el castillo de los Meyer. Nunca desperdiciaba la oportunidad de encontrar una pista y, aunque las que apuntaban directamente a Hilda Fallstein eran cada vez más claras y no creía necesitar muchas más para inculparla, podía encontrar otras que lo dirigieran a un nuevo caso, a otra acusación, a la excitante labor de ajusticiar al culpable y hacerlo desgraciado.

La escalera era un intento de majestuosidad vano y ordinario, pero, sorprendentemente, en una de las paredes colgaba un retrato familiar imponente.

—Esos no son ustedes ni ningún antepasado —le dijo a su anfitrión.

Era evidente, el óleo mostraba a una familia elegante, bien vestida, de padre, madre e hijo. La calidad de aquella pintura tampoco encajaba con la de las incorporaciones de los Meyer al castillo.

—Oh, no, no somos nosotros, pero Greta decía que nos parecíamos. Se hizo un vestido exacto y yo tengo un frac igual al del hombre. Son antepasados de los antiguos propietarios del castillo, los Wiesner. El cuadro es de Winterhalter.

—Una joya. Hay que reconocer que era un extraordinario pintor, apenas diría que los que retrató eran judíos. ¿Qué fue de ellos?

—Nunca lo supe. Supongo que se fueron de Checoslovaquia.

—Espero que no. No podemos dejar que esa gente escape. Estamos conteniendo su raza para que deje de contaminar la nuestra.

—Claro, claro... —dijo Gottfried—, pero no sé qué fue de ellos, no me preocupé.

—Probablemente lo hiciéramos nosotros —respondió Bergen—, pocos escapan.

37

Sí, eran pocos los judíos que escapaban, pero dos de los Wiesner formaban parte de aquel exiguo grupo. A eso se agarraba August día y noche mientras trataba de acostumbrarse a la inhumanidad del campo de Mauthausen, donde había sido internado cuando tan solo unos metros le separaban de la frontera española, hacía ya casi dos años. Su familia era libre y estaba en España, quizás esperándole.

En uno de los barracones tenían una radio con la que conseguían, de vez en cuando, y arriesgando sus vidas, saber del mundo exterior, de la marcha de la guerra. El frente ruso se estaba mostrando imposible para Hitler y Estados Unidos había entrado en la contienda, así que, por una vez, había motivos para la esperanza y, por supuesto, muchos más motivos para resistir, que era el pensamiento por el que August había sobrevivido cuando a su alrededor muchos de los que le habían acompañado morían cada día.

Era un esqueleto andante, pero aún no era un cadáver.

En el campo había unos siete mil españoles republicanos que habían sido trasladados desde campos de Francia, pobres apátridas que nadie quería, especialmente en su país, recién salido de una guerra y aún con todas las heridas y odios en carne viva. Gracias a ellos había aprendido español. Esperaba poder darle utilidad en algún momento, cuando fuera libre, pero un incidente había cambiado el curso de los acontecimientos, de aquello a lo que, a pesar de la injusticia, trataba de acostumbrarse.

Estaba cargando un bloque de granito sobre su espalda, subiéndolo por las escaleras de la muerte al final de cuyos escalones todos depositaban la pesada piedra y volvían a bajar para cargar otra y otra más. August había elaborado una técnica que mezclaba el esfuerzo mínimo con la respiración y el ritmo de ascenso a la que su cuerpo, mal que bien, parecía adaptarse. Le dolían todos los huesos y, por su puesto, se mareaba a menudo, pero la mente era más fuerte y su cuerpo, como un robot, seguía subiendo escalón tras escalón.

Pero alguien más arriba tropezó o, como era habitual, fue empujado por uno de los guardias que vigilaban al final de la escalera. El caso es que una avalancha humana y de piedras sobrevino sobre él, que también perdió el pie y cayó encima del preso que le seguía. Quince hombres murieron aplastados, todos sufrieron heridas de mayor o menor gravedad y él creyó que se había roto el brazo, de forma que era completamente imposible que pudiera picar granito o cargarlo a la espalda.

Le revisó por encima uno de los médicos, que apuntó su nombre y, tras vendarle someramente, le mandó al barracón. Al día siguiente su nombre estaba en otra lista, la de todos los que habían quedado inutilizados para trabajar durante al menos un mes hasta su restablecimiento. Les subieron a un camión y les explicaron que los trasladaban a Gusen, un subcampo cercano, hacia el que a menudo salían camiones con enfermos. Se sorprendió de que alguien en Mauthausen tuviera algo de consideración. Con él viajaban diez personas más.

A los pocos minutos de salir del campo, con los alrededores nevados, el camión se detuvo y les hicieron bajar. El conductor y un oficial querían orinar y los invitaron a que ellos aprovecharan también. No tenían voluntad, así que obedecieron adentrándose algunos metros en el bosque. August reconoció el sonido de la ametralladora al cargarse. Se quedó helado, igual que los demás, sin atreverse a mirar hacia atrás.

Los tirotearon por la espalda hasta que todos cayeron sobre la nieve tiñéndola de rojo. Luego se acercaron a algunos y los remataron con un tiro en la nuca, como buenos cobardes. Tras fumar un cigarrillo observando la escena sin ninguna pena o remordimiento, el camión se puso en marcha, dio la vuelta y volvió a Mauthausen.

El silencio se apoderó del lugar durante una decena de minutos. Luego, con respiración esforzada, un hombre separó el cuerpo que tenía encima, probablemente el del preso de mayor envergadura del campo, y se tumbó bocarriba. Estaba aterrorizado, conmocionado, pero su mente le dijo que no podía estar allí más tiempo, que debía moverse. El cuerpo de la persona que tenía encima había sido abatido antes que él, que iba delante. Al caer había protegido a August de las balas desviándolas con su cuerpo. Luego, en el suelo, la cabeza de August había quedado debajo del cuerpo de aquel ángel, de forma que, cuando sus verdugos se acercaron a darles el tiro de gracia, él estaba camuflado entre la nieve y las rayas de un uniforme que se mezclaban con el siguiente. Era un milagro, así que el checoslovaco se armó de fuerza para que no fuera en vano.

Miró alrededor, un paisaje nevado de abetos cruzado por una carretera en cuesta. Durante el trayecto desde el campo, había notado que descendían, así que supo que era eso lo que debía hacer si quería alejarse de Mauthausen. No sabía bien dónde estaba situado el campo, pero, de entrada, lo prioritario era alejarse. Anduvo por el bosque sin perder de vista la carretera, deseando que aquella noche, como todas las anteriores, la nieve borrara sus huellas. Probablemente, los alemanes no volvieran al lugar de la matanza hasta el día siguiente o el otro. Dirían que los hombres a los que habían matado habían intentado escapar, como hacían siempre que querían justificarse, lo cual era cada vez más raro, ya que el ritmo de asesinatos aumentaba conforme el valor de la vida de los presos disminuía. De momento él se había librado.

De momento.

Anduvo una hora a paso lento y cauto, hasta que el bosque empezó a perder densidad y el paisaje se abrió. Estaba muy cerca de la cantera a la que era trasladado a diario, a poco menos de un kilómetro de la puerta principal del campo. Oía el repicar de las herramientas sobre la piedra, que era el sonido del que debía alejarse, así que utilizó el refugio cada vez más escaso de los árboles para ir en dirección contraria. Tenía la ventaja de que nadie sabía que había un fugado al que debían perseguir, pero la vigilancia de la zona, incluso fuera del recinto del campo, era exhaustiva, así que debía darse prisa. Al final del bosque encontró un árbol al que trepar con facilidad, el lugar perfecto para esconderse y otear a dónde dirigir sus pasos una vez anocheciera.

Debía cambiarse de ropa, pues el uniforme a rayas azules era llamativo e identificable, así que aquel fue su primer objetivo. Oteó desde el árbol hasta hallar la solución para aquella misión crucial a poco más de un kilómetro, en una granja con chimenea humeante, poca actividad y una cuerda de tender repleta de ropa. Había más casitas diseminadas cerca de un gran río que no supo identificar, pero aquella parecía más cercana y a la vez más aislada del resto. Pensó en los que vivían allí, tan de espaldas a lo que pasaba en su patio trasero, tan ajenos al sufrimiento que casi se podía oler desde sus acogedoras viviendas. Quiso pensar que no sabían nada y se agarró a eso, aun sin conocer si era del todo cierto.

En cuanto se hizo de noche y la luz de una de las ventanas de la granja se encendió, bajó del árbol y fue hacia ella. Estaba famélico, pues no había comido nada desde que había salido del campo, donde la escasa sopa (más bien agua) de nabos con zanahoria o el pequeño trozo de embutido que sus compañeros estarían recibiendo a esa hora ya le hacían pasar hambre a diario.

Los granjeros a los que pretendía robar tenían un perro. Un boyero suizo negro y blanco con las cejas de color fuego. Agradeció que ladrara sin ton ni son, a un lado y a otro, incluso antes de que él se acercara, pues nadie prestaría atención a sus ladridos indiscriminados. Lo vio tras un murete que cerraba en parte el recinto del tendedero, con un par de frutales cubiertos para que no se congelaran y la caseta del animal, a la que estaba atado con una larga cuerda. Observaba en silencio cuando la puerta trasera de la casa se abrió y la campesina sacó un plato lleno de huesos y restos mezclado con un engrudo extraño, que lanzó hacia el perro esparciendo toda la comida por el suelo. El perro lo miró, movió el rabo sin entusiasmo y comió un poco aquí y allá. Luego se quedó echado con la mayor parte de la comida diseminada por el pequeño espacio. Al cabo de un rato volvió a ladrar, las luces se apagaron y los habitantes de la granja se fueron a dormir.

August se acercó al tendedero y enseguida el boyero lo vio y ladró un poco más, pero sin intensidad. Se observaron mutuamente y el fugitivo supo que el animal no le miraba con violencia. Era típico de aquella raza, de gran tamaño y agresividad muy selectiva, que se usaba para labrar, arrastrar carros y vigilar o guiar vacas y bueyes. Si él se hubiera aproximado con malas intenciones, el perro lo habría sabido y lo hubiera impedido. August alargó el brazo que no le dolía y se acercó a él, lentamente. A un metro, el vigilante movió el rabo y él dio un paso más para acariciarle la cabeza, momento en el que el perro se puso sobre las dos patas y le lamió la cara.

Llevaba mucho tiempo atado, pues la tierra alrededor estaba completamente pisada y sucia de excrementos. Además, tenía las uñas largas, sin gastar por el roce de la tierra. Tampoco tenía hambre, lo cual, como en los humanos, era síntoma de desgana y tristeza. August sí la tenía y, mientras controlaba los mimos del animal como podía, se acercó a la comida que le habían tirado al perro y se la metió en la boca. Aunque estaba claro que sus dueños no le querían, la comida que le daban era infinitamente mejor que la que ingerían en Mauthausen. El boyero no reaccionó en contra, así que tomó un poco más, y otro poco, cada vez con menos miedo y más ansia. En cinco minutos se había acabado la comida que su nuevo amigo, que le miraba moviendo el rabo, había rechazado.

Se acercó al tendedero, repleto de ropa que parecía llevar allí meses, y descolgó unos pantalones, un abrigo y una camisa, todo duro como una piedra, congelado. Los sacudió un poco y se los puso sobre el uniforme; luego descolgó unas botas que pendían por los cordones y se las puso también. Había comido, se había vestido y había hecho un amigo. Se alejó un poco del recinto, con el boyero mirándole fijamente y ladrando. Lo miró también y no pudo resistir volver a acariciarle, momento en el que el perro dejó de ladrar y movió de nuevo el rabo, restregando su cuerpo contra el de August.

«Pobre animal», se dijo mientras lo observaba, atado y solo. El pensamiento vino sin esfuerzo: «Tú también estás encerrado..., así que fúgate si quieres». Con una piedra, a modo de cuchillo, cortó la cuerda desgastada y vieja para que pareciera que se había roto y el perro se había escapado. El animal se quedó quieto mientras lo hacía, y luego, al darse cuenta de que era libre, saltó de nuevo sobre August, que se esmeró en tranquilizarlo temiendo que aquel jolgorio alertara a las personas a las que acababa de robar. Esperó a que se fuera corriendo, pero en vez de eso, el boyero se pegó a él. Se alejó de la granja, cruzó un par de campos, una ladera, otro camino, y el perro le siguió, tan cerca que supo que no se despegaría de él allá donde fuera.

Con más fuerzas, menos frío y un compañero de cuatro patas custodiándole, enseguida llegó a una carretera. Incluso el brazo parecía dolerle menos. El primer cartel anunciaba que la ciudad de Linz estaba a veinte kilómetros, así que supo que el gran río que había visto horas antes desde el árbol era el Danubio. Si lo seguía en dirección contraria a la corriente llegaría a la ciudad austríaca. Quizás allí pudiera conseguir un mapa de la zona. Estaba en el centro del nazismo y era un fugitivo al que tal vez no tardarían en echar de menos, pero se agarró al refrán que le había oído a su padre cuando de pequeños jugaban al escondite: «Donde menos luz da la vela, es justo debajo de la vela». Nadie sospecharía que un judío estuviera lo suficientemente loco como para pasar por Linz (o cualquier ciudad alemana o austríaca), salvo que supieran de su fuga. Todo dependía del esmero con el que recuperaran los cadáveres entre los que había caído; si los contaban, se darían cuenta de que faltaba uno; si no lo hacían, o simplemente los dejaban allí, tendría más posibilidades. De momento contaba con esa ventaja, así que aligeró el paso, cruzó la carretera y se internó en un bosque de ribera en cuyo interior enseguida oyó el lento rumor del río y percibió la fría humedad que lo llenaba todo. El suelo del bosque estaba nevado y no tardó en estar completamente mojado de pies a espinillas, pero las ganas de escapar aplacaban hasta el frío de la noche. El lecho del bosque tenía menos nieve que los campos, pero también era más oscuro, razón por la que varias veces cayó al suelo. Caer y levantarse, levantarse para sobrevivir, eso era lo que había aprendido. Cuando el entorno se volvía demasiado oscuro, como un ciego apoyaba la mano en el lomo del perro y dejaba que este le guiara. Oyó algún animal, sintió que le observaban y a ratos pasó miedo. Miedo a despertar de aquel sueño, a perder aquella rendija de libertad que la vida le había puesto delante. Anduvo toda la noche sin descanso, pisando la nieve y sintiéndola caer sobre su cabeza hasta que, a lo lejos, al otro lado del Danubio, las luces de una población de importancia le indicaron que había llegado a su meta y decidió buscar un lugar en el bosque para descansar. A tientas, levemente iluminado por la luna que se colaba entre los abetos, encontró uno cuyas ramas caían hasta tocar el suelo y, separándolas, apartando la escasa nieve que había conseguido atravesar aquel tejado natural, se hizo un hueco bajo ellas. El boyero, que seguía sin separarse de él, esperó a que se acurrucara en posición fetal para tumbarse a su lado, tan cerca que August sospechó que aquel formidable animal sabía que debía calentar a su nuevo amo igual que habían hecho muchos de los suyos con los pastores de los Alpes. Gracias a él no se congeló.

Por primera vez en muchos meses no le despertó el ruido de la campana de Mauthausen, que sonaba a las 5.15 en invierno y las 4.45 en verano; ni entró un guardia a llevarle a empujones a las letrinas, a desayunar, a asearse sin jabón y a trabajar sin descanso en la cantera. En vez de aquellas gentes, un boyero suizo de cabeza grande, negro y blanco, con su mirada enmarcada por las cejas rojas, le lamió la cara con cariño. Pensó que, como él, el perro también había sido prisionero y que por eso estaba dispuesto a hacerse rápidamente amigo del primero que le quisiera. Muy mal tenían que haberle tratado para que su natural fidelidad no le hubiera hecho dudar ni un segundo antes de seguirle. De momento había sobrevivido la primera noche gracias a su calor, y posiblemente no sería la última vez que lo necesitara. Además, un hombre que caminaba con un perro resultaba menos sospechoso de ser un fugitivo, pues nadie huía con los suyos. August mismo había dejado con gran pena a sus sabuesos en el Schloss Wiesner.

El inconveniente era que aquellos perros comían muchísimo, así que tendría que ingeniárselas para alimentarlo. Aparte de aquello, el principal problema que tenía August era su aspecto. Tenía la cabeza rapada, su cara era la faz del hambre y su cuerpo, un saco de huesos. No podía verle nadie, al menos hasta que se recompusiera, pero la cercanía a un núcleo de población permitiría que durante unos días pudiera robar mantas y alimentos que facilitaran su restablecimiento para que estuviera presentable. Miró la ciudad desde donde estaba, ya iluminada por el sol, con su bullicioso puerto fluvial y el campanario de su iglesia gótica emergiendo entre los tejados, y se dio la vuelta para internarse en el bosque, donde debería encontrar un hogar para, por lo menos, unas semanas.

En su punto de partida, la suerte le sonreía sin que él lo supiera. El más vago de los guardias de Mauthausen había llegado al lugar donde habían fusilado a los prisioneros del grupo de August. Era una tarea aburrida y pesada que le hacía pensar hasta qué punto no era mejor que se fusilara a la gente directamente en el campo de concentración, sin buscar excusas, pues ninguno de los presos creía que aquellos que volvían ametrallados por la espalda hubieran intentado huir. Era típico de sus superiores, mataban indiscriminadamente y luego era a él a quien le tocaba recoger los restos de la fiesta.

Le habían indicado el lugar y el número de víctimas, pero el problema era que no eran fáciles de encontrar. Había nevado toda la noche. Él y otro soldado clavaban un palo en el suelo una y otra vez buscando los cuerpos. Cuando los encontraban, entre dos los subían al camión. Hallaron muchos, pero al final, cansados, decidieron hacer la vista gorda y volver al campo solo con diez cuerpos, uno menos de los que debían encontrar. Los llevaron directamente a los hornos crematorios y luego, falseándolo, certificaron en su informe que todos los presos habían sido incinerados.

August estaba oficialmente muerto.

Pero, a veinte kilómetros de allí, acompañado por un boyero suizo, sucio y cansado, el checoslovaco se sentía más vivo que nunca.

38

Eran las siete de la tarde y ya estaba anocheciendo cuando Bob acudió con sus herramientas al granero. Los nazis eran amables con todos, especialmente con la duquesa, pero también con el numeroso personal que atendía la finca de La Recuesta. A menudo, cuando comprobaba que ellos, igual que él, sabían reír, ser considerados y resultar simpáticos, se tenía que recordar que servía a una causa mayor para no preguntarse por qué no habían llegado a un acuerdo que hubiese salvado a Europa de la guerra. Una vez metidos en ella, los sentimientos eran traicioneros y la cabeza debía mantenerse fría. Solo un león podía acabar con un león, así que en eso estaba y en eso pensaba cuando pasaba la mano por la pistola que guardaba en el doble fondo de su zurrón de jardinero. La usaría sin dudarlo de ser necesario. Mataría a quien hiciera falta, pero era más fácil convencerse de ello en Londres, acosado por los bombardeos del *Blitz*, que en la tranquila campiña cantábrica.

Guardó los rastrillos en un armario y se asomó al patio, que cruzaba cada día para quitarse el uniforme de jardinero. Al final de la escalera que daba acceso a la vivienda que los alemanes ocupaban, uno de ellos fumaba. Como muchas otras tardes, el nazi le saludó con la mano, gesto al que contestó afable. Todos habían creído la historia, pero, por si acaso, se había procurado unos papeles que confirmaban que sí, que él, un espía inglés, era Miguel Cardiel, jardinero sordomudo nacido en Segovia. El resto del personal de La Recuesta creyó también el engaño. Eran personas de campo que bajaban la mirada ante los invitados de sus señores y carecían de curiosidad para según qué cosas, por lo que ninguno relacionó la cara que se escondía tras su poblada barba con la del invitado inglés que los había visitado hacía algunos meses. En cuanto a la duquesa, su interpretación era tan perfecta que en ocasiones Bob Asprey dudaba de que aquella anciana no pensara de veras que era un jardinero. Le mandaba hacer una tarea tras otra, siempre cerca de los alemanes. Incluso cuando el jefe de la delegación comía en la casa grande, Ana se las arreglaba para que Bob se subiera a una escalera para podar la hiedra y las hortensias trepadoras de la fachada que daba al comedor. Por la noche, Asprey quedaba en el guadarnés con Pablo, que escondía las grabaciones para llevarlas a Gijón, donde una buhardilla con vistas a la plazuela de San Miguel y entrada por una de las calles de atrás resultaba perfecta para depositarlo todo discretamente.

Por su parte, Pablo siguió el consejo de su hermano José Manuel: «Cuantos menos sepan lo que haces, mejor», y había exigido al inglés que con esa premisa se hicieran las cosas si quería que participara. Solo él y Bob, Bob y él, gestionaban el operativo de escuchas de La Recuesta.

Hablaba con Inés por teléfono cada cierto tiempo y se carteaban como cuando eran novios. También, igual que entonces, la comunicación ocultaba lo importante, ya que ninguno le contaba al otro lo que realmente estaba haciendo. Si aquello era un matrimonio convencional, que bajara Dios y lo viera, pensaba Pablo, pero no podía abandonar una tarea de tamaña importancia y tampoco sentía que su mujer le necesitara cerca de ella en Puigcerdá, donde se había instalado desde enero. Pablo no entendía nada y solo esperaba que cuando lo hiciera todo tuviera sentido y su matrimonio pudiera volver a ser el mismo de antes.

Pensaba en aquello mientras investigaba las playas cercanas a Gijón, ya que daban por hecho que los alemanes no cargarían en un puerto donde pudieran ser vistos y necesitaban estudiar las posibilidades más factibles. Bob creía que lo harían en la Concha de Artedo, que era la misma playa donde el submarino aliado que le había llevado a él había recalado, pero Pablo pensaba que podía ser cualquier otra.

El guadarnés tenía la ventaja de ser un lugar al que se accedía por una puerta pequeña, casi escondida entre la hiedra, en una de las esquinas de la casa grande. Para llegar a él había que cruzar un pequeño vestíbulo que llamaban «el quitabarros», cuya puerta chirriaba y avisaba de visitas inesperadas. Además era un lugar en el que podían coincidir un jardinero, que a menudo se ocupaba también de ayudar a los caballerizos, y un señor de la casa como Pablo, que se ponía o quitaba las botas de montar y las chaquetas impermeables en aquella habitación.

Cuando Bob entró, él ya estaba esperando.

—Parece que el primer cargamento de wolframio, una tonelada, está listo para salir. No creo que tarden demasiado, pero sería muy importante saber cuándo exactamente. Constantemente hablan de la luna española. Eso me tiene muy confundido.

—La luna llena será en tres días —apuntó Pablo—, eso ya lo sabes.

—Sí..., pero no tiene sentido. Un cargamento tan secreto... Sería más lógico escoger otra noche. Nuestros servicios de inteligencia no han conseguido aún la información precisa. Lo único extraño, el código que no sabemos descifrar, si es que es un código, es esa maldita luna española.

—Tal vez tan solo estén diciendo que van a enviar el wolframio por la noche.

—No puede ser eso —dijo Bob negando con la cabeza—, no puede ser. Pero en breve tendrán que empezar a dar información más precisa. No sabemos cuál será el punto de recogida. Tampoco el transporte, aunque una tonelada podría caber en un submarino. Si no espabilamos, en cuanto se hunda en el mar perderemos toda pista de él. Necesitamos saber el día.

—He estado investigando las playas —dijo Pablo—. Las posibilidades son infinitas. Hay muchas sin viviendas alrededor, con suficiente calado y con acceso para los vehículos que habrán de llevar el wolframio.

—Lo imaginé. Estamos perdidos. —Se llevó los dedos a los párpados y se los apretó irritado—. No estamos avanzando... y no podemos seguir a los alemanes sin hacerles sospechar. Deben ser ellos los que nos indiquen el camino.

Se hizo el silencio unos segundos y ambos rebuscaron en sus cabezas una solución a aquel problema. Al rato, Pablo levantó la mirada.

—El vehículo —apuntó Pablo—. Si los alemanes no pronuncian el lugar de embarque, el vehículo en el que lo transporten nos mostrará el camino. Sé cómo hacerlo.

Bob nunca halagaba a Pablo, pese a que a diario le sorprendía con su inteligencia.

—Supongo que no pensarás en nada muy sofisticado. No tendremos tiempo..., y si sospecharan lo más mínimo, la misión acabaría de inmediato. Nuestra única baza es que se sientan seguros aquí, que se relajen. Son pocos, nadie los molesta... Si están cómodos, se irán de la lengua.

—No estoy pensando en nada sofisticado —sonrió—, más bien en un cuento para niños —añadió preparado para exponerle la idea.

Era, efectivamente, infantil y rudimentaria, pero podía funcionar, así que se encomendaron a que los días siguientes la información fuera más relevante para desecharla o, de lo contrario, ponerla en marcha.

Mientras, la eficiente organización alemana se dejaba notar y la mina, explotada de noche, cada día aumentaba sus frutos, que los mineros depositaban en uno de los graneros del patio entre la casa del jardinero y los almacenes. Cada minuto de conversación entre los alemanes era grabado en el sótano habilitado en la gran cisterna y más tarde escuchado por Bob. El servicio de inteligencia británico les había informado de varias bases en diferentes lugares, todas posibles destinatarias del mineral, pero Bob sabía que la que recibiría el wolframio asturiano era aún desconocida.

Y, de pronto, una pista.

Estaba oyendo a los alemanes beber y reír desde hacía un rato, lo que siempre auguraba la posibilidad de recibir buena información, pues las bocas ebrias eran siempre las más indiscretas. El oficial al mando del grupo era el que más había bebido y también el que más hablaba, cosa poco habitual.

—Se retrasarán un poco. Una noche —dijo a sus subordinados—. Por lo visto hay un convoy de cuatro mercantes que prácticamente se cruza con nuestro buque. Así que les dará caza, como es menester. La información llegó codificada esta mañana. Son víveres provenientes de Estados Unidos en barcos de diferentes banderas con destino al Reino Unido. Los británicos no aguantarán mucho más, se mueren de hambre. Los nuestros hundirán todos los barcos antes de llegar aquí, aunque tengan que desviarse un poco.

Todos brindaron y siguieron bebiendo, y la conversación regresó a las banalidades de la tropa y los recuerdos de chicas berlinesas.

Bob dejó los auriculares sobre la mesa. Los alemanes atacarían un convoy un día antes de llegar. Una tragedia marcaría el inicio de la cuenta atrás si él no lo evitaba. En aquella información tenía la respuesta al día de llegada de los nazis a Asturias, pero también una buena pista sobre la ruta que el buque describiría hasta llegar allí.

No sabía a cuánta gente se había transmitido aquel mensaje ni cuántos sabían que un convoy de cuatro mercantes iba a ser atacado, pero surgía un dilema que debía resolver. Si el mensaje era conocido por pocos y los mercantes desviaban su trayectoria o se preparaban para el ataque de alguna manera, los alemanes sabrían dónde buscar la filtración y se pondría toda la operación que él dirigía en La Recuesta en peligro. Si no hablaba, morirían muchas personas. Aunque conocía bien a sus superiores, quiso asegurarse de que no había nada que hacer, así que recogió las grabaciones, cogió su bicicleta y discretamente salió por la cancela de La Recuesta en dirección a Gijón, donde comunicaría la información a su enlace para que el alto mando decidiera qué hacer.

Entraba la madrugada cuando anduvo por las calles mojadas y desiertas de la ciudad dormida. Había tres pisos francos en la población, que su enlace habitaba de forma alterna por días y meses para no levantar sospechas. Desde allí transmitían información, acogían a espías de paso y agudizaban el ingenio para investigar alguna de las muchas operaciones en suelo español que desarrollaban las potencias del Eje. Una de ellas era la que Bob había ido a contar. Llamó al timbre dos veces y luego otra más continuada antes de observar que la luz de la última planta del pequeño edificio de pisos se iluminaba. Luego le abrieron la puerta. No conocía el nombre del agente, el mismo que le había recibido otras veces, pero en código le llamaban ZG. Como todos los espías, limitaba la conversación a la información precisa, por lo que Bob explicó de inmediato cuanto sabía. Al acabar, su enlace habló con marcado acento de los suburbios de Glasgow.

—Transmitiré su información a Londres. Es importante.

—Quizás podamos salvar el convoy —dijo él sabiendo que era un deseo con pocas posibilidades de materializarse. Su acompañante sonrió levemente.

—Sabe que difícilmente ahuyentaremos al lobo cuando está a punto de caer en la trampa..., no por cuatro ratoncillos —comentó ZG—, pero cosas más raras se han visto... Tal vez esos barcos tengan la fortuna de llevar algún pasajero importante, nunca se sabe..., pero no tenga demasiadas esperanzas. Si no hay un plan para proteger a los barcos, un submarino aliado cerca, o un bombardero, no lo enviarán ahora. Los alemanes se harían demasiadas preguntas. Se cruzarán en un área poco habitual, supongo que el convoy ha elegido la ruta precisamente por eso. Han tenido mala suerte. Nadie debería saber de ese submarino; si atacamos, pondremos toda la operación en peligro. Tenemos que cazar una presa mayor.

—¿Es un submarino?

—Seguro. No tenga ninguna duda.

Se quedaron en silencio unos segundos.

—Lamento no poder darle esperanzas. Esto es una guerra y esos barcos... tendrán que depender de ellos mismos casi con toda seguridad. Siga con su trabajo. Lo está haciendo bien, el MI6 tiene muchas esperanzas depositadas en usted, en la operación. Los rumores de armas secretas que podrían decantar la balanza no cesan. Habrá que ver cuánto es cierto, pero no nos podemos arriesgar. Si el Eje está avanzando en la misma dirección que nosotros, si tienen las mismas líneas de desarrollo abiertas... —calló unos segundos—, sería el desastre.

Durante un par de horas desgranaron la información de algunas de las grabaciones que Pablo había dejado en otro de los pisos, transmitieron el mensaje que Bob había entregado y, al acabar, sin ni un minuto para la cordialidad, Asprey volvió a La Recuesta convencido de lo que iba a pasar.

Tres días después *El Comercio* abría en portada con la noticia de la tragedia: los cuatro barcos habían sido hundidos. El lobo había acabado con facilidad con los ratoncillos.

Así pues, tan solo faltaba un día para que el submarino llegara a Asturias, pero por más que escuchaban las conversaciones que tenían en la casa del jardinero, los alemanes no mencionaban la ubicación, hablando únicamente de «la playa» sin especificar más. Estaba claro que era algo ya organizado antes de su viaje a Asturias.

El día de la llegada la duquesa decidió organizar una comida con el alemán al mando, el capitán Heiderscheidel, al que jamás había conseguido llamar por su nombre correctamente. Informó de ello a Bob y a Pablo.

—Estoy segura de que le sacaremos algo. Ese hombre ya ha cogido confianza, pasea por mi jardín como si fuera suyo y se sienta en mi comedor tan cómodamente como haría en su casa, o más, que a saber qué casa tendrá ese Heidrunkunk —Miró a Pablo y a Bob—, pero quiero estar sola con él. Soy una anciana franquista. La última persona de la que alguien sospecharía... Y sé hacerme la tonta, que es una gran cualidad para que los tontos que se creen listos alardeen de su inexistente inteligencia. Para que se les vaya la lengua. Vosotros dejadme a mí.

—Vaya con cuidado —dijo Bob.

Ella le miró de arriba abajo.

—Señor mío, nosotros ya ganamos nuestra guerra, sin ninguna ayuda por su parte, por cierto.

—Con la de los alemanes —replicó Bob.

—Sí..., eso... No me gusta nada pensar que les debamos nada a esa gente. Tampoco los ojitos que les hace nuestro gobierno..., pero..., en fin..., las guerras las perdemos todos. Solo deseo que esta la den por terminada ustedes y no los nazis. —Se calló un instante—. En cualquier caso, no se preocupe. Soy buena para estas cosas.

—Lo ha demostrado varias veces, puede estar tranquilo —intervino Pablo dirigiéndose a Bob.

—Le sacaré algo a ese Hundertfill, no lo dude —afirmó Ana Argüelles.

A las tres, en ese horario español que los alemanes aún se esforzaban por comprender, la duquesa y el alemán se sentaron en el comedor frente a una ensalada de perdiz y una sopera de fabada que humeaba acogedora. En un rincón, un camarero pegado a la pared sostenía el decantador de vino, mientras en el lado opuesto un segundo vigilaba la mesa.

—El Reich le agradece mucho toda su colaboración, señora duquesa —dijo el alemán—, creemos que tres envíos serán suficientes para no molestarla más, aunque, por supuesto, estoy seguro de que podríamos alargar el negocio con usted más tiempo. En cualquier caso, ya no será conmigo y mi equipo con quien deba tratar.

—Si no se quedan ustedes, cerraré la mina. Yo solo soy una pobre campesina; en el fondo, me gusta el ganado, la tierra... No soy de tecnologías.

—En ese caso, cuando nos vayamos lo dejaremos todo como lo encontramos.

—Solo que con mi Peña Negra algo más aligerada —dijo ella.

—Y sus cuentas más gruesas —replicó él.

—Sí..., aunque mis cuentas... Eso no es importante, llevan algunos siglos sin dar problemas y jamás las he revisado bien. Quiero pensar que alguien avisará cuando escasee lo que hay en ellas. En cualquier caso, lo que aquí hacen ustedes sirve a un bien mayor. A parar el comunismo, a restablecer el orden...

—De eso puede estar segura. Lo que usted ha permitido aquí... puede cambiarlo todo. —Ana deseó que aquello fuera una exageración—. Echaremos de menos esto, es bonito y... —se quedó pensativo y, reflexionando en voz alta, añadió—: sus inviernos... son tan agradables. El cabo Hoffmann, que partirá esta noche, está horrorizado con la perspectiva. No lo dice, pero lo vemos en su cara. Ya se había acostumbrado a esto.

—Entonces ¿se va?

—Sí, Hoffmann viajará con el primer cargamento y se quedará en destino.

—Me gustaría despedirle. Jamás he hablado con él, pero me gustaría darle mi bendición. En esta situación, una nunca sabe cuándo puede ser la última vez que vea a alguien.

—Estoy seguro de que estará muy agradecido.

—Le acompañaré a la casa del jardinero después de comer. Me vendrá bien el paseo —dijo Ana—, mis huesos necesitan actividad sargento Hunderchimp.

El sargento sonrió ante el enésimo nombre inventado que Ana le daba.

—Señora duquesa, la veo en plena forma; es más, si me lo permite, creo que usted aún tiene que dar mucha guerra —rio el alemán.

«Usted no sabe bien cuánta», se dijo Ana mientras continuaban comiendo y hablando de asuntos banales. Creía haber obtenido una buena pista, pero esperaba que la visita de despedida al cabo Hoffmann lo confirmara.

Tras la comida, se cogió del brazo del alemán y lentamente se acercaron al conjunto de construcciones agrícolas y de servicio. Cruzaron el arco del patio y Ana, apoyándose fuertemente en el brazo de su acompañante, subió uno a uno los escalones hasta la entrada a la casa del jardinero. Una vez arriba, se giró para observar el patio desde la altura: «Qué cosa más mona», se dijo satisfecha; luego su mirada se detuvo en los dos pequeños camiones cargados para llevar su wolframio a la playa elegida.

—Ya tienen todo preparado.

—Sí. Se cargó anoche. Hoy, cuando nos avisen de que todo está listo, lo trasladaremos. Esperamos no despertarlos.

—No oiría nada aunque metieran el camión en mi habitación, sargento. No se preocupe lo más mínimo.

El alemán abrió la puerta de la casa y Ana entró despacio, fijándose en todo lo que había allí. Tres soldados trabajaban con mapas en torno a una mesa, mientras un cuarto miraba a la pared frente a una estación radiofónica con unos auriculares grandes en las orejas. En la esquina opuesta, otras dos mesas llenas de papeles esperaban a sus ocupantes. Todos menos el que estaba en la radio se levantaron al verla entrar. La duquesa saludó con la mano diciendo:

—*Guten morgen, guten morgen.* —Aunque ya era entrada la tarde.

—El cabo Hoffmann estará en su habitación —dijo el sargento señalando el pasillo—, por ahí.

Ana avanzó por el pasillo que conocía bien hasta que, al asomarse a una pequeña habitación con dos camas, descubrió a un joven que estaba organizando su equipaje. Calcetines largos, varios jerséis de cuello vuelto y un uniforme de invierno completamente blanco. Justo lo que quería comprobar.

Se acercó al joven con el sargento a la zaga. Le cogió la cara con las dos manos y, ante la estupefacción del cabo, que no sabía si estaba siendo tratado como ídolo en una ceremonia de brujería o si aquella anciana española le estaba lanzando una maldición, Ana rezó un padrenuestro. Luego le hizo la señal de la cruz en la frente, le cogió las manos y, mirándole a los ojos, repitió las únicas palabras que sabía en alemán.

—*Guten morgen*. —Lo miró—. Muy *guten morgen* tenga usted —repitió—, y que Dios le proteja. —Luego se giró, asintió muy solemne al sargento y se fue a paso ligero por donde había venido.

Ana Argüelles entró en el salón de la casona con la respiración entrecortada por el esfuerzo, pero también con la victoria en la cara. Había averiguado muchas cosas y Pablo estaba ya esperando en uno de los sillones para que se las contara. Antes la ayudó a sentarse y le trajo un vaso de agua.

—Jerez, por favor —dijo ella rechazándolo con la mano—, en vaso largo.

Pablo obedeció. La duquesa bebió el líquido a grandes sorbos y dejó el vaso vacío en un velador, junto al sillón floreado donde se había sentado. Respiró profundamente antes de bajar la voz y explicar sus averiguaciones.

—El lugar a donde van... —respiró— está en el norte... —respiró—, mucho... El soldado Hoffmann, que partirá hoy, está metiendo en el equipaje su uniforme blanco.

—Eso es muy interesante. Mucho. Suponíamos que el submarino venía de allí, pues se encontró con el convoy que hundió a una latitud y un paralelo que están en esa ruta, pero no hay nieve en la costa europea hasta Escandinavia...

—Eso he pensado —dijo ella dándose importancia—, y van a cargar el wolframio esta noche.

—Eso ya lo sabíamos —dijo Pablo.

—Calla, ingrato. Les avisará alguien cuando el submarino llegue. Entonces los camiones partirán hacia la playa.

Pablo pensó en voz en alta.

—Entonces alguien irá a esperarlos y, cuando los vea llegar, volverá a La Recuesta a avisar. Apuesto a que usarán el coche pequeño, el Citroën. Los grandes llaman demasiado la atención.

—Pues claro que usarán ese. Solo tendréis que seguirlo para saber dónde se va a cargar el wolframio.

—Haremos lo que habíamos planeado —dijo Pablo—, no podemos seguirlos. Si nos descubren... No hay tantos coches por aquí y los nuestros los conocen. Haremos lo planeado, pero horas antes.

—Eso ya lo has dicho —dijo ella—, dos veces, pero no lo he entendido ninguna de las dos.

—Es mejor así —dijo levantándose—, tengo que ir a ver a Bob, discúlpeme —añadió mientras rápidamente abandonaba el salón.

La duquesa se quedó en su sillón mirándole con cara de odio. Quería estar metida en todo y, sin embargo, no tenía fuerzas para perseguir al joven. Le vio partir, indignada, pero satisfecha al comprobar la relevancia de la información que había conseguido.

En el jardín, Pablo pasó junto a Bob, que rastrillaba la grava del camino bajo un fresno, encendió un cigarrillo y lo apagó tras dos bocanadas. Luego se fue al guadarnés y lo esperó. No tardó demasiado en oír la puerta chirriar y en tener al inglés frente a él.

—¿Qué ha averiguado la duquesa?

Pablo se lo contó todo sin interrupciones del inglés, que sonreía a medida que le revelaba los detalles. Al acabar, se mostró encantado.

—Esa mujer ha conseguido lo mismo en una comida que yo en semanas de escuchas. Hay que sabotear el Citroën. Luego lo seguiremos. Tú te quedarás en La Recuesta, yo me esconderé en la playa y espiaré el proceso de carga. Luego iré a informar a nuestro enlace en Gijón, que deberá alertar de que el submarino va a recalar en algún lugar de Escandinavia. Finalmente tenemos algo, no sabemos qué diantres es la luna española de la que hablan en todas las conversaciones, pero... tenemos algo. Prepárate para sabotear el coche.

No iban a sabotear el Citroën. Al menos no del todo. Los coches se guardaban en una cochera a unos metros del patio y los graneros, invisible desde la casa del jardinero. La idea poco sofisticada e infantil de Pablo era la siguiente: agujerearían el cárter del vehículo, de forma que este perdiera aceite poco a poco dejando un rastro que pudieran seguir por la carretera. El catalán había dicho que era una idea poco sofisticada e infantil, y tenía razón, porque las gotitas que dejaría el coche, imperceptibles para los que no las buscaran sobre el asfalto, estaban inspiradas en las migas que dejaron a su paso Hansel y Gretel en el cuento homónimo, aunque esperaban que fueran más efectivas.

En cuanto anocheció, Pablo fue a la cochera y se deslizó debajo del Citroën. Entretanto, Bob se quedó vigilando en la puerta del patio con el ojo puesto en la entrada de la casa del jardinero, asegurándose de poder avisar al catalán si alguien salía de allí. La operación consistió en unos cuantos golpes sincronizados con el ruido del campanario de la cercana parroquia de Somió y en el trabajo silencioso del berbiquí con el que Pablo acabó de hacer un pequeño agujero. Cuando los alemanes descubrieran que había un agujero en el cárter, verían los golpes y supondrían que una piedra había provocado la avería. Un par de gotas cayeron sobre él, lo bastante grandes para ser vistas en el asfalto por quien las buscara, lo bastante pequeñas para que no provocaran la avería en el motor antes de que el coche fuera y volviera de la misteriosa playa.

Todo estaba en marcha.

A última hora de la tarde, Bob se acercó a la playa de San Pedro, una de las más cercanas a la de la Concha de Artedo. Las gotas de aceite lo guiaron sin posibilidad de pérdida. Cuando ya se oía el monótono rumor del mar, se separó del camino y se agazapó entre los pinos, donde enseguida distinguió al hombre que le había precedido colocado en uno de los acantilados del otro extremo de la playa, mirando hacia el mar con unos prismáticos. Se estaba haciendo rápidamente de noche y la playa ya estaba oscura, pese a que en los prados aún había cierta claridad y algunas lomas se doraban con los últimos rayos del día. El Cantábrico de noche siempre le parecía un poco siniestro, igual que el mar de su Inglaterra natal, pero por lo menos aquel día estaba en calma, quizás cogiendo fuerzas para la siguiente marejada. Sus aguas se ennegrecían por momentos. Ya no se veía las manos cuando, desde donde estaba, el alemán empezó a hacer señales luminosas hacia el mar. Bob miró el horizonte tratando de distinguir algo en aquella negrura que a veces plateaba un poco con el brillo de la luna. Escrutó el panorama durante varios minutos hasta que, desde apenas doscientos metros mar adentro, una señal luminosa respondió a las de tierra. La comunicación se extendió apenas unos minutos. Luego escuchó el Citroën ponerse en marcha y volver por donde había venido.

Se quedó allí, con la mirada fija en el submarino que intuía pero no veía, sabiendo que no tardaría demasiado en ver aparecer los camiones con el wolframio. Había calculado que los alemanes llevarían alrededor de diez toneladas en aquel primer viaje, lo que obligaba a que el submarino fuera grande no por el espacio, pues tal cantidad del metal ocupaba poco, sino por el peso, que debían distribuir adecuadamente dentro del buque. Pasadas las dos de la madrugada, tras esperar más de lo que había previsto, oyó el rumor de dos camiones imponerse sobre el del mar y la luz intermitente de los vehículos se coló entre los árboles de la mancha boscosa en la que él se escondía. Delante, guiándoles, el Citroën lo rebasó hasta pisar la arena de la playa y lo mismo hicieron los camiones, que se adentraron aún más, colocándose de espaldas al agua, con la carga prácticamente mojándose en ella. Enseguida, un hombre de cada uno de los camiones encendió un potente foco hacia el mar. Entonces lo vio.

No era la primera vez que observaba un submarino de la clase IX, que habían sido construidos para la Kriegsmarine en los astilleros de Bremen, pero una vez más le impresionó su presencia, que incluso de noche y camuflado entre la negrura algo matizada por los focos era imponente. Estrecho y largo, setenta y seis metros de eslora nada menos por casi siete de manga, su acoso a los barcos enemigos hacía que submarinos como aquel estuvieran en las pesadillas de todos los que navegaban el Atlántico. Atacaban de noche, y gracias a sus seis lanzatorpedos y su capacidad de almacenaje de munición, era difícil verlos desistir de sus presas, como los leones, hasta que estas se perdían en el fondo del océano. Incluso cuando se acababan los torpedos, aún tenían un potente cañón exterior.

Navegaban mayoritariamente en superficie, pues su autonomía en el exterior, propulsados por sus motores diésel, era en algunos modelos de más de treinta mil kilómetros, mientras sumergidos no alcanzaban los trescientos. Bob siempre había pensado que eran la herramienta más temible del enemigo y muchos secundaban su opinión.

En el agua ya había preparadas varias barcazas neumáticas, seis en total, y otras tres, repletas de soldados, aparecieron enseguida para ayudar.

Lo habían preparado todo. Unas rampas permitían que el wolframio se deslizara directamente desde los camiones hasta las barcas, donde los hombres ayudaban a colocarlo ordenadamente. El mineral pesaba tanto que, aún cuando cada una de las barcas parecía prácticamente vacía, sus líneas de flotación rápidamente se hundían, de forma que Bob supo que tendrían que hacer, incluso con nueve embarcaciones, varios viajes. Con todo, tuvo que reconocer que el enemigo era organizado y allá donde otros hubieran dirigido a gritos, en aquella playa todo el mundo tenía la lección aprendida y sabía bien qué era lo que tenía que hacer.

Desconocía qué era lo que obtendría, pero hizo fotos a todo lo que pudo, especialmente a los oficiales que pisaron la playa, que en cuanto se acercaban a alguno de los focos quedaban inmortalizados. Si en Londres conseguían identificar a alguno, tendrían más pistas sobre qué era exactamente lo que tramaban los nazis y cuál era el destino de aquel viaje secreto. A las dos horas, el material estaba cargado, los hombres desaparecieron y el submarino se hundió para alejarse discretamente del lugar.

La operación había sido un éxito.

También para los aliados.

39

Dos sucesos aplazaron la marcha de José Manuel de Potsdam. Había previsto volver a Barcelona poco después de haber hablado con Otto, de haberle comunicado que sabía que era informador y que podía dejar de temer a su mujer. La reacción del hombre había sido de indignación, como era lógico. Era la indignación que surgía del miedo, del terror, de haber arriesgado y de pronto saber que más personas conocían su secreto. De sentirse en peligro. Heidi le había dicho a José Manuel que quizás, cuando Otto se serenase, en función del curso de la guerra, volviera a colaborar, pero el español no podía esperar eternamente, así que, en su cabeza, empezó a prepararse para la vuelta a su país.

En su cabeza.

En su corazón, todo había cambiado. Heidi y él habían prometido que se amarían solo una noche, pero lo cierto era que cada día que pasaba con ella, cada hora, la tensión sexual entre ellos era tan evidente que le era difícil creer que fueran a aguantar mucho más tiempo. Se querían y se deseaban, estaban enamorados y pretender que no era así solo abonaba aquel terreno. Su amor olía a peligro, lo que lo hacía más intenso aún. Cada vez que casualmente se rozaban, cada vez que sus miradas se cruzaban, apartaban los ojos, las manos, todo lo que pudiera hacer que cayeran de nuevo en brazos del otro y arriesgaran la importante misión que llevaban a cabo. Intentaban centrarse en un trabajo que podrían haber hecho cada uno desde su país como excusa para pasar rato juntos, como si aquellas migajas pudieran saciar el hambre que sentían. Ese fue el motivo inicial por el que José Manuel retrasó su partida. Luego vino un segundo.

Estaba al corriente de todo lo que acaecía en La Recuesta, donde el primer envío de wolframio ya estaba de camino a un lugar desconocido, probablemente de Escandinavia. Le informaban a través de su fábrica, adonde su hermano Pablo mandaba mensajes que luego le enviaban a él camuflados en anécdotas familiares banales y un argot que solo ellos entendían. Heidi también le informaba puntualmente de lo que averiguaban sus contactos, centrando sus esfuerzos en conocer a dónde se llevaba aquel metal, dónde estaba aquella base secreta. Habían hablado sobre la mencionada luna española, pero, sin saber a qué se refería la expresión, dejaron de darle vueltas y rezaron por que no fuera importante.

Otto no era el único que le había hablado de armas secretas. Otras conversaciones de la élite alemana a menudo versaban también sobre armas nuevas y poderosas que se estaban probando en lugares remotos y ultrasecretos y que decantarían la guerra para gloria del Reich y su Führer.

Como con toda la información de aquella época, era difícil discernir lo que era real de lo que era una aspiración o simple propaganda, pero lo cierto era que ellos sabían que los alemanes se habían tomado muchas molestias para conseguir wolframio de una fuente discreta y enviarlo con el máximo sigilo a un lugar desconocido, lo cual reforzaba la idea de que podía haber algo real tras aquellos rumores.

Había acabado de cenar solo y la noche se presentaba desapacible tras un día que también lo había sido. Los Kutz, que seguían sirviéndole silenciosamente, habían recogido la mesa y se habían ido a dormir, así que el silencio era total, tanto que se decidió a poner un disco y servirse una copa de vino para amainar un poco su soledad. Enseguida la voz rota de Edith Piaf dio banda sonora a la tormenta de rayos y lluvia que se veía desde las ventanas de Villa Kreisler. A los nazis les gustaba aquella cantante francesa y a él también. Actuaba en muchos clubes del París ocupado y había realizado conciertos en Berlín, pero José Manuel no había podido verla en directo aún, «quizás después de la guerra», se dijo, aunque «después de la guerra» era una expresión que intentaba evitar. Nunca se sabía.

No escuchó la cerradura de la puerta principal girar, ni aquella al abrirse, así que se sobresaltó cuando, al darse la vuelta, apoyada en una pared, Heidi le observaba con los brazos cruzados, envuelta en un chubasquero abierto que goteaba sobre el suelo de roble.

—¿Edith Piaf, eh? A mí también me gusta —dijo la alemana mientras se quitaba el chubasquero y se alejaba para meterlo en un armario de la entrada. Luego fue hacia él.

—No te esperaba. —No, no la esperaba, pero era una agradabilísima sorpresa que, además, le hacía pensar en lo que tal vez podría pasar luego.

—Tengo noticias. Buenas por lo que vuelve a empezar; malas por lo que significan.

—Te escucho —dijo él yendo a cerrar las puertas correderas del salón. Heidi se sentó en un sillón y él lo hizo a su lado.

—Otto von Strutt ha vuelto a ponerse en contacto. Estaba segura de que lo haría y es una excelente noticia. Lo malo es lo que le ha impulsado a hacerlo. ¿Sabes algo sobre gases propulsores?

—No. El ingeniero es mi hermano —respondió José Manuel.

—Claro —dijo ella casi contenta de encontrar un defecto al hombre del que se había enamorado—. Atiende: hace tiempo que los nazis traman la manera de hacer que sus cohetes tengan mayor alcance. Los actuales tiene poca precisión y, sobre todo, poco alcance; pueden bombardear Londres, pero llegar al otro lado del Atlántico..., a Estados Unidos, lo cambiaría todo, así que grandes esfuerzos de investigación militar están centrados en esto. Sabemos que están desarrollando motores que alcanzan velocidades que nuestros aviones no pueden igualar. Sueñan con bombardear Nueva York, meter el miedo en los tranquilos americanos, que, a miles de kilómetros, no ven los dientes de los nazis y no los temen como hacemos los europeos. El caso es que, hace unos días, Otto se reunió en su fábrica con otros colegas, químicos como él. La tarde se alargó y tomaron algunas copas, las suficientes como para que a uno de ellos se le calentara la boca y hablara más de la cuenta.

—¿Y? —preguntó ansioso José Manuel.

—Habló de que su empresa estaba ultimando un gas que sería el combustible perfecto para los cohetes. Los cohetes V, que son los que está desarrollando el ejército. Alardeó de que su descubrimiento cambiaría el curso de la guerra, ya que daría un alcance nunca visto a dichos cohetes.

—Esa será el arma secreta de la que todos rumorean —apuntó él.

—Una de ellas por lo menos. También puede ser una fanfarronería; quiero decir, que el gas propulsor esté en periodo de pruebas y aún no haya nada claro, pero hay que averiguarlo. Y hay más. Puestos en alerta sobre la situación, se intensificaron las escuchas en la empresa que podría producirlo, y ayer, en una de ellas surgió una expresión que conocemos.

—Luna española.

—Sí. Hay que averiguar qué demonios es eso. Puede ser un agente, una operación, un vehículo..., cualquier cosa, pero parece claro que es algo importante.

—En Asturias dijeron que partirían después de la luna española.

—Estuve pensando en eso. Los aliados lo tradujeron como *después* de la luna española, pero *nach*, que fue la preposición que quedó grabada en la escucha, en mi idioma puede significar *después*, *detrás*, *a* o incluso *hacia*. Es decir, puede que estemos hablando de muchas cosas.

—¿Le habéis preguntado a Otto?

—Sí, lo hicimos, pero no tiene ni idea de a qué puede referirse. Sugirió que fuera el nombre de un cohete, pero esa es solo una hipótesis más. Creemos que algunas de las personas que pronuncian la expresión solo lo hacen como si fuera el nombre de la operación. No saben qué significa, igual que nosotros. Tienes que hablar con Asturias. Tenemos que conseguir esa información como sea, diles que se centren en eso, aquí estamos con lo mismo. Tú deberías ir a España si crees que puedes encontrar la información. Al fin y al cabo, el único espía en tu casa eres tú, ¿no es así?

—Así es.

—Pues piénsalo. No puedes quedarte aquí eternamente.

—No, si no quieres —dijo él. Ella calló, así que José Manuel cambió de tema con una idea nueva—. Cojamos un atlas. Sabemos que el wolframio de Asturias llegará a un lugar nevado, del norte, con acceso al mar, idealmente con una ensenada o un puerto o algún lugar donde un submarino pueda descargar fácilmente.

—Hay un atlas en la biblioteca, lo ojeo a menudo —le dijo ella, algo aliviada, ya que mientras hablaban de la misión y de la luna española no lo hacían sobre ellos.

Se levantaron para ir a la biblioteca y Heidi fue en busca del atlas. Lo abrieron sobre la mesa del escritorio por un mapa de Europa.

—Supongamos que a partir de aquí encontrásemos nieve al borde del mar —dijo José Manuel, lápiz en mano, dibujando una raya aproximadamente a la altura de Hamburgo.

—Supongamos —repitió Heidi.

—Bien, descartemos todas las zonas muy pobladas. Si estamos buscando una base secreta, es de suponer que esté alejada de lugares de mucho paso, que siempre son los más vigilados.

—El wolframio va por debajo del agua, recuérdalo...

—Lo recuerdo: una vez sumergido, es prácticamente indetectable, pero cuando emerge debe hacerlo en un lugar escondido. Un fiordo, una cueva...

—¿Escandinavia?

—Por ejemplo. Mejor aún si es la costa atlántica, ya que no tiene tanta vigilancia como la entrada al Báltico. Busquemos en la costa de Noruega o Dinamarca, en el mar del Norte. Suecia es neutral, así que la descartamos. También por lógica debería ser más fácil esconderse en la costa noruega, que es más extensa, ¿no?

De pie, hombro con hombro, apoyados sobre la mesa, empezaron a pasar el dedo por encima de la costa. Apuntaban cada una de las localizaciones alejadas de núcleos de población y accesibles por mar que encontraban, sabiendo que probablemente estuvieran pasando por alto la correcta. Luego acudían a una enciclopedia en busca de información sobre cada lugar. La mayoría de los nombres apuntados en aquella hoja eran pequeñas aldeas, colinas, islas y calas sin ninguna importancia y la información que había sobre ellas era escasa.

Cuando empezaron a lagrimear, ya de madrugada, José Manuel fue a buscar café y se sentaron para descansar. Edith Piaf se había ido a dormir hacía rato, pero la tormenta seguía arreciando en el exterior, haciendo que de vez en cuando temblaran las ventanas mojadas por la lluvia y que los relámpagos iluminaran intermitentemente las estancias y los árboles del exterior.

—No te puedes ir con este temporal.

Ella le sonrió levantando una ceja.

—Claro que puedo. Y lo haré.

—Ya, dijimos una vez nada más, lo recuerdo.

—Eso dijimos. Primero el trabajo. Encuentra esa base secreta.

José Manuel la miró. Luego cogió el atlas, paso el extremo del lápiz por sus labios y mientras lo observaba habló en alto.

—La luna española... ¿A qué hora se pone el sol en Asturias?

—Ya lo pensamos. El cargamento se metió en el submarino cuando la noche estaba avanzada. No creemos que estén hablando de una franja horaria.

—Diantre —dijo José Manuel mirando de nuevo el atlas. Sus ojos estaban fijos en la zona de Bergen, con sus grandes fiordos. Luego se le ocurrió algo—: ¿Tenemos un compás?

—Espera. —Heidi se levantó y la oyó andar a paso ligero. Enseguida volvió con uno—. ¿Algo más? —dijo sonriendo. José Manuel evitó decir lo obvio.

—Mira. Esto son 150 kilómetros —dijo abriendo el compás—. ¿Sabes dónde están los aeródromos noruegos?

—Sí, claro.

—Haz un círculo alrededor de ellos. —Heidi hizo lo que le pedía—. Bien. Estamos buscando una base secreta en la que construir un arma. Un cohete.

—Claro.

—Así que buscamos un lugar cercano a un aeródromo al que puedan llegar los altos mandos, con un fondo suficiente para esconder un submarino y un espacio al que un barco pueda acercarse sin necesidad de recorrer un largo fiordo.

—Si tuviera que hacer una base para fabricar armas, tampoco la haría demasiado lejos de una conexión con Narvik.

—¿Narvik? —preguntó el español.

—Es el principal puerto donde se embarca el hierro.

—Claro. Necesitan hierro. El wolframio necesariamente tiene que venir de España, pero el hierro sueco se embarca allí...

El atlas cada vez tenía más marcas, pero estas señalaban bien algunas zonas. Sus miradas se posaron en la ciudad de Stavanger, que, al principio de un fiordo y conectada por carretera con el norte, era la cuarta ciudad más poblada de Noruega; es decir, muy poco poblada, pero contaba con un aeródromo, el de Sola, a pocos kilómetros.

—Una isla cerca de ahí sería perfecta —apuntó José Manuel.

—Esta —señaló Heidi posando su dedo sobre un pequeño archipiélago.

—Demasiado pequeña. Esta otra sería mejor —dijo señalando el mapa—: Utsira —leyó—. Podría ser.

—Podría ser cualquiera —dijo ella cansada. Eran ya las tres de la madrugada y seguían dando palos de ciego, pero José Manuel se había quedado mirando fijamente un punto.

—Mira aquí —le dijo una sola vez, casi susurrando—, lee esto.

—Spaansholmane—leyó Heidi sobre un pequeño islote al sur del que habían señalado hacía unos minutos. Se miraron el uno al otro—. Esto suena muy parecido a... Necesitamos un diccionario de noruego... —dijo ella sonriendo—, pero pondría la mano en el fuego a que acabamos de encontrar la luna española.

Se levantó y fue a paso ligero hacia la puerta.

—Volveré en un rato —dijo antes de salir.

Mientras esperaba, Jose Manuel durmió intermitentemente por lo menos tres horas, alternando la ansiedad y la ilusión con el cansancio, como un niño la noche de Reyes, hasta que sin saber bien por qué abrió los ojos a la claridad incipiente que entraba por sus ventanas, la misma claridad que dibujaba el perfil del cuerpo de Heidi, sentada sobre la cama, mirándole. Había ternura en su cara, similar a la que habría tenido al ver dormir a un bebé, pero en cuanto se dio cuenta de que él la miraba, rápidamente cambió la expresión a la otra, seria y fría, que solía tener. José Manuel se incorporó un poco apoyando su espalda en el cabecero tapizado de la cama. La habría desnudado en aquel instante si hubiera podido, y presentía que ella lo ansiaba tanto como él, pero Heidi estaba allí para otra cosa, más importante para el mundo y, en su egoísmo, mucho menos importante para él.

—Spaansholmane no tiene traducción como tal.

—Vaya —dijo él—, de todas formas convendría...

—Espera. Si partimos la palabra... *spaansh*, significa español... y *mane* luna. La sílaba de en medio es la que le resta todo el significado a la palabra. De no ser por ello, probablemente nos hubiéramos fijado en la isla antes.

—Entonces tiene muy buena pinta... no puede ser una casualidad. ¿Qué quieren hacer?

—Quieren que un equipo vaya a Noruega a averiguar qué es lo que pasa en esa isla. Nunca ha estado habitada, así que la mínima señal de presencia humana en Spaansholmane servirá de confirmación.

—Tiene sentido.

—El mando del servicio secreto dijo que buscarían a alguien para la misión, pero les he convencido de que no lo hagan. Sería mejor un extranjero que ya haya demostrado fidelidad al Reich, alguien con excusas para reunirse en Noruega con otros empresarios, o valorar hacer tratos con una u otra industria.

—Heidi... —dijo él al intuir el camino que la espía sugería.

—Siempre dices que te gustan las misiones con poca gente. Actuar por libre.

—Siempre he actuado así.

—Pues hazlo otra vez. Podemos buscar una excusa para que vayas a Noruega. Podemos tramar algo bien hecho, una reunión con algún empresario, algo así. En Noruega todo está de paso, o casi. Quiero decir que, si tuvieras una reunión en Oslo y a los pocos días otra en Bergen, estarías obligado a recorrer un buen trecho de costa, a pasar por muchas localidades. A parar a hacer noche a mitad de camino: nadie sospecharía.

—A parar por ejemplo en..., ¿cómo era?

—En Stavanger o Akrehamn. Cerca de Spaansholmane. Tendría todo el sentido. Lo harías aunque no hubiera ninguna intención en ello más que descansar —dijo Heidi mientras se le iluminaba la cara—. Oh, vamos, esta operación puede cambiar el curso de la guerra... y sabes que no es complicada. Tan solo tienes que ir allí, comprobar si hay vida en la isla, averiguar cuatro datos, vigilar las entradas y salidas... y volver. No te llevará más de dos o tres días.

—Tendremos que buscar una excusa para que mi descanso en el trayecto dure tres días.

—Los coches se estropean.

—Sí.

—El tuyo se estropeará. Buscaremos un taller en Stavanger. José Manuel, hazlo.

José Manuel ya había aceptado, pero era un espía con espíritu comercial catalán, que aprovechaba cualquier oportunidad para negociar. Decidió que sacaría algo de aquello.

—Tengo dos condiciones —dijo muy serio, aunque por dentro quería sonreír.

—Te escucho.

—La primera es que vengas conmigo. Ningún empresario viaja sin su secretaria y tú llevas meses pretendiendo ser la mía.

—Eso tendré que hablarlo con...

—Con quien quieras, pero seré inflexible. No iré solo a Noruega.

Ella le miró a los ojos intentando adivinar sus verdaderas intenciones, intentado asegurarse de que aquello no era un plan maquiavélico para seducirla una vez más.

—Bueno, lo consultaré. Pero digamos que acepto y que me permiten acompañarte. ¿Cuál es la segunda condición?

José Manuel se acercó un poco, luego inclinó la cara dejándola a tan solo unos dedos de distancia de la de ella, mirándola a los ojos, que devolvían la mirada hipnotizados, sin pestañear ni apartarse.

—La segunda condición es que lo celebremos —dijo susurrando antes de besarla en los labios.

40

Hilda había perdido el miedo a morir al mismo tiempo que había perdido las ganas de vivir y la esperanza en que su existencia fuera a mejorar, pero el niño lo había cambiado todo y a menudo soñaba con pasear con él por las calles de Barcelona, enseñarle los lugares de su infancia, subirle a los burros del lago de Puigcerdá o descubrir juntos el parque de atracciones del Tibidabo. Todo tendría que esperar y ella, sobrevivir.

Era más fácil arriesgar cuando no había nada que perder. Era más sencillo ser incauta y actuar impulsivamente pensando solo en el presente. Eso había hecho, había sido incauta, y por eso sentía el hocico de Bergen cada vez más cerca de su nuca. Se había sentado en un rincón del jardín, al final de una avenida cerrada por setos bien recortados, que cada poco enmarcaban bustos de los diferentes condes de Fallstein en un lado y de sus condesas en el opuesto, «igual que en el Panteón Real del Escorial» le había dicho a su marido cuando lo vio por primera vez, «solo que esto no es una tumba», había recalcado. Aquel día ya no estaba tan segura de que el terreno que pisaba no fuera a ser su tumba y mientras observaba al pequeño Ernst seguir a uno de los perros a pocos metros de ella, una figura vestida de negro contribuyó a que aquellos pensamientos se acentuaran. Se acercaba lentamente, parándose en alguno de los bustos brevemente para seguir andando hacia ella.

Bergen. Odiaba a aquel tipo más que a nadie. Le hubiera odiado con solo verle, pues sus ojos, su piel, su aspecto amanerado y sus movimientos felinos irradiaban una electricidad venenosa que le revolvía el estómago. Las breves conversaciones que habían tenido y el espionaje que ella misma realizaba a través de la mirilla secreta por la que observaba su habitación habían sumado a aquel odio un profundo asco. Cada vez que lo veía vestido lo recordaba desnudo, tocándose y mancillando una habitación de la que tenía previsto quemar cada mueble en cuanto el mayor de la SD se fuera de una vez de Fallstein.

Pero no se iba. No daba ninguna señal de ir a hacerlo, razón por la que ella ocupaba los salones en los que esperaba no cruzarse con él, cambiaba horarios y cuando, lamentablemente, se veía obligada a comer o cenar con su invitado, pedía un menú escueto para poder acabar pronto. Hubiera muerto de hambre antes de ver cómo aquel hombre se metía y sacaba los alimentos de la boca, como chupaba los cubiertos enseñando su lengua rosada, como cogía el pan en pequeñas migas con sus manos alargadas.

Bergen se sentó en el mismo banco, casi pegado a ella. Hilda se apartó un poco.

—¿Ha dormido bien? —dijo Hilda rompiendo el hielo.

—Sí. —La miró—. Su cama es deliciosa.

Hilda sintió que vomitaría allí mismo. Bergen dormía desnudo y se tocaba con deseo cada noche. Incluso había orinado en una de las paredes. Ella lo observaba esperando poder averiguar algo sobre la investigación que le había llevado allí, que el asco mereciera la pena, pero jamás lo hacía.

—Me alegro de que esté cómodo.

—Lo estoy. Y la investigación avanza por buen camino.

—Eso es una buena noticia —dijo ella deseando que no fuera cierto.

—No para todos —siseó él como una serpiente.

—No le comprendo.

—Quiero decir que no es una buena noticia para la persona que va a ser descubierta, por supuesto. Acabará en un campo, si no la fusilan antes, cosa más que probable.

—Por supuesto. Los asesinos deben ser castigados —opinó ella esforzándose por parecer tranquila.

—Sin duda. Pero me gustaría saber un poco más. Siempre es interesante saber las motivaciones y las asociaciones de cada cual. Un criminal, incluso cuando actúa solo, a menudo tiene colaboradores, cómplices, gente que conoce sus actos y los oculta, ya me entiende.

—En cualquier caso, me alegro de que su estancia en Fallstein le haya ayudado en algo a resolver el crimen.

—Sí. Lo ha hecho. —La miró a los ojos—. Mucho.

Hilda vio de nuevo el odio en aquellos ojos y no pudo evitar apartar los suyos.

—Estoy descuidando a Ernst —se excusó—, debo irme.

El niño jugaba al final de la avenida, a la vista, pero convenientemente alejado.

—Vaya con él —le permitió Bergen—, los niños deben estar con sus madres..., al menos el tiempo que puedan.

Hilda quiso creer que la coletilla hacía referencia a la madre biológica del niño. Bergen sabía que había sido robado a una familia del este.

—Espero que encuentre pronto al asesino —mintió ella—, aunque echaremos de menos su compañía por aquí.

—Estoy seguro de que *la* encontraré —respondió él sentado en el banco, con las manos entrelazadas entre las piernas.

Hilda creyó que se desmayaría. Estaba aterrorizada. Cogió al niño de la mano y cuando escapó de la vista del SD se lo llevó rápidamente al interior del castillo, donde subió las escaleras hasta su habitación, cerró la puerta asustada y apoyó la espalda contra ella con la respiración entrecortada. Cogió a Ernst en brazos y se tumbó con él en la cama, abrazándolo con fuerza. El niño, que parecía comprender, se quedó en silencio. Hilda le decía a Bruno Lippe que Ernst era su quitapenas. Lo abrazó y pegó su cabeza a la de él deseando que fuera también su quitamiedos. Al rato, un poco más serena, mandó llamar a Bruno. Su hombre de confianza apareció enseguida.

—Me ha descubierto —dijo ella sin rodeos.

—¿Cómo lo sabe?

—Prácticamente me lo ha dicho. Supongo que avisará en cuanto pueda. Vendrán a detenerme.

—Puede que lo haya dejado caer para ver cómo reacciona.

—Puede. Pero... todo esto me da muy mala espina. No sé qué hacer.

—De momento, no haga nada. Vigilaré a Bergen.

—Si llama, estoy perdida.

Bruno pensó unos segundos.

—No lo hará. Ahora mismo cortaré el cable. Tendrá que ir a Múnich si quiere avisar. Pero si estamos seguros de que va a denunciarla, puedo deshacerme de él, aquí, en Fallstein.

Hilda ya no se asombraba de la facilidad con la que personas normales hablaban de matar. Maldita guerra.

—No. No podemos matarle aquí. Todo el mundo sabe que está en el castillo..., el mayor Bergen es una persona conocida, un hombre muy valorado en la SD. Que desaparezca en Burg Fallstein pondría el foco sobre nosotros. Si vamos a acabar con él tendremos que hacerlo en Múnich, o lo más lejos posible de aquí.

—Si va a Múnich organizará su detención nada más llegar. Habrá que matarlo cuanto antes. Antes de que la denuncie.

—Sí, Bruno...

—Yo le mataré. No se preocupe.

—No tiene que hacerlo.

—Usted lo ha dado todo por mí, se lo debo. Lo haré gustoso.

Se miraron unos segundos. Bruno era la mejor persona que había conocido. Había mucha buena gente en aquel país, pero ninguna vivía en Burg Fallstein.

—Cortaré el cable ahora mismo. Luego decidiremos qué hacer.

—Bruno, siento el peso de ese hombre sobre mi espalda. Nunca pensé que tendría tanto miedo.

—Señora, haga como las águilas. También a ellas se les suben los cuervos a la espalda y las picotean, pero ellas los ignoran, tan solo elevan el vuelo hasta su altura, aquella en la que los cuervos no pueden respirar. Allí vuelven a volar solas.

—En mi caso, tendré que bajar a su nivel..., pero ojalá pueda estar lejos de personas así muy pronto... —dijo Hilda, bloqueada por los acontecimientos. Miró al lado, donde Ernst jugaba con un cochecito. Tenía que escapar de Alemania cuanto antes si no quería que aquel ambiente acabara por contagiar a la criatura. Respiró profundamente—. De acuerdo. Corte el cable.

El mayor Bergen se quedó aún una hora en el mismo banco en el que había aterrorizado a la condesa de Fallstein. Le gustaba ese lugar, ese castillo, tan puramente ario, tan arraigado a la tierra alemana.

También le gustaba la idea de limpiarlo, de dejarlo libre de una española que mataba alemanes. Por suerte, Harald Fallstein no había tenido hijos con aquella mujer. Quizás los tuviera con su siguiente mujer, pues pronto sería viudo. Fusilarían a aquella señora con toda seguridad, pero estaba deseando proceder a los prolegómenos de ese momento álgido. La tortura. A veces la aplicaba por mera diversión, además de por castigar a los criminales, pues sabía que no cabía extraer información de la persona en cuestión. La condesa probablemente actuara sola y sus motivaciones sin duda eran las de acabar con los prominentes nazis con los que había coincidido en la fiesta de Sofia Maeckelberg. Tal vez no hubiera más, pero ya tramaba cómo hacer que su trance hacia el infierno no fuera ni rápido ni indoloro ni digno. La desnudaría, la ataría a una silla, o quizás a una mesa, y haría que se sintiera humillada. Eso al principio. Luego añadiría el dolor a la ecuación. Había inventado una serie de artilugios maravillosamente diseñados para ser introducidos por cada uno de los orificios del cuerpo humano y destruirlo por dentro, provocando un dolor que sabía inmenso y que atestiguaban cada uno de los gritos que sus torturados proferían. Ni siquiera eran del todo gritos de dolor, se decía a veces, eran de algo más fuerte. No morían, no aún. Los mantenía vivos varios días combinando una tortura con otra, alternándolas en una composición depurada, de forma que el miedo no desapareciera en ningún momento y el protagonista de sus cuidados no supiera nunca lo que cada nueva hora le depararía. Ahogaba, azotaba, arrancaba... y violaba también, claro que sí.

Todo eso le esperaba a la condesa. No escaparía, pues sería tanto como reconocer lo que había hecho. La angustia hasta que la vinieran a buscar sería otro castigo. Algunos días se levantaría pensando que se había librado, pero otros miraría por la ventana rezando por no ver aparecer los coches de la SD. Todo le provocaba tremendo placer.

Se levantó y se encaminó hacia el castillo subiendo una a una las terrazas ajardinadas de su entorno, con los árboles, fuentes y estatuas cubiertos de nieve, pero con los caminos convenientemente limpios para pasear. Bonito lugar, mucho más que los que pronto conocería Hilda Fallstein.

Entró en el edificio y se dirigió al teléfono, colocado en una cabina acristalada en el vestíbulo del segundo piso. Siempre había una persona sentada cerca, un criado que se ocupaba de descolgar el auricular cuando el aparato sonaba y llamar a la persona requerida. Sonaba poco, cuatro o cinco veces a la semana a lo sumo, y se usaba también muy poco, pero era un prodigio que les permitía mantener la conexión con el exterior en aquella finca encajonada entre los Alpes bávaros.

Se acercó a la cabina y entró sin avisar ante la atenta mirada del criado uniformado, que enseguida le sirvió un vaso de agua. Descolgó el auricular y esperó la señal, pero no oyó ninguna. Pulsó varias veces el aparato esperando oír a la operadora al otro lado, pero el silencio era total, ni un solo ruido ni interferencia alguna. Se volvió hacia el criado.

—No funciona —le dijo tendiéndole el auricular.

El criado se acercó, lo cogió y se lo puso en el oído. Luego tocó el teléfono varias veces.

—No soy experto. Tan solo estoy a cargo de las llamadas —dijo humilde.

—¿Cuándo realizaron la última comunicación? —preguntó Bergen enfadado.

—Está anotada aquí —dijo revisando su libreta—. El señor Fritz, el mayordomo, llamó a Múnich hace dos días a *herr* Hochner, el tapicero. Desde entonces nadie ha usado el teléfono ni hemos recibido ninguna comunicación. El año pasado, tras una tormenta de nieve, quedamos incomunicados al caer un árbol sobre la línea. Supongo que habrá pasado lo mismo.

—Supongo que sí —dijo Bergen sin sospechar que había sido saboteada hacía escasos minutos—. Supongo que sí —repitió.

Tendría que ir a Múnich, lo cual era un engorro, aunque el motivo compensase sobradamente el desplazamiento. Tendría que pedir el coche una vez más, así que fue a su habitación y, desde allí, ordenó lo que deseaba. Al día siguiente, tras el desayuno, iría a la comisaría a informar de lo que había averiguado, más que suficiente para que Hilda Fallstein no volviera a pasear por ninguna de las estancias de su castillo.

La petición fue trasladada a la condesa, que, por segunda vez en el día, hizo llamar a Bruno Lippe. Él también había sido informado y llegó con un plan.

—En cuanto se suba, sabré si nos dirigimos a la comisaría. Si es así, encontraré la forma de que nunca llegue allí y buscaré cómo deshacerme del cadáver —propuso.

—No puede desaparecer —dijo Hilda—, si lo hace tendremos a toda la SD o la Gestapo aquí.

—¿Se le ocurre algo?

Hilda meditó la respuesta a aquella pregunta. Sentía que la oscuridad se cernía sobre ella y no sabía cómo evitarlo, pero tenía algunas cosas claras.

—Podría aparecer muerto en un callejón de Múnich, o mejor aún, en su habitación de hotel. Podría haberse suicidado.

Bruno se quedó en silencio pensando. Su mente era aún la de alguien virgen en la planificación criminal. Había matado solo cuando se había visto acorralado y sin opción a nada más.

Por suerte, Hilda tenía más experiencia. Sentada en su sillón, se acarició la frente mientras cerraba los ojos, concentrada, pensando en lo que hacer. Había sido educada para asistir a bailes, tocar el piano, alternar con los de su clase y vivir una vida absolutamente distinta a la que le había tocado. Pero era inteligente y cada vez le asustaba menos tomar decisiones que hacía unos años jamás se le hubieran pasado por la cabeza. Bruno la miraba, ansioso por que encontrara una solución, esperanzado con que lo haría.

A los pocos minutos, la voz de Hilda se oyó sobre el crepitar de la chimenea. Y decidieron lo que harían.

A las diez del día siguiente, con el sol blanquecino entrando por las ventanas del comedor y la magnífica vista del valle de su propiedad a los pies, Hilda aprovechó el desayuno para hacer una petición a Bergen. Habían compartido aquella primera comida algunos días y aquel, en el que el mayor partiría, tenía especial sentido que lo hicieran.

El mayor tocaba y a menudo volvía a dejar los diferentes alimentos desplegados en la gran mesa de caoba con total descortesía hacia Hilda, que automáticamente descartaba todo lo que este había manoseado y volvía a dejar en la panera, la fuente o la bandeja. Comía con impostada educación, cogiendo los cubiertos entre sus dedos finos, chupando la cuchara casi con lascivia mientras leía el periódico, sin intercambiar más que cuatro o cinco comentarios con su anfitriona. Ella lo prefería así, pero aquella mañana le habló.

—Mayor Bergen, ha sido un placer tenerle en Burg Fallstein. Espero que estos días le hayan sido de provecho.

Él levanto la cabeza del periódico y sonrió.

—Mucho, querida condesa. Espero que el caso esté resuelto a poco tardar. No podemos permitir que una asesina ande suelta. Le daremos pronto caza y castigo.

—Eso es excelente —dijo ella obviando como pudo la referencia a una asesina, en femenino—; en cualquier caso, antes de irse debe firmar en nuestro libro de visitas, como han hecho tantos ilustres invitados antes. El canciller Bismark, la mayoría de los aristócratas de la zona, varios príncipes y hasta el rey Alfonso XII de España.

—Me honra usted, condesa. Lo firmaré en cuanto acabe el desayuno. Quizás su mayordomo, el señor...

—Fritz, sí, Fritz le llevará el libro a su habitación. Así no tendrá que ir a la biblioteca.

—Se lo agradezco. Tengo poco tiempo. Avisé al chófer de que tuviera listo el coche antes de las doce.

—Ya le estarán haciendo el equipaje. Tan solo tiene que subirse al auto y en poco estará en Múnich. Espero que llegue a tiempo de hacer todas sus gestiones.

—Lo cierto es que tengo poco que hacer. Ir a la comisaría, básicamente —dijo mirándola a los ojos, intentando atravesarlos para descubrir su miedo.

—Me parece muy bien. Bruno, el chófer que le ha acompañado estos días, le llevará sin pérdida —aseguró Hilda, que sabía que el mayor acababa de condenarse—. Espero volverle a ver muy pronto —mintió.

—Muy pronto —pronunció lentamente Bergen sin dejar de mirarla—, antes de que se dé cuenta, estaré aquí de nuevo.

Hilda se concentró en el plan que comenzaba en ese momento para no temblar de miedo. A las doce y cuarto el coche partía de Fallstein y ella, una asesina, sentía la necesidad de arrodillarse en la capilla para pedir que el quinto mandamiento de la ley de Dios se rompiera una vez más.

El encargado de hacerlo ya había sido informado de que Bergen no debía llegar a la comisaría. No debía llegar ni siquiera a Múnich, y con ese objetivo empezó a conducir por las carreteras que se alejaban del castillo de Fallstein.

—Al 20 de Briennerstrasse —fue lo único que Bergen había dicho al subir al coche. «Al cuartel de la Gestapo», pensó Bruno, decidido a que aquello quedara tan solo en un deseo del mayor.

Había nevado buena parte de la noche y el paisaje a su paso volvía a estar cubierto de un manto blanco incólume, lo que favorecía su plan. Bruno miró por el retrovisor y se topó de nuevo con los ojos de Bergen clavados en los suyos, mientras se quitaba lentamente los guantes de cuero, estirando uno a uno cada dedo, medio sonriendo con malicia. Escuchó un clic y supo que el mayor había abierto su maletín y estaba revisando informes.

La carretera que transitaban era prácticamente privada en los primeros veinte kilómetros desde el castillo, ya que solo llevaba hasta él, así que la circulación hasta el primer pueblo, Vilschofen, era casi inexistente: no se habían cruzado con un solo vehículo desde su partida. Bruno se giró hacia atrás.

—¿Deseará que le recoja esta tarde? —dijo apartando la vista de la carretera y girando el volante.

Por una vez el mayor no le estaba vigilando, por lo que se sobresaltó al verle vuelto hacia él.

—¡Mire a la carretera, imbécil! —gritó.

Bruno volvió a mirar al frente y viendo que, tal y como había planeado, se salía de la carretera, frenó en seco como pudo, convenientemente tarde y deslizándose por el asfalto hasta parar a algunos metros del mismo, sobre la nieve, en el inicio del bosque.

—¡Idiota! —profirió Bergen—. ¡Me retrasará!

—Lo siento mucho —mintió Bruno—. Saldré a comprobar los neumáticos. Espero que podamos sacar el coche pronto de aquí. Seguro que sí, mayor.

—Más le vale —dijo él realmente enfadado.

Bruno salió del coche y se acercó a las ruedas delanteras. Luego se agachó frente a la derecha y la tocó. Se levantó negando. El mayor bajó la ventanilla.

—No me diga que hemos pinchado.

—Sí, mayor, creo que sí. No veo el pinchazo, pero el neumático parece tener menos presión.

Bergen le miró de arriba abajo. Maldito inútil. Un chófer que no sabe ver si ha pinchado y que se sale de la carretera. El conde de Fallstein despediría a aquel tipo, él se encargaría. Abrió la puerta y se puso la gorra. Apartó a Bruno violentamente y se agachó frente al neumático para revisarlo. Ese imbécil era un incompetente, el neumático no estaba pinchado y la presión era perfecta. Se iba a dar la vuelta para insultarle cuando sintió dos grandes manos alrededor de su cuello. Bruno apoyó las rodillas sobre la débil espalda del SD, clavándola contra el suelo al tiempo que, sin dificultad, le ahogaba. El mayor movió los brazos buscando su cinto, su pistola, pero le fue imposible alcanzarla. Se revolvió como pudo unos segundos, como una lagartija presionada por el tronco, moviendo manos y piernas mientras perdía rápidamente fuerza, sin posibilidad de hacer nada contra un hombre que doblaba su envergadura y además estaba situado en una posición de fuerza sobre él. Sintió sus ojos y sus venas, su tráquea, su cráneo a punto de estallar. Luego, todo acabó. El mayor Bergen no podría investigar ni torturar ni hacer infeliz a nadie más. Permanecía inmóvil, con la cabeza pegada a la nieve y desprovisto de todo lo que hacía algunos minutos le había hecho temible: un humilde caballerizo había acabado con él.

Bruno lo cogió en brazos y lo sentó en el asiento que había ocupado, apuntalando el cuerpo entre el maletín y la puerta, algo apoyado en esta, de forma que parecía que estaba descansando. Enseguida, dio la vuelta al vehículo y se dirigió al castillo, pero un par de kilómetros antes de llegar a donde estaban los guardias que custodiaban la entrada al último tramo del camino, se apartó un poco del mismo y paró el coche al ver a Hilda, que le esperaba a caballo. Al verle llegar, desmontó rápidamente y miró por la ventanilla trasera para comprobar que todo había salido como habían planeado.

—¿Todo bien? —preguntó insegura de que aquella fuera la mejor expresión para el momento.

—Todo según lo planeado. Ha muerto enseguida.

—El mundo es un lugar mejor sin el mayor Bergen, Bruno. Gracias.

—¿Tiene la nota?

Hilda sacó un papel doblado del bolsillo de su chaqueta y se lo entregó. Bruno lo leyó.

—Es perfecta —comentó—, perfecta.

Hilda sonrió nerviosa.

—Lo mismo he pensado yo —apuntó ella aliviada.

—Bueno, iré a Múnich. La veré esta noche, si Dios quiere.

—Querrá, Bruno. Querrá. Somos ovejas descarriadas, pero somos sus ovejas.

Él levanto un poco la ceja y asintió antes de ayudar a Hilda a subirse de nuevo al caballo. Luego se sentó en el coche y aguardó un poco hasta que empezó a atardecer.

Ese era el plan. Circular con un cadáver en un coche era arriesgado a la luz del final del día, pero más aún a pleno sol, y aunque hubiera sido fácil meter a Bergen en el maletero, quiso cruzar varios pueblos con el impresionante Mercedes de los Fallstein y aquel muerto a la vista para que todos supieran que el mayor había abandonado el castillo. En aquel momento nadie parecía prestarle atención, pero cuando llegaran los interrogatorios, si llegaban, siempre habría alguien que aseguraría haber visto aquel día a Bruno llevando al mayor de la SD cómodamente sentado en el asiento trasero.

Cruzó varios pueblos de camino a Múnich y, en cuanto estuvo a pocos kilómetros de la capital bávara, la rodeó hasta Starnberg, una pequeña localidad a orillas del lago del mismo nombre, a treinta kilómetros al oeste de la ciudad. El campanario bulboso de la ciudad ya se vislumbraba a lo lejos cuando Bruno detuvo el coche tras un cartel de grandes dimensiones y, tras desnudar a Bergen, se puso como pudo su uniforme, que le apretaba por cada costado y le iba corto. Por suerte las botas tapaban aquel fallo y muchos nazis llevaban los uniformes estrechos. «Solo hay que mirar a Goering», pensó mientras se abrochaba la guerrera. Luego metió el cadáver del SD en el maletero.

Localizó una pequeña posada a pocos metros del lago y pidió una habitación en la planta baja, con premura, sin mirar a la cara del conserje y sin que él osara mirarle a él. Era un establecimiento sencillo que olía a madera, a queso y a leña, decorado con pieles de animal y telas tradicionales. No estaban acostumbrados a huéspedes de aquella categoría y su presencia los revolucionó un poco. Por suerte la mejor habitación estaba libre, así que se la pudieron ofrecer.

Bruno comprobó cómo el uniforme de la SD ayudaba para que todos le trataran con temor. Enseguida, accedió a la habitación, que había visitado días antes durante la planificación del crimen y, tras revisarla, extrajo una soga de su maleta. A media noche saltó por la ventana, a apenas un metro del suelo. Metió el cadáver de Bergen en su habitación sin que nadie le viera y volvió a ponerle el uniforme. Lo miró unos segundos. El *rigor mortis* ya se notaba y la piel rosada de Bergen tornaba a amarillenta, pero, pese a todo, aún no había perdido el aire de maldad. Le ató la soga al cuello y, pasando el otro extremo por encima de una viga del techo, tiró con fuerza y ahorcó un cuerpo que llevaba varias horas muerto. Luego, tumbó una silla a sus pies. Observó su obra, un péndulo nazi colgado de una habitación de escasa categoría. Luego, cuidadosamente, dejó la nota que Hilda había arrancado del libro de visitas del castillo de Fallstein, firmada por Bergen antes de partir. Pensaban imitar su letra, pero lo que había escrito era tan perfecto que no hizo falta:

> Como dijo Napoleón Bonaparte, *partir c'est mourir un peu*, pero mi misión aquí ya ha llegado a su fin. Gracias a todos, nos veremos en el infierno.
>
> K. Bergen

Aquel cursi había conseguido serlo hasta el último momento.

41

José Manuel se había convencido una vez más de la competencia de Heidi. Sabía que era eso y no solo su belleza lo que hacía que estuviera, cada vez más, absolutamente enamorado de ella. Cuando lo pensaba, se ruborizaba, pues jamás se había sentido de aquella manera, y reconocer que le estaba pasando a él era algo que no podía acabar de creer del todo.

Heidi había organizado su viaje a Noruega de manera tan exhaustiva que las coartadas para su presencia en el país y, especialmente en Stavanger, la ciudad de importancia más cercana a la isla de Spaansholmane, eran perfectas. Él y ella, empresario y secretaria, tenían varias reuniones organizadas con compañías de la zona, empresas relevantes para un fabricante textil español, por lo que su visita era creíble. De no estar en una guerra, el contacto con esas empresas hubiera sido igualmente muy beneficioso y el hecho era que José Manuel no descartaba firmar algún buen acuerdo con ellas.

Obtuvieron los permisos para volar a Escandinavia sin problema y una mañana de marzo de 1942, con la bruma recorriendo los prados que rodeaban al aeródromo de Tempelhof, se subieron a un Junkers plateado para volar a su destino. Nada en ellos era digno de sospecha salvo sus pequeñas pistolas PPK, e incluso aquello podía ser justificable en situación de guerra. José Manuel siempre confiaba en que, en última instancia, podría acogerse a la ignorancia del extranjero, al «soy español y no lo sabía».

El aeródromo tenía aviones civiles y militares y, como en todo Berlín, el espía percibió un cambio de aires respecto al lugar en el que había aterrizado hacía casi nueve meses. Aunque el Reich preveía ganar la guerra, Berlín ya no era inexpugnable, sino una ciudad preparada para defenderse, no solo para atacar.

Alzaron el vuelo entre temblores y ruido, atravesaron varias masas nubosas y al rato el avión se estabilizó en dirección al norte. Heidi abrió la mesilla que tenían en frente y desplegó la agenda que había preparado. Aterrizaje en Oslo, noche en el Gran Hotel. Al día siguiente, reunión con Christen Saarinen, director de la Compañía Noruega de Muebles, comida en el hotel, cena en el Lorry, noche en el Gran Hotel. El tercer día, salida temprano en coche hasta Kristiansand, reunión con los Sorensen y, un día después, hacia Stavanger...

José Manuel la miró mientras ella señalaba con el dedo. Heidi se había ocupado de todo, pero él había ayudado. Se encargó de que sus habitaciones en el Gran Hotel y en todos los alojamientos fueran contiguas y estuvieran comunicadas por una puerta interior; se aseguró de que en todos los restaurantes su mesa estuviera en algún rincón más privado, cuando no directamente en un reservado, y averiguó qué puntos de su largo trayecto entre Oslo y Stavanger eran buenos para contemplar la vista y besar a una mujer.

Llegarían a Stavanger y tendrían otra importante reunión allí, pero después su destino real estaba algo más al norte. Frente al pueblo de Akrehamn estaba la isla de Utsira y, al sur de aquella, la pequeña isla de Spaansholmane. Lo que harían para averiguar lo que sucedía allí era algo que tendrían que planificar sobre el terreno.

Aterrizaron dos horas después en su destino, aún de día, con frío y rodeados de nieve. Ninguno de los dos conocía Oslo y ambos se resistían a que aquel viaje implicara, además de una arriesgada misión, algunos momentos de placer, pero secretamente lo deseaban y creían posible.

Un taxi los llevó al hotel, en el centro de la ciudad y, a juicio de la mayoría, el más elegante, situado en la calle de Karl Johans, la principal de la capital noruega, presidida por el Palacio Real, que se veía al fondo de una pequeña elevación. Su presencia servía de permanente recordatorio de la libertad y la independencia que los noruegos añoraban. A diferencia de Suecia, que había conseguido mantenerse neutral, Noruega estaba gobernada de facto por el

III Reich a través de su Reichkommisaar Josef Terboven, que dirigía toda la vida del país a través de un gobierno títere que lideraba el noruego pronazi Vidkun Quisling, cuyo apellido ya se utilizaba entre susurros como sinónimo de traidor. El rey y el Gobierno en el exilio estaban en Londres, de donde nadie tenía claro que algún día pudieran volver; la economía se desplomaba y la población vivía con la amenaza permanente de ser deportada; por suerte, los alemanes no habían puesto trabas a que la población pescara y cazara, así que todos, especialmente los que vivían en el campo, compensaban con la caza y la pesca que sus cosechas se vendieran a precio de saldo y los crecientes impuestos que el Reich les cobraba por *protegerlos*.

El hotel era un edificio clásico y elegante, de tres pisos con techo de pizarra y cobre verde, en el que se abrían grandes ventanales. José Manuel se desnudó en su habitación y, antes de entrar en el cuarto de baño, miró hacia la puerta que la separaba de la de Heidi deseando derribarla si tan solo ella, al otro lado, sintiera lo mismo que él. «Quizás no..., o no tanto», se dijo resignado antes de ponerse bajo la ducha. Habían quedado para cenar en su *suite*, revisar bien lo que debían hacer y centrarse en su plan. Estaba convencido de que aquello sería todo lo que harían, por lo menos la primera noche. «Ojalá no en las siguientes», volvió a fantasear. Dejó que la presión del agua limpiara todo rastro del viaje durante unos minutos y luego, envuelto en su albornoz, pasó a la salita, donde ya estaba Heidi esperándole frente al escritorio que presidía uno de los lados de la estancia, con algunos papeles y un plano de Noruega extendido a sus pies sobre la moqueta.

—Vístete y ven a ver esto —le ordenó.

—Has pedido algo de... —sugirió él con hambre.

—Vístete —repitió ella.

Parecía como si la alemana, que era una persona educada, hubiese desechado todo reparo, toda norma superflua, para centrarse en lo verdaderamente importante. Como si según qué normas quedaran en suspenso en tiempos de guerra. Le había visto varias veces sin ropa, así que por qué fingir que era un problema que lo volviera a hacer. José Manuel hizo lo que le pedía y enseguida se sentó a la mesa.

—Ha surgido algo que creo que puede ser interesante. Sabes que pasado mañana iremos hacia Kristiansand.

—Sí, claro.

—Pues bien. Al parecer Olav Sorensen, el dueño de la empresa que vas a visitar, tiene una hermana tan dueña de la compañía como él mismo. Estarán ambos. Se llevaban bien, pero ella ha iniciado una relación con un alemán.

—Comprendo.

—Muchos noruegos llevan muy mal esas cosas, aunque a menudo sea inevitable. Ya sabes que el partido nazi, el llamado Nasjonal Samling, aquí jamás logró ni un solo diputado..., y, bueno, la forma de los alemanes de llevar el país no ayuda a lograr la afección de sus habitantes. Creemos que Olav Sorensen es de los que se implicaría más en la resistencia de poder hacerlo.

—¿Por qué lo creéis?

—Sabemos que su filial en Inglaterra ha hecho importantes donaciones al Gobierno noruego en el exilio, algo que han pasado por alto los nazis. También sabemos que en casa de Sorensen escuchan los discursos del rey desde Londres.

—¿Cómo lo sabéis?

—Eso no importa. El asunto es que el amante de la chica en cuestión, de la hermana de Olav, es un alto mando del fuerte de Movik, del que no tenemos más que fotos aéreas.

—¿Movik? —preguntó el español, cada vez más perdido.

—Sí, Movik, los alemanes lo llaman la batería Vara. Es un complejo enorme con cuatro de los cañones más grandes que se hayan construido. Su función es bloquear el paso a los barcos aliados que pretendan entrar en el mar Báltico. Ya sabes que toda la costa noruega ha sido fortificada.

—Sí...

—Pues Movik es uno de los fuertes de mayor importancia.

—Y queréis que averigüe si Olav está dispuesto a espiar al amante de su hermana, quizás incluso que visite el fuerte para obtener información.

—Los Sorensen viven al lado de la fábrica donde nos recibirá Olav. Como su empresa está algo alejada del centro de Kristiansand, ha sugerido que nos alojemos esa noche en su hogar. En cualquier caso, eres muy listo —ironizó ella—, eso es exactamente lo que queremos que hagas.

—No, qué va —dijo José Manuel—. Soy muy tonto, porque fui a Alemania para una misión corta y fácil y meses después me encuentro en Noruega en mitad de una que es crucial.

—Y por eso te quiero tanto —dijo ella espontánea. Se arrepintió rápidamente y frunció el ceño antes de centrarse en el plano y señalar un punto—. Esto es Movik. Verás que su situación es estratégica.

Pero José Manuel, aunque miraba el dibujo aéreo de una costa escarpada, plagada de islas y estratégicamente situada para cerrar el acceso al Báltico frente a Dinamarca, ya no escuchaba. Al rato, el servicio de habitaciones llamó a la puerta y ella se escondió en el cuarto de baño mientras un camarero silenciosamente colocaba en una mesa varios sándwiches, salmón, queso fresco y una botella de glogg, el típico vino con especias noruego. Un servicio para una persona. Cuando Heidi oyó la puerta cerrarse, volvió a la habitación.

—Muy bien. Comeremos mientras acabamos de hablarlo todo —decidió.

—No —dijo él—, cenaremos sin que todo nos sepa a nazi durante un rato. Luego hablaremos de lo que quieras.

—Es una tontería desapro...

—Me da igual —interrumpió él—. Toma la copa, yo cogeré un vaso del baño. Basta de alemanes por un rato.

—De acuerdo —dijo ella sonriendo.

Cenaron en el suelo, con el mantel extendido sobre la moqueta, como hubieran hecho en un pícnic. Hablaron de cosas banales, rieron en algún momento, algo que arrastraba a José Manuel aún más profundamente a su enamoramiento, y cuando hubieron acabado, alargaron más de una hora la planificación de los siguientes días antes de volver cada uno a su habitación. Heidi se ocupó de que la velada acabara abruptamente, despidiéndose rápido, evitando la tensión sexual que ambos temían que se produjera en cada una de sus noches en Escandinavia.

El día siguiente transcurrió exactamente como Heidi había planeado, sin ningún sobresalto ni cambio de agenda. Se reunieron con la Compañía Noruega de Muebles y José Manuel se comprometió a enviarles muestras de sus telas para tapizados; comieron en el hotel, cenaron en el restaurante Lorry y absolutamente ninguno de los ardides, miradas y comentarios románticos del español consiguió evitar que a las nueve de la noche se despidieran cada uno en la puerta de la habitación y actuaran, al fin, como secretaria y director. Un desastre total para él, que se preguntó qué había hecho mal, aunque creía haber conseguido un buen cliente. Cada vez más, solo Heidi le importaba, lo cual era extremadamente peligroso.

Se levantaron pronto, pues el trayecto que afrontaban les llevaría al menos cinco horas si todo iba bien. Tenían planeado llegar a las dos a la fábrica textil de los Sorensen, donde se reunirían y desde donde los llevarían después a la casa familiar para que descansaran hasta la hora de la cena, alrededor de las cinco de la tarde.

—Sí, las cinco —confirmó Heidi—, no todos los europeos tienen vuestro demencial horario; de hecho, en muchos hogares cenan incluso antes.

—Comeremos por el camino, entonces —dijo él, divertido, antes de subirse al Volvo que Heidi había conseguido para el viaje, un automóvil de lujo, nuevo, apropiado para el importante empresario textil que lo conduciría.

La ruta transcurría por un paisaje completamente nevado que atravesaba extensos bosques de coníferas, prados que se acercaban y alejaban del mar, y algunas poblaciones menores con casas de madera de vivos colores. En general, apenas se apreciaba actividad, y el aspecto del país era casi de hibernación, solo rota de vez en cuando por la presencia de militares. Se cruzaron con camiones alemanes y todoterrenos, sorteando de vez en cuando algunos controles sin mostrar ningún miedo. Heidi porque era capaz de aparcarlo la mayor parte del tiempo, José Manuel porque sentía que, de momento, no había hecho aún nada, al menos en Noruega, de lo que cupiera arrepentirse.

A las dos, tras comer unos sándwiches de salmón, cruzaban Kristiansand y, siguiendo las indicaciones que les habían dado, poco después entraban en la fábrica de tejidos de los Sorensen. La industria era visiblemente menor que la de los Bultó en Villanueva, pero ambas podían complementarse. Los noruegos habían quedado desabastecidos de muchos materiales y José Manuel estaba seguro de poder proporcionárselos. Sus amigos alemanes estarían encantados de aceptar el envío de hilo de sus fábricas a los Sorensen, no cabía duda. Una secretaria les presentó a Olav, el dueño de la empresa, y este, muy afable, se esforzó tanto por agradarles que a ambos no les cupo duda de que su situación era desesperada. El empresario era un hombre corpulento, más cerca de los sesenta que de los cincuenta, impecablemente vestido pero de alguna forma disminuido por las circunstancias. Caminando por sus naves junto a José Manuel, se evidenció desde el principio quién necesitaba a quien. Al visitar la fábrica y ver muchos de los telares parados y la escasa producción de tejidos, mayoritariamente de materiales bastos, la situación de los Sorensen se hizo más patente aún. Heidi pensó que los beneficiaba. A Olav la invasión alemana le estaba llevando a la ruina. José Manuel, que también se había dado cuenta, ofreció un trato sin igual al empresario, de forma que él quedara contento: algodón a precio de saldo, hilo de bonote casi regalado y seda a buen precio. Lo suficiente para que los telares de Olav volvieran a ponerse en marcha sin arruinar los de los Bultó. Si debían atraer al noruego hacia los aliados, una buena manera de empezar era aquella, asegurándose de que los necesitara.

Tras la reunión, eufórico, pidió que le siguieran a su casa, a tres kilómetros del complejo y, como este, rodeada de un manto blanco que esta vez adquiría un tono más limpio y ordenado, casi fundiéndose con la gran mansión, también blanca, cuyos dos pisos asomaban parcialmente entre montañas de nieve. Aparcaron en un lado y siguieron a Olav a la puerta, que abrió cortésmente para darles paso. En el interior, el calor reconfortante y los muebles, cortinas y alfombras de calidad les hicieron olvidar rápidamente la tristeza monocroma del exterior. La casa estaba bien acondicionada, acostumbrada y adaptada a aquellas latitudes, y sus habitaciones también: la de José Manuel, en el primer piso, grande y cómoda, con vistas a un lago helado y a un jardín imposible de transitar; la de Heidi, más sencilla, en la planta baja, como correspondía a una invitada de segunda categoría. Ambos asistieron a la cena que tuvo lugar poco después en el comedor principal.

—Compramos la finca a raíz de la instalación de la fábrica. Era de una familia danesa que la tenía algo abandonada. Mi padre la empezó a organizar para que fuera rentable... —explicó Clau Sorensen.

—Eso es muy bonito —apuntó José Manuel—, el campo puede ser una excelente empresa.

—Lo ha sido muchos años. Durante la guerra..., bueno, ya sabe. Son tiempos algo más complicados —apuntó Olav sin entrar en detalles—. En cualquier caso, todo lo que comerán hoy es de aquí. La tierra provee, gracias a Dios.

—La guerra no lo hace —dijo José Manuel.

Se hizo el silencio unos segundos. Luego se oyó una puerta y una mujer y un oficial alemán entraron en la sala. Olav cambió de cara.

—Estos son mi hermana, Leah, y...

—Alexander —interrumpió la mujer. Se parecía a Olav, pero era sin duda bastante más joven. No era bella, aunque parecía resuelta, incluso altiva—. Lamento llegar tarde. Nos sentaremos ahora mismo —dijo señalándole a Alexander una silla junto a la que ella apartaba para tomar asiento.

—Buenas noches —dijo en alemán el recién llegado—, lamento el retraso. Tengo el puesto cerca de aquí, pero hoy no me ha sido posible retirarme antes.

—En esta casa tenemos la costumbre de no sentarnos a la cena cuando está empezada —comentó Olav molesto—, es descortés hacia nuestros invitados.

—Oh, seguro que lo entienden —dijo Leah mirando a Heidi—; además, lo primero es lo primero. Se puede ser descortés si el motivo es defendernos. Eso es lo que hace Alexander, mi...

—Tu novio —se adelantó el alemán, acercando su mano a la de Leah.

—Alexander trabaja en Marvik, un fuerte cercano —informó el anfitrión.

—Eso es una suerte —apuntó Heidi—, estarán ustedes protegidos.

—Sí, supongo —murmuró Olav.

La cena, más salmón y carne de reno, se prolongó poco, pues el ambiente estaba roto y a ninguno le apetecía remontar la situación. La aversión de Olav hacia la pareja era evidente y recíproca. Tanto

Heidi como José Manuel supusieron que la guerra impedía que los hermanos pudieran separarse, que la necesidad les hacía compartir techo a desgana. Seguramente sería también la guerra la que decidiera el destino de aquella pareja, de aquella finca y de la misma empresa. Pero tenían una oportunidad. Si, como parecía, el oficial alemán destacado en Marvik convivía con Olav, este podría extraerle información valiosa.

Para discutir aquello, Heidi se coló en la habitación de José Manuel. Lo encontró metido en la cama, ojeando una revista de caza. El español supuso que ella le visitaría, pese a lo que no pudo disimular una sonrisa al verla entrar.

—Lo haré yo —dijo ella sin más preámbulo—, será más fácil.

—¿Tú hablarás con Olav?

—Sí, le ofreceré dinero a cambio de una misión sencilla.

José Manuel evitó decir que a él también le habían propuesto una misión sencilla. Ella captó su mirada.

—No tiene nada que ver. Tú ya eras espía.

—No he dicho nada.

—No, pero lo pensabas. Da igual. Mañana, antes de partir, hablaré con él. En el jardín, en su habitación..., donde crea conveniente. Ese hombre tiene una empresa que mantener. Si le ofrezco mi ayuda, aceptará. También le diré que los pedidos dependen de que colabore. Aceptará, estoy segura —repitió intentando convencerse.

—No hemos venido para eso —reflexionó él—. Heidi, si no estás segura al cien por cien, es mejor que sigamos nuestro camino. Hay mucho que perder y no sabemos cuánto que ganar.

—Mañana hablaré con él —repitió, tozuda—. Solo he venido a decírtelo.

—Eso me apena —dijo él sonriendo.

—Que no lo haga —contestó ella cambiando de voz—. Puedes estar seguro de que si no estuviéramos en medio de este embrollo, en estos momentos saltaría sobre tu cama.

Él se quedó mudo. Ella le aguantó la mirada. Luego le guiñó un ojo y abandonó la habitación.

42

La nieve se batía en retirada en Baviera, incapaz de hacer frente a las lluvias que aquel final de marzo caían sobre la zona. En el castillo de Fallstein se vivía un paréntesis respecto a la tensión de los meses anteriores. La estancia del mayor Bergen había resultado más que peligrosa y aún se sorprendían de que el desenlace hubiera sido tan perfecto. Había descubierto a la asesina de nazis que era Hilda y, de haber aguzado el ojo aún más, fácilmente podría haber descubierto también que ella y Bruno, incluso (en menor medida) el caballerizo Amsel, estaban implicados en una ruta de escape para perseguidos del Reich.

Hilda había aprendido a disfrutar de los pequeños momentos. A separar las buenas horas de las malas, a que la guerra y su situación no lo contaminase todo. Era un ejercicio difícil, pero a menudo lo conseguía. Su total entrega a Ernst continuaba y el crío también ansiaba cada instante con su madre adoptiva, que permanecía firme en su decisión de devolverlo a su familia y seguía sin dejar que la llamara mamá, aunque le costara no sentirse como tal. La tarde se había alargado en el patio de caballos, donde el pequeño jugaba con los hijos de Bruno Lippe, que seguía en el bosque. Habían hecho una suerte de cabaña con balas de paja y se refugiaban dentro metiéndose por una abertura pequeña. Hilda habría entrado con dificultad y Bruno jamás lo habría logrado. Dos días antes había llegado una carta. La foto mostraba el bonito castillo de Eltz, que se parecía mucho al suyo. La leyó interpretando el código que «El hombre lápiz» le había enseñado:

Querida amiga.

Recibí tu bonito mensaje y me alegro mucho de que te gustara la ópera.

«Recibí —pensó Hilda—, así que el anterior grupo llegó al siguiente punto».

Estos días ansío la primavera, pero creo que aún tendré que esperar seis semanas por lo menos para poder salir al jardín.

«Seis —volvió a apuntar—. El siguiente grupo será de seis personas».

Desde entonces, cada mañana, Bruno se apostaba en un altozano del bosque desde el que se veía el camino por el que llegaban los refugiados y esperaba a que un grupo de seis personas apareciera en la distancia. Por la tarde, cuando anochecía, volvía al castillo.

Allí encontró a Hilda una tarde más. Estaba agotado, pero la presencia de aquella mujer le alegró como siempre. Ella también sonrió al verle.

—¿Nada?

—Nada —confirmó él.

—He pedido que le dejen un buen estofado en el fuego. También algunos embutidos. Han hecho pan esta tarde, así que también le han dejado una hogaza y algo de queso.

—Es usted muy amable.

—Todo lo contrario, siento no poder ayudarlo más —dijo ella.

—Usted es la artífice de todo. Nada sería posible sin usted —dijo bajando la voz, pues nunca se sabía quién estaría escuchando.

—Me gustaría comentar todos los... preparativos —susurró Hilda.

—Venga a mi casa. Desensillaré el caballo y me reuniré con usted enseguida. —Miró a los niños y con voz grave les ordenó—: A cenar. Todos. —En el acto sus hijos salieron de la cabaña de paja y subieron las escaleras de la casa, situada justo encima de la vaquería, de forma que le daba calor (y algo de olor también). Ella los siguió.

La casa de Bruno olía a vaca, sí, pero también a paja, a madera, a chimenea y a comida. «A hogar», pensó Hilda, mientras colocaba los platos en la mesa y levantaba la tapa del estofado que borboteaba en la olla sobre el fuego. Todo era una unidad. Las camas pegadas a la pared, el pequeño sillón que debía de haber sido descartado de alguna de las habitaciones del castillo, la cocina con su mesa tocinera, llena de cortes y desgastes. Carecía de cualquier sofisticación y lujo, y quizás por eso resultaba tan acogedora, envuelta en labores de costura tirolesas con figuras infantiles, abetos y corazones de punto de cruz. Se sentó y sirvió estofado a los niños. Luego puso a Ernst sobre su regazo y, tras comprobar que no quemara, le dio un poco de sopa, cucharada a cucharada. Estaban en silencio, cenando, mientras ella observaba la escena cuando Bruno entró. Pareció sorprenderse un poco al verla tan integrada en el entorno, pero enseguida él mismo se sirvió un plato y le puso otro a ella.

Tomó una gran cucharada y, sin apartar la mirada del cuenco, no pudo evitar comentar:

—Qué rico está —dijo antes de meterse otra cucharada en la boca haciendo un poco de ruido al sorber.

—Tiene un aspecto excelente. Tenemos un buen cocinero —opinó ella.

Él la miró.

—Pues coma usted también. Debe de estar cansada. Debe de tener hambre. Coma lo que guste, hay más.

Hilda cogió la cuchara. Estaba en un lugar que no le correspondía, comiendo con un caballerizo en su casa encima de la vaquería y oyendo expresiones prohibidas por su educación, como «hay más», que a sus padres les parecía muy vulgar por ser una obviedad, o «está rico», que era otra cosa que en la mesa de los Sagnier resultaba obvia; oyendo cómo Bruno sorbía rodeado de tres niños que comían en su misma mesa, cuando en el castillo (o en la casa de sus padres) jamás lo hubieran hecho hasta los catorce, y, sin embargo, hacía tiempo que no se sentía tan cómoda. Le dio vértigo pensar desde hacía cuánto. Hacía años que comía en el comedor principal o el pequeño del castillo, rodeada de lacayos, de cuadros enormes y arañas de cristal, con cubiertos de plata, platos de porcelana de Meissen, y en compañía de su marido, un conde alemán vestido de frac, pero aquella escena, que su madre hubiera aborrecido, era sin duda mucho más agradable que las que le habían planeado desde niña. Despertó de su ensoñación al oír una risa infantil e intentó que lo absurdo del enorme placer que sentía no fuera demasiado evidente. Su mirada se cruzó con la de Bruno, que sonrió, quizás comprendiendo.

—¿Está rico o no? —preguntó señalando con la cuchara su cuenco.

—Riquísimo —respondió ella— y además hay mucho más —dijo devolviéndole la sonrisa.

A la mañana siguiente estaba dándole el desayuno a Ernst cuando le llevaron la prensa. Intentaba no mezclar el amor al niño con el odio a las noticias de la guerra. Desde hacía días, los bombardeos de la Royal Air Force se habían intensificado sobre Alemania y ella, aunque deseaba que la guerra acabase, no podía evitar preocuparse por la vida de todos sus compatriotas de adopción, que supuso estarían abriendo los ojos a los horrores que el conflicto podía causarles. Los aliados habían bombardeado repetidamente la zona de Essen, muy industrial, donde amigos de su marido, como los Krupp, tenían sus empresas, implicadas de lleno en el esfuerzo de guerra. También habían caído bombas sobre Colonia, un poco más al sur. Toda la cuenca del Rin parecía un objetivo claro de los aliados y, no obstante, aquel día el periódico traía noticias del peor bombardeo del que había leído hasta la fecha, uno descaradamente dirigido a la población civil. Lübeck, al norte de Hamburgo, con alrededor de 150.000 habitantes, había sido arrasada por más de doscientos aviones. Los testigos hablaban de una oleada de bombas explosivas que habían destruido tejados y paredes, y habían hecho imposible el tránsito para los bomberos, que tuvieron muchas dificultades para apagar el fuego desatado por una segunda oleada de bombas, esta vez incendiarias, que habían caído dentro de las casas. Hilda no quiso ni imaginar el infierno que habrían sufrido los habitantes de la ciudad. El odio solo genera odio, y temió que los ataques indiscriminados a la población civil aliada fueran vengados en suelo alemán. Miró al pequeño Ernst, que la observaba callado, y le acarició la cabeza, decidida a que no viviera nada de todo lo que estaba por llegar al Reich de los mil años.

Llamó a una doncella para que se lo llevara y volvió a leer la sucesión de malas noticias escritas, negro sobre blanco, hasta que le anunciaron que Bruno Lippe la esperaba en el patio con su caballo ensillado. «Así que ya están aquí», se dijo. Finalmente los refugiados que esperaban habían llegado a Fallstein.

Se encontró con el caballerizo en el patio y, como habían hecho en otras ocasiones, montaron sobre sendos caballos para acudir a la cabaña de cazadores, adonde ya estaría llegando el grupo de seis personas del que el hombre lápiz había informado. Días antes, Amsel y Bruno habían llevado víveres y organizado a guardas, cazadores y leñadores para que nadie tuviera necesidad de pasar por aquella zona durante unos días. Se habían propuesto que nadie los descubriera y eran meticulosos hasta el extremo para que así fuera. Cerca de la cabaña encontraron al grupo, guiado por un hombre al que ya habían visto en otras ocasiones. Personas que arriesgaban sus vidas sin descanso para ayudar a los demás. La guerra también tenía muchas de esas, se decía a menudo Hilda.

Al verlos, tal y como estaba establecido, el guía recitó la contraseña, un verso par del *Chant des partisans*. Tras ello los siguieron al refugio. Hilda los observó. Eran cuatro jóvenes y un hombre del que no se separaba un gran perro. Tanto el can como su dueño se revestían de una dignidad diferente a la de los demás. Estaban delgados, pero caminaban erguidos y, aunque su cuerpo se mostraba apaleado por las circunstancias, hubiera jurado que ninguno había pasado un día de hambre antes de la guerra.

Tenían la consigna de no hablar demasiado con ninguno, de explicar dónde estaban las cosas en el refugio, preguntar a los refugiados si necesitaban algo más (muchos solicitaban algún tipo de vendaje, medicamento y a veces algo de ropa) e informar de que al día siguiente debían partir. Ni Amsel ni Bruno ni Hilda se presentaban jamás por su nombre y lo mismo hacían los que acogían; sin embargo, cuando ya habían mostrado al grupo la cabaña, el hombre con el perro se acercó a ella.

—Buenos días —le dijo mientras dudaba si estrecharle la mano.

Hilda se la tendió. Él la besó.

—Buenos días —dijo ella ya completamente segura de que hablaba con alguien de clase alta.

—Necesito su ayuda.

—Ya la tiene.

—Lo sé, y se lo agradezco muchísimo, pero aún necesito dos cosas más. Una es fácil, solo hay que escuchar; la otra la he pedido en cada una de las paradas que he realizado y nadie ha podido dármela.

—Entonces probablemente yo tampoco pueda —dijo ella temiendo parecer seca. A veces lo era, cosa que detestaba y achacaba a la desconfianza que le generaba la guerra.

—Tengo mujer e hijos. Están en España. No sé cuánto tardaré en llegar allí, pero necesito que sepan que estoy vivo. Están solos y temo que si no me esperan, no los vuelva a ver nunca. También temo que, pierdan la fe y la esperanza si no comprenden que voy hacia ellos.

—Yo soy española —dijo ella. Bruno la oyó y se acercó.

—No diga nada. Estese callada —le dijo severo.

—Lo soy —repitió ella mirando al desconocido a los ojos. Él los abrió al tiempo que se le humedecían. Quizás finalmente alguien pudiera informar a los suyos.

—He conocido a muchos españoles allá de donde vengo —dijo intentando no emocionarse—. Gente de la que deberían saber. Esa es mi segunda petición, y es más fácil. Quiero que se sepa lo que los nazis están haciendo con personas como yo.

Hilda miró al hombre de arriba abajo, delgado, cansado y con un deseo tan lógico y generoso. Bruno supo lo que estaba pensando y con la cabeza negó pidiéndole por favor que se contuviera. A la vez, el perro, un gran boyero suizo, frotaba la cabeza contra la pierna de su amo. Hilda no pudo evitar enternecerse y, por alguna razón, supo que no se estaba equivocando y que estaba frente a una buena persona.

—Venga conmigo —le dijo sin pensarlo más.

—¡No! —exclamó Bruno.

—Desde luego que sí —dijo ella cogiendo al desconocido del brazo y llevándolo hacia la puerta.

Salieron del refugio y anduvieron un poco hasta un pequeño claro en el bosque en el que, como setas, emergían algunas grandes rocas grises y redondeadas. Hilda se apoyó en una y su interlocutor se sentó sobre la que tenía justo en frente, a escaso metro y medio.

Y August Wiesner le explicó, paso a paso, todo lo que le había acaecido durante aquellos años aciagos. La venta obligada de su castillo. Su fuga desde París. Su intento de entrada en España.

La detallada explicación de su internamiento en Mauthausen hizo que Hilda no pudiera contener las lágrimas, que se indignara con los trabajos forzados, con el maltrato a cada uno de los grupos de hombres que retenían allí. Republicanos, gitanos, homosexuales... y judíos como el que tenía en frente. «Siempre judíos», pensó renovando sus planes de venganza y muerte para los nazis.

Después August le contó su fuga. Primero a Linz, donde estuvo casi un mes viviendo en un bosque cercano, a la espera de que su pelo rapado no lo delatara. Refugiado en una cueva, sobrevivió calentado por su fiel boyero, por las mantas que robaba de noche y por algún fuego cuando sentía que su sangre se estaba helando. Luego fue de pueblo en pueblo, con apariencia de campesino tirolés, ofreciendo su ayuda en algunas granjas a cambio de un lugar para dormir y algo de comer. Gran parte de los hombres estaba en el frente, así que muchas granjas necesitaban ayuda para las labores que estos desatendían. Nadie había desconfiado de él. Sabía pasar una guadaña y llevar a los bueyes de un lado a otro, y su perro era una gran ayuda. Le había puesto de nombre Dublone y el can lo había aceptado encantado. Era la denominación de una antigua moneda de España, el país al que se dirigía, y como cuando uno encuentra una moneda, pensó que Dublone le había traído suerte: había podido cuidarlo, pese a sus temores de no poder hacerlo, y no solo eso, sino que el perro también cuidaba de él. Le daba calor, era un complemento perfecto a su disfraz y el mejor de los perros boyeros.

Además, fue Dublone el que encontró al grupo de fugitivos del que desde entonces formaba parte. Se habían refugiado en un gran pajar apartado perteneciente a una granja abandonada y cerrada a cal y canto. Los pajares eran sus escondites favoritos. Tenían diferentes entradas por las que escapar llegado el caso, espacio seco para proteger la paja de la humedad y, sin ser una casa, podían ser bastante confortables para dos seres endurecidos por la vida. Cubiertos de mantas y de paja, cuando no le acogían, en un pajar podían dormir sin temor a que el frío los llevara a él y a su perro a la muerte.

Cuando se acostaron, el silencio era total el clima alpino parecía haber congelado todo sonido y movimiento, igual que muchas otras noches en el campo. Pero a medianoche unos sonidos despertaron a Dublone, que levantó la cabeza gruñendo. August sabía hacerle callar. De no haber sabido, lo habría dejado en alguna de las granjas, pues ser descubierto hubiera significado la muerte en muchas ocasiones. El perro calló y se quedó mirando fijamente una de las puertas del pajar. Oyó a alguien entrar en el recinto. Eran dos personas que se movían a oscuras y entre susurros, igual que él horas antes. No escuchó lo que decían. Le puso la mano sobre el ancho cráneo al perro, que estaba tenso y callado, detectando con su olfato y su instinto lo que los ojos de los humanos no podían ver. August deseó que la noche pasara pronto, pues la opción de revelar su presencia era peligrosa. No sabía si los que habían entrado eran una amenaza, así que no convenía arriesgar. Seguiría agazapado entre la paja, cubierto por ella, hasta estar seguro de que podía seguir su camino.

Entonces escuchó un camión llegar y pararse afuera. Enseguida, las puertas del edificio se entreabrieron con un crujido. Dos hombres más entraron acompañados por un tercero y cuando oyó lo que les decía, supo que estaba a salvo: hablaba en inglés.

Se trataba de cuatro pilotos abatidos cerca de Brno. Debían cruzar a territorio neutral para volver a Inglaterra y el hombre que se dirigía a ellos era el encargado de guiarlos. Sin dudarlo, se puso en pie con las manos en alto y se descubrió.

—Soy judío y he huido de Mauthausen —dijo en alemán, esperando que fuera suficiente. Inmediatamente, los hombres se dieron la vuelta hacia él apuntándole con una linterna y cuatro pistolas—. Intenté huir a España pero me atraparon. Llévenme con ustedes —pidió.

El jefe del grupo le miró y le dijo:

—Muéstrame tu brazo izquierdo.

August lo hizo, sabía por qué se lo pedían, qué era lo que querían ver. Se arremangó la chaqueta y la camisa para mostrar su antebrazo izquierdo. Allí donde llevaba tatuado su número de preso. La luz de la linterna le iluminó.

—Vendrás con nosotros, amigo. Ya has pasado suficiente tú solo —le dijo, conmovido, aquel hombre. Luego se acercó para abrazarlo. August tuvo que contenerse para no llorar como un niño. Ningún humano le había dado cariño desde hacía mucho tiempo.

Así había llegado a Fallstein, donde esperaba que atendiesen sus dos peticiones: la primera, que su familia fuera informada de que estaba vivo; la segunda, que la voz de lo que estaba pasando en los campos de concentración empezara a correr.

Se quedó en silencio unos segundos. Luego levantó la cabeza y miró a Hilda que, con los ojos enrojecidos, se secó las lágrimas con un pañuelo antes de poder hablarle.

—Haré lo que me pide y mucho más —dijo ella—, me vengaré. Había empezado algo y lo dejé, pero son noticias como las suyas las que me dan impulso para seguir con mi plan. Con mi venganza.

—No busco venganza —dijo August—, solo piedad. No quiero odio, quiero amor. También quiero, necesito, que se sepa lo que ocurre en Mauthausen y, seguro, en muchos otros campos.

—Esos nazis acabarán por llevarse su castigo —dijo Hilda llena de odio.

—Señora, no se puede iluminar la oscuridad con más oscuridad. La oscuridad se ilumina con luz. Sea luz, ya hay suficiente oscuridad en el mundo —le pidió August.

—Llega muy tarde para eso. Hace tiempo que el odio ocupa demasiado espacio en mí. Nunca fui así, pero me temo que ya no haya vuelta atrás. En cualquier caso, tengo manera de enviar noticias suyas a su familia, si es que siguen en España, así que eso delo por hecho.

August se acercó a ella y le cogió las manos. Estaba realmente emocionado.

—Señora, usted no sabe lo que eso significaría. Si mi familia sabe que estoy vivo, será como estar junto a ellos.

—Pues cuente con ello. Y llegue a España. Haga que la esperanza de los suyos valga la pena.

—Pero señora... Siempre vale la pena tener esperanza —sentenció August.

Escribió a Inés una carta codificada. Si la mujer e hijo de August habían cruzado la frontera por la Cerdaña, habida cuenta de que su prima estaba metida en una red de *passeurs*, no le sería difícil averiguar dónde estaban e informarlos de su suerte. Luego, sentada en su escritorio, miró el calendario, hizo una lista, planificó una fiesta y con impecable caligrafía escribió en tarjetones con el membrete de su familia las invitaciones. Ninguno de los asistentes podría comentar la fiesta, pese a que Hilda pretendía que fuera histórica.

Dos semanas después, la carta de la condesa de Fallstein llegó al Pirineo.

Ave María †
30 Marzo 1942
Burg Fallstein
Baviera

Querida Inés:

¿Cómo estás? ¿Qué tal mi sobrino Ignacio? Por Baviera todo va estupendamente, tengo muchas ganas de que vengas a verme. Entretanto, he tenido una visita que me alegró mucho: ¿recuerdas al hermano de Sandra? Pues casualmente apareció por una de las calles contiguas a casa. Me pide, por favor, que si ves a su mujer, Athalia, le digas que llegó bien y regresará pronto. Pasaron unos días en Puigcerdá, pero él tuvo que volver. Me pareció que tenía muchas ganas de ver a su hijo, como también me alegró mucho saber que conocían a Magda. ¡Qué feliz coincidencia!

Aquí el clima empieza a mejorar, y en breve espero que podamos volver a pasear por el jardín y plantar los parterres. Este año los jardineros me han propuesto ampliar la rosaleda con una nueva clase que al parecer es formidable, pero yo sigo siendo devota de las rosas antiguas, así que la mitad de los parterres se plantaran con rosales Souvenir de la Malmaison, que dan una flor rosa pálido y chata que parece una peonía. Si las nuevas son bonitas, te mandaré un esqueje para que lo incorpores a la rosaleda de tu masía de San Antonio.

Ojalá ganemos la guerra pronto y pueda ir a verte, ya que de momento siento que mi lugar está aquí, en nuestro glorioso Reich.

Te mando un fuerte abrazo y mis mejores deseos.

Tu prima que te quiere,

Hilda
Gräffin von Fallstein

43

Gustav Wagner releyó la carta una vez más. Luego la dejó sobre su mesa. Se levantó para mirar por la ventana de su despacho en la comisaría. Hacía un día claro y la nieve ya solo ocupaba algunos picos, mientras el verdor de los prados ganaba rápidamente al pardo del invierno. Había pedido que todas las cartas que le enviaran desde el Reich a Inés Sagnier le fueran entregadas para revisarlas, no porque debiera, sino porque podía hacerlo y encontraba cierto atractivo en husmear en su intimidad. Tenía influencia y sí, claro, en teoría tan solo era un sargento desplazado, alguien que investigaba en una zona en la que aún no estaban desplegados, pero la Police Nationale estaba ansiosa por colaborar. A veces parecían más nazis que él mismo, y la información era el arma más poderosa. Saber sobre los demás siempre era útil y si podía ampliar la información que ya tenía sobre la mujer que le acompañaba en sus excursiones por la Cerdaña y los pasos del Pirineo, mejor aún. No pensaba demasiado en serio en conquistar a la española, que estaba casada y tenía un hijo, pero nunca se sabía, y la idea se le había cruzado alguna vez por la cabeza. Los dueños de Europa tomaban lo que querían, así que no descartaba del todo lanzarse en algún momento a aquella conquista. Inés llevaba tres meses sin ver a su marido, lo cual era extraño y aquella carta... tenía algo. Su misma irrelevancia la hacía sospechosa. Enviar una carta en medio de una guerra hablando de rosas y encuentros casuales no le parecía que tuviera demasiado sentido, ni siquiera para Hilda Fallstein, una aristócrata aislada en su fabuloso castillo. Recibirla era igualmente extraño. Las cartas en código eran así, irrelevantes cuando se leían superficialmente y llenas de contenido cuando se investigaba su auténtico significado.

Sonrió para sí. Se estaba volviendo paranoico. Inés recibiría la carta al día siguiente y él había quedado en visitarla el día después. Seguían recorriendo los caminos que cruzaban la frontera, aunque ella le había dicho que le quedaban pocos más por mostrarle. Muchos ya estaban vigilados y, aún así, sabían que había fugitivos que conseguían cruzar. Se enteraban más tarde, cuando, tras darlos por muertos, volvían a aparecer, bombardeándolos, saboteándolos, negándose a una realidad que hombres como él y muchos otros buenos alemanes no tardarían en imponer. Era un fracaso tremendo y se exasperaba cuando, una y otra vez, se daba cuenta de que aquella zona era un coladero. La Police tenía muchas ganas y poca competencia, y ansiaba el día en el que finalmente los alemanes se desplegaran por la Francia de Vichy, cuya existencia, bajo su punto de vista, no tenía ningún sentido.

Cada vez eran menos los fugitivos que caían en la trampa del señor Dupuis, y su buhardilla, que tantos nombres de personas capturadas tenía grabados en sus vigas, hacía tiempo que había perdido eficacia. Los indeseables, igual que las ratas, parecían haberse acostumbrado a un veneno que ya no era mortífero. Dio un golpe en la mesa con rabia y, antes de volver a meterla en el sobre, releyó una vez más la carta dirigida a Inés.

Tal y como él había previsto, al día siguiente a primera hora, la misiva fue entregada en la casa de los Sagnier, al otro lado de la frontera. Inés la abrió cuidadosamente en su pequeño escritorio de limoncillo, colocado frente a una de las ventanas de su habitación, sobre la que se abría una vista fantástica de aquel valle, ya primaveral. Apoyó la carta de su prima sobre la mesa y se apretó las sienes con los dedos, al tiempo que cogía fuerzas para entender el mensaje. Escribió a lápiz sobre cada parte para entenderla. Se detuvo en la tercera línea, leyéndola una y otra vez: «¿Recuerdas al hermano de Sandra? Pues casualmente apareció por una de las calles contiguas a casa».

Solo conocían a una Sandra, Sandra Pla, y su hermano se llamaba Augusto, pero había muerto hacía años, así que era imposible que Hilda se hubiera encontrado con él en una calle contigua, también porque Hilda no vivía en una ciudad sino en un castillo en medio de las montañas, donde no había calles contiguas. Apuntó ese nombre: Augusto.

Siguió leyendo: «Me pide, por favor, que si ves a su mujer, Athalia, le digas que llegó bien y regresará pronto. Pasaron unos días en Puigcerdá, pero él tuvo que volver. Me pareció que tenía muchas ganas de ver a su hijo, también me alegró mucho saber que conocían a Magda». Cualquier referencia a Magda implicaba judaísmo. Y no conocían a ningún amigo suyo, así que cabía esperar que Augusto fuera judío y que su mujer, Athalia, y su hijo estuvieran en España.

La referencia a los días pasados en Puigcerdá tampoco le fue difícil de entender. Aquellos judíos habían cruzado la frontera por el valle de la Cerdaña, pero el padre, Augusto, el que había hablado con Hilda, debía haber tenido problemas para cruzar o había sido capturado al intentarlo.

Releyó el resto de la carta, que parecía de relleno. Sí, toda la información que su prima Hilda le quería transmitir estaba en las primeras líneas. Así que debía buscar a una judía llamada Athalia con un hijo que hubiera cruzado la frontera por la Cerdaña y tuviera un marido llamado Augusto (quizás August si, como parecía, eran alemanes). Debía decirle que su marido estaba vivo y que intentaba llegar a España. A otros les hubiera parecido una misión irrelevante, pero para Inés dar esperanza a una familia era lo más importante que podía hacer. Recordaba vívidamente cómo ella misma había sufrido en la guerra española al no saber de los suyos. Nada era peor que la incertidumbre. Nada.

Pensó que si August conseguía llegar a España, seguramente fuera ella misma la que le recibiera, pues la ruta de escape que pasaba por Fallstein era la misma que acababa en Puigcerdá, donde ella seguía ayudando a los padres Domènech y Ginoux a pasar a fugitivos del Reich.

Aunque Ginoux le decía que ninguna de las operaciones en las que ella había participado había sido tan segura como la que había realizado al cruzar la frontera con Gustav Wagner al volante de su coche, la del piloto inglés, ella aún tenía pesadillas al recordar el momento. El resto de misiones se habían limitado a señalizar con una linterna la entrada por algún camino, preparar comida para dejar en los escondites, refugiar a algunos de los fugitivos más importantes en su casa y pasar información de un lado a otro de la frontera, cosas que le parecían mucho más sencillas. No había semana en la que no colaborara con los *passeurs*.

Ahora tendría que encontrar a aquellos judíos de los que le hablaba Hilda, pero no le parecía demasiado difícil. Se reunió con Magda y acordaron que fuera ella la que marchara a Barcelona para hablar con Mario Pérez, la persona que había sustituido a su primer contacto en la comunidad judía, el asesinado Salomon Metzeler. Magda se alegró mucho ante la perspectiva, pues, desde que habían vuelto a Puigcerdá en enero, solo se dedicaba al hijo de Inés y al suyo propio, mientras su amiga se arriesgaba. Sobre todo, le emocionó la idea de poder saber algo más de sus padres, de los que no había tenido más noticias desde que los supo a salvo en Le Chambon. Inés la había tenido que disuadir varias veces de ir en su busca y ella, aunque reticente al principio, acabó por entender que era demasiado arriesgado y que la consecuencia de su valentía podría acabar significando que su hijo se quedara huérfano.

A la mañana siguiente, Magda ya había hecho el equipaje y esperaba en la entrada de la Torre de San Fernando a que Inés acabara de vestirse para llevarla a la estación. No estaba lejos, en realidad, nada en Puigcerdá lo estaba demasiado, pero la señora se había empeñado. Estaba mirando escaleras arriba, con la maleta en la mano y la puerta entreabierta a la espera de su inminente salida, cuando el sargento de la Gestapo Gustav Wagner entró en la casa y la miró de arriba abajo.

—Oh, disculpe, la puerta estaba abierta. —Wagner había visto a Magda en otras ocasiones y sabía que era algo más que una simple sirvienta, aunque se equivocaba al pensar que también era menos que una buena amiga de Inés.

—No hay problema, le diré a la señora que está usted aquí —dijo ella hablando bajo, esperando que su acento no la delatara, pero no fue así.

—¿Es usted alemana? —preguntó él sonriendo—. Qué extraordinaria coincidencia, encantado, soy el sargento Wagner —dijo extendiendo la mano.

—*Frau* Sonja Kohl —respondió ella en perfecto alemán, recordando el nombre falso con el que había entrado en España—, soy la institutriz de Ignacio, el hijo de *frau* Bultó.

En aquel momento, Inés gritó desde el piso de arriba:

—¡Magda! ¡Ya bajo! ¡Vas a perder el tren por mi culpa!

Magda se ruborizó desviando la mirada del hombre al que le acababa de mentir sobre su nombre. Wagner la miró con extrañeza. Enseguida Inés bajó a toda prisa por la escalera. Cuando levantó la vista, vio al alemán junto a la niñera judía.

—Sargento, ¡se ha adelantado usted! Tengo que llevar a mi niñera a la estación —dijo algo nerviosa.

—No me dijo que era alemana —apuntó él.

—Ah, ¿no? Puede ser. Lo tengo muy normalizado. En casa siempre hemos tenido *fräuleins* alemanas, también niñeras. Somos españoles, pero nos gusta educar con disciplina —sonrió—, para eso las alemanas son las mejores.

—Ya —dijo él. Luego se giró hacia Magda—. ¿Y de dónde es usted? —preguntó con tono ligeramente diferente.

—De Múnich —respondió ella. Su cara reflejaba el miedo y estaba segura de que el sargento podía verlo.

—Vino con nosotros desde allí. Trabajaba en Burg Fallstein, para mi prima la condesa —explicó Inés intentando salvar una situación que volvía a empeorar por su culpa. En cuanto pronunció aquellas palabras, se dio cuenta de su error. Si Wagner investigaba, quizás descubriera que Magda había entrado con otro nombre en España. Que ella la había llamado Magda, pero que la judía había salido de Baviera con otro nombre—. Tenemos que irnos ya —dijo cambiando de tema—, perderemos el tren. Sargento, le traerán un café y un poco de bizcocho ahora mismo. Yo volveré en quince minutos a lo sumo. Soleeeee —dijo llamando a una camarera que apareció enseguida—, acomode al sargento en la galería y póngale algo de bizcocho y café —miró a Wagner, que estaba serio, tal vez ordenando aquella información confusa—, o lo que usted quiera. Volveré en quince minutos. —Él permaneció en silencio. Su cara no era amenazante, era de extrañeza—. ¡Hasta ahora! —dijo antes de ir hacia la puerta.

Magda, que se había quedado también helada, reaccionó y se despidió en alemán.

—Me ha gustado mucho encontrar a un compatriota tan lejos. Hasta pronto —mintió.

Gustav Wagner oyó la puerta cerrarse tras él sin decir una palabra. Luego siguió a la camarera hasta la galería que daba al jardín, donde le ofrecieron asiento en torno a una mesa de madera brillante sobre la que enseguida colocaron algunos individuales de porcelana, cubiertos, platos, paneras y jarritas, y, poco después, un desayuno casero de aspecto excelente. No vio nada, concentrado como estaba en el análisis de lo que acababa de pasar. Porque *algo* había pasado. Las dos mujeres habían intentado ocultarle algo y precisamente por eso debía averiguar de qué se trataba. Hacia tan solo dos días que en una carta de la condesa Fallstein dirigida a Inés nombraba a una tal Magda. ¿Casualidad? No lo creía.

En el coche, de camino a la estación, Inés esperó a dejar su casa lejos para empezar a dar golpes contra el volante.

—¡¡¡Tonta, tonta, tonta!!! ¡No se puede ser más tonta que yo! Tendría que haberle hablado de ti al sargento. Tengo a una persona del mismo lugar que él viviendo bajo mi techo, cuidando de mi hijo y no digo nada... Eso es raro, y si ese hombre investiga mi viaje, verá que ninguna Magda vino con nosotros desde Múnich... Aunque, quizás pueda decir que llegaste antes —dijo pensando en alto.

Magda no estaba enfadada, pero sí preocupada.

—Me acababa de presentar con el nombre de Sonja cuando usted me llamó.

Inés aparcó a un lado precipitadamente.

—Cielo santo, es aún peor de lo que creía. He metido la pata pero bien. Hiciste lo que debías, claro que sí, tus papeles llevan ese nombre. Pero qué tonta he sido, debería haberte llamado siempre Sonja, aunque jamás hubiéramos imaginado que un sargento de la Gestapo se presentaría en nuestra casa.

—Lo peor ha sido ponernos nerviosas. Si no lo hubiéramos hecho... —apuntó Magda.

—No seamos agoreras. Ese hombre tiene mucho trabajo. Tiene cosas más importantes que hacer. Además, ya estás aquí y nadie te va a llevar de vuelta —la tranquilizó Inés.

—No es por mí por la que me preocupo, señora. Es por usted —matizó Magda.

Tenía toda la razón. Inés sabía lo que pasaría a continuación. Seguiría ayudando a pasar fugitivos, pero cada vez que mirara a los ojos de Gustav no sabría si podía seguir confiando en su ignorancia o si la estaba observando cauteloso antes de lanzarse sobre ella para ajusticiarla. Poco importaba que fuera española, podía apresarla en cualquier momento que estuviera en Francia y, con su influencia, incluso en España podía ser encarcelada.

De vuelta a casa, cuando entró en el salón, el sargento seguía sentado, dándole la espalda, mirando hacia el jardín, saboreando un trozo de bizcocho lentamente. Inés avanzó con miedo, como quien pisa el hielo fino sin saber si se va a romper a sus pies. Él la había oído, pero esperaba tranquilo a que fuera ella quien hablara.

—Disculpe todo este embrollo, *herr* Wagner. No pensé que llegaría antes de hora y quería llevar a Sonja al tren.

—¿Sonja? —dijo él sin mirarla, con los ojos fijos en la línea de montañas—. Antes la llamó Magda.

—¡Aaah! Sí, lo sé. En casa le llamamos así. Sonja no es un nombre fácil en español. En realidad, se llama Sonja Magdalena, así que hemos preferido llamarla Magda, que es más fácil.

—Nunca me ha hablado de ella.

—Oh, pero... ¿debería? Hablo poco de mí, solo faltaría que tuviera que hablar del servicio.

Wagner se giró de pronto. La miró unos segundos a los ojos con semblante serio. Inés se quedó quieta, esperando. Luego él sonrió de pronto.

—¡Por supuesto! No hay por qué hablar del servicio. ¿Nos vamos? Querría que me enseñara Llivia.

—¡Ah! —dijo Inés aliviada—. Le gustará. Es un enclave extraño. Una isla española en plena Francia.

—Por eso me interesa. Tiene que ser un coladero de fugitivos.

—No es la zona que más conozco, pero podemos investigar juntos —replicó ella.

Pero Wagner ya había decidido que la investigación de importancia la realizaría él solo.

44

José Manuel y Heidi habían llegado a Akrehamn. Eran las cinco de la tarde de un día gris, lo que hacía que pareciera que la noche ya estuviera llamando a su puerta. Desde Asturias habían informado que el segundo envío de wolframio saldría en breve y que nuevamente habían hablado de la luna española como destino final. La inteligencia aliada también había detectado conversaciones sobre los grandes avances tecnológicos en la industria armamentística, pero sin más datos: seguían sin saber cuán real era la amenaza del arma que los nazis confiaban en que les diera la victoria.

Recorrieron el frente marítimo de la población deteniéndose en el puerto, una ensenada bien protegida tras la que se apreciaba el Atlántico furioso y oscuro. A poco más de quince kilómetros se divisaba el pequeño archipiélago de Utsira. Una de esas islas era Spaansholmane. La pequeña flotilla del puerto estaba amarrada y solo un barco se acercaba desde la inmensidad del océano. Por lo que sabía, Utsira no tenía demasiado interés para nadie que no fuera un observador de aves marinas, pues en la isla apenas vivían doscientas personas que resistían sobre una superficie de hierba y rocas, con dos buenos faros y una moral a prueba de todas las inclemencias del clima. Había algo de ganado, una bonita iglesia..., pero nada más. De Spaansholmane solo sabían algunos pescadores, ¿por qué alguien tendría interés en un lugar que era poco más que una roca sin importancia?

Al rato, el barco que habían visto desde lejos entró en el puerto. Era un pequeño pesquero con tan solo un hombre a bordo vestido con pantalones de agua de tirantes y largo chubasquero. Avanzaba con una especie de borboteo del motor, que parecía a punto de pararse mientras se acercaba a su amarre, situado en una esquina tras otros barcos mayores. En la popa, una tela tapaba la pesca del día. Se aproximaron a él en cuanto desapareció tras sus hermanos mayores. Al observar el barco desde otro ángulo, vieron a su capitán apartar la tela: llevaba una foca arponeada en la cabeza.

—¿Sabes lo que significa eso, verdad? —dijo Heidi. José Manuel asintió—. Ese hombre ha cazado en tierra y, si es listo, lo habrá hecho en alguna de las islas menores de Utsira, donde no tiene la competencia ni la vigilancia de los que viven allí. Ese es el hombre que nos puede informar.

Lo vigilaron sin ser vistos, hasta que el hombre hubo cargado al mamífero en su pequeña furgoneta y se puso en marcha hacia el interior del pueblo. A pocos metros, lo siguieron con el coche. Recorrió no más de dos kilómetros y aparcó a pocas calles del puerto, frente a una taberna que, en noruego, anunciaba el menú en una pizarra apoyada contra la pared. Entraron tras él.

Era la típica taberna marinera, con poca luz, olor denso, un gran atún disecado en una de las paredes y mesa de billar en una esquina. El resto, cuatro mesas de madera frente a un banco corrido y una barra tras la que atendía una mujer que había rebasado la juventud hacía tiempo y mostraba un generoso escote a los clientes. Tres hombres, entre ellos el que habían seguido, bromeaban con ella mientras un grupo de otros tres compartían una jarra de vino en una de las mesas. Al entrar, todos los miraron. Nadie en Akrehamn estaba acostumbrado a ver caras nuevas.

Heidi y José Manuel saludaron con la mano y se acercaron a la barra.

—Extranjeros —dijo en noruego la dueña.

Ellos no entendieron, pero su cara lo dijo todo.

—¿Extranjeros? —repitió ella en alemán.

—Sí —contestó Heidi en el mismo idioma, despacio, esforzándose por ser entendida—, somos biólogos. Avistadores de aves.

—Es un trabajo muy aburrido —opinó la noruega suavizando la expresión.

—No para nosotros. Mi compañero es español, yo soy alemana. Hemos venido de lejos para observar el hábitat de las aves de su costa.

—Es una época muy extraña para hacerlo. No llegan hasta dentro de unos meses —replicó la tabernera.

—Lo sabemos. Pero, como le decía, es el hábitat lo que nos interesa.

La conversación estaba generando curiosidad en la barra. Uno de los hombres le preguntó algo a la mujer que los atendía. Ella contestó y él se rio.

—Dice Emil que ustedes han venido a ver rocas y prados —tradujo ella también riendo.

—Exactamente —apuntó José Manuel—, y pagamos bien a quien nos los enseñe.

Inmediatamente la noruega tradujo el mensaje a los hombres de la barra. El comentario suscitó interés. Otro de los marineros, que no había intervenido hasta el momento, contestó, mientras el que habían seguido permanecía callado. Negaban con la cabeza y la jocosidad se había abandonado completamente. Al rato, la mujer tradujo de nuevo.

—No son buenos tiempos para dar paseos. El mar está muy bravo y esto no es como su Mediterráneo —dijo mirando a José Manuel—, podrían caer por la borda fácilmente... y no verían aves nunca más.

Ambos sabían que no era la marejada lo que mantenía a los marineros en puerto. Fue Heidi quien decidió presionar un poco más.

—Tan solo nos interesa el archipiélago.

—¿Utsira? —preguntó la noruega.

En ese momento, el marinero que los había llevado hasta la taberna sacó una moneda del bolsillo, la puso sobre la mesa y salió del local. Todos lo vieron marchar sin hacer preguntas. ¿Acaso el mero nombre de aquel lugar estaba prohibido? Eso parecía, pues la camarera cambió de tema bruscamente con humor ensombrecido.

—¿Qué les sirvo?

Aguantaron en la taberna aún una hora y aprovecharon para cenar antes de volver a la posada en la que se alojaban. A última hora el lugar se llenó de gente, de manera que su presencia pasó más inadvertida. Esperaron para comentar lo que había sucedido a estar fuera del local. Ninguno de los dos se percató de que, desde una mesa, dos ojos los observaban con detenimiento.

Dormían nuevamente en habitaciones separadas, contiguas pero sin comunicación, en un pequeño establecimiento con solo otras dos habitaciones situado en una calle del centro de la localidad. José Manuel había ido a la habitación de Heidi.

—Está claro que algo pasa en esas islas. En Spaansholmane —comentó ella.

—Nadie ha querido comentar nada. En medio de una guerra, sin duda es extraño que nadie acepte llevarnos allí por una buena cantidad de dinero. Saben algo. Quizás incluso los tengan amenazados. El pescador que cazó la foca sencillamente huyó. ¿Qué sugieres que hagamos?

—José Manuel, no podemos irnos sin ver esa isla. Creo que está allí. La base. Si en unos meses un cohete destruye una ciudad al otro lado del Atlántico, nos lamentaremos toda la vida de haber estado cerca de detenerlo y no haberlo logrado. Si los nazis consiguen desarrollar un arma de tan largo alcance, perderemos definitivamente la guerra.

José Manuel la miró. No hubiera sido incapaz de negarle nada. Se hizo el silencio unos segundos, pero se rompió al tiempo que una ventana de la habitación lo hacía, atravesada por una piedra envuelta en una nota. Cayó al lado de la cama tras esquivar una lámpara de porcelana y sus propios cuerpos. José Manuel se asomó corriendo. En una esquina creyó ver dos piernas que huían deprisa. Hubiese jurado que llevaban pantalones de pesca.

—Mira esto —oyó a su espalda—, nos mandan un recado.

En la nota, leyeron una advertencia escrita con señales por alguien que no sabía alemán ni tenía una mejor forma de comunicarse. La palabra *Utsira* aparecía tachada y junto a ella habían dibujado un ojo que parecía advertirles de que estaban siendo vigilados. Ambos estuvieron seguros de que el marinero de la taberna era quien les mandaba el recado. También que no podían seguir aquella recomendación.

Madrugaron y fueron al puerto, donde el mar, más en calma, había favorecido que muchos más barcos salieran a faenar. No vieron a ninguno de los marineros que el día anterior habían coincidido con ellos en la taberna. Tampoco les pareció que ninguno de los que había estuviera dispuesto a llevarlos cerca de Utsira o Spaansholmane, así que decidieron cambiar de plan. El día no era malo, las islas se veían a lo lejos y tanto Heidi como José Manuel sabían llevar una pequeña lancha motora sin dificultad. Con todo, cuando en uno de los muelles localizaron una embarcación que quizás les alquilaran, ella dio una nueva vuelta al plan antes de acercarse a la lancha.

—Tú te quedas —le dijo con la sequedad germánica que utilizaba cuando la decisión estaba tomada.

—No —respondió él.

—Desde luego que sí. No sé quién nos vigila, pero tal vez tú tengas la oportunidad de salvarte de esas sospechas. Si son los nazis los que nos observan, sería una enorme pérdida que te atraparan. Que te descubrieran. Eres valioso. Yo soy sustituible. Ve a la posada, prepara el equipaje. Tenemos que estar listos para huir, al menos tú. Si a las nueve no he vuelto, vete. Yo me espabilaré. Si ves cualquier signo de vigilancia en el puerto, coge las maletas y vuelve a Potsdam. Desde allí vuela a España.

—No haré tal cosa.

—Desde luego que lo harás. Vuelve al hotel. Tu coartada es excelente. Eres español, franquista, vendes wolframio al Reich. Yo no tengo tal cosa. Si me atraparan, jamás me defiendas, pondrás toda la operación en peligro y yo tengo medios para pasar el trance sin sufrimiento.

—No sabemos si nos observan, podríamos estar equivocados... Ni siquiera sabemos quién nos mandó la nota —apuntó José Manuel.

—Hay algo que no te conté. No lo noté al principio, pero luego le he estado dando vueltas.

—Me estás asustando —dijo él escrutando los ojos de Heidi. Ella no pudo aguantarle la mirada.

—Hablé con Olav Sorensen, como sabes.

—Sí, me lo contaste.

—No te lo conté todo —dijo apartándolo un poco para llevarlo a una esquina entre dos casas.

Habían hablado del tema el día que habían salido de la casa del industrial noruego. Heidi había pedido la cooperación de Olav Sorensen, la había forzado un poco incluso. Le había hecho una especie de chantaje: los Bultó comprarían sus productos y les venderían los suyos, es decir, salvarían su empresa, pero él debía conseguir información. Debía averiguar todo lo posible sobre la base de Marvik, donde trabajaba el novio de su hermana. Él había cambiado la expresión pero había aceptado, pues estaba entre la espada y la pared. Ella había prometido contactar con él por una vía segura para recopilar dicha información.

Pero algo no fue como esperaba Heidi. Algo había ido mal. No sabía exactamente qué, pero pudo percibir miedo, angustia y... quizás también enfado en el noruego. No se lo había contado a José Manuel. Al llegar a la posada había hecho algunas llamadas, de las que había obtenido información que le había preocupado algo más y le habían hecho maldecirse por aquel acercamiento llevado a cabo sin la aprobación de su superior. Olav Sorensen había recibido en dos ocasiones a Vikdun Quisling en su casa. Hacía bastantes años, pero el líder fascista que (muy en teoría) lideraba el gobierno absolutamente pronazi noruego había visitado la finca de los Sorensen. Se habían sentado a la misma mesa. Habían compartido la misma compañía.

De pronto, Olav Sorensen no parecía tan abiertamente opuesto a los alemanes como ella pensaba y la colaboración que esperaba de él podía haberse tornado en una denuncia que acabara con ella en la horca. Mientras explicaba todos los detalles que intencionadamente había guardado para sí, la cara de José Manuel enrojecía. Al acabar, se hizo el silencio.

—¿Por qué no me has dicho nada? —preguntó él al cabo de unos segundos que parecieron horas.

—Porque no estaba segura.

—Porque no confías en mí. En mi aptitud. Fui espía antes que tú, jamás me cogieron y conseguí información valiosa para mi bando durante la guerra en mi país. Si decidisteis que me involucrara con los aliados, deberíais dejar de tratarme como a un actor secundario en todo esto. Así que ahora las condiciones las pondré yo. Tú irás a la posada y prepararás nuestra partida y yo me las arreglaré para ir a las islas.

—No, lo siento, no puede ser. Pese a lo que pienses, te acabo de decir que eres más valioso que yo.

—Sí, puede ser y así será. Si no, volveré a Potsdam hoy mismo y de allí a España y jamás volveréis a saber de mí.

Era mentira y ambos los sabían. Estaban enamorados pero, en aquella relación profesional y personal, ambos intentaban que hubiera un equilibrio, que ninguno mandara sobre el otro, que fueran un verdadero equipo. José Manuel sabía que Heidi, al menos en lo profesional, era la que llevaba la voz cantante, pero su error de cálculo con Olav Sorensen, cuando él mismo le había pedido que no se arriesgara presionándole para informar a los aliados, le daba una oportunidad. No pasó por su cabeza ni por un segundo pronunciar el odioso «te lo dije» que usaban los cobardes para achacar sus fallos a los valientes que tomaban decisiones, pero decidió que, aquella vez, harían lo que él decía.

—Iré yo. No hay más que hablar. Ve a preparar el equipaje. Haremos lo que tú dices, si a las nueve no estoy de nuevo en el muelle, vete.

Ella le miró. Sabía que en aquella ocasión no se saldría con la suya.

—Ve con mucho cuidado, por favor —le dijo con mirada triste antes de darse la vuelta.

José Manuel vigiló la barca que pretendía alquilar y, dando una vuelta, se acercó a una tienda que vendía artículos marineros y aparejos de pesca. Un pequeño establecimiento atiborrado de ganchos, cañas, redes, ropa de pesca, impermeables y arpones. Compró unos prismáticos, unos pantalones y una chaqueta. También una libreta y una guía. Luego se sentó en la terraza de una taberna y estuvo trabajando una hora sobre las páginas del cuaderno en blanco. Se puso toda la ropa que había comprado y fue hacia la lancha, que seguía en el mismo amarre, con un hombre de aspecto refinado subido a ella baldeando la cubierta de madera reluciente y barnizada. Debía tener al menos setenta años y su piel no era la de un pescador, sino la de un marinero aficionado, igual que su embarcación. Le saludó desde el muelle y él levantó la cabeza, con su nariz aguileña y su aspecto pulido, para mirarle con sus ojos azules. José Manuel preguntó a tientas en alemán, pero su interlocutor negó con la cabeza.

—¿Inglés quizás? —dijo con acento muy español.

—Inglés, sí, mejor —respondió el hombre irguiéndose.

Hablaron unos minutos y enseguida el buen ambiente se instaló entre ambos. La lancha, que llevaba el nombre de su esposa, Maud, era su distracción principal, aunque salía a navegar poco, pues él ya no podía arriesgarse a caer al agua y su mujer sufría si desde su ventana no veía la barca amarrada. José Manuel le explicó su procedencia mediterránea, su afición a la navegación y su interés por el avistamiento de los hábitats marinos de las aves. Todo le pareció perfectamente plausible a aquel hombre y la idea de que el motor de su embarcación funcionara durante unas horas le sedujo.

—El motor de mi lancha es su corazón. Es igual que el suyo o el mío. Cuando se para demasiado tiempo, acaba por morir. El corazón debe usarse si uno no quiere que deje de funcionar —le dijo aceptando poco después la generosa oferta del español por el alquiler durante todo el día.

Le explicó el funcionamiento, su manejo sencillo y la localización de cada uno de los aparejos antes de poner el motor en marcha con cierta dificultad. Luego, al oír su sonido constante, cerró los ojos y miró al cielo con una sonrisa, igual que hubiera hecho al escuchar una sinfonía de Edvard Grieg. Tras darle la mano al español, saltó al muelle para soltar las amarras.

Al poco rato, José Manuel dejaba el puerto de Akrehamn a su espalda y se adentraba en el Atlántico, oscuro y frío pero en calma.

A la hora y media ya estaba cerca de Utsira, y tan solo unos barcos pequeños navegaban en sus caladeros. Los que habían zarpado desde Akrehamn habrían seguido otras rutas y aquellos parecían ser de los escasos habitantes de la isla. Siguiendo su plan, estuvo un buen rato mirando con los prismáticos a las rocas, apuntando en su libreta datos, pretendiendo ser un avistador de pájaros. Luego volvió a ponerse en marcha y, algo más al sur, repitió la operación. No sabía si alguien estaría observando, así que su interpretación no podía limitarse a cuando estuviera seguro de estar a la vista, sino a todo el rato. Debía creerse el papel igual que los buenos actores. Poco después, volvió a poner la lancha en marcha y bajó un poco más al sur. Al hacerlo, divisó a una, quizás dos millas, el islote de Spaansholmane.

Se trataba de una roca sin aparente vida, áspera, oscura y escarpada. No era grande en longitud, tal y como habían visto en el mapa, tendría un máximo de un kilómetro de lado a lado, pero era alta. Tenía forma similar a la de una E mayúscula tumbada, con dos grandes entrantes que se perdían en las sombras de su interior. No parecía habitada. Memorizó bien su orografía antes de darle la espalda y mirar hacia Utsira, apuntando los nidos que veía y los escasos pájaros que los sobrevolaban. Cuando disminuyó la luz del día, giró el timón y, con el motor prácticamente al ralentí, puso rumbo a su objetivo final.

Si tal y como suponían Spaansholmane estaba siendo utilizada como base nazi, las dos ensenadas naturales que había visto en uno de sus lados eran los refugios perfectos para acceder al lugar, así que dio la vuelta al islote para recalar en el lado contrario, en el que tenía alguna posibilidad de desembarcar sin ser visto. Era muy consciente de que pisar aquel lugar acababa con cualquier posibilidad de coartada y que, de ser descubierto, sería fusilado en el acto. Eso en el mejor de los casos.

Encontró una roca baja que escondía tras ella una pequeña poza y entró con la lancha. La roca era tan negra que destacaba en la noche y la luna la iluminaba con suficiente claridad para prescindir de la linterna. Saltó a tierra y anduvo en cuesta, ayudándose de pies y manos, como un gato, para salvar la superficie hostil, dura y cortante. Estaba concentrado, tanto que no había espacio para el miedo que sabía que sobrevendría cuando dejara aquel lugar tras él, si conseguía hacerlo. A la hora llegó a la cima y reconoció bien las dos ensenadas, cuyo fondo no era visible desde donde estaba, así que se acercó. Llegó a la primera y se asomó al alto acantilado que la rodeaba. A sus pies, el agua rompía directamente contra las rocas. No había playa ni ningún rastro humano, tan solo un brazo de mar estrecho, parecido a un pequeño fiordo. No era un mal sitio para fondear un barco o un submarino, pero el acceso era prácticamente imposible. Lo observó un rato y se puso en marcha hacia la otra ensenada. Estaba llegando cuando una vibración llegó a sus pies. Se agachó expectante a tocar el suelo. No había duda: vibraba. Puso el oído en tierra y reconoció un martilleo acompasado que solo podía producir el hombre. Agazapado, siguió moviéndose en la misma dirección pero, antes de poder asomarse a la segunda ensenada, llegó la sorpresa.

El suelo a partir de un punto estaba cubierto por una lona no excesivamente gruesa, tapada con pequeñas piedras sobre un fondo tintado del color exacto al de la roca que tenía debajo. Cubría un espacio extenso, de unos cuarenta metros de largo por lo menos, y estaba perforada para permitir que el aire pasara por ella sin levantarla del todo. José Manuel la pisó con cautela y avanzó unos metros más hasta que uno de sus pies se hundió: no había nada debajo. Retrocedió antes de caer y se echó al suelo. Con una navaja perforó la tela para ver lo que ocultaba.

Resultaba casi irreal.

El centro de la isla era un agujero que tendría por lo menos treinta metros de diámetro, cubierto a media altura por una techumbre que parecía hecha de varias placas de acero triangulares, como porciones de una tarta unidas en el centro. Intuyó que podían moverse unas encima de otras para exponer a cielo abierto lo que tuvieran debajo. ¿Tal vez una lanzadera de cohetes? Parecía probable. Ningún avión que hubiera sobrevolado Spaansholmane habría sospechado nada. Ninguno habría visto jamás nada extraño, pues la lona que él pisaba camuflaba tan bien la instalación que solo cuando uno estaba sobre el terreno era capaz de distinguir qué era lona y qué roca.

Con el corazón latiendo con fuerza, fue a ver la segunda ensenada antes de irse. Al asomarse al acantilado, de varias decenas de metros de altura, lo vio. Apenas iluminado por una hilera de tres luces mortecinas que recorrían un muelle ínfimo, allí aguardaba un submarino. Era un espacio estrecho y hondo, también difícil de ver desde el aire. Ese era el lugar en el que descargaban el wolframio de La Recuesta y, con toda seguridad, la entrada a la base secreta en la que se desarrollaban las armas que los alemanes ansiaban y los aliados temían. El wolframio era el material perfecto, quizás el único que resistiría una velocidad como la del cohete que podían estar fabricando, uno capaz de llegar más lejos y más rápido que ninguno. El arma decisiva necesitaba de un material que no se fundiera o malease en su viaje y este venía de las entrañas de la mina de la duquesa de Riosgrandes. Desde lo alto, en el océano distinguió un barco rodeando la isla, vigilando aquel secreto. Las amenazas a los pescadores de alrededor debían de haber sido muy efectivas, pero aun así, de noche se encargaban de que ningún otro —como él— decidiera husmear en una roca perdida frente a una costa inhóspita, remota y poco poblada.

Volvió a su lancha y esperó a que la luz de la patrullera pasara por encima de su cabeza y se alejara un poco para poner el motor en marcha y salir de allí. Antes de las once de la noche, tal y como había prometido, amarraba en el mismo muelle sin ser visto y sin necesidad de mostrar los dibujos de su cuaderno ni las anotaciones sobre nidos inexistentes y rocas habitadas. Una operación limpia y perfecta, salvo por un descubrimiento de última hora.

Cuando volvió a la posada, Heidi no estaba allí.

45

El 6 de abril de 1942 August Wiesner llegó a Le Chambon-sur-Lignon, en la región del Alto Loira, en la Francia de Vichy. Entrar en Francia había supuesto caminar mayormente de noche entre masas boscosas, sombrías y frías, esconderse en cuevas, subir cumbres elevadas y confiar, una y otra vez, en gentes que no conocía, personas que, como dándose la mano los unos a los otros, formaban una cadena que, al menos de momento, lo había llevado a un lugar más seguro que cualquiera de los que había pisado desde el inicio de la guerra. Le Chambon era un oasis en medio de una Francia que cada vez respiraba con mayor pulmón alemán. La Resistencia actuaba y había muchos que cada día arriesgaban su vida para que su país volviera a ser suyo, pero también había muchos que habían bajado los brazos, rendidos. Tristes y seguros de que no había nada que hacer frente al poderoso invasor, muchos lo aceptaban ya. La Police Nationale seguía actuando tan severamente como los mismos nazis, y estar en la Francia no ocupada no garantizaba que gente como August estuviera más segura; eran igual de perseguidos que en Alemania.

Pero en Le Chambon las cosas eran muy diferentes.

Cuando tuvieron el pueblo a la vista, se desviaron para no entrar en él, cruzaron el río Lignon para seguir su camino hasta una granja bien cuidada, con techos de pizarra llenos de líquen, paredes de vieja piedra gris y algunos pajares de diferentes tamaños. En el mayor de todos ellos, un hombre los esperaba sonriente.

—Bienvenidos —les dijo en francés sin dar su nombre—, han recorrido ustedes un peligroso camino, ahora ha llegado el momento de que puedan descansar un poco. Alégrense, aquí estarán seguros.

Les explicó por qué allí podrían finalmente dormir algo más tranquilos. Todo el pueblo ayudaría a esconderlos, en aquella casa y en algunas otras, en grupos organizados y en un espacio sin fisuras en el que controlaban bien quién se acercaba. Les dijo que su lema era vencer al mal con el bien y no añadió mucho más, lo que tranquilizó a August, la gente que hablaba demasiado siempre acababa acarreando problemas. Tal vez si en su primer intento de huida se hubiese mostrado más discreto no habría acabado en Mauthausen.

Lo que André Trocmé, pastor de Le Chambon, no les contó era que en aquellos momentos había casi quinientos refugiados, mayoritariamente judíos, escondidos en mansardas, sótanos, graneros y trasteros de todo el pueblo. Que él lideraba una red de trece grupos de jóvenes que ayudaban a aquellos desafortunados a escapar, grupos que actuaban separadamente, de forma que uno no sabía del otro para que, de ser atrapados, el resto de la red pudiera seguir actuando. También que, secretamente, recibían ayuda financiera de la Cruz Roja Internacional e instituciones antifascistas católicas. En resumen, lo que André Trocmé no les contó fue que estaban mucho mejor organizados que cualquier otro que los hubiera acogido y que, gracias a él, tenían más posibilidades que nunca de llegar a un destino libre en el que continuar tras aquel periodo atormentado de sus vidas.

August se acercó al pastor en cuanto este acabó su explicación. Emanaba bondad y determinación, justo lo que necesitaba de él.

—Le agradezco mucho todo lo que hace por nosotros —le dijo—. Me llamo August Wiesner. Escapé de Mauthausen. Me atraparon la primera vez que intenté cruzar la frontera con España. Mi familia está allí.

—No quiero imaginar lo que habrá pasado en el campo de concentración. Hemos refugiado a muchos judíos, pero muy pocos habían conseguido escapar de los campos. Tenga fe, esta vez cruzará. Curiosa situación la de este mundo: hace tan solo unos años eran los españoles los que huían y acogíamos en Le Chambon.

—El mundo está loco. Pero no puedo quedarme mucho tiempo aquí.

—Deberá esperar hasta que esté todo organizado. Tiene que confiar en que partiremos en cuanto podamos hacerlo con seguridad. Hacia España o Suiza.

—¡No! —replicó August sintiendo enseguida que su tono no era el adecuado—. Perdóneme. No puedo ir a ningún otro lugar que España. Mi familia me espera, estarán sufriendo como yo. He estado tan cerca de la muerte que he sentido su frío en la nuca. Por favor, inclúyame en el primer grupo que vaya a España. Aún soy fuerte, aprendí algunas cosas de mi primer intento de fuga y mi perro es mucho más útil de lo que pueda imaginar.

Doblone, que estaba junto a él, frotó su cabeza contra la pierna de August. Trocmé lo miró.

—Veré lo que puedo hacer. Le diré algo hoy mismo. De momento descanse y coma. Pediré que traigan algunos restos para su perro, está claro que él es parte de su familia.

—Lo es.

—Pues aquí estamos para cuidar y proteger a las familias. Volveré por la noche. Como le he dicho, de momento descanse. No le prometo nada, pero lo intentaré todo.

—Con eso me vale. Confío en usted.

—Puede hacerlo —dijo el pastor mirándole a los ojos, reconociendo en ellos la dignidad y el orgullo intactos, pese a su aspecto empobrecido y casi harapiento.

Se dio la vuelta y salió del granero dejándolo allí. August se acomodó en un rincón y aceptó gustoso el plato de gachas que le ofrecieron, el buen pan y el agua fresca. Luego se echó en un lado, sobre uno de los numerosos jergones de paja, y durmió profundamente el resto del día. Ya había anochecido cuando alguien le despertó cogiéndole por el hombro. Era André Trocmé.

—Venga conmigo —le dijo sin extenderse—. Coja sus cosas.

August obedeció y siguió al pastor con Doblone. Fuera los esperaba un carro tirado por una mula.

—Suba —ordenó Trocmé.

August acató y se sentó en la parte de atrás. Cuando lo hubo hecho, le vendaron los ojos sin que él opusiera ninguna resistencia.

Recorrieron un camino lleno de baches y por los sonidos del empedrado supo que cruzaban Le Chambon para salir al otro lado del pueblo, bordeando un río cuyo lento discurrir también oía. A pocos kilómetros detuvieron el carro y le quitaron la venda antes de que pudiera bajar frente a un molino. August no tenía miedo, ni siquiera intranquilidad, tan solo expectación. Estaba seguro de que Trocmé había arreglado las cosas para cumplir con su petición.

—El grupo que encontrará dentro está listo para partir a España pronto. Le integraré en él con una condición.

—Usted dirá —dijo August deseoso de cumplir con lo que le pidiera con tal de llegar pronto a España.

—Uno de los hombres llegó en muy mal estado y murió a los pocos días. Usted le sustituirá y ayudará a su viuda a cruzar el Pirineo. Se trata de una mujer bávara, es mayor y está débil, pero debe llegar a lugar seguro. Como usted, tiene familia en España, una hija.

—No cruzaré sin ella. Puede estar seguro.

—Sabía que diría eso —sonrió Trocmé—. Confío en usted. Hay algo más: es muy importante que no revele a nadie ninguna información del otro grupo, del que ha conocido. Para que nuestro sistema funcione, nadie debe saber de los demás, ni donde se esconden unos y otros, ¿me entiende? Es por mera seguridad. Si un grupo cayera, no podría informar sobre nada más que de su propio grupo.

—No diré una sola palabra —prometió August.

A Trocmé le bastó con el aplomo con el que el checo respondía para dejarle entrar en el molino.

—No le puedo decir exactamente cuándo saldrán, pero será pronto. Estamos ultimándolo todo. Le presentaré a la viuda a la que asistirá.

El interior del molino estaba casi tan oscuro como el exterior, y tan solo el resplandor del fuego en la chimenea perfilaba un espacio con suelo de piedra, techo bajo y algunas butacas y sofás gastados. En torno a la lumbre, seis personas dormitaban o charlaban en voz baja. Dos eran niños que dormían apaciblemente ante los cuatro adultos, que escuchaban atentos a una mujer mayor. En cuanto los oyeron entrar se giraron.

—Buenas noches a todos. Les presento a August —dijo el pastor—, les acompañará en su viaje. Ha venido desde muy lejos. —Miró a la mujer mayor—. Silvia, ¿puede acercarse?

La mujer se levantó y fue hacia ellos. Tenía el pelo de un color cano que revelaba que hacía poco había sido rubio, arreglado en un moño bajo. Sesenta años por lo menos. El cuello largo y fino, la boca pequeña y ojos profundos. Una mujer elegante, pero también débil. Más preparada para recorrer las calles de París que las montañas pirenáicas. August supo enseguida por qué hacía falta. Ella le extendió la mano y él la apretó, aunque en una situación cotidiana se la habría besado.

—¿Así que es usted el pobre que va a cargar conmigo? —dijo ella en francés con marcado acento alemán—. Lamento de veras su suerte, pero desconfíe de lo que ve, soy más fuerte de lo que parece, en ocasiones la determinación es más poderosa que la fuerza física.

—Haremos un buen equipo —dijo él.

Se miraron sabiendo que venían de lugares parecidos, que habían sufrido circunstancias similares y que compartían los mismos objetivos. Ella acarició a Doblone, que se había sentado pegado a su amo.

—Les dejo —intervino Trocmé antes de salir del lugar cerrando la puerta tras él—, conózcanse, les hará bien.

—¿Quizás podríamos...? —preguntó Silvia señalando un par de butacas apartadas del grupo.

—Desde luego —respondió él acercándose a donde ella le indicaba.

Le contó su historia. Su marido y ella habían sido deportados desde Múnich, donde regentaba una sombrerería. Los metieron en un vagón de mercancías, como animales. August conocía bien la historia, pero la dejó hablar, escuchando todo lo que decía y también lo que callaba, como saben hacer los buenos conversadores. El periplo de Silvia, igual que el suyo, había sorteado la muerte en muchas ocasiones e, igual que él, cada una de aquellas victorias le había dado fuerzas para afrontar la siguiente batalla. En el vagón habían coincidido con Bertrand Moreu. August no conocía el nombre, pero al parecer era un importante miembro de la Resistencia, muy buscado y al fin apresado por los nazis. Enseguida habían congeniado con él, que se había ocupado de infundirles ánimo y de organizar el vagón de forma que todos pudieran repartirse la escasa agua y hacer sus necesidades de forma más privada. También había conseguido romper una de las cerraduras del portón, así que esperaron al tramo que él eligió para, como pudieron, saltar del tren en un momento en que este aminoró la marcha. Bertrand conocía perfectamente el lugar que había elegido y les dijo que los nazis no se percatarían de su huida hasta por lo menos veinticuatro horas más tarde. Su marido se rompió la pierna al saltar y no hubieran llegado a Le Chambon de no haber sido llevado a cuestas por el francés, que los volvió a ayudar mientras los suyos los dejaban atrás. Él les dijo que para evadirse con éxito era más importante la cabeza que las piernas y la paciencia que la prisa.

Desde hacía varios meses esperaban con la paciencia que les había recomendado Bertrand el momento idóneo para seguir con su huida, pero, por desgracia, su marido había muerto al poco de llegar, a los sesenta y tres años, exhausto de un final de vida para el que no estaba preparado.

—Lo lamenté, por supuesto, pero me alegré de que hubiera pasado a la vida eterna en libertad, no en un campo de concentración. Está enterrado en el bosque, bajo un gran abeto en el que grabé una estrella de David. Si un día acaba todo esto, sabré volver y encontrarle; mientras, las raíces del árbol lo abrazarán igual que he hecho yo desde que nos casamos, y su cuerpo alimentará el crecimiento de algo bello y puro. Quizás le parezca cursi.

—Todo lo contrario. Me parece muy bonito.

—Se lo agradezco. Nunca me ha importado demasiado lo que piensen los demás, pero las afinidades se demuestran siempre en las cuestiones íntimas. Es fácil encontrar a un compañero de caza o a un seguidor del mismo boxeador, pero es complicado que alguien comparta nuestros sentimientos, que los comprenda verdaderamente.

Se quedaron en silencio. Ella giró la cabeza hacia las llamas de forma que August pudo observar sus ojos húmedos. Silvia era fuerte, pero había pasado por un trago tras el que era imposible permanecer incólume.

—Ahora debo llegar a España. Solo me queda mi hija, que trabaja para una condesa que era buena clienta mía. Sé que ella la habrá ayudado a sobrevivir. Debo estar a salvo para que me encuentre viva cuando todo acabe.

—¿Cómo se llama su hija? —preguntó August sabiendo que el nombre de la muchacha tenía poca importancia para el fin que perseguían. Ella volvió a mirar a las llamas mientras una lenta lágrima recorría su mejilla.

—Magda. Mi hija se llama Magda.

46

Hilda Sagnier de Fallstein cada vez sentía menos ser *de* Fallstein, si es que alguna vez había tenido sentido aquel apéndice a su querido apellido. Le gustaba su castillo y hubiera deseado que fuera para sus herederos, pero salvo el pequeño Ernst, al que quería más que a nada en el mundo y precisamente por ello quería devolver a sus padres, ella se había ocupado de que no hubiera heredero de la dinastía, al menos no uno fruto de su unión con Harald.

Él había vuelto. Diferente.

Habían cenado sin apenas hablar. Su humor, siempre medido y elegante, había derivado en instantes casi histriónicos, bromas en voz alta y risotadas más propias de burdeles y tabernas que de aquellas paredes distinguidas. Bebía más y peor, lo que facilitó que, cuando aquella primera noche quiso hacerle el amor, acabara dormido rápidamente sin que nada sucediera. No hacía ninguna falta que lo comentara para que ella lo supiera. Las cosas en el frente ruso no estaban saliendo como querían, por más que la propaganda nazi tratara de ocultarlo. Su aversión a los eslavos no había cambiado, pero de pronto aquel pueblo inferior era más resistente de lo que ninguno de los formidables arios esperaba.

No saludó a Ernst. Ni siquiera preguntó por él, lo que la sorprendió, pero también la colocó ante una realidad que tomaba forma: aquel castillo nunca sería el hogar del niño. Por la mañana desayunaron entre silencios, sin tensión de ningún tipo, ni buena ni mala. Hablaron muy poco, se miraron menos y compartieron una mesa que en realidad eran dos, cada vez más alejadas la una de la otra. Hilda supo que el desprecio que sentía por el hombre en el que se había convertido Harald se estaba tornando en indiferencia, aquel punto terrible de no retorno. Era más fácil volver a querer a alguien con quien se estaba terriblemente enfadada que a alguien que resultaba totalmente indiferente. Tras el desayuno, le vio partir vestido de caza, a caballo, con su rehala de sabuesos, así que supo que comerían tarde, cosa que prefería. Ya habían tocado las tres cuando su marido entró en el comedor.

—Un venado y algunos faisanes —fue lo primero que dijo.

—No está mal —respondió ella levantando la vista del libro que leía.

—No. Tampoco nada extraordinario. Tengo ganas de una buena cacería, la verdad. Estoy harto de los mismos bichos y los mismos paisajes.

—No encontrarás muchos más bonitos que los de Baviera en esta época. La primavera aquí es...

—Sí, sí, claro —interrumpió él—. Pero matar aquí me empieza a resultar monótono. Cuando todo esto acabe, organizaremos algo en el sur de Francia.

—No tiene por qué ser una cacería. Estarás harto de matar para entonces —dijo ella irónica. Él ni siquiera la escuchó.

—La pesca siempre me gustó. Iremos a la costa de Marsella. Además, tendremos mucho que celebrar pronto. —Hilda se irguió un poco prestando indisimuladamente más atención—. Nada que no imagináramos, claro —continuó Harald—. Volveré a Fallstein pronto. Definitivamente. Ya no soy necesario en la operación en el este, así que debo volver y ocuparme de mi finca y mis asuntos. A finales de septiembre estaré de vuelta. Te he tenido un poco desatendida.

—No me he sentido así —respondió ella pensando tan rápidamente como podía, deseando no mostrar demasiado lo que en realidad sentía—. De hecho —se iluminó—, estaba preparando una fiesta, un baile.

—Ah, eso me gusta. ¿En mi honor? —dijo él orgulloso.

—Por supuesto. Ahora será también un baile de bienvenida. Mandé las invitaciones hace unas semanas, mi idea era hacerlo por tu cumpleaños, el 11 de noviembre. Me dijiste que tendrías permiso, así que pensé en una fiesta sorpresa. Pero si estás aquí será imposible que no veas los preparativos.

—Es una idea excelente. Excelente de veras, querida. Que maravillosa sangre española tienes. Quizás no sea la más pura, pero probablemente sea la más divertida.

Ella intentó tomárselo como un halago pese a la velada crítica a su origen. De todas formas, debía centrarse en la fiesta, así que, una vez más, dio poca importancia a lo que su marido decía. Se entretuvieron un rato más con banalidades y dejaron a cargo de Harald la comida y la bebida. El mejor caviar, el mejor champán, el mejor todo. En cuanto empezó a apuntar de dónde saldría lo que tendrían sobre la mesa, Hilda confirmó la necesidad de que su plan se llevara a cabo hasta las últimas consecuencias. Comerían y beberían los frutos de expolios y robos, de expropiaciones, de crueldad e injusticia. «Luego morirán», pensó ella.

A última hora de la tarde aprovechó para ir a ver a Bruno Lippe a las cuadras. Encontró al segundo caballerizo limpiando los boxes de los caballos que habían salido con Harald. Sus dos niños jugaban con unos gatos recién nacidos en el mismo recinto y él, horca en mano, sacaba la paja sucia y colocaba la nueva, limpia y dorada, con olor a campo de verano. Al verla, él supo que necesitaba hablar, dejó la horca a un lado, colocó una silla junto a la pared, cerca de donde estaba, y volvío a coger la herramientra para seguir trabajando. Rara vez preguntaba, pero sus gestos y su franqueza eran una constante invitación a que Hilda se abriera a él, cosa que hacía con cada vez mayor frecuencia. Ella se sentó.

—¿Todo bien?

—No exactamente. Harald volverá al castillo permanentemente a partir de septiembre. Será imposible acoger a más refugiados. Informaré enseguida a mi prima para que avise a los organizadores.

—Será lo mejor. Y respecto a su... ¿fiesta?

—Eso sigue adelante. Sin duda.

Él la miró sin poder evitar que sus pensamientos trascendieran.

—No me diga algo que ya sé —dijo ella.

—Si se venga de esa gente, será como ellos —dijo él deteniendo un momento su trabajo.

—Bruno, esto es una guerra. Voy a luchar. Mataré a todos los que asistieron a la cacería de personas. El fuego se combate con fuego.

—Se equivoca, el fuego se combate con agua, pero si esa es su decisión, la ayudaré, aunque no crea que sea lo mejor.

—Las invitaciones están mandadas, será el 11 de noviembre, día del cumpleaños de Harald —dijo ella volviendo al tema.

—El día en que morirá.

Hilda dudó unos segundos. Luego recordó a Ernst, arrancado de unos padres enviados a un campo de concentración, a su marido disparando a personas en casa de Sofia Maeckelberg, el castillo de Neuschwanstein repleto de bienes robados a familias judías y del este...

—Sí —respondió gélida—, el día en que morirá, aunque en realidad la persona que conocí murió hace ya algún tiempo.

Lo cierto era que no estaba segura de poder matar a Harald llegado el momento. El corazón traiciona a menudo la voluntad y, al fin y al cabo, ella era humana. No dijo nada, aunque supo que Bruno lo sabía.

—También está el asunto de Fritz.

—Sí. Fue él quien me informó del escape que intoxicaba el salón de armaduras, así que habrá que organizarlo todo en otro salón para que no sospeche nada. Llegado el día habremos de neutralizarle, mandarlo a Múnich con alguna excusa, y trasladar la fiesta al otro salón, donde los invitados morirán intoxicados.

—¿Y luego?

—Luego nos iremos. Ernst y yo, y usted y sus gemelos también, si es lo que desea. Somos alemanes, no nos detendrán.

—Se equivoca. Yo estoy en búsqueda y captura y usted lo estará en cuanto se descubra que no se encuentra entre las víctimas. El servicio hablará, habrá una investigación, deberá correr.

—Pues eso haré. Lo pensaremos más adelante.

Bruno había acabado su labor. Apoyó la herramienta en una pared, cerró el box del caballo y se quitó los guantes dejándolos en un estante que estaba ahí mismo. Eran casi las siete y media y los niños, como polluelos, habían vuelto a la casa sobre la cuadra, donde cada día se aseaban antes de cenar. Bruno se ocupaba de todo, llegaba a todo y jamás se quejaba, pese a que la pena por la pérdida de su mujer se hacía presente en aquellos momentos.

—¿Ha cenado? —le preguntó a Hilda.

—Aún no —respondió ella sin poder evitar que su cara se entristeciera ante la perspectiva de compartir mesa con Harald—, no tengo demasiada hambre y, de todas formas, el conde cena más tarde —musitó quedándose pensativa mirando al suelo. ¿Cómo había llegado a aquella situación? ¿Cómo se había complicado tanto su vida?

Bruno se acercó. En muchas ocasiones era impenetrable, y la vida le había obligado a ser duro. Costaba que valorara penas que para él no tenían importancia, pero aquel no era el caso y sabía exactamente qué hacer. La abrazó lentamente dejando que Hilda, a la que conocía desde hacía poco pero apreciaba sinceramente, apoyara la cabeza en su pecho y, como una niña, llorara silenciosamente.

—Todo pasará. No siempre será así —le dijo él.

Ella permaneció un rato entre sus brazos sintiendo su olor a paja y a cuero. Luego, se recompuso poco a poco, se separó de él y se enjugó las lágrimas con la manga del vestido.

—Lo siento, Bruno —le dijo sin poder mirarle—, no debería ponerle en esta situación. Es usted muy generoso.

—Usted lo ha sido conmigo. Soy yo el que está en deuda. Seré su fiel amigo siempre, aquel que la acompañará hasta en sus malas decisiones.

—Ya. Espero que cuando todo acabe, siga pensando que valió la pena.

—No se inquiete. Un buen amigo acompaña durante todo el camino, no solo en el destino.

Hilda le cogió las dos manos y levantó la cabeza para mirarle a los ojos. Él la miró también y sonrió tímidamente.

—Gracias, Bruno. Miraré hacia su ventana cuando necesite recordarlo.

Se alejó hacia la entrada del castillo, respiró fuerte al entrar y, cargándose de fuerzas, sonrió al pasar por delante del salón de armaduras, sintiendo que ella misma se estaba poniendo una para afrontar todo lo que venía.

A las ocho, Harald la esperaba en el comedor.

—He ido a ver al niño esta tarde. Es hermoso, se parece a ti —dijo.

—Entonces supongo que su madre y yo nos parecemos —replicó ella.

—Querida, no seas latosa. Tú eres su madre. La otra... nunca existió. Esa mujer sencillamente no existe.

—Lo dices con mucha seguridad.

—Entonces créeme y no preguntes más —le dijo él metiéndose un trozo de carne en la boca.

Ya no le quedaba duda de que su marido sabía lo que le había pasado a aquella desgraciada. La madre del pobre Ernst habría acabado en un campo como el que le había descrito el refugiado August Wiesner a su paso por Fallstein. Probablemente estuvieran exterminando a todos por medio de trabajos forzados. Se estremeció al pensarlo.

—Te vi entrando en la cuadra —continuó él—. Me dijo Fritz que hablas mucho con el segundo caballerizo. Parece buena persona, menos hermético que Amsel, desde luego.

Fritz era el mayordomo y el empleado más antiguo del castillo; mandaba sobre todos dentro del edificio y, aunque su poder no se extendía a guardeses, capataces y al personal de labor de la finca, era una figura muy respetada y con influencia. Por lo visto también era el espía de Harald.

—Fritz debería meterse en sus asuntos en vez de espiar a su señora —dijo ella.

—Oh, sí, tienes razón. Ese viejo canalla siempre ha sido muy fisgón..., cosas del aburrimiento, probablemente, no se lo tengas en cuenta. ¿Es tu amante? —preguntó con indiferencia antes de sorber un poco de vino.

Hilda dejó los cubiertos sobre la mesa y miró a Harald helada.

—¿Perdón?

—¿Lo es? —repitió él sin darle importancia.

—No, Harald, no es mi amante. No tengo amantes. Te soy completamente fiel —afirmó con aplomo, al tiempo que pensaba: «No soy adúltera, pero planeo ser tu asesina».

—Querida, yace con él si te divierte. Supongo que es normal. Ha pasado siempre y es bastante inevitable en mi opinión. Esa gente evoca sentimientos primarios que a veces todos deseamos. Nos casamos con el caviar, pero en ocasiones a todos nos gusta algo de patata, tú me entiendes.

—No, Harald, no te entiendo, y preferiría no seguir con esta conversación —dijo completamente en serio. Estaba harta de sorpresas desagradables.

—Como quieras, Hilda. Las españolas sois muy tradicionales, eso no es nada nuevo.

Se hizo el silencio. Servidos por tres lacayos que lo oían todo, uno para cada uno y otro que se ocupaba de la bebida, la situación era humillante para ella y perfectamente normal para Harald. Él acabó el vino de un sorbo y comentó, tranquilo y contento.

—Hace pocos días bombardeamos Gibraltar. Me enteré ayer.

—Ah —dijo ella aún impresionada por la conversación anterior.

—Los españoles odiáis esa roca. Deberías alegrarte.

—Ningún bombardeo provocará mi alegría —murmuró muy bajo, al borde de las lágrimas.

—¿Decías, querida? —dijo él sonriente al otro extremo de la mesa.

—Decía que debemos brindar —propuso ella levantando la copa y forzando una sonrisa—. Y que tu fiesta será un éxito y una ocasión más para celebrar.

Harald amplió la sonrisa. Hilda sintió que se estaba convirtiendo en un diablo vengador.

Luego fue a ver a Ernst, que dormía plácidamente, vigilado por una niñera que los dejó solos cuando la vio entrar. No podía enfadarse por lo que Harald había dicho ni por lo que había dado a entender. Él la quería a su manera, se había buscado a una compañera de buena estirpe y modales con la que tener hijos y poder acudir a los diferentes eventos a los que alguien como él estaba invitado. En cualquier caso, sus sentimientos hacia ella eran más elevados que los de ella hacia él.

Contempló a Ernst dormido, chupándose el pulgar mientras con la otra mano agarraba un oso de peluche, en aquella camita aristocrática, cubierta de bordados y lazos.

—Nos iremos de aquí —le dijo asomando la cabeza—, te lo prometo. Te sacaré de aquí. Vivirás con gentes que te quieran, con amigos de verdad y en un país en paz. Agotaré hasta la última de mis fuerzas y me equivocaré y pecaré solo para que tú no tengas la vida que yo tengo. Lo mejor de que hayas caído en mis manos es que mis errores son tan grandes que será fácil que aprendas a no repetirlos. Yo erraré por los dos, para que tú solo puedas acertar.

Se acercó a él para besarle la frente, despertando al niño sin querer. Él bostezó estirando los brazos y abrió poco a poco sus ojos hasta mirarla fijamente. Luego, como hacía siempre que la veía, sonrió.

—Hilda —dijo sintiendo que, a pesar de los esfuerzos de ella, aquel nombre era sinónimo de mamá.

47

Magda estaba en Barcelona, decidida a hablar con Mario Pérez para averiguar dónde estaban Athalia y su hijo, la familia del desconocido August del que había informado por carta Hilda Sagnier desde el castillo de Fallstein. Caminaba rápidamente por la avenida Diagonal en dirección a la Rambla de las Flores. Pérez les había dicho que cada martes merendaba en la cafetería Canaletas a las seis de la tarde y que, de querer contactar con él, acudieran allí, así que a las cinco se había puesto en marcha desde la casa de los Bultó en la zona alta para llegar puntual a la cita. Estaba deseosa de que Mario, o quien conveniera, informara a Athalia y a su hijo de que su marido estaba vivo, que había escapado de Mauthausen e intentaba llegar a España. Era un encargo sencillo, quizás de poca importancia para cualquier otro, pero ella entendía bien lo que los Wiesner debían sentir porque ella sentía lo mismo. No había día en que el pensamiento de lo que habría sido de sus padres no asaltara varias veces su cabeza. La incertidumbre era lo peor y, aunque su esperanza era grande y sabía por los informadores judíos que el legendario Bertrand Moreu había llevado a sus padres a Le Chambon y que estaban a salvo allí, aún quedaba un largo trance que superar hasta que llegaran a España, cosa que no sabía cuándo ocurriría.

Gran parte de la seguridad de los fugitivos se basaba en que nadie, ni siquiera sus familiares, supieran dónde estaban hasta llegar a territorio seguro, pero se hubiese dejado cortar un brazo a cambio de algo de información. Así que por lo menos pondría todas sus fuerzas en ayudar a la tal Athalia a salir de aquella angustia.

A las seis entraba en el establecimiento, decorado elegantemente con molduras doradas y vitrinas relucientes bien surtidas de bollería cuyo aroma llenaba el aire. Casi todas las mesas estaban ocupadas por personas de inequívoca clase alta, que hablaban en voz baja creando un rumor continuo del que a cada rato sobresalía alguna risa. Se acercó a la barra y pidió un café, recorriendo con la mirada cada punto del local. En una mesa esquinada, unos ojos se elevaron unos segundos y la miraron fijamente antes de volver sobre *La Vanguardia Española* del día. Creyó que le decía que fuera hacia él, así que eso hizo.

Al sentarse, Mario Pérez mostró intacta la misma antipatía con la que le habían conocido.

—¿Qué es lo que quiere? —dijo directo.

—Soy Magda Stern, no se si me recuerda de...

—La recuerdo perfectamente. Vaya al grano.

—Hemos recibido un mensaje de un fugitivo judío. Se llama August.

—¿August qué más? —dijo él—. El mundo está lleno de Augusts.

—No sé el apellido. Tan solo que su mujer Athalia y su hijo cruzaron la frontera, pero él fue atrapado. En la Cerdaña.

Al oír los nombres, Pérez abrió los ojos. Luego dejó unas monedas sobre la mesa.

—Vayámonos. Al salir, tome dirección Tibidabo y pasee un rato. Nos encontraremos en el Pasaje de la Concepción en dos horas.

Se levantaron y Magda hizo lo que el hombre le había pedido. A la hora indicada entraba en el Pasaje de la Concepción, casi un escondite que comunicaba el Paseo de Gracia con la Rambla de Cataluña, jalonado de algunas villas y tiendas elegantes. Enseguida distinguió la figura de Pérez, que paseaba por el centro, y se pegó a él.

—Sígame cuando entre —le dijo escueto.

Anduvieron hasta la mitad del pasaje y cuando él entró en una de las casas, Magda le siguió. Cruzaron la planta inferior hasta un pequeño patio de grava decorado con grandes kentias. En el centro, sentada, en torno a una mesa con un niño, una mujer se levantó al verlos llegar. La tristeza y el infortunio parecían pesar sobre su espalda pese a que en ese momento sus ojos brillaban con esperanza. Era elegante, muy blanca de piel, con el pelo rubio cortado pulcramente a lo *garçon* y vestida con ropa muy usada pero de impecable corte.

—Soy Athalia Wiesner y este es Saul, mi hijo.

Le extendió la mano, delgada y fría, y animó al niño con un empujoncito a que saludara educadamente. Luego, Magda se presentó y enseguida se sentaron.

—¿Se ha sabido algo? —dijo ansiosa.

Mario miró a Magda invitándola a hablar.

—En realidad, creo que sí. Recibimos una carta de la condesa de...

—No diga el nombre —dijo Mario cogiéndole la mano.

—Recibimos una carta de alguien de nuestra completa confianza que ha coincidido con un tal August. —La cara de Athalia se iluminó—. Nuestra amiga recibió el encargo de ese hombre, que había intentado cruzar la frontera cerca de Puigcerdá, pero había sido capturado, de informar a su mujer Athalia y a su hijo de que estaba bien y de camino a España.

—Solo puede ser August —dijo la mujer apretando la mano de su hijo—, solo puede ser papá —repitió mirándolo a la cara. —El niño soltó una carcajada de alegría y ella juntó las manos y miró al cielo—. Gracias a Dios. ¡Gracias a Dios! —Magda no pudo evitar emocionarse. Ojalá pudiera siempre dar tan buenas noticias—. ¿Cuándo llegará? —preguntó al rato.

—No sabemos nada más. Pero creo que lo conseguirá —dijo Magda.

—No tiene información para asegurar eso —intervino Mario.

Ella ya estaba harta de tanta antipatía.

—Sí la tengo. La tengo. No de August, pero de muchos que lo están logrando, así que haga el favor de dejar de aguarnos la fiesta. La vida tiene ya suficientes baches como para que nos preocupemos por los que están por venir. Si luego nos tenemos que lamentar, ya lo haremos.

—Gracias —le dijo Athalia cogiéndole la mano—, yo también tengo esperanza.

—Ser duro en sus palabras no le hace más duro —dijo Magda mirándole.

—Es la vida la que me ha endurecido. Ojalá no haga lo mismo con ustedes —respondió Mario con una frase que probablemente a otros les hubiera roto la voz.

Salieron del lugar juntos y el líder judío tomó otra dirección. Magda acompañó a Athalia hasta su casa. Vivía en el barrio del Raval, no lejos de donde se habían reunido, pero abismalmente diferente a la Barcelona que ella conocía. Ella le explicó todo lo acaecido desde que su castillo en Checoslovaquia fue comprado a precio de saldo hasta que llegaron a Barcelona, pasando por su vida en París. Se detuvo especialmente en lo que concernía al paso de la frontera. Cómo fueron ayudados por un panadero llamado Dupuis, pero su marido nunca llegó.

Magda calló unos segundos y buscó un banco donde pudieran sentarse.

—Dupuis fue quien os traicionó —dijo directa.

—¿El panadero?

—El mismo. Deja pasar a los peces pequeños y entrega a los peces gordos. Debió considerar que August era uno de ellos.

—Supongo que no se equivocaba. Mi marido es... —dudó unos segundos—, bueno, era un importante industrial.

—Pues no tengas duda —aseguró Magda.

—¿Por qué alguien haría algo así? Ese hombre nos vio juntos, sabía que separaba a un hombre de su mujer e hijo, sabía que nos destrozaría la vida.

Magda hizo un gesto inequívoco: cerró la mano y rozó la yema del pulgar con las del índice y anular.

—Por dinero. No creo que haya más que eso.

—Nosotros le dimos dinero.

—Los nazis siempre pagan más.

—¿Cómo sabes todo eso?

Magda dudó un instante. Sus operaciones eran secretas, pero estaba claro que solo aquella conversación ya había revelado parte de lo que Inés y ella estaban haciendo, así que decidió explicarlo sin dar demasiados detalles. Cuando hubo acabado, Athalia le cogió las manos.

—Quiero ayudaros —propuso.

—No creo que sea lo mejor —replicó Magda.

—Conozco a Dupuis, conozco a los curas del Sanatorio des Escaldes, conozco las trampas del camino y también el paso por el que yo alcancé la libertad. Estaríais locas si no me aceptarais. —La niñera pensó que Athalia tenía razón—. Puedo vivir en cualquier lugar si no hay espacio en vuestra casa. Puedo trabajar de cualquier cosa y ayudar cuando sea necesario. La avalancha de refugiados está por llegar. Es el momento de que demos un paso adelante, que ayudemos más aún. Sabes que pocos pueden ayudar como yo.

Se quedaron en silencio mientras Magda pensaba. Athalia sin duda podía ayudarlos mucho, hubiera sido absurdo negarlo. Además, en la casa de su señora en Puigcerdá había espacio de sobra, y el resto de la familia que la llenaba verano tras verano había decidido pasar las vacaciones de aquel año en el Cantábrico.

—De acuerdo. Recoge tus cosas —le dijo mientras buscaba un folleto con los horarios del tren en su bolso—. Mañana iremos a Puigcerdá, el tren sale a las cinco de la tarde desde la estación de Plaza Cataluña. Ten presente que mi señora puede negarse, en cuyo caso deberías volver, pero vamos a intentarlo.

Athalia sonrió. Hacía tiempo que quería ayudar a los suyos y no sabía bien cómo, pues carecía de recursos. Aquel día había encontrado una manera de hacerlo, una infraestructura para lograrlo y, hacía tan solo unos minutos, un fín específico. Uno que no nacía del amor al prójimo que presuponía Magda, sino del odio al enemigo. Bajo su sonrisa elegante y sus formas distinguidas, la mente de Athalia Wiesner empezó a rumiar un plan.

Dupuis debía morir.

Magda anduvo de vuelta por aquella Barcelona un poco gris pero hermosa con la sensación de que la ciudad, con las terrazas llenas de gente, los vendedores de horchata anunciando su frescura, las gitanas con sus flores, los escaparates surtidos de cosas bonitas y las ventanas por las que el corazón de las familias se mostraba a la calle, ya era la suya.

No se dio cuenta de que durante todo el día había sido seguida, que cada paso había sido documentado y que la oscuridad de la noche que empezaba era clara como el sol en comparación de la negrura que la acechaba.

48

Pablo no había podido resistir más tiempo sin ver a Inés y su hijo y se había plantado en Puigcerdá. Habían pasado dos meses desde la última vez que se encontraron y sentía que la situación de su matrimonio carecía de lógica. Sus amigos vivían con sus esposas, las veían al llegar del trabajo y acudían a los restaurantes y los clubes con ellas. Ellos, en cambio, se habían embarcado en una aventura extraña. Él, como espía (se convencía de que era «ayudante de espía») en la finca de la abuela de su mujer, en Asturias, envuelto en un proyecto que sabía crucial para el bando aliado. Ella, en Puigcerdá, en la casa de sus padres, volviendo solo de vez en cuando a Barcelona, alargando las semanas y los meses en el Pirineo sin nada aparente que hacer más que charlar con su criada Magda y jugar con los niños en el jardín. Con todo, a pesar de la extrañeza, cuando se encontraban la sentía tan cerca como siempre, tan enamorada como el primer día. ¿Qué era entonces lo que se le estaba pasando?

Estaba rumiando sobre aquello cuando llamaron a la puerta. Su mujer había ido a pasear con su hijo, Ignacio, al lago y la casa estaba sumida en un silencio casi sepulcral, solo roto de vez en cuando por el sonido del viento que agitaba los árboles del jardín, en los que asomaban hojas nuevas y verdes. Escuchó la puerta de la cocina abrirse para ir a atender la llamada, pero se adelantó, provocando que enseguida la doncella volviera sobre sus pasos.

En la entrada encontró a un hombre extranjero, de buena planta, casi albino. Pareció sorprenderse de verle allí.

—Buenos días —dijo en español con acento terrible, luego cambió inmediatamente al francés—, venía a buscar a Inés.

Pablo miró al tipo, incrédulo.

—Soy su marido, Pablo Bultó. Mi esposa no está, pero quizás yo pueda ayudarle.

El hombre dudó unos segundos. Estaba claro que era a Inés a quien quería ver. Pablo volvió a romper el hielo.

—¿Con quién tengo el placer de hablar? —dijo extendiendo la mano.

—Gustav Wagner, sargento de la Gestapo Gustav Wagner —respondió el alemán.

—¿Quiere pasar?

Wagner se había quedado sin ideas, como un niño sorprendido haciendo algo indebido.

—No, no hace falta. Dígale por favor a Inés que he venido.

—Por supuesto. Pero, si me permite..., ¿qué es lo que trae a un sargento de la Gestapo a la casa de una mujer española casada? —Pablo hablaba con más curiosidad que acritud, pese a que estaba seguro de haber encontrado algo que merecía una explicación detallada. Wagner dudó unos segundos.

—Soy amigo de los Fallstein. De los condes. Soy bávaro, como ellos. Reparamos en esa feliz coincidencia cuando Inés estuvo en la comisaría de la Police Nationale.

Pablo procuró no alarmarse y actuar como si supiera que su mujer había estado en la comisaría de un país extranjero y en guerra.

—Ah, cierto. Me lo comentó. Le diré que ha venido usted. Ahora, si no necesita nada más, seguiré con mis quehaceres.

—Nada más. Encantado de conocerle, *herr* Bultó.

Cerró la puerta y vio al alemán alejarse por la mirilla. Luego anduvo pensativo hasta el salón. Estaba seguro de que su mujer no le era infiel, así que temió que estuviera metida en algo peligroso. Fuera lo que fuera, no acabaría el día sin que supiera, finalmente, toda la verdad.

Su mujer le encontró en el jardín sentado en una butaca de mimbre, mirando hacia la puerta de la casa que daba al recinto ajardinado. No estaba leyendo ni haciendo nada en concreto, solo la esperaba. Delante de él había colocado otra butaca. La escena era tan elocuente que Inés supo que allí acabarían sus secretos, así que dio la mano de Ignacio a la niñera que la acompañaba y se acercó sola a su marido.

—Ha estado aquí el sargento Gustav Wagner —dijo sin rodeos.

Inés juntó las manos sobre su regazo y cerró los ojos.

—Creo que ha llegado el momento de que te explique algo.

—Creo que sí —replicó él, que aún no estaba enfadado.

Permanecieron más de dos horas allí sentados. Inés se lo explicó todo y Pablo la interrumpió a cada paso recabando todos los detalles de lo que su mujer llevaba meses haciendo a su espalda. Se dio cuenta de que ella no calibraba bien el peligro, que había actuado impulsivamente y sin experiencia, pero también de que lo había hecho por voluntad propia, porque había ido más allá de lo que le habían pedido, involucrándose más y más en aquella tarea sin que nadie la hubiera obligado a ello. Estaba orgulloso y enfadado a partes iguales. Preocupado y resignado, porque sabía que su mujer no abandonaría lo que había empezado.

Le molestó que su hermano José Manuel estuviera al tanto de todo, que incluso las hubiera adiestrado para hacer lo que hacían.

—Te habrías preocupado y no hubiera servido de nada porque hubiera seguido haciendo lo que hacía —se justificó ella—. José Manuel nos oyó comentar detalles de la operación en Navidad, en San Antonio, y simplemente nos dio algunos consejos para que no nos cazaran.

—Déjalo, Inés. No vale la pena volver sobre el pasado más de lo necesario. Lo que me preocupa es que hayáis perdido el miedo. Que creas que no estás siendo investigada a fondo por los alemanes. Esa gente tiene mucho poder también en España, podrían detenerte al menor indicio.

—Creo de veras que no tienen ninguno. Pablo, creo que no tenemos por qué preocuparnos. A ojos nazis somos una familia más, sin ninguna vinculación con nada que pueda hacernos sospechosos.

Miraron hacia la casa, que la primavera había vuelto a envolver en parra virgen. En la terraza, separada por cuatro escalones de piedra, a pocos metros de donde ellos estaban, Magda los saludó. Junto a ella, una mujer y un niño esperaban de pie.

49

José Manuel había vuelto a Potsdam tras dos angustiosos días recorriendo la costa noruega hasta Oslo. En Noruega no había sabido como reaccionar a la desaparición de Heidi. Tanto si había desaparecido por voluntad propia, huyendo de alguien, como si había sido detenida, habría resultado extraño que él no preguntara por ella a las autoridades. Sospechoso. Así que intentó recabar información sobre ella al posadero que los había alojado, que tan solo se encogió de hombros sin decirle nada, y luego acudió a la policía local, donde el agente parecía tan perdido en el mundo como el lugar donde vivía y únicamente dejó registrado que alguien había preguntado por alguien un día a finales de marzo, sin avisar a los nazis por si le buscaban a él también.

El coche estaba en el mismo lugar donde lo habían dejado y con él hizo el camino de vuelta rápido, discretamente, y, a pesar de que la preocupación por su propia detención también sobrevolaba, pensando cada segundo en lo que habría sido de la mujer a la que quería. Se sintió cobarde y traidor, como si la estuviera abandonando. Sabía que el éxito de la misión que compartía con ella dependía de que él volviera e informara a sus enlaces de lo que había visto. También sabía que no tenía ninguna posibilidad de encontrar a Heidi.

El control en el aeropuerto de Oslo fue angustioso, y aun cuando el avión se elevó y vio los fiordos hacerse pequeños bajo él, no consiguió librarse de la sensación de que todo iba terriblemente mal. Luego, en Villa Kreisler, la tensa espera.

No tenía más enlaces en Potsdam que Heidi. Si había sido capturada, los aliados lo sabrían y le mandarían un nuevo enlace, alguien a quien pudiera explicar todo lo que había averiguado sobre Spaansholmane. Decidió que esperaría un día más antes de volver a España, donde podría contactar con Bob Asprey, que seguía escuchando las conversaciones que los nazis que explotaban la mina de La Recuesta mantenían y sabría cómo hacer llegar su valiosa información al alto mando aliado.

Tras cenar, estaba sentado junto a la chimenea, intentando leer sin conseguirlo, cuando alguien golpeó levemente el cristal de la puerta del jardín, justo tras él, sobresaltándolo.

Se acercó a abrir, acelerando cuando distinguió a Heidi al otro lado. Llovía a mares y estaba empapada de arriba abajo. Se abrazó a ella.

—Dios mío, ¡creí que no te volvería a ver! —dijo al borde de la emoción.

—Tuve problemas a la vuelta. Olav Sorensen me denunció a las autoridades. Dijo que era espía, que quería captarle para que él lo fuera también. Me detuvieron.

—¿Y luego? —La miró de arriba abajo—. Dios mío, estás calada hasta los huesos. ¿Por qué no te cambias? Te puedo dejar algo de ropa. No será de tu talla, pero por lo menos no chorreará.

—Es una larga historia. Te contaré con detalle.

—Cámbiate primero, pediré que te preparen algo de cenar, yo también te...

Heidi se abalanzó sobre él besándole apasionadamente durante varios segundos, pegándose a su cuerpo de forma que él también quedó completamente mojado. Luego se separó un poco.

—Yo también tengo que explicarte cosas. El paseo en... —le dijo él antes de que ella le volviera a interrumpir con un beso.

—Ahora somos los dos los que nos tenemos que cambiar —le dijo mirándole a los ojos.

José Manuel observó su cara buscando deseo, pero encontró miedo. Heidi había pasado por algo terrible. Lo averiguaría, pero ella no parecía dispuesta a hablar de momento. El silencio de las palabras se impuso mientras el lenguaje del cuerpo hablaba a gritos. Se desvistieron ansiosos, con urgencia, de camino a la habitación de José Manuel, y allí ella le condujo rápidamente al cuarto de baño, donde se abrazaron bajo los chorros de la gran ducha. Al poco, José

Manuel no pudo evitar hacerle el amor allí mismo. Era la tercera vez que lo hacían y, por alguna razón, a él le dio la sensación de que sería la última. Había algo extraño en toda la situación, un halo de despedida, algo desconocido y nuevo, que no sabía identificar y no estaba seguro de que le gustara. Sus cuerpos habían formado uno solo. Heidi, apoyada contra la pared de mármol, era alzada del suelo y sostenida por José Manuel, que la poseía con las ganas que llevaba meses acumulando y la ternura que aquella mujer fría, inteligente y más vulnerable de lo que mostraba le provocaba. Ella se abrazaba a él con un brazo, mientras con la otra mano lo acariciaba dibujando en su espalda. Dibujando. Escribiendo. Seguía en su interior cuando sus sentidos se centraron en aquello. Abrió los ojos y vio los de ella muy abiertos, observándole, concentrada en algo que no era el acto que estaban realizando y que tanto había ansiado. Seguía escribiendo en su espalda, repitiendo una y otra vez los mismos trazos. José Manuel cerró los ojos mientras seguía haciéndole el amor. «H-U-Y-E»... «Y-A», era lo que escribía en alemán Heidi.

Él la dejó en el suelo, la miró y vio el miedo en su mirada. Luego, recorrió su cuerpo desnudo y observó varios grandes morados en su piel. Comprendió. Sabiéndose escuchado, fingió un orgasmo antes de salir de la ducha y rápidamente fue a la habitación a vestirse. Ella apareció en el marco de la puerta, desnuda, observando cómo él se preparaba para obedecer el mensaje que le acababa de dar.

—No me has contado cómo fue tu paseo en barca en Stavanger. ¿Lo pasaste bien?

José Manuel la miró mientras se metía la camisa por dentro de los pantalones.

—No demasiado. Llegué a la isla de Utsira. No había mucho que ver. Los pájaros aún no han llegado y ni siquiera desembarqué. Enseguida supe que estaba perdiendo el tiempo y volví a buscarte a la posada. No cabe duda de que todo lo que puedo hacer contigo es más interesante que avistar pájaros inexistentes y nidos vacíos.

—No viste nada entonces.

—No. Nada. Pero me alegro de que fuéramos a Noruega. Hice buenos contactos, mis fábricas se beneficiarán mucho de ellos. Te iré a preparar algo, no creo que debamos despertar a los Kutz tan tarde. Te espero en la cocina.

—No tardaré —dijo ella.

Bajó las escaleras lentamente para no delatarse con el ruido de pasos apresurados. En la cocina encendió las luces mientras con la mano balanceaba unos contra otros los cazos que había colgados, haciendo ruido. Luego, salió por la puerta de servicio y, pasando entre los árboles de la linde del jardín, fue hasta el lago, donde rápidamente entró en la casa de botes y se subió a la pequeña lancha que Heidi había utilizado tantas veces.

Había dejado de llover y la luna aparecía y desaparecía entre las nubes, iluminando a ratos el agua. José Manuel salió de la casita dejando Villa Kreisler a su espalda, sin percibir que nada hubiese perturbado aún la paz de la mansión. Estaba seguro de que en pocos minutos, cuando ella bajara y recorriera la planta fingiendo buscarle, llamándolo, la Gestapo haría acto de presencia, lo revolvería todo y emprendería su búsqueda. Tenía poco tiempo, pero su cabeza ya había trazado un plan.

Había recorrido el lago Tiefer muchas veces y lo empezaba a conocer bien. Heidi le había enseñado la ruta de escape en caso de emergencia, pero decidió hacer lo contrario y recorrió el lago en dirección norte, hasta un embarcadero que había frecuentado. A los pocos minutos estaba frente a él. Observó la casa en la distancia y, sin nada que levantara sospechas, aminoró la marcha y puso una pierna en el muelle reteniendo con la otra la pequeña barca que le había llevado hasta allí. La encaró hacia el sur y, tras poner una marcha, la vio desaparecer lago abajo sin pasajeros. Luego corrió hacia la casa que se asomaba a aquel punto, otra de las aristocráticas villas de Potsdam. La casa de un amigo.

Desde un arriate de arbustos y flores la contempló dormida, con todas las luces apagadas. Dos plantas, gran porche con vistas al jardín donde él se escondía. Sobre el mismo, una terraza con elaborada balaustrada recorría la primera planta, en la que se alternaban grandes ventanales con bustos clásicos en nichos. No parecía nada difícil subir a ella, las rejas de las ventanas de la planta baja le ayudarían a escalar. En un santiamén saltaba sobre la terraza. Aunque todas las ventanas estaban cerradas, varias tenían las cortinas descorridas, así que fue fácil reconocer los interiores. Eran dormitorios. El primero que pudo revisar tenía las paredes empapeladas con flores. En un rincón distinguió un tocador y un diván femeninos, de modo que supo que aquella era la habitación de la señora de la casa. La siguiente ventana tampoco tenía las cortinas corridas, al menos no del todo, y pudo ver un interior completamente distinto, masculino, tapizado a rayas y con un galán de noche vestido de chaqué. La habitación que buscaba. Golpeó el cristal repetidamente hasta que la luz se encendió y un hombre en camisón se acercó, más extrañado que alarmado, a la ventana. Su cara mutó en sorpresa al verle.

José Manuel pidió silencio poniéndose el índice sobre los labios. El hombre abrió la puerta.

—José Manuel, yo... ¿Me puede explicar qué hace aquí?

No se habían vuelto a ver desde que el español le había revelado a Otto que sabía de su colaboración con los aliados. José Manuel había confesado entonces que él también colaboraba. En aquel momento el alemán había respondido airado, como hacían todos los que temían que demasiada gente compartiera su secreto. El miedo era inevitable. Después, poco a poco había vuelto a colaborar, y de él había surgido la información más importante hasta la fecha, la que hablaba de armas que se desarrollaban en bases secretas. La información que había obtenido de sus amigos químicos. La información que había llevado a Heidi y a José Manuel a Spaansholmane. Se habían llevado bien desde el primer día. Aquella noche José Manuel debería comprobar hasta qué punto el alemán era su amigo.

—Me están buscando. Necesito que me esconda. Atraparon a Heidi y la han usado de cebo para hacerme hablar, pero conseguí mantener la boca cerrada y escapar. Ahora necesito que me esconda, al menos hasta que sepa cómo salir de Alemania.

Otto retrocedió y se sentó en la cama.

—José Manuel. Me pide que arriesgue mi vida por usted. Yo...

—Lleva arriesgándola meses. Desde el inicio de la guerra. Si los nazis le descubren no se apiadarán de usted.

—Mi mujer lo hizo, me descubrió, ya lo sabe.

—Lo sé, pero neutralizamos esa amenaza. Su mujer tiene tanto que esconder como usted.

—Nunca me dijo qué es lo que averiguaron sobre ella.

—Nunca nos animó a que lo hiciéramos.

—No. Y no lo haré ahora. Pero me pide mucho.

—Lo sé.

Otto se giró hacia la mesilla de noche y vertió algo de agua en un vaso. Tras beber, se tranquilizó un poco y se quedó mirando un retrato que colgaba de la pared, un hombre con grandes bigotes vestido de húsar. José Manuel miró hacia el cuadro.

—Es mi abuelo. Era húngaro, muy amigo de la familia real. Murió al interponerse entre un anarquista y el primo del emperador, con el que había viajado a Debrecen en visita oficial. Ha sido el orgullo de mi familia desde su muerte. Pienso que quiere más de mí, que me reclama más implicación, pero soy cobarde. La cobardía me quema por dentro, me ahoga.

—No es usted un cobarde, no diga eso. Es usted muy valiente porque a menudo vence sus miedos. Le pido que lo haga una vez más. Prometimos ayudarnos, ¿lo recuerda?

El alemán supo que estaba a punto de pronunciar palabras que su prudencia le prohibía.

—Acompáñeme. Le esconderé en la buhardilla. Nadie le encontrará allí. Mañana buscaré la forma de sacarle de aquí.

—Otto, es usted un amigo.

—Uno muy imprudente.

—Uno de los de verdad —concluyó José Manuel.

La buhardilla era grande y tenía varias habitaciones en desuso, todas ordenadas e impecablemente hibernadas a la espera de una ampliación de la familia Von Strutt que no llegaba. Instaló a José Manuel en la habitación del fondo, de forma que, si alguien entraba en la planta, su dormitorio fuera el último en ser revisado y él tuviera tiempo de huir por el tejado.

Se fue a dormir con la esperanza de que Heidi pudiera haber escapado también, pero triste porque sabía que aquel era un deseo difícil de cumplir. Desconocía por qué no le había acompañado en su huida ni qué era lo que tramaba, simplemente había obedecido una vez más sus órdenes. Aquel era el mundo de traiciones, abandonos y silencios en el que se movía. Aquel era el mundo que odiaba. No había tiempo para explicaciones, si Heidi le había dicho que se fuera de una casa que estaría llena de micrófonos y vigilada de arriba abajo era porque debía hacerlo.

Reflexionó. Heidi había sido denunciada por Olav Sorensen, pero José Manuel estaba seguro de que ella no le había delatado. Tampoco creía que hubiera explicado el motivo real que los había llevado a Noruega. Ella le quería, desde luego, pero aún amaba más la idea de acabar con los nazis. Además, pese a que lo sospechaba, tampoco sabía lo que José Manuel había visto en la isla, porque él no había tenido oportunidad de contárselo. Heidi habría dicho que su misión era captar espías en Noruega, lo cual era verosímil, pues lo había intentado con Olav Sorensen. Luego, al sospechar de José Manuel, la Gestapo habría llenado Villa Kreisler de micrófonos y la habría mandado allí para hacerle hablar mientras escuchaban. En plena guerra, nadie se habría arriesgado a que una información como la que él había obtenido se filtrara. Lo habrían detenido y fusilado. Incluso si, como ella había logrado, él no hablaba, hubiera sido interrogado..., y se sabía cuándo se entraba en un interrogatorio, pero nunca cuándo se salía, si es que se salía.

Antes de que saltaran las alarmas, antes de que los nazis sospecharan que su base había sido descubierta, debía informar a los aliados de todo lo que había visto para que ellos decidieran qué hacer. Debía llegar a España. Solo allí sabría con quién contactar; en Alemania, sin Heidi y escondido, estaba solo.

Y con su huida, se había delatado.

A la mañana siguiente Otto llamó a su puerta. José Manuel había pasado la noche tramando qué hacer, cómo escapar de Alemania, sin encontrar una solución factible.

—Le están buscando. La noticia ha corrido como la pólvora. Hablan de cómo su secretaria, Heidi Klein, le sedujo para que espiara para los aliados. Ella ha sido acusada y será condenada a muerte con toda seguridad. Anoche, al poco de su huida, cuando dejaron de escuchar su voz dentro de Villa Kreisler, la Gestapo entró a buscarle. Al comprobar que había huido han dado por hecho que usted es, efectivamente, un espía.

—Heidi —fue lo único que pudo decir José Manuel.

—El proceso será corto. La interrogarán más y luego la fusilarán.

—Tengo que...

—No, no puede hacer absolutamente nada. Dé a Heidi por muerta. Pero quizás haya una oportunidad para usted. Tiene que alejarse de Potsdam, de Berlín. Se me ha ocurrido algo.

—Le escucho —dijo el español con la mente puesta en la mujer que amaba más que en ninguna otra cosa.

—Hay una fiesta en noviembre en un castillo cerca de Múnich.

—Eso es dentro de siete meses.

—Lo sé. Atienda, porque no he sido capaz de encontrar nada mejor. Mi empresa tiene un avión. Uno que utilizamos nosotros. No hemos sido invitados a la fiesta, a pesar de que somos buenos amigos de los anfitriones, lo cual nos ha extrañado, pero algunos de nuestros amigos sí asistirán, así que se lo hemos prestado. Puedo subirle a la bodega del aparato. No estará en España aún, pero habrá salido de Berlín, de la boca del lobo, y estará más al sur. Desde allí quizás pueda cruzar a Suiza. Habrá pasado tiempo, darán por hecho que consiguió escapar...

—¿Y dónde es exactamente esa fiesta? —preguntó José Manuel, rumiando.

—En casa de unos condes bávaros, los Fallstein. La fiesta es en su castillo, que todos llaman Burg Fallstein.

A José Manuel se le iluminó la cara al recordar su conversación con Hilda Sagnier, meses atrás, en el Hotel Adlon de Berlín. Aquella en la que se habían sincerado y ella le había confesado ser la asesina de Sofia Maeckelberg. Él le había ofrecido su ayuda para esconderla si era descubierta. Ella había hecho lo mismo. Le había dicho que acudiera al castillo de Fallstein si necesitaba salir de Alemania. Había mencionado que no sería el primero al que ayudaba.

Así que si había una salida de aquel laberinto, era el castillo de Fallstein.

«Hilda me ayudará», se dijo.

50

Hilda había vuelto a recibir una carta de «El hombre lápiz» en la que la informaba de la correcta llegada del anterior grupo y le daba datos del que tenía que esperar los próximos días. Con la primavera se había acelerado la fuga de todos los que habían aguardado durante el invierno. Era más fácil esconderse en primavera, cuando no se dejaban huellas en la nieve; también era más fácil caminar, o pasar las noches a la intemperie cuando era necesario. Muchos habían huido sin tiempo para esperar aquellas condiciones, pero la mayoría saldría de sus escondrijos entonces.

Le interesaba especialmente el siguiente grupo. No por el grupo en sí, sino por su guía. Tenía que hablar con él, informarle de que ella misma podría necesitarle en otoño, casi en invierno, cuando se vería obligada a huir de Alemania si ejecutaba el plan que había diseñado, si convertía su salón de armaduras en una cámara de gas para todos los crueles amigos de Harald. Para Harald mismo.

Dudaba un poco. No demasiado. Cada vez que llegaba un grupo, cada vez que, pese a que intentaba evitarlo, le explicaban las desgracias que habían sufrido, las injusticias y las crueldades, se reafirmaba en ejecutar su venganza. Bruno Lippe la censuraba con la mirada cuando le revelaba detalles de lo que estaba preparando, pero fiel, jamás intentaba convencerla en serio de que cambiara de planes. Se llevaban bien, mejor que bien, de hecho. Hilda le necesitaba con tanta fuerza que a menudo pensaba que su estancia en Alemania aquel tiempo hubiera sido imposible de no ser por su compañía. Le necesitaba en su día a día cada vez más, y su carácter recio, su aspecto sólido y su fidelidad eran la medicina que necesitaba para no sentirse desgraciada. Él y Ernst. Ernst y él. Su marido había creído que Bruno era su amante y ella se había escandalizado ante tal idea, sin embargo, era un supuesto que desde entonces le rondaba la cabeza. Jamás se lo hubiera planteado de no ser por Harald, que daba por hecho que el servicio de sus propiedades era también de su propiedad, y que no se escandalizaba ante la idea de que además de servirles la mesa o herrar a sus caballos, yacieran con ellos de vez en cuando. Un señor medieval en pleno siglo XX.

Bruno y ella. Qué locura era aquella. ¿O quizás no tanto?

Hilda tenía la teoría sobre el amor bien aprendida. Creía que empezaba en la amistad, también que no había amor sin igualdad. Que dos no eran uno, eran dos, pero que en su individualidad podían formar un equipo único y cómplice. «Sí —pensó—, la teoría la tengo clara, pero... ¿de qué sirven las buenas ideas si no se ponen en práctica?». Hasta la fecha había hecho pocas cosas bien, pero nunca era tarde para mejorar el balance. Pensó que no hay fecha límite para hacer las cosas como se deben hacer, para cumplir los sueños, para conseguir lo que uno quiere. La sociedad en la que vivía marcaba los tiempos como si todos evolucionaran a la vez, como si todos pensaran lo mismo y vinieran del mismo lugar. Una edad para jugar, una edad para aprender, una edad para divertirse, una edad para casarse. No. Estaba harta de todo aquello. Encontraría la felicidad y lo haría cuando estuviera preparada. «Nadie tiene derecho a decidir cuándo uno debe dejar de soñar», se dijo convencida. «Nunca es tarde para cambiar la vida», se reafirmó.

Había quedado con Bruno para ir a la cabaña de cazadores esa mañana, como hacían siempre que esperaban la llegada de algún grupo de refugiados. Bajó al guadarnés y se quitó los zapatos para calzarse las botas de montar. Fritz estaba allí anotando en su libreta todo lo que había que encerar y repasar, así como lo que convenía guardar ahora que el invierno había quedado definitivamente atrás. Se irguió un poco al verla y la saludó bajando la cabeza con reverencia. Ella se quedó quieta mirándolo sin decir nada. Sería suficiente para mostrarle su desprecio. Luego probó algo más.

—Estoy deseando pasear con Bruno —le dijo—, puede informar de ello al señor conde —remató con ironía.

—El señor Lippe es un excelente jinete —respondió Fritz algo ruborizado—, le deseo un buen paseo, señora.

Salió del guadarnés y se dirigió a las cuadras, donde su caballo ya estaba ensillado y Bruno esperaba ajustando la cincha del suyo. Se dirigieron al camino que descendía al valle. El estruendo de la cascada junto al castillo les obligó a permanecer en silencio un rato. El caballo de Bruno seguía al de Hilda por un entorno primaveral en plena explosión, lleno de aves, de naturaleza alpina verde y jugosa, de flores y olores frescos y puros. Echaría de menos Fallstein, estaba segura, pero prefería rodearse de personas bonitas que de cosas bonitas. Todo lo material, todo lo que poseía, toda aquella riqueza en la que se movía valía menos que una buena amistad. Era inmensamente rica, entonces más que nunca, pero lo cierto era que toda su vida había sido pobre, pues solo tenía cosas, no tenía personas.

Hasta entonces. Se agarró a eso. Tenía a Bruno y tenía al pequeño Ernst. Debía conservar a ambos como fuera. Sabía lo que sentía por el niño. Reconocía ese palpitar aunque le diera miedo. Por más que se lo negara, Ernst le provocaba un sentimiento maternal distinto al que ella había recibido de su madre, pero muy parecido al que trascendía de las cartas de su prima Inés, en la que le hablaba de su hijo, de sus pequeños avances, de cómo crecía. Del tipo de cosas que uno sabe que aburren al que las oye pero, aun así, ilusionado hasta el límite, es incapaz de no contar. Respecto a Bruno, era totalmente diferente. No sabía lo que sentía por él. Por más que lo intentaba no conseguía averiguarlo. ¿Era amistad? ¿Era dependencia? ¿Le hubiese elegido a él de no estar completamente sola? ¿Qué era lo que quería de Bruno? Solo sabía que se sentía a gusto a su lado y, de momento, quizás fuera suficiente.

El ruido de la cascada se atenuó y él se puso a su lado al paso.

—¿Qué tal están sus hijos? —preguntó Hilda hablando por hablar.

—Están bien. Lo que han vivido les ha hecho más fuertes, menos quejosos. Apenas se pelean, se adaptan a todo. Siguen siendo niños a pesar de todo y creo que eso es lo mejor. Me gustaría que recordaran a su madre y sé que el dolor saldrá en algún momento. Lo pasarán mal, pero ha de ser así. El que guarda el dolor tiene el veneno circulando por sus venas y... si no sale con la pena, acaba manifestándose de mil formas mucho peores. Odio, venganza... Me gustaría que mis hijos no tuvieran esos sentimientos.

—Imagino que debo sentirme aludida.

—No lo haga. Usted es una adulta con muchos frentes abiertos. Odiar no la hace peor persona, la hace más desgraciada.

—¿Le doy pena? Dar pena es algo que me horrorizaría.

—No, no me da pena. Me entristece que esté en esta situación, por eso la ayudaré a salir de ella. Usted ha tomado una decisión. Ha escogido ese camino. Si no creyera que cada uno de los que mataron a los judíos en aquella fiesta merece la muerte, se lo diría. Lo cierto es que la merecen. Lo que no tengo claro es que usted se vaya a beneficiar de su plan. De un asesinato masivo. Creo que, cuando abre su corazón, como con los refugiados, se acerca a la felicidad, igual que creo que cuando ejecute a esos asesinos, por mucho que lo merezcan, se alejará de ella. Usted cree que cuando todo acabe encontrará la paz, pero lo cierto es que es al revés: cuando encuentre la paz, todo acabará. —Calló unos segundos—. Pero yo solo soy un hombre. No debería hacerme demasiado caso.

—Lo hago, Bruno. Mucho más de lo que cree —aseguró ella mirándole.

—Entonces le voy a proponer algo —respondió él—. Una mañana sin nazis.

—¿Sin nazis?

—Sin nazis. Sin hablar de ellos. Esforzándonos en ver lo bonito de la vida, lo maravilloso de este lugar, alejándonos como niños. Soñando que estamos en otro tiempo, sin guerra, en un bonito paseo a caballo por pura diversión, como dos buenos amigos.

—Echo mucho de menos eso.

—Volverá. Todo pasa. Todo. Créame. Créalo, ese es el primer paso para superar los momentos difíciles. Hoy tendrá una avanzadilla.

—Eso me gusta.

—Los humanos tendemos a pensar que somos más importantes de lo que realmente somos. Que todo pasa por nuestra voluntad, que todo lo podemos controlar, pero no es así. Nuestra huella, por profunda que sea, se acaba difuminando y con el tiempo desaparece, pero las montañas seguirán aquí y el sol saldrá por el mismo lugar mañana, hagamos lo que hagamos. Estemos o no aquí. Todo lo humano pasa. Lo malo también. Piense en usted cuando era feliz.

Ella sonrió. Recordaba perfectamente sus momentos felices.

—El día de Reyes —dijo cerrando los ojos y alzando la cara hacia el cielo—. Oh, qué fantástico era eso. Es una tradición española, parecida a Sankt Nikolaus. El salón de casa se llenaba de juguetes, en exceso, pues era hija única. Siempre estaba en mi habitación jugando con las *nannies* o con alguna prima, normalmente Inés, que vivía cerca. En cambio, el día de Reyes, el cuarto de jugar era el salón y mis padres se quedaban allí, rodeados de todos los juguetes y cosas bonitas que los Magos habían traído. Mi padre incluso jugaba conmigo. Mi madre, que siempre ha sido muy recta, reía con aquello. Era el único día del año en el que la importante era yo y sentía mi casa como verdaderamente mía. Como un lugar alegre.

—Qué bonito. Tiene que hacer eso con Ernst.

—Oh, lo haré, no tenga duda. Ese niño lo tendrá todo. Lo que se puede comprar y lo que no. Me ocuparé de ello.

—Será afortunado, y usted por tenerlo cerca.

—Ese niño no es...

—Solo cosas bonitas. Hoy solo cosas bonitas —la interrumpió Bruno. Sí, Ernst no era afortunado, al menos no de salida, pues había sido arrebatado a dos personas que probablemente ya estarían muertas, pero aquel no era el momento para recordarlo—. Eso, por ejemplo. No me diga que no es bonito —añadió señalando al frente.

Habían llegado a pocos metros de la cabaña de cazadores. El sol se filtraba entre los árboles de modo que en algunos puntos la hierba que tapizaba el prado parecía dorada, brillante como una flor en medio de la nieve. También la cabaña, en su perfecta situación entre rocas ancestrales, parecía haber surgido de la tierra, igual que la naturaleza que la rodeaba. Frente a la puerta, un par de ciervas levantaron la cabeza al verlos y huyeron dando saltos con sus patas finas, que pisaban el terreno sin estropearlo, sin hacer ruido.

—Sí que es bonito —reconoció Hilda.

—Imagine que vivimos aquí. Que delante de la puerta, donde estaban las ciervas, el pequeño Ernst aprende a correr detrás de un balón, que usted está sentada en la hierba, apoyada en una roca, dejándose calentar por este sol maravilloso.

Hilda no había pasado por alto el matiz, seguramente involuntario. Había dicho «vivimos», como si él y ella vivieran juntos. Ella quiso soñar un poco más.

—¿Y dónde está usted, Bruno?

—Yo estoy persiguiendo a mis niños, que se han vuelto a escapar y no sé ya cómo educar —dijo con sorna.

—No se escape usted —ordenó ella, arrepintiéndose inmediatamente de lo que había dicho. Su corazón la estaba traicionando.

—No lo haré —zanjó él.

Desmontaron y ataron los caballos a sendos árboles antes de entrar. Revisaron la cabaña de arriba abajo. Estaba perfecta, limpia y con víveres, lista para acoger a los refugiados que no tardarían muchos días en llegar. Hilda quería seguir con el sueño, olvidar la realidad que los había llevado allí y soñar despierta un poco más.

—Aquí dentro uno podría tener una verdadera vida familiar —dijo Hilda.

—Sí. Los niños jugarían frente a la chimenea, o en el jardín, usted los oiría reír mientras prepara la comida.

—Eso rompe el sueño. No sé cocinar —rio—, estarían todos llorando al esperar lo que yo les ofreciera.

—Pues cocino yo. Usted solo tiene que sentarse y comer.

Lo había vuelto a hacer. En aquella vida imaginaria, Bruno los había colocado a ambos. Se emocionó. Intentó que él no lo notara apartándose, acercándose al umbral de la puerta desde el que se veía el bosque. Permaneció en silencio, sosteniendo como podía las lágrimas. Lloraba porque sabía que aquella vida, la feliz, era muy diferente a la que tenía. También porque se daba cuenta de que en aquella fantasía, en aquel dibujo, Bruno tenía un papel fundamental, necesario.

—¿Está bien? —oyó a su espalda, sobresaltándose un poco.

—Sí, sí..., desde luego. Perdóneme, Bruno, estoy un poco tonta estos días.

—No hay nada que perdonar —dijo en voz baja cerca de ella—. Pero si me lo permite, me gustaría saber qué parte de la historia le ha hecho entristecerse.

—Ninguna, Bruno. Es tan solo que... me he dado pena y eso me da rabia. La postal que me ha presentado es perfecta. En todo. En todos. Es lo que yo imaginaba de pequeña, pero no lo que tengo y... es solo una postal.

—Un día no será una postal, si usted quiere. —Con cuidado, le puso las manos sobre los brazos, un poco más abajo de los hombros, consolándola. Nunca se habían tocado y el efecto en Hilda fue electrizante.

—Lo cierto es que le necesito para todo esto —sentenció ella—. Sin usted estoy sola, salvo por Ernst, claro... Su postal... es un sueño.

—No ha pensado en algo —apuntó Bruno—, mi postal es mía. He sido yo el que la ha a puesto a usted en ella.

—Pero...

—Nunca sabremos si nos hemos aferrado a lo único que teníamos, pero presiento que incluso sin guerra, sin desgracias, sin todo lo que sucede a nuestro alrededor, yo la elegiría.

Hilda temblaba. Se dio la vuelta, quedando muy cerca de él.

—Pero... ¿entonces? —preguntó sin saber qué decir.

—Soy alemán. No soy bueno en esto. No se diseccionarlo, no lo comprendo bien. Pero cada vez que la veo mi día es más feliz.

Hilda rompió a llorar. Era la primera vez que alguien le decía esas cosas y, como Bruno, tampoco sabía qué hacer, cómo reaccionar, qué pensar. Su mente estaba en un estado que jamás había conocido. Todo a su alrededor se desvanecía y solo aquel hombre que la miraba a los ojos con verdad ocupaba la escena. Balbuceó como pudo, avergonzada, pero decidida a hablar con sinceridad.

—El mío también. Mi día solo es feliz si te veo —dijo acercándose más a él.

Bruno acarició su pelo metiendo los dedos entre los bucles de su melena. También estaba emocionado, aunque sus lágrimas brotaran solo por dentro. Puso la mano en la nuca de Hilda y lentamente, temiendo que ella se asustara, que el sueño se rompiera de golpe, acercó sus labios a los suyos y la besó. La sensación para ambos fue la misma, la de un viajero sediento al que se le ofrece agua, la del perdido que de pronto vislumbra su casa, la del enfermo que inesperadamente sana. Los dos habían necesitado aquel beso. Hilda, porque nunca lo había tenido, Bruno porque lo había perdido y creía que no lo volvería a hallar.

La cogió por la cintura y, como bailando, sin poder detener aquel beso, se desplazaron hasta una de las camas. Hilda seguía llorando y cuando él, poco a poco, la desvistió y acarició su cuerpo tantas veces desaprovechado, supo que la felicidad podía ser plena, que la postal que había dibujado Bruno podía hacerse realidad y que su vida, que tantas veces había sentido marchitarse, brotaba otra vez, vigorosa y plena.

Hicieron el amor con la ternura de las primeras veces y abrazados, en silencio, ambos tardaron toda la tarde en comprender lo que había sucedido. Luego, cuando obligados por la noche se vistieron para volver al castillo, eran otros, nuevos y felices. Eran dos amantes con la sonrisa en la boca y la esperanza renovada. Parecía como si aquella avalancha de sentimientos se hubiera acumulado frente a su puerta sin darse ellos cuenta, de forma que de pronto, al abrir esa puerta, habían pasado de la duda a la seguridad y de la soledad al amor. Sabían que sería complicado, pero al mirarse lo hacían por primera vez con alegría, como niños traviesos, con la certeza de que todo iría a mejor. Ninguno sabía cómo acabaría aquello pero, de momento, su vida era mejor. Pasara lo que pasara, había compensado.

Hilda rio por dentro; por una vez, su marido tenía razón: Bruno Lippe era su amante.

La semana transcurrió volando, entre encuentros furtivos en la casa de Bruno y escapadas a la cabaña de cazadores. Tenían una relación serena, pero también pasional a veces, como la de un matrimonio bien avenido. Se veían cuando se tenían que ver y se añoraban el resto del tiempo, pero no había dolor en aquella espera, ni ansia, el recuerdo de cada encuentro suplía las horas de ausencia. Nadie notó nada, quizás porque en realidad su relación se sustentaba en meses de complicidad que no se cuestionaba, y el paso carnal que habían dado, aunque inesperado para ambos, era tan solo fruto de la evolución lógica de una amistad más estrecha de lo que habían creído.

El jueves Bruno vio al grupo de refugiados que esperaban desde una de las torres del castillo, y avisó a Hilda para acudir a su encuentro. Hilda se alegró de que el guía que había visto otras veces fuera el que los liderara. Tenía que hablar con él, así que esperó a que recitara la contraseña del *Chant des partisans* y se acercó a él una vez hubo desmontado de su yegua frente a la cabaña.

—Necesito su ayuda —dijo directa.

El hombre era una de esas personas cuyo aspecto serio, oscuro, duro e impenetrable escondía un interior afable.

—Lo que necesite —respondió—, usted lleva mucho tiempo ayudando a mucha gente.

—Es probable que en pocos meses yo misma necesite escapar —le informó Hilda.

—Vaya, lo lamento mucho.

—No lo haga, en parte estoy deseosa de hacerlo. Pero no podré esconderme en mi propia finca, como es lógico, debo hacerlo lo más lejos que pueda llegar en un día. Necesito saber cuál es el siguiente punto de la ruta de escape.

El hombre negó con la cabeza.

—No puedo darle ese dato. Pondría todo en peligro. Mucha gente depende de ese secreto. Ya es arriesgado que lo sepamos los guías. Todos tenemos terminantemente prohibido mencionarlo. Además, quizás llegara a un punto donde no hubiera ningún grupo con el que coincidir y ningún guía. —El ánimo de Hilda se ensombreció—. Le daré una opción mejor. ¿Conoce Egling?

—Es un pueblo pequeño no lejos de aquí. Nunca le he prestado atención, pero sé dónde está.

—Perfecto. Cuando necesite escapar, vaya a Egling y en la hospedería del pueblo pida la habitación trece. La irán a buscar allí.

—Pero... no saben cuándo iré.

—No se preocupe. Tenemos maneras de saber cuándo se ocupa esa habitación y siempre sabemos para qué. No pasará más de una noche antes de que la hayamos ido a buscar. No hable con nadie. La posadera es una ferviente nacionalsocialista.

—No parece el mejor lugar donde esconderse entonces.

—Todo lo contrario. Al ser el más inesperado, es también el mejor. Regístrese con un nombre falso, eso sí.

—¿Y si me encuentran antes?

—Eso, amiga mía, es algo que usted deberá evitar. Si llega a Egling sin la Gestapo o quien sea pisándole los talones, antes de que pase el segundo día la recogerá alguien para trasladarla por una ruta segura hacia Suiza o España, lo que más convenga en ese momento. Pero es importante que nadie la busque específicamente en Egling. Quiero decir, que ese pueblo sea tan solo uno de los cientos alrededor de Múnich en los que podría estar, además del mismo Múnich, claro. Si llega con el coche de la Gestapo detrás, no se apee allí. Es un pueblo muy pequeño y no tardarían en localizarla. No sea necia.

—No lo soy.

—Lo sé. Lleva meses demostrándolo. Si tiene que huir, haga lo que le he dicho. No la dejaremos sola.

Hilda respiró. Nada era fácil. Todo era posible.

51

Gustav Wagner estaba sentado tras su mesa de escritorio en la comisaria de la Police Nationale de Latour-de-Carol. Llevaba días de mal humor, hablando a la gente a gritos, irascible e impetuoso. Aquella mañana no era una excepción. Le habían llevado un café y revisaba las noticias. Algo no marchaba bien. Los aliados habían vuelto a bombardear Colonia y la guerra, que al principio parecía dirigirse de Alemania hacia el exterior, de pronto empezaba a tomar de vez en cuando la dirección contraria. El frente soviético tampoco resultaba un hueso fácil de roer. Se dijo que ninguna de las grandes gestas de la humanidad se había logrado sin sangre y esfuerzo. Habían pensado que todo sería más fácil, pero estaba claro que no se cambiaba el mundo sin perder algo por el camino.

Él había perdido algo. Algo que erróneamente había creído suyo, pero que estaba claro que no lo era. Sabía que su mal humor nacía del breve encuentro que había tenido con el marido de Inés. Ese estúpido de Pablo Bultó. Le había molestado su presencia en un territorio que había asumido como suyo. Ella había dado alas a su imaginación. Le había hecho creer que tenía interés en él, y él se había visto con ella, en su Baviera natal, alternando con los condes de Fallstein. Encontrarse solo había sido una casualidad, aunque en su momento pensara que era el destino. No la había vuelto a ver y había pasado mes y medio. Lo peor era que no sabía cuándo la vería de nuevo.

Giró la silla hacia la ventana, donde se veían las lomas ya verdes de la Cerdaña en primavera y el paisaje de dos países parecidos y distintos a la vez. Estaba tan absorto en sus malos pensamientos que no oyó al policía entrar hasta que este fingió toser. Se dio la vuelta rápidamente.

—Ha llegado esto para usted —le dijo alargándole un sobre grande de papel marrón.

—Déjelo allí —respondió él malhumorado. Luego, al ver el sello del dorso, lo cogió enseguida—. Váyase —añadió sin prestarle ninguna atención.

Era un sobre con remite de Barcelona, donde la Gestapo tenía varios agentes. Él había pedido que investigaran sobre un tema que le despistaba, que no estaba seguro de entender bien. Había hecho seguir a la tal Sonja, la criada de Inés, que ella había llamado por otro nombre. Magda. La había llamado Magda y ambas se habían puesto nerviosas cuando lo había hecho. Era una tontería, pero se empezaba a aburrir en el Pirineo, donde rara vez capturaba a un fugitivo en su intento de cruzar la frontera. La casa de Dupuis, que durante meses había sido la trampa perfecta, había dejado de funcionar. Así que había pedido que siguieran a la muchacha, convencido de que resultaría una pérdida de tiempo. Parecía que se equivocaba.

El sobre contenía varias fotografías de la mujer paseando por Barcelona. Debajo, las direcciones donde se habían tomado, la hora y, en una hoja aparte, los detalles de cada imagen. Las primeras instantáneas no tenían relevancia. Una chica joven, vestida sencillamente, saliendo de un edificio noble, la casa de los Bultó, donde trabajaba. Luego las cosas se ponían más interesantes. Entraba en el Café Restaurante Canaletas, en la llamada Rambla de las Flores. El lugar era de por sí sospechoso y estaba vigilado. Tampoco era normal que una mujer recorriera toda la ciudad para ir a un café. La siguiente imagen mostraba a un hombre saliendo de la cafetería. Habían redondeado su figura a lápiz. Debajo indicaban: «Vigilado. Posible activista judío». La siguiente imagen mostraba a la mujer saliendo al poco tiempo, pero la que daba a todo el informe un barniz de sospecha venía después. Tras separarse, ambos se habían encontrado en el Pasaje de la Concepción, en la misma casa de la que había otra foto. Magda, o Sonja, como quiera que se llamara, había salido al rato de aquel lugar acompañada de una mujer y un niño con los que al día siguiente había cogido un tren a Puigcerdá. La Gestapo conocía a aquellas personas. Habían atrapado al padre de familia hacía casi dos años en la casa de Dupuis de Latour-de-Carol. Eran los Wiesner. Judíos. Igual que el hombre con el que la criada había quedado. ¿Igual que ella? Sin duda era sospechoso y debía averiguar más. Descolgó el teléfono y llamó a la comisaría de Puigcerdá, que siempre se mostraba deseosa de colaborar con él. Luego esperó.

A pocos kilómetros, al otro lado de la frontera, Pablo estaba preocupado. Su estancia en Puigcerdá, que había previsto tranquila y de descanso, se había vuelto lo contrario. Tenía a dos refugiadas en su casa y a su mujer a la espera de instrucciones para ayudar a todos los que tuvieran a bien acercarse a la frontera. Cada vez que recibían una visita rezaba para que no fuera uno de los sacerdotes reclamándola para una misión. Miró dentro de la casa al oír que alguien había llamado a la puerta principal, tenso. Se asomó al salón y desde allí se acercó a la entrada. Un hombre con cara amable hablaba con la criada que le había abierto. Al acercarse él, ella los dejó solos.

—¿Puedo ayudarle? —preguntó Pablo

—Oh, sí. Seguro que sí. Es algo rutinario. —Le mostró una placa del Cuerpo General de Policía, que se encargaba de la investigación, información y vigilancia del Estado—. Nos han requerido información sobre los ocupantes de su casa. Imagino que no tendrá inconveniente en detallarme sus nombres.

—Ninguno —respondió Pablo muy extrañado—, ¿por qué motivo los necesitan?

—Si le soy franco, lo desconozco, solo cumplo órdenes. A menudo en zonas fronterizas nos los piden.

En ese momento Inés bajó las escaleras. Pablo le explicó lo que necesitaba aquel policía. Ella palideció. Luego enumeró uno a uno los nombres de los que allí vivían. No mintió respecto a sus nuevos invitados, pues los primeros que sabían que Athalia y Saul Wiesner estaban en España eran los propios franceses y alemanes, que los habían dejado cruzar mientras retenían a August. A petición del policía, explicó la procedencia de cada uno. Por último añadió el nombre falso de Magda.

—Sonja Kohl, la *fräulein* que cuida de mi hijo, oriunda de Múnich.

—Excelente —dijo el policía acabando de anotar—. Gracias por su paciencia y disculpen las molestias.

—No ha sido ninguna molestia —respondió ella intentando que su preocupación no trascendiera.

Cuando la puerta se cerró tras él, Pablo miró serio a Inés.

—Inés, esto no me gusta nada.

—A mí tampoco.

Algo los acechaba y no era bueno.

Por la tarde, Gustav Wagner tenía el listado de nombres. Comprobó que Inés no mentía respecto a los Wiesner, pues aquello hubiera confirmado sus sospechas de que ocultaba algo. Se centró en otro nombre: Sonja Kohl. Requirió información a la oficina central de la Gestapo e, impaciente, esperó aún una semana.

El martes siguiente recibía la información: había cuatro Sonja Kohl en Múnich. Dos eran octogenarias. La tercera era madre de seis hijos y regentaba una casa de huéspedes. La cuarta, una joven de veinte años, había muerto hacía tres. Quienquiera que fuera la *fräulein* de los hijos de Inés no se llamaba así. Y lo peor, estaba seguro de que Inés lo sabía.

Llamó a su contacto de la Gestapo en Barcelona y enseguida comprendieron que debían vigilar la Torre de San Fernando de Puigcerdá y especialmente a Inés Sagnier. Una mujer barcelonesa que se instalaba durante meses en su villa cercana a la frontera y acogía en ella a dos refugiados judíos y a una persona que había llegado a España con un nombre falso... Todo empezaba a oler sospechosamente mal y Wagner se iba a encargar de averiguar de dónde venía el mal olor.

Tres días después, informado de que Pablo no estaba en casa, llamó a su puerta. Inés apareció poco después, sonriente, guapa, falsa. Interpretaba bien, Gustav no lo podía negar, pero tampoco él era mal actor. A pesar del odio que aquella mujer le empezaba a generar y que imaginaba mutuo, la saludó con afabilidad.

—Hace tiempo que no nos vemos. Vine una mañana, pero estaba aquí su marido después de tanto tiempo... Pensé que querría estar con él. ¿Quizás ahora tenga un hueco? Me gustaría recorrer una zona cerca de Osséja. Estamos ampliando la vigilancia allí.

Como siempre, a ella no le apetecía acompañarle. Además, hacía días que percibía la amenaza, que sentía que no había sido lo bastante discreta y que empezaba a haber demasiadas pistas que apuntaban hacia ella, pero la utilidad de su amistad con Gustav Wagner era incuestionable. Merecía el riesgo. Ella sabía hacia dónde miraba el alemán, y eso permitía que la organización colara a los refugiados a sus espaldas. Si estaban modificando la vigilancia en cualquier lugar, ella debía averiguarlo. Suspiró unos segundos y luego le miró.

—Nada me apetecería más que acompañarle —respondió convencida. Fue en busca de su abrigo y avisó a Magda de sus planes.

Se subió al automóvil de Gustav y enfilaron la avenida Schierbeck para cruzar poco después la frontera por el puente internacional y dirigirse a Osséja.

—Sabemos que viene un grupo numeroso de fugitivos. Gente peligrosa o racialmente defectuosa que el Reich trata de arrinconar, de apartar de nuestra sociedad, a la que tanto han corrompido —explicó el sargento mientras conducía a toda velocidad.

—Entiendo —mintió Inés.

—Se nos escaparon de un control más al norte, cerca de Burdeos. Fueron vistos hace poco por un informador, pero tampoco pudimos darles caza. Les hemos tendido una trampa, una en la que caerán. Intentarán cruzar por algún punto del valle de la Cerdaña. Los atraparemos. —Inés tomó nota—. Enséñeme los caminos de esta zona —pidió Gustav mientras aparcaba el coche en el borde de la carretera.

—No los conozco todos, pero sí la mayoría. Se los indicaré.

Alargaron el paseo toda la tarde. Inés le mostró los caminos que conocía y él observó con interés. Gustav estaba especialmente locuaz aquel día, de forma que Inés anotó mucha información de importancia. Si el alemán había preparado una trampa, ella se encargaría de que ninguno de los fugitivos cayera en ella.

—Deberían ustedes estar muy agradecidos a los alemanes —comentó él.

—¿Nosotros? —preguntó Inés.

—Sí, los españoles. Los ayudamos en su guerra contra el comunismo. Ahora evitamos en la medida de lo posible que las ratas que intentamos apartar en el centro y el norte de Europa lleguen a su país.

—En ese caso, *herr* Gustav Wagner, en nombre de todos los españoles le agradezco su trabajo —dijo ella con una carcajada. Él la hubiera estrangulado allí mismo, pero se contuvo e, igual que ella, fingió reír.

—No se ría —dijo al rato—. El grupo que llega, por ejemplo. Cuatro hombres y cuatro mujeres. Sabemos que van con niños. Adán y Eva eran solo dos y poblaron la tierra, imagínese con qué velocidad tendrían una gran estirpe de maleantes entre ustedes. Los detendremos, liberaremos a los españoles de ellos. Será dentro de pocos días. Tenemos una casa a donde irán. Otras veces ha funcionado muy bien.

Inés estaba segura de que hablaba de la casa de Dupuis. Hacía meses que evitaban que cualquiera cayera en aquella trampa, así que tendría que asegurarse de que el nuevo grupo también estuviera al tanto. No podía esperar a volver a Puigcerdá para acudir lo antes posible a la iglesia. Ellos se encargarían de que Ginoux lo organizara todo.

La impresionó su aplomo, cómo era capaz de escuchar los odiosos planes de aquella odiosa persona sin levantar una ceja, sin asustarse o ponerse nerviosa. Recordó que el miedo no era siempre malo, a menudo era una advertencia, y se preocupó un poco porque aquella alarma parecía estropeada. Se llevaba bien con Gustav a pesar de detestarle, así era de buena su interpretación.

A Gustav le pasaba exactamente lo mismo. Dejó a Inés en su casa cuando ya anochecía. Luego, cuando ella cerró la puerta, aparcó el coche en un lugar desde el que no podían verlo bien y esperó.

Inés subió las escaleras rápidamente en dirección a su habitación para asearse tras una tarde intensa. No pretendía cambiarse, tan solo refrescarse un poco, pues debía ir de inmediato a la iglesia para informar al padre Domènech. Al abrir la puerta encontró a Pablo de pie frente a la ventana, mirando a través de los visillos entrecerrados. No se dio la vuelta al oírla entrar. Tan solo habló con la voz de honda preocupación que Inés había escuchado en contadas ocasiones.

—Te está vigilando —dijo escueto.

Inés se acercó a donde estaba y asomó la cabeza por encima del hombro de su marido mientras le cogía por la cintura. La calle estaba oscura, completamente tranquila, con las farolas prendidas iluminando la acera con pequeños haces. Al otro lado, la luz que salía por las ventanas de otra vivienda daba algo de vida a la estampa nocturna. Eran las ocho.

—¿Quién? —preguntó temiendo la respuesta.

—Te ha dejado en la puerta y ha aparcado en una esquina. Quiere ver si has picado. Si haces lo que él espera que hagas.

—¿Wagner?

—Sí. Está en esa esquina. Le he visto aparcar y apagar las luces. Está esperando a que hagas algo. ¿Te ha dicho algo secreto? ¿Algo de lo que deberías informar si estuvieras de alguna manera colaborando con los aliados?

—Lleva toda la tarde haciéndolo. Nunca ha hablado tanto —susurró ella.

—Entonces te ha tendido una trampa. Mañana mismo te irás a Barcelona y dejarás esta operación. Se acabó. Tú me pedirías lo mismo a mí.

—Quizás esté solo...

—Inés, por favor —la interrumpió sin apartar la mirada de la ventana—, ese hombre sospecha de ti. Puede saber más de lo que imaginas. Hace una semana nos preguntaron los nombres de los que vivían en esta casa, incluidos los de dos judíos refugiados y una alemana con nombre falso que voló con nosotros desde Baviera. ¿Crees que no lo habrán averiguado? Eres necia si piensas que los focos no te apuntan, si no puedes ver su luz volverse más y más brillante.

Inés se sentó en una descalzadora. Se frotó la cara con las manos y cerró los ojos, como hacía cuando estaba cansada. Luego las puso entre las piernas y las aplastó con fuerza, en silencio, rabiosa por haber sido descubierta. Entonces, sí tuvo miedo. Pablo tenía razón. Si no había sido detenida aún era porque solo había hecho movimientos sospechosos, pero no había sido cazada *in fraganti*. Aquella tarde el sargento Wagner había puesto el cebo para que ella picara. Solo tenía que aguardar a que lo hiciera. La detendrían, la torturarían y por su culpa toda la elaborada red que había salvado a tantas personas caería. Se enfadó consigo misma. Luego, aquel sentimiento se apartó poco a poco y una idea empezó a inundar su mente como un manto de agua.

—No me iré —dijo de pronto.

Pablo se dio la vuelta.

—Oh, ya lo creo que lo harás. Aunque tenga que atarte y meterte en el coche yo mismo. No consentiré que te suicides de esta manera.

—No lo voy a hacer, escúchame, no lo voy a hacer. Voy a utilizar a Wagner. Lo he hecho todos estos meses, ahora lo haré mejor aún. Si él espera que le descubra la red de escape, que acuda a sus organizadores, haré todo lo contrario. Le llevaré al punto más lejano de ellos, a las personas que menos tengan que ver con los verdaderos organizadores. Montaré reuniones secretas sin sustancia, pretenderé pasar mensajes en partidas de *bridge*, en la carnicería, en sitios que desviarán su atención completamente.

—Y dejarás esta locura —remató Pablo.

—No. Solo delegaré. Mientras Wagner me sigue y me investiga, alguien hará mi labor. Alguien que ha estado en Barcelona muchos meses y que volverá a la ciudad, al menos unos días, pretendiendo quedarse allí, mientras en realidad vuelve a Puigcerdá para encargarse de todo lo que yo he estado haciendo.

—Yo —dijo Pablo.

—Sí, tú —confirmó Inés.

52

Bob Asprey seguía escuchando todas las conversaciones que los alemanes mantenían. El segundo cargamento de wolframio había salido ya y aún no sabían con seguridad adónde se dirigía. Había sido informado de que habían capturado a Heidi y esperaban su condena a muerte. No sabía nada de José Manuel, que se había esfumado por completo. Ni los aliados ni los nazis tenían noticias de su paradero, ni de su cadáver, así que era de esperar que estuviera escondido en algún lugar, aún vivo. Como espía, en tiempos de paz le habían enseñado a seguir el rastro del dinero para obtener información, pero en tiempos de guerra el mejor rastro era siempre el de los muertos. Siguiendo los muertos, se obtenía a menudo buena información. Si José Manuel hubiera muerto, él lo sabría. Era frío respecto a la muerte, lo que le importaba eran los datos. Los que no tenía.

Spaansholmane. Maldito lugar. Impronunciable, intrigante. Cuando Heidi y José Manuel habían informado de sus sospechas antes de iniciar el viaje por la costa de noruega, un avión espía había fotografiado la isla, pero aquella roca no escondía nada, al menos nada que pudiera verse desde el aire. El último mensaje de Heidi decía que José Manuel había ido hasta allí, así que, si seguía vivo, podía aclarar si allí había o no una base. *A priori* todo cuadraba, la localización era perfecta y no había una alternativa mejor al nombre en clave, luna española, pese a haber investigado multitud de opciones minuciosamente. Podía ser un nombre sin sentido, por supuesto. Los acontecimientos y la falta de información le abocaban al plan B. No sabían dónde estaba la base pero sí que los submarinos que recogían el wolframio en Asturias lo llevaban hasta ella. Así pues, serían los mismos submarinos alemanes los que eliminarían la base. En el peor de los casos, por lo menos hundirían las naves.

Los dos bandos de la contienda habían ideado multitud de bombas. Grandes, pequeñas, camufladas de forma que parecían otra cosa, con diferentes utilidades. Muchas estaban pensadas para que la misma víctima fuera quien las activara, otras tenían temporizadores de alta tecnología o sumamente rudimentarios, que también funcionaban. Si no hubieran tenido un fin tan sangriento, muchas habrían resultado casi cómicas. Había una tableta de chocolate idéntica a las del mercado formada por una plancha de acero y el explosivo cubiertos por una fina capa de alimento, que se activaba cuando uno partía la tableta para comer una onza; una lapa falsa que se pegaba al casco de los barcos y explotaba cuando se intentaba separarla, o una olla con el explosivo oculto bajo las salchichas. Cualquier rutina de la vida cotidiana podía resultar peligrosa si uno era objetivo de cualquiera de los bandos. La Resistencia francesa colocaba bombas en trozos de carbón, de forma que, al ser lanzado a paletadas por los fogoneros de las locomotoras en las calderas, explotaba. Parecidas eran las bombas-piedra. Se ponían en la carretera, a la espera de que pasara cualquier vehículo enemigo y se hacían explotar, o lo hacían automáticamente, con un temporizador. Esa era la bomba que Bob tenía lista para montar desde su llegada a La Recuesta. Una bomba con forma de piedra negra de wolframio.

En la cisterna bajo el granero, en la sala de escuchas, extendió todas las piezas sobre la mesa: temporizadores, explosivo, cables, las carcasas que las disfrazarían. Tendría que colocar más de una, y la dificultad estaba a tan solo unos metros sobre él: debía colocar aquellas bombas en el remolque cargado de wolframio, disimuladas entre las otras rocas negras. Escondidas entre ellas.

Era un disparo a ciegas, con pocas posibilidades de lograr el verdadero objetivo, pero la misión que comandaba empezaba a oler demasiado a fracaso y no podía permitirse volver a Bletchley Park para explicar que llevaba meses escuchando a los alemanes sin descifrar nada, que no tenía la más remota idea de dónde estaba la base secreta y que, además, había permitido que varias toneladas de wolframio partieran delante de sus ojos hacia un lugar donde estaban construyendo un arma secreta. Que volvería a ver aquel wolframio cuando formara parte de un cohete que arrasara un barrio de Londres o, quién sabía, de Nueva York. Las bombas que estaba preparando él estallarían. En el peor de los casos, hundirían el submarino. En el mejor, tal vez inutilizaran la base en la que descargaban el material, cosa improbable. Por lo menos habría salido algo útil de aquella misión.

El tercer cargamento estaba listo para su envío y, como las veces anteriores, los alemanes esperaban a un submarino para transportarlo. Los submarinos evitaban en lo posible comunicarse con el exterior, ya que su éxito se basaba en el secreto de su posición y esta quedaba expuesta si sus antenas retransmitían. En cambio, sí recibían mensajes sin peligro alguno. Los mensajes en baja frecuencia se lanzaban desde antenas en tierra a todas las direcciones y se repetían periódicamente porque nadie sabía exactamente cuándo o dónde las recibiría el submarino. Así que, si la bomba explotaba mientras estaba a bordo sin opciones para que enviaran un SOS, simplemente no volverían a saber de ese submarino, que se perdería en algún lugar del océano.

Intentó no pensar en los que perderían la vida por su culpa. No serían los primeros y, si hacía bien su trabajo, tampoco los últimos. Así era la guerra, el infierno estaría muy concurrido. Respiró profundamente y acabó de montar con cautela la primera de las cuatro bombas. No era experto en explosivos. Las consecuencias de poner una bomba entre el wolframio le eran desconocidas. Si al cargarlo ponían más piedras sobre su bomba quizás acabaran por reducir el impacto de la explosión. Si tenía pocas piedras encima, tal vez amplificase la explosión al hacerlas saltar a gran velocidad.

En cualquier caso, necesitaba que alguien le ayudara a distraer a los alemanes mientras él colocaba las bombas y, sin Pablo, la única posibilidad recaía en Ana Argüelles, quien había asumido con cierta molestia no estar informada de la misión, no participar en ella a diario, no convertirse ella misma en una espía. Alguna vez Bob le había pedido información, pues no era infrecuente que invitara a los alemanes a comer con ella en su gran casa, donde no había micrófonos que escucharan las conversaciones. En aquellas ocasiones se citaban en la antecámara de su habitación y ella le contaba, divertida, con todo detalle, lo que habían hablado, deteniéndose en datos que le habían parecido sospechosos, pero que solo alguna vez tenían relevancia. Acabó de montar la segunda bomba y se encaminó a la casona. Allí, con señas, indicó que quería ver a la duquesa.

A Ana lo que más le gustaba tras los animales eran las plantas, y todos estaban acostumbrados a que su relación con los jardineros fuera fluida, así que no era extraño que recibiera a aquel hombre. Nadie se preguntó cómo se conocieron ni por qué la duquesa sabía hacerse entender por un sordomudo. Ella pidió que le llevaran a su antecámara, donde Bob la encontró vestida para salir a pasear, con las botas de agua puestas, la rebeca remendada y la falda de cuadros por debajo de las rodillas. Su cara era de ilusión, como siempre que presentía que iba a participar en la misión.

—Cuente, cuente. ¿Cómo van las cosas? —le dijo nerviosa.

Hablaban en voz baja pese a que las paredes de La Recuesta eran gruesas y estaban tapizadas con telas que amortiguaban el sonido.

—Estamos en un callejón sin salida. O por lo menos sin una que yo sepa encontrar. Necesito que distraiga a los alemanes.

—Lo hago cada dos por tres. Estoy a punto de aprender alemán, por Dios santo. Nunca me había aburrido tanto. Su parte es mucho más emocionante. A mí me ha tocado el tedio absoluto —se quejó.

—Lo sé, pero está siendo usted una pieza fundamental en todo esto —exageró Bob para animarla.

—Ya, ya..., pero nadie lo sabrá nunca. Cuando acabe todo esto encargaré una estatua de mí misma para poner en el jardín como merecido homenaje a mis esfuerzos. Si tengo que soportar muchas más cenas con esa gente, exigiré que me pongan otra en la plaza de Trafalgar de Londres, junto a la del pirata ese que veneran ustedes. Así tendrán a alguien verdaderamente decente por allí. En fin, ¿qué tengo que hacer ahora? —preguntó sin poder evitar que la ilusión impregnara sus palabras.

—Los alemanes no tardarán en irse. Desde el principio hablaron de tres envíos y eso es lo que harán.

—Sí, son muy rectos, improvisan poco, siempre han sido así. Si dijeron tres envíos, tres serán.

—El último irá con un regalo de parte de los aliados. Pero necesito que la vigilancia del patio donde está el material se reduzca para poder dejarlo allí.

—Oh, oh. Un regalo. ¿Qué clase de regalo? —preguntó excitada.

—Uno que en el mejor de los casos inutilice parte de la base secreta que no conseguimos hallar, o que hunda el submarino que lo lleve.

—Comprendo —dijo más seria—. Una bomba. Pensé que quizás boicotearía el material, que lo inutilizaría, o que pondría algún tipo de transmisor para seguirlo.

—Estudiamos lo del transmisor, pero es imposible por muchas razones. Señora duquesa, estamos en guerra —explicó Bob—, cada paso que damos para acabar con el enemigo conlleva muerte y destrucción. Pero también salva vidas.

—Cambia vidas, amigo mío. Cambia vidas. Decide que mueran unos en vez de otros. Tampoco se lleve usted a equívocos. Lamentablemente sé lo que es una guerra. Todos los españoles lo sabemos.

—¿Organizará algo para distraerlos? —insistió el inglés.

—Sí. No se preocupe. Hace buen tiempo, a esa gente le apetecerá comer al aire libre. Me esforzaré para que estén a gusto, imagino que será una de sus últimas comidas. —Bob respondió con un silencio—. Ya. Bueno, cuente con ello. Qué tristes somos los humanos a veces. Qué irónico es que cada vez que pretendemos hacer el mundo mejor lo empeoremos. Parece que nada puede acabar con la humanidad salvo los mismos humanos, y hay que reconocer que ponemos mucho empeño en ello. Me voy a sentir como si estuviera envenenándolos.

—Señora duquesa, la verdadera amenaza para la humanidad está en Berlín. No olvide eso. Nosotros no empezamos esto, pero esperamos acabarlo.

—Ojalá sea así. Y que sea pronto. Cada día que se alarga esta guerra adelantamos el final de todos nosotros. Maldito Hitler —concluyó.

—Maldito —repitió Bob.

53

Heidi Klein había pasado los peores días de su vida y, sin embargo, se sentía satisfecha. Había dicho lo que quería decir, también algunas cosas que sus interrogadores querían que dijera y varias mentiras, pero no había delatado al hombre que amaba y, lo más importante, no había desvelado los motivos reales de su viaje a Noruega. No había podido suicidarse, como hubiera sido su deseo y había planeado hacer llegado el caso, pero desnuda, golpeada, con la sangre pegada al cuerpo, que sudaba y se helaba en diferentes momentos del día, en la oscuridad total de aquella celda, acarició el suelo sobre el que se echaba soñando con la espalda de José Manuel, y sonrió. Habían formado un buen equipo profesional, pero lamentaba no haber podido formar también un equipo sentimental. Con todo, el español era el único hombre al que se había abierto, el único con el que había pensado en ir más lejos. Por desgracia, acabar con los nazis era su prioridad absoluta. No se había dado cuenta de lo dura que era hasta que fue capturada. Debería haberlo previsto. Olav Sorensen la había delatado y sería el culpable de que su vida acabara. Desde que fue reclutada por el MI6, sabía que no acabaría la guerra con vida. Era imposible. Ella estaba dispuesta a arriesgar más de lo necesario, y a menudo los espías eran utilizados y abandonados a su suerte cuando dejaban de ser un activo.

No sabía cuánto tiempo había pasado exactamente. Su cerebro lo había enmarcado todo en un epílogo difuso de su vida. Había sido capturada en la posada de Akrehamn. Dos hombres la esperaban en la habitación y, sin mediar palabra, le inyectaron algo que la durmió. Gran fallo. Muy poco profesional. Durante su letargo, le habían dado tiempo a José Manuel para que volviera al pueblo, viera que ella no estaba y escapara. Heidi se ocupó de darle más tiempo aún. Le preguntaron dónde estaba su acompañante, qué era lo que hacían allí y ella fingió estar atontada pese a las palizas que una y otra vez le propinaron. Cuando la empezaron a torturar en serio, él ya estaba en Potsdam. Le preguntaron el motivo de su estancia en Noruega y ella explicó que acompañaba a José Manuel Bultó, importante empresario, amigo del Reich y jefe suyo, en viaje de negocios. No tardó en reconocer que era espía aliada y que tenía la misión de buscar nuevos informadores en Noruega. Resultaba verosímil, la costa de Noruega y sobre todo los puertos desde donde salía el hierro sueco hacia Alemania eran objetivos primordiales de los aliados. Por desgracia, los hombres que la interrogaron los habían visto juntos, a José Manuel y ella, en la misma habitación, a altas horas de la madrugada, en varios lugares de su viaje escandinavo. Precisamente esas noches no había pasado nada entre ellos, pero los nazis supieron que su relación iba más allá de un vínculo profesional entre jefe y secretaria y, tras investigar un poco en Barcelona, preguntar a amigos de él y conocer mejor la personalidad del catalán, empezaron a sospechar. Si ella era espía, él también lo sería.

Heidi supo que le iban a detener y que le harían confesar. Lo que no imaginaba era que, tras llenar Villa Kreisler de micrófonos, la mandarían a ella para lograr tal objetivo. Tontos. Estaba preparada para sufrir y sí, desde luego, estaba ligada emocionalmente a José Manuel, pero mucho más de lo que sus enemigos pensaban. Lo suficiente como para sacrificarse y permitirle huir. Sonrió al pensar en él. Lograría escapar, tendría una larga vida y se acordaría de ella. Ella viviría en él, no podía pensar en nada más bonito.

No sabía dónde estaba. Tampoco si aquello había acabado ya. La habrían condenado a muerte y la perspectiva de que llegara pronto era una luz al final de aquel oscuro túnel. La habían atado desnuda a una silla. La habían intentado humillar sexualmente sin lograrlo. Luego habían pasado a un dolor peor: un hombre inexpresivo con aspecto de médico y bata blanca se había acercado a ella. Era dentista, o alguien con nociones. Con la ayuda de otro hombre al que no vio, le sujetaron la cabeza con unas cinchas de cuero, le abrieron la boca y le sujetaron también la barbilla para que no pudiera cerrarla. Una vez inmovilizada, primero le arrancaron los dientes delanteros y sintió que la mandíbula se iba a partir, aunque eso fue una nimiendad en comparación a la siguiente fase de lo que parecía una tortura por capítulos. Una vez desdentada de incisivos, con diferentes artilugios empezaron a hurgar en los nervios de la boca provocándole un dolor tan horrible que se había desmayado dos veces. Cuando acababan cada fase, le preguntaban, y contestara lo que contestara volvían a la carga. Más tarde se habían centrado sobre todo en las manos y le habían aplastado los pulgares con un mazo. Había gritado. También cuando la quemaron. Un poco más cuando la mojaron y electrocutaron. Pero no confesó la verdad, no la importante. No la decisiva. Olav Sorensen la había delatado, pero también había proporcionado un motivo lógico para su viaje a Noruega. No pronunció ni una palabra sobre Spaansholmane. José Manuel había encontrado algo allí, estaba segura.

Oyó unos pasos y empezó a temblar. Los dientes que le quedaban le castañeaban, como cuando tenía frío, de puro miedo. Claro que tenía miedo, cómo no lo iba a tener. Era dura, pero también era humana. La puerta metálica se abrió y la luz la deslumbró unos segundos. Ante ella se recortaba la silueta de un hombre uniformado. La miraba desde arriba, en silencio. Se acercó y dio una vuelta alrededor de su cuerpo maltrecho. Ella permanecía como estaba, echada, temblando, aguardando lo que fuera que viniera luego. Él no pudo resistirse a pegarle una patada. Rezó para que se quedara en eso. En muchas patadas.

—Vas a ir a un lugar muy bonito. Te gustará, ya verás. Hay más traidoras como tú —dijo de forma que quedaba bien claro que su destino era el mismo infierno.

—Me da igual morir —balbuceó ella.

—Oh, pero a nosotros no. A nosotros nos gustaría que antes conocieras ese bonito lugar. Allí dormirás bien poco y siempre tendremos la oportunidad de preguntarte algunas cosas más.

Heidi no se alegró. La perspectiva de un campo de concentración, si era eso a lo que se refería el hombre, era peor que una muerte rápida e indolora después de lo que había pasado. «Así que no acaba todo aquí», pensó exhausta.

—¡Lleváosla! —gritó su carcelero.

Dos hombres la cogieron y le hicieron ponerse en pie, aunque casi no podía sostenerse. La llevaron a empujones a otra sala, donde a empujones la vistieron y a empujones la trasladaron a una celda donde había más mujeres. Al rato las empujaron a todas a unos camiones y desde ahí a un vagón de ganado, en el que iban más de cien como ellas, asustadas y magulladas. Allí permanecieron medio día. Luego el tren se puso en marcha. Heidi se pegó a una de las paredes, agarrándose a una especie de argolla que debía haber servido para atar al ganado que había transportado alguna vez aquel vagón. Era de noche y la humedad mojaba un poco los remaches de la tablazón. Segura de que no les darían agua, cada poco los chupaba, sintiendo al menos que su boca no se secaba del todo.

Su destino no estaba demasiado lejos de donde se encontraban, pero tardaron dos días en llegar. Se paraban en las vías y dejaban paso a otros trenes constantemente. Cuando llegaron, la mitad del vagón había muerto. Ella seguía viva. Más o menos.

A muchas en su estado las apartaron a un lado, separándolas de las que parecían más sanas. A ella, a pesar de no pertenecer a ese grupo y llegar peor que casi todo el resto, la pusieron con las segundas. Un oficial la cogió del brazo y se ocupó de ello empujándola a la fila de las que tenían mejor aspecto. Las desnudaron y les cortaron el pelo, las examinaron y las ducharon. Las pulverizaron con antipulgas, como a animales, y les dieron un uniforme a rayas antes de llevarlas a unos barracones atestados de mujeres que parecían cadáveres, pero que se apartaron en sus literas, ya ocupadas por dos o tres personas, para dejarles sitio.

Estaba en Buchenwald, cerca de Weimar, y no necesitaba que le explicaran nada para saber lo que debía esperar. Hacía ya algún tiempo que las atrocidades que se estaban produciendo en los campos de concentración nazis iban de boca en boca entre los informadores aliados. Lo que al principio parecía imposible, poco a poco se tornó en clamor, uno imposible de no creer. La mayoría de los alemanes todavía no lo imaginaban y civiles y militares de los países aliados que no estaban en los altos mandos lo desconocían también.

Como en todas las pesadillas, lo peor de estar metida en esa era no saber cuándo iba a acabar.

54

José Manuel también estaba confinado, pero su situación era completamente distinta. El mes de julio daba sus primeros compases y llevaba ya dos meses allí, paciente y aburrido. Otto von Strutt se había ocupado de que estuviera cómodo y en parte entretenido. Le llevaba periódicos y libros y, cuando podía, incluso se sentaba un rato en la habitación de la buhardilla para darle conversación. Había cerrado con llave la puerta de acceso a toda la planta superior de la mansión, de manera que nadie salvo él podía entrar. De todas formas, nadie iba allí con frecuencia pues, por lo general, no había nada que hacer en aquel piso.

Le seguían buscando pero, según Otto, cada vez con menor intensidad. La Gestapo tenía demasiados frentes abiertos y el suyo era tan solo uno de ellos. Todos daban por hecho que estaría en España, y allí el despliegue de agentes era mucho menor y la influencia del empresario para que las autoridades le dejaran tranquilo mayor. Nadie tenía la certeza de que José Manuel hubiera estado implicado en alguna acción subversiva, solo la sospecha. Su fuga no contribuía a atenuarla, más bien al contrario. Le hubieran querido interrogar y seguían queriendo atraparle, así que no podía estar tranquilo y el plan de fuga seguía exactamente igual que lo habían planificado.

El alemán le visitaba cada mañana y aquella no fue una excepción. José Manuel le estaba esperando ansioso, pues, mientras pasaba aquel periodo confinado, no había dejado de pensar en ningún momento en cómo pasar la información vital que había conseguido en Noruega sin comprometerse ni comprometer en exceso a nadie. Creía haber encontrado la solución y de nuevo apuntaba al mismo lugar.

—Buenos días —saludó Otto—, le traía más periódicos y una bandeja con pan y queso, además de una jarra de agua.

—Buenos días. Necesito algo. Algo muy importante —dijo él.

—Vaya —replicó Otto augurando problemas.

Dejó la bandeja sobre una cómoda mientras su expresión cambiaba a una de preocupación. José Manuel no sabía hasta dónde podría empujar a aquel hombre, pero aquello era crucial y debía intentar conseguir su colaboración.

—No supone ningún riesgo para usted. Se lo prometo —le tranquilizó.

—Eso dicen ustedes siempre —contestó él.

—Tiene razón, eso me dijeron a mí también cuando empezó todo esto, y aquí me tiene, un español perseguido por los nazis, escondido en una buhardilla de Potsdam.

No era un comentario vano. José Manuel le estaba diciendo que era él el que estaba luchando por Alemania, cuando Otto, un alemán, era siempre más difícil de convencer.

—Cuénteme, amigo mío —pidió Otto, que había leído entrelíneas.

—Necesito que invite a Hilda Fallstein o que se vea con ella de alguna manera.

—¿Puedo preguntar para qué?

—Porque necesito verla yo, o que le dé algo de mi parte. Una carta, una nota.

—Está usted de suerte. Muy probablemente la vea pronto. Vamos a ir al festival wagneriano de Bayreuth. Estará todo el mundo, incluso Hitler.

—¿Hilda estará allí?

—Pondría la mano en el fuego. Burg Fallstein está apenas a dos horas y media, no es demasiado lejos y Harald es un auténtico forofo de Wagner. No se ha perdido ni uno de los festivales. Es el gran evento social y cultural del año, y todo el que es alguien en el Reich acude. El mismo Führer solo ha faltado un año, el pasado. Luego unos amigos han organizado una fiesta. El festival estará un poco deslucido este año, apagan las luces a las nueve por temor a los bombardeos. Seguro que los Fallstein irán también a la fiesta, esta noche lo confirmaré.

—Hágalo, por favor. ¿Dónde es la fiesta de después?

—En un palacio cercano, el de los Heidelberg. Diría que son primos de Harald von Fallstein.

—Probablemente allí podrá darle mi mensaje a Hilda.

—Seguro. Cuente con ello. Pero déjeme asegurarme de su asistencia.

Se despidieron y José Manuel se quedó satisfecho. Si podía mandar el mensaje a Hilda, ella encontraría la manera de hacer llegar la información a su prima Inés, que se la pasaría a Bob Asprey.

Se había hecho de noche y la buhardilla estaba sumida en la penumbra, desprovista de la buena iluminación de las zonas nobles de Villa Von Strutt, donde se estarían vistiendo para su evento de aquella noche. José Manuel leía en su cama los periódicos que por la mañana le había llevado Otto. Los alemanes habían acabado con la resistencia rusa en Crimea y tomado alrededor de cien mil prisioneros. En Rusia avanzaban por la cuenca del río Don, en el centro del país. Las noticias de los periódicos del Reich siempre llevaban un importante barniz propagandístico, pero si había algo de cierto en ellas —que lo había—, la situación era preocupante. José Manuel seguía convencido de que los aliados acabarían ganando la guerra, era la tardanza en hacerlo y la devastación que se produciría hasta entonces en toda Europa lo que resultaba trágico.

Se incorporó un poco al oír un giro de llave en la puerta que cerraba la planta. Luego oyó el suelo de madera crujir bajo los pasos de alguien que iba a su encuentro. Esperaba ver a Otto pero, al abrirse su puerta, Maria von Strutt apareció frente a él. Vestía de gala con un traje largo color dorado aderezado con un gran broche de brillantes sobre el hombro, collar de turquesas y tiara a juego. Le miró con desprecio alzando el mentón. No parecía sorprendida, solo molesta.

—Estaba segura. Mi marido es un necio.

—Su marido es un buen amigo ayudando a otro buen amigo que no ha hecho nada malo —rectificó él.

—No puede quedarse aquí. Si no sale hoy mismo de mi casa, le denunciaré. Puede agradecer mi benevolencia, no la merece.

José Manuel se puso de pie.

—Va usted muy elegante.

—Balenciaga —dijo ella—, no le pediré que sepa quién es.

—Sé quién es. Pero todas sus joyas y todos sus vestidos no serán suficientes para parecer distinguida si me delata, porque explicaré su escandalosa vida con todo lujo de detalles.

—Mi vida no tiene nada de escandalosa —afirmó ella con voz menos segura.

—Oh, ya lo creo que sí. Su vida es muy escandalosa, aunque haya querido ocultarlo. Tiene una hija con un hombre casado, con el que fornicó en uno de los congresos de Núremberg cuando usted apenas era una niña y él, casado y con familia, tenía quince años más. Un Standartenführer de las SS nada menos. No dirá usted nada. No abrirá la boca ni un centímetro porque esta información está lista para ser enviada a todo el mundo, a todos los periódicos. A la gente le gustan estos chismes, más aún en tiempos de guerra, cuando solo hablamos de bombas y tanques. Usted se casó con un hombre tras haber pasado antes como una ramera de unos brazos a otros. Usted no era la virgen de caderas anchas y gran fertilidad que el partido ama para sus arios puros. Esta información destruirá su reputación y su familia, amén de la de su libidinoso amante. No me gustaría estar en su piel cuando su marido le pida explicaciones. La decepción suele ser una carga mucho más difícil de llevar que la furia, y Otto se decepcionará inmensamente. Será como si le hubiesen vendido un abrigo de conejo teñido a precio de visón, no sé si me comprende.

—Cállese —pidió ella cerrando los ojos—. Cállese de una vez.

—No, amiga mía. La que debe callar es usted —dijo señalándola con el dedo, acercándose hasta casi tocarla con la punta—. Es usted la que tiene mucho que esconder; yo, en cambio, no he hecho nada.

—Usted es un traidor. Todo el mundo lo sabe.

—Nadie sabe nada y usted lo cree todo. También creerán lo que yo explique, porque además es cierto. Lo que más le interesa es que yo vuelva a mi país y no nos volvamos a ver jamás. Que *frau* Ludlow siga educando a su hijo y le deje verlo de vez en cuando en el parque de Kreutzberg, mientras usted continúa vendiendo la imagen de señora respetable y oculta la verdad a su marido, que es el único auténtico aristócrata de esta casa.

—No diré nada. Pero no porque le tenga miedo —mintió ella, impresionada con el detalle de la información que el español tenía de su vida—, no diré nada porque deseo que vuelva a España lo antes posible. Ustedes no saben hacer nada bien. No quiero nada español en mi vida, menos aún en mi casa. Espero no verle más. Ojalá se vaya pronto.

—Lo haré en pocos meses —respondió él.

—De acuerdo entonces. Hasta nunca —dijo Maria dándose la vuelta para volver, igual de altiva pero humillada, al piso inferior.

Antes de que llegara al final del pasillo José Manuel asomó la cabeza desde su habitación.

—¡*Frau* Strutt! —la llamó. Ella se giró mirándole con odio—. Debería cambiarse de atuendo. El diseñador de su vestido, Cristóbal Balenciaga, es español.

Un portazo dio por concluida la conversación. Nunca más se volverían a ver.

Horas después, había oído sonar las doce en el reloj de la planta inferior cuando la llave volvió a girar y a ponerle en alerta antes de que unos pasos se acercaran a su habitación. Esta vez era Otto, vestido de frac. José Manuel se incorporó algo deslumbrado por la luz que su anfitrión acababa de encender.

—Siento despertarle. He estado en la fiesta. Se ha alargado un poco, todos estaban eufóricos celebrando la victoria sobre los rusos en Crimea.

—He leído sobre ello en el periódico que me dejó.

—No es esa la razón por la que le molesto tan tarde. Vuelvo con bastantes noticias. Todas le agradarán, o le aliviarán al menos.

—Le escucho —dijo José Manuel incorporándose un poco más.

—En primer lugar —continuó Otto—, Hilda y Harald Fallstein irán al festival de Bayreuth y están invitados a la fiesta posterior, a la que también han confirmado asistencia. Me cuentan que los anfitriones se han esmerado en que la pompa alemana se deje ver. Creen que levantará el ánimo tras la pena de que el festival acabe tan temprano y después de su cancelación el año pasado; también tienen la esperanza de que Hitler acuda.

—Eso es fantástico.

—Hay más. Cosas inauditas e inesperadas. Helmut Müller, que estaba en la fiesta de esta noche, ha hablado de usted. Lo ha hecho con cierto cariño, ha dicho a los más cercanos que no creía que fuera usted un espía. Me ha parecido que se alegraba de que hubiera escapado, pero claro, no son cosas que uno pueda comentar a la ligera si no quiere tener problemas.

—Siempre supe que Helmut me tenía aprecio. Es una pena que sus principios políticos sean opuestos a los míos, de lo contrario, hubiésemos sido buenos amigos.

—Desde luego, lo mismo me pasa a mí. Aunque lo importante no es eso. Al hilo del tema que nos ocupaba, Helmut aseguró que el problema es que usted se había encamado con su secretaria, con Heidi Klein, que es una espía confesa. Comentó que, de no tener una relación carnal con ella, nadie hubiera sospechado de usted, porque es un ferviente fascista.

—Ya —dijo José Manuel con ironía.

—De Heidi habló mal. Traidora fue lo menos que salió de su boca. Luego se lamentó de que no haya sido fusilada.

—¿Aún no lo ha sido?

—No, y ahora viene una pequeña esperanza. Parece ser que no lo va a ser. Ha sido enviada a Buchenwald, un campo de concentración cerca de...

—Weimar —interrumpió José Manuel—. He oído hablar de ese lugar. Muy mal, por cierto.

—Es un lugar terrible, no cabe duda, pero no es un paredón, no es una muerte inmediata.

—No, no lo es, gracias a Dios. —José Manuel se permitió una sonrisa.

—Así que Heidi no ha muerto. Con un poco de suerte, quizás siga viva al final de la guerra. Sé que es algo más que un enlace para usted, así que, bueno, al estar en Buchenwald... por lo menos queda alguna posibilidad de que se vuelvan a ver las caras.

—Es cierto. Estoy seguro de que lo haremos. Heidi es una mujer fuerte. Nos volveremos a ver. En paz, en un país sin guerra, sin amenazas, sin tantas mentiras y traiciones. Gracias, Otto, en verdad es usted un amigo.

—Estoy contento de haberle alegrado la noche, José Manuel, ahora descanse. Usted también tiene que aguantar hasta el fin de la guerra.

Sonrió, le miró y se despidió con el saludo militar. José Manuel le vio partir. Ojalá Otto también acabara la guerra con vida.

55

Hilda se había resignado a asistir un año más al festival de Bayreuth. Era el evento social más importante del año para Harald, al que le encantaban a partes iguales el compositor y la concurrencia de amigos y élite del Reich que asistía. A ella también le gustaba Wagner, cómo no, pues desde niña se había acostumbrado a escucharlo en el Teatro del Liceo de Barcelona, donde también era venerado. El problema radicaba en que para ella una o dos representaciones eran suficientes pero, para su marido, cuatro días eran insuficientes. En consecuencia, había intentado evitar asistir, pero Harald le había dicho que se encontrarían con muchos de los que aún no habían confirmado su asistencia a su fiesta de cumpleaños y que quizás pudieran convencerlos para que no se la perdieran. Odiaba que Harald tuviera razón. Así que a finales de julio viajaron en su gran Mercedes a Bayreuth.

La pequeña ciudad estaba en alerta por los bombardeos, que se producían cada vez con mayor frecuencia a lo largo y ancho de Alemania. Las luces de los edificios se apagaban, los globos de barrera poblaban el cielo en muchos puntos y la urbe ya tenía el aspecto de una población en guerra, abandonada la ilusión de la inviolabilidad aria. No le agradó ver Bayreuth así. La ciudad le había gustado desde la primera vez que la visitó y esperaba que sobreviviera a la guerra sin demasiados daños, con la vida y la alegría con que la había conocido. El ambiente de esos días ya no era así, pero su pulso alegre volvería algún día, estaba segura.

A mediodía enfilaron hacia el teatro. La llegada al edificio, diseñado bajo la supervisión del mismísimo compositor, se realizaba por una calle que flanqueaban miles de personas con esvásticas, saludando con el brazo en alto y entonando diferentes himnos y proclamas. Aquel día la decepción estaba en los ojos de muchos, ya que, por segundo año consecutivo, Hitler no iba a asistir. Ella leyó en ese gesto lo mismo que todos los que quisieron hacerlo: si el Führer se perdía sus únicos días de auténtico descanso era porque algo no iba del todo bien. Aun así, muchos de los grandes hombres del partido y del Gobierno estaban allí, y con el paso de cada uno de sus coches la gente enloquecía. También los saludaron eufóricos cuando su automóvil los rebasó, lo que satisfizo mucho a Harald, que saludó con la mano levemente, convencido de que lo reconocían aunque fuera altamente improbable.

El exterior del Festspielhaus, el teatro donde se celebraba el festival, era severo, de ladrillo visto y madera, poco recargado, sin dorados ni artificios más allá de la decoración de guirnaldas y el enorme retrato del Führer que habían colgado sobre el pórtico de entrada para la ocasión. La familia Wagner dirigía el festival desde que el compositor lo promoviera en la década de 1880. Tanto Winifred Wagner, viuda de Siegfried, el hijo de Wagner, a quien había sucedido tras su muerte en 1930, como su marido eran muy cercanos a Hitler, acérrimos nacionalsocialistas a los que el líder consideraba casi de la familia. Se alojaba siempre en su casa, donde compartía la vida íntima de ese hogar como uno más. De tal relación se desprendía el fervor nazi que impregnaba cada esquina.

En el interior, el teatro era curioso, muy diferente a la Ópera de Múnich donde los Fallstein tenían un palco. En el Festspielhaus no había palcos laterales, tampoco antepalcos ni salones donde alternar entre actos, cuando simplemente se salía a estirar las piernas a la pradera que lo circundaba. Eventos como la fiesta posterior de aquel día y todos los que se sucedían fuera del teatro aquella semana eran la mejor manera de relacionarse, porque dentro todo estaba pensado para que el público estuviera a oscuras y callado. Verían *Lohengrin*, la ópera favorita de Hitler. Luego comerían, descansarían en el hotel y disfrutarían de una segunda representación, *El ocaso de los dioses*, vestidos para asistir inmediatamente después a la fiesta en el palacio de los Heidelberg, a pocos kilómetros de la ciudad. Cuando todo acabara, Hilda se había empeñado en que volvieran a dormir a Burg Fallstein.

Entre el público había por primera vez mucha gente que no conocía, de aspecto más humilde.

—Soldados y empleados de la industria armamentística, querida —le aclaró Harald al ver que ella se extrañaba—. Así es la guerra: de pronto, un soldado raso tiene mejor asiento que los miembros de las antiguas familias.

Pero en las casi dos mil butacas también había muchos conocidos que se saludaban de lado a lado, algunos de los cuales no podían evitar murmurar quejosos sobre la estrechez de los asientos. Hilda supuso que muchos estarían deseando que la función terminara para divertirse de verdad. En un extremo vio a Otto y Maria von Strutt. Les saludó con una leve inclinación de cabeza. Debían extrañarse de no haber sido invitados al cumpleaños de Harald siendo como eran buenos amigos de la familia. Desconocían que precisamente porque apreciaba a Otto, no deseaba que fuera a su cámara de gas particular. A su insoportable mujer sí que la habría invitado. Los vería después de la función, no le cabía duda.

Se sentaron con el primer aviso, igual que el resto de asistentes. Ambos llevaban sus mejores galas. Hilda observó a Harald en frac. Le sentaba bien, a pesar de que había vuelto a engordar. Su pelo hacia atrás, la banda roja de la Orden de San Huberto, sus condecoraciones doradas, su aspecto refinado y los gestos de disgusto cuando veía a alguien que no le agradaba del todo... Su marido parecía exactamente lo que era. Ella no tanto. Nadie hubiera dicho que, vestida con un vestido negro profusamente bordado en plata y cargada con las joyas de la casa de Fallstein, Hilda era una asesina. La tiara más importante de la familia pesaba sobre su cabeza y ella pensaba que no le favorecía en absoluto, pero Harald se había empeñado en que la llevara. En España aquella joya solo hubiera sido aceptable en un evento en el Palacio Real.

—Estás muy guapa —le dijo.

Hilda sonrió sintiendo que aquellas palabras bonitas no significaban nada, porque las palabras bonitas de verdad son los hechos. De nada servía decir «te quiero» si en realidad no la amaba, o «estás guapa» si hacía meses que apenas la miraba. Le hubiera dado lo mismo que Harald le dijera que parecía un babuino, pero sonrió ajustándose con la mano el exceso de quilates que su cabeza sostenía.

Recordó el gran retrato que le habían hecho por su boda, uno que odiaba y que colgaba del salón principal del castillo. Esa noche se parecía a aquella imagen que Harald había encargado. Así era en muchas casas nobiliarias. Los grandes retratos de los palacios eran siempre para las reinas, las duquesas y las condesas como ella, pero en los bolsillos de sus maridos a menudo solo había espacio para las miniaturas de las amantes. El amor era lo segundo: llevar a la amante en el bolsillo, cerca, para mirarla siempre que uno podía..., no cargar de joyas a una mujer elegante para pasearla en sociedad. «En fin —pensó—, todo esto acabará pronto».

Los primeros acordes del himno alemán sonaron y todos se pusieron de pie. Winifried Wagner, la directora del festival, entró en la sala acompañada de Albert Speer, ministro de Armamento, y de Arno Breker, el escultor favorito de Hitler y responsable además de uno de los bustos más conocidos de Wagner.

—Me gusta Speer —le susurró Harald—, ese hombre tiene un gusto formidable, es el arquitecto más elegante de todos cuantos viven. —Hilda pensó que era una lástima que no se hubiera quedado solo en eso.

Disfrutó de la ópera porque era capaz de separar el arte de la instrumentalización que la propaganda hacía de él, y cuando acabó, como todos, se puso en pie para aplaudir la brillante representación. Nadie departió demasiado en la salida, sabían que iban a verse poco después en el palacio de los Heidelberg.

El coche los recogió en la puerta y enfilaron hacia las afueras de la ciudad, cruzando al principio algunos bosques tupidos mientras el cielo se oscurecía. Poco después el paisaje se despejó y durante un rato la carretera atravesó campos y cruzó ríos y lagos hasta llegar a un arco grande, en el que un hombre con librea y peluca dieciochesca los detuvo y, acercándose al coche, verificó sus nombres antes de dejarlos pasar. Tras ellos, varios coches esperaron su turno.

Cruzaron el arco y circularon por una carretera que atravesaba un gran lago, elevada sobre las aguas. A los lados, todo era oscuridad y quietud, como si estuvieran entrando en un lugar secreto en vez de en una gran fiesta. Al fondo, un gran castillo iluminado por la luz de la luna dominaba el centro del lago, erigiéndose orgulloso a medio camino entre lo defensivo y lo palaciego, enorme, recio y elegante. El palacio de los Heidelberg era una amalgama de estilos sobre un lienzo severo con un resultado espectacular. Cuatro pisos de sillería, con tramos de hiedra perfectamente recortada cubriéndolos de caprichosas formas, presidido por una entrada barroca, flanqueada por dos caballos rampantes, a lo que Hilda supuso que era el patio central. Torres acabadas en punta sobre las que ondeaban banderas, estatuas que coronaban los tejados, grandes ventanales. Ni una luz se colaba al exterior, pero pese a su aspecto adormecido, los Heidelberg tenían sin duda uno de los mejores castillos a los que ella hubiera sido invitada.

—Un poco excesivo —murmulló Harald—, normalmente en Baviera somos más discretos.

Hilda evitó mencionar a su más famoso rey, que había construido una copia de Versalles y un castillo inhabitable a pocos kilómetros del que ya tenía.

—Está muy oscuro —apuntó ella.

—Es por los bombardeos. Oscurecen las ventanas para que no se vea el castillo, para que no destaque desde el aire. Me da claustrofobia, no lo entiendo. ¿Quién querría bombardear a la aristocracia alemana? Al fin y al cabo somos parientes de todas las casas reales por mucho que se afanen en cambiar de apellidos.

Cruzaron el arco de entrada al patio de armas y se acercaron lentamente a la entrada, donde otros invitados estaban descendiendo de sus coches bajo un gran pórtico.

En noches como aquella Hilda se preguntaba si detrás de las sonrisas, de las carcajadas, de la pompa y el lujo, alguno de los invitados estaría pensando en cuánto tiempo más duraría aquella vida, cuánto tardarían sus casas en ser destruidas o ellos en hacer las maletas apresuradamente. Nadie comentaba esas cosas, pues se consideraba traición, pero todos debían de verlas igual que ella. En cualquier caso, ninguno lo mostraba.

Un lacayo les condujo al salón principal del castillo, con una entrada muy teatral, pues desde el vestíbulo se salía a una suerte de gran balconada sobre la fiesta, desde la que se apreciaba la espectacular sala barroca. Lo llamaban el salón real porque en sus paredes colgaban grandes retratos de reyes y príncipes alemanes iluminados con enormes lámparas de araña que colgaban de un techo recargado de volutas, cúpulas y yeserías cubiertas de pan de oro. En el lado opuesto al que estaban, sobre otra balconada, una orquesta interpretaba temas alegres no completamente alemanes. Antes de invitarlos a descender la escalinata hasta la planta inferior, un mayordomo los anunció con voz grave y solemne. Harald sonrió.

—Ah, la vieja Alemania. No hay nada como Alemania, querida —le dijo mientras empezaba a descender con el pecho hinchado y el mentón alto.

Lo cierto es que el ambiente era espectacular y la imagen, brillante y alegre, casi una utopía en medio del mundo que los rodeaba. Brillantes, zafiros, esmeraldas, fracs repletos de condecoraciones, trajes suntuosos, uniformes, esvásticas, manos enguantadas, moños altos, bigotes encerados y modales refinados llenaban un salón en el que la vida seguía teniendo el color del champán y el olor a rosas. Los bailes también parecían de otra época, pero nadie puso objeciones a volver a un pasado quizás más fácil. La música de Wagner, omnipresente, contribuía a ello.

Bailaban en parejas, en el centro del salón, mientras alrededor los camareros paseaban con bandejas de plata repletas de copas que se consumían rápidamente y canapés que aparecían y desaparecían en un abrir y cerrar de ojos.

—Un desorden —comentó Harald, pese a que la fiesta estaba resultando un éxito abrumador y todo el mundo parecía pasarlo bien.

—El mundo es un desorden —le gritó Hilda al oído en medio del ruido del ambiente—, deberías empezar a acostumbrarte.

Harald estiró el cuello buscando a sus amigos, que estarían igual de confusos en aquel ambiente. Las fiestas en tiempos de guerra rápidamente se animaban. La de los Heidelberg no era una excepción, pero tampoco estaba desprovista de distinción. Simplemente había llegado muy pronto al punto álgido que normalmente se hacía esperar más. Lo bueno era que aquel punto no tenía visos de ser corto, sino todo lo contrario. Aquellos alemanes bebían, reían y bailaban con elegancia intentando, por unas horas, olvidar al enemigo que los acechaba. Harald distinguió a los Eltz, que observaban el centro del salón atónitos, igual de desubicados. En cambio, los Schatzel bailaban contentos y los Krupp parecían estar pasándolo en grande. A un lado vio a Otto von Strutt y su mujer acercarse. Gracias a Dios, alguien que le entendería. Harald no sabía cómo desenvolverse cuando se improvisaba. Suponía que todos los que estaban acostumbrados a eventos con orden y protocolo no tendrían ni idea de cómo lidiar con un entorno como aquel, pero se equivocaba.

—Querido, disfruta —le aconsejó Hilda.

—Ni siquiera hemos saludado a los anfitriones —se quejó él.

—Si lo ponen tan difícil será que quieren ahorrase el besamanos. Siempre resulta aburrido, no me lo negarás.

—Hay muchas cosas aburridas. Si las quitamos todas acabaremos por ir desnudos, no cortarnos las uñas y eructar en la mesa. Ser educado es siempre más difícil, pero Dios sabe que también es más agradable.

—Supongo que hemos llegado un poco tarde.

—Este palacio está lejos —protestó Harald—, esta gente nos ha traído a un islote en medio de Dios sabe dónde.

—En medio de su lago —apuntó Hilda.

—Me da igual. Un lago dejado de la mano de Dios. Es un horror. Siento que se me entumecen los huesos con la humedad.

Adelantándose a Otto, su mujer Maria se acercó a Harald.

—Harald querido, debemos beber más, esta concurrencia baila con una furia imposible.

Harald rio. Sus sentimientos hacia Maria von Strutt eran opuestos a los de su mujer.

—Tienes toda la razón. Pero nadie bebe como un Fallstein. —Le ofreció el brazo—. Vayamos hacia aquel camarero —propuso.

—Te lo ruego —dijo ella. Luego miró a Hilda—. Querida, ¿te unes?

Otto respondió por ella.

—No, Hilda me debe un baile y, teniendo en cuenta mi pericia en la pista, creo que será mejor que mi buena amiga pague la deuda antes de que ambos hayamos bebido una sola copa.

—Tienes toda la razón —le dijo Maria, luego miró a la condesa—. Hilda, suerte con esos pies, mi marido te los va a destrozar.

Amigos, ¡esto es un cambio de parejas en toda regla! Hilda, yo me llevo a Harald, ¡baila tú con Otto si es que puedes!

Hilda estaba absolutamente de acuerdo con aquel pacto. Hubiera cambiado a su marido por Otto sin dudarlo. Él tampoco vio inconveniente en la propuesta. Ofreció a Hilda el brazo y se acercaron a la pista de baile, donde los invitados danzaban al son de una pieza de *Los maestros cantores de Núremberg*, de Wagner, cómo no. Se habían visto poco, pero se caían bien. Ambos huían de lo antiguo y siempre estaban abiertos a conocer a gente nueva e ilustrarse, algo que gran parte de sus amigos desdeñaba. Cuando, al principio de su matrimonio, algunos le dieron la espalda a Hilda por ser de otro país, Otto siempre fue una cara amable en la que buscar conversación y apoyo. Y no bailaba tan mal como su mujer había augurado.

—Me alegro mucho de verte —le dijo él.

—Yo también, aunque me agota Bayreuth. Es la tercera vez que vengo. Consigue que cada año acabe aborreciendo algo que, en su justa medida, me gusta.

—A mí también me pasa. Dos óperas en un día... es excesivo.

—Lo es. Y el ambiente está enrarecido. Me parece que todos vamos disfrazados de alegría.

—Todos fingimos, pero no me parece mal. Siempre es mejor contagiar la alegría que la pena.

—Tienes razón.

—Además, tengo algo para ti. Algo que creo es de suma importancia.

Hilda se apartó un poco para mirarle a la cara mientras seguían bailando.

—¿Algo importante, dices?

—Bueno, sí, doy por hecho que tiene que serlo. Es una carta, pero no la abras hasta que estés completamente sola y cerca de un fuego donde puedas quemarla inmediatamente después. No conozco el contenido, solo el remitente, y es comprometido.

—¿Debería asustarme?

—No, si actúas con precaución. En el siguiente paso nos pondremos uno al lado del otro, cogidos por la cintura. Aprovecha para meter la mano en el bolsillo de mi levita. Hay un sobre muy pequeño. Mételo en tu guante. Nadie lo verá. No lo leas si no estás sola.

—No lo haré.

—Y jamás digas que yo te lo di.

—No te preocupes. Sospecho que estamos los dos haciendo cosas..., que somos algo más de lo que parecemos, ¿no es así?

—Haz lo que te he dicho. Y ojalá podamos seguir bailando así dentro de unos años.

—Ojalá, querido amigo. Ojalá.

El tempo de la música cambió y muchas parejas, igual que ellos, se pusieron una al lado del otro, hombro con hombro y pasándose los brazos por la espalda, a la altura de la cintura. Hilda aprovechó para meter la mano en el bolsillo de Otto y enseguida cogió la pequeña carta, un papel doblado que no medía ni diez centímetros. Lo metió dentro de su guante y siguió bailando. Nadie pudo ver nada.

Bailaron varias veces aquella noche sin hablar ni una vez de la carta. Harald y Maria se les unieron, animados, y junto con otra pareja formaron un núcleo que aguantó hasta el final de la fiesta. De vuelta a su castillo, con Harald ebrio y dormido a su lado en el asiento trasero, tuvo que contenerse hasta que estuvo sola en su vestidor para no leer el misterioso documento que llevaba escondido desde hacía horas en el guante.

Fritz había tenido que llevar a su marido apoyado en él hasta el dormitorio, donde le había ayudado a ponerse el pijama para que no despertara a la mañana siguiente aún vestido de frac.

Se quitó las joyas y aquella odiosa tiara y las dejó en el tocador. Con la mano se ahuecó el pelo, masajeándose un poco el cráneo castigado por el peso de la joya. Luego se quitó el guante dejando que la carta, casi una nota, cayera sobre la mesa. Las llamas de la chimenea estaban prestas para acabar con todo rastro de aquel papel. Lo desdobló. No tenía remite, pero presintió de quién provenía: estaba escrita en español.

Julio 1942, en algún lugar del III Reich

A quien lea esta carta:

La isla de Spaansholmane, al sur de la de Utsira, en el archipiélago del mismo nombre de la costa noruega, frente al pueblo de Akrehamn, es la localización de una base secreta del ejército alemán que yo mismo vi en abril de este año. Hay en sus entrañas una lanzadera de cohetes y un puerto para submarinos. Todo es indetectable desde el aire.

Es de vital importancia que esta información sea transmitida por vía segura a los aliados. IS sabe cómo hacerlo.

Queme esta carta.

Su amigo del Adlon.

IS eran las iniciales de su prima, Inés Sagnier. Se sintió orgullosa de ella. Sus madres esperaban que se hubieran quedado en casa, teniendo hijos y cuidando de sus maridos y, en cambio, ambas estaban metidas de lleno en la lucha contra el nazismo. No podía mandarle aquella información por correo, pues era imposible que un código entre primas incluyera los nombres noruegos de lugares que desconocían; tendría que utilizar la red de escape, pedirles que la información volara y encomendarse a la diligencia de una organización que había dado muchas muestras de su eficacia para que Inés pudiera avisar a los aliados del descubrimiento. Por fortuna, esperaba que otro grupo de refugiados llegara en breve, coincidiendo con la marcha de su marido para encarar sus últimos días en el frente. La carta la enviaba José Manuel Bultó, evidentemente, el único español con el que se había visto en el hotel Adlon.

Releyó la carta varias veces, grabando a fuego cada palabra en su memoria. Luego, cansada, descalza, arrastrando el vestido, se acercó a la chimenea y la vio arder deseando que lo que ardiera pronto fuera la isla de Spaansholmane.

56

Pablo volvió a Puigcerdá de incógnito, tan seguro de no haber sido visto como de que le habían vigilado en su corta estancia en Barcelona. Había ido tres días a la Ciudad Condal y regresado a la rutina de ir de la fábrica a casa y de casa a la fábrica. Había jugado al tenis una tarde en el Real Club y, pese a que se sabía observado, actuó con total naturalidad. Luego, cuando la noche asomaba, cogió el coche y volvió a Puigcerdá por la carretera de la Collada de Tosas, peligrosa y oscura, pero también poco vigilada a aquellas horas.

Llegó a la capital de la Cerdaña pasadas las nueve y aparcó en un garaje cercano a la granja que llamaban Mas Florensa, no lejos del pueblo. Hasta allí fue andando. La hora y día de vuelta no eran casuales, en aquellas fechas de agosto se celebraban las fiestas del lago en toda la población y las calles estaban llenas de personas contemplando el desfile de carrozas y preparándose para los *correfocs* y las diferentes —y numerosas— actividades de su fiesta mayor.

Pablo se deslizó entre el gentío, discreto, con el sombrero puesto, sin llamar la atención. En la avenida Schierbeck se apartó de la acera y, saltando la valla del jardín trasero, corrió a la vivienda del chófer, situada junto al garaje y desocupada siempre que sus suegros no estaban en la casa. Nadie le había visto llegar. Si le vigilaban, supondrían que seguía en Barcelona.

Inés sabía que estaba allí y hacía días que también actuaba según lo planeado. Fue en coche hasta Bellver, en uno de los extremos del valle, y pasó dos horas hablando con el carpintero para encargarle unos arreglos. Otro día paseó por el bosque cercano a Martinet, también en el lado opuesto a donde solía moverse. Paseaba por Rigolisa y Vilallobent, recorría la frontera por todos los lugares por los que no cruzarían los refugiados, y despistaba aún más a los ojos que la observaban al enviar a Athalia y a Magda a lugares que podían resultar sospechosos. El embrollo de la Police Nationale y de Gustav Wagner debía ser mayúsculo. Reía al pensarlo, pese a que el peligro que corría era real y tomarle el pelo a los nazis parecido a jugar con una hiena.

Mientras, el asunto principal era comprobar si su trabajo podía seguir adelante. Había despertado las sospechas de los nazis, lo que cambiaba completamente la situación. Debía hablar con el padre Domènech para que pusiera sobre aviso al padre Ginoux en Dorres. Ambos lados de la frontera debían estar informados de todo y tomar las precauciones necesarias para valorar si era conveniente que Pablo asumiera su labor. Los sacerdotes deberían decidir si la colaboración con Inés (o con Pablo) se daba por acabada, o si, por el contrario, la estrategia de despiste que ella había iniciado podía combinarse con otras misiones en las que pudiera estar involucrada.

El domingo, sin que pudiera considerarse algo sospechoso, pues todo el mundo lo hacía, acudió a misa. Aprovechó para entrar en el templo un poco antes, con tiempo para confesarse, cosa que en ella tampoco tenía nada de raro.

—Ave María purísima —oyó al arrodillarse.

—Sin pecado concebida —respondió ella, que ya había reconocido la voz del padre Domènech.

—Soy Inés.

—¿Qué tal, hija? —respondió el padre.

—Mal —aseguró ella—, desperté las sospechas del sargento Wagner. Me está vigilando.

—¿Crees que ha averiguado algo?

—No, creo que no, no todavía.

—¿Estás segura?

—Sí, padre, creo que sí.

—Informaré a Ginoux. Se entristecerá, eres muy útil para nuestros esfuerzos, hija mía. Tendremos que buscar a alguien.

—Tengo a la persona perfecta, mi marido, Pablo Bultó. Es muy listo, luchó en la guerra y además es valiente. Conoce bien estas montañas, ha venido mucho y siempre le ha gustado hacer excursiones por la zona.

—Preguntaré a Ginoux, pero no me convence. Está demasiado cerca de ti.

—He iniciado una maniobra de despiste. Me reúno con gentes sin ningún vínculo con los *passeurs*, voy a lugares que no suelo frecuentar, visito zonas que no están considerando... y todos piensan que Pablo está en Barcelona.

—¿Acaso no le han visto?

—Le han visto irse, no volver. Tampoco nos han visto juntos.

—Eso está muy bien. Hablaré con Ginoux, que sea él quien decida. Sabemos que están llegando numerosos grupos de refugiados. Están en los puntos anteriores al del paso por la frontera, debemos estar preparados. No es un buen momento para que empiecen a sospechar de ti, hija. Dile a tu marido que se deje barba.

—¿Disculpe, padre?

—Lo que oyes. No le costará nada y cambia totalmente el aspecto de una persona. Si Ginoux no quiere que colabore, se la puede afeitar. Que acuda a la procesión de la Virgen de la Sacristía. Habrá mucha gente, yo me ocuparé de que alguien de la parroquia le explique lo que hemos decidido. Será en siete días, ya lo sabes.

—Esperaremos hasta entonces.

—Que se deje barba. Que vaya menos elegante. Parecerá otra persona.

—Se lo diré, padre.

—Hazlo. Ahora debo empezar el oficio. Recibe la bendición de Dios: Padre, Hijo y Espiritu Santo.

—Amén.

Inés salió del templo tras la misa, una hora más tarde, y se preparó para esperar aún siete días hasta la procesión de la Virgen de la Sacristía, patrona de la localidad.

Mientras, en una colina en el municipio de Guils, Athalia Wiesner observaba el otro lado de la frontera con prismáticos. Latour-de-Carol no era especial, tan solo su iglesia y quizás su estación, pegada al país vecino, lo hacían destacable. Había pasado por debajo de aquellas vías para encontrar la libertad sin saber que dejaba a su marido atrás. Bajó los binoculares con lágrimas en los ojos, llena de rabia. Llevaba un buen rato observando la casa de Dupuis, la casa de la infamia y la crueldad, donde su vida se había ido completamente al garete. Veía a Dupuis. Hubiese reconocido la figura del hombre que los había engañado entre una multitud. Bajo, orondo, andaba con el interior de los muslos rozándose entre ellos, torpemente, y llevaba trastos de un lugar a otro. Debía estar preparando la trampa, que tan distinguida cara tenía y tan cruel interior ocultaba. El panadero representaba lo peor de la humanidad y, precisamente por eso, merecía morir.

Athalia se sorprendía de tener el arrojo para matarlo. Se sorprendía de estar deseándolo. Su marido estaba en camino y sabía que lo inteligente era esperar, ayudar en lo posible a Inés desde la seguridad de España y prepararse para su nueva vida. Sí, eso era lo inteligente, pero no lo que su cuerpo necesitaba, lo que le pedía sin descanso. Necesitaba ver la cara de Dupuis mientras le daba su merecido. Le había quitado a su marido, había roto su familia y la había cambiado. Le había robado su piedad, su inocencia y muchos de los valores que su familia vienesa le había inculcado. Los que habían hecho que un checo listo y atractivo se fijara en ella. Los que su religión y casi todas las demás promulgaban. «No matarás», decían. «Claro que lo haré», respondía ella.

No era la primera vez que vigilaba la casa de Dupuis, aunque en los últimos días lo hacía con mayor intensidad, pues había abandonado su quietud habitual y el panadero pasaba muchas tardes allí. Le vio llevar cadenas, comida, un par de colchones. Se estremeció al verle hablando con dos agentes de la Police Nationale, a los que señalaba un punto y otro. Sabían que la ruta de escape de los sacerdotes, la de Dorres y el Sanatorio des Escaldes, eran seguras, que no pasarían por la casa Dupuis, pues Inés se había encargado de advertir de la trampa que suponía, pero desconocían si otras rutas seguían confiando en aquel cruel personaje para acabar las huidas. No entendía que no lo hubieran matado antes. No importaba, ella lo haría.

Cuando vio las luces de la casa encenderse, descendió la colina en dirección a Francia. Recordaba cada paso. El sendero entre los chopos por el pequeño desfiladero, la zona en la que se agacharon, el muro de contención de la vía del tren y, tras un arbusto de acebo que la pinchó al pasar, el desagüe del río Carol por debajo de la vía. No tuvo miedo al saber que volvía al territorio donde ella y los suyos eran perseguidos. Corrió por detrás de la estación, se separó de ella y, rápidamente, saltó por encima del muro de la casa de Dupuis, que estaba a poca distancia de la instalación ferroviaria. El panadero no tenía perro. Mala idea. Pudo acercarse hasta la fachada y, pegada a la pared, recorrer el perímetro de la casa hasta encontrar una puerta trasera. Asomó la cabeza y subió a oscuras unas escaleras sin saber a dónde conducían, pasando por dos rellanos sin acceso al resto de la planta. En la buhardilla encendió por primera vez la linterna y recorrió el espacio en el que Dupuis había alojado a su marido. En una esquina vio un colchón. Le imaginó allí y se acuclilló bajo el techo, que en aquel punto era muy bajo. En las paredes vio los nombres judíos grabados. Ver el de August le dio si cabe más fuerzas para acabar con la vida de Dupuis.

En el otro extremo, una puerta estaba abierta. Despacio, procurando no hacer ruido, se acercó. El suelo crujía bajo sus pies, pero casas como aquella crujían por todos lados y le pareció imposible que el objetivo de aquella incursión se alertase. Bajó unos escalones, uno a uno, mirando alrededor. Asomó la cabeza por la barandilla. En la planta baja, la luz del salón iluminaba el inicio de la escalera.

Tenía un plan. Debía encontrar la habitación del panadero, esconderse allí, esperar a que se distrajera y golpearlo fuerte con el objeto que había traído, una de las pesadas bolas de mármol que en la Torre de San Fernando se usaban para aguantar las puertas. Duras y fáciles de manejar. Había practicado golpeando los postes para el ganado que rodeaban la casa, entrenándose para acertar en un punto concreto que, con fuerza, la bola destruía con facilidad. No la lanzaba. La sujetaba y la movía con pericia. Cuando Dupuis despertara, estaría atado. Entonces hablarían. Y luego moriría.

Bajó unos pocos escalones más hasta el vestíbulo de la primera planta. Volvió a asomar la cabeza por el hueco de la escalera: la planta baja permanecía en silencio. Estaba lista para encarar el último tramo de escalera cuando, al girarse, Dupuis apareció frente a ella. Athalia se asustó, pero el panadero no dudó. Con todas sus fuerzas le propinó un puñetazo que la llevó al suelo y, una vez allí, se lanzó sobre ella poniéndole las dos manos en el cuello para ahogarla.

Athalia no era fuerte, más bien lo contrario. Su cuerpo había sido preparado para otros menesteres. Su mente tampoco procesaba bien la situación a la que se enfrentaba. Jamás le habían pegado y jamás se había ni siquiera rozado con un hombre como Dupuis. Enseguida empezó a asfixiarse. Con la mano buscaba la bandolera que llevaba cruzada a la espalda, donde estaba la bola de mármol. Una de sus manos tanteaba el suelo, patética, arrugada como una araña; la otra golpeaba el brazo del panadero sin conseguir ninguna reacción. Le faltaba poco para morir. Empujándose con las piernas, con la cara de Dupuis a pocos centímetros de la suya, enrojecido de ira, babeando, Athalia fue capaz de deslizarse hasta lanzarse escalera abajo, con Dupuis sobre ella. Empezaron a caer rodando, de forma que, por alguna suerte milagrosa, el hombre pasó por encima de su cuerpo y dio, igual que ella pero antes y de cabeza, en el duro suelo del piso inferior. Tendidos allí, Athalia aún tuvo energía para, en aquel instante de indecisión, encontrar finalmente la bola de mármol y, con todas sus fuerzas, aplastarla contra el cráneo de Dupuis.

Su cara quedó desfigurada. Lo miró unos segundos y enseguida, intactos aún la rabia y el odio que sentía por aquel hombre, les dio escape golpeándolo varias veces más, gritando y llorando mientras la sangre del panadero teñía sus brazos, su vestido y su faz. Cuando consiguió tranquilizarse, contempló lo que quedaba del hombre. Parecía como si un tanque le hubiera pasado por encima del cráneo. Había planeado algo más refinado, pero el resultado era igual de satisfactorio. Estaba muerto. Lo desnudó, lo miró con asco y firmó su obra. Después, se lavó, esperó a que todo pareciera en calma y volvió a España por donde había llegado.

En la comisaría de la Police National, no lejos de la casa de Dupuis, tardaron cuatro días en echar en falta al panadero, que no tenía familia ni, por lo visto, nadie que lo echara de menos. No tuvieron que forzar la puerta de su casa y, rápidamente, un hedor fácilmente identificable los condujo al cadáver, que aguardaba en medio del salón, tumbado en el suelo, desnudo. Sabían que era el panadero porque aquella era su casa. Su cuerpo, ancho y bajo, era reconocible, pero su cara era otra cosa. Los policías y el sargento Gustav Wagner habían visto muchas atrocidades, las habían cometido y estaban acostumbrados a la sangre y las heridas más desagradables, pero cuando se acercaron al cadáver y la nube de moscas negras que lo sobrevolaba se alzó con un zumbido, todos se dieron la vuelta asqueados. La cara, sencillamente, no existía. La nariz, los dientes, los ojos, los músculos de la mandíbula, el cerebro..., todo era un amalgama sangrienta.

—El que ha hecho esto tenía que odiar mucho a Dupuis —dijo uno de los policías.

—Era odioso —replicó Wagner—, todos le odiábamos. Un ser repugnante. Útil pero odioso.

—Mire esto —apuntó otro, que había desviado la mirada de la cabeza e inspeccionaba el vientre del panadero.

Los cuatro miraron donde les indicaba. En el vientre, enmarcando el ombligo, le habían tatuado la estrella de David con un cuchillo. Debajo, en francés, también a cuchillo, se leía: «*Vengeance*».

Gustav repasó las letras con su dedo enguantado. No había sangre.

—Se lo hicieron después de muerto. Un judío, por supuesto —aseguró el sargento.

—No tenemos registro de ningún judío en la zona. Todos fueron entregados a las autoridades —replicó un policía.

Era cierto, la persecución a los judíos en todo el Estado francés de Vichy había sido tan intensa como en el resto de Europa y, si bien no había guetos, los trenes hacia el este cargados de franceses de aquel credo se sucedían uno tras otro. Pocos sabían que la decisión respecto a ellos había sido tomada a principios de año en una conferencia en un palacete a las afueras de Berlín. Se los deportaría al este y serían asesinados. Todos. También los franceses. Casi trece mil habían sido apresados en la última gran redada en París, y se estimaba que más de trescientos mil ya estaban en los campos de exterminio.

—Pues ya ven que uno se les escapó. Uno que tenía sed de venganza —dijo Gustav Wagner con el tono que utilizaba cuando daba por hecho que un trabajo había sido ejecutado ineficazmente.

—Todos deben de tenerla —supuso otro policía.

—No todos conocían las hazañas de Dupuis. —Miró unos segundos al cadáver y se llevó un pañuelo a la nariz con asco—. Tápenlo, hagan el favor. Este hombre, incluso vestido y en la flor de la vida, resultaba repugnante. No tiene por qué asquearnos aún más. —Rápidamente dos hombres extendieron una sábana sobre el francés, cuyo brazo siguió asomando por debajo—. Como les decía, solo los que han pasado por esta casa deberían saber lo que Dupuis hacía —continuó Wagner.

—Esos están o en España o en los campos de concentración.

—Pues parece claro dónde deberíamos buscar. El asesino está en España.

—Ha tenido muchos días para huir. Quizás nunca lo encontremos.

—En cualquier caso, esto reafirma lo que les dije el otro día. Podemos dejar pasar a los peces pequeños si con ello capturamos a los gordos, pero no debe escapar ni un solo judío más, aunque no tenga ninguna importancia estratégica. A los judíos se les captura y se les deporta. No hay opción. De todas formas, me parece que nuestra trampa, esta casa, ha sido descubierta. Y la guerra acabará pronto —aseguró mintiendo.

—No encontrará a esos judíos, sargento. Se habrán escabullido hacia el interior de España, estarán lejos de aquí si son inteligentes —opinó otro policía.

—No, tal vez no encuentre a los que han asesinado a este hombre, pero tendremos que vigilar mejor a algunos que están bien cerca —sentenció Wagner.

57

La procesión de la Virgen de la Sacristía, patrona de Puigcerdá, salió puntualmente el 8 de septiembre por las calles de la ciudad. Era una Virgen negra y dorada, subida a un pequeño paso que sostenían seis falangistas y custodiaban otros tantos con fusiles. La unión del Estado con la Iglesia se representaba también en ocasiones como aquella. Solo detrás de ellos empezaba la procesión de eclesiásticos. Parecía increíble que apenas cinco años antes se hubiera quemado el templo principal del pueblo hasta sus cimientos. Aquel día, la población de Puigcerdá había salido a ver a su Virgen con gran fervor religioso y los balcones estaban engalanados con banderas españolas y flores. Pablo se preguntó cuánta de aquella devoción era real y cuánta obligada. A nadie escapaba que al franquismo le gustaba tener a la población controlada, incluso, si hacía falta, atemorizada. Muchos suponían que ser amigo de la Iglesia era ser amigo del Régimen, cosa no necesariamente cierta, aunque muy útil para los que, poco a poco, asomaban a la vida de la posguerra tras años tratando de moverse lo más discretamente posible. La guerra la perdió España, pensaban muchos de los que habían visto el antes y el después. También él, que avanzaba entre la multitud tras el paso sin ser reconocido. El padre Domènech había insistido en que se dejara barba y la sensación de que algo le sobraba a su rostro era imposible de dejar atrás, pero cumplía perfectamente su objetivo. Entre aquello y la ropa grande y sencilla que vestía costaba reconocerlo.

No sabía qué hacer, simplemente había obedecido. No sabía cuándo le avisarían, si es que le avisaban, tampoco lo que le pedirían, si se lo pedían. Estaba deseoso de colaborar, eso era innegable. No le gustaba lo que estaba sucediendo en Europa y él, que al inicio de la guerra española se había visto obligado a cruzar la frontera para huir, sabía tanto del dolor y la angustia de dejar la patria atrás como de la sensación de seguridad y alivio que se conseguía una vez uno se sentía a salvo. Triste memoria la de la humanidad, que rara vez recuerda el mal sufrido antes de que se repita.

Pasaron por delante del Casino ceretano y, entre vítores, una lluvia de claveles cayó sobre la Virgen y todos los que la acompañaban. El jolgorio era total cuando notó que una mano le apretaba el brazo. Era un civil.

—No hable y siga mirando al frente. El padre Ginoux quiere que colabore. Esta tarde a las seis vaya al lago y coja una de las barcas. Allí recibirá instrucciones. Su mujer debe volver a Barcelona o irse de Puigcerdá. Les vigilan más de cerca de lo que creen. Alguien ha matado a Dupuis. Le dibujaron una estrella de David en el vientre y los únicos judíos que hay por el valle están en su casa. Hablarán con ellas. Con Magda y la señora Wiesner. Si se empeñan, pueden deportarlas a ambas. Su esposa y sus amigas deben volver a Barcelona, aquí corren auténtico peligro. Recuerde, esta tarde a las seis. Coja una barca —repitió. Luego se quedó rezagado poco a poco hasta perderse entre la multitud.

Anduvo entre la muchedumbre hasta el barrio del Lago y allí se metió por un callejón sin salida a la villa. Pasó a unos prados y recorrió la parte de atrás de las casas de los veraneantes hasta encontrar la de la familia de su mujer. Saltó la valla y entró. En el salón encontró a Inés haciendo punto junto a Athalia y Magda, charlando, como si de tres mujeres caseras y tradicionales se tratase.

—Acabo de encontrarme con el enlace de la parroquia. Estáis siendo vigiladas.

—Eso ya lo sabemos —dijo Inés.

—Cada vez se acercan más a vosotras, eso me ha dicho. Alguien ha matado a Dupuis. Le dibujaron una estrella de David en el vientre. Es normal que al otro lado de la frontera se hayan fijado en vosotras. No hay judíos a la vista en toda Francia, en la ocupada o en la de Vichy.

Inés miró a las dos refugiadas.

—¿Habéis sido alguna de vosotras?

Las dos negaron con la cabeza. Magda, con los ojos abiertos como platos por la impresión; Athalia, sin entusiasmo ni sorpresa. Pablo intervino.

—Dios sabe que ese hombre merecía morir. No culparía a nadie por haberlo hecho, quizás le felicitara incluso. Pero debéis iros. Hay demasiadas cosas en juego. Los alemanes tienen poder más allá de la frontera del Reich y ambas sois refugiadas, habéis cruzado la frontera ilegalmente. Debéis volver a Barcelona y esconderos hasta que todo pase. Cada momento en esta casa compromete la vida y las operaciones de gente que necesita nuestra ayuda. —Miró a su mujer—. Lo mismo en lo que a ti respecta. Debes volver a Barcelona. No lo digo yo, lo piden los que dirigen la operación. Debes irte.

Inés hizo ademán de discutir, pero Pablo se acercó a ella.

—Por favor. Por nuestro hijo, por ti, también por la misión. Ve a San Antonio y quédate allí.

Su mujer entendió que estaba quemada. Que había hecho mucho, pero que todo lo que hiciera a partir de entonces comprometía la operación. Si interrogaban a las personas que tenía en casa, o a ella misma, había muchas posibilidades de que lo descubrieran todo.

—Nos iremos mañana —dijo por las tres.

Por la tarde, a las seis, como habían acordado, Pablo se subió a una de las barcas del lago de Puigcerdá. En realidad no era un lago, no uno como los grandes lagos de Francia o Alemania, tampoco uno de importancia en España. Solo era un buen estanque, uno parecido a los que se encontraban en los parques de las ciudades, de algo más de doscientos metros de largo en su punto más ancho, que llevaba allí, eso sí, desde tiempo inmemorial. Era el eje del barrio y un lugar característico de la población. A su alrededor mucha gente paseaba y merendaba, o daba de comer a los numerosos cisnes que nadaban silenciosamente. El calor del verano se había atenuado y la temperatura era perfecta. No había demasiadas barcas a aquella hora, apenas una decena que se movían a paladas inexpertas, y la suya, con rumbo igualmente aleatorio.

Había cogido uno de aquellos botes muchas veces, con sobrinos, con Inés, incluso solo, como aquella vez, pero el hombre que los alquilaba no lo reconoció, lo cual era un espaldarazo a su disfraz, sutil pero eficaz. Remó hasta el centro y miró a ambos lados. Siguió remando casi media hora antes de chocarse con un bote que conducía alguien poco atento. Se separó enseguida de él sin pedir perdón y Pablo vio cómo se alejaba. Luego, en el interior de su barca, descubrió un papel: «Acérquese al muelle pequeño». Hizo lo que indicaba la nota y fue al muelle, realmente pequeño y escondido bajo las ramas de un sauce llorón. Allí había dos hombres, uno con gafas de sol, traje impecable y aspecto serio que leía el periódico, y otro anciano, de aspecto cándido, postura encorvada y mirada algo perdida. En cuanto ató su barca a uno de los norays, el segundo saltó ágilmente sobre su embarcación. Le sonrió.

—Usted no... —dijo Pablo confuso.

—Yo sí —replicó él. Su mirada ya no parecía perdida ni su cuerpo tan encorvado.

Remó alrededor del lago mientras el hombre se recostaba un poco y cerraba los ojos para hablar. Lo hacía con una sonrisa y, de vez en cuando, reía, de forma que nadie que los viera desde la orilla podía siquiera imaginar que le estaba contando algo de tal trascendencia.

—Vamos a necesitarle pronto —le dijo con indefinible acento extranjero, quizás francés—. Un grupo numeroso debe cruzar la frontera enseguida. Entre ellos está el rabino de Perpiñán, que permanece escondido pero debe escapar lo antes posible. Será en cuatro días. Todo está preparado, necesitamos de su participación. Los sacerdotes de Puigcerdá se han expuesto demasiado, la atención ha de desviarse de ellos durante uno o dos meses, llevamos semanas de demasiada actividad.

Pablo se impresionó. Así que aquella gente no ejecutaba acciones puntuales, sino constantes. En algunas habían contado con su mujer, en muchas otras se habían valido de otras personas.

—¿Entiendo que podemos contar con usted? —dijo el anciano, justo antes de simular una carcajada y darle una palmada en la pierna.

—Sí, por supuesto —respondió Pablo también riendo.

—Bien. Entonces, en cuanto anochezca acérquese a la ermita de Rigolisa, llame dos veces a la puerta y luego tres. Le explicarán todo, le darán una nueva identidad y un disfraz. No vuelva adondequiera que esté viviendo ahora mismo. Cuando se haga oscuro vaya a la ermita. Esta noche le llevaremos al lugar donde toda la operación le será explicada. Conoce bien la zona, ¿no es así?

—Muy bien —respondió él.

—Perfecto. En esta primera misión su camino será sencillo, aunque no exento de peligro, pero sus conocimientos serán aprovechados en otra ocasión. Acérqueme al muelle, usted quédese un rato más.

Pablo obedeció, remó hasta que creyó que todos los cisnes del estanque ya le reconocían y luego desembarcó. Paseó por el pueblo varias horas y, al hacerse de noche, se encaminó a Rigolisa, una pedanía muy cercana al barrio del Lago y pegada a la frontera. Su ermita era pequeña y alta, con un gran rosetón y un campanario desproporcionado para el templo. Alrededor había una pequeña granja y la villa que llamaban El Ro, perteneciente a unos amigos de Barcelona y muy parecida a las casas del lago. Todo estaba desierto, inmóvil y silencioso. Llamó a la puerta dos veces y luego tres. Después esperó un poco hasta que la puerta se entreabrió.

—¡Pase, corra! —le ordenaron con urgencia.

Entró en el templo, muy levemente iluminado por velas, con olor a incienso y polvo. En el altar, un hombre con sotana le esperaba. El que le había abierto la puerta le empujó un poco animándole a que fuera hacia él.

No le había visto nunca pero, de ser así, difícilmente le hubiera reconocido con aquella luz. La sotana contribuía a su aspecto misterioso.

—Siéntese aquí —le dijo indicando el primer banco de las tres hileras de las que disponía la ermita de San Jaime.

Se sentaron cerca.

—Su mujer nos ha ayudado mucho. Ha arriesgado su vida por la de los demás. Le agradezco mucho que usted vaya a hacerlo también. La misión que empezamos es crítica —Se calló unos segundos—. Sabemos que los alemanes están hastiados de las fugas de perseguidos a España y tememos que incrementen la vigilancia. Acabarán por hacerlo tarde o temprano. Lo pondrán más y más difícil. La persecución a diferentes grupos se incrementa a diario y..., bueno, no podemos decir que las que fueron las fuerzas de la igualdad, la fraternidad y la libertad tengan ya nada que ver con aquel noble lema. Para la Resistencia es desmoralizador ver tanto colaboracionismo. En fin. Estamos esperando a un grupo numeroso, entre los que estará el rabino de Perpiñán que, milagrosamente, aún no ha sido capturado.

—Es increíble, sí —comentó Pablo abriendo la boca por primera vez.

—Atienda. Los Hermanos de los Cristianos son una congregación con dos casas, una a cada lado de la frontera, en Angoustrine y Llivia.

—Al lado —confirmó Pablo. Angoustrine-Villeneuve-des-Escaldes estaba a menos de un kilómetro del enclave español de Llivia.

—Sí, es una bendición. El caso es que la congregación tiene las dos casas, pero el cementerio está en la de Llivia, en España. El cementerio de toda la congregación. Es una excusa perfecta. Los sacerdotes, los hermanos, cruzan la frontera más a menudo que cualquiera de nosotros con la excusa de conmemorar defunciones y realizar todo tipo de ceremonias. Contamos con la complicidad de la hermandad y la participación de algunos de ellos, no todos. Los hay muy mayores, otros tienen miedo..., todo comprensible. Son las cartas con las que debemos jugar. El asunto es que necesitamos que usted se integre en la casa de Angoustrine. El padre Domènech le proporcionará los papeles que le acreditarán como religioso. El día señalado cruzará la frontera hasta Llivia y acarreará uno de los ataúdes que llevaremos en procesión hasta el cementerio de la hermandad. En el interior de uno de ellos irá el rabino. En otro, uno de los pilotos canadienses que debemos trasladar a España. Está herido. Sus compañeros llevarán su ataúd. Todos ustedes irán vestidos de religiosos. Todos tendrán papeles. Una vez en Llivia, le pediremos que los lleve a Barcelona en el vehículo de la congregación.

Era mucha información. Demasiada para que reaccionara con miedo o inseguridad. La tenía que desgranar, entender bien. El sacerdote con el que estaba entendió su silencio.

—Hoy dormirá en la casa de los Hermanos de los Cristianos. Yo le acompañaré. Mañana se lo explicaremos todo bien. Mejor. Le ilustraremos sobre los ritos y podrá aprender su papel como haría para una obra de teatro.

—Eso estaría bien.

El sacerdote le cogió la mano.

—Tendrá tres días para aprenderlo a la perfección —remató.

58

Cuando August vio las montañas del Pirineo en el horizonte no pudo evitar emocionarse. Todo había ido bien hasta entonces, igual que la primera vez que lo había intentado con su familia, así que se esforzaba en no ilusionarse demasiado porque sabía de la fragilidad del plan. No estaría tranquilo hasta que estuviera al otro lado de esa cordillera; aun así, la sensación era parecida a la de ver las luces de su querido (y perdido) castillo a lo lejos en una noche de tormenta, o la ventana iluminada de la habitación de su mujer cuando volvía a casa. El otro lado, que desconocía, era su hogar.

Se habían refugiado en un caserío entre prados, acogidos por una anciana viuda que les explicó que no tenía nada que perder en aquel mundo y, en cambio, mucho que hacer para ganarse el eterno, que preveía próximo. Les dio de comer lo poco que tenía y les ofreció su casa, que era grande para una sola persona.

Desde que habían partido de Le Chambon, cada uno de los días había sido extenuante, ya que no eran solo sus piernas las que debía mover, además ayudaba a Silvia Stern. Jamás pensó en ella como un lastre y no le hizo falta compartir los achaques propios de una persona mayor para empatizar con su estado. Se prometió que llegarían ambos o ninguno.

Silvia se lo agradecía con conversación e historias de su vida. Se hicieron rápidamente amigos. Ambos sabían que la amistad tiene más que ver con el cerebro y el corazón que con los huesos, y ambos tenían un corazón bondadoso y un cerebro joven, pese a que sus huesos tuvieran edades distintas. Cuando Silvia se empezaba a cansar, August la ataba por la cintura a Doblone y él tiraba de ella un rato, con paciencia y fuerza. Al final del día, si no habían llegado aún y la cara de la mujer decía lo que sus palabras callaban, la acarreaba sobre su espalda. Habían andado mucho, pero también habían usado carros, camiones, incluso bicicletas para avanzar más rápido y con menor esfuerzo. El resultado hasta el momento había sido exitoso. Todos esperaban que lo que quedaba hasta España también lo fuera. Cuando se dormía, August a menudo soñaba con Athalia y Saul, con su reencuentro. Con los abrazos fuertes, las risas y la vida familiar truncada que volvía a ponerse en marcha.

Aquella noche al acostarse, Doblone se había puesto en alerta mirando a la puerta del caserío. Él había avisado al guía, que había mirado por la ventana antes de dejar entrar a alguien a quien conocía, con quien había hablado largas horas. August estaba adormilado cuando el guía le despertó.

—Tenemos que hablar —le dijo muy serio.

Se incorporó. Doblone, que era su espejo animal, también se sentó.

—La persona que ha venido es un mensajero. Los mensajes viajan con nosotros, como es lógico. Noticias de personas que han aparecido, de otras que han muerto, hechos de unos y otros, historias de los campos, etcétera. Los mensajes más importantes se transmiten a las personas de mayor confianza para que sean ellas las que los entreguen. Tú has mostrado nobleza en cada paso desde Le Chambon. Te dijeron que te ocuparas de Silvia sin conocerla y eso has hecho, sin pedir ayuda a nadie y sin quejarte.

—No soy una persona quejosa. Dije que lo haría si me llevaban a España y cumplo mi parte, eso es todo. Cumplir lo que uno ha prometido debería ser lo normal, no la excepción —dijo el checoslovaco.

—Ya, bueno. Tengo un mensaje que debes transmitir a la persona que os recibirá en España. Él sabrá a quién hacérselo llegar. Es urgente y vital. Debes transmitirlo igual que te lo digo yo, porque en los matices está lo importante. Atiende.

August miró al guía fijamente y se esforzó por memorizar cada palabra.

—En la isla de Spaansholmane, al sur del archipiélago de Utsira en Noruega, hay una base secreta nazi indetectable desde el aire. Se ha comprobado sobre el terreno que tiene un puerto para un submarino y una gran lanzadera de cohetes. Creemos que se está desarrollando un arma secreta allí. —Se calló unos segundos—. ¿Lo has entendido?

—Perfectamente.

—Repítelo. —August repitió la explicación palabra por palabra—. Bien. Antes de nada, antes de ver a tu familia, comer, beber, dormir, antes de NADA —repitió— debes entregar este mensaje. Es vital. Pregunta al hermano mayor de la congregación que te acogerá. Él sabrá con quién debes hablar. No hables con nadie más y no digas nada hasta que estés en España.

—Sin duda —confirmó August—, los aliados deben acabar con esa isla.

—Sí. Armas secretas... Dios sabe qué estarán planeando. No lo escribas, memorízalo. Si no llegas a España, me enteraré y buscaré otra manera de entregar el mensaje, pero debes llegar. No podemos retrasar más la información. Por eso te vamos a cambiar de grupo a uno que cruzará la frontera pasado mañana.

—¡¿Pasado mañana?!

—Sí. Lo sé, es muy pronto, pero así debe ser. Queremos que seas tú el que entregue el mensaje. El grupo está formado por pilotos derribados canadienses. También por el rabino de Perpiñán. Ninguno nos da tanta confianza como tú. El rabino ha pasado muchos meses escondido y pierde la memoria fácilmente. Los pilotos... No conocemos a ninguno bien, aunque sean jóvenes y valientes. Mañana por la mañana te vendrán a buscar. El plan ya está armado. El resto esperaremos dos días aquí antes de retomar el camino.

—Silvia y Doblone vienen conmigo.

—Silvia debe quedarse aquí. Sería un estorbo.

—Silvia no me estorba. Cruzaremos la frontera juntos —aseguró August—. Doblone... es el mejor amigo que he tenido nunca. También viene conmigo. Si no vienen ambos, no hay trato.

El guía le miró. Luego se le escapó una carcajada.

—Maldito loco. Irás con la vieja y el perro..., y no sé por qué, pero estoy seguro de que lo lograrás.

Por la mañana el relevo fue a por August y nuevamente intentaron disuadirle de la compañía que acarreaba. Era tozudo, tanto que fue fácil entender que sería imposible hacerle cambiar de opinión, así que, disgustados pero rendidos, accedieron a modificar el plan y subieron a los tres en un pequeño y viejo camión.

Llevaban una hora de viaje en el cajón del vehículo cuando entraron en un almacén a pie de carretera. Se trataba de un depósito de ataúdes, y los había de todo tipo, nuevos y viejos, lujosos y sencillos, de diferentes maderas y tonos, ordenados en estanterías. Por cómo se apilaban, August supo que estaban vacíos. También había varios hombres, ocho en total, que los miraron con curiosidad. Todos estaban vestidos de religiosos.

El que los había llevado hasta allí se acercó al que parecía el líder y le explicó, señalándolos, lo que había sucedido, por qué en vez de una sola persona eran dos las que debían cruzar, además del perro. El hombre se enfadó al principio, pero luego, mirando la estampa, no pudo evitar sonreír. Se acercó.

—Están ustedes locos, pero no se me ocurre nada con menor aspecto hostil que esta mujer y su perro. Y... en parte ambos contribuirán a dar más credibilidad a nuestro disfraz, al que llevamos todos.

—¿Disfraz?

—Sí. Ninguno de nosotros es religioso. Esos seis son pilotos canadienses —añadió señalando—. Aquel es Simon Zolli, rabino de Perpiñán. Usted será el séptimo de los monjes de la orden de los Hermanos de los Cristianos. Usted —dijo dirigiéndose a Silvia— será una muerta por tuberculosis. Viajará en uno de estos ataúdes, igual que el rabino, que interpretará el papel de otro hermano muerto por la misma enfermedad, y el piloto al que ven herido. No abrirán los ataúdes, la tuberculosis provoca pánico. El perro no necesita disfraz —rio—, la congregación tiene varios..., aunque este podría comérselos a todos —dijo refiriéndose al tamaño de Doblone.

59

Jonas Schultz andaba rápido, al ritmo de su corazón. A su paso, los trabajadores de la base se apartaban murmurando. Se habían jugado mucho y habían vivido aislados durante meses, todo en pos de que aquel secreto fuera, efectivamente, secreto. Había más como ellos, personas aisladas del mundo, dedicadas día y noche al trabajo más importante, el que decantaría la balanza de la guerra hacia el lado del Reich. Muchos fracasaban una y otra vez, desechando finalmente investigaciones que habían llevado años. Si una cosa no funcionaba, se descartaba y se pensaba en otra, pero el profesor Schultz no era así. Cuando tenía claro que algo era posible, se devanaba los sesos hasta que lo demostraba. Por eso aquel día era tan importante.

La base de Spaansholmane era impresionante, mucho más que la isla que le daba nombre, una roca insignificante frente a la costa noruega. Habían excavado la roca y aprovechado sus grandes cavidades para ganar espacio. Vivían de forma permanente casi doscientas personas que trabajaban bajo el nivel del mar, en un submundo de luces blancas y ambiente casi quirúrgico. Dos sextas partes de la base estaba dedicada al procesamiento del wolframio y su aleación, además de a la elaboración de la carcasa del cohete. El mineral lo traían los submarinos desde una mina desconocida del norte de España, a pesar de que aquellos buques no estaban destinados a la carga. El secreto justificaba el cambio, pues no podían arriesgarse a que nadie supiera que existía aquel lugar. Tres sextas partes estaban dedicadas a la lanzadera, un enorme espacio de planta circular y casi cuarenta metros de altura, con una cúpula retráctil desde donde se lanzaría el arma que preparaban. También en aquella zona estaban los laboratorios y las salas de prueba. Los dormitorios y el comedor eran pequeños en comparación con la instalación militar, pues tan solo ocupaban un sexto del espacio. No había ninguna zona para el ocio. No estaban allí para eso. Muy pocos sabían de la existencia de la base y tan solo los más altos mandos recibían noticias de vez en cuando. Schultz había pedido paciencia en un momento en el que la impaciencia crecía día a día, y había recibido una llamada para indicarle que el Führer se había indignado ante tales palabras. Él, aunque se guardó sus sentimientos, también se indignó con la respuesta. Llevaba meses sin pensar en otra cosa que en el arma que preparaban y no podía trabajar con prisa.

Los cohetes V1 y V2 llegaban a Gran Bretaña desde las lanzaderas del continente y, aunque no eran precisos, habían conseguido sembrar el pánico. No lo suficiente, desde luego, pues la fortaleza de mente y el tesón del enemigo eran mayores de lo que ninguno hubiera esperado, aun así eran un arma relativamente eficaz. Relativamente. Atacaban a un enemigo que tenía al otro lado del Atlántico al más poderoso aliado. Jonas Schultz sabía que en el fondo era como destruir a los vehículos de reconocimiento que precedían a los tanques sin poder hacer nada contra los segundos. Los estadounidenses que permanecían en su país dormían tranquilos sin saber siquiera cómo sonaban las alarmas antiaéreas. Su objetivo era que empezaran a oírlas igual que sus aliados europeos. Que cayera una furia del cielo sobre Nueva York, Chicago o Washington igual que lo hacía sobre Londres. Para eso le tenían a él allí, igual que a tantos otros científicos a su cargo que exploraban la manera de propulsar aquellos cohetes más lejos y, a ser posible, con mayor precisión.

Se había ido a descansar esperanzado y despertó con mayor esperanza aún. En realidad, le habían despertado. Había leído los últimos informes, intercambiado una mirada con la profesora Andrea Hausherr, que sonreía mientras afirmaba con la cabeza, y de un brinco había saltado de la cama para ir raudo al laboratorio.

Allí encontró a su equipo más próximo mirando «la pecera», como llamaban a la habitación protegida con cristal blindado en la que probaban los gases propulsores. El sistema era siempre el mismo y había llevado a grandes frustraciones. Activaban un mecanismo que iniciaba la combustión del gas, que empujaba un artilugio metálico hacia arriba, donde se medía la fuerza del empuje. Luego traducían esa fuerza y la insertaban en fórmulas que medían la presión atmosférica, los vientos, la gravedad y muchos otros factores. El resultado eran muchos números y, esencialmente, una cifra en kilómetros y otra en velocidad.

La profesora Hausherr miró a Schultz y este asintió para dar permiso a que pusiera el sistema en marcha al pulsar un botón rojo. Al instante, un humo blanco empezó a brotar del cilindro al que todos miraban, una especie de cohete en miniatura sin punta, de pie sobre una mesa metálica. El humo lo llenó todo y, durante unos segundos, perdieron de vista todo lo que sucedía dentro de la pecera. Luego, poco a poco, recuperaron la visión. El cilindro empujaba con enorme fuerza la plancha metálica que lo retenía por la parte superior, que parecía estar a punto de doblarse, incluso siendo, como era, de una aleación de wolframio. Se mantuvo en el aire con extrema presión más de un minuto y luego, de pronto, paró en seco y cayó de nuevo a la mesa de la que había despegado.

La sensación era positiva, pero Jonas nunca hablaba hasta que lo hacían los números. Se quedaron mirando al grupo de científicos que los calculaba al otro lado de la pecera. Cuando acabaron poco después, uno comprobó el resultado de las fórmulas y miró a los ojos de Jonas a través de la pecera con cara de asombro. A paso ligero, acudió al laboratorio principal. Sin hablar, extendió el papel al profesor. Las cifras eran asombrosas: 6.231 kilómetros. Empuje de 800 kilogramos. Velocidad de 900 kilómetros por hora a 5.600 metros de altura.

—Lo hemos conseguido —susurró Jonas Schultz.

El que le había llevado los datos asintió sonriendo.

—¡¡¡Lo hemos conseguido!!! —repitió abrazándolo.

Había que solucionar aún algunos asuntos del diseño del cohete. Temas aerodinámicos y de ensamblaje. Tenían que pulirlo para que fuera operativo, pues de momento era muy frágil ante las inclemencias meteorológicas y se desviaba hacia tierra con mucha facilidad, pero habían conseguido lo primordial: el propulsor tenía fuerza suficiente para cruzar el Atlántico.

Para llegar a Estados Unidos y cambiar la guerra por completo.

60

Bajo la sombra de un fresno habían extendido grandes mantas de cuadros. A un lado, estaban acabando de colocar las copas en la mesa de bebidas, que, exactamente igual que la mesa de comida instalada en el lado opuesto, atendería un camarero con guerrera blanca de botonadura dorada. En ambas mesas se habían colocado ramos de flores silvestres en jarrones llevados desde la casa grande. Al fondo, una pequeña fanfarria venida de Gijón afinaba.

Ana Argüelles, duquesa de Riosgrandes, paseaba del brazo de su fiel José, apuntando con el dedo las cosas que no estaban a su gusto, lo que faltaba y lo que sobraba. Quería que la ocasión fuera divertida y que los nazis que llevaban meses allí tuvieran la oportunidad de comer lo que más les gustara y disfrutar del día. Algunos estarían muertos en unos días, si los planes de Bob Asprey se cumplían.

El submarino alemán que llevaría a aquellos hombres se hundiría en el océano con ellos dentro, igual que muchos otros antes, igual que todos los barcos a los que el mismo había atacado. Bob le había dicho que estimaba que tuviera en su haber más de cien navíos torpedeados, como si aquello fuera un consuelo. Ella no pararía la guerra, no podía hacerlo, así que por lo menos le daría aquel buen día al grupo, que desde el principio había sido encantador y educado con ella y había molestado poco. «Así son las guerras —pensó—, la gente mala pide a la gente buena que piense poco y obedezca mucho». Quería que los aliados ganaran y, mal que le pesara, solo ganarían cuando los nazis perdieran. Cuando perdieran vidas, ciudades y todo por lo que luchaban, cuando no tuvieran fuerzas para levantarse una vez más.

A las dos, los alemanes se acercaron al pícnic, sorprendidos y entusiasmados con la idea de comer en el jardín en un día de otoño como aquel. Uno quedó de guardia, vigilando el patio, donde el camión cargado de wolframio esperaba la orden para ir a la playa de San Pedro. Allí recalaría al día siguiente el submarino que llevaría el mineral adondequiera que fuera. Bueno, lo intentaría.

Bob esperaba que aquel cargamento nunca llegara a su destino, pues las bombas que él iba a camuflar en la carga explotarían antes de que lo hiciera. No era su objetivo más deseado, pues prefería que explotaran en la base, pero sabía que aquello sería un golpe de suerte demasiado grande. Lo que esperaba era que el wolframio, al menos, no llegara nunca a la base, de cuya localización seguían sin tener noticia.

Estaba en el granero, escrutando por una rendija en los tablones el patio donde el soldado alemán, aburrido, paseaba de un lado a otro vigilando que nadie tocara el preciado mineral. No debía entender bien el sentido de estar allí, en un patio de una finca en la remota Asturias, vigilando una carga que nadie sabía que existía, perdiéndose el ágape preparado por la duquesa. Bob esperaba que en algún momento descuidara su posición. Estaba seguro de que lo haría.

Mientras, el pícnic se desarrollaba alegremente. Ana Argüelles se había sentado en un sillón de mimbre y era asistida por un criado que, a su espalda, se encargaba de acercarle la comida que pedía y mantener su copa y también la de los invitados llenas. Los alemanes comían recostados sobre las mantas, riendo, aplaudiendo los temas de la fanfarria, disfrutando de un momento de verdadero ocio. El capitán Heiderscheidel era el que más hablaba con Ana, el que más cerca estaba de ella. La duquesa aprovechó la situación.

—Capitán, lamento mucho que falte uno de sus hombres —comentó.

—Sí, él también está triste, pero es el más joven y, por tanto, el escogido para la vigilancia mientras estamos aquí.

—¿Aceptaría que uno de los camareros le llevara una bandeja? Tiene que permitirme por lo menos eso.

El capitán se giró unos segundos en dirección al patio, cuya pared se entreveía a través de los árboles y las hortensias del jardín.

—No creo que haya ningún problema en eso. Seguro que el cabo lo agradecerá.

Con un gesto un camarero se acercó a Ana y ella le solicitó lo que habían hablado. Salió al poco rato una bandeja cargada de un surtido de alimentos en dirección al patio.

Siguiendo las instrucciones de Ana, el camarero mostró al cabo lo que le traía y como pudo le hizo entender que lo siguiera a la mesa de la casita del jardinero, a unos metros de la terraza desde donde se veía todo el patio desde arriba, pero dentro de la casita. En cuanto empezaron a andar hacia allí, Bob salió del granero con dos cestos cargados con dos bombas cada uno. Eran exactas en todo, menos en el peso, a una piedra de wolframio. Antes de que se dieran cuenta, ya las había colocado entre el cargamento que se llevaría al día siguiente el submarino. Luego, agazapado, volvió a donde estaba, cogió un rastrillo y se puso a trabajar el jardín, convenientemente cerca del pícnic.

Ya habían vaciado varias botellas y a la duquesa le habían llevado unas gafas tintadas y una manta para que se la pusiera sobre las rodillas. Algunos de los hombres observaban el atardecer adormilados, otros jugaban a las cartas. El capitán se había echado cerca de Ana y charlaba con ella relajado. De fondo, las melodías de la fanfarria también eran más tranquilas.

—Echaré de menos este lugar. Es magnífico, le agradezco mucho su hospitalidad —se sinceró Heiderscheidel.

—Y yo le agradezco mucho sus palabras. A mí también me gusta La Recuesta, es mi hogar —replicó Ana.

—¿Hace mucho que les pertenece?

—Oh, sí. Mucho. Mi abuelo lo heredó de su padre, que fue quien adquirió la finca. Pertenecía a dos hermanos, a los que había correspondido en herencia entre muchas otras cosas. Se llevaban mal. Ambos iniciaron varios litigios en Madrid para hacerse con la empresa del padre, algo relacionado con el comercio con las colonias, no recuerdo bien. Estuvieron varios años peleados, tantos que las facturas de los abogados empezaron a ahogar sus finanzas. Al mismo tiempo, dedicados a ver quién se quedaba con lo que tenían, descuidaron el negocio, que acabó quebrando. Para hacer frente a las deudas, muchos de sus bienes salieron a subasta, entre ellos esta casa, que mi bisabuelo adquirió. Ellos acabaron viviendo juntos en la única propiedad que pudieron conservar, un palacio vetusto pegado a la calle Zorrilla, en Madrid.

—Es insólito. Acabaron viviendo en el mismo sitio, probablemente más enfadados el uno con el otro, empobrecidos y habiendo perdido tanto en el trance —opinó el capitán.

La duquesa le miró y sonrió irónica.

—No tiene nada de insólito, amigo mío.

—¿Cómo dice?

—Pelear, que todo el mundo pierda y aprender a convivir de nuevo, más pobres y más enfadados. ¿Acaso no acaban así todas las guerras? —concluyó ella bebiendo su copa hasta el fondo.

La noche siguiente, con idéntica organización con la que se habían efectuado los dos envíos anteriores, el último cargamento de wolframio de La Recuesta llegó a la bodega del mismo submarino alemán que había recalado en la playa de San Pedro meses atrás. Cuatro de los alemanes que habían trabajado en la operación se subieron a él. Los demás volvieron a La Recuesta para desmantelar la instalación y liquidar los contratos de los mineros, que habían dejado de trabajar hacía pocos días.

Bob también se dispuso a recoger. La operación no había salido como quería. No sabía a dónde iba el wolframio, había dejado que dos grandes cargamentos abastecieran al enemigo y no podía quitarse de encima la sensación de haber perdido el tiempo estrepitosamente.

En su escondrijo, aquella cisterna enterrada, aún escuchaba lo que los alemanes decían sin ninguna esperanza. Hablaban del pícnic, del regreso a su país, de la última película en la que actuaba la bella Kristina Söderbaum, de trivialidades que Bob detestaba oír porque solo servían para ablandar su corazón y coger cariño al enemigo. Estaba al borde del hartazgo cuando se hizo el silencio. En la casita del jardinero, los alemanes estaban recibiendo un mensaje. Al minuto uno de ellos empezó a lanzar vítores y a gritar de alegría. Los otros dos preguntaron repetidamente qué era lo que pasaba, hasta que el receptor del mensaje les prestó atención. Lo que Bob oyó era la peor de las noticias para los aliados, por eso era magnífica para los nazis.

—¡Lo han conseguido! ¡Lo han conseguido! —oyó decir—. ¡El arma decisiva ya está prácticamente a punto! Están ultimando algunos pequeños fallos sin importancia. ¡Amigos, tenemos el arma más temible de la guerra! ¡La victoria está más cerca! No sabemos nada más de ella, tan solo que está prácticamente lista. ¡Los aliados ya no tienen nada que hacer!

Sentado con los auriculares puestos, Bob se llevó las manos sobre la cabeza, apoyó los codos en la mesa y empezó a negar y negar. Oyó el descorche de una botella. Los nazis celebraban y cantaban. Él había fracasado. Debía informar a sus superiores, pero parecía muy difícil que una base que llevaban tanto tiempo buscando apareciera antes de que los nazis usaran el arma. Aquella tecnología, una vez probada, se replicaría en muchas otras bases, así que, si no destruían pronto el lugar donde la habían creado, el problema sería imposible de solventar.

Salió de su escondite y, tan rápido como pudo, fue a Gijón. Su enlace se encargaría de que tan funesta noticia llegara a Londres. Debían prepararse, pero ¿cómo se preparaba uno para algo que desconocía?

61

La Villa Roselande era una gran casa de cuatro pisos, fachada blanca, techo de pizarra y aspecto severo, como Pablo Bultó supuso que gustaba a la comunidad de los Hermanos de los Cristianos de Angoustrine-Villeneuve-des-Escaldes. Parecía un colegio, sus pasillos eran fríos y desnudos y las habitaciones poco más que cubículos con un crucifijo, escasa luz y camas carcelarias. Una parte se destinaba a sanatorio para la recuperación de hermanos tuberculosos. Los religiosos se movían por el edificio en un silencio sepulcral, haciendo caso omiso a la operación que apoyaban pero en la que solo unos pocos participaban. Rezaban para que el mundo mejorara y actuaban mientras el Todopoderoso se decidía a hacerlo. En una de las salas de la planta baja se había dispuesto todo lo necesario para la procesión, la cruz de guía, los ataúdes, incensarios, etcétera. También habían falsificado los papeles de cada uno de los que tenían que pasar por religiosos y habían realizado certificados de defunción para los que tenían que viajar en los ataúdes. Pablo estaba organizándolo todo con el hermano mayor, a quien había conocido en la ermita de Rigolisa hacía tan solo unos días. No había vuelto a la Torre de San Fernando desde entonces y se había integrado en la mayoría de labores cotidianas de la congregación, añadiendo a aquellas actividades la que le había llevado hasta allí.

Los pilotos canadienses habían llegado hacía solo un par de días y él les había explicado todo el plan, que repasaba a menudo con aquellos jóvenes, buenos para la acción y malos para la espera paciente. Un día antes de que el intento de cruzar la frontera tuviese lugar, llegó otro hombre acompañado de una mujer mayor y un enorme perro. El último en incorporarse fue el rabino de Perpiñán, que era el que tenía un aspecto más desmejorado. Sin decir nada, tanto él como todos los demás se alegraron de su mala imagen, cercana a la del muerto que debería interpretar.

Los cinco pilotos sanos resultaban los menos creíbles. Su mirada decidida, su juventud, su aspecto extranjero y su cuerpo fuerte rara vez se encontraba en una comunidad religiosa como aquella, de monjes austeros con pieles curtidas y manos secas y huesudas. La mujer mayor se llamaba Silvia y había llegado hasta allí gracias al empeño de August, el hombre que la acompañaba y que también la ayudó a meterse varias veces en el ataúd, con la tapa cerrada, y a la que aconsejó cerrar los ojos para acostumbrarse a la sensación angustiosa de estar allí metida. Ella, igual que el rabino Zolli y el piloto herido, simularían ser tres muertos por tuberculosis. Los maquillarían un poco para que mostraran un rostro cadavérico, pero esperaban que nadie abriera los ataúdes. Si lo hacían, debían quedarse muy quietos y encomendarse al miedo que producía la enfermedad para que no les tomaran el pulso. Ni Silvia ni el rabino pusieron problema alguno, a pesar de que a ambos aquel viaje les iba a resultar eterno.

El mismo día de la operación les cortaron el pelo de la coronilla a todos, lo que provocó hilaridad incluso cuando la misión a la que se enfrentaban era peligrosa. Con ello y los hábitos el aspecto del grupo mejoró. Varios hermanos de avanzada edad acabaron de rematar la estampa. El rabino, Silvia y el piloto herido se recostaron en los ataúdes. Antes de cerrarlos, uno de los hermanos les puso algo a cada uno debajo de la nariz, luego, entre los encajes que cubrían el interior de los cofres, colocó varias bolsitas. Antes de que pudieran decir nada, cerraron la tapa, modificada con unos pequeños agujeros entre el crucifijo y la madera para que pudieran respirar. Luego todo el mundo se colocó en el lugar que le había sido asignado.

Portando la cruz de guía, el hermano mayor era el destinado a conducirlos al otro lado. Conocía el camino y era una cara familiar para los guardias fronterizos franceses y españoles. Tras él, otro hermano llevaría el incensario. Detrás, dieciocho hombres entre monjes auténticos, pilotos, Pablo y August llevarían los ataúdes, uno tras otro. Cerraría la procesión el segundo capellán, al que acompañaría Doblone, el formidable perro de August, más educado que todos y más sereno que la mayoría. Antes de salir ensayaron varias veces dos cánticos sencillos que repetirían durante toda la procesión. Luego se pusieron en marcha.

La ruta hasta Llivia salía del pueblo rápidamente y transcurría por un camino entre prados que atravesaba el río Angoustrine. No había casas alrededor y los campos, que años atrás habían visto a muchas vacas pastar, estaban abandonados y sin labrar. Los franceses vivían racionados y las vacas no eran para ellos, sino para los alemanes. Aquella tierra verde y fértil no producía nada mientras las bombas horadaban la tierra y la gente abandonaba sus casas para luchar.

Nadie prestó demasiada atención a aquello a lo que ya estaban acostumbrados, centrados en el horizonte, en el que el campanario de la iglesia de Llivia, cercano y prometedor, era el destino a alcanzar. No salían de su papel ni siquiera en aquellos parajes, en los que estaban seguros de estar solos. Todos entonaban los mismos himnos, solemnemente, mientras se acercaban rápidamente a la frontera. Tenían ya a la vista la barrera fronteriza cuando un grupo de cuatro policías y un hombre sin uniforme les dieron el alto. Uno reconoció al hermano mayor; junto a él, el que no llevaba uniforme avanzó hasta ponerse frente a ellos y parar la procesión. Enseguida supieron que era el que llevaba la voz cantante. Les habló en francés con mucho acento alemán.

—¿A dónde se dirigen? —preguntó al aire, sin mirar a ninguno en concreto, moviéndose alrededor del grupo. Pablo le reconoció de inmediato, era Gustav Wagner.

El hermano mayor respondió:

—Somos de la comunidad religiosa de los Hermanos de los Cristianos. Traemos a tres fallecidos por tuberculosis que tristemente no pudimos curar en nuestro sanatorio. Dos hombres y una mujer. No pudieron superarlo.

—Los hermanos tienen el cementerio en Llivia —apuntó uno de los policías.

—No en Angoustrine-Villeneuve-des-Escaldes —recalcó el alemán.

—No, sargento Wagner —confirmó el policía.

—Eso es muy conveniente. Pueden cruzar la frontera cuando deseen —opinó Wagner.

—Preferiríamos no tener que hacerlo. En la mayoría de los casos es para enterrar a fallecidos. Son ocasiones muy tristes —intervino el hermano mayor.

—Ya —dijo el alemán.

Miró al fraile a la cara. Luego esquivó su mirada y la posó sobre el que iba tras él, con capucha y mirada perdida al frente. Le observó unos segundos creyendo ver algo familiar en aquellos rasgos, aquella frente despejada, esos ojos azules. Escrutó un poco más sus facciones sin ver nerviosismo en ellas, sin observar ninguna emoción cercana al miedo que él provocaba siempre. Giró la cabeza. Ya no miraba a los que estaban de pie. Su vista se detuvo en los ataúdes.

—Bájenlos —dijo muy serio.

—Pero... —quiso quejarse el hermano mayor.

—¡Que los bajen! —repitió.

Los pilotos canadienses y August se miraron de reojo. Pablo bajó la cara. Con la barba y algo de pelo a los lados de su frente despejada parecía otro, pero Wagner sabía encontrar lo que buscaba si se fijaba bien; por suerte, no le había reconocido. Estaban a tan solo unos metros de la frontera y eran bastantes, quizás suficientes para reducir a aquel grupo de cuatro policías y el alemán, aunque fueran armados, pero condenarían para siempre una ruta que debían utilizar otros fugitivos; debían pensar en los demás. Mientras lo valoraban, bajaron cuidadosamente los ataúdes al suelo. Sus ocupantes tenían que haberlo oído. Todos desearon que pudieran quedarse quietos.

—Ábranlos —ordenó Wagner mirando fijamente a August.

Las facciones angulosas del checoslovaco, derivadas de meses de penurias, le resultaron muy propias de un religioso de vida austera, pero también había algo en ellas que le parecía familiar. Descartó la idea. Todo le parecía familiar y confuso aquel día. No hizo falta que repitiera la orden, aunque el hermano mayor intentó algo más.

—Sargento, han muerto por tuberculosis. Es extremadamente contagiosa. No le recomiendo que se acerque demasiado.

—Eso lo decidiré yo —dijo el alemán.

Se puso junto al primer ataúd, el que transportaba a Silvia, y se inclinó para observar a quienquiera que estuviera dentro. Uno de los religiosos abrió la tapa. No se había visto aún la cara de Silvia cuando un olor espantoso llegó a la nariz de los que estaban cerca. Wagner se apartó rápidamente, asqueado.

—Ese olor es...

—Olor a muerto, sargento.

—¡Ciérrelo inmediatamente! —gritó mirando fugazmente de reojo, ya de pie, a la cara encerada de una mujer de avanzada edad.

—¿Desea ver los otros cadáveres, señor? —preguntó un policía.

—No, por Dios, no. Vámonos de aquí. Tengo ganas de vomitar —dijo dándose la vuelta—. Quiero la lista completa y que se revisen los papeles de todos. Se me ha revuelto el estómago con ese hedor.

El policía de mayor graduación acompañó al sargento Wagner al coche. El más joven revisó fugazmente los papeles sin fijarse en las fotografías, sin prestar ninguna atención, sin sospechar que nueve personas estaban a las puertas de la libertad. Dos policías franceses levantaron la valla de entrada a España.

Atravesando el pueblo, anduvieron emocionados pero contenidos hasta la residencia de los hermanos. En cuanto se oyó la puerta cerrarse tras ellos, estalló el júbilo. Rápidamente abrieron los ataúdes, en los que uno de los hermanos había metido varios filetes de pollo podrido, de un olor tan fétido como oportuno. August se abrazó a Silvia. Ambos no pudieron evitar llorar de emoción. Lo habían logrado.

Pese a la intensidad del momento, el checo no había olvidado su misión, aquella que debía realizar nada más pisar suelo español. Se acercó al hermano mayor y hablaron unos minutos antes de que le señalara a Pablo. Luego se aproximó a él.

—¿Podemos hablar? —le dijo en francés.

—Por supuesto —contestó Pablo.

Se sentaron aparte y brevemente August transmitió el mensaje sin añadir ni quitar nada. Pablo supo que aquel descubrimiento era vital. También dedujo que venía de alguien que no podía transmitirlo por las vías que utilizaban normalmente los espías y usaba aquella, inusual. Se lo entregaban a él porque estaba destinado a Inés. Hilda se lo enviaba a través de la ruta que pasaba por su castillo a Inés. Era de máxima importancia que Bob Asprey, el único espía aliado que conocían a ese lado de la frontera, recibiera el mensaje cuanto antes.

Aún asimilando la información, tomo consciencia de lo que subyacía. ¿Por qué no había vuelto José Manuel a España para transmitir él mismo la información?

Bob había acabado de empaquetar sus cosas. Había quitado los micrófonos, llevado las grabadoras a Gijón y desmantelado la cisterna subterránea que tan buen escondite había probado ser. Los alemanes se habían ido dos días antes, pero él no había abandonado su papel de jardinero sordomudo aún. Las paredes hablaban y los curiosos lo hacían también. No convenía que nadie supiera nunca, o por lo menos hasta acabada la guerra, lo que había sucedido en La Recuesta. La mina, el wolframio, los alemanes y las escuchas. Aquel submarino cargado de bombas que nunca llegaría a su destino. Todo debía ser secreto si no querían comprometer a los participantes o la misma guerra.

Se acercó a la puerta de la casona con el viento frío acariciándole la nuca y moviendo las ramas de los cedros como en un vals, oyendo sus pisadas sobre la grava mojada. En la entrada pidió con un gesto que la duquesa le recibiera. Le llevaron junto a ella, que esperaba en la barroca antecámara de su habitación.

—He acabado mi trabajo aquí. Le agradezco mucho su colaboración, su hospitalidad y su discreción.

—No he dado nada que no tuviera, querido amigo —sonrió ella—. Soy colaboradora con las buenas causas, hospitalaria con las buenas personas y discreta con los buenos secretos. Me pidió cosas fáciles. Tan solo lamento que no resultara todo como esperaba.

—Yo también. Hemos invertido mucho tiempo y nos hemos equivocado.

—Solo los que actúan se equivocan, señor Asprey. Son los que se quedan sentados en el sofá los que no lo hacen. La próxima vez tendrá mejor suerte, estoy segura.

—Ojalá. Y ojalá en otros lugares hayan tenido más tino. Esta guerra debe acabar de una vez.

—Tienen que ganar.

—Sí.

—Ya han perdido suficiente. Ya ha perdido todo el mundo demasiado.

—Tiene toda la razón. Partiré esta tarde. Espero verla en otra ocasión. Una más desenfadada.

—Estoy segura de que lo haremos. Escriba de vez en cuando. No soy tan guapa como mi sobrina, pero puedo ser tan amiga suya como ella.

Él rio ante la ocurrencia. Le cogió la mano y se la besó. Volvió a su espacio, comió algo y sin más dilación cargó su bicicleta para volver a Gijón. Desde allí organizarían su vuelta a Inglaterra. Estaba bajando la cuesta hasta la verja de entrada cuando vio a la portera abrirla quejosamente. Desde que muchos meses antes se la había abierto a él, siempre había visto a la mujer tan malhumorada como la oca que la seguía a todas partes. Eran una pareja curiosa. La vio saludar con la mano y acercarse unos segundos a la ventanilla de un coche. Luego el auto avanzó en dirección a la casa y hasta donde él esperaba. Era Pablo Bultó. En cuanto estuvo a su lado paró el vehículo en medio del camino y salió del coche.

—Gracias a Dios —dijo mientras le estrechaba la mano—, pensé que quizás ya no estarías aquí.

Bob no habló. Dentro de aquella finca él era sordomudo. Pablo comprendió su indiscreción y, decidido, le cogió del brazo para llevarlo dentro del granero. El inglés supo que algo importante había sucedido.

—La han encontrado —le dijo, directo, Pablo—, está en una isla delante del pueblo de Akrehamn, en la costa de noruega, se llama Spaansholmane. José Manuel la vio *in situ*. Tiene una lanzadera de cohetes y un muelle para submarinos. La instalación es indetectable desde el aire. Allí es donde va el wolframio. Allí está la base secreta.

—Pero... eso es...

—Sí, es formidable —lo interrumpió Pablo.

—¿Cómo..? ¿Quién...?

—El mensaje ha llegado por una de las rutas de escape de los refugiados. No tengo duda de que sea cierta. Es la ruta que pasa por el castillo de Fallstein, donde vive la prima de Inés. Hilda Fallstein recibiría la noticia de José Manuel.

—Parece lógico. Pero....

—No tengo más información, pero debes actuar de inmediato.

—No te haces una idea de lo importante que es esto, Pablo. En una de las últimas escuchas en la casita del jardinero los alemanes celebraban estar a punto de conseguir un arma definitiva. Esa arma está en la base que tu hermano ha descubierto. Seguro.

—Pues ya sabes qué hacer.

—No te preocupes. No creo que esa isla vea el amanecer de pasado mañana.

—La isla ha aparecido —dijo cambiando a un tono pesimista—, pero, como ya has de saber, mi hermano se ha esfumado. Tienes que averiguar qué ha pasado.

—Su enlace fue capturado y no sabemos nada de él desde hace más de medio año..., pero eso no es necesariamente una mala noticia. Te informaré de lo que averigüe. Tienes que estar muy orgulloso de lo que ha hecho José Manuel. Es un héroe.

—Héroe suena mucho mejor que mártir —dijo Pablo angustiado.

—Sin duda. Pero si no sabemos de él, probablemente será porque no lo sea. Los muertos hacen más ruido que los desaparecidos y tu hermano ya ha demostrado sus aptitudes para el escapismo.

Pablo sonrió levemente.

—Él encontró tu base. Encuéntralo tú a él.

62

En Barcelona, Inés y Magda llevaban casi una semana sin tener noticias de Pablo. Su contacto en la parroquia de Puigcerdá las había informado de que así sería y que estaría alojado en alguna de las residencias de la comunidad religiosa ceretana, así que dejaron de dar vueltas a aquello. En cambio, sí les intrigó el mensaje que recibieron de Mario Pérez indicándoles que se reunieran con él en la casa del Pasaje de la Concepción a las nueve de la noche.

Era una hora extraña para salir de casa un martes y el lugar tampoco era conveniente, aunque las perspectivas de obtener algo de información sobre los parientes de Magda era prometedora. En la entrada, a punto de llamar a la puerta, encontraron a Athalia Wiesner y su pequeño.

—No tenía donde dejarlo —dijo excusándose.

—Debe venir a casa. Por el amor de Dios, señora mía, déjeme ayudarla —rogó Inés.

—Ya les compliqué lo suficiente en Puigcerdá. Debo aprender a espabilarme, aunque esté sola —dijo—. Presiento que hoy nos van a dar malas noticias.

—No diga eso —pidió Magda—. Sigo esperanzada.

—No lo esté. Esos hombres han demostrado ya demasiadas veces cómo acabar con ella.

—Entremos y salgamos de dudas —ordenó Inés—. Por más que presientan y supongan, la realidad será la que sea.

Llamaron a la puerta y enseguida les hicieron pasar. Mario Pérez las recibió con la misma seriedad y antipatía de siempre.

—¿Tiene noticias? —preguntó Magda, que fue la que se atrevió a preguntar.

—Más que eso, pero les voy a pedir que mantengan las formas —dijo él. Inés quiso decirle algo muy feo, pero se contuvo—. Pasen —dijo con voz alta y severa.

La puerta se abrió como se abren las puertas tras las que nadie sabe qué encontrar. La cara cansada de un hombre feliz asomó. August.

Athalia sintió que se iba a desmayar, pero luego, alzada en brazos por su marido, cerró los ojos y lloró de emoción. August la abrazaba como solo él sabía, y le besaba el cuello, la mejilla, los labios sin que ella pudiera ni quisiera hacer nada para frenarlo. No fueron capaces de decirse ni una sola palabra, solo sollozaban y no se soltaron de su abrazo hasta que Athalia notó que unos brazos infantiles tiraban de ella. August vio entonces a su hijo Saul, al que encontró muy crecido, y que le miraba entre asustado y extrañado, rebuscando en sus recuerdos aquella cara que reconocía pero creía irreal.

—Saul, hijo mío —le dijo acariciándole la cabeza—, Saul, hijo mío, mi valiente —repitió conteniendo como podía sus ojos llenos de lágrimas—. Has cuidado muy bien de tu madre.

El niño lo miró a los ojos. Sonrió y luego, como accionado por un resorte, abrió los brazos y se lanzó a él.

—No llores —le decía a su padre—, no llores, papá.

En un rincón, sentada en el sofá junto a Inés, Magda observaba la escena también emocionada. No se percató de que alguien se había acercado hasta que oyó una voz.

—Hola, hija.

Magda la miró y se levantó gritando y llorando de alegría para abrazarla fuerte y sentir el débil esqueleto de su madre entre sus brazos.

—¡He rezado tanto por esto! ¡Tanto! —dijo entre lágrimas. Al minuto se separó un poco de la mujer y preguntó, paseando la mirada por la habitación—: ¿Y papá?

Silvia negó con la cabeza.

—Papá no lo consiguió. Pero murió libre. Lo enterré en Le Chambon, el pueblo francés que nos acogió.

—No, no...

—Hemos sido muy afortunadas, hija mía. No llores. La mayoría de los que deportan muere —dijo Silvia tratando de consolarla con un argumento real—, habla con August Wiesner..., te convencerás de lo que te digo. Que papá muriera libre es una bendición.

—Papá...

—Murió libre y junto a mí —repitió una vez más—. Es mucho más de lo que tiene la mayoría...

—Se tienen que ir —los interrumpió Mario Pérez —. Si necesitan ponerse en contacto conmigo, ya saben cómo hacerlo. Y aprovecho para felicitarlas: con sus parientes ha llegado también un rabino importante. Ha sido un soplo de esperanza en estos días aciagos.

—¿Sabe algo de mi marido? —dijo Inés.

—No, no sé nada. Pero no le cogieron. Cruzó la frontera con todos. Imagino que le habrán metido en otra operación; no debe preocuparse, seguro que estará bien.

—Es muy fácil no preocuparse por alguien a quien no se conoce —musitó Inés.

—Es lo que puedo decirle. Mi recomendación es que no se prodigue o, mejor aún, que se aleje de Barcelona unos días, pero no vuelva a Puigcerdá bajo ningún concepto. Tanto allí como aquí la vigilan. Aunque dejaran ustedes el valle tras el asesinato de Dupuis, no están libres de sospecha.

—Hoy mismo Magda, su madre y los Wiesner partirán de Barcelona —dijo Inés mirando a Magda, que supo que la enviaban a la masía de San Antonio, la propiedad de los Bultó en el Penedés—, nadie los verá por aquí.

—Sería conveniente que usted desapareciera también de la ciudad unos meses, pero, sobre todo, no vuelva a Puigcerdá —insistió de nuevo Pérez—, está en verdadero peligro.

Inés estaba decidida a desobedecer aquella orden si su marido no daba señales de vida. Era irónico, ella había estado sola, arriesgándose en varias misiones y Pablo jamás había cuestionado sus largas estancias lejos de él; en cambio, ella se preocupaba a los pocos días por no saber nada de su marido. Decidió esperar un poco más antes de volver al Pirineo a buscarle. Por fortuna, no hizo falta. Cuando, una hora después de que los refugiados y sus familias se fueran, la dejaron marcharse a ella y a medianoche llegó a su casa, Pablo la estaba esperando.

63

Gustav Wagner había esperado demasiado y, enfadado consigo mismo, estallaba con frecuencia. Estaba ya completamente seguro de que Inés le había engañado, pero lo peor era que no había podido cazarla, no había podido desenmascararla en plena operación como había sido su deseo. Era astuta, se había ido de un día para otro sin dar noticia alguna. Estaba seguro de que se sabía vigilada. Alguien la había alertado. Su ánimo se exasperaba con situaciones de aquel tipo, cuando se sentía burlado. Así se encontraba cuando un agente de la Police Nationale llamó a su puerta y le dejó un sobre con el remite del agente de la Gestapo de Barcelona.

Lo abrió. Reconoció en unas fotos a la criada de Inés, la que ella ocultaba. Se abrazaba a una mujer mayor que él no había visto nunca. Las imágenes eran las de un reencuentro que se había producido en la misma casa del Pasaje de la Concepción de Barcelona que ya vigilaban. Junto a ellos aparecía una pareja con un niño. En lápiz, señalando a cada una de las personas, aparecían nombres que sí conocía. La mujer mayor y el hombre que se abrazaba a la señora Wiesner eran una incógnita. Cogió otra foto y escrutó sus caras con una lupa. No reconoció a la mujer mayor, en cambio, estaba seguro de haber visto la cara del hombre en algún lugar.

Salió de su despacho en dirección al archivo de la comisaría, que había mejorado mucho desde que él había indicado cómo organizarlo. Buscó entre varios armarios ordenados alfabéticamente, pasando los dedos por las carpetas:

—Weinberg, Weinstein, Wiesenthal... Willet, Williquette... —Retrocedió—. Wiesner. —Sonrió—. Aquí está.

Abrió la carpeta y enseguida encontró lo que buscaba: «Importante empresario checoslovaco capturado en *Chez* Dupuis, Latour-de-Carol, 1940, deportado a Mauthausen».

Cogidas con un clip había varias fotografías. En ellas aparecía un hombre de aspecto elegante y semblante serio, enfadado. Era lógico. Había caído en la trampa de Dupuis. Su familia había cruzado; él había sido atrapado. Lo reconoció. Aquel era el hombre que se abrazaba a Athalia Wiesner. Su marido. Había escapado de Mauthausen de alguna forma y había cruzado la frontera. De pronto lo recordó. Había visto a aquel hombre vestido de fraile, estaba seguro.

Rabioso, dio un puñetazo al archivador. Le habían engañado. Rebuscó en su memoria intentando recordar más sobre aquella procesión. Otra cara le había parecido familiar. Había tenido la sensación de haberla visto recientemente. Volvió a su despacho, donde tenía un montón de fotografías de las personas a las que estaban vigilando en aquellos momentos. Profesores, artistas, empresarios que habían desaparecido, comerciantes que habían expresado alguna opinión vagamente subversiva..., casi todos franceses, también algún español. Estaba repasándolas una a una cuando el perfil aguileño del marido de Inés surgió entre las fotos. Todo lo que rodeaba a Inés era, por supuesto, sospechoso. Miró la cara de Pablo Bultó. Se habían visto una sola vez. Recordó esos ojos, pero... algo fallaba en su recuerdo. Tapó con la mano la foto de nariz para abajo. Quiso gritar. Pablo Bultó era el religioso que creyó reconocer en la procesión.

Se sintió herido en su orgullo y en su inteligencia, en las dos cosas en las que creía despuntar sobre el resto. Tan herido que decidió que sería él quien arreglara la situación. Hizo un par de llamadas a Barcelona y pidió información detallada. A la vez, ordenó que la residencia en Angoustrine-Villeneuve-des-Escaldes de los Hermanos de los Cristianos fuera vigilada día y noche. Una vez más, no quiso detener a nadie hasta tener una buena presa. No acabaría con la ruta de escape hasta que no hubiera un buen grupo utilizándola. Entonces apresaría a los refugiados y a todos los que los ayudaban. Detestaba esperar, pero era lo más inteligente. No explicó a nadie su plan; los franceses, en el fondo, eran mediterráneos y, como los españoles o los italianos, hablaban demasiado. La casa de Inés en el barrio del Lago hacía días que permanecía cerrada, así que, aunque estaba seguro de que no encontrarían nada, pidió que fuera discretamente registrada. Ella jamás se daría cuenta salvo que encontraran algo que la inculpara.

Para consolarse, se dijo que tenía todos los medios y el respaldo de la mayor potencia europea, convenciéndose de que acabaría con todos los que habían actuado a sus espaldas. Se fue a dormir esperanzado, pero sin poder desprenderse de la rabia por haber sido engañado.

El capitán Bradley Percy había despegado a última hora de la madrugada del aeródromo de Woolfox Lodge, en el condado de Rutland, en una misión secreta de la que había sido informado aquella misma tarde. Su comandante lo había elegido dado que era de los que mayor destreza había mostrado a los mandos de su bombardero, un AVRO Lancaster con motor Rolls Royce, con el que había hecho incursiones nocturnas de gran éxito. Su fama entre el alto mando de la Royal Air Force se confirmó con el bombardeo, esta vez diurno y a baja altura, de la fábrica de motores de submarinos MAN en Augsburgo. Muchos de sus compañeros habían sido derribados, pero él había vuelto ileso, ganándose también el respeto de su tripulación, seis hombres en total, que habían mirado a la muerte a los ojos y pensaban haber escapado de la misma gracias a él. Ninguno sabía qué era lo que la operación implicaba exactamente, solo que el objetivo de sus bombas debía desaparecer antes del alba.

Volaban hacia un punto a casi seiscientas millas, por lo que la noche aún los escondería lo suficiente para no alertar al enemigo durante el vuelo, pero se estaría desvistiendo de la oscuridad cuando llegaran allí. Deberían distinguirlo entre las aguas del mar. Sus ojos se habían acostumbrado a ello. Los barcos brillaban menos que el agua y el hormigón y la piedra, también.

Cargaban tres mil kilos de bombas en la bodega, una exageración, sobre todo cuando con la bomba Blockbuster que también llevaban debería haber bastado. Aquel hecho corroboraba la idea del capitán Percy de que ni siquiera el alto mando sabía muy bien qué era lo que debían destruir. Cuál era su tamaño o su resistencia. Parecía que no había suficiente información, pero también que la que tenían era bastante para arriesgar siete vidas y un buen bombardero en pos de la destrucción del lugar.

Miró la foto de su novia, que había pegado en el tablero frente a los mandos. Era una foto de las que hubiera escandalizado a su madre, en la que Cathy enseñaba ambos hombros y juntaba los brazos sobre su pecho exuberante, que se intuía bajo un vestido oscuro. No le importaba que los demás vieran a la muchacha si él podía girar la cabeza de vez en cuando y mirarla también. Si aquella misión salía bien, le darían permiso y podría ir a verla, quizás incluso podrían escaparse a la posada de la señora Mitty, que hacía la vista gorda a jóvenes ansiosos de carne como él. Sonrió al pensarlo mientras miraba al horizonte del mar.

Mostraba a todos un carácter duro que no era real. Decían que era muy valiente, pero lo cierto era que se había alistado en la RAF porque era cobarde. No era capaz de ver las desgracias de frente, de observar los cadáveres amontonarse y los cuerpos ametrallados, las heridas, la sangre. El aire que le separaba del suelo le libraba de aquello. Bombardeaba con la mayor precisión posible y nunca veía más que edificios desmoronándose, explosiones y fuego. En su cabeza, rara vez aparecían las caras de las numerosas víctimas que causaba. Le daba menos vértigo volar a mil metros, cuando la tierra a sus pies era irreconocible, que asomarse a un precipicio. Todo a nivel del suelo era peor.

A medida que sobrevolaban el mar hacia el norte, el resplandor blanco de la costa empezó a destacar en la oscuridad. El paisaje nevado era tan idóneo para orientarse en los vuelos cerca de la costa como confuso cuando uno volaba tierra adentro. Había sobrevolado el litoral escandinavo algunas veces y siempre le impresionaba, con sus acantilados y sus fiordos enormes que se internaban en la costa como puñaladas. Volaron a mucha altitud hasta que un gran fiordo, el más grande de los que habían divisado hasta el momento, apareció a su derecha en el horizonte. El navegante indicó:

—Es el fiordo de Bokna, mi capitán.

—Nos alejaremos de la costa —apuntó Percy.

Se separaron un poco, pues el aeródromo de Sola estaba justo antes de la entrada al fiordo y la zona se encontraba vigilada. Luego, empezaron a descender.

—Utsira, mi capitán —apuntó el navegante tras comprobar el rumbo.

—Descendemos —anunció él.

Se acercaron a una isla que no tendría más de tres kilómetros de extremo a extremo. Su objetivo estaba a una milla al sur. Parecía tan solo una roca, pero no había error posible, aquel era el punto que debían bombardear. Se aproximaron y empezaron a soltar las bombas. Las que lanzaron al principio chocaban contra la roca y estallaban sobre una superficie dura, sin demasiado efecto, pero de pronto comenzaron a hundirse rápidamente hacia el fondo de la isla, de forma que el capitán Percy supo que atravesaban algún tipo de cubierta.

—¡Allí es! —exclamó mientras giraba sobre la isla para hacer una segunda pasada.

En una cala angosta divisó un submarino y enseguida los disparos hacia el cielo se sucedieron sin ningún éxito, pues la artillería del buque no tenía ángulo para alcanzarlos. La segunda pasada resultó perfecta y, ya con el techo de la base destruido, pudieron ver el gran complejo que se escondía en las entrañas de la isla. Aquel enorme agujero circular tragaba las bombas una tras otra y la dureza de sus paredes no hacía más que amplificar su efecto y contenerlo. En la tercera pasada lanzaron la Blockbuster, de 1.800 kilos. Antes de que estallara, subieron lo suficiente para que la onda expansiva no les afectara. Aun así, la vibración de la explosión hizo temblar el fuselaje mientras rápidamente ponían rumbo sur para volver a Gran Bretaña.

A su espalda, la luz del alba mostraba aquel islote desconocido humeando por el centro igual que un volcán. Lo que quiera que hubiera allí estaba destruido.

—Señores —anunció el capitán Percy—, volvemos a casa. Siéntanse orgullosos, parece claro que acabamos de destruir una base secreta.

—Nadie sabrá nunca de ella —comentó el ingeniero de vuelo.

—Nadie. La isla de Spaansholmane volverá a ser tan solo eso, una isla.

64

A finales de octubre quedaban dos semanas para su fiesta cuando Harald volvió a Burg Fallstein. Estaba contento, convencido de haber hecho un esfuerzo de guerra personal más que suficiente y decidido a celebrar cada una de las victorias desde el confort de su castillo. En él le esperaba Hilda, tan encantadora e irrelevante para él como siempre, y aquel niño, su hijo, que él tan generosamente le había regalado. Ernst, Ernst, ese era su nombre, tenía que recordarlo, aunque no esperaba tratar demasiado con él hasta que pudieran cazar juntos y él le enseñara el importante legado que el hijo de un aristócrata estaba llamado a gestionar.

Había perdido el apetito en Hilda, así que tener un hijo facilitaba mucho las cosas. Estaba saciado. El frente se había mostrado muy satisfactorio en ese aspecto, eso era innegable. Era magnífico poder contar con tantas mujeres como uno quería, tanto tiempo como deseara, para luego despacharlas sin remordimiento ni compromiso alguno. Había descubierto el placer del forcejeo, de obligar y de dominar aquellos cuerpos que no siempre se mostraban tan dispuestos como el suyo. Nunca había sido especialmente fogoso, pero los últimos meses algo, que ya había muerto, se había despertado en él. Quizás alguna de aquellas mujeres tuviera un bastardo suyo en un tiempo, era gracioso pensarlo.

Hilda estaba encantadora, muy ilusionada con la fiesta de cumpleaños que estaba organizando. Le dijo que todos sus amigos habían confirmado, aunque no exactamente cuáles. Quería que fuera sorpresa y él estaba cansado de batallar, así que la dejó hacer. Le había traído un bonito collar del este, un *fringe* de diamantes convertible en tiara muy valioso, aunque a él no le había costado nada. Las mujeres de los campos de concentración no necesitaban aquellas alhajas y el cuello de la suya, largo y fino como el de un cisne, era perfecto para la pieza. Era muy triste pensar que algo tan bello hubiera estado en el pasado en tan feas manos, se dijo al vérselo puesto.

—Me lo pondré en el gran día —dijo ella quitándoselo para ponerlo en el tocador.

—Es una buena idea. Espero que todos te vean espléndida.

—Verán una parte de mí que desconocen, estoy segura —aseguró Hilda mirándolo.

—No sé a qué te refieres, pero hazme quedar bien. Que no olviden la fiesta.

—Oh, de eso puedes estar seguro —afirmó mirándose al espejo—, no la olvidará nadie.

Harald tenía la facultad de provocar que se reafirmara en el deseo de que él también pagara por todo el mal que infligía. Era demasiado para salir impune. No hablaba mucho de lo que había hecho y visto en el frente, pero cada pequeño comentario daba datos del horror con el que colaboraba. Su última ocurrencia había sido pedirle que investigara la procedencia de cada uno de los sirvientes y jornaleros de la finca.

—Si son de un origen inapropiado, el que sea, debemos cumplir con nuestra parte. Se están haciendo muchos esfuerzos para limpiar el Reich —había dicho.

Por supuesto, ella mintió sobre cada uno de ellos. Ninguno de los trabajadores a su cargo iría a los campos de concentración.

Su relación con Bruno Lippe continuaba con aquella mezcla de pasión y comodidad, de confianza y nerviosismo con la que había empezado. Estaba totalmente entregada a él, pero no lo suficiente para que la disuadiera del plan que llevaba en la cabeza. La última vez que habían estado juntos en casa de Bruno, él había insistido por enésima vez en que lo dejara y huyeran.

—Bruno, no me iré —había dicho Hilda—. Los humanos somos responsables no solo de lo que hacemos, sino también de lo que no hacemos, de lo que no defendemos, de lo que callamos. No me iré sin vengar a los que murieron, sin castigar a los que merecen ser castigados, sin que se sepa que yo NO estaba a favor y actué. Es tan fácil no mojarse, tan cómodo sonreír a todos, tan conveniente que te crean buena porque no haces nada. No, Bruno, yo no soy así.

—Siempre dices lo mismo.

—Porque cada vez estoy más segura, no soporto a los que no se implican —había zanjado.

A la mañana siguiente del regreso de Harald, Hilda fue a ver a Ernst. El niño andaba bien y ella se esforzaba en que lo hiciera cada vez mejor. Esperaba escapar de Alemania y se iba a encomendar a una ruta de refugiados, una ruta de escape en la que haría lo que le dijeran, y Ernst debía estar preparado para caminar lo máximo posible.

Desayunaban juntos cada día, lo que resultaba mucho más agradable que hacerlo con Harald, que en el mejor de los casos le daba tan solo los buenos días antes de ponerse a leer la prensa, y en el peor desvelaba alguno de los terribles pliegues de su nueva personalidad, que ella detestaba. Con Ernst era diferente. Les servían el desayuno en un pequeño mirador acristalado en el que apenas cabía una mesita redonda para los dos. Desde allí, el entorno de colores otoñales del valle a sus pies siempre reservaba sorpresas que descubrir y enseñar al pequeño. Ciervos, pájaros, los jornaleros haciendo una u otra cosa, la naturaleza cambiante... Todo era excitante para Ernst, que escuchaba a Hilda con atención. El niño hablaba alemán con fluidez, aunque el acento español de ella se le había contagiado, algo que exasperaba a Harald las raras ocasiones en que estaba con el niño.

Observaban a un pastor y su perro guiar un rebaño cuando un camarero trajo una carta para ella. Hilda le dio la vuelta. En el remite, el escudo de los Von Strutt. Suspiró. No los había invitado al cumpleaños de Harald, ojalá aquella carta no pretendiera forzar dicha invitación. La abrió y la leyó atentamente.

Von Strutt
Berliner Strasse 45
Potsdam

23 octubre 1942

Querida amiga:

Espero que te encuentres bien y que tengamos ocasión de vernos pronto. Lamentablemente el mes de noviembre es un mes complicado en nuestra finca de Coblenza y debemos permanecer allí, pero quizás en enero podamos vernos si las circunstancias lo permiten.

En relación al cumpleaños de Harald, varios de los invitados volarán en el avión de nuestra familia, que gustosamente les hemos facilitado. Con ellos viaja un regalo para Harald. Es algo muy especial que me gustaría que recogieras tú. Tu sola, sin nadie que te ayude, esto es importante. Aterrizará el 10 por la tarde alrededor de las cinco. No pesa demasiado, irá en la bodega, pero requiere de transporte exclusivo a Burg Fallstein. He dado indicaciones al piloto de que serás tú quien lo recoja y que debes estar sola cuando así sea. Si no estás sola, no te será entregado. Sé que suena misterioso, pero te gustará por sus vínculos con tu patria.

Espero que a tu marido le guste el regalo y que pase un buen día de aniversario.

Afectuosamente,

Otto von Strutt

Hilda releyó la carta. No entendía absolutamente nada. Otto mandaba un regalo para una fiesta a la que no estaba invitado y se empeñaba en que solo ella lo viera antes de ser entregado a Harald. Se había acostumbrado a leer entre líneas y a desconfiar de lo obvio. Lanzó la carta al fuego y la vio consumirse, confusa.

Estuvo dando vueltas al asunto sin encontrar respuesta hasta dos días después cuando, antes de cenar, Harald leía el periódico en el salón.

—Los aliados han bombardeado Milán —dijo levantando la mirada para cruzarla con la de Hilda, sentada al otro extremo de la estancia leyendo también.

—Me apena —dijo ella—, ojalá ninguno de nuestros amigos haya sufrido.

—Esperemos que no. Tienes suerte de que tu país esté a salvo.

—España se ha mantenido al margen, acabamos de salir de una guerra. Mi país está destruido.

—Os habéis mantenido al margen. —Se le iluminó la cara como si hubiera recordado algo—. Bueno, no todos.

—¿Hablas de la División Azul? —preguntó ella.

—No..., esos son hombres valerosos. Pero hablé con Otto von Strutt en Bayreuth antes de volver a Fallstein. No sé por qué no te lo había contado aún, máxime cuando el asunto concierne a un pariente tuyo.

—¿Mío? —replicó ella sorprendida.

—Sí, sí. Ese Bultó que vimos hace algún tiempo en Carinhall, el día que murió Sofia Maeckelberg.

—José Manuel Bultó, sí. No es pariente mío, es hermano del marido de mi prima.

—Ya, ya..., eso hacemos todos..., los parientes lejanos son lejanos cuando son incómodos. En cambio, todos alardeamos de parentescos aún más lejanos cuando la conexión es con príncipes y reyes. En fin...

Hilda puso los ojos en blanco.

—¿Qué es lo que le pasa a José Manuel?

—Oh, pues es sorprendente. No entiendo que no te lo comentara antes. Bueno, bebí esa noche, probablemente olvidara más cosas. El caso es que ese hombre está siendo perseguido por la Gestapo. Por lo visto es un espía.

—Me extrañaría mucho —mintió ella.

—No debería. Su novia ha confesado serlo —informó Harald.

—No sabía que tuviera alguna... Es terrible.

—Sí, sobre todo para ella, que estará pagando por ello. Él se ha fugado. Ha desaparecido. Se ha delatado al hacerlo.

—No querría ser interrogado...

—Oh, pero, querida, si no tiene nada que ocultar no debería tener problema en ser interrogado.

—Sabes que no es así.

—No, no sé nada. Pero bueno, ya ves. Tienes parientes de lo más subversivos. Con lo bonito que está España en esta época... En fin, la gente se embrolla en asuntos de los que no sabe cómo salir luego.

La última frase le recordó la conversación mantenida con José Manuel en el Adlon. Ella le había dicho que si alguna vez necesitaba escapar, acudiera a Fallstein. De pronto, estuvo segura de lo que vendría en la bodega del avión: José Manuel llegaría con los invitados. Los vínculos con España de los que Otto hablaba eran en realidad un amigo fugitivo.

Uno al que ella ayudaría a escapar.

65

A última hora de la noche, Otto von Strutt llevó a José Manuel al aeródromo donde descansaba su avión. El espía viajó en el maletero del coche, escondido bajo una manta que no serviría de nada si un agente revisaba el compartimento. Pasada la media hora, casi en silencio, el vehículo se deslizó dentro del hangar y, sin más luz que la del coche, que permanecía en marcha, Otto cerró las puertas de la nave y abrió a José Manuel, que salió de su escondite y estiró los brazos. Luego giró sobre sí para observar el magnífico Junkers de los Von Strutt, un aparato alto y grande, con el fuselaje plateado y el logotipo de la empresa familiar.

—No está mal —le dijo a Otto.

—No. Sobre todo si le saca de aquí. Acompáñeme —replicó él visiblemente nervioso.

Abrió la compuerta trasera y entraron en la bodega. La luz de los faros del coche se colaba iluminando el espacio levemente.

—Le he dejado ropa de abrigo aquí —dijo abriendo un gran baúl—, pero si tiene frío, puede incluso meterse dentro. Lo importante es que cuando aterricen esté aquí.

Otto se acercó a una mampara vertical que, casi invisible, tapaba de techo a suelo el extremo final de la bodega, dejando un hueco entre la misma y el fuselaje. José Manuel se asomó. Era estrecho, pero lo bastante ancho para que pudiera permanecer de pie sin problema en aquel hueco.

—La pusimos en una época en la que llevábamos caballos de un lado a otro, cuando yo competía. Estaba todo tapado con mamparas para aislar esta zona y que los animales tuvieran menos frío. Hilda debe recogerle sola. Si va con alguien más, no salga hasta que se vayan. Espere a que sea de noche. Si no aparece nadie a buscarle, quizás pueda escabullirse por el aeropuerto de Múnich, quién sabe... Lo normal es que todo salga como hemos planeado y sea ella quien le recoja y le lleve al castillo.

—Creo que todo saldrá bien —aseguró José Manuel mientras bajaba las escalerillas para despedirse del alemán.

—Le he traído comida. También una almohada —dijo Otto acercándose al coche.

José Manuel sonrió al pensar que aquel hombre no concebía que alguien pudiera pasar una noche sin almohada. Otto le dio una bolsa de viaje.

—Amigo mío, deseo de corazón que no tarde en estar con los suyos. Ojalá todo acabe pronto y podamos reencontrarnos en otra situación. Lamento que haya vivido estas circunstancias. Mi país..., mi país no es así.

—Estoy seguro de ello, Otto. Con conocerle a usted me basta para saber que hay alemanes extraordinarios.

—No sé si yo soy un buen ejemplo.

—Lo es.

—Gracias, José Manuel.

—Gracias a usted. Jamás olvidaré lo que ha hecho por mí.

Se dieron un largo abrazo. Luego José Manuel volvió a la bodega del avión, que oyó cerrarse a su espalda. Poco después las puertas del hangar chirriaron al deslizarse hacia los lados y con un golpe seco y metálico la oscuridad y el silencio se instalaron hasta la mañana siguiente.

Fue fácil saber que estaban preparándose para despegar. El avión, pese a su envergadura, en algunos puntos era muy ligero y, en cuanto el piloto y los coches entraron en el hangar, José Manuel los oyó y despertó. Poco después se abrieron las puertas de la bodega y escuchó a varios hombres cargar quejosamente los baúles de sus señores a pocos centímetros de la mampara tras la que se escondía. En una hora todo estaba asegurado en su sitio y con un golpe las puertas se cerraron volviéndole a sumir en la oscuridad. Escuchó conversaciones en la cabina de pasajeros. Era curioso cómo la clase alta alemana tenía un tono tan reconocible y tan parecido al de la española. Reían igual y, aunque el idioma era opuesto, la musicalidad con que lo entonaban era igual a la de la sociedad que conocía. Cuando el motor se puso en marcha, el ruido lo llenó todo y una vibración constante y metálica se adueñó de la bodega. Notó que rodaban por la pista y, poco después, cómo se elevaban y se estabilizaban en el aire. Alejarse de Berlín le alivió, aunque el recuerdo de Heidi y la angustia por lo que le estuviera pasando en Buchenwald era algo que cargaba sobre su espalda día y noche. Su mente estuvo con ella todo el viaje: ¿qué le estarían haciendo?

No habían pasado dos horas cuando el aparato aterrizó en el aeropuerto muniqués de Reim, y con el silencio del motor volvió a escuchar a los distinguidos pasajeros salir del aparato y subirse a los coches, que rápidamente partieron en dirección a Burg Fallstein mientras una furgoneta cargaba los baúles que se apilaban a pocos centímetros de donde él esperaba pacientemente. Cuando el reconocible motor de una furgoneta se puso en marcha y se alejó, tuvo que esperar cuatro horas más hasta oír cómo la puerta de la bodega se abría y los pasos de unos tacones resonaban en el compartimento.

—¿José Manuel? —lanzó Hilda al aire sin estar segura de obtener respuesta.

Salió de su escondite en silencio y la miró sin que ella se diera cuenta de su presencia.

—Estoy aquí —dijo haciéndola girar sobre sí.

—Dios mío. Sabía que serías tú. ¿Cómo te encuentras? ¿Te ha visto alguien?

—No, no me ha visto nadie y estoy... bien —dijo tras dudar unos segundos.

—Iremos a Fallstein ahora mismo, te instalaré en la casa de mi caballerizo, es de total confianza y..., bueno, está un poco al margen del servicio del castillo, que es más chismoso.

—Me parece bien.

—No puede parecerte de otra manera —dijo ella, que se endurecía cada vez con mayor frecuencia—. He acercado mucho el coche, marcha atrás. Métete en el maletero, siento si...

—Lo he hecho otras veces, no te preocupes.

—No podemos arriesgar.

—No.

Hilda salió del avión y fue al coche para ponerlo en marcha. Esperó hasta ver a José Manuel entrar en el maletero y salió para cerrarlo bien. Antes de hacerlo, le dio tiempo de ver al hombre en posición fetal, encogido en aquel espacio reducido. Las guerras provocaban situaciones extrañas.

Ya en Fallstein, Hilda metió el coche en la caballeriza y fue con José Manuel a la casa de Bruno sin que nadie los viera. Allí, ella le informó del plan.

—Imagino que quieres huir cuanto antes. Te buscan, eso lo sabe todo el mundo.

—Lo supongo.

—Sí, pero estás de suerte. Mañana yo misma escaparé también. Sé cómo hacerlo, tengo amigos. Creo que lo conseguiremos. Bruno, sus dos hijos y mi pequeño Ernst vendrán con nosotros. Nos ayudaremos los unos a los otros. Es posible que tengamos que llevar a alguno de los niños a cuestas de vez en cuando... Son fuertes, pero ninguno sabemos lo que nos espera.

—¿Tienes un hijo? —preguntó el recién llegado.

Bruno y ella se miraron.

—Bueno, no, algo parecido. Es una larga historia. Pero tengo mucho trabajo. Mañana doy una gran fiesta, supongo que Otto te habrá informado.

—Sí, de hecho, le extrañó no haber sido invitado —respondió José Manuel.

—Agradecerá no haberlo sido. No tengas ninguna duda. —Se calló unos segundos—. Come bien y descansa. Mañana nos iremos. Que nadie te vea.

Hilda los dejó allí y entró en el castillo. Llevaban semanas acumulando todo lo necesario para la fiesta que darían al día siguiente, pero nada estaba colocado aún. Fritz ya había dejado caer entre el servicio que aquella improvisación era inaudita y que no podía comprender cómo no estaba todo el salón de baile ya perfectamente decorado a la espera de que llegaran los invitados. No sabía que, en realidad, Hilda había sido muy organizada y previsora, pero que la fiesta se iba a dar en otro salón, aquel en el que ya había comprobado que el escape de humo era tan o más grave que el año pasado, cuando lo habían cerrado ante la imposibilidad de acometer las obras de reparación en aquella época. El salón de armaduras sería la más distinguida cámara de gas de todo el Reich.

Bajó a la cocina, donde la actividad era frenética. Había que dar de cenar a todos los invitados que ya estaban en Burg Fallstein y a la vez seguir preparando los platos para la fiesta del día siguiente. Eran catorce en total, y la situación no hubiera revestido ninguna complicación de no ser porque el servicio y la cocina misma estaban saturados. Al verla todos pararon unos segundos sus idas y venidas y la saludaron bajando la cabeza respetuosamente. Ella sonrió.

—No quiero molestarlos. Espero que todo esté en orden. Seguro que saldrá todo perfecto.

—Eso intentaremos, *meine Gräffin* —dijo la cocinera secándose el sudor de la frente con un paño. No parecía que lo tuviera totalmente controlado.

—Sigan con su trabajo. Estoy buscando a Fritz.

—*Herr* Fritz está en la sala de la plata —apuntó la misma mujer.

Se acercó al lugar, una pequeña habitación en la que se guardaba toda la plata, de la que solo tenía la llave Fritz, que era quien la revisaba, igual que la parte más selecta de la bodega. Allá lo encontró, observando detenidamente las soperas, fuentes y la gran guarnición de candelabros repletos de angelotes y animales de caza que decoraría la mesa principal, todo en plata brillante como un espejo. El mayordomo revisaba un candelabro cogiéndolo con guantes de algodón, escrutando cada esquina en busca de una imperfección. Al verla entrar se irguió. No se gustaban, pero ambos mantenían las formas. Él era el fiel sirviente que había visto nacer al conde de Fallstein; ella era la esposa que había mermado su poder y ordenaba cambios con los que Fritz no estaba de acuerdo.

—*Meine Gräffin*.

—Fritz, buenas tardes. Ha surgido una urgencia que solo usted puede acometer.

—Lo que necesite, señora.

—La princesa Paz de Baviera ha comunicado que asistirá a la cena de mañana.

—Eso es una gran noticia, señora.

—Lo es, pero lamentablemente su chófer está indispuesto, así que será Bruno el que vaya a buscarla.

—Pero Bruno no puede...

—No, por supuesto —le interrumpió ella preparada para la objeción—, no puede ir solo. Ese hombre es un bruto. Es por eso que tiene que acompañarle. Como sabe, los otros conductores están trayendo a otros invitados desde el aeropuerto y las estaciones, no quiero cambiarlo todo de repente. Quiero que la más alta autoridad del servicio de Fallstein atienda a la princesa.

—Su alteza debe ir en el Mercedes grande.

—Sin duda. Que los otros chóferes cojan el otro y el..., nunca recuerdo como lo llaman, el otro coche.

—El Chrysler.

—Ese. Me gusta, apenas lo usamos.

—Es americano. Lo trajeron antes de la guerra. Al *Graf* no le agrada.

—Bueno, no importa. Que lo usen. Mañana a las doce vaya a recoger a la princesa. Le dará tiempo a volver y organizar todo lo que reste a la vuelta. *Frau* Bauer se puede ocupar de todo para que usted lo revise luego.

Fritz no discutió pese a que el plan le parecía nefasto. *Frau* Bauer no tenia ni atisbo de su competencia por muy ama de llaves que fuera.

Hilda se dio la vuelta satisfecha. Una mentira más para una buena causa. La única persona que conocía el problema del escape de humo, o que lo tenía realmente presente en toda su dimensión, no estaría la noche siguiente. Su fiel Bruno se ocuparía de ello.

La cena, pese a su brillantez, era solo un prólogo ligero del gran evento del día siguiente, por lo que el ambiente fue algo más informal. Los hombres se vistieron con esmoquin, sin condecoraciones, y las mujeres con vestido largo y tiaras secundarias. Eran tan solo catorce, y la conversación era, por tanto, una sola, que lideraba Harald, repartiendo juego entre los invitados, haciendo despliegue del encanto que sabía mostrar.

Hilda miraba a sus víctimas. Estaba a las puertas de hacerlo y se esforzaba en recordar que aquellas personas que se estaban mostrando tan amables habían disparado a unos inocentes por pura diversión. Hubiese hecho falta tan solo un comentario de arrepentimiento para que los perdonara, pero no se pronunció ni uno solo. Todo lo contrario.

Harald alzó la copa.

—Quiero proponer un brindis por nuestra querida amiga Sofia Maeckelberg, que estaría disfrutando de este encuentro como ella sabía hacer, bebiendo un poco de más, bailando un poco de más y llevando sus diversiones un poco más allá, siempre con la distinción que le era propia. El Reich ha perdido mucho con su partida, nadie tan sofisticado y original, nadie tan puramente alemán como ella para recordarnos nuestras virtudes, también en el campo del recreo.

Todos se pusieron en pie.

—¡Por Sofia! —vitorearon.

—Y por una próxima cacería en su honor. ¡Necesitamos una revancha! —añadió Gottfried Meyer.

El conde había ido solo, lo que había sido un golpe de suerte para Hilda, que no quería matar a nadie que no hubiera participado en la cacería de judíos.

—Eso sí fue divertido —comentó una invitada—, recuerdo cada minuto como si fuera ayer, nunca lo he pasado tan bien.

—Será difícil que podamos repetir la experiencia —dijo Harald—, cada vez es más difícil encontrar judíos en Alemania.

A Hilda le recordó a cuando en España había oído hablar sobre la dificultad de encontrar buenos cotos de perdiz salvaje. Intentó no mostrar su asco. Esa gente no tardaría en saber de sus verdaderos sentimientos. No fue solo Gottfried Meyer quien recordó con alegría aquel día en que ella sintió que el mal despertaba en su interior: todos los invitados recordaron con desenfado y risas varios momentos del cruel episodio. Un judío que tropezó y por poco escapa, pero fue certeramente alcanzado en la nuca; otros dos que murieron por el mismo disparo, uno que intentó huir trepando por uno de los terraplenes que delimitaban el jardín... Nadie en la mesa mostró ni un poco de piedad o arrepentimiento, «así que todos serán castigados», pensó Hilda. Pese al horror de verse rodeada de semejantes personas, agradeció que se lo pusieran tan fácil.

Al acabar la cena se excusó diciendo que al día siguiente tenía mucho trabajo, y los dejó en el salón de tapices, bebiendo y riendo, encantados de una vida que, sin saber, apuraban.

A la mañana siguiente, Hilda empezó a trabajar desde bien temprano. Por la noche habían trasladado ya algunas cosas a la planta de los grandes salones, y en el *office*, todos los platos, cubiertos y fuentes en los que se serviría el ágape ya estaban preparados. Varios lacayos completaban grandes cestos con vino, sándwiches y aperitivos que se afanaban en llevar a los coches. Cuando se asomó a la ventana, descubrió que estos también estaban preparados frente a la puerta principal para llevar a los invitados al pícnic que había organizado para aquel mediodía. Hilda esperaba tener el castillo para ella sola hasta que la trampa que llevaba meses rumiando estuviera tal y como había planeado.

Fue a ver a Harald, que ese día cumplía cuarenta y cinco años, para dar una última oportunidad a que los sentimientos que un día había tenido por él despertaran, o mejor..., resucitaran. Lo encontró recién salido de la ducha, en albornoz. Debía ser la única persona que había vuelto del frente más gruesa.

—Feliz cumpleaños, querido —dijo ella intentando sentir alguna de esas palabras.

—Gracias, querida. Es maravilloso estar aquí, con amigos... Hoy va a ser un buen día.

—Seguro que sí. Espero que la fiesta te guste.

—No me cabe duda. Tengo todo lo que deseo. Una bella mujer, buenos amigos y un país que lidera el mundo. ¡Ah! Y también tengo al chico. No podría pedir más.

Harald recordaba el nombre de Ernst solo a veces. Había robado un niño al que apenas veía en días.

—Sí, Ernst querrá felicitarte también.

—Bueno..., sí, pero luego. No quiero niños hoy. Ese mozalbete debe encontrar otra manera de distraerse, no puede estar con nosotros siempre.

—A veces juega con los niños del servicio.

—Que no lo haga. No me gusta. Se volverá vulgar. Además..., no te lo he dicho, pero supongo que es lógico: vamos a tener otro hijo —dijo mientras buscaba su reloj en el tocador.

—Ah... ¿Quieres que tengamos un hijo?

—Bueno, sí..., uno como Ernst. Está claro que nosotros no sabemos fabricarlos. —No dormían juntos desde hacía meses, pero Harald estaba dispuesto a alegar que el problema era distinto—. He pedido otro. Del mismo pueblo o de la misma zona. Que se parezca. Imagino que en algunos meses me proporcionarán alguno. Es importante tener dos hijos. Ya sabes, el heredero y el recambio.

Hilda no pudo resistirse.

—Ni se te ocurra. No robarás ni un niño más —dijo mirándolo con odio.

—¿Disculpa? —dijo él acercándose.

—Ni uno. No robarás más niños. Eres una bestia, un hombre sin corazón. ¿A quién demonios se le ocurre que pueda estar bien arrebatar un niño a sus padres? No lo harás. Los niños deben estar con sus padres.

—Hilda... —Se acercó más aún—, Hilda, querida. —La cogió por debajo del mentón y le apretó las mejillas. No era la primera vez que lo hacía y para ella era peor que si le pegara—: Haré lo que quiera.

Ella quiso llorar.

—No. No lo harás. Esa gente...

—Te has levantado muy impertinente. Esa gente morirá y sus hijos vivirán con un conde alemán, ario y poderoso, en este castillo. —Apretó un poco más la cara de su mujer.

—Me haces daño —dijo Hilda intentando zafarse.

—Pues apréndelo. Puedo hacerte tanto daño como quiera. —La miró fijamente a los ojos. Luego acercó la cara como si la fuera a besar y la apartó con fuerza, de forma que Hilda estuvo a punto de caer al suelo.

—Te has vuelto loco —dijo mirándolo con odio.

—Y tú muy aburrida. Espabila un poco. Yacer con blandos te ha vuelto blanda —sentenció, primero serio y luego esbozando una media sonrisa. Parecía evidente que seguía bien informado por Fritz y daba por hecho que se acostaba con Bruno.

—Yo... no te reconozco —dijo ella tocándose la cara dolorida.

—No hace falta, querida, con que me respetes y me diviertas me vale. También con que te metas en mi cama cuando te lo pida. El resto... me da bastante igual. Nos queda una larga vida juntos. Yo estoy seguro de que lo pasaré bien, intenta hacer lo mismo tú. Y ahora vete, mi ayuda no tardará en venir a vestirme y no me apetece que te vea así. Cuando te disgustas, envejeces, se te pone cara de beata española. Sonríe a la vida, querida, estás condenada a ella.

Hilda volvió a mirarle. Luego sonrió como él le pedía. Harald no se daba cuenta de que el que se había condenado definitivamente era él.

A las doce Fritz partió con Bruno, convencido de que iban a la casa de la princesa Paz. Bruno tenía previsto dejarlo en un lugar del que tardara por lo menos un día en ser capaz de volver por sus propios medios. Pese a la trascendencia de la misión que acometían, le hizo gracia pensar en Fritz, que llevaba toda su vida en el micromundo de Burg Fallstein, intentando desenvolverse para volver al único lugar en el que sabía hacerlo. Él esperaba estar de vuelta antes de las seis de la tarde.

Mientras, el servicio se había visto sorprendido por un repentino cambio. La fiesta se daría en el salón de armaduras. Era uno de los más elegantes, sino el más, del castillo, pero por lo bajo muchos maldijeron a la condesa, que hacía gala de una volubilidad e improvisación a la que no les tenía acostumbrados.

El salón tenía planta rectangular y estaba presidido en cada uno de los lados por dos grandes chimeneas. Todo el techo era una bóveda pintada con frescos sobre leyendas germánicas de la que pendían grandes lámparas de bronce. En las paredes, los tapices colgaban entre las numerosas armaduras que daban nombre al salón. Allí, tras la cena en el comedor principal, estaba previsto el baile. «Bueno —pensó Hilda mientras lo miraba de lado a lado—, el baile y todo lo demás». Pidió que todas las contraventanas se cerraran. Estaban muy en alto, a varios metros del suelo, y para abrirlas hacían falta unas escaleras que, en unas horas, no estarían a mano. Corrieron los pesados cortinajes tapando los vanos. Bloquearon los tiros de las chimeneas. Luego pidió que retiraran los muebles y en su lugar colocaran la decoración que había planeado.

A las seis regresó Bruno y, conforme a las órdenes de la condesa, cerró las contraventanas del salón y las aseguró por fuera, de forma que fuera imposible abrirlas desde dentro.

En el comedor encontró a Hilda. Revisaba los arreglos de una mesa imponente, tan cargada de plata, candelabros, flores y porcelana que parecía estar a punto de partirse. Su frialdad, una vez más, le sorprendió. Estaba sola en la habitación.

—¿Bonito, no? —le dijo ella.

—Mucho —respondió Bruno.

—Siempre me ha gustado poner la mesa. La de hoy es especial, pero nunca he esperado a que vengan invitados para que la *mise en place* sea lucida. Mucha gente guarda las buenas vajillas, cuberterías y cristalerías para cuando reciben, como si los importantes de verdad no fueran las personas que están a diario cerca de uno. La dejadez se muestra en eso, fíjate siempre. Lo primero que descuidan los vagos es la mesa, la comida. Se convencen de que son informales, de que es lo más cómodo..., cuando tener las cosas bien requiere solo un poco más de dedicación, y la mesa es el reflejo de uno mismo. En España se dice que en la mesa y en el juego se conoce al caballero, y es cierto. También es muy humano. Mi madre no soportaba a los que llamaba «de exportación», ya sabes, los que se esmeran en ser educados, en arreglarse y desplegar sus encantos en el exterior, pero se descuidan para los de casa...

Bruno no podía creer que aquella banalidad fuera un tema de conversación adecuado al momento. La interrumpió.

—Ya lo tengo todo preparado. José Manuel se ocupará de que los niños se suban al coche. Yo te ayudaré hasta que todo...

—Hasta que todos estén sentenciados, sí —dijo ella mientras retocaba un buqué.

—Eso. ¿Lo tienes todo listo?

—Sí. Llevo poco equipaje. Lo que traje cuando vine de España y las joyas que me ha regalado Harald. No me llevo nada que me haya venido por herencia, pero lo que compró para mí... Dios sabe que me lo he ganado. También tengo dinero. Podríamos comprar un avión con lo que tengo, pero nadie en el aeropuerto me dejaría irme sin Harald... y con vosotros... Es demasiado arriesgado.

—Seguiremos la ruta que te indicaron los guías.

—Sí. Los de la ruta de escape. Han demostrado su efectividad. Llegaremos a España, pero antes hay que hacer lo que hay que hacer.

—Me gustaría tanto que lo olvidaras... —repitió una vez más Bruno, cabizbajo y resignado.

—Ya. Lamentablemente tengo buena memoria.

—No sacarás nada de esto y lo sabes.

—Quizás yo no lo haga, pero el mundo sí. Nos vemos luego —dijo despidiéndole.

66

Los invitados que faltaban por llegar a Baviera ya lo habían hecho. *Frau* Bauer había informado a Hilda de que todos estaban ya en sus habitaciones, así que esperó a la cena para darles la bienvenida. Eran diecisiete en total. A las siete y media se reunieron en el salón para saludarse. La actitud del grupo era la misma que recordaba, idéntica en todos: triunfalista, indolente, orgullosa... Nada de lo que pasara en la guerra parecía disuadirlos de la idea de que formaban parte de la élite de la raza aria y, por tanto, de la élite de la élite. Vestidos con sus mejores galas, cargadas ellas de joyas y ellos de condecoraciones, bandas y camisas almidonadas, contribuían a un ambiente de esplendor que no conseguía apartar de Hilda la idea de que la elegancia se basa en la consideración hacia los demás, algo de lo que sus invitados adolecían, y Harald el primero de todos ellos. Su marido estaba exultante, feliz de tener a sus amigos en casa, aunque extrañado por las ausencias.

—No veo ni a los Von Strutt, ni a Maria Bohringer, ni los Müller...

—No han podido organizarse. Estamos en plena guerra, nada es tan fácil como antes —mintió Hilda—. Todos lamentaron mucho no poder asistir.

Estaban mirando hacia la puerta cuando una desagradable sorpresa sobrevino. Karl Wangen, uno de los oficiales alemanes que había asistido a la cacería de judíos, había llevado una acompañante. Hilda no podía creer el error. No quería matar a nadie que no hubiera participado en el acontecimiento y aquella mujer probablemente no tenía ni idea de lo que había sucedido en el Schloss Blank de Sofia Maeckelberg. La pareja se acercó a ellos. Saludaron a Harald con cordialidad y le felicitaron por su cumpleaños antes de hacer lo propio con Hilda. Karl se la presentó.

—Ella es Anna. Anna Knapp. Espero que no le importe que haya traído acompañante, di por hecho que la invitación era para dos, pero parece que me equivoqué.

—No hay ningún problema —dijo ella rumiando cómo salvar a la inesperada invitada—, supongo que *frau* Bauer ya habrá colocado un cubierto más.

—Así lo he hecho, señora —dijo la aludida, que acababa de entrar en la habitación y se había acercado a Hilda por la espalda sin que ella se diera cuenta—, y la cena ya está servida —añadió invitándolos a que pasaran al comedor.

Harald ofreció el brazo a una de las invitadas y el invitado de mayor edad hizo lo propio con Hilda. Tras ellos, en procesión por la sucesión de salones de la planta noble, los demás cruzaron cinco opulentas estancias hasta llegar a la mesa dispuesta en el comedor principal del castillo.

Ninguno quedó defraudado ni por la decoración ni por la riqueza de todo lo que los rodeaba. Reflejadas en los grandes espejos que rodeaban la estancia, las numerosas velas se multiplicaban y los jarrones, más de una veintena de grandes búcaros de porcelana sobre peanas, derramaban masas de flores y ramas en dorados, verdes y rojos. La mesa, vestida con un mantel de hilo con bordados en oro, combinaba con lo que había sobre ella: una brillante cubertería, los vasos de cristal grabado y la mejor de las vajillas de porcelana de Meissen, una obra de arte pintada a mano con filo dorado y escudo familiar. Harald miró a Hilda y, con una sonrisa, asintiendo, dio su aprobación. Ella replicó con otra sonrisa.

Estuvieron dos horas sentados, y la conversación y el tono evolucionaron al ritmo del consumo de vino. Hilda había aleccionado a todos los lacayos para que rellenaran las copas tan pronto como las vieran vacías, y para poner siempre un dedo más de cantidad de lo que la buena educación aconsejaba. Las primeras botellas contenían solo vino; las que se servirían más tarde, llevaban una mezcla de licores de mayor graduación que, sin adulterar demasiado el sabor para un paladar agotado, los emborracharía a la mayor velocidad. El resultado enseguida se mostró óptimo. Todos bebían menos ella, pero incluso si alguno no hubiera bebido, todo estaba previsto. Tenía un plan para que ninguno, salvo la pareja de Karl Wangen, saliera con vida de su castillo. Si alguno se iba a dormir antes de hora, escapando a la cámara de gas, encontraría sobre su mesilla de noche una jarra con agua fresca para aliviar su sed. Agua bien cargada de veneno.

Un cuarteto de cuerda amenizaba la cena con los temas más recientes de forma que, cuando llegó el último plato, ya animados por el alcohol, varios bailaron alrededor de la mesa mientras les servían un postre bien regado de schnapps. Harald lo estaba pasando en grande y la sacó a bailar varias veces. El tacto de su mano sobre su espalda le provocaba un asco que no alcanzaba a comprender. No hacía tanto tiempo que había querido a su marido y, en cambio, ahora lo aborrecía. Su monstruosidad había engullido su atractivo, también su bondad, pues Hilda no olvidaba que él había tenido aquella virtud. Las imágenes de sus arranques violentos, de sus amenazas, de sus palabras y sus planes habían acabado con cualquier resto de humanidad al que ella pudiera aferrarse para no matarlo. Mientras bailaban, trataba de imaginar que era Bruno el que la tocaba, el que la llevaba casi en volandas al ritmo de la música. Cerró los ojos deseando cambiar el olor de Harald, sofisticado y caro, por el de Bruno, a jabón y prado. Había aprendido a no confundir el valor con el precio, a desear lo auténtico y sano, lo sencillo y bueno por encima del lujo que su marido llevaba consigo.

A las doce el reloj sonó y, tal y como ella tenía previsto, la orquesta se retiró. Los invitados se miraron con extrañeza y Harald cambió el gesto.

—Querido Harald, alguien tan especial como tú merece algo especial. Por favor, seguidme.

Los invitados, ebrios casi en su totalidad, obedecieron y la siguieron al salón de armaduras. La puerta fue la primera sorpresa para Harald. Hilda había hecho fundir dos grandes relieves de bronce y los había adherido a cada una de las hojas de la puerta, que cubrían casi por completo. En ellas, grabada en grandes letras doradas, la fecha que celebraban y las iniciales de Harald, elegantes, entre dibujos vegetales y paisajes montañosos.

—Esto es muy bonito, querida —dijo Harald pasando la mano por la nueva decoración—, siempre has tenido buen gusto.

—Lo que te espera dentro también te gustará.

Efectivamente, al entrar, la sorpresa fue mayúscula.

Las lámparas que colgaban habían sido cubiertas con telas y, de unas a otras, grandes guirnaldas se balanceaban atadas a sus bronces. En las esquinas había banderas con esvásticas de suelo a techo y a media altura, sobre la pared, otras grandes banderas recorrían todo el perímetro del espacio. En un lado se había instalado un escenario con cortinas rojas. En el otro, una pequeña tarima con un atril. Varias mesas redondas y sillas de pino estaban colocadas aquí y allá. Lo más sorprendente quizás fueran los maniquíes, una veintena, vestidos con trajes tradicionales bávaros. Nadie entendió nada hasta que Harald leyó las letras que presidían una de las paredes: «Bürgerbräu-Keller». Emocionado, se abrazó a Hilda.

—No puedo creer lo que has hecho. ¡Es magnífico!

Algunos invitados también entendieron la recreación. Los que no lo habían hecho aún recibieron una explicación de Harald, que estaba sinceramente emocionado.

—Amigos, mi mujer ha recreado la Bürgerbräu-Keller, ¡la famosa cervecería de Múnich donde el Führer inició nuestro glorioso movimiento...! Y no falta detalle, las mesas de pino, el atril donde lanzó sus ideas al mundo... ¡Esto es un homenaje maravilloso, querida!

Hilda intervino. Los ojos de aquel grupo de fanáticos hubieran encontrado el parecido con cualquier cosa que hubieran deseado ver, pero se había esforzado en que hubiera alguna semblanza.

—En esta cervecería todos tienen un papel. Este salón es solo para nosotros. Los barriles están llenos de la mejor cerveza y las barras del mejor vino y espirituosos. Cada uno puede elegir un disfraz de los que ven en los maniquíes y actuar según su personaje. Recordaremos de forma divertida el inicio del glorioso Partido Nazi —dijo ella acercándose para desvestir a un maniquí con traje de campesina—. Y no se preocupen por su actuación, me he encargado de que no necesitemos a nadie para atendernos, ningún ojo ajeno que pueda vernos. Los sirvientes no entrarán aquí hasta mañana. ¡Disfrutemos sin freno!

Se acercó a un rincón y encendió un tocadiscos, el más potente del mercado, lo suficiente para que los invitados alzaran los brazos animados por la música. Enseguida, algunos acudieron a la barra a servirse sus propias copas o a beber directamente de la botella. Algunas mujeres desvistieron los maniquíes y fueron al cuarto de baño, justo en la entrada, para cambiarse, reapareciendo enseguida con las mismas joyas pero vestidas de camareras. El jolgorio era máximo y nadie podía contener su excitación. Ni a Sofia Maeckelberg se le hubiera ocurrido tal excentricidad. En una hora el salón de armaduras se había convertido en un lugar de ruido y desenfreno. Hilda simulaba estar poseída por aquella locura, aunque en realidad hubiera tomado tan solo dos copas de vino y estuviera absolutamente serena. Ocupaban una mesa, la cargaban de botellas y copas, acababan la bebida y se ponían en la de al lado, de forma que el espacio se parecía cada vez más a una auténtica cervecería a pocas horas del cierre, cuando solo quedan los más ebrios y las mesas están llenas de jarras vacías.

A las dos de la madrugada aún había espíritu para muchas más horas, pero Hilda decidió que había llegado el momento. Llamó a la señorita Knapp, que acudió tambaleándose.

—Querida, acompáñeme a mi habitación, por favor. Con tantas copas me extrañaría que supiera llegar yo sola —dijo simulando estar bebida.

—¡Claro! —replicó Anna levantando la copa y perdiendo un poco el equilibrio.

Fueron a la habitación e Hilda entró en el cuarto de baño, dejando a la invitada sentada en la cama. Esperó pacientemente diez minutos. Cuando salió de nuevo a la estancia, la joven ya estaba dormida donde la había dejado. Salió de la habitación y la cerró con llave por fuera. Luego se asomó a la ventana del vestíbulo, desde donde se veían las caballerizas, e hizo la señal convenida a Bruno, al que no veía, pero sabía que estaba esperando instrucciones.

Lo encontró en la puerta del salón de armaduras. Se miraron y asintieron antes de empezar a cerrar la doble hoja de grueso roble y bronce de la estancia. Cuando se tocaron, el caballerizo puso una cadena entre los dos pomos y aseguró la puerta bloqueándola con un candado. Ella deslizó un sobre por debajo de la puerta. Bruno lo intentó una vez más.

—Vayámonos. Está todo listo. No mates a nadie. No necesitas hacer esto.

—Sí lo necesito. Lo necesito mucho. Vamos.

Bajaron las escaleras hasta el sótano del castillo y allí, sin esperar, Hilda subió un interruptor de porcelana y escuchó cómo la caldera empezaba a rugir con fuerza. Pasarían no más de diez minutos hasta que los invitados empezaran a darse cuenta de que el salón se llenaba de humo. A lo sumo media hora después estarían todos muertos.

—Está hecho. No perdamos tiempo.

—Cargué tu bolsa esta mañana. José Manuel y los niños ya están en el coche. He cogido algo de comida. Podemos salir inmediatamente. He estudiado cómo llegar a Egling. No tardaremos en estar allí.

En cinco horas como máximo, los criados descubrirían a los invitados del salón de armaduras, quizás incluso antes si la inoportuna Anna Knapp daba la voz de alarma. Tenían que darse prisa. Se subieron al coche y aceleraron hacia su destino, el primero de su ruta de escape a España. Apretados en el coche, mientras las luces de Burg Fallstein se quedaban atrás rápidamente, Hilda reflexionó:

—Nunca volveré aquí —dijo, no como un deseo, sino como una suposición.

—Eso no lo sabes —intervino José Manuel girándose hacia ella desde el asiento del copiloto.

—Supongo que no. Debería empezar a acostumbrarme a la vida inesperada que me ha tocado. —Suspiró y acarició la cabeza del pequeño Ernst, acomodada en su regazo. Los gemelos de Bruno también dormían.

—Cuando dudes, míralos a ellos. Tan valientes, tan ajenos al peligro. Los niños son el mejor quitapenas y la mejor gasolina. Te darán fuerza.

—Llegaremos a España. No lo dudéis. Y volveremos algún día a otra Alemania, si ese es nuestro deseo —apuntó Bruno.

—Has escapado de tu casa. Tampoco creo que la Gestapo se tome demasiadas molestias en perseguirte ni que te tenga demasiado en cuenta —la animó José Manuel—. Hay muchos enemigos del Reich que perseguir. Disidentes, asesinos, espías... Tú no has hecho nada más que abandonar a tu marido, soy yo el que estoy en un buen embrollo.

Se hizo el silencio. Luego Hilda le explicó a José Manuel la situación. Faltaban pocas horas para que la Gestapo la tuviera muy en cuenta.

En el salón de armaduras sonaba Edith Piaf y las copas volaban cuando Harald empezó a sentirse molesto por el olor. Olor y humo. Con la vista y la cabeza nublada, había achacado aquello a las velas, al aire viciado. Pero no era así. Se acercó a la pared. De diferentes partes emergía un humo negro con el inconfundible olor del gasóleo. Su mujer era una necia. Había organizado la fiesta justo en el salón en el que había un escape de algún tipo en la salida de humos de la caldera. Se giró para amonestarla, cayendo en la cuenta de que hacía por lo menos media hora que no la veía. Molesto por el humo, se acercó a la primera de las ventanas, tan alta que arrastró una mesa y subió una silla a ella para, con dificultad, tratar de abrirla. Lo consiguió solo un poco, lo suficiente para comprobar que todas las contraventanas estaban también cerradas, bloqueadas por fuera y tan altas que era imposible alcanzarlas, o incluso abrir rompiéndolas. Maldita Hilda. Saltó de la mesa y fue a la puerta, donde todo se empezó a tornar sospechoso y preocupante. Los invitados se empezaban a alarmar también. La puerta estaba cerrada. La empujó con todas sus fuerzas sin conseguir que se moviera un ápice. Entonces vio un sobre en el suelo. Lo abrió entre toses.

Queridos amigos:

En esta noche de situaciones nuevas, su viaje a otras experiencias no se limitará a su disfraz. He querido que todos experimenten en su piel algo que estoy segura no esperaban. No puedo decirles que sea algo placentero o divertido, pero sin duda no está en la agenda de ninguno de ustedes. Van a experimentar una de las múltiples maneras de matar del régimen que apoyan. Ustedes, que tan a la ligera, como divertimento, dispararon a unos pobres hombres por el hecho de creerlos inferiores, ligaron su suerte a la de estos. A las minorías que quieren exterminar se las mata de hambre, se las hace trabajar como esclavos, se las chantajea y roba, se les dispara por diversión (¿les suena?)... También se las gasea. Eso es lo que les va a pasar a ustedes.

Mi consejo es que aprovechen lo que les queda para rezar y pedir perdón. Las paredes del castillo son gruesas, el servicio se aloja en otra planta y nadie acudirá en su ayuda. ¿Les parece divertido? A los judíos que mataron tampoco se lo pareció, así que quizás haya llegado la hora de apiadarse de ellos. Yo lo he hecho por ustedes y este es el resultado.

Mueran rápido, recen y nos vemos en el infierno.

Suya,

Hilda, Gräffin von Fallstein.

P.D.: Feliz cumpleaños, querido Harald. Quienquiera que seas ahora, te has ganado con el mismo ahínco mi odio, como ganó mi amor el hombre al que conocí.

Harald acabó de leer la carta en silencio y, dando un paso hacia atrás, la dejó caer al suelo. Uno de los invitados la cogió y la leyó en alto. A la tercera línea el pánico se había desatado y entre gritos desesperados todos aporreaban la puerta sin que esta reaccionara de manera distinta a un grueso muro de piedra. Entre los hombres cogieron una de las mesas redondas para, empujándola con fuerza como un ariete, intentar derribarla, pero el marco era demasiado estrecho y su objetivo, cerrado a un metro del mismo marco, imposible de alcanzar. Desesperado, Harald recordó que algunas de las armaduras llevaban hachas. Corriendo, separó los tapices en su busca. Todas habían sido retiradas. Mientras, uno de los invitados había desenfundado su pequeña pistola. Con determinación disparó a la puerta para intentar atravesar la madera de roble y el bronce que la remataba por el otro lado, un grueso de por lo menos veinte centímetros. Disparó varias veces sin conseguir nada. Mientras el salón rápidamente se llenaba de humo, otro corrió a las ventanas, disparando hacia ellas, una a una. Todos los cristales se partieron, pero el agujero que la bala provocó en la contraventana al atravesarla era una nimiedad en proporción al aire que necesitaban. Empezaron a coger las sillas para, una a una, estrellarlas contra la puerta. El daño a la superficie que los encerraba fue inexistente, pues las sillas se estrellaban contra las que las habían precedido. En una de las paredes, habían conseguido subir una mesa sobre otra y, encima de ellas, una silla. Una de las invitadas se subió a la torre de muebles y desde allí alcanzó la contraventana. Cuando vieron que giraba los cierres, todos se esperanzaron, pero Hilda también había pensado en eso. Todas las contraventanas estaban cerradas por fuera e incluso si hubieran sido fáciles de romper (que no lo eran) desde dentro era imposible tomar impulso o coger fuerza para hacerlo. Empujando, la mujer se deslizó hacia atrás, cayendo primero sobre la torre de muebles que había escalado y luego, con gran estruendo, sobre el mismo suelo. El primer invitado que fue consciente de su amargo destino buscó salir de ahí lo antes posible de la única manera que podía. Lanzó un «*heil* Hitler» al aire y, sin tiempo para detenerle, todos le vieron volarse los sesos con la misma pistola con la que infructuosamente había intentado abrir la puerta. El pánico era total y ninguno entendía que nadie los escuchara, pero Burg Fallstein era grande, sus paredes gruesas y el servicio se había acostado, tal y como decía Hilda en su nota. A los quince minutos, Gottfried Meyer cayó al suelo. A los veinte, varios yacían tumbados. No pasó media hora antes de que todos estuvieran muertos.

Hilda, la reciente condesa viuda de Fallstein, entró despierta y tranquila en el pueblo de Egling, que, adormecido, permanecía a oscuras salvo por una mortecina luz frente al lugar al que se dirigían, que se anunciaba pintado con letras germánicas en la pared: «Bayerisches Wirtshaus», leyeron. Aparcaron y llamaron a la puerta varias veces hasta que una luz se prendió en el interior y una mujer con malos humos les abrió la puerta en camisón. Los repasó con la mirada de arriba abajo. Tres adultos con buen aspecto, cada uno acarreando un niño dormido.

—Es muy tarde —dijo directa—. ¿Dos habitaciones? —preguntó queriendo quitarse el trance de encima lo antes posible.

—Sí —dijo Hilda—, la trece para mi marido y para mí, nos la han recomendado. La contigua para mi hermano. Los niños pueden dormir con nosotros.

—Estarán apretados, pero es preferible que tengan controlados a los críos. Síganme. La trece es nuestra habitación más solicitada, pero no son horas de llegar —replicó quejosa la posadera.

Ninguno respondió. La mujer los condujo por un pasillo corto, repleto de cuadros alpinos y un retrato de Hitler de mirada amenazante; subió al piso de arriba apoyándose en la barandilla y haciendo crujir el suelo, abrió las dos puertas y dio paso a sus huéspedes antes de hacer ademán de volver a la cama.

—Le agradezco mucho su hospitalidad —dijo Hilda abriendo su bolso—, no estaremos más de dos noches. —Le dio una buena propina. La posadera abrió un poco los ojos y sonrió por primera vez.

—Les prepararé un buen desayuno mañana —dijo intentando ser amable.

—No hará falta. Es tarde, descansaremos la mayor parte del día.

—Muy bien —dijo ella mirando al trío—, descansen entonces.

Se alejó camino de su cama y los dejó allí.

—Nadie nos ha visto llegar, pero esconderé el coche —dijo Bruno—, he visto una tapia entrando en el pueblo; tras ella, entre los arbustos, tardarán meses en darse cuenta de que hay un vehículo.

—Todos habrán muerto ya —dijo Hilda refiriéndose a los invitados de Fallstein.

—Sí —replicó Bruno.

—¿Y qué sientes? —preguntó José Manuel.

—Me alegré al salir de Fallstein..., pero ahora no siento nada. —Los miró alternativamente—. No siento nada —repitió sorprendida de aquel vacío.

—Recuerda esta sensación —le dijo Bruno abrazándola—. Te ayudará la próxima vez que te enfrentes a una situación similar. El resultado de vengarse suele ser decepcionante porque la alegría de la venganza siempre es efímera.

Se quedaron en silencio unos segundos. Luego ella reaccionó intentando no reconocer que aquello era exactamente lo que pasaba.

—Oh, cállate —replicó antes de darse la vuelta para entrar en la habitación.

67

Frau Bauer no podía creer que se estuviera enfrentando a aquella tragedia sin Fritz. Nadie sabía dónde estaba el mayordomo. Se llevaría un disgusto. Había visto crecer al *Graf* y ahora estaba muerto, tirado en el suelo de un salón en el que los cadáveres se repartían por cada rincón. A primera hora de la mañana una de las muchachas encargadas de limpiar y preparar las numerosas chimeneas se había sorprendido al encontrar el salón de armaduras cerrado con una cadena, pero fue el humo que se colaba por debajo de la puerta lo que la alarmó de verdad y la animó a despertar a *frau* Bauer, la persona al mando del servicio cuando *herr* Fritz no estaba. El ama de llaves se asustó mucho y mandó llamar a un mozo de cuadra que con un hacha y varios golpes consiguió partir la cadena. El humo, concentrado, negro y espeso se abalanzó sobre los que esperaban a entrar en el salón. *Frau* Bauer ordenó primero que abrieran las contraventanas, que extrañamente estaban aseguradas por fuera, y vio cómo, poco a poco, la oscuridad del humo se disipaba dejando paso a la de la muerte. Porque estaban todos muertos. Todos los invitados al cumpleaños del conde. La imagen era patética porque se presentía lo que habían sufrido y lo que habían intentado en su desesperación por salvarse. Algunos estaban cerca de las ventanas, otros se acurrucaban contra las esquinas del salón. Dos habían muerto sentados cogidos de la mano. Encontraron enseguida al conde y buscaron desesperadamente a la condesa antes de fijarse en ningún otro cadáver. Al no hallarla, la buscaron tres pisos más arriba, en su habitación, cuya puerta estaba cerrada por fuera. Al abrirla encontraron a una mujer inesperada. Anna Knapp, la novia del oficial invitado, se había salvado al quedar encerrada en la habitación.

Estaba aturdida por la resaca y tardó en recordar. Al cabo de un rato, mientras *frau* Bauer la escuchaba con tanta paciencia como ansiedad por volver al salón de armaduras, recordó que había ido a la habitación con la condesa, por lo que el ama de llaves supuso que su señora era quien la había encerrado. Nadie la encontraba, tampoco a Ernst. En el tocador faltaban algunas joyas y la foto de sus padres que había en la mesita de noche. Supieron que se había ido y, sin que hiciera falta demasiada agudeza, imaginaron que estaba detrás de aquella tragedia.

A mediodía la Gestapo ya estaba allí. Casi a la vez llegaba Fritz, cuya indignación por haber sido abandonado a su suerte por Bruno Lippe mutó rápidamente en consternación e incredulidad. Los agentes no tuvieron duda: Hilda y Bruno eran una pareja de asesinos, un dúo con motivaciones subversivas. Al investigar al hombre, averiguaron que estaba en busca y captura desde hacía años. Todo cuadraba. La fotografía de ambos fue de comisaría en comisaría, de cuartel en cuartel de los Alpes a Escandinavia y los Pirineos, desde los Países Bajos hasta el frente ruso. La noticia de la matanza enseguida llenó las conversaciones de muchas mesas del Reich. «La condesa asesina» se convirtió de pronto en uno de los personajes más conocidos y odiados. En alguien que había que capturar fuera como fuera. Sabiendo que era española, el foco lógico de atención se centró en la frontera con aquel país. Todos suponían que Hilda querría volver a casa.

Era cierto, Hilda pasó la noche en la hospedería de Egling acurrucada en la cama con Ernst y los hijos de Bruno, y cada uno de los sueños que no se vieron interrumpidos por las caras de sus víctimas la llevaron a España. A Barcelona, a los prados de la Cerdaña, a las estancias de la casa de sus padres. A su hogar. Cuando se despertaron, con los rayos del sol de mediodía entrando por su ventana, aquel deseo se había hecho más fuerte aún, pues no había vuelta atrás y llegar a su país era, además, su única salvación.

Habían llevado comida para cuatro días, y mientras daban cuenta de la del primero, invitaron a José Manuel a unirse a ellos.

Sentados en suelo, comieron con mesura mientras reflexionaban sobre los siguientes pasos.

Los hijos de Bruno, tristemente, habían vivido la fuga que los llevó a Fallstein, así que no necesitaron demasiado aleccionamiento sobre lo que estaba pasando y cómo debían comportarse. Ernst también parecía entender a su corta edad que debía permanecer callado y no entorpecer lo que quiera que Hilda estuviera haciendo. No pensaban salir de la habitación, pues querían seguir las instrucciones que les habían dado al pie de la letra. Tenían que esperar allí pacientemente. Si lo que el guía le había dicho era cierto, no acabaría la segunda noche sin que los recogieran. En previsión de que así fuera, Bruno dejó pagadas las habitaciones.

A media tarde, Hilda llevó a los niños al cuarto de José Manuel y los acostó allí, donde se durmieron rápidamente. Era más práctico que luego estuvieran despiertos y pudieran andar si los planes para las próximas horas se cumplían. A las once, cuando ellos mismos estaban también descansando entre la cama y la butaca de la habitación, alguien llamó a la puerta. Bruno se levantó como un resorte para abrirla mientras los otros dos observaban con atención. En cuanto giró el pomo, un hombre empujó la puerta para entrar y la cerró silenciosamente tras él.

—Pensaba que habría niños —dijo sin presentarse.

—Los hay, tres, en la habitación de al lado —intervino Hilda.

—Son ustedes uno más.

—Lo somos. Este hombre es un prófugo también. —Apoyó una mano en el hombro de José Manuel.

—Será más fácil así. Cada uno se puede ocupar de un niño. ¿Su coche?

—Está escondido a la entrada del pueblo.

—Bien, deme las llaves. Lo primero que haremos será hundirlo en el río. Los nazis lo estarán buscando. Esperen aquí hasta las cinco de la mañana. Entonces pasará el camión de la leche por delante de la posada. Cuando pare, tendrán dos minutos, tres a lo sumo, para bajar las escaleras y subirse a la parte trasera. El conductor está con nosotros, pero no hablen y actúen como si no fuera un cómplice. Es importante que entiendan que mucha gente arriesgará la vida por ustedes y que, si no siguen las instrucciones al pie de la letra, pueden morir. Además, lamento informarlos de que no han podido elegir ustedes peor momento para fugarse.

—No lo hemos elegido. En cualquier caso, ¿por qué es tan funesto el día de hoy concretamente?

—Claro, llevan todo el día aquí. No se han enterado de nada. Pues bien, básicamente el Estado francés de Vichy ha sido invadido completamente por las tropas alemanas. No han opuesto resistencia, tan solo han acuartelado a su Marina en Toulon. Pétain ha radiado un comunicado mostrándose tan airado como vencido, declarando roto el armisticio de 1941. Es ridículo. La Gestapo se implantará en todo el territorio y todas las demás fuerzas nazis también. Hitler se enfureció cuando las colonias francesas del norte de África se unieron a los aliados hace pocos días. La consecuencia de todo ello es que, si bien las fuerzas del orden de Vichy se han mostrado muy colaboradoras con el régimen nazi, probablemente ahora, con la Gestapo al mando, el control de las fronteras sea más fuerte aún. Y su hazaña... Permítame que la felicite por su valentía, pero la ha hecho a usted famosa. Una aristócrata alemana que acaba con su marido y dieciséis prominentes nazis... Eso será difícil de olvidar. Deben extremar las precauciones. —Los miró a la cara y luego abrió el zurrón que llevaba colgado—. Les he traído algunas cosas. Lamentablemente no tenemos pasaportes nuevos para todos. Quizás en otro punto podamos hacer algo, aquí de momento no es posible. Tendrán que valerse con esto.

Les tendió dos documentos. Hilda y Bruno cogieron cada uno uno. Al abrirlos, ambos miraron con interés la foto. Un hombre y una mujer.

—Son *ausweis*, documentos de identificación. Permiten viajar por el Reich. Pero lo mejor es que no los paren. Como ven, las fotografías..., bueno, he traído tinte de pelo..., y usted deberá dejarse crecer el bigote como el hombre de su documento. Por desgracia no podemos esperar a que lo haga. Deben intentar de alguna manera parecerse a estas personas. Sus caras son muy... comunes; las de ustedes, no tanto. No tenemos nada mejor de momento. Pero es mejor que nada.

Eso era exactamente lo que el contacto tenía para José Manuel: nada. No estaba previsto que estuviera allí.

—Tengo mi pasaporte español.

—Si le detienen, no lo muestre. Tan solo enséñelo en controles menores. Entiendo que también le buscan.

—Sí, por espía.

—Ya. Bueno, son ustedes un grupo..., digamos que *atractivo* para cualquier agente. La mayor parte de los fugitivos no han sido detenidos y hemos esquivado muchos controles. Pero si ven la huida fácil, huyan antes de que los paren. Esta noche empezará todo. No se bajen del furgón de la leche hasta que se lo digan. No bajen aunque tengan que pasar la noche en él. El guía que los acompañará hasta España los recogerá. ¿Está claro? —Los tres asintieron con la cabeza—. Muy bien. Usted tíñase el pelo —le dijo a Hilda. Luego miró a Bruno—, y usted también. Tiene más cara de alemán que los hijos de Goebbels. —Sonrió un poco, se levantó y, sin decir nada, salió de la habitación.

Nunca más lo verían.

68

En Buchenwald, Heidi, delgada, con el pelo rapado y desdentada de los incisivos, era una persona completamente distinta por fuera, pero por dentro seguía siendo la misma. Lejos de amedrentar su carácter, de cercenar su determinación o hacer palidecer sus ideas, la experiencia de la infravida en aquel lugar le había hecho sentirse orgullosa por todo el mal que había infligido al régimen nazi. Si muchos más hubieran actuado como ella, estaba segura de que Alemania sería otra. Con todo, estaba asustada. Intentaba que no se lo notaran, intentaba privarles de esa vil satisfacción, pero lo estaba. En Buchenwald lo peor que le podía pasar a cualquiera era destacar, conseguir que los ojos de los oficiales y los guardias se posaran en uno. Cuando lo hacían, siempre era para infligir algún mal, realizar algún experimento, inocular alguna enfermedad, ensayar alguna tortura. No, lo mejor era ser invisible. Camuflarse entre el resto de cuerpos grises, de pelos escasos y andares tristes. Lamentablemente, tras el recuento de la mañana, había sido apartada y llevada a uno de los barracones de los oficiales. Había destacado. Esperó de pie, con el gorro entre las manos, rezando cada una de las oraciones que solo había recuperado tras cruzar las puertas del campo.

Un hombre uniformado de las SS le hizo esperar mientras acababa de apuntar en un papel frente a él. Luego se levantó y dio una vuelta alrededor de ella, lentamente. Acercó la cara a su nuca y Heidi notó su respiración. Creyó que la estaba oliendo. Se separó y se puso frente a ella. Le miró las manos.

—Bien —dijo—. ¿Cúal es tu nombre?

—Me llamo Heidi Klein —respondió ella conteniendo el temblor.

—Ya. ¿De dónde eres?

—De Hamburgo.

—Muy bien. —El hombre se dio la vuelta y cogió una hoja para leerla en silencio—. Eres espía. Por eso estás aquí. Has traicionado al Reich.

—No lo soy. Lo he repetido muchas veces —mintió a sabiendas de que no serviría de nada.

—Bueno. Sí que lo eres, está claro. Una espía menor. Una tonta fascinada por la aventura, dispuesta a traicionar a su país y a su Führer. Da igual. Te vamos a trasladar.

—¿Trasladar? —Heidi se asustó. Los traslados implicaban casi siempre la muerte. Lo decía todo el mundo y ella lo creía—. No, por favor —suplicó—, trabajaré más. Puedo hacerlo. Déjenme quedarme en Buchenwald.

El oficial se la quedó mirando en silencio. Luego, divertido, lanzó una carcajada breve.

—Estúpida, claro que te vas a quedar. Hoy es tu día de suerte. Vamos a trasladarte al barracón de aislamiento. Allí atenderás a los presos. Limpiarás el lugar y harás todo lo que te digan. Trabajarás mucho, pero de forma menos dura.

En Buchenwald los presos se ocupaban de la fabricación de materiales de armamento, acarreaban metal de un lado a otro, movían maquinaria pesada y las jornadas eran interminables, tanto que cada día moría alguien delante de ella, desplomándose de pronto, víctima de un ataque al corazón o cualquier otra afección con la que el cuerpo decía «basta». Trabajar limpiando era, sin duda, una opción mucho mejor. Como siempre, no creyó una palabra hasta comprobarlo. Tampoco sabía qué era el barracón de aislamiento.

Una guardia entró en el despacho y la cogió del brazó para empujarla hacia fuera. Luego, a golpes, la subió a una pequeña furgoneta. No pasaron ni diez minutos antes de que la hiciera bajar. Desde allí, de nuevo a empujones, la llevó a un lado del barracón al que habían llegado. Era diferente a los que había visto. De entrada, estaba separado del resto del campo y ubicado en pleno bosque. El recinto estaba vallado con altas alambradas y fuertemente vigilado por numerosos guardias, quizás una docena. La construcción parecía mejor que las que conocía y estaba rodeada por un jardín en el que varias personas tomaban el aire en las sillas repartidas por toda su extensión. Frente a una puerta secundaria, una mujer la esperaba. Llevaba vestido con delantal y su aspecto era diferente al de las guardias, más hogareño, aunque igualmente severo. La guardia la dejó allí y Heidi esperó en silencio hasta que la mujer habló.

—Eres afortunada. Eso es lo primero que debes saber. —Heidi no se sentía así desde hacia meses y no creía que pudiera aplicarse tal palabra en ese contexto. —Estás en el barracón número 15, el de aislamiento. Yo soy una presa igual que tú, aunque no te importa por qué. En este barracón están detenidas las personas importantes. Industriales, políticos, aristócratas, altos mandos enemigos... Son una cincuentena y todas tienen nombre falso, así que no sabrás quiénes son. Se les da un trato preferente sobre el resto de los presos, comen más, están menos hacinados... Sobre todo, su gran privilegio es estar apartados del campo principal. Todo es más limpio, más salubre que allí. También nuestra habitación, que compartirás conmigo y otras dos chicas. Tu trabajo será limpiar. Desde el alba hasta la noche. Todo el rato. Solo puedes parar cuando te lo indique yo. No hables con nadie. No seas curiosa. Tu aspecto es lamentable, pero imagino que es de lo mejor que hay por aquí si no enseñas esa boca sin dientes. También pareces más limpia. Esas manos..., esas son las que te han traído aquí. Has tenido mucha suerte. No la desaproveches. No me metas en líos. Ya sabes cómo funcionan las cosas en Buchenwald. No te dejes engañar por lo que ves aquí. Los guardias son guardias y las alambradas y concertinas son lo que son, aunque rodeen un jardín. Un error y serás llevada de vuelta o te pegarán un tiro en el bosque. No sería la primera vez. No pises en falso. —La miró con los brazos en jarra—. ¿Entendido?

—Sí —respondió ella esperanzada por primera vez desde que había llegado al campo.

—Pues sígueme. Empezarás por las letrinas.

Heidi obedeció. Tal como era la vida en Buchenwald, limpiar letrinas era un privilegio mayúsculo, una garantía de que no moriría mientras lo hiciera. No pudo quitarse la sonrisa de la cara en todo el día.

No era difícil suponer que estaba rodeada de gente prominente, cualquiera se hubiera dado cuenta al poco de entrar al barracón número 15. Pese a que muchos ocultaban su identidad, la mayoría sabía quién era quién. Muchos eran miembros de grandes familias aristocráticas o industriales, pero también había políticos importantes. Tras cruzar la mirada varias veces con uno de los hombres, cuyo rostro le resultaba familiar, reconoció en una cara redonda con fino bigote blanco y facciones ablandadas al general Gamelin, que había sido el comandante en jefe del Ejército francés. Tampoco tardó en reconocer a Carmen de Baux, una de las más afamadas anfitrionas de París, que se había casado con un poderoso empresario judío alemán, o a Paul Reynaud, que había sido primer ministro de Francia. Muchas otras caras le resultaron conocidas y el ambiente, pese a la severidad del campo, era totalmente diferente al que vivían los presos comunes. Los ilustres que se beneficiaban del barracón número 15 aún parecían tener voluntad y orgullo, esperanza y fe en un futuro diferente, sentimientos todos que eran difíciles de encontrar en la mayoría de los presos comunes de Buchenwald, que eran tratados peor que animales y cuya humanidad los nazis se esmeraban en pisotear a diario. Comían poco y mal, mucho menos de lo que era costumbre para cualquier hombre libre, pero infinitamente más que el resto de los presos. El privilegio mayor era que no trabajaban y, cuando se iban a dormir, lo hacían en una cama solo para ellos y en un lugar razonablemente limpio, donde era menos probable ser comido por los piojos o contraer alguna de las enfermedades que, cada pocos meses, diezmaban a los reclusos. El enemigo, pese a su crueldad, era menos severo con ellos. El barracón número 15 era el mejor lugar en el que un preso de Buchenwald pudiera estar.

Y ella estaba allí.

69

Cuando Gustav Wagner recibió la noticia de que Hilda Fallstein era sospechosa de haber asesinado a diecisiete personas (incluyendo a su marido) y estaba desaparecida, supo que estaría intentando llegar a España. Definitivamente las primas Sagnier no eran lo que parecían. Donde de entrada había visto a dos admiradoras del Reich en realidad se ocultaban dos convencidas detractoras. Era decepcionante. Estaba seguro de que Hilda intentaría cruzar la frontera por la Cerdaña, el lugar que mejor conocía. Aquel donde había pasado los veranos en familia y donde su prima más cercana estaba ayudando a muchas personas a pasar. Inés le había engañado muchas veces, pero la venganza que preparaba compensaría cada uno de aquellos engaños. Apresaría a su prima. Lo tenía todo a su favor.

Las tropas alemanas habían ocupado ya totalmente el Estado francés y las SS y la Gestapo finalmente podían actuar en todo el territorio. Él, que había esperado pacientemente durante dos años en un pueblo pequeño sin emoción alguna, sin un mando claro sobre nadie, había sido recompensado con el ascenso a *obersturmführer* de toda la región de la Cerdaña francesa. Quizás Hilda fuera detenida antes de llegar a la zona que él controlaba, pero deseaba con todas sus fuerzas que no fuera así. Que fuera él quien la descubriese y que, por el camino, pudiera apresar también a Inés y a su marido.

Conseguir detener a alguien cuando estaba a punto de llegar a su destino, a la libertad, era doblemente satisfactorio. Aquellas caras derrotadas eran la vitamina que necesitaba para seguir trabajando con determinación. Ganaría aquel pulso a la española cuando ella menos lo esperara.

La vigilancia a las residencias de los Hermanos de los Cristianos había funcionado, o eso creía. No habían procesionado más. No habían cruzado la frontera. Nadie nuevo se había alojado en Villa Roselande. Todo estaba tranquilo. Demasiado. Cuando la actividad se detenía de pronto, Gustav sabía que alguien había dado la voz de alerta, que tal vez estuviera mirando en dirección equivocada.

Aquella tarde reforzó la vigilancia en todos los pasos fronterizos y en las carreteras que llegaban hasta los pueblos de la Cerdaña francesa. Desplegó sus tentáculos por los caminos de montaña y ordenó una revisión constante y exhaustiva de los hoteles, posadas y pensiones de la zona. No escaparían. Luego, llamó a Barcelona y ordenó que se vigilara más intensamente a Inés Sagnier y a su marido. Cuando le informaron de que ambos se habían ido a su casa de campo, no tuvo reparos en pedir que un agente se desplazara hasta allí.

Y obedecieron, cómo no. A los pocos días un Renault oscuro aparcaba en una bocacalle de la localidad de Cunit, a pocos kilómetros de Villanueva y la Geltrú y a algunos más de Barcelona, y un hombre que nadie conocía bajaba de él y se alejaba rápidamente a pie del lugar, en dirección a la sierra de San Antonio, la pequeña sucesión de colinas de poca altura que cerraba el valle de la finca del mismo nombre. A mediodía ya estaba apostado en el monte que llamaban Gandaya, observando escondido entre lentiscos la gran masía dieciochesca que presidía la llanura a sus pies. La masía de San Antonio era enorme, pero desde donde estaba parecía una maqueta, un escenario en el que se distinguía perfectamente lo que sucedía: los niños jugaban en el jardín vigilados por dos niñeras. En la mesa de la terraza un hombre leía el periódico. Dos mujeres cortaban flores en la rosaleda cercana. Más allá, todo eran viñedos preparándose para el invierno y densos bosques de pinos. Se puso los prismáticos para ver cómo aquella familia burguesa se abstraía del mundo, indolente y ajena a las sospechas que los acechaban.

Cuando oscureció, bajó la colina y fue hasta la misma puerta de la casa. Inspeccionó los coches y revisó la basura sin saber qué buscaba. No encontró nada. Se subió fácilmente al tejado del garaje por su extremo más bajo, a pocos metros de la casa, y pudo ver lo que pasaba en el primer piso.

Reconoció a todos los que estaban en los salones. Los Wiesner. Los Bultó. La niñera Magda y su madre. Tras haberles perdido la pista en Barcelona, una de las opciones era que los judíos fugados estuvieran acogidos por los Bultó, lo que reforzaba más las sospechas sobre ellos. Inés parecía preocupada por su bienestar, y sus invitados, sinceramente complacidos con la estancia. No era para menos, pensó: aquel lujo hubiera sido agradable para cualquiera, más aún si era un refugiado sin dinero ni futuro. A las doce, cuando, una a una, las luces de la casa se empezaron a apagar, se descolgó de donde estaba, silencioso como un gato. Pero no lo bastante.

Se estaba limpiando los pantalones a palmadas cuando oyó un gruñido tras él. Se volvió asustado y lo que vio lo asustó aún más. Un boyero suizo de enormes dimensiones le enseñaba los dientes amenazante. Sabía que lo peor era correr. Extendió la mano haciendo ademán de acariciarle la cabeza, pero el perro reaccionó enseñando más los dientes. Sin saber qué hacer, metió la mano en la bolsa que llevaba colgada al hombro. Llevaba un pequeño revólver, pero un disparo alertaría a todos los que estuvieran en la casa. Sacó los prismáticos. Tendría que valer con eso. Se acercó unos centímetros y, sin dudarlo, los lanzó con todas sus fuerzas contra la cabeza del perro, en la que golpearon para luego caer y deslizarse debajo de uno de los coches aparcados en el patio delantero. El animal se aturdió tan solo unos segundos, los suficientes para que él pudiera volver a subirse al tejado del garaje. Enseguida se puso a ladrar de manera insistente. Él gateó tan rápido como pudo por el tejado en dirección a la otra punta del edificio, del que, pese a la mayor altura, no dudó en saltar para escapar del lugar corriendo.

La noche siguiente esperó con paciencia a localizar al perro antes de acercarse. Eran las nueve cuando saltó la verja que daba al patio trasero del edificio. Allí ningún perro podría molestarle. Vestido de negro, escondido entre las sombras, era difícil de ver a pesar de estar justo debajo de las ventanas de uno de los salones de la planta superior, desde donde oía las conversaciones. Estaba atento a las trivialidades que el grupo comentaba cuando, de repente, se callaron.

—Ha llegado un coche —dijo Pablo.

—¿Esperamos a alguien? —se extrañó Inés.

—No. —Se hizo el silencio y el agente supuso que se habían asomado a la ventana.

—Es mamá —dijo Inés sin alegría en sus palabras—, ha pasado algo. Mi madre jamás se presentaría aquí sin avisar. —El espía oyó cómo la puerta se abría y todos bajaban las escaleras para recibir a la mujer. Durante unos minutos no captó nada de lo que sucedía. Después, la luz de la ventana que tenía más cerca se encendió. Escuchó atento a Inés hablar.

—Mamá, me estás asustando. Dime, por favor, qué es lo que sucede, ¿es algo con papá?

Imaginó a la madre de la española sentándose y bebiendo antes de hablar. Eugenia era una mujer fría y dura que había sobrevivido a una guerra con valentía y rara vez se alteraba, pero su voz esa noche revelaba su impresión. Incluso su aspecto, siempre impecablemente arreglada, sus ojos azules y profundos y su mentón altivo parecían tocados por la consternación.

—Es una desgracia horrible, hija mía. Se trata de tu prima Hilda.

Inés se alarmó de forma que el agente estuvo seguro del afecto que la unía a ella.

—¿Hilda? ¿Qué es lo que le ha pasado a la prima? ¿Está bien?

—No sabemos cómo está. No tenemos la menor idea. Vengo de casa de sus padres. Desde allí he pasado por el club para avisar a papá y he pedido a Braulio que me trajera directamente aquí. Los padres de Hilda..., los pobrecitos... Hace unos días les visitaron unos hombres que no conocían. Eran alemanes. Les preguntaron por el paradero de su hija. Claro, tus tíos se asustaron. Dijeron que estaba en su castillo, en Baviera. Por lo visto habían hablado hacía pocos días con ella. El caso es que les explicaron que Hilda está perseguida por la justicia. Por lo visto ha matado a su marido, a Harald, y a dieciséis personas más que tenía de invitados.

—Eso es imposible —dijo Pablo atónito.

—Del todo —confirmó Inés, que no estaba tan segura. Conocía a Hilda desde pequeña. Su determinación, su valentía... Si había matado a esa gente habría un motivo..., y estaban en guerra. Ella también había hecho cosas inexplicables durante la guerra española.

—Eso pensé yo. Dicen que los encerró en una habitación y los gaseó. No entiendo cómo puede hacerse eso, aunque tu prima siempre fue muy..., muy extrema, muy radical en todo.

—El mundo a su alrededor es radical, mamá.

—Harald era encantador —dijo horrorizada—, no merecía morir. No puedo creer que Hilda lo matara. Tiene que ser un error. Tus tíos no tienen más información. ¿Puedes imaginarlo? Te visitan dos hombres que no conoces y lo siguiente que sabes es que tu hija es una asesina múltiple. Les enseñaron la orden de busca y captura. Qué espanto. Con lo que me gustaba Harald.

—Harald os gustó porque era de buena familia, cazador y sí, lo poco que le conocimos, encantador. Pero Hilda vivía con él, ella es la que conocía realmente a su marido. Ya sabes que era un ferviente nazi.

—Tenemos muchos amigos alemanes que lo son —apuntó Eugenia.

—Si saben lo que están haciendo los suyos, quizás deban empezar a replanteárselo.

—Ya, sí..., hija mía, los judíos y todo eso. Nunca lo he creído del todo. No puede ser posible. Son gente educada, culta..., eso escapa a la razón, no pueden ser tan viles..., es imposible —comentó Eugenia moviendo la mano como para indicar que aquello eran solo rumores.

—Te puedo presentar a tres personas que te abrirán los ojos.

—Todo cambia según la perspectiva con la que se mire, hija —insistió Eugenia.

—Ah, no. Eso no. Eso no admite discusión. Mañana los Wiesner te explicarán su experiencia, quieras o no. Estoy harta de tu ceguera.

—Hija, yo... estoy aterrorizada por tu prima. Sus padres están destrozados. Por lo visto está siendo buscada como una criminal por toda Europa. Te imaginas, ¡una Sagnier criminal! Esto marcará a toda la familia. Pero aún no han dado con ella. Está fugada. Dios quiera que este entuerto se aclare. Quién sabe si volveremos a verla. Tu prima... ¡una fugitiva! No puedo ni pensarlo.

Inés supo en ese instante que Hilda estaba tratando de llegar a España. Lo haría por la ruta que ella misma había ayudado a crear.

La que pasaba por el castillo de Fallstein y acababa en Puigcerdá. Miró a Pablo, que estaba pensando exactamente lo mismo. Él negó con la cabeza intentando disuadirla de una decisión que ya estaba tomada. Inés se acercó a su madre y le pasó el brazo por el hombro. Eugenia siempre evitaba el contacto físico, incluso llevaba guantes en su empeño de protegerse de los que la rodeaban, pero aquella noche aceptó la muestra de cariño.

—Ve a dormir mamá, pediré que te preparen la habitación de las flores.

—No, hija, no... —dijo llevándose un pañuelo a la nariz para sonarse silenciosamente—. Es espantosa y cursi. Tu suegra tiene un gusto horrible —dijo recuperando algo de su carácter.

—La azul entonces.

—Sí, mejor.

—Te acompaño. Tienes que descansar.

Tras la ventana, en el exterior, el agente que los vigilaba se alegró. Esa conversación, o mejor, la reacción que provocara arrojaría mucha luz.

Cuando al día siguiente, de nuevo desde el monte Gandaya, vio el coche familiar de los Bultó abandonar la finca supo que Gustav Wagner podía esperar a Inés en Puigcerdá.

70

Doce días. Doce días moviéndose durante la noche, por las esquinas, como ratones, como los proscritos que eran. Ella, que hacía no tanto entraba en las grandes fiestas y era el centro de atención, que se afanaba en no pasar desapercibida, de pronto quería todo lo contrario. Del camión de la leche pasaron a uno de ganado y de ese a caminos que recorrían campos y bosques en los que el frío era un compañero añadido. Durmieron en establos y refugios de montaña, en casas de gente que no los conocía, pero estaba dispuesta a arriesgar la vida por ellos. La comodidad física, el confort, se convirtió en un recuerdo cada vez más lejano. No importaba, prefería dormir con Bruno y Ernst sobre el suelo que en colchones de pluma junto a Harald. Hilda miraba a Ernst subido a la espalda de Bruno y sabía que finalmente seguía el camino correcto. Qué absurdo había sido dejar que otros eligieran por ella, qué injusto era que la hubiesen encarado en una dirección que tenía que recorrer sola. Nunca más, se dijo agotada sonriendo en la oscuridad. Nunca más viviría la vida que otros le habían preparado.

Habían avanzado a buen ritmo y tan solo pasaron miedo en una ocasión en la que, escondidos entre las balas de paja de un camión, el vehículo se detuvo en un control y los guardias revisaron desde la carretera su carga. Se habían quedado quietos, sin atreverse a respirar, hasta oír que el motor se ponía en marcha otra vez y seguían circulando. Los acompañaba un guía alto y flaco, con mirada inteligente y barba oscura, que apenas hablaba. Cuando lo hacía, todos, hasta Ernst, escuchaban y obedecían. Se hacía llamar Lazarus y les había dicho que su fuga debía ser la más veloz de todas, ya que no sabían de qué manera se desplegarían las fuerzas alemanas por la Francia de Vichy ni qué rutas podían quedar anuladas. En cada parada recibía información que guardaba y administraba para llegar al siguiente punto. Hilda y Bruno lo habían visto antes, cuando en repetidas ocasiones pasó con varios grupos por la cabaña de cazadores de Burg Fallstein. Era tranquilizador. Estaban en manos de un guía muy experimentado.

Acabaron de andar bosque a través, casi escalando por un monte cubierto de altos pinos, y llegaron a un camino de montaña cuya tierra, más clara, parecía brillar en la noche. También brillaba súbitamente el cielo, abierto y estrellado sobre ellos y presidido por la luna rodeada de un halo frío. Estaban todos cansados y los niños caminaban cada vez más pesadamente. El guía, que lo sabía, les dio esperanzas a todos al señalar un punto en el horizonte cercano.

—En media hora llegaremos. Podrán descansar —dijo escueto y creíble.

Hilda se acercó a Bruno. Era una suerte contar con su fuerza. Llevar a un niño tantas horas a cuestas hubiera sido imposible para ella.

—Siento que tengas que acarrear a Ernst. Es muy pequeño aún.

—No lo sientas. Quiero a este niño. Nunca lo dejaría atrás.

Que Bruno quisiera lo que ella más quería era tan bonito como que la quisiera a ella.

—Me siento afortunada —reflexionó—. Pensaba que mi fortuna era mi castillo, mis fiestas, pensaba que tenía lo mejor..., pero nada en mi vida ha sido tan bueno como teneros a ti y a Ernst a mi lado.

—Eso es muy bonito.

—Es bonito porque es verdad.

—Ya falta menos. Lo lograremos. Viviremos sin miedo, estoy seguro —dijo Bruno dando ánimos al cuerpo agotado de Hilda.

—Yo... —dijo ella mirando hacia el cielo, sintiendo cómo sus ojos se humedecían—. Me gustaría vivir cien años... para hacerte feliz los cien. Pero, si no lo logro, me gustaría que fueras feliz... Yo quiero que seas siempre feliz. Porque el amor es eso, ¿no? Querer que el otro sea feliz... Lo demás son tonterías. Prométeme que serás feliz. Que Ernst lo será también.

—Escúchame —le dijo él cogiéndola de la mano—, los dos seremos felices, ¿entiendes? Los dos. Nos haremos viejos juntos y, aunque no te puedo prometer que sean cien años, te aseguro que valdrán como mil.

—Eso espero. Pero para mí ya ha compensado. Incluso haberme casado con Harald compensa si a cambio os he conocido a ti y a este pobre niño. Prométeme que serás feliz. Hazlo.

Bruno le apretó la mano un poco más. No quería ni imaginar una vida sin Hilda, pero era una posibilidad. No sabía si lo lograrían, y pensó que la voluntad a menudo choca con la realidad.

—Te lo prometo. Seré feliz y haré feliz a Ernst. Lo haremos los dos, pero si uno de los dos falla, cumpliremos esta promesa.

—¡Ya estamos! —se escuchó decir a José Manuel, que avanzaba por delante de ellos con los dos hijos de Bruno cogidos de la mano.

Habían llegado a un centenar de metros de la cima de la montaña, donde la vegetación de pinos y abetos empezaba a menguar y la de los arbustos se hacía más densa. Frente a ellos, un par de enormes rocas parecían estar listas para rodar montaña abajo. Se colaron entre ellas tras el guía: una abertura daba acceso a un pequeño hueco entre la montaña y las piedras, bien escondido y techado con pizarra. A un lado, varias mantas se amontonaban dobladas; al otro, una ruda estantería de madera con algunas latas de comida. Lo mejor era la hoguera, lista para que la encendieran y bien surtida de madera para alimentarla. La alegría y el alivio colmó la llegada y, tras cenar lo que Lazarus decidió, todos se durmieron rápidamente apoyados los unos contra los otros.

Bruno se despertó pocas horas después al notar que el fuego había bajado. Se separó con cuidado de Hilda y se acercó a la hoguera para poner un par de leños. Observó la estampa de aquellos fugitivos en busca de la libertad, unos apoyados en los otros, los niños acurrucados junto a Hilda y ella profundamente dormida. No vio a José Manuel, así que salió en su busca. Desde donde estaba distinguió su silueta recortándose contra el cielo estrellado: estaba sentado en una peña desde la que se veía un mar de montañas oscuras. Antes de que estuviera a su lado, el español ya lo había visto venir. Estaba fumando.

—¿Insomnio? —le dijo José Manuel tendiéndole un cigarrillo.

—Ninguno. Podría dormirme ahora mismo. Estoy cansado, pero he visto que no estabas. ¿Te encuentras bien? —preguntó Bruno.

—Me cuesta dormir. Me pasa desde que Heidi fue capturada. Cuando consigo descansar, conciliar el sueño, me siento culpable.

Llevaban días juntos y todos conocían la historia de José Manuel y Heidi. Él no les había dado detalles de su misión como espías y ninguno había preguntado aunque todos lo sospecharan. Bruno dejó que hablara.

—Llegaremos a España, pero una parte de mí se queda aquí. Aunque escape a la lógica, siento que estoy traicionando a Heidi. Siento que debería ser yo el que estuviera en Buchenwald.

—No tiene ninguna lógica, pero te entiendo. Comprendo tu angustia. En cualquier caso, por más que te martirices, no puedes hacer nada más que aprovechar la oportunidad que la vida te ha dado. Por desgracia, ella no tiene esa suerte.

—Heidi estaba convencida de que iba a morir. Me lo dijo varias veces.

—Por suerte para ti, eso no lo sabe nadie.

—No dejes que te pase —dijo José Manuel mirando hacia el cielo—, no lo permitas.

—¿El qué?

—No cruces la frontera sin Hilda. Si tienes que elegir, quédate tú, que crucen ella y los niños. Por lo menos no te sentirás como yo.

Ni Hilda ni Bruno habían hablado de su relación, pero no la ocultaban, por lo que no había hecho falta ninguna aclaración. Quizás otro se hubiera escandalizado, pero José Manuel ya había visto lo suficiente de la vida para comprender que muchas de las normas que la llamada «buena sociedad» imponía se desmoronaban en cuanto llegaban sentimientos de más calado.

—Sacrificaría mi vida por ella, si es a eso a lo que te refieres —aseguró Bruno.

—Lo sé. Pero a veces no puedes elegir. Hilda es una presa mucho más codiciada que tú. Una asesina de importantes figuras del Reich... No me extrañaría que hasta el mismo Führer estuviera pendiente de su captura.

Un escalofrío recorrió la espalda de Bruno.

—No dejaré que la atrapen.

—Yo te ayudaré. Si llegado el momento sucede lo peor, te quedarás con la tranquilidad de haber hecho todo para evitarlo. En una semana llegaremos a la frontera.

—Una semana —repitió Bruno mirando en dirección al sur que les esperaba.

71

Sin tiempo para pasar por su casa, que había permanecido cerrada desde su partida, Pablo condujo directamente a la iglesia de Puigcerdá. Eran las siete y ya era oscuro, aun así, Inés saltó rápidamente del coche y se coló en el templo intentando no ser vista. Su marido se alejó dejándola allí.

Hacía frío dentro y las estufas apenas conseguían que los feligreses no sintieran sus huesos entumecerse entre las sombras del lugar y la dureza de sus piedras. Olía a cera y a incienso. Fue a un confesionario y, tras las primeras palabras del sacerdote que estaba dentro de él, fue directa a lo que la llevaba allí.

—Padre, soy Inés Sagnier.

—Lo sé, hija. Te creíamos alejada del pueblo —respondió la voz grave y suave a la vez del padre Domènech.

—Lo estaba. Acabo de llegar. Necesito hablar con el padre Ginoux o enviarle un mensaje. Es urgente.

—Le veré pronto. Pero no debes cruzar la frontera en ningún caso. Estamos siendo fuertemente vigilados. Sé por varias fuentes que incluso algunos hermanos de otras diócesis sospechan de mí..., y la Cerdaña francesa está siendo barrida por la Gestapo. Todo está más controlado que nunca. No han dejado de vigilar tu casa. Se han parado mucho las actividades de los *passeurs*. Hace días que no nos piden ayuda. Sé que el padre Ginoux está muy preocupado y extremando la cautela. Quizás en unos meses podamos retomar las operaciones.

—¡No!, no —repitió más bajo—. Mi prima Hilda viene de camino. Huye de los nazis, que ansían capturarla. No aguantará en el otro lado mucho tiempo sin ser descubierta. No debería tardar en llegar..., supongo que el padre Ginoux y sus *passeurs* del Sanatorio des Escaldes la recibirán.

—Lo harán sin duda y la esconderán si llega a su puerta. Pero deberá esperar allí. Estate segura de que no arriesgarán. No se lo aconsejo, pero... si tu prima conoce la zona tan bien como tú y le urge cruzar..., deberá intentarlo por sus propios medios. Tal vez tú puedas ayudarla. Conoces la mayoría de los puntos de vigilancia, pues los recorriste con el obersturmführer Wagner, pero..., si quieres que la ayudemos, debes esperar. No podemos comprometer toda la red por una sola persona. Lo único que puedo hacer es pasarle un mensaje a Ginoux para que se lo entregue a tu prima. Podemos hacer de correo entre los dos lados de la frontera, pero de momento, solo las cartas deben cruzar con nosotros.

Inés no sabía qué decir cuando unas palabras resonaron en su cabeza.

—¿Ha dicho obersturmführer Wagner?

—Sí, tras la invasión final de los alemanes le han ascendido. Ahora es el mandamás en la Cerdaña francesa. —Se hizo el silencio—. Hija, míralo por el lado positivo. Si tienes que elegir a un enemigo, elige al que mejor conozcas.

—Eso he pensado —dijo ella levantándose—, eso he pensado —repitió mientras encaraba la salida de la iglesia.

Bajo un platanero, delante del Casino ceretano, Pablo le hizo señales con las luces del coche para captar su atención. Inés cruzó la calle corriendo. Sincronizándose con ella, en cuanto cerró la puerta del coche sonó un trueno y empezó a llover copiosamente. Pablo no quiso pensar que aquel fuera un mal augurio.

—No nos pueden ayudar. Al menos no tanto como siempre. Están siendo vigilados y la Gestapo está patrullando la zona, así que es demasiado peligroso actuar ahora —le adelantó ella.

—Pero tu prima...

—Sí. Hilda no aguantará mucho tiempo sin ser descubierta. Ahora está en movimiento..., pero la vigilancia aumenta a medida que se acerca a la frontera. Es como un embudo. Ahora puede estar en cualquier lugar de Europa. En unos días todos la esperarán en la frontera. En cualquier parte del Pirineo..., pero especialmente por aquí.

Pablo puso el coche en marcha y se dirigió a la Torre de San Fernando. La lluvia golpeaba con fuerza el coche y todo se había oscurecido aún más.

—No puedes cruzar la frontera. No podemos hacerlo ninguno de los dos. Sería como entrar en la boca del lobo. Seríamos atrapados sin remedio.

—Lo sé. Pero podemos guiarla desde aquí. Los sacerdotes se han ofrecido a hacer de correo. Podemos darle instrucciones, decirle por dónde debe entrar, conozco cada punto de...

Inés calló al ver que Pablo no la atendía. La miró unos segundos y con los ojos señaló a un lado de la avenida Schierbeck, que enfilaban en aquel momento. Frente a la entrada de su casa un coche negro con un hombre dentro vigilaba. Sin darse por enterados, el matrimonio Bultó metió el coche en el garaje y entró en la villa.

Gustav Wagner enseguida sabría que volvían a estar a su alcance. El final de la partida estaba cerca.

72

Una ambulancia sorteaba las curvas de la carretera que ascendía hacia el Sanatorio des Escaldes, a pocos kilómetros del pueblo francés de Dorres y a menos de diez de España. Era tarde y llovía, igual que había hecho las últimas cinco noches. El tiempo de la nieve tampoco tardaría en empezar. Estaban en diciembre y toda la naturaleza del valle pirenaico parecía mirar al cielo y guarecerse para la caída del manto que jamás fallaba en cubrirlos. El sanatorio, en lo alto, siempre tenía dificultades para no quedar aislado. La bendición veraniega de los aires de montaña tornaba en maldición cuando el invierno llegaba y el personal debía ocuparse de limpiar una y otra vez la carretera, que era su cordón umbilical con el resto de la Cerdaña. La Gestapo había vuelto a inspeccionar el vehículo, como en cada viaje. Los furgones suscitaban mayor sospecha. Levantaron las sábanas que cubrían a dos tuberculosos para verificar que lo eran y salieron rápidamente del vehículo. Estaban al borde de la muerte y, aunque solo con verlos se podía vaticinar su suerte, el coche que los seguía con dos sacerdotes no hacía más que confirmar la situación. Los dejaron seguir y los guardias se quedaron con la sensación de que necesitaban lavarse pronto si no querían acabar como los enfermos que acababan de ver.

Nada como lo extraordinario para ocultar lo normal. Nada como la sugestión para convencer. Nada como dos enfermos renales, mayores, agotados, amarillos y a dieta, para impresionar a dos jóvenes guardias alemanes. En la cabina, junto al conductor de la ambulancia, viajaba José Manuel, que fue el encargado de abrir las puertas traseras y hablaba perfecto francés. Bajo cada una de las camillas, atados al colchón, espalda con espalda con los falsos tuberculosos y mirando bocabajo, tapados por las sábanas que caían a media altura, los tres niños permanecían en silencio. Los guardias revisaron por encima el suelo entre las patas de las camas, pero a ninguno se le ocurrió mirar justo debajo del colchón. En el coche que seguía a la ambulancia, junto al padre Ginoux, Bruno Lippe mostró los papeles de falso eclesiástico que él le había proporcionado. El coche del sacerdote era tan pequeño que no les hizo falta revisarlo. No comprobaron que el depósito de veinte litros había sido cambiado por uno de cinco, ni que la rueda de repuesto había sido retirada, igual que la calefacción y el filtro de aire. Tampoco que el motor se había desplazado a un lado de forma que Hilda, en posición fetal, se había podido acomodar para viajar los veintiocho kilómetros que separaban el sanatorio del anterior punto en aquella ruta hacia la libertad.

Lamentablemente, el sanatorio solo era un escondite, pues nadie podía ayudarlos. No hasta dentro de unos meses. Eso les habían dicho y ellos habían comprendido el porqué de la situación. Con todo, una débil luz apareció en forma de carta de su prima Inés. Sin códigos, pues había viajado en la ropa interior del padre Domènech, donde Inés estaba segura de que ningún nazi la buscaría. Ginoux se ahorró aquel detalle al entregarla una vez todos se hubieron instalado en una de las habitaciones que el padre tenía reservadas para él.

Ella la leyó con atención.

Puigcerdá, 1 de diciembre de 1942

Querida prima, si has llegado hasta aquí es porque, como esperaba, pretendes cruzar por la frontera. Te puedo ayudar a hacerlo. Sé que puedo dirigir a la Gestapo hacia el lugar más lejano a donde lo hagas. En cuanto me confirmen que estás aquí, me pondré en marcha. No hagas nada sin mi consejo.

Sé que nos veremos pronto.

Te quiere,

tu prima Inés

Inés recibió la confirmación de que Hilda había llegado al día siguiente de que lo hiciera, de nuevo por boca del padre Domènech en el confesionario de la iglesia de Puigcerdá. Enseguida puso en marcha el plan que había elaborado con Pablo, que era tan solo una continuación del que había iniciado antes de irse de la Cerdaña. Un plan encaminado a despistar al enemigo, a hacerle mirar al sur si pensaban cruzar por el norte, a esperarlos un martes si pensaban actuar un jueves, a confiar en la sensación de que lo controlaban todo mientras lo hacían cada vez menos. Sabiéndose vigilada, empezó a recorrer uno a uno los lugares por los que no pensaba llevar a Hilda. Al rato de llegar a cada pueblo, detectaba a la persona que la seguía. Fue a Guils, a Saneja, a Aja, se acercó a la frontera desde la que se veía Latour-de-Carol y paseó por la ribera del pequeño rio Rahür, que separaba ambos países. El tercer día, en la linde de un prado cercano a Vilallobent, se subió a uno de los grandes fresnos que se veían desde el otro lado de la frontera y ató un gran pañuelo blanco a una de sus ramas más altas. Los siguientes dos días volvió una y otra vez al mismo punto. En un hueco en el tronco escondió una linterna con la que hacer señales. También un cuchillo, una cuerda y balas para la pistola que Pablo tenía. Luego se sentó durante horas y simuló dibujar un plano.

Cuando se alejó con su pequeño utilitario, el alemán que la vigilaba se acercó a donde la había visto actuar. Descubrió el fresno y lo que escondía sin dificultad, lo revisó todo y lo dejó allí. Parecía claro por dónde cruzaría la fugitiva, así que solo tenían que esperar. Corrió satisfecho a la comisaría para informar al *obersturmführer*, que tenía un especial interés en aquella operación y le felicitaría por su excelente trabajo. Tal como esperaba, al conocer aquello Gustav Wagner se relamió satisfecho. La venganza estaba próxima. Hilda Sagnier estaba en algún lugar de la Cerdaña, pero podían cesar de buscarla, sería ella la que los encontrara.

Mientras, Pablo había vuelto a San Antonio, donde se habían quedado los Wiesner. Sabiendo que no podía contar con los Hermanos de los Cristianos para cruzar la frontera por Llivia, acudió a la que conocía otro de los caminos para cruzar desde Francia, Athalia Wiesner. Pablo no lo sabía, pero Athalia había recorrido tres veces la ruta que le mostraría. La primera huyendo de los nazis, la segunda, de vuelta para matar a Dupuis, y la tercera para llegar otra vez a España, así que la conocía bien. Ella se ofreció a acompañarle a Puigcerdá, pero, plano en mano, Pablo estuvo seguro de que no le haría falta, pues la ruta estaba perfectamente clara. Desde un extremo de Latour-de-Carol, había que circular por la zanja de la vía del tren, pegarse a la tapia de la estación, de allí correr otra vez hasta la vía y, enseguida, tras unos matorrales, meterse por la tubería que desaguaba en el otro lado. En ese punto debían recuperar fuerzas para llegar al bosque y ascender por él hasta la cresta. En la cima, cuando el monte se despejaba, empezaba España. No era difícil, pero los alemanes tenían que estar lejos. Si su plan funcionaba, esperaba que el foco de atención estuviera en otra parte. El sábado volvió a Puigcerdá.

El domingo, tras la misa, Inés acudió al confesionario. Allí entregó una nota al padre Domènech, que el miércoles tenía capítulo con el padre Ginoux. El miércoles Hilda recibió la carta. Contenía las instrucciones de su prima y un plano detallado de la ruta de escape; también concretaba la fecha en la que debía realizarse la fuga, que agendaron para dos días después, el viernes noche o sábado de madrugada, lloviera o nevara, pasara lo que pasara. Hilda conocía la Cerdaña bien, y aunque las rutas de escape eran un misterio para ella, no lo era todo lo que podía encontrar en los prados y bosques de aquella zona. Lo más importante era que sabía reconocer las luces de los diferentes pueblos y orientarse.

Aguardaron hasta el viernes con más ansia que miedo, con la sensación de que no había nada más que pudieran hacer para asegurar su paso a España y decididos a obtener, de una vez por todas, la libertad. En dos días Hilda se dio más cuenta que nunca de lo que añoraba su país, del enorme deseo de poner punto final a un experimento de matrimonio y vida que había salido irremediablemente mal. Cuando desde su ventana del Sanatorio des Escaldes, con Bruno a su lado, observaba en el cercano horizonte la colina de Puigcerdá, las montañas del Cadí y el serpenteante río Segre, se llenaba de optimismo e ilusión, de esperanza por la vida nueva y finalmente feliz que les aguardaba. En los últimos días estaba tan segura del futuro que los esperaba, que Bruno, en vez de ilusionarse con ella, empezó a sentir miedo de que no fuera tan fácil conseguirlo.

El viernes por la noche se pusieron en marcha. Un enfermero del sanatorio informó de que no había controles más que en la frontera y que las carreteras estaban despejadas, así que pudo llevarlos hasta cerca de Latour-de-Carol. Tras pararse en un cruce, en unos segundos, tres adultos y tres niños saltaron de la parte trasera y rápidamente se metieron en la zanja que, paralela al terraplén sobre el que circulaba el tren, los llevaría hasta el pueblo. A la vez, el conductor se alejó en dirección a otro punto, donde realizaría una acción tan fácil como determinante. La única en la que los *passeurs* al mando del padre Ginoux podían colaborar esa noche.

En la otra punta de la frontera francesa con la Cerdaña española, Inés había llegado a las afueras del pequeño pueblo de Vilallobent. Paró el coche entre unos arbustos y saltó de él, completamente vestida de negro, y corrió hacia el fresno en el que días antes había escondido el material que necesitaba. Miró alrededor, hacia Francia, que estaba frente a ella, con sus campos escarchados con fresnos en las lindes, alguna granja lejana, pequeñas aldeas...; lo mismo que tenía a su espalda. La naturaleza domesticada por los campesinos de uno y otro lado. No vio a nadie, pero se supo observada. A la hora señalada se subió al árbol con la linterna y empezó a hacer señales en dirección a Francia.

—No tardarán en asomar las ratas, *mein* obersturmführer —susurró un agente de la Gestapo tumbado bocabajo a pocos metros en el lado francés, pero tan cerca de Inés que podía ver su cara a la perfección incluso de noche. A su lado, Gustav Wagner sonrió.

—Sin duda, los capturaremos esta noche —confirmó Wagner.

—La Guardia Civil está a la espera de nuestra alerta. En cuanto les avisemos capturarán también a los del lado español. El régimen de Franco no tolera estas cosas —aseguró el agente.

—Las tolera demasiado, sargento. Demasiado —discernió Wagner—. Hay que presionar ahí —ordenó.

Eran cinco en aquel punto y otra decena apostada a poca distancia. Se quedaron en silencio mientras Inés repetía las señales. A la vez, con los prismáticos, observaban alrededor. De pronto, en un lado, a un centenar de metros dentro de una masa boscosa, localizaron un haz de luz al que seguían otros. Allí estaban. Gustav sintió la excitación de la captura. Esperaron. Las señales de luz de Inés se repetían ordenadamente desde el mismo punto, en cambio, las que enviaban desde el bosque parecían moverse sin dirección concreta. Tan pronto se movían hacia un lado como hacia el otro. Les extrañó a todos. Parecían perdidos.

—El marido se llevará un disgusto —susurró el sargento pegado a él—. A nadie le conviene que su esposa se meta en líos como este. Y le habrá mentido. Vaya usted a saber con qué excusa la ha dejado salir tan tarde —opinó.

—¿El marido de Inés está en el valle? —preguntó Gustav—. ¿Cuándo ha llegado?

—Oh, lleva toda la semana aquí.

—¿Por qué no se me ha informado? —preguntó molesto.

—No pensamos que...

—El marido de Inés Sagnier está al tanto de todo lo que ella hace porque él mismo ha colaborado también, idiota. ¿Dónde está ese hombre? ¿Por qué no está aquí? Lo lógico sería que estuviera ayudando a su mujer.

—No... no sabemos dónde está, *mein* obersturmführer.

Un pensamiento retorcido cruzó la cabeza de Gustav. No podía ser. Con una señal, pidió a los agentes que estaban en el otro grupo que fueran rápidamente al bosque. Que capturaran ya a quienes estuvieran haciendo señales desde allí, que parecían no avanzar del todo, tan solo moverse aleatoriamente y sin dirección. No tendrían posibilidad de escapar, el bosquecillo era pequeño y fácil de rodear. Vio correr a los agentes hacia allí, desplegándose por diferentes lados para entrar a la vez. Oyó disparos. Vio la luz de Inés apagarse y la escuchó alejarse rápidamente. No la siguió. Se levantó y, desvelada su posición, también corrió hacia los árboles.

Al llegar, la confusión. Sus agentes, en la oscuridad, habían formado un círculo alrededor de algo que no sabían interpretar. Cuatro caballos mansos, con el pelo aterciopelado por el frío, llevaban atada a las cabezadas una linterna encendida. Gustav supo que había sido engañado de nuevo. Se acercó a uno de los animales y, con violencia, le arrancó la linterna y la tiró al suelo. Cuando otro se asustó y se acercó a él, sacó la pistola y le pegó un tiro entre los ojos. Luego giró sobre sí mismo agarrándose la cabeza. Pensó rápido. Aquello no había acabado.

—Quiero que todo el regimiento se despliegue por la frontera. Todos. Conocen los pasos, sargento, ocúpese de distribuirlos. Usted —dijo mirando a otro hombre—, y usted también —dijo apuntando a otro—, vengan conmigo. Volvemos a la comisaría. Necesitamos un plano de este maldito valle. —Se dio la vuelta y corrió hacia su coche.

73

Cerca de Latour-de-Carol, Hilda, Bruno, José Manuel y los tres niños se acercaban sigilosamente al pueblo. Había una comisaría allí y, sin embargo, el camino que habían elegido era el más seguro aquel día. Inés había urdido un buen plan, uno que estaba funcionando. Aquella zona parecía poco vigilada. Los niños estaban bien despiertos y la adrenalina corría por sus venas tanto como por la de sus mayores. Conseguir que vieran aquella hazaña como un divertimento y algo serio a la vez, pero que no se asustaran, había sido un gran éxito. Por supuesto, la fuga habría sido más sencilla sin ellos, pero ningún niño se habría portado mejor en una situación similar. La cara de Ernst era la energía que Hilda necesitaba. El pequeño se abrazaba a la espalda de Bruno, mientras ella, liderando el grupo, cogía la mano de uno de los niños de él. José Manuel, cerrando la fila, se ocupaba del otro. A cien metros vieron el tubo que pasaba por debajo de la vía.

—¡Allí es! —dijo Hilda señalándolo.

Era el punto más importante de todo el trayecto. Al otro lado, la vía, vallada por ambos lados, dificultaba el acceso de cualquiera que pretendiera seguirlos, pero inmediatamente antes, era el lugar en el que eran más fáciles de ver. Se acercaron y Hilda se agazapó para ponerse en la entrada. Esperó echada en el suelo y con la mano indicó a Bruno que se acercara con Ernst. Él obedeció corriendo y se coló en el interior del tubo. Allí, paró un instante.

—¡Pasa tú, yo esperaré a los demás! —le dijo.

Hilda le miró con cara severa. Habían discutido aquello antes.

—Calla, cruza el túnel y ve corriendo con los niños hasta el bosque del otro lado, insensato. No son momentos para caballerosidades. Esto ya está hablado. —Le dio la mano del hijo del que ella se estaba ocupando.

Bruno no discutió. Conocía a Hilda. No conseguiría nada. Corrió cruzando el tubo por debajo de la vía y salió al otro lado. Allí, con Ernst a la espalda y su hijo a la zaga, voló hasta los primeros árboles que se veían al otro lado.

A la señal de Hilda, José Manuel se levantó y avanzó hacia ella con el otro hijo de Bruno de la mano. Veloz, se metió en el tubo un segundo antes de que la catástrofe sobreviniera. Por sorpresa, un coche que enfilaba aquel tramo iluminó la escena. No lo habían oído llegar. El sonido del río cercano lo había ocultado. Hilda lo observó un instante, aturdida, segura de estar frente al enemigo. La habían descubierto. Luego, oyó un disparo. Pensando que si la veían meterse en el tubo la seguirían y darían caza a todo el grupo, se levantó y salió corriendo en dirección contraria. Enseguida un silbato sonó a su espalda y los disparos se sucedieron. Tenía a la Gestapo tras ella. Se metió en el pueblo oyendo cómo las botas de varios hombres la seguían, asustada, más que por ella, porque descubrieran la ruta que sus compañeros habían seguido y los atraparan. Las ruedas de un coche chirriaron a pocos metros. Giró hacia un lado y luego, intentando despistarlos, hacia otro. En una esquina llamó insistentemente a una puerta, pero nadie abrió. Cuando se estaba alejando oyó a una mujer gritar desde la ventana, señalando la dirección que había tomado. La iban a atrapar.

Otro disparo rebotó en el suelo frente a ella mientras encaraba una calle oscura y estrecha. Al fondo, una tapia cerraba el paso. Se encaramó a ella como pudo y saltó a un jardín grande. Al fondo, la luz de la ventana de una casa se encendió.

—*Vite, vite!! Par ici!* —oyó que la llamaban en un francés de acento irreconocible.

Corrió hasta la casa. Allí, un hombre esperaba junto a la puerta animándola con la mano a darse prisa.

—¡Suba arriba del todo! —le dijo—. ¡Yo los despistaré!

Entró en la casa, encontró de frente la escalera y, siguiendo las instrucciones del buen hombre, subió hasta el piso superior. Allí cerró la puerta, se acuclilló en una esquina y deseó que los gritos y los ladridos de perros que se habían unido a ellos cesaran al darla por evadida. Al cabo de un rato dejaron de oírse.

«Maldita sea», pensó. Por un solo segundo. Por qué poco no lo había conseguido. Se acercó a la puerta por la que había entrado, pero no pudo abrirla, lo cual le extrañó. A oscuras encendió la linterna para reconocer el lugar en el que se encontraba. Le gustaban los sitios como aquel, en el que las entrañas de una casa se mostraban con toda su crudeza. Un entramado de vigas viejas sostenía el tejado de aquella buhardilla. Se sentó en un lado, apoyada contra la pared, con ganas de llorar, con rabia y decepción. Con impotencia. Un solo segundo. Un solo segundo y lo habría logrado.

En el bosque habían retomado la marcha. José Manuel los había obligado. Habían visto a Hilda correr de un lado a otro y no habían podido hacer nada. Había tenido que sujetar con fuerza a Bruno para que no fuera en su busca. Le había dicho que si le cogían a él, los niños quedarían huérfanos, y era cierto. También que Hilda habría conseguido esconderse y que no todo estaba perdido. La habían visto entrar en la casa. Subieron hasta la cima y entraron en España. Los recibió Pablo Bultó; primero, contento, pero enseguida extrañado y, tras preguntar por Hilda, muy triste. Desde allí vieron a los hombres de la Gestapo más tranquilos y el coche volver a aparcar frente a la comisaría. Pensaron que quizás se habían rendido. Luego los vieron acercarse a la casa grande. La misma en la que se escondía Hilda.

Ella llevaba allí a lo sumo media hora cuando unas inscripciones en la viga llamaron su atención. Eran numerosas. Nombres grabados recientemente. Muchos eran alemanes, otros franceses. Un buen número parecían judíos. Se extrañó mientras el estómago le avisaba de que algo no iba bien. Recordó la explicación de August Wiesner, el refugiado que había pasado por Fallstein. No quiso creer que estaba corriendo su suerte, pero no dio tiempo a averiguaciones. La puerta de la buhardilla se abrió y un hombre la sonrió desde el umbral. A su espalda otros cuatro, con uniforme de las SS y mirada sombría, esperaban órdenes.

Gustav Wagner saboreó el momento. Miró a Hilda en silencio. No había conseguido acabar con Inés, pero la venganza a meses de engaños de su falsa amiga española era la más cruel que nadie pudiera haber planeado. Imaginó la cara de la española cuando no viera llegar a su querida prima esa noche, también su dolor cuando supiera a dónde la pensaba enviar. Él se ocuparía. A la condesa de Fallstein le esperaban meses de pena, una muerte lenta, sin honor y entre miles y miles de personas de la peor calaña en un campo de concentración. Ella sufriría algunos meses, pero Inés la lloraría el resto de su vida.

—La *Gräffin* Von Fallstein, imagino. Es un placer conocerla —dijo ampliando su sonrisa—, y es un enorme placer capturarla. Ha recorrido usted muchos kilómetros para caer en nuestra trampa más vulgar.

74

1943

Habían pasado once meses desde su llegada a Buchenwald. Once meses en los que se acostumbró a lidiar con la impotencia, el dolor y la rabia. La añoranza. A menudo, sin embargo, su corazón y su mente volaban al sur, al otro lado del Pirineo, y recordaba que Bruno y Ernst se habían salvado, que vivían en un país en paz y que nadie podría alcanzarlos. Deseaba que hubiesen viajado más lejos aún, a América, para que, incluso si los nazis ganaban la guerra o se encaprichaban con alguno de los bocados de Europa que parecían haber dejado para más tarde, las dos personas que más quería estuvieran a salvo. Pero sabía que no se habrían movido de España. Bruno era terco como una mula y estaría moviendo cielo y tierra para conseguir que fuera liberada, algo a todas luces imposible. No, no sería liberada, y lo más probable era que la condenaran a muerte. No entendía por qué se estaba demorando tanto esa decisión, que pensaba afrontar con valentía. La familia de Harald estaba luchando por ello, por que fuera condenada, pero la justicia en tiempos de guerra era caprichosa y, a veces, tan lenta como en tiempos de paz.

Los primeros días se sintió desgraciada y tuvo pena de sí misma. Solo había una sensación que le molestara más que aquella: dar pena a los demás. Pero nadie la tenía por ella y pronto averiguó que, en realidad, era afortunada.

Estaba en el barracón número 15. El que llamaban de aislamiento o «de ilustres». Había pesado más su sangre que la que había derramado. Su pertenencia aristocrática que su faceta asesina.

Gracias a ello, su situación en todo era infinitamente mejor que la del resto de prisioneros del campo, y sus posibilidades de salir viva de allí, si no fuera por la condena a muerte que daba por segura, mayores. Había tardado una semana en hacerse su sitio. No quiso que nadie la viera llorar y tampoco buscó el consuelo de otras personas, pero la mujer que limpiaba su habitación, una chica joven sin los dos dientes delanteros, se interesó por ella. Cuando se enteró de que Hilda era española se había alegrado mucho y le había explicado su historia con un caballero de Barcelona. Al nombrarle, Hilda creyó ver la mano de Dios en ello. Era inaudito, pero aquella mujer conocía —amaba— a José Manuel Bultó, el mismo que había huido con ella. Cuando Heidi supo que hablaba con la condesa de Fallstein, recordó todo lo que José Manuel le había contado de ella. Ambas habían recorrido un largo camino, uno que las unía para que siguieran juntas por el que tenían enfrente.

Se hicieron amigas y las dos, desde sus distintas historias, supieron que en el fondo habían vivido experiencias similares. A Hilda le hubiera gustado que en España supieran que, pese a todo, estaba bien acompañada, aunque Heidi no pudiera relacionarse con ella más que a escondidas, cuando se colaba en su habitación entre una y otra tarea de las que realizaba en el barracón. Heidi lo sabía todo. Sabía quién era cada preso, quién se ocultaba tras los seudónimos o los silencios. A algunos les habían prohibido terminantemente hablar, pero el personal del servicio recibía la información de los guardias; a otros, los habían reconocido. Compartían información y comida. Hilda guardaba algo de caldo, pan duro, gachas y se lo daba luego a Heidi, que lo comía como si no hubiera probado bocado en días.

La informaba de las penurias de Buchenwald, al que en teoría pertenecía aquel barracón en medio del bosque, aunque ni siquiera estuviera a la vista del resto del campo. Buchenwald no era un campo de exterminio como tal, pero la muerte esperaba en cada esquina y las enfermedades provocadas por el hacinamiento, la hambruna y la falta de higiene eran constantes. Tuberculosis, tifus, parasitosis...; cuando no era una, era otra. La crueldad de los guardias también era una constante y los disparos por diversión y los juegos macabros se sucedían en un grupo que perdía la humanidad día a día. Sin ir más lejos, la mujer del anterior director se había aficionado a los objetos realizados con piel humana. Hilda se obligaba a escuchar esas historias aunque luego tuviera pesadillas y se le revolviera el estómago durante días. Cada una de las personas que estaba en el campo debía intentar sobrevivir para contar aquellas aberraciones.

En cambio, se esperanzaba con las informaciones respecto a la guerra. Creía que los aliados podían ganar. Lo que antes había sido solo un deseo, poco a poco parecía una posibilidad real. Había algunas radios ilegales en el campo, probablemente solo dos, pero la información que recibían pasaba rápidamente de boca en boca y no tardaba en ser conocida por todos. Heidi se encargaba de transmitir esas noticias, que recibía de los presos encargados de abastecer el barracón de aislamiento.

Llegaba un nuevo invierno y Hilda aún conservaba todas sus fuerzas, aunque la humedad dentro de aquella construcción precaria, situada en medio de un bosque nevado, era el acento de un frío que entumecía los huesos y helaba la actividad. No había manera de calentarse más que cargando sobre el cuerpo toda manta o sábana que tuvieran cerca, y cuando la nieve cesaba de caer, todos estaban de acuerdo en que fuera, entre nubes y cielos blancos en los que el sol asomaba, se estaba mejor que dentro. Hilda estaba sentada en una silla metálica de la que notaba cada parte de su estructura helada. Leía intentando que aquellas páginas sacaran a su imaginación de donde su cuerpo permanecía encerrado.

Estaba distraída en las aventuras de sus personajes cuando oyó cómo un furgón se acercaba y la verja coronada de alambre de espino se abría para darle paso. Levantó la cabeza para ver qué era lo que traían o se llevaban aquella vez. Una mujer salió de los asientos traseros y siguió a uno de los guardias al interior del barracón. Al cabo de un rato, seguida por el guardia responsable, salió a recorrer el jardín. Hilda se levantó al verla. No eran amigas, pero habían coincidido muchas veces. También ella, una mediterránea, se había casado con un alemán, en su caso el *landgrave* de Hesse. Al principio habían encajado bien, pero, como en el caso de Hilda, Hitler y sus ideas habían seducido a su marido, que había acabado obteniendo una relevante posición como gobernador del estado de

Hesse-Nassau. Era la princesa Mafalda, hija del rey de Italia y, por matrimonio, también princesa de Hesse. Hilda no podía comprender cómo había acabado allí. Se acercó a ella, que enseguida abrió los ojos, también asombrada. Cuando Hilda hizo ademán de genuflexión, la princesa negó con la cabeza, avisándola a tiempo de que no lo hiciera. En cambio, le tendió la mano.

—*Frau* Von Weber.

Hilda supo que los nazis le habían prohibido revelar su identidad. Cobardes. Eran capaces de apresarla, igual que a cualquier otro, pero no estaban dispuestos a que se supiera.

—Hilda von Fallstein —dijo ella—, encantada de conocerla.

—Supongo que encontraremos un momento para charlar —apuntó la princesa tratando de ser amable y marcando la distancia a la vez.

Hilda reconoció el estado de ánimo de la recién llegada. Sus ojos. Su intento de no derrumbarse, de no dar esa satisfacción al enemigo. Igual que a ella, la habían educado en la contención de las emociones. Si había algún lugar en el que poner en práctica aquella absurda lección, era en Buchenwald, donde el sistema acababa con cualquier atisbo de orgullo a los pocos días de llegar. Pero la princesa conservaba su aura elegante y aún no mostraba los estragos de la guerra. El cuerpo de Mafalda de Saboya era menudo pero altivo; su labio superior, algo avanzado, parecido a los de la familia imperial rusa; sus ojos, profundos y misteriosos, escondían un carácter fuerte bajo un aspecto cándido. Había heredado toda la belleza de su madre, apenas matizada por el cuerpo insignificante de su padre, un hombre de poco prestigio incluso entre el resto de familias reales, a las que costaba entender la trayectoria errática del monarca. La pompa de la familia real italiana no podía competir con la omnipresente figura de Mussolini. Que una hija del rey de Italia, que además estaba casada con un príncipe alemán, estuviera arrestada decía mucho de la severidad del régimen. No había límites.

Pasaron dos días hasta que, una mañana soleada, mientras algunos de los hombres limpiaban con palas la nieve del jardín y el camino de entrada, la princesa se sentó a su lado. Le cogió la mano, que estaba tan fría como la suya.

—Siento haberme mostrado así, pero lo he hecho por ti. Tengo prohibido decir quién soy y si se enteran de que tú lo sabes, te mandarán al campo general con los otros presos.

—Imaginaba que algo así estaba detrás de su actitud —dijo Hilda—, no se preocupe.

—Me alegró encontrarte aquí. Quiero decir que..., bueno, no me alegra que te hayan encarcelado, pero si tenía que pasar, me alegro de que estemos juntas. Oí lo que dicen que hiciste.

Hilda no negaba nunca algo de lo que no se arrepentía.

—Lo que oyó es cierto. Lo hice.

—Mataste a...

—Sí. A todos. Fue una venganza. Todos los que estaban en mi salón, los que maté, habían participado en una cacería humana.

—¿Una cacería humana?

—Sí. Exactamente igual que una suelta de perdices, pero con humanos. Prefiero no recordar los detalles, aunque los tengo muy presentes. Decidí vengar a los que habían muerto, maté a todos los que dispararon.

Mafalda le acarició la espalda.

—Y... ¿te sientes mejor? —preguntó, igual que Bruno había hecho después de su acción.

—No, no mucho. Pero no pude evitar hacerlo.

—Ya... Bueno, ya está hecho. Al fin y al cabo estamos en plena guerra y cada uno elige su causa.

—Supongo que usted también ha elegido la suya..., ¿no es así? —preguntó Hilda. Aún no sabía por qué Mafalda estaba allí.

—Hace tiempo que lo vi venir. Advertí a mi marido. Nos hemos movido en terreno peligroso y a mi padre, el rey..., nunca le gustó Mussolini, pero supongo que hasta que los aliados desembarcaron en Sicilia no hizo nada realmente relevante para demostrarlo. Cuando depuso e hizo encarcelar al Duce..., sé que Hitler enfureció. Decidió que toda mi familia debía ser capturada. Yo me encontraba en el entierro del marido de mi hermana, la reina Juana, en Bulgaria. Decidí volver a Roma, donde estaban mis hijos, a salvo bajo la custodia del papa. Lo cierto es que pensé que estaría a salvo yo también al estar casada con un alemán, un admirador de Hitler y Mussolini. No sabía que mi marido ya había sido encarcelado por traición. Llegué a Roma y acudí directa al Vaticano. Debería haberme quedado allí. Lamentablemente decidí volver a casa y abandonar la protección papal. —Miró al suelo y Hilda se dio cuenta de que estaba conteniendo las lágrimas. Se hizo el silencio unos segundos, hasta que la princesa alzó la cabeza con los ojos cerrados—. Ese será el peor error de mi vida. Los nazis me capturaron y he acabado aquí.

Hilda le cogió la mano.

—Todos hacemos lo que creemos mejor, alteza. No sirve de nada lamentarse por los errores del pasado. Tan solo debemos procurar no repetirlos y prepararnos para cometer otros nuevos. También acertará muchas veces. Usted y todos.

Aquella confesión fue el punto de partida de su amistad. Hilda conversaba con más gente y seguía pasando todo el tiempo que podía con Heidi, pero tampoco perdía la oportunidad de hablar con Mafalda cuando la situación lo propiciaba. A ninguna de las dos las beneficiaba que los guardias supieran de su cercanía, así que, como con Heidi, la amistad de ambas se mantenía en un perfil bajo y, cuando hablaban, todos pensaban que lo hacían sobre banalidades de la alta alcurnia que les suponían, nunca sobre los temas profundos que abordaban. Hilda presentía un futuro corto, una muerte cercana, y comprendió que lo que compartiera con los demás sería lo que quedara de ella cuando muriera. Mafalda hablaba menos, pero escuchaba bien, virtud que Hilda achacaba a las mejores amigas. Aconsejaba cuando podía y, sólida como una roca, era capaz de volver a su vida pasada sin vestirla de nostalgia, reconociendo errores y mirando el futuro con resignación para aceptar lo que viniera, pero también con la esperanza de que no fuera necesariamente tan terrible como lo que Hilda daba por seguro.

75

A primera hora de la tarde de un día del mes de agosto de 1944, Heidi llamó a la puerta de la celda de Hilda y entró poco después. Su cara era de rabia y pena, y Hilda supo que traía malas noticias.

—Un guardia le ha comentado a la cocinera que ya ha llegado tu condena —dijo directa, pues no sabía ser de otra manera.

—Muerte —aseguró Hilda—. No te entristezcas. Lo sabíamos. Los nazis condenan por mucho menos. Creo que ya he dado bastante de mí en esta vida. —Intentaba no echarse a llorar, pero balbuceó las últimas palabras como si estuviera a punto de hacerlo.

—Sé que el guardia ha hablado de tu buen comportamiento. También de que están muy atareados. Quizás aún pueda surgir un milagro. Debes mantener la esperanza.

—No, Heidi. Cuando la esperanza roza con el milagro, hay que rezar por lo segundo, pero no esperar nada. Debo prepararme. No conviene que desperdicie el tiempo en nada más. Me iré en paz. Asumo las consecuencias de lo que he hecho y, aunque nadie debería enorgullecerse por matar, sí lo hago por no haberme quedado de brazos cruzados. —La cogió de la mano y la miró a los ojos decidida—. Presiento que tú lo lograrás. Que un día estarás fuera de este lugar y que volverás a ver a José Manuel. También conocerás a Bruno. A él dile que nunca quise a nadie igual. Que Ernst y él son lo mejor que me llevo de esta vida, y que el amor que siento es tan grande y los recuerdos con él tan buenos, que me voy considerándome afortunada. Haberlos conocido ha compensado todo lo demás. Igual que una luz brillante borra las sombras, su amor ha hecho desaparecer todos los malos recuerdos. Cuando pienso en Fallstein, en mi castillo, jamás me veo en sus salones. Siempre me recuerdo en la pequeña casita sobre las cuadras, rodeada del olor a leña, con el rumor y las risas de los niños de fondo y los ojos de Bruno mirándome. Solo él me ha mirado así, con cariño y deseo, con admiración y lealtad. Eso es lo que me llevaré. ¿Te encargarás de decírselo?

—Lo haré —dijo Heidi al borde de las lágrimas—. Te lo prometo.

—Bruno se encargará de Ernst. Tratará de encontrar a sus padres y, si como me dijo Harald han muerto, él le dará el cariño que otros le arrebataron. Me gustaría que le hablaras de mí. Que conozca a mis padres, que son buenos a su manera.

Hablaron durante horas y, por primera vez, ambas se acostaron abrazadas en la cama de Hilda, despiertas, reconfortadas por su cariño mutuo a pesar del terrible destino.

Terrible e inesperado.

Muchas noches, el barracón se quedaba en silencio: en invierno, casi tan congelado como el exterior; en verano, caluroso y con el aire cargado. A veces, el viento agitaba las ramas de los árboles que lo rodeaban y oían cómo crujían los troncos. Cuando se desataba una tormenta, su sonido y su luz lo llenaban todo, tapando los ladridos de los pastores alemanes que rondaban la zona. Aquella noche era de las primeras. Silenciosa. Solo la tos del general francés que ocupaba la celda contigua rompía la calma. Por eso oyeron el rumor del motor que se acercaba bastante antes de que los sobrevolara. A esas alturas todos los europeos reconocían el sonido de los aviones. Muchos eran capaces de distinguir incluso el tipo del que se trataba, pero lo peculiar del asunto era que pasaran por allí. La aviación alemana no tenía nada que hacer en un campo de concentración. En cambio, la aliada...

No habían acabado de reflexionar sobre aquello cuando las alarmas empezaron a sonar. Alertaban a los guardias y a las escasas baterías antiaéreas que protegían las fábricas y las instalaciones. Los presos carecían de cualquier consideración, pero todos, en el barracón de aislamiento y en los demás, trataron de resguardarse bajo las camas y literas. Pronto se oyó la primera explosión, luego la segunda y la tercera. Durante lo que pareció una eternidad, varios aviones descargaron sobre sus cabezas. En el barracón 15 pensaron que el aislamiento los salvaría. Se equivocaban. Cuando la frecuencia de explosiones parecía haber aminorado, una bomba cayó sobre el tejado. Antes de perder la consciencia, Hilda pensó en la ironía: los que a la postre los podían salvar tenían que matarlos antes.

Se despertó al día siguiente, vendada de arriba abajo, dolorida por todos lados. Estaba en otro barracón, o eso creía. Cerca de cincuenta camas se alineaban en aquella sala. Los quejidos se oían a uno y otro lado. Giró la cabeza hacia el cuerpo que ocupaba la cama de al lado. Solo se le veían los ojos, pero al separar los labios en una bocanada reconoció la boca mellada de Heidi. Habrían pensado que era uno de los *ilustres*, de lo contrario, no hubieran intentado salvarla. Ella también se había beneficiado en la confusión. Cuando se dieron cuenta de quiénes eran, ya habían sido intervenidas... y salvadas, pese a que, en la lógica nazi, tampoco tenía sentido curar a una condenada a muerte. Imaginó el listado de los pacientes y su número de cama revisados por el médico. En cómo se lamentaría por el tiempo que había desperdiciado en ellas. Sonriendo con sus últimas fuerzas, volvió a quedar dormida.

Despertó dos días después con hambre, lo que asumió como una buena señal, pero aún vendada por completo. El brazo y la pierna le dolían y sintió una punzada al respirar. A su lado, Heidi la miraba con los ojos abiertos, también vendada de arriba abajo. Solo se le veían los ojos y la boca, y la zona de piel que los rodeaba, pero era bastante para saber que su salud no remontaba, más bien al contrario. Conservaba, sin embargo, el tono de voz y la energía de espíritu.

—¿Cómo te encuentras? —le preguntó.

—Mejor —respondió Hilda—, mucho mejor.

—Lo sé. Se te ve. Tu cuerpo, aunque cubierto de vendas, se ve compacto y tu respiración es buena. No hace falta ser médico, te vas a recuperar —aseguró Heidi.

—Sí. Creo que sí —confirmó Hilda.

—La princesa de Saboya murió esta mañana.

—No lo sabía. Es muy triste.

—Mucho. El bombardeo le provocó una herida enorme en el brazo, a la altura del hombro. El hueso quedo al descubierto. Oí a los médicos comentar que aguantó sin gritar, pese a que el dolor tenía que ser terrible. Le deberían haber amputado el brazo con premura, pero por alguna razón se retrasaron. Cuando se decidieron a intervenir, ya no pudieron hacer nada por ella.

—Es terrible. Supongo que debemos considerarnos afortunadas —concluyó la española.

—Yo no. Yo también me muero —dijo la alemana con aplomo—. Sin duda. No llegaré a la noche de mañana. Siento la sangre estancarse en diferentes partes de mi cuerpo y mis fuerzas disminuir. Lo sé. Me muero —repitió.

—Heidi, no digas eso.

—Calla. Calla. Me muero y no hay discusión. Pero se me ha ocurrido algo. Escucha con atención. Cada día el jefe de los médicos ha revisado a un grupo de pacientes con detalle. Mañana lo hará con nosotras. Calculo que por la noche. Para entonces, yo ya estaré muerta. Por eso debemos cambiar la identidad. No se darán cuenta. Nadie reparará en ello. Cuando te quiten las vendas habrá que ver cómo te ha quedado la cara, pero fácilmente podrás disfrazarte de mí, el pelo rapado nos iguala y nuestros ojos son del mismo color. La jefa del barracón no te delatará, estate tranquila. Cuando yo muera, será a ti a quien darán por muerta. En la cama asignada a la condesa de Fallstein morirá en realidad Heidi Klein.

—Pero Heidi...

—Escucha. Tu condena a muerte se dará por anulada porque ya estarás muerta.

—No puedo hacer eso, Heidi. Tú puedes resistir.

—Mírame a los ojos. No soy tonta y no, tampoco soy una heroína, no daría la vida por ti, pero me estoy muriendo. Sin atisbo de duda. Y de mi muerte puede salir tu vida.

—Yo...

—Esta noche nos cambiaremos de cama. Antes, deberás hacer algo más.

—¿Algo más? —Hilda seguía intentando asimilar aquel plan.

Heidi abrió la boca y señaló los incisivos ausentes.

—Tienes que quedarte sin dientes —le dijo Heidi categórica.

Cuando oscureció, Hilda se levantó de su cama para salir sigilosamente al exterior. La perspectiva de lo que tenía que hacer era terrible y dolorosa. También era su única oportunidad, una idea desesperada que, sin embargo, podía funcionar. Heidi se moría sin remedio y ella se aferraría a su plan para sobrevivir. Se pegó a la pared del barracón donde estaban y, cuando el foco que pasaba por la fachada del edificio lo barrió, giró la esquina y se tiró al suelo buscando una piedra entre la tierra. Encontró un trozo de ladrillo de buen tamaño. Tenía una oportunidad. No podía magullarse los labios ni aparentar que aquello era reciente. Todos reconocían a Heidi por estar desdentada. Cerró los ojos y acercó tentativamente el ladrillo a sus dientes. Esperó unos segundos y volvió a describir la trayectoria del objeto. Se armó de fuerza, respiró profundamente y, tan fuerte como pudo, golpeó el ladrillo contra el objetivo. El dolor estuvo a punto de hacerla desvanecer y el sabor metálico de la sangre le colmó la boca. Con la lengua se rozó los dientes. Uno estaba completamente roto. El segundo requirió de un golpe más para que no quedara resto de él. Cumplido el objetivo se volvió a deslizar dentro del barracón. Heidi la esperaba.

—Mírame —le dijo con la voz que le quedaba. Hilda abrió la boca. Un mar de sangre—. Está perfecta —opinó Heidi—. Métete la sábana en la boca. Taparás la hemorragia. A mí me funcionó.

—Me duele.

—Pues imagínate si además un médico te tortura hurgando entre los nervios... Después de aquello no he vuelto a sentir dolor... Bueno, cambiémonos de cama.

Se levantó y, como pudo, se dejó caer sobre la cama de Hilda. Ella ocupó la de Heidi. Después, ambas se quedaron en silencio mirando al techo. La sangre seguía brotando, pero el dolor pasaba rápidamente. A la hora, la sábana estaba empapada y su boca sangraba menos.

—Heidi, te recordaré cada día de mi vida. Siempre serás mi mejor amiga —susurró sin saber si la oía, pero segura de que lo que decía era cierto. Ahora a pesar de conocerse desde hacía poco, estaba convencida de que las mejores amistades no las marcaba el calendario, sino los hechos. Aquella era la mayor prueba de amistad que nadie nunca podría ofrecerle.

—Recuérdalo todo —respondió ella.

—Sí. Cada momento que hemos pasado juntas. Te lo prometo.

—No. No. No solo eso —le costaba hablar y sus palabras no hubieran sonado más altas incluso de haber querido—. Recuerda a los que arriesgaron, a los que se enfrentaron, a los que murieron por el bien. Recuerda a los que no se agazaparon, a los que supieron querer en tiempos de odio. Prométeme eso. Recuerda lo importante. Es en tiempos como estos cuando la vida nos hace elegir, y, al elegir, nos definimos. De nada vale ser bueno de corazón si no se es bueno también con las manos. De nada sirven las buenas intenciones si se quedan en eso. Qué fácil es blanquear el mal cuando no queremos enfrentarnos a él, qué sencillo apartarse de lo difícil. Qué fácil las buenas palabras y qué difíciles los buenos actos. Los de verdad. La generosidad es real cuando se entrega a cambio de nada y a costa de mucho. Los que arriesgaron sus vidas, los que alzaron la voz, los que lucharon aunque se supieran perdedores, esos son los que debes recordar. —Respiró profundamente—. Recuerda su voz, porque es la que guía a las personas de verdad. No me recuerdes solo a mí, recuerda el grito de la bondad, recuerda la voz de los valientes.

Respiró una vez más, profundamente, hinchando un pecho que se percibía débil, rebasado por un espíritu fuerte. Cogida de la mano de Hilda, con la cabeza llena de José Manuel, Heidi Klein se despidió de la vida.

76

En 1945 todos tenían claro que el Reich de los mil años no llegaría a los trece y en Buchenwald el ambiente estaba enrarecido. La alegría y la esperanza no eran lo bastante fuertes para brotar en un terreno sembrado de muerte, hambre, enfermedades y crueldad. Con todo, en aquel punto negro en la tierra y el tiempo, el caos que provocaba la retirada alemana de los diferentes frentes tenía sus consecuencias.

En enero habían llegado cerca de diez mil prisioneros, la mayoría judíos, desde el campo de Auschwitz, que supieron era el mayor de todos los que había en Europa. Al parecer los habían trasladado en penosas condiciones nueve días antes de que el campo fuera liberado por el Ejército Rojo, que avanzaba con fuerza por el frente del este. La mayoría no había conseguido llegar a Buchenwald, y muchos de los que lo hicieron murieron en los días siguientes. El campo perdía eficacia e interés, los guardias cada vez se mostraban más caprichosos y el sistema se desmoronaba ante sus ojos. Lo malo para los prisioneros era que la crueldad de aquellos hombres, que sentían su tiempo acabar, no hacía más que aumentar y cuando esta no actuaba, la desidia lo hacía, de forma que los presos pasaban días sin comer. En el barracón 15, la situación era sensiblemente mejor, pero también terrible.

Hilda era un saco de huesos. Su piel gris y apergaminada, en algunas zonas parecía haberse vuelto transparente. Sus ojos saltones, sus pómulos cadavéricos. El pelo se le caía y la boca contribuía a que hubiera perdido cualquier rastro de la belleza serena, fuerte y fría que un día había tenido. Tres como ella habrían cabido en los pantalones que llevaba. La mayor parte del día lo pasaba barriendo y limpiando, aunque a menudo se veía obligada a sentarse, apoyada en una de las paredes del barracón por miedo a caer desplomada en el suelo. Había pasado como Heidi Klein ocho meses porque en realidad a nadie le importaban ni ella ni Heidi, y los que la reconocieron, todos presos como ella, guardaron el secreto. El dolor del hambre era permanente, y cuando bebía algo de agua, notaba cómo caía en su estómago vacío y enfermo. Solo el recuerdo de Bruno y Ernst la hacía sonreír. A menudo, en sueños volvía a las imágenes de los tres juntos y de su vida feliz, corta y truncada. Solo pensar en ambos, en libertad y en paz, era suficiente para que se contentara.

También volvía a su mente la matanza que ella misma había perpetrado. Sus motivaciones habían sido nobles, se decía, sin conseguir justificarse. Bruno tenía razón, no se había sentido mejor tras ello. En cambio, cuando recordaba cómo había ayudado a tanta gente a escapar, cómo los había asistido en su castillo, a espaldas de un marido nazi y un sistema que confiaba en ella, el orgullo le llenaba el pecho. El mejor reconocimiento era el que recibía de ella misma. Quizás Dios la perdonara si ponía aquellas numerosas acciones en la balanza el día del juicio final.

A principios de abril, ante el avance del ejército americano, los alemanes empezaron a evacuar el campo. Salir de allí era, irónicamente, algo muy parecido a una condena a muerte, y muchos de los empleados del campo, reclusos destinados a tareas administrativas, se pusieron en marcha para que su ineficacia y lentitud dejaran a los máximos prisioneros dentro de las alambradas. Las «marchas de la muerte» consistían en penosas y largas marchas a pie de un lugar a otro y algunos traslados en vagones hacinados en los que la mayoría de los prisioneros moría por agotamiento. A menudo se los fusilaba en el camino o a la llegada a otro campo. Los que conseguían alcanzar su destino también morían frecuentemente pocos días después.

Así que quedarse en Buchenwald era la mejor de las opciones en aquel infierno. Hilda consiguió librarse de aquello, probablemente porque el barracón de aislamiento cada vez recibía menos atención.

El 15 de abril llevaban cuatro días sin llevarse nada a la boca. Hilda yacía en el suelo, respirando desacompasadamente, sin saber si viviría o moriría de aquella manera, sintiendo que el viento se la llevaría por su ligereza, que en cualquier momento dejaría de sentir cada uno de los huesos de su esqueleto tocar la tierra fría. Cerca, otra mujer hacía lo mismo. Nadie esperaba ya nada, pero, en el campo principal, con los cadáveres amontonándose, los presos decidieron que ya habían visto bastante y que, si no hacían algo, morirían igualmente. Valiéntemente, los que no habían agotado sus fuerzas se amotinaron, saltaron sobre las atalayas y tomaron el control del campo. Hilda no supo nada de todo aquello hasta horas más tarde.

El entorno del barracón número 15 se había quedado en silencio. No veían a los guardias. Tras el muro, tras las alambradas, todo parecía en calma. Ella seguía tendida en el suelo cuando lo notó vibrar. Levantó un poco la cabeza, extrañada, notando cómo la vibración poco a poco se acompañaba de un sonido claro. Un tanque. No, varios. Luego las puertas del recinto se abrieron. Todos miraron hacia ellas, desorientados, como topos a los que deslumbra la luz del día. Varios soldados entraron a la vez. Eran lo contrario de ellos: jóvenes, brillantes, fuertes. Al ver a los que aguardaban allí, cambiaron la cara estupefactos. Hilda ya se había acostumbrado a la visión de sus compañeros, pero el horror de su aspecto revolvía el estómago hasta de los soldados acostumbrados a sangre y cadáveres. Porque era peor.

Un joven rubio se acercó a ella lentamente. Sus ojos estaban húmedos, los de Hilda ya no tenían lágrimas. La ayudó a levantarse. Luego, la abrazó con cuidado dejando que ella se apoyara en él y en inglés, en voz baja, temiendo que la sola vibración de su voz la rompiera, le dijo.

—Todo ha acabado.

Solo por aquel gesto, Hilda sintió que la humanidad volvía a tener esperanza.

77

El viaje a Alemania fue una suerte de horror concatenado, de dolor y de pena por lo que la guerra había provocado. Había conocido la ciudad más pujante de Europa, había vivido en ella varios meses y había incluso disfrutado a ratos. También se había enamorado. Berlín era una montaña de cascotes tan grande y tan inservible que José Manuel se preguntó si tenía sentido reconstruirla. A los lados de las calles que se habían despejado, las cadenas humanas trasladaban ladrillos a no se sabía donde, las mujeres se encaramaban a colinas de ruinas y buscaban tampoco se sabía qué entre ellas. No había luz ni sonrisas. Ni siquiera la fuerza que da la ira existía. Aquella era la imagen de la derrota, de la tristeza y el abatimiento.

Iba acompañado de Bruno Lippe. Él en busca de la vida, José Manuel en busca de la muerte. Hilda vivía, Heidi había muerto. Bob Asprey les había facilitado los salvoconductos para llegar hasta allí. También les había desvelado el resultado de aquella lotería en la que era más probable obtener malas noticias que buenas. José Manuel había llorado por primera vez en muchos años pese a que sus informaciones sobre Buchenwald y los otros campos nunca fueron alentadoras. Había intentado por todos los medios que ambas fueran liberadas. Había puesto dinero sobre la mesa y había tenido reuniones al más alto nivel. Por desgracia, su poder y contactos tan solo le habían servido para que le advirtieran de que él mismo estaba siendo buscado por el régimen nazi y que, de no cejar en su empeño, probablemente se metiera en problemas. Aunque se negaba a compadecerse de sí mismo, habían sido unos años de pesadilla, pero cuando cruzó las puertas de Buchenwald supo que lo suyo no era nada comparado con lo que su amante había tenido que vivir.

Había varias fosas comunes alrededor del campo, así que nadie sabía dónde estaban enterrados sus seres queridos. Rezó mucho rato en dos de ellas. Luego se acercó al barracón donde había estado Heidi y, en silencio, se sentó en el suelo. Cerró los ojos y respiró profundamente. Recordó sus ojos y su sonrisa, tan cara de ver, su pelo, su carácter, su valentía. Ella sabía que moriría. Tampoco en eso se había equivocado. No se habría arrepentido de nada. Heidi no podría haber sido feliz siendo egoísta. No se habría ido con él a España, a vivir de forma fácil y cómoda dejando atrás un país que amaba y defendía. Los alemanes como ella reconstruirían lo que ahora estaba roto, estaba seguro. Mientras, él, que se había sentido desgraciado, sonrió levemente al saberse, en el fondo, afortunado. Si había alguien para él en ese mundo era Heidi, y haberla conocido, un milagro del que se debía sentir agradecido. Miró al cielo y la vio allí, observándole, a punto para amonestarle por quejarse, por estar sentado en vez de en pie, por no honrar la dureza de su vida con el tesón de la suya, pidiéndole que resistiera, que siguiera luchando por lo que valía la pena y defendiendo lo que era justo. Pidiéndole que su recuerdo fuera una fuente de fuerza y no de tristeza. De amor por lo que había logrado y no de odio por lo que le habían hecho a ella.

En pie de nuevo, José Manuel se alejó del barracón 15 de Buchenwald. Decidido a recordar lo bueno, a aprender de lo malo y a no olvidar para mejorar. Decidido a honrar el amor con amor.

78

Hilda llevaba tres días ingresada en uno de los enormes hospitales de campaña que los aliados habían organizado. Su cuerpo respondía lentamente pero sin pausa, y cuando bebía notaba cómo el agua ya caía en un interior más suave, que lentamente sus órganos volvían a funcionar. Era como un vehículo enterrado y parado durante años. Había conseguido ponerlo en marcha con dificultad y su motor cogía revoluciones. Comía en pequeñas cantidades y cada gramo era una bendición. Notaba cómo se fortalecía, aunque presentía una recuperación lenta. Sonrió. Presentir algo relacionado con el futuro hubiera sido impensable pocos días atrás. Había oído hablar de la gente que había mirado a la muerte a la cara. Ella había paseado con ella durante meses y, como muchos de los que habían sufrido los campos de concentración, ni siquiera le tenía miedo ya. Tampoco tenía prisa por casi nada. Una vez alejado el horizonte de su ocaso, sentía que tendría tiempo para casi todo. Que todo llegaría. También Bruno. También Ernst. Estaba viva y eso era más de lo que podía soñar.

No quería olvidar. Lo que había vivido no era una pesadilla y por ello no pensaba categorizarlo con tanta simpleza. Todo había sido real. No había sido un mal sueño, por más que le beneficiara pensar que no había pasado. Recordaría sus meses en el campo. Aunque le doliera, aunque la convirtiera en una persona diferente.

Era diferente. Había vivido toda su existencia entre algodones y en pocos años había descubierto lo mejor y lo peor de la vida. Lo mejor y lo peor de las personas. El amor más extremo y el odio más voraz.

No renegaría nunca de los recuerdos que, aunque dolorosos, habían hecho de ella la persona que entonces era.

Echada y cansada, sintió cómo le acariciaban el pelo mientras la cogían de la mano. Lo hacían a menudo, pues las enfermeras sabían que aquello también sanaba y que el trauma más fuerte de los que habían estado en los campos estaría para siempre más en su mente que en sus huesos. Nunca le había gustado que la tocaran hasta que Bruno lo había hecho aquel día en Fallstein, cuando se entregaron a unos sentimientos imposibles de contener. Hasta entonces había huido de los que se aproximaban demasiado a ella. A menudo llevaba guantes para no tener que tocar la piel de los demás. No le había gustado el roce con otros hasta conocer al caballerizo. Sentía la piel de Bruno, tan dura y masculina, parte de la suya, y la de Ernst, suave y mullida, como una extensión de su propio cuerpo. Sus caras cruzaron por su mente una vez más. Todos habían sufrido demasiado. Ernst había perdido a sus padres, Bruno a su mujer y ella... esperaba recuperar algo de todo lo que había dejado por el camino.

Había causado dolor y era consciente de ello. Sus víctimas tenían hijos, familia que lamentaría su desaparición. «Hasta las hienas lloran la muerte de sus cachorros», se dijo. No, no tenía derecho a hacer lo que había hecho, ni siquiera en tiempos de guerra.

Sintió calor en un costado. Una suerte de calor acogedor y fino, diferente al que proporciona una manta. Calor humano. Luego notó que un brazo le cruzaba el pecho hasta el hombro. Un brazo infantil. Antes de abrir los ojos comprendió, y su cuerpo seco encontró reservas para empezar a llorar. Al principio no se atrevió a mirar, temerosa de que sus sueños estuvieran engañándola. Después, cuando el olor reconocible de la infancia llegó a su nariz y llenó de recuerdos su mente, no pudo evitar hacerlo. Ernst estaba allí, cogida a ella, a un lado de la cama en la que se había recostado, muy pegado a su cuerpo. No miraba su cara, tan solo se pegaba a su cuerpo.

—Hilda —dijo una vez, bajito. Luego rectificó—. Mamá —pronunció por primera vez. Y, sintiendo que aquella palabra era la correcta, la repitió—: Mamá.

Por una vez, ella no le corrigió. Pensó que la madre del niño le había dado fuerzas para superar lo que ella no pudo. Que tal vez la mujer que había traído a Ernst al mundo la había empujado a sobrevivir para cuidar de un pequeño al que ella ya no podía cuidar.

Tal vez sí fuera ella la mamá de Ernst, como el niño se empeñaba en repetir. Acarició suavemente el cabello rubio y fino del pequeño, un gesto balsámico para ambos que los devolvía al hogar que pronto recuperarían. Seguía acariciando a Ernst cuando otra mano se posó sobre la suya. Se giró un poco hacia el otro lado. Bruno.

—Hola, preciosa.

Toda su cara estaba mojada por las lágrimas. Aquel hombre grande, fuerte y rudo sonrió sin poder dejar de llorar, absolutamente llevado por la emoción. Luego rio un poco mientras la miraba. Hilda no se sentía preciosa. Se sentía fea y sucia, desdentada, enferma y, sin embargo, más llena de vida que nunca antes. Bajó un poco la mirada, avergonzada. Él le rozó la mejilla obligándola a mirarle de nuevo.

—Hilda Sagnier —repitió—, eres preciosa.

Cerró los ojos y, de pronto, ya nada dolía ni preocupaba. Emocionada, feliz como nunca, su cabeza voló a cuando su breve pero mejor amiga se había despedido de ella. Cuando, en una cama similar, en la enfermería de Buchenwald, Heidi Klein le había dicho adiós y le había hecho una última petición. Hilda se prometió que la cumpliría, que no dejaría que la felicidad, que se acercaba brillante y nueva para ella, iluminara su vida hasta disipar el recuerdo de las sombras. Que recordaría lo que la gente buena había hecho por los demás cuando todo se había oscurecido. Que con sus palabras y su vida honraría para siempre los actos y los gestos, los gritos y los susurros, la fuerza de la buena gente. Que cuando el mal acechase y el mundo temblara, escucharía, siempre, la voz de los valientes.

Agradecimientos

A toda mi familia, en la que incluyo a mis amigos, que siempre me animan a seguir escribiendo y se ilusionan tanto como yo con cada nuevo proyecto. Por su apoyo en redes para dar a conocer mis libros anteriores y (estoy seguro) el que tienen entre sus manos. Por ser un equipo tan fiel y sólido. A la Brigada Ligera, el equipo Más Cerquita, la Junta, los VQNV... y todos los demás grupos de nombres impronunciables y poco serios. Gracias.

A José Asín por su amistad y por cargar con el peso del trabajo en Montaz Comunicación cuando este libro me ha hecho imposible llegar a todo.

A Paloma Cano, mi espía y consejera.

A mi madre, que ha vuelto a ejercer de editora en la sombra y a mi padre y mi hermano, que cada vez leen más. A Meime, que lee una página al día, pero de mis libros. A José Turull y Janine Bassols.

A mi editora Rosa Pérez, la mejor guía en todo este camino, en el que además de mucha alegría ha habido momentos de dudas y cansancio que no habría superado sin su ayuda y su constante apoyo. Su ojo sincero y su experiencia son un privilegio sin el que habría sido imposible llegar a este tercer libro.

A todo el equipo de la editorial Espasa y el Grupo Planeta, porque me hacen sentir en casa, me apoyan y echan el resto para que cada libro sea un éxito. Por hacerlo todo con una sonrisa y el mejor espíritu. Por apostar por mí. Sergio García, Laura Fernández y todos los que estáis allí siempre para ayudarme, gracias de verdad.

A David Cebrián, que pese a tener una nueva y enorme responsabilidad encima, encuentra tiempo para mantener el hilo, informarme de cómo van las cosas e involucrarse en la campaña de cada libro. Mis alas cuando aún no vuelo solo. Me dijo que nos divertiríamos y vaya si lo estamos haciendo.

A Ana Rosa Semprún, por dejarme en tan buenas manos y abrirme la puerta a este mundo. Sé que desde Cantabria mantendrá el contacto.

A Marta Hazas, por prestarme una declaración de amor de *Días mejores*. Ojalá en boca de mis personajes tenga la misma fuerza que en la suya.

A mi vecino Javier. Que se prepare.

Al profesor Fernando Fernández Lerma, un auténtico *crack*, el historiador que todos quisieran tener, meticuloso, didáctico y simpático además del mejor experto en la Segunda Guerra Mundial que podría haber encontrado. Por su ayuda desinteresada, su disposición, su amabilidad y sus ideas, que son parte de este libro que también es suyo.

A Cruz Sánchez de Lara, alias «Ginger», por su generosa y su incansable ayuda para dar eco a mis libros.

A todos los lectores de mis dos anteriores libros, porque el contacto y el cariño que me transmiten a través de los muchos clubes de lectura y mi Instagram (@rafatarradasbulto) es algo a lo que aún no consigo acostumbrarme del todo. Por su fidelidad, su simpatía y sus comentarios, gracias.

A todos los que encontraron un momento para recomendar mis libros, los que me escribieron o llamaron, los que pensaron en mí y me ayudaron, gracias.

Nota de autor

Como mis anteriores libros, esta es una novela de ficción histórica, con escenarios y personajes reales que se mezclan con otros ficticios. Así, el Sanatorio de Escaldes, la Villa Roselande, la masía de San Antonio, la fábrica de Villanueva y la torre de San Fernando son reales. Burg Fallstein es imaginado aunque existen muchos castillos similares en la zona. Existe una isla en el emplazamiento que indico, llamado Spaanholmane, a la que le cambié el nombre añadiendo una «s» para llamarla Spaansholmane y que encajara con el nombre en código. Por lo que sé, nunca hubo una base secreta alemana allí. Quizás fuera realmente secreta.

La casa Dupuis no existió con tal nombre pero sí con otro, y con las mismas funciones.

Hilda, José Manuel, Pablo, Heidi... no existieron pero están inspirados en personas y hechos reales. Como se sabe, en los años que transcurren entre estas páginas muy a menudo la realidad superó a la ficción.